아스팔트

아스팔트

현기영
중단편전집

2

창비

차례

잃어버린 시절

고고지성을 지르며 어미 몸 밖으로 나올 때부터 종수의 앞날 운수는 아무래도 심상치 않았다. 아비 되는 사람은 짐승 번식에는 재주가 비상하여 소 스무마리를 먹였으되 그 자신 삼대 독신으로 워낙 씨가 드문 집안이라 그런지 자식 모는 제대로 심을 줄 몰랐다.

종수를 낳기 전 얘기인데, 그동안 오년이 넘도록 일점 혈육을 못 얻어 자칫 조상의 기제사에 향화(香火)가 그칠까봐 호호 조심하던 중, 노모의 성화에 못 이기는 척하고 작은각시를 들일 양으로 마땅한 작자를 물색한 적이 있었다. 그런데 그때 공교롭게도 아내가 잠자던 사람 화들짝 놀라 깨듯이 더럭 아이를 밴 것이었다. 여자의 한은 오뉴월 염천에도 서리를 내리게 한다더니, 아마 시앗에 대한 불같은 질투심이 그런 신통력을 일으켰나보다. 오랜 진통 끝에 해복되어 나온 아기는 전신이 피 칠갑이었다. 게다가 할머니가 자지러지게 울어대는 핏덩이를 양손으로 고이 받아 쑥 삶은 물에 목욕을 시키려는데 갑자기 울음이 뚝 끊기면서 숨이 멎는 게 아닌가. 아뿔싸! 할머니는 깜짝 놀라 아기를 보듬어안고 어르고 흔들어보나 아기 얼굴은 거멓게 죽어갈 뿐이었다. 이번에는 손바닥으로 허겁지겁 앞가슴을 쓸어보는데 문득 오목가슴에 밤톨만 한 응어리가 툭 불거진 게 만져졌다. 그걸 꼭 누르니 그제사 아기는 막혔던 숨을 토하며 귀청 떨어지게 울어잦히는 것이었다.

아기는 그후에도 잔병치레를 하느라고 집안 어른들 속을 무던히 썩였다. 경기에 깜짝 놀라기를 자주 할 뿐 아니라 궂은 피 칠갑했던 몸은 살성이 나빠 옴두꺼비마냥 부스럼이 사라질 날이 없었다. 바람 센 날 나무 끝에 앉은 어린 새를 바라보듯 어른들은 항시 조마조마한 마음이었다. 어머니와 할머니는 서로 갈마들며 아기구덕 머리에 지켜앉아 잠시도 비우지 않았다.

웡이 자랑 웡이 자랑
우리 아기 착한 아기
쏭쏭쏭쏭 잘도 잔다
놈의 아긴 고치 먹어
우는 소리여
우리 아긴 곤떡(흰떡) 먹어
자는 소리여

꿩꿩, 먼 데서 장끼 우는 소리가 들려오고 아기구덕은 저 바다에 잔물결 타는 작은 주낙배마냥 조용히 흔들렸다.

아기들은 보통 세살이 되면 구덕을 차버리고 나오는데 종수는 한해 더 구덕을 사용했다. 진딧물 내린 푸성귀가 제대로 자랄 리 없듯이 아기의 성장이 더딘 것도 만신창이다 싶게 전신에 솟은 부스럼 때문이었나보다. 다섯살이 되자 신통하게도 그 병이 씻은 듯 나았는데 그때부터 종수는 오뉴월 장마에 물외 크듯 썩썩 자라났다. 그래도 어른들은 여전히 근심이었다. 아이가 어찌나 몸이 잰지 돌담 구멍을 들락거리는 굴뚝새처럼 이리 호록 저리 호록 다니다가 돌부리에 채어 엎어지는 게 일쑤였다. 할머니는 상처 아물 날 없는 종수의 무르팍을 피마자 잎사귀로 싸매주며 늘 타이르기를 "요녀러 자석, 느 어멍 느 날 적에 굴뚝새 삶아 먹어시냐? 원, 초라니같이 냅다 다니기는! 사름이라 허는 것이 재수가 나쁘려면 멀쩡한 장판 위에서도 낙상으로 죽는 수가 있는디, 돌짝길엔 더욱이나 조심해사 헌다. 허궁 파인 곳은 돌아가고 진 데는 밟지 마라."

일곱살이 되어 종수가 나무에 기어오르고 마을 옆으로 흐르는 무수내(無愁川) 물에서 놀기 시작하자 할머니의 잔소리는 더욱 심해졌다.

"종수야, 나무도 물도 조심해사 헌다. 사름이라 허는 것이 재수가 나쁘려면 소나무 아래 앉아 땀 들이다가도 솔방울 하나 맞고 죽는 수도 있고 접시 물에도 빠져 죽는 거여."

특히 한라산에 큰비가 와서 냇물이 불어날 때면 물가에 못 가게 숫제 금족령을 내리다시피 했다. 할머니의 걱정도 무리가 아닌 것이 수량이 불면 냇물은 급경사로 쏜살같이 내달리는데 멀리서 보기만 해도 간담이 서늘했다. 명색이 다리라고 하나 있긴 했지만 물구멍만 세군데 뚫어놓았을 뿐, 그냥 냇바닥에 배를 붙여 두어자 높이로 세멘 공구리 한 것이라 물이 조금만 불어도 물속에 잠기게 마련이었다. 그러면 이웃 마을과의 왕래도 두절되고 마는, 물이 줄어 다시 다리가 드러나려면 한 열흘은 좋이 걸렸다. 물론 그전에도 물이 무릎 아래로 흐를 정도로 줄어들면 어른들은 바짓가랑이를 사타구니로 잔뜩 말아올리고 조심해서 다리 위를 건너다녔는데 바로 이때가 아이들에게는 위험했다. 물에 잠긴 다리를 건너다가 세찬 급류에 휩쓸려 죽는 아이가 한두해에 한번씩 있곤 했다. 다리가 완전히 드러나면 물은 배꼽 높이로 얕게 흘러가는데 아이들은 이때를 기다렸다가 한꺼번에 몰려와 시끌덤벙 물장난을 쳤다. 그러나 종수 할머니는 얕은 물에서 노는 것도 야단이었다. 물에 빠질 신수이면 접시 물에도 빠져 죽는다고, 항상 그 말이 그 말이었다. 먹 감으려고 벗어놓은 옷을 할머니가 몰래 가져가버려 혼난 적도 여러번 있었다. 발가벗은 몸이 부끄러워 정당넌출을 걷어다 겨우 아랫도리만 가리고 집으로 뛰어가노라면 동네 계집애들이 손으로 입을 가리고 웃어댔다.

그날도 큰비 온 뒤라 냇물이 크게 불어 있었다. 어른들은 조밭에 초벌김 매느라 동네를 비우고 아이들만 남아 있었다. 물가에 못 가게 금족령이 내려진 터라 종수는 동갑내기 서너 아이들과 함께 동네 안팎을 싸다니며 매미를 잡으며 놀았다. 외가닥 말총 올가미에 걸려든 매미를 손아귀에 넣으면 마치 뜨거운 불덩이를 움켜쥔 듯 세찬 울음소리가 손바닥을 뚫고 온몸에 전류처럼 찌르르 퍼지곤 했다.

그날 매미잡기에 싫증난 종수는 박쥐를 잡는다고 동네 어귀의 아름드리 늙은 팽나무에 기어올랐다. 나무둥치는 혹같이 옹이가 울툭불툭 솟아 있어 발을 척척 붙이며 어렵잖게 오를 수 있었지만 몸통 굵기만 한 가지들이 세갈래로 뻗었는데 박쥐 집이 있는 동편 가지가 그중 가파로웠다. 종수 또래 중에서 그 박쥐 집에 손을 넣어본 아이는 아직까지 없었다. 종수는 은근히 겁이 났다. 그렇다고 아이들이 보는데 궁싯궁싯 도로 내려올 수도 없는 노릇이었다. 종수는 대뜸 호기를 부려 입을 쩍 벌리고 쳐다보는 아이들에게 "청개구리 오줌이다. 먹어라" 하고 이빨 새로 침을 찍 갈겨주고는 바싹 나무를 끌어안았다. 양발을 모아 사타구니께로 끌어올린 다음 상체를 쭉 밀어올렸다. 박쥐 사는 옹이구멍은 나무 끝에 있었다. 종수는 자벌레 기듯이 꿈틀꿈틀 기어올랐다. 발바닥 손바닥이 화끈거리고 땀이 부쩍 솟았다. 개미 몇마리가 배에 깔려 죽었다. 땀 밴 손바닥이 미끌거리기 시작했다. 박쥐 집은 어느새 바로 위에 바싹 다가와 있었다. "조금만 더!" 밑에서 한 아이가 소리쳤다. 종수는 비 오듯 땀을 흘리며 한껏 몸을 끌어올리는데 별안간 뭔가 바로 눈앞에서 돌멩이처럼 튀어나와 이마를 쳤다. 나무에 붙어 있던 매미가 갑자기 이마를 치면서 날아올랐으니 오죽 놀랐을까. 그 순간 종수는 악 비명을 지르며 얼결에 손을 놓아버리고 아래로 곤두박질쳤다. 다행히 중간에 잎이 무성한 나뭇가지에 한번 부딪친 다음 팅겨져 아래로 떨어졌는데 그렇지 않았다면 아마 그 당장 직사했을 것이다.

정수리가 도끼에 맞은 듯 푹 패어 허연 뇌수가 보일 지경으로 상처는 컸다. 흙과 피가 범벅이 된 상처를 생오줌으로 씻어내는데, 찢긴 머리 거죽 속에서 퍼런 풀잎 두개가 묻어나왔다. 냇물이 불어 읍내 병원에 업고 갈 수도 없었다. 그러나 다행히 생오줌으로 씻고 불솜으로 지지는 것만으로도 상처는 덧나지 않고 그대로 나았다. 정수리에 반달 모양으로 푹 팬 흠집을 달고 보름 만에 아이들 앞에 나타난 종수는, 나무에서 떨어진 것은 매미 때문이 아니고 박쥐가 갑자기 날면서 날개로 눈을 쳤기 때문이라고 둘러대기를 잊지 않았다.

구태여 종수를 예로 들지 않더라도 사람 명줄이란 질긴 것이어서 이 평화로운 섬 고장에서 비명횡사란 드문 일이었다. 평생 밭고랑 타고 왔다 갔다 살다보면 알게 모르게 세월의 무게에 눌려 등이 굽어가고 마침내 허리가 땅에 닿으면 밭머리로 가 잔디 뗏장을 이불 삼아 덮고 누워버리는 것이 이 고장 사람들의 죽음이었다.

그러나 세상은 수상쩍게 변해가고 있었다. 이 섬 고장에 그 무렵 느닷없이 일본 관동군 칠만이 해변을 따라 참호를 파기 시작했다. 많은 젊은이가 군대 혹은 징용으로 끌려갔다. 해변 주민들은 노력 동원령이 내려져 날마다 고역을 치러내고 있었다. 심지어 소학교 저학년 아이들도 동원되었다. 바야흐로 온 섬이 전쟁터가 될 모양이라고 사람마다 얼굴에 수심이 가득했다. 갈수록 공출이 심해져 하곡(夏穀)이나 추곡(秋穀)이나 군량미로 반 이상이나 털어가고 총알감으로 놋쇠붙이라면 토막난 숟갈마저 빼앗아갔다. 비행기 연료로 쓴다고 송진 기름도 공출받아갔다.

그해 종수는 마을 글청에 다니기 시작했는데 그것을 놓고 고부 간에 대판 말다툼이 벌어지기도 했다. 소학교가 이십리 떨어진 읍 내에 있어 통학은 곤란하지만 거기 있는 외가에 맡겨 공부시키자 는 것이 어머니의 주장이고, 할머니는 그까짓 왜말은 배워서 뭣하 며 게다가 요사이는 공부는 둘째 치고 날마다 아이들을 훈도시 바 람으로 땡볕에 내몰아 일만 죽도록 시킨다는데, 천금에도 지중한 자손을 어찌 그런 델 보내겠느냐, 당분간은 글청에 보내 지방 쓰는 거라도 배워두는 게 옳다고 고집을 세웠다. 말은 안했지만 할머니 는 하나 있는 손주를 외할머니에게 빼앗길까봐 더욱 고집을 부렸 을 것이다.

얼마 안되어 중산간 마을에도 노력동원령이 떨어져 일본 병정들 이 들이닥쳤다. 종수네 마을 광연리에도 일개 소대가 와서 그중 살 기가 낫다는 집 셋을 골라 바깥채에 살던 식구를 쫓고 군장을 풀었 다. 종수네 바깥채에는 소대장 이하 일개 분대가 들었다. 그들은 안 채를 침범 안한 것만도 다행인 줄 알라는 듯이 거들먹거리는 것이 가히 안하무인이었다.

소대장은 매일 식전에 상체를 벌겋게 벗고 마당에 나와 온 집안 이 쩌렁쩌렁 울리게 '얏! 얏!' 기합을 넣으며 냉수마찰을 했는데, 그때마다 종수 어머니는 쾅 소리나게 부엌문을 닫고 아버지는 방 안에서 담배통을 끌어당기며 끙 하고 앓는 소리를 냈다. 이제 마을 은 나팔 소리 군가 소리에 시끄러워지고, 질척거리며 싸돌아다니 는 침입자들의 까마귀발로 더럽혀졌다. 마을 어른들은 연일 병정들의 감시를 받으며 두더지처럼 굴을 팠다.

일본 병정들은 양곡은 날라다 먹고 있었지만 땔감과 채소는 마을에서 당해야 했으니 그 민폐 또한 작은 게 아니었다. "아니, 군량미도 그렇지, 그건 무사(倭) 우리가 땀 들여 지은 곡석 아니라?" 종수 할머니가 불평하는 말이었다. 사실 종수 동네만 해도 일년 양식을 공출로 빼앗겨버리고 나물 섞은 밀기울범벅 하루 두끼니로 춘궁기를 넘기는 집이 여럿 있었다. 할머니는 이따금 헛간의 군량미를 훔쳐내어 못사는 이웃집에 갖다주곤 하였다. 끝이 서슬진 한뼘 길이의 왕대통을 적삼 소매 속에 숨기고 가서 가마니를 찌르면 쌀이 소매 속으로 소리 없이 들어오는 것이었다.

마을 어른들은 굴 파는 작업과 농사일 사이에서 이중고의 멍에를 벗을 날이 없었다. 소대장은 가끔 작업 나온 사람들을 모은 자리에서 서툰 조선말로 "총력전으로 미영(米英) 귀축(鬼畜)을 물리치자!"라고 외치곤 했다. 병정들은 밭에 들쥐 새끼 치게 지슴이 우거져 자칫 폐농할 지경에 이르러도 술과 안주를 풍부히 마련하여 먹여주지 않으면 조금도 아는 체하지 않았다. 그들은 한명만 작업 감시로 세워놓고 근처의 풀밭에서 훈련하기를 일과로 삼았다. 때로는 이웃 마을에 주둔한 다른 소대원들과 합류하여 훈련하기도 했다. 몸에 고슴도치처럼 삐죽삐죽 풀을 꽂고 풀밭을 기고 뒹굴다가 일제히 벌떡 일어나 "도스게끼(공격)!" 하고 고함치며 내닫는 것이 그들의 훈련이었다. 하늘에는 멀리 제주 비행장에서 뜬 구라망 전투기들이 그르렁그르렁 가래 끓는 소리를 내며 수시로 날아다니곤 했다. 마침 그 비행기들이 머리 위로 날아갈라치면 소대장은 작업하는 마을 사람들에게 "다이닛뽄 반자이(대일본 만세)! 덴노헤이까 반자이(천황폐하 만세)!"하고 복창하도록 시켰다. "저 비행기도 제주도민이 공출 낸 기름으로 날아가무니다. 총력, 총력, 총력전으로 미영 귀축을 물리치자!"

종수 또래 아이들의 놀이가 달라진 것도 이때부터였다. 자치기, 구슬치기나 하던 아이들이 칼싸움, '고상받기' 같은 새로운 놀이에 정신이 팔린 것이다. '고상'은 '항복'이란 뜻의 일본말이었다. '고상받기'란 편싸움 놀이는 '도스께끼!' 하고 고함지르며 내달아 상대편을 쓰러뜨리고 목을 졸라 '고상'을 받아내는 것으로 끝났다. 이 놀이에서는 힘센 아이들이 맡아놓고 일본 편을 하니까 지는 것은 언제나 미국 편이었다. 진 쪽 아이들은 쿠비시미(목조르기) 걸렸던 목을 어루만지고 연신 캑캑 받은기침을 해댔다. "씨이, 맨날 느네들만 일본 편 하기 없어." 종수는 제집에 소대장을 둔 텃세로 늘 일본 편이었다. 전쟁은 시방 어디쯤 와서 머뭇거리고 있을까?

그러던 어느 초여름날, 종수는 매미 소리가 소낙비같이 왁자하니 쏟아지는 늙은 팽나무 그늘에 앉아 서넛 아이들과 더불어 닛뽄도 모양의 나무칼을 만들고 있었다. 이때 동편 하늘가에 비행기떼가 새까맣게 몰려들어 대판 싸움을 벌이고 있었지만 종수는 한참 동안 눈치를 못 채고 있었다. 워낙 거리가 먼데다 매미 소리마저 시끌짝하여 아무 소리도 들리지 않았던 것이다. 그러다가 막판에야 우연히 눈이 그쪽으로 갔는데, 마침 재수가 좋았던지, 일본 비행기 두대가 연달아 꽁지에 시꺼먼 연기를 끌면서 추락하는 광경을 볼 수가 있었다. 잠깐 사이의 일이었다. 비행기 두대가 앞서거니 뒤서거니 팽글팽글 곤두박질치며 떨어지는 모양을 눈으로 좇다가 다시 위를 쳐다보니 낯선 비행기들이 어느덧 모기떼처럼 작아져 바다 멀리 날아가고 있었다. 다이닛뽄의 비행기가 저렇게 허망하게 떨어지다니! 종수는 헛것이라도 본 양 제 눈이 의심스러웠다.

저녁에 들에서 훈련 마치고 돌아와 툇마루에 시무룩하게 앉아 있던 소대장은 종수를 보자 느닷없이 앞에 불러세웠다. "하하, 오늘 미국놈 비행기노 다섯대 떨어졌다. 종수야, 반자이 불러라."

종수는 시키는 대로 목청껏 '덴노헤이까 반자이!'를 세번 불렀다.

그러나 이틀 후 몰래 마을에 들어온 소식은 종수가 본 그대로였다. 제주 비행장에서 뜬 일본 비행기 다섯대가 격추되고 주정공장(동척회사)이 폭발탄을 맞았다는 것이다.

그리고 며칠 후에는 목포-제주 간의 정기연락선 황화환(晃和丸)이 군수물자를 실은 배로 오인되어 미국 비행기의 폭격을 맞아 침몰했다. 수장된 선객은 이백오십여명으로 거개가 제주 사람이었다. 이 떼죽음이 풍문으로만 듣던 전쟁의 실상인 줄 섬사람들은 미처 모르고 있었다. 전쟁에는 무고한 사람들이 더 많이 희생된다는 것을.

해방은 그후 석달 뒤에 왔다.

종수네 마을에 주둔했던 일본 병정들이 무수내를 건너 떠나던 날, 묵묵히 바라보는 주민들에게 또 오겠다고 다짐하며 '사요나라'를 연발했다. 그것은 공연한 허세만은 아니었다. 일본은 항복조건에 따라 무기를 전부 반납하는 시늉을 했지만 일부는 한라산 깊숙한 곳 여기저기에 묻어놓고 있었다.

먼저 읍내 몇몇 뜻있는 인사들이 벽장 깊숙이 숨겨두었던 태극기를 활짝 펼쳐 장대 높이 게양하자, 이를 구경하러 촌에서 몰려온 사람들이 문전성시를 이루었다. 생전 제 나라 기를 모르고 지내던 그들이었다. 곧 이를 본떠 그린 태극기들이 집집마다 나타났다. 더러는 일본기 히노마루를 먹으로 개조한 볼썽궂은 것들도 있었다.

이어서 미군 일개 연대가 진주하여 읍내 관덕정 마당에 모여든 일만 군중이 함성으로 해방군을 환영했다. 지하에 숨어 있던 토착 좌익들이 먼저 활동을 시작하고 이어서 우익단체도 결성되었다. 해방군은 민주주의 사도답게 너그러이 두 단체를 포용하여 합법화하였다. 그 비극의 시대에 살았던 우익인사들 중에도, 이것이 미군정이 저지른 첫번째 실수였다고 지목하는 이들이 적지 않다. 말하자면 좌익사상이 애당초 적대적임이 분명하고 감염이 대단히 빠른 '유행병'인 바에야 진작 법적 전염병으로 불법화하고 방역에 힘썼더라면 감염자의 수를 훨씬 줄일 수 있었고 감염자는 물론 멀쩡한 사람들까지 대량으로 희생되는 불상사는 발생하지 않았으리라는 것이다. 그렇게 우익인사들은 좌익사상을 '유행병' '전염병'으로 치부하고 있었다. 그러나 정작 문제인 것은 친일파인 우익인사를 중용하여 관공서 관리에 앉히고, 일경 출신, 정보원 출신을 군정 경찰로 삼은 미군정의 처사였다. 군정은 이들이 지방행정에 경험 있을 뿐 아니라, 친일한 약점 때문에 부리기 쉽다고 판단했는지 모르나 진정한 해방이란 급선무가 일제 잔재의 청산이 아니었던가. 그러나 과연 그것이 실수라고까지 말할 수 있을까? 대국이 주변 오랑캐 나라(약소국)를 지배할 제는 예나 지금이나 가능한 한 제 손에 피를 덜 묻히고 오랑캐로써 오랑캐를 제압하는 이이제이(以夷制夷)의 용병술을 쓰게 마련 아닌가. 아무튼 친일파의 중용은 좌익의 공격에 좋은 표적이 되었다.

징병 징용으로 사지에서 헤매던 젊은이들도 북지나에서, 남양군도에서 귀국선을 타고 속속 입도하였다. 귀환 장정의 입도는 이듬해 여름까지 이어졌는데 나중에 들어온 장정들 중에 이른바 좌익병 보균자 외에도 호열자 보균자들이 있었다. 흉년 뒤에 역병이라더니, 호열자보다 먼저 흉년이 왔다. 수십년래의 대흉년이라고 했다. 앙화처럼 덮친 한발은 조밭을 벌겋게 태워버렸다. 찔찔 오줌 줄기마냥 흐르는 개울물을 길어다 조밭에 뿌리는 사람도 있었지만 아무 효험도 없었다. 종자씨나 하라고 밭담 구멍에 박힌 조이삭만 살아남았을 뿐이었다. 짐승들도 더위 먹은 독한 풀에 뻘물을 먹고 적잖이 폐사했다. 종수네가 소 두마리를 잃은 것도 이때였다.

뒤이어 호열자가 번지기 시작했다. 가뭄으로 초목과 가축이 죽더니 이번에는 앙화가 사람에게 미쳤다. 방역 당국은 호열자가 귀국선에 묻어온 것으로 판단했다. 마을마다 동구 밖에 돌담을 쌓고 찔레덤불을 쳐서 외방 사람의 출입을 막고 마을 안에도 환자가 발생한 집은 새끼로 금줄이 쳐졌다.

종수도 이 병에 걸렸다. 양의원도 한의원도 소용없어 한 세월 만난 것은 무당이었다. 굿으로 역병을 쫓는다고 이집 저집 다니면서 시끄럽게 쇠를 울렸다. 동백나무 동편 가지를 꺾어다가 역신 물러가라고 환자 몸을 살짝살짝 때리고 좁쌀 오메기떡을 먹였다. 무당을 불러다 두번씩이나 굿을 했지만 종수는 날로 병이 깊어갔다. 몇

술 떠먹는 좁쌀미음은 삼일에 한번 고름 같은 곱똥이 되어 빌빌 맥
없이 흘러나왔다. 미주알까지 빨갛게 빠져나와 뒷간에라도 가려면
손으로 항문 시울을 여미지 않으면 똥이 흘러나와 걸을 수 없었다.
미주알이 빠진 데는 짚신짝이 좋다고, 할머니는 하루에 한번씩 아
궁이불에 구운 짚신 바닥으로 미주알을 올려주곤 했다. 바람 쐬면
안된다는 병이라 노상 방 안에만 틀어박혀 살았다. 점점 기운이 빠
져 나중에는 등이 장판에 눌어붙은 듯 일어날 힘도 없었다. 사람은
이렇게 해서 죽어가는가보다 하는 울적한 생각에 사로잡혀 종수는
눈시울을 적시기도 했다. 걱정스러워서 하루에도 열두번씩 방문을
열어보는 집안 식구들마저, 이제나 죽을까 저제나 죽을까, 송장 치
기를 기다리는 것으로 여겨졌다.

그러나 종수는 역시 명이 질긴 아이였다. 잎 털린 엄나무마냥 뼈
가래 앙상하도록 거진 한달 동안 앓더니 하늬바람이 선뜻선뜻 불
어오는 늦가을이 되자 병마는 슬며시 사라져버렸다. 종수가 어머
니의 등에 업혀 처음으로 바깥 구경을 하던 날, 눈부신 햇빛 속에
놓이자 양미간을 망치로 얻어맞은 듯 눈에 불똥이 튀고 정신이 아
뜩했다. 어머니는 마을 앞 냇가로 종수를 업고 가 양지바른 풀밭에
눕혔다. 종수는 야윈 몸에 포근한 햇살을 받으며 어머니를 올려다
보며 씩 웃었다. 그러자 어머니는 갑자기 울음을 터뜨리며 와락 종
수를 끌어안는 것이었다. "아이고, 내 새끼, 장하구나! 느 벗 영준
이는 기어이 죽고 말았져."

그해 호열자로 죽은 인명은 전도(全島)에 삼백오십여명으로 집
계되었다. 물론 그 대부분이 아이들이었다.

이른바 '좌익병'은 그 전염성이나 치사율이 호열자에 비할 바가 아니었다. 어제는 아이들이 그렇더니 오늘은 청년들이 그 처지였다. 병이란 무릇 몸이 허약해졌을 때 침입하는 법이었다. 흉년에 호열자까지 겹쳐 민생이 극도로 피폐해 있었던 차에 이 곤경에 조직적으로 편승한 것이 좌익이었다. 나라가 이 흉년을 구제해야 한다는 것이었다. 흉년 들면 하늘 원망이나 하고, 가난을 운수소관으로 여기던 농민들에게 '가난 구제는 나라도 못한다'는 속담은 백성을 말썽 없이 부려먹자고 만들어낸 압제자의 말이 아니냐, 흉년 대책은커녕 일제 수탈 방식인 쌀 공출은 여전히 인민을 괴롭히고 있지 않느냐는 것이었다. 당국은 뒤늦게 주정공장에 주정 원료로 사들였던 고구마를 민간에 방출했지만, 워낙 먹자고 벌린 입이 수만인지라 고구마 꽁댕이 하나 제대로 돌아갈 리가 없었다.

'좌익병'은 섬 젊은이들 사이에 강풍 만난 들불처럼 거침없이 번져갔다. 그게 죽을병인 줄 자각하는 사람은 없었다. 죽을병이라고 일깨워주는 사람도 없었다. 미군정 당국도 아무 말이 없었다.

예서 제서 '쌀 배급 달라' '친일파 몰아내자' 하고 구호를 외치며 시위가 벌어졌다. 12월 말일께 한라산 남쪽 중문면 면장이 친일파로 지목되어 그곳 청년들에게 몰매 맞았다.

종수네 마을 청년 여남은명이 밤에 횃불 들고 "왓샤, 왓샤" 하면서 마을 안을 돌기 시작한 것도 이때였다. '왓샤' 소리가 나면 온 마을 개들이 금방 숨넘어갈 듯이 짖어대고, 사람들은 뭔가 막연한 불안감에 한숨을 토하곤 했다. 청년들은 뭔가 일을 벌이고 싶어 좀이 쑤시는데 선뜻 일거리가 나타나주지 않는 모양이었다. 촌구석에서 친일파 찾기란 쉬운 일이 아니었다.

그러던 어느날 밤 종수네 집에 그 청년들이 들이닥쳤다. 저마다 손에 든 횃불에 얼굴이 붉게 물들어 전혀 낯선 사람들 같았다. 우두머리는 종수가 늘 "서코(석호) 말코 당나귀코" 하고 놀려주던 석호네 큰형이었다. "나오라면 나가야지" 하며 문지방을 넘는 아버지를 할머니와 어머니가 양팔을 잡고 늘어져 도로 앉혔다. 청년들은 방문 앞으로 바싹 몰려들어 험악한 언사로 아버지를 닦아세웠다. 왜놈 병정들에게 돝(돼지) 잡아 술대접한, 더러운 '친일파'요 '왜놈 고스까이'라는 것이었다. 이 말에 종수 아버지는 펄쩍 뛰었다.

"아니, 거 무슨 말이라? 뭘 단단히 오해하고 있는 모양인디, 그 왜병정 놈들이 농번기가 닥쳐도 술대접 안하면 본체만체 굴 파는 작업만 시키지 않던가. 그래서 내가 명색이 구장이고 살기도 좀 나은 편이라 돝값은 내가 내고, 술은 몇몇 집에서 마련하여 그 일을 치른 것이여. 마을 전체를 위한 일이지만 내가 마을에 돈을 거두었는가 어쨌는가. 제 돈 축내가며 하노라고 한 사름한티 친일파라니, 내가 친일파라면 친일파 아닌 조선 사람 없을 걸세! 내 모친이 왜놈 군량미를 훔쳐내어 요 뒷집을 도와주었는디, 그러면 내 모친은 독립투사여 뭐여?"

아버지가 이렇게 입에 게거품 물고 결백을 주장했으나, 청년들은 일년 가까이 왜놈들과 한집에서 똥창을 맞대고 살았으니 알아볼 알조지, 친일파가 따로 있느냐고 하면서 막무가내로 몰아붙여 나중에는 구장직을 내놓으라고 윽박질렀다. 해방된 세상에 친일파가 구장 노릇 함은 말도 안된다는 것이었다.

이리하여 아버지는 졸지에 구장직을 내놓았다. 평소에 돈만 드는 구장 노릇 못해먹겠다고 늘 입버릇처럼 되뇌던 아버지였지만, 막상 그런 봉욕 끝에 구장직을 빼앗기고 보니 여간 심화가 끓는 게 아닌 모양이었다. 아버지가 못하는 술을 입에 대기 시작한 것은 이때부터였다. 종수도 그 일을 겪은 후로는 영 풀이 죽어 지내고 있었다. 석호는 시퍼런 코를 후르룩 들이마시며 '친일파 새끼'라고 욕했다. 다른 아이들도 덩달아 입을 삐죽이며 종수를 따돌렸다. 종수는 고상받기 할 때 멋모르고 일본 편에 섰던 일이 후회스럽기 짝이 없었다.

이듬해 3·1독립운동 기념일날 좌익은 그들의 역량을 최대한 과시할 요량으로 읍내의 북국민학교 운동장에 이만 군중을 동원, 대집회를 열고 파쇼 타도와 반미 구호를 외치며 시위를 벌이다가 경찰 발포로 여섯명의 희생자를 내고 말았다. 해방된 섬에 최초로 터진 이 총소리는 듣는 사람들의 가슴마다 세차게 메아리쳤다. 민심은 걷잡을 수 없이 들끓어올랐다. 좌익은 발포 경관의 처형을 요구하면서 파업에 들어갔다. 학교는 물론 일부 관공서마저 문이 닫혔다.

종수네 마을에 국민학교가 신설되어 입학식을 가진 것은 3·1사건이 일어난 지 이틀 후였다. 겨우 서른명 남짓한 입학생들은 1, 2학년으로 나뉘었는데, 종수는 집에서 이미 가갸거겨를 깨친 뒤여서 2학년에 들어갔다. 종수는 이제 열살이었다. 옷은 입던 그대로 무명 바지저고리에 짚신발이었지만, 머리에 쓴 검정 학생모가 제법 의젓했다. 선생은 한사람뿐이어서 1, 2학년이 동시 수업이었다.

선생은 읍내 중학교, 농업학교 학생들 간에 유행하는 노래라고 하면서 '싼타루치아'를 '쌀 타러 가자'로 개사한 노래를 가르쳤다.

> 창고에 쌓인 쌀 배급은 안 주고
> 바람은 부는데 어디로 갈까
> 내 배는 고픈데 네 배도 고프냐
> 쌀 타러 가자 쌀 타러 가자

아이들은 또 운동시간이 되면 비 온 뒤 질척거리는 운동장을 짚신발로 구보하며 '왓샤 왓샤, 연필 달라, 공책 달라'라고 외치기도 했다. 어린 학생은 어린 학생대로 외쳐야 할 구호가 있다는 것이었다. 그리고 입학한 지 열흘 만에 그 선생은 두 학급 서른명 어린이들 앞에서 파업을 선언하고 읍내로 돌아가버렸다.

3·1사건 이후 마을 청년들은 더욱 격렬해져서 연일 밤낮을 가리지 않고 '왓샤'를 벌였다. 때로는 마을 뒤 바구니오름 꼭대기에 봉횃불이 활활 타오르기도 했다. 그런 날이면 멀리 다른 마을 오름에도 봉화가 솟아 있곤 했다. 이른바 봉화 시위였다. '왓샤' 하는 청년들은 스무남은명으로 수가 불고, 그뒤를 때아닌 방학으로 할 일 없어진 종수 또래 아이들이 서너명 늘 따라다녔다. 석호가 '친일파새끼'라고 따돌려도 종수는 대열의 맨 꽁무니에 매달려 악착같이 뛰었다. 어둠을 핥으며 꿈틀거리는 횃불들, 그림자들이 얼룩진 길바닥을 차며 달리는 발소리, 거친 숨소리와 함께 힘차게 터져나오는 구호…… 청년들의 뒤를 쫓아 어둠속을 달려가는 종수는 가쁜

숨과 야릇한 흥분으로 가슴이 터지는 듯했다. 청년들은 '왓샤, 왓샤' 하는 틈틈이 무슨 타도 무슨 철수를 외쳤는데 그 뜻을 알 수 없는 종수네들은 그 대신, '연필 달라, 공책 달라' 외치고 있었다. 그러나 종수는 자기도 청년들처럼 한번 횃불을 본때 있게 들고 힘껏 달리고 싶었다. 그것만이 자기를 무시하는 아이들을 꼼짝 못하게 제압할 수 있는 유일한 방법이기도 했다.

드디어 어느날 밤, 종수는 '왓샤' 소리가 들려오자 횃불을 만들 요량으로 몰래 부엌에 기어들었다. 모지라진 싸리비 끝에 석유를 담뿍 끼얹고 성냥을 그어댔다. 그 순간 와락 불길이 치솟는 바람에 놀란 종수는 부지중 횃불을 떨구고 말았는데, 불은 땔감으로 갖다 놓은 조짚에 옮아붙었다. 조짚에도 석유가 흘렀던지 불은 삽시에 커지면서 흙벽을 따라 무섭게 기어올랐다. 때마침 집안 어른들이 종수의 비명 소리를 듣고 뛰쳐나와 얼른 불을 잡았으니 망정이지 하마터면 큰불을 낼 뻔했던 것이다.

그날 종수는 난생처음 아버지에게 매를 맞았는데, 맞아도 아주 흠씬 얻어맞았다. 아버지는 종수를 발가벗기고, 소 모는 윤노리 회초리로 아무 데나 닥치는 대로 후려갈겼다.

"요놈의 자석, 죽어라, 죽어! 번번이 죽는 걸 살려노니까 이젠 집안 망칠 궁리여, 어? 저 젊은것들이 뭣 하는 중이나 알고 쫓아댕기는 거냐, 엉? 그것이 바로 불장난이여. 즈이 집 패가망신할 불장난이여. 아무리 주장이 옳다고 해도 법 가진 놈한티 대들어 무사할 줄 아냐? 법 가진 놈이 이기는 거여! 요녀러 자석, 밖에 못 나가게 아주 다리몽둥이를 분질러 앉혀놓고 먹여야겠다. 요놈!"

종수는 아픔을 참지 못해 마른땅에 새우 튀듯 팔짝팔짝 뛰며 연상 "잘못했수다, 잘못했수다" 하고 빌어댔다. 할머니는 말릴 생각도 않고 마룻바닥에 퍼질러앉아 넋 놓고 대성통곡이었다.

"애고, 종수야. 느 아방이 연필 공책 안 사주어서 그리 연필 달라, 공책 달라 하고 동네방네 괌지르멍 댕기는 것가? 아이고 하이고, 벨 숭시여, 숭시. 아명(아무리) 철때기 없댄 해도 즈 아방을 욕뵌 놈들한티 붙은 것이 사람가? 아이고, 하이고! 저놈을 어떵헐꼬. 물에 못 가게 막다보니, 이젠 불에 달겨들다니! 불 본 나비 죽는 거 못 봐시냐? 물보다 무서운 것이 불이여, 불!"

매질이 좀처럼 멎지 않자, 보다 못해 어머니가 가운데로 뛰어들었다.

"참읍서! 그만하면 정다스림 돼수다. 고정헙서!"

어머니는 함부로 휘둘러대는 매에 사정없이 얻어맞으면서 회초리를 낚아채려고 마구 두 팔을 허우적거렸다.

그후 어머니는 두고두고 할머니를 원망했다. 모진 매를 때린 아버지보다 말리지 않는 할머니가 더 밉살맞아 보였던 모양이었다. 할머니는 어째서 애지중지하는 손주를 전신에 지렁이떼 같은 무수한 맷자국으로 덮이도록 내버렸을까? 종수가 버린 놈으로 할머니의 눈 밖에 난 것은 아마 그때부터였을 것이다. 그러면 할머니가 며느리를 하나 더 데릴 생각을 한 것도 그때였을까?

종수 아버지의 말대로 과연 '왓샤'는 패가망신할 위험천만의 불장난이었나보다. 미군정은 마침내 좌익을 불법화하고 추상같은 검거령을 내렸다. 이에 좌익의 무서운 질주는 급격히 제동 걸리고 수

많은 젊은이가 졸지에 폭도로 낙인찍히고 말았다. 육지에서 무장 진압대가 속속 들어왔다. 3·1사건과 파업 관련자 이백여명이 체포 되고 검거망을 피한 좌익들은 한라산으로 피신했다. 비로소 건너 선 안될 금줄이 쳐진 것이다. 우왕좌왕 맘대로 통행하던 젊은이들 은 이제 정신이 바짝 들었다. 난세에 젊음이란 불행한 것, 좌우 양 단간에 거취를 분명히 해야 할 때가 온 것이다. 말로만 해서는 안 되고 믿을 만한 확증이 있어야 했으니, 수많은 젊은이가 너도나도 앞다투어 경비대에, 경찰에 입대했다. 읍내에서 농업학교 다니던 종수 외삼촌이 경찰에 투신한 것도 이때였다. 피아의 구별이 엄격 히 요구되고 동지가 아니면 적이었다.

그러나 읍내 청년들은 그렇게 처신이 빨랐으나, 배운 재주라곤 밭 가는 재주뿐인 시골 젊은이들은 경찰도 경비대도 그림의 떡이 라, 달리 처신할 방도가 없어 그대로 마을에 눌러 있었다. 이제 그들 에게 육지 경찰이 찾아왔다. 관이라면 벙거지 끝만 보여도 설설 기 는 것이 촌사람들인데다가 오죽잖은 말주변에 자칫 죄인으로 걸려 들까 두려워 경찰이 마을에 나타났다 하면 그저 숨는 게 일이었다.

종수네 마을에서도 그랬다. 외도지서의 순경들이 나타나면 '왓 샤' 하던 청년들은 마을 밖으로 줄행랑 놓기 바빴다. 정작 경찰이 지목하는 자는 석호 형 등 서너명에 불과하건만 나머지들까지 덩 달아 피해버리니 하기는 경찰의 오해를 살 만도 했다. 도둑이 제 발 저리다고 모두 한통속이 아니면 왜 도망질하겠느냐는 것이었 다. 더군다나 번번이 닭 쫓던 개 지붕 쳐다보는 격으로 일쑤 허탕 만 치고 보니 순경들은 여간 신경이 곤두선 게 아니었다. 검색이 사뭇 엄해지고 도피자 가족에 대한 추궁이 무섭게 날카로워졌다. 한동안 낮에는 방목하는 소를 찾아볼 겸 해서 목장에 피해 있다가 저녁 늦게야 내려오곤 하던 청년들은 이제는 더이상 나다닐 수 없었다. 더러는 집 안에 은신하고 더러는 한라산으로 들어갔다. 석호네같이 호가 난 입산자 가족들은 아예 산에 들어가버렸다.

입산 좌익은 이제 주민들로부터 격리되어 발붙일 곳을 잃어버린 듯했다. 입산자가 다수 있었지만 적수공권으로 무엇을 할 것이냐, 그들의 투항은 시간문제인 듯했다.

그러나 사태는 그런 방향으로 진전되지 않았다. 한라산 입산자들이 일본군이 숨겨놓고 간 무기들 중에 그 일부를 찾아내어 무장하고 만 것이었다. 일본군이 이 섬땅에 그 흉물스러운 구구식·삼팔식 총과 닛뽄도를 묻어놓지만 않았더라면, 묻어놓은 그 쇠붙이를 좌익이 찾아내지 못했더라면, 미군정이 '좌익병'을 호열자병 다루듯이 발생 당초에 격리 처리했더라면, 이북 출신 청년단체가 그 악명 높은 과잉행동으로 물의를 일으키지 않았더라면 하는 가정은 아무 짝에 못 쓸 허망한 것이다. 이듬해 재산(在山) 좌익은 기어코 4·3사건을 저질러놓고 말았다. 열네개의 지서가 습격받아 방화 혹은 파괴되고 경찰관 네명이 피살된 이 사건으로 말미암아 온 섬은 즉각 공포와 죽음의 아수라장으로 치달았다. 국방경비대는 중산간 지대를 맡고 경찰은 주로 해변 쪽을 담당했다. 이북 출신 청년이 많은 경찰은 가혹하기 짝이 없는 무차별 탄압으로 원성이 높은 데 반해 주로 섬 출신으로 편성된 경비대는 지지부진 별 전과가 없었다. 입산자들은 경찰에만 공격 목표를 두고 경비대를 만나면 노상 피해

다녔는데, 그들의 선전인즉 동족상잔을 않겠다는 것이었지만, 실상은 군대를 건드렸다간 자칫 범의 콧구멍 쑤시는 격이 될까봐 두려웠던 것이다. 경비대의 전과가 신통치 않은 것은 과연 경찰의 비난대로 접전을 꺼려서 그랬을까, 아니면 경비대의 변명처럼 폭도들이 신출귀몰한다는 한라산의 수많은 자연동굴 때문이었을까?

도로 사정이 좋고 지서가 가까운 해변 마을들은 일찌감치 군경의 지배 밑에 들어왔지만 차량 통행이 어려워 손이 제대로 못 미치는 중산간 부락들은 입산자들이 무시로 출몰하는 취약지구였다. 경찰 병력을 실어나르는 미군 스리쿼터는 돌 많은 냇바닥같이 울퉁불퉁한 중산간 도로를 서너번 달리고 나면 그대로 헌 차가 되기 십상이고 군데군데 도로를 파괴해놓아 한시간 길이 반나절 걸리기가 일쑤였다. 입산자들이 맘 놓고 양식을 구하는 곳도 거기요, 위협에 못 이겨 입산자가 부쩍 는 곳도 거기였다. 게다가 그들에게 회유 혹은 납치되어 5·10선거에 불참한 곳도 거개가 중산간 부락들이었다. 어떤 마을 구장은 도민증을 만든다고 모아두었던 주민들의 도장을 도용, 총선 반대 연판장을 만들기도 했다. 그러니 이것저것 사리를 따지기 싫어하는 비정한 전쟁의 논리에서 보면 그 부락들은 이른바 '폭도 마을'이요, 그 주민은 폭도 동조자로 비쳤을 것이다.

5월 10일 총선거가 있던 날, 산사람들은 중산간 주민들을 위협과 회유로 목장지대에 데리고 가 선거에 불참시켰다. 그날 종수는 식구들을 따라 마을 위 목장으로 올라갔다. 할머니는 아무도 없는 빈집에 두면 혹시 고양이가 물어갈지 모른다고 대바구니에 병아리를 가득 담고 갔다. 할머니 말고도 병아리를 가지고 올라간 사람은 많았다. 방목하는 소들이 한가히 풀을 뜯고 있는 목장에 때 없이 오일장이 들어선 듯 사람들이 하얗게 널려 있었다. 그러나 그들은 소 흥정하러 온 것도 아니고 병아리 팔려고 온 것도 아니었다. 석호 형들이 이탈자를 막으려고 삼엄하게 경계를 펴는 가운데 사람들은 동네끼리 옹송그리고 모여 앉아 선거장인 읍내 쪽을 불안스럽게 바라보고 있었다. 아버지는 꺼질 듯 한숨을 몰아쉬며 중얼거렸다.

"저 젊은것들이 껄떡거려봐야 법 가진 사람한티는 못 당하는디…… 큰일이여, 큰일. 선거에 불참허면 우린 죄인이 되는데."

그 경황 중에 언제 낫을 준비했는지 솔가지를 쳐 땔거리를 마련하거나, 두릅이나 달래를 캐는 무심한 사람들도 더러 있었다. 사람들은 낮게 수군거리고 사방에서 삐악삐악 병아리 울음소리가 시끄러웠다. 종일 경계를 늦추지 않던 석호 형네는 해가 떨어져서야 비로소 마을 사람들을 놓아주었다. 선거 마감시간이 지난 것이었다. 그들이 산으로 올라가버리자 목장에 내팽개쳐진 마을 사람들은 완전히 공포에 사로잡혔다. 나라에 죄지은 몸으로 어떻게 감히 마을로 돌아갈 수 있겠는가, 목장에서 찬 이슬 맞으며 밤을 지새운 사람들은 이튿날도 마을에 내려갈 엄두를 못 내고 목장에서 반나절을 보내는데, 돌연 미군 정찰기 한대가 바싹 낮게 떠서 날아왔다. "미국 비행기가 온다!" 기겁하게 놀란 사람들은 비명을 지르며 산지사방으로 흩어져 달아났다. 소들도 놀라 뛰어 달아났다. 그러나 총알은 날아오지 않았다. 대신 확성기 소리로 우리말 방송이 우렁우렁 들판에 울려퍼졌다. "선량한 주민 여러분, 어서 집으로 돌아가십시오. 폭도 말에 속지 말고 안심하고 어서 집으로 돌아가십시오."

며칠 후 종수 외삼촌이 모처럼 만에 찾아왔다. 경찰 복장 차림의 외삼촌을 처음 본 종수는 입이 닫히지 않았다. 가슴 앞에 광택나게 잘 닦인 놋단추들이 줄줄이 달린 검정 제복이며, 쇠테를 넣어 먼지도 미끄러지게 팽팽한 모자가 여간 신기하지가 않았다. 구경 온 동네 아이들 앞에서 외삼촌은 종수를 번쩍 안아올렸다. 공중으로 추켜올려진 종수는 얼른 외삼촌의 모자를 벗겨 제 머리에 얹었다. 모자는 커서 눈 밑까지 푹 잠겼다. 아이들이 와하고 탄성을 올리며 박수를 치는데 이때 앙칼진 할머니의 목소리가 들려왔다. "종수야, 냉큼 그 모자 벗어라!"

외삼촌이 찾아온 목적은 아버지를 설득하여 읍내로 피난시키자는 것이었다. '폭도 마을'에 그대로 눌러 있다간 어느 귀신이 채어갈지 모른다는 것이었다. 그러나 아버지는 막무가내로 도리질이었다. 아버지에게는 세 식구만 딸린 게 아니었다. 소 열다섯마리를 돌봐야 했다. 외삼촌은 설득하다 못해 떠나면서 경찰 복장의 자기 사진 한장과 명함을 내주었다. 혹시 요긴하게 쓰일 때가 있을지 모른다고 했다. 외삼촌이 돌아간 뒤 할머니는 "탈 없이 잘 지내는 집에 공연히 찾아와서 산사람한테 경찰 가족으로 의심받게 됐다"고 울상을 지었다. 외삼촌은 한달 뒤 고내지서를 습격한 게릴라와 교전하다가 전사하고 말았는데 할머니로서는 걱정이 하나 없어진 셈이랄까? 그러나 결국 종수 외삼촌 말이 옳았다. 소 때문에 이사를 못 가겠다던 아버지는 이제 그 소들을 잃어버렸다. 목장지대는 작전지역이라 민간인의 산행이 금지된 것이다. 방목 중이던 소 열다섯 마리는 아주 버린 물건이 되어버렸다. 목장의 마소들마저 수난이었다. 입산자들은 양식 삼아 잡아먹고 군경은 폭도의 양식이 된다고 보는 대로 쏘아 죽였다. 양쪽 총소리에 놀란 소들은 이제 초원을 버리고 수풀에 숨어들어 사람 그림자만 보아도 냅다 도망치는 이상한 소가 되어버렸다는 것이었다. 집 외양간에 매인 것은 세마리뿐이었다. 항상 소 스무마리를 채워야 직성이 풀리던 아버지는 지지난해 가뭄으로 두마리를 잃고 이번에는 한꺼번에 열다섯마리를 잃고 보니 여간 상심한 게 아니었다. 술 취한 날이면 "나는 망했져, 나는 망했져" 하고 베개에 엎드려 흑흑 느껴 우는 것이었다.

5·10선거 이후 제주 북군의 중산간 마을 대부분은 '폭도 마을'로 정평이 나버렸다. 폭도 마을로 낙인찍힌 그곳 주민들은 처신이 참으로 난감했다. 시골 출신 입산자란 게 낯선 육지 토벌대가 두려워서, 혹은 협박에 못 이겨 올라간 사람들이 대부분이고 산에서 하는 일이라는 것도 반수는 죽창도 못 쥐는 짐 나르는 인부 노릇에 불과하건만 그들 역시 토벌대의 눈에는 폭도임에는 틀림없었다. 이들은 보름에 한번꼴로 몰래 마을에 내려와 소리 없이 눈물 흘리는 어머니 앞에서 한숨을 몰아쉬고는 양식을 다 짊어지고 떠나는데 이들에게 양식을 줘 보내는 그 가족들 또한 폭도 동조자로 지목되어 여간 고초를 겪는 게 아니었다. 그러나 입산자 가족이 아니더라도 장성한 아들을 둔 집이라면 마찬가지로 처신이 어려웠다. 중산간 마을에는 입산을 꺼려 늘 숨어 지내는 젊은이들이 더러 있게 마련인데, 마을 출신 입산자들이 와서는 왜 아들을 입산시키지 않느냐

핍박하고, 경찰은 경찰대로 아들이 보이지 않으니 입산한 게 아니냐고 다그쳤다. 그때마다 가족들은 노상 말문이 막혀 "하이고, 하이고" 이 앓는 소리를 내며 두 손을 싹싹 비벼대는 것이었다. 마을 출신 입산자들은 밤중에 마을에 숨어들어 양식을 털어갔는데, 약탈당한 집은 자진해서 폭도에게 양식을 제공하지 않았느냐, 요행히 약탈을 면한 집은 폭도와 내통하는 것이 아니냐 하고 의심받아 끌려가기도 했다. 경찰은 낮에 오고 산사람은 밤에 왔다.

어느날 종수는 골목 안 쌍가마네 집에 놀러 갔다가 순경 두사람이 쌍가마 어머니에게 큰아들의 행방을 대라고 추궁하는 것을 본 적이 있었다. 그중 한사람이 이북 사투리를 썼는데 서북청년답지 않게 의외로 말씨가 부드러웠다. 그때 쌍가마 어머니와 이북 출신 순경은 똑같이 눈에 다래끼가 나 있었는데 그게 우스웠던지 그 순경은 피식 웃고 나서 이렇게 한숨조로 말하는 것이었다. "내레 당신네를 밑게 봐설라무니 눈에 다래끼가 난 것이고, 당신들은 우리네를 밑게 봐서 눈에 다래끼가 난 거야. 왜 세상이 이렇게 돼버렸는지……"

이래저래 안팎곱사등이 된 주민들은 산에서 오나 해변에서 오나 숨는 게 일이었다. 발소리에 놀란 방게 구멍 찾듯 방고래 속에, 천장 위에, 돼지막에, 대밭에, 돌무더기 속에, 장독 속에, 엎어놓은 절구 속에, 보릿짚가리 속에, 심지어는 두엄 속으로 후닥닥 숨어드는 것이었다. 그리고 산사람들에게 안 뺏기려고 부엌 외양간 헛간 같은 데 바닥을 깊이 파서 양식을 비장하기도 했는데, 그 굴은 입산하지 않은 젊은이들의 은신처로 쓰이기도 했다.

종수네 마을에 두번째 산에서 내려와 양식을 털어가던 날, 쌍가마네 집에서 숨긴 양식을 찾는다고 죽창으로 보릿짚가리를 마구 쑤셔댔는데 마침 그 속에 숨어 있던 쌍가마 형이 벌겋게 피를 흘리며 밖으로 튀어나왔다. 더 죽창질할 필요 없이 그는 이내 숨을 거두고 말았다. 양쪽 틈바구니에서 구장 노릇 하기가 무서워진 문씨가 가족들을 놔둔 채 홀로 해변으로 피난 가버린 것도 이 무렵이었다.

이제 구장이 없어졌으니 누구든 새 구장이 나와야 했다. 그 적임자는 역시 가세가 넉넉한 종수 아버지일 수밖에 없었다. 과연 얼마 후 외도지서의 순경들이 올라와서 새 구장을 종수 아버지에게 떠맡겼다. 그후부터 순경들은 마을에 오면 종수네 집에 들러 주민의 동태에 대해서 이것저것 캐묻기도 하고 때때로 점심을 시켜 먹기도 했다. 불안하기 짝이 없는 노릇이었다. 언제 산사람들에게 보복당할지 모를 일이었다.

이렇게 온 식구가 걱정 속에 지내는데, 아버지는 돌연 남은 소두마리를 헐값에 팔아치우더니 한술 더 떠서 그 돈으로 작은각시를 얻어 건넛마을로 딴살림 차리고 나갔다. 순경 접대는 대신 할머니가 맡았다. 모든 게 할머니의 계략인 듯했다. 외아들에게 횡액이 닥칠까 두렵고, 횡액이 닥치더라도 그 전에 씨 하나 더 남겨놓으려는 뜻이었을 게다. 하나 있는 손자 종수만으로는 아무래도 조마조마해서 미덥지 않았나보다.

"하이고, 이런 쌍놈의 집구석 내가 왜 왔는고. 전처 구박 양첩(兩妾)한 놈아아! 여뀌밥에 소금장 먹어 대천 바다 한가운데 들어 거꾸러나 지라, 느놈 죽으면 황구렁이 몸에 갈 거여!" 어머니는 이렇게 넋두리를 풀다가도 종수를 노려보며 "요놈의 자식, 꼴도 뵈기 싫다. 아방 잃어도 심드렁 편편. 어서 느 아방 데려오라, 어서! 그걸 못하면 느도 나가라, 꼴도 뵈기 싫으니, 느 작은어멍 그년한티 가 살라!" 하고 소리지르는 것이었다. 어머니의 울음소리가 터질 때마다 할머니는 부엌에 들어가 빈 솥에 공연히 맹물만 끓이며 나오지 않았다.

어머니의 저주를 받았던가, 아버지가 딴살림을 차린 지 한달 만에 기어코 일이 일어나고 말았다. 그동안 아버지가 얼굴을 비치지 않아도 순경들은 "허허, 양 구장이 그 구멍에 빠져도 아주 상투 끝까지 빠진 모양이야, 꼼짝도 안하는 걸 보니" 할 뿐 별말이 없더니 그날따라 아버지를 만나 의논할 일이 있으니 작은집을 가르쳐달라는 것이었다. 할머니는 종수를 보내 데려올 테니 기다리라고 했으나, 순경 두사람이 마침 그 마을에 볼일도 있고 하니 직접 찾아가겠노라고 했다. 그래서 종수가 안내를 맡았던 것이다. 초저녁 어스름 녘이었다. 물이 말라붙은 무수내를 건너 마을 초입에서 다시 골목길로 접어들었다. 늙은 감나무, 복숭아나무, 동백나무 큰 가지들이 치렁치렁 담 너머로 휘어져 있어 골목 안은 유달리 어둑신했다. 뒤따라오는 순경 두사람은 생전 처음 먹어본 갈치회에 식중독 걸려 혼난 얘기를 하면서 키득키득 웃고 있었다. 그러나 종수는 작은집이 가까워질수록 가슴이 방망이질 치듯 몹시 뛰놀았다. 저 집 문안에 절대 발을 들여놓지 말아야지! 아버지의 엉큼하고 뻔뻔한 낯짝을 보기가 싫었다. 작은어멍이라는 그 여자는 더더욱 싫었다. 나는 애비 없는 새끼야! 종수는 입술을 꼭 깨물었다.

집 앞에 이르자 종수는 퉁명스럽게 "이 집이우다" 하고 내뱉고
는 횡하니 오던 길로 달려나왔다. 긴 골목을 단숨에 뛰어 막 큰길
로 접어드는데 갑자기 뒤에서 총소리가 잇달아 터졌다.

사연인즉 이러했다. 그날 아버지는 소장수 세명과 어울려 평소
에 안하던 노름을 크게 벌여놓고 있다가 느닷없이 순경들이 나타
나자 노름판 덮치러 온 줄 알고 다른 사람들과 함께 후닥닥 뒷문으
로 튀어 달아나는데 이를 본 순경들은 잠입해 있던 폭도들이 도망
치는 걸로 오해하여 총을 쏘아댄 것이었다. 총에 맞아 그중 한사람
이 절명했다.

도망친 아버지는, 구장 노릇 하기 싫어 전전긍긍하던 차에 망신
스럽게도 도박죄까지 뒤집어썼으니, 당분간은 마을에 돌아올 가망
이 없었다. 아버지가 보름이 넘도록 돌아오지 않자, 할머니는 종수
와 어머니를 한데 싸잡아 입방아를 찧기 시작했다. "아이구, 느들
인제 속시언허겠다. 남편보고 대천 바다에 들어 거꾸러지라고 그
렇게 빌고 또 빌더니 소원대로 되어서 속 시언허겠네."

이리하여 아버지는 엉뚱하게도 도피자가 되어버렸다. 도피자는
곧 입산자로 여겨지는 세상이었다. 식구들은 이젠가 저젠가 가슴
태우며 아버지를 기다렸다. 제가 살아 있다면 아비 제사에는 꼭 오
겠지 하고 할머니는 제삿날을 손꼽아 기다렸다. 제삿날, 식구들은
제상을 차려놓고 어둠속에 우두커니 앉아 아버지가 성큼 나타나서
병풍에 지방을 써 붙여주기를 기다렸다. 불이 샐까 두려워 제상에
접싯불 한점 켜지 못했다. 밤이 무서운 시절, 마을은 먹장을 갈아부
은 듯 불빛 한점 없이 깜깜하고 어둠속 어딘가에 순경 두어명이 숨

죽이고 엎드려 있었다. 아버지는 결국 오지 않았다.

아무려나 아버지가 제삿날 오지 않은 것은 잘한 일이었다. 며칠 후 읍내에 살던 윗동네 홍 서방이 부친 제삿날 밤에 몰래 집에 왔다가 마을에 잠입한 산사람들에게 납치된 것이다. 읍내 남국민학교 소사 노릇 하던 홍 서방은 4·3사건이 터지자 넉달 동안 일절 집에 발을 끊고 입산자가 안되려고 그렇게 애쓰더니 덜컥 잡혀가는 몸이 되고 말았다. 홍 서방은 파제 후 소피 본다고 밖에 나가더니 그만 종적이 없더라는 것이었다. 파제 직후 이웃 서너집에 제삿밥을 돌린 게 탈이었나보다. 제삿밥을 돌리니 이웃에서 제사인 줄 알게 되고 제삿날이니 아들이 와 있을지도 모른다는 추측을 할 수 있는 것이었다. 그 이웃 중에 한 집은 입산한 아들이 있었는데, 그자가 마침 집에 양식을 가지러 몰래 잠입해 있다가 홍 서방을 납치해 갔다는 것이 경찰의 판단이었다. 그 집의 늙은 아비 어미가 그 일로 해서 모진 고초를 당한 것은 말할 것도 없다.

열한살의 종수는 이제 말 없는 아이가 되었다. 다른 애들도 그랬다. 여름이 다 가도록 동네 밖을 벗어나 놀아본 적이 없고 무수내에 발 한번 담가보지 못했다. 놀아도 조용히 놀았다. 동네 어귀에 앉아 누가 안 오나 힐끗힐끗 망보며 공깃돌을 튕겼다. 땅뺏기놀이도 했다. 한국 땅, 미국 땅, 소련 땅……

섬 출신 장병이 태반인 향토부대는 폭도 토벌에 부적당하다는 판단이 나 육지로부터 들어온 다른 부대와 대체되었다. 입산자들의 저항은 완강했다. 이제는 군대와의 접전도 서슴지 않았다. 그들은 전선 절단, 도로 파괴로 군경의 기동력을 약화시켜놓고는 뒷덜미를 치고 달아나는 유격전을 벌였다. 작전에 두가지 난관이 있었으니, 하나는 폭도들의 은신처인 한라산의 자연동굴들이고, 또 하나는 그들의 식량 원천이 되고 있는 중산간 부락들이었다. 자연동굴은 적발해내기도 어렵지만 그 수가 엄청나 작전이 지지부진 실효를 거두지 못하자 토벌대 측은 결국 중산간 부락의 주민을 해변으로 소개함으로써 폭도와 주민을 분리하고 적의 식량 원천을 고갈시키는 이른바 아사작전을 쓰게 되었다. 시기는 한라산에 눈이 많이 오는 겨울을 택했으니 동사작전도 겸한 셈이었다. 아니, 무고한 인명피해도 숱했으니, 그것은 삼광(三光) 작전이라고 해야 할 것이다. 살광(殺光), 소광(燒光), 창광(倉光). 한라산을 삥 둘러 백여군데 중산간 부락들이 소각, 초토화되었다. '왓샤' 청년들이 손에 들었던 횃불, 종수가 흉내 내다 만 그 횃불이 저리 큰 재앙불로 변할 줄이야.

불타는 중산간 부락 주민들은 겨울 산으로 달아나는 쪽과 해변으로 소개되어 내리는 쪽 두갈래로 나뉘었다. 종수 할머니는 처음에는 집안의 가재도구를 불에 안 타게 빨리 마당에 내친 후 떠나자고 하더니, 그 일이 대충 끝나고도 종내 따라나서지 않았다. 불은 바로 아랫동네까지 미쳐 총소리가 콩 볶듯 터지고 호각 소리가 날카로운데 일각이 급했다. 어머니와 종수가 발을 동동 구르며 성화같이 재촉해도 막무가내였다. 할머니는 할아버지의 위패를 가슴에 품고 뒤꼍의 대밭으로 숨어들면서 말했다.

"난 죽어도 이 집 귀신이다. 나는 하르방하고 둘이 여기 남아 이세간들을 지킬겨. 종수 아방도 올지 모르니…… 세상 다 살은 늙은

이가 어딜 갈 말이냐. 내 걱정 말고 어서들 가그라. 그리고 종수야, 우리 집안에 너 혼자이니 부디 몸조심해사 헌다."

소개민들이 해변 일주도로에 내려오자 소개작전의 절차에 따라 폭도 용의자 색출 작업이 진행되었다. 외도리 위 일주도로를 가득 메운 광연리와 인근 부락 주민들은 두려움에 얼굴이 하얘져 안절부절못하고 있었다. 대부분이 노인과 아녀자들이었다. 젊은 남정네들은 진작에 잡혀서 결딴났거나 입산자가 되어버리고 남은 것은 병신 팔푼이들뿐이었다. 따라서 폭도 용의자 색출이란 곧 입산자 가족을 가려냄이었다. 남편 없는 젊은 여자는 일단 따로 분리되어 심문을 받았다. 종수네도 그 무리에 끼여 있었다.

비수 같은 말 한마디, "남편은 어디 갔소?"

어떤 여자는 일본서 온 편지를 보이며 일본에 돈 벌러 갔다 하고 어떤 여자는 역시 편지를 보이며 육지 장사 나갔다고 했다. 심지어 화보에서 오려낸 상해 임시정부 요원 사진을 내보이며 울먹거리는 아낙도 있었다. 종수 어머니는 자기 차례가 가까워오자 속삭이는 말로 종수에게 거듭 다짐을 주었다.

"종수야, 쌍가매 성(형)이 어떵 죽은 줄 알지? 느네 아방도 바로 그렇게 죽은 거여. 잊어불지 말고 꼭 그렇게 대답하라이. 보릿짚눌 (가리) 속에 숨어 있다가 폭도놈들이 숨긴 양식 찾는다고 거길 마구 대창으로 팍팍 찔러대는 바람에 그만 창 맞아 죽은 거여. 알아시냐? 꼭 그렇게 대답하라이." 이렇게 단단히 말대답을 준비한데다 경찰복 차림의 외삼촌 사진까지 갖고 있어서 종수네는 무사히 통과되었다.

종수 모자는 다른 여남은 가족과 함께 외도로 소개되었다. 종수네가 갯가에 있는 어느 오두막집 헛간에 빌려 들 때, 오십 중노인인 그 집 주인은 첫인사 삼아 다짜고짜 이렇게 투덜거리는 것이었다. "폭도놈들 때문에 내가 배를 못 탄 지 꼭 넉달이라, 넉달! 고기를 잡아사 쌀을 사 먹주. 에잇, 빌어먹을!" 폭도들이 배 타고 일본으로 도망칠까봐 포구의 배들은 일절 띄우지 못하게 되어 있었던 것이다. 주인은 지서의 명령이라 마지못해 종수네를 받아들이긴 했지만, 여간 떨떠름한 눈치가 아니었다. 아마도 소개민들이 산에 있는 가족과 내통할지 모른다고 종수 어머니의 동정도 살피라는 지시가 있었던 모양이다. 이에 장군에 멍군 하는 격으로 어머니는 그 자리에서 비위 좋게, 오늘이 애 아버지 삭망제이니 메 한그릇만이라도 올리게 쌀 한줌 꾸어달라고 사정했다. 어머니는 아버지의 행방을 더이상 추궁받고 싶지 않아, 아예 아버지를 죽은 것으로 치부한 모양이었다. 주인이 '재수없는 예펜네'라고 퉁을 먹이고 들어가버리자, 어머니는 조밥이라도 한그릇 올려야겠다며 큰 소리로 중얼거리면서 마당 한 귀퉁이에 돌 두덩어리를 갖다놓고 그 위에 솥단지를 얹었다. 그 주위에 소금을 약간 흩뿌리고는 두 손 모아 "조왕할마님, 부디 산 입에 거미줄 치게 맙소사" 하고 중얼거렸다. 가져온 양식이라곤 겨우 좁쌀 서말뿐. "종수야, 양식을 아껴사 헌다. 이 쌀 떨어지면 우린 굶어 죽는 거여" 하고 어머니는 입버릇처럼 말했다. 그래서 종수는 날마다 썰물이건 밀물이건 갯가에 나가 고등을 잡고 파래를 뜯었다. 썰물 때면 갯가에 해물 잡으러 온 동네 아이들로 와자지껄 웃음꽃이 피는데 종수는 항시 외톨이였다. 아이들이 '폭도 새끼'라고 손가락질했다.

사람들이 수도 없이 죽고 또 죽어간다는 소문이었다. 산야에, 냇골창에, 빈 밭에 갈중이 핫바지 차림의 떼송장이 늘비하게 널려 있다는 것이었다.

어머니는 매일 중산간 아래에 성 쌓으러 다녔다. 외도에서 읍내를 지나 화북까지 사십리에 걸친 장성의 축성이었다. 이른바 견벽청야(堅壁淸野)가 그것이다. 중산간 마을을 소각시켜 청야(淸野)했으니, 이제 성을 쌓아 적을 막는 견벽(堅壁)을 하게 된 것이다. 토벌대는 한라산을 에워싸고 바싹 조여들었다. 겨울의 한라산은 구름 벗겨지는 날이 없었다. 연일 세찬 북풍이 몰아치고, 섬 하늘 가득히 구름떼가 내달려가 입산자들이 숨은 한라산을 밑굽까지 파묻고 숨 막히게 눌러댔다. 수평선 너머 먼 육지로부터 거친 파도와 구름떼를 몰고 천군만마의 토벌대로 달려와 섬땅을 강타하는 하늬북풍. 뒤늦게야 선무공작이 있었다. 정찰기를 띄워 한라산에 귀순 권고의 전단이 무수히 뿌려졌다. 무서운 재앙을 겪은 뒤에 나타난 이 평화공세의 선무공작으로 하산하는 귀순자의 행렬이 꼬리 물고 이어지기 시작했다. 동상 아니 걸린 사람이 없고 얼어 죽은 어린아이들도 적지 않았다.

종수는 성담 쌓다 발등을 다친 어머니를 대신해서 나흘간이나 울력을 나갔는데, 그때마다 나뭇가지에 머릿수건을 풀어 귀순의 백기를 달고 줄지어 내려오는 아녀자들을 보았다. 못 먹어 피골이 상접한 얼굴에 입은 입성은 험하게 해져 영락없는 떼거지 꼴이었다. 등에 업은 어린것들은 죽은 듯이 엎디어 있었다. 그들은 동상 걸린 발을 질질 끌며 느릿느릿 지나갔다. 성담 쌓던 여자들 중에 하나가 "폭도년들!"이라고 욕을 해댔다.

하루는 울력 감독 순경이 근처 잔솔밭에서 숨어 있던 칠십 난 한 노파를 잡아왔다. 굴왕신 같은 몰골이 산에서 내려온 행색이 분명했다. 순경은 산폭도들의 첩자가 분명하다고 하면서 여러사람이 보는 데서 신문을 했다. 그러나 노파는 캐묻는 말에 연상 고개를 흔들며 귀먹은 시늉을 했다. "난 귀먹어서 듣지 못합네다." 그러자 순경은 꾀를 내어 낮은 목소리로 온화하게 말하기를 "허 참, 공연히 의심했습니다. 할머니, 이젠 가도 좋아요." 이 말에 노파는 눈이 번쩍 뜨여 "아이고, 고맙수다. 아이고, 고맙수다" 하며 여러번 허리를 굽히며 손을 싹싹 비벼대더니 급히 내리막길로 달려가는 것이었다. 이때 순경이 총을 벗어 들어 겨냥하면서 외쳤다. "앞에 비켜라, 비켜!" 아, 우리 할머니는 어떻게 되었을까?

종수는 이렇게 어머니 대신 울력 나가기도 했지만, 축성이 끝난 뒤에는 허리병이 도진 주인아저씨를 대신해서 초소막 지키러 나가기도 했다. 종수가 죽창 들고 막 지키러 다니기 시작해서야 비로소 동네 아이들 입에서 '폭도 새끼' 소리가 사라졌다. 마을 둘레에는 초소막이 여럿 있어서 15세 이상 60세 이하의 민보단 남정들이 밤마다 불침번을 서는데 열두살짜리 종수가 이따금 끼어든 것이었다. 저녁에 주인아저씨가 건네주는 가죽감투를 눌러쓰고 한 손에는 죽창 들고 한 손에는 말똥불이 든 깡통을 줄에 매달아 뺑뺑 돌리며 동네 길을 활보해 가노라면, 아이들이 휘둥그레진 눈으로 쫄랑쫄랑 따라오며 물었다. "너 진짜 민보단가?" "병신, 보면 몰라?

폭도 새낀 이렇게 죽창으로 콱 찔렀다가 얼른 빼아야지, 그렇지 않으면 피에 엉겨 죽창이 빠지질 않애여."

종수는 어른들 틈에 끼어 앉아 깡통에 든 말똥불에 고구마를 구워 먹으면서 막을 지켰다. 어른들이 "느 아방 어디 가시니?" 하고 물으면 그냥 무뚝뚝하게 "폭도한티 죽창 맞아 죽었수다" 하고 대답하곤 했다.

할머니와 아버지는 종내 돌아오지 않았다.

아
스
팔
트

창주는 개 짖는 소리에 얼핏 잠이 깼다. 선잠 깬 귓속으로 초인종 소리가 탈탈 무디게 파고든다. 아닌 밤중에 누굴까? 발바리가 금방 숨넘어갈 듯이 극악스럽게 짖어대고 머리맡 사발시계의 야광 침은 두시 가까운 시간을 가리키고 있었다. 이리 늦은 시간의 방문객은 처음 겪는 일이다. 잠기가 싹 가신다. 도대체 누굴까? 창주는 기분이 언짢아 마른침을 꿀꺽 삼켰다. 아내가 깨지 않게 이불 속을 살그머니 빠져나와 바지를 꿰입었다. 제까짓 게 기껏해봐야 제집 잘못 찾은 술주정뱅이겠지. 눈이 녹아 질척거리는 마당을 질러 성큼성큼 대문으로 다가가면서 퉁명스럽게 물었다.

"누구우꽈?"

"저, 새밋드르 사는 강영조 씨 집에서 왔수다."

가슴이 뜨끔했다. 강영조 씨? 혹시 잘못 들은 게 아닐까? 대문 빗장에 손을 대면서 재우쳐 물었다.

"새밋드르 이장 하시던 분 말이우꽈?"

"예."

그 노인네가 도대체 이 밤중에 나한테 볼일이 무언가? 야릇한 불안감에 짜증이 나서 창주는 옆에서 사납게 짖어대는 발바리 배를 발로 밀어붙이고는 대문 빗장을 땄다. 대문의 누런 전등 불빛에 드러난 얼굴은 과연 강씨의 아들이다. 상고를 나와 어느 조그만 개인 회사에서 경리일 본다는 스물 안팎의 앳된 청년이다. 강씨 아들은 자전거 손잡이를 잡은 채 꾸벅 인사를 한다. 얼굴과 잠바 앞가슴이 척척히 젖은 것으로 보아 자전거 페달을 속력껏 밟아 온 모양이다. 전등 불빛 주위로 성긴 눈발이 퍼뜩거리고 있었다.

"웬일인가, 이 밤중에?"

"저, 주무시는데 죄송허우다. 실은 아버님이 오늘밤을 넹기지 못함직해서 마씸."

"아니, 그리 위독하신가. 와병 중이란 말은 얼핏 들었네마는……"

청년의 입에서 한숨이 가냘피 새어나왔다.

"숨 거두기 전에 꼭 선생님을 뵙고 싶다고 하십니다. 선생님한테 유언할 말이 있으신 모양이우다."

창주는 너무 놀라 그만 어안이 벙벙해졌다.

"나한테 유언이라고? 무슨 유언인데?"

"글쎄 마씸."

이 무슨 해괴한 소리인가? 이건 번지수가 영 틀리지 않은가. 일년 가야 길에서 한두번 마주칠까 말까 한 남남인 처지에 유언이라니.

그러나 한밤중 시오리 밖 향리에서 느닷없이 날아든 강씨의 이름은 창주를 아연 긴장하게 만들었다. 삼십여년 전 악명 높던 새밋드르 이장 강영조. 불길한 밤의 체취가 물씬 나는 그 이름과 더불어 당시 새밋드르를 뒤덮던 그 무서운 암흑이 일거에 달려와 그를 에워싸는 것만 같다. 그렇다. 비록 서로 얼굴 보는 일도 드물고, 나이도 열댓살 차이가 나지만 그와 나는 결코 무관한 사이가 아니다. 그것은 오랜 세월에 걸친 은밀한 대립관계였다. 서로 간에 내색하는 법은 없었지만, 연기 없이 몰래 내연하는 재 속의 불씨처럼 적대감은 분명 속살 깊이 잠재하고 있었다.

삼십여년 지속되어온 이 불편한 관계는 그 당시 창주가 마을 어른들이 모인 자리에서 두번에 걸쳐 강씨와 지서 주임이던 임영준씨를 대놓고 면박 준 일 때문에 발생했다. 온 섬바닥을 휩쓴 대공황의 난리가 끝난 지 얼마 안되어 두사람의 존재가 아직도 두렵게만 느껴지던 그때, 그는 젊은 혈기에 욱하고 그 금기의 말을 내뱉어버린 것이었다. 첫번은 "수백년 묵은 팽나무들을 벌목한 것은 아무래도 처사가 영 잘못된 것 닮수다"였고, 그리고 두달 후 사건의 핵심을 곧바로 찔러 "뻬라뭉치 든 사람이나 풀통 든 사람이나 매한가지 아니우꽈?"라고 말해버렸던 것이다. 그후 창주는 혹 보복이 있지 않을까 꺼려 오랫동안 예의 경계심을 늦추지 않았다. 만약 그들이 음해하여온다면 창주도 일신이 파괴되는 한이 있더라도 그들의 범죄를 정식으로 문제 삼고 싸워볼 생각이었다. 그러나 끝내 아무 일도 없었다. 세월이 흘러 혈기방장하던 장년의 그들은 차츰 이 울어져 몰골이 추레한 노인으로 영락하고 말았다. 그 오랜 세월 동안 그 일로 오죽이나 부심했으면 강씨가 임종에 나를 부를까. 창주는 평생 그들의 약점에 달라붙은 아픈 가시였던 셈이다. 그렇다. 이제 강씨가 마지막 안간힘으로 보여주고 있는 저 집념은 나에게 원망과 저주의 욕설을 퍼붓자는 것이 아니다. 나에게 들려줄 유언이라면 "내 죄를 용서해주게" 하는 말 외에 무엇이 있겠는가. 강씨는 나를 통하여 그 유언이 마을 전체에 알려지기를 바라고 있는 것이다. 어서 가봐야지. 강씨 아들은 눈썹을 파르르 떨며 초조하게 이쪽 눈치를 살피고 있었다.

"곧 택시 타고 뒤따라갈 테니, 어서 먼저 떠나게."

그러자 청년은 안심한 듯 꾸벅 절을 하고는 자전거에 몸을 싣고 이내 골목 밖 어둠속으로 빠져들어갔다.

창주는 안에 들어가서 옷을 단단히 껴입고 서둘러 밖을 나섰다. 입춘 추위를 하는지 하늬바람 끝이 제법 서슬져 있었다. 반코트 목단추를 채우고 모자를 올려썼다. 바람 탄 눈송이들이 동백나무 가로수 주위에 나긋나긋 휘감기고 있었다. 다행히 아스팔트에는 눈이 쌓이지 않아 차 타고 가기에 무리가 없을 듯했다. 찰기가 없는 눈송이들은 아스팔트에 닿자마자 푸실푸실 풀어져 이내 녹아버리곤 한다. 동백나무 잎사귀에 달라붙은 눈도 녹아 젖은 솜처럼 후줄근히 늘어졌다. 그런데 큰길까지 걸어나와도 웬일인지 빈 택시는 좀처럼 오지 않는다. 빈 택시는커녕 손님 태운 것마저 지나가는 게 드물었다. 이따금씩 나타나는 택시들은 손을 흔드는 창주를 향해 강한 헤드라이트 불빛을 면상에 쏘아붙이고는 매정하게 달아나버리곤 했다. 여느 때 같으면 밤새도록 차 왕래가 그치지 않건만 아마 궂은 날씨에 손님도 적어 일찌감치 들어가버린 모양이다. 눈이 녹아 질펀하게 젖은 아스팔트는 가로등 불빛에 번들번들 빛날 뿐 횅뎅그렁하게 비어 있었다. 빨리 가야 할 텐데. 강씨가 시방 이승 반 저승 반 하고 있는데 이리 지체해서야. 창주는 조바심에 쫓겨 어느새 새밋드르 쪽으로 발걸음을 떼놓고 있었다. 걸으면서도 혹시 차가 오지 않나, 연방 뒤쪽을 힐끔힐끔 돌아본다. 이럴 줄 알았으면 강씨 아들의 자전거 뒤꽁무니에라도 매달려 갈걸, 먼저 보내버린 것이 못내 아쉽다. 이렇게 차를 기다리며 얼마쯤 걷노라니 어느덧 주택가는 끝나고 앞길은 가로등도 없이 캄캄한 어둠이다. 어둠속에 놓이자 본능이 시키는 것처럼 소심증이 뾰족하게 일어난다. 어둠속에서 눈발이 날아들어 선득선득 뺨을 핥는다. 어떻게 할까? 그만 돌아가버릴까? 낮이라면 걸어서라도 갈 텐데…… 인적이 끊기고 눈 내리는 이 밤길은 혼자 걷기에는 아무래도 무리인 것 같다. 차를 타면 십분도 채 안 걸리게 가깝지만 걸어가자면 잰걸음이라도 사십분가량은 좋이 걸리는데…… 이렇게 망설이면서도 그의 발걸음은 여전히 자석에 끌린 듯 새밋드르 쪽을 향해 움직였다.

얼마를 더 가니 인도마저 끊겨 발밑에 젖은 흙이 질척거린다. 아스팔트 위로 발을 옮겨놓는다. 이왕 내친걸음 할 수 없다. 걸어서라도 가야지. 이렇게 맘을 다잡아먹은 창주는 아예 아스팔트 복판으로 나와 걸음을 빨리 떼놓기 시작한다. 그런데 걸으면서도 어쩐지 구름밭을 디디는 것 같은 야릇한 비현실감을 떨쳐버릴 수 없는 것은 웬일일까? 자신이 오밤중에 눈길 위에 끌려나와 걷고 있는 몽

유병자가 아닌가 하는 착각마저 드는 것이다. 내가 진짜 길이 아닌 꿈길을 걷고 있는 것은 아닐까? 차 타면 단 십분 걸리는 곳을 이렇게 걸어가게 될 줄이야.

걸어가는 고향길이란 버스 노선이 생기기 전인 십여년 전, 더 정확히 말해서 시내로 이사 오기 전인 이십여년 전, 과거 속의 길이었다. 그 시오리 길을 창주는, 해방되기 이태 전 소학교에 입학한 뒤 구제중학교 5학년을 나올 때까지, 십여년의 긴 세월을 하루같이 타박타박 걸어다녔던 것이다. 시내에서 수의사 노릇 하는 당숙 댁에 별로 달갑지 않은 군식구로 얹혀 지내며 학교를 가깝게 다녀본 것은 소학교 1학년 때뿐이었다. 부모의 품에서 갓 떨어져나온 그는 젖 곯은 강아지마냥 일주일 내내 골골 앓다가도 토요일 오후만 되면 고향길 위로 새 날듯 팔 벌려 달려가곤 했다. 그때마다 어김없이 동산마루까지 마중 나와 그를 등에 업고 데려가주던 아버지. 아버지는 그해 징용에 끌려간 뒤 다시는 돌아오지 않았다. 고향길은 단 이틀만 걸어도 짚신 앞부리가 수세미 되게 헐어버리고 마차 쇠테바퀴가 왈각달각 불똥 튀기는 생돌짝길이었다. 중도에 비 그을 처마 하나 없고 땀 들일 그늘도 변변치 못한 팍팍한 시오리 길, 걷는 일이 벌받는 것처럼 괴롭던 아이 시절이었다. 때로는 짐도 지고 다녔으니, 삭정이 땔감을 담임선생님 댁에 지고 가 공책 한권이나 연필 한자루와 맞바꾼 적도 여러번이었다. 그 길은 시련의 도정이었다. 비가 오면 벌건 감탕물이 발목 잠기게 콸콸 흘러 길바닥이 무섭게 패고, 갠 날이면 바람 타고 황진 구름이 뿌옇게 떠올라 무명옷을 벌겋게 물들여놓곤 했다. 그리고 더 큰 시련이 닥쳐왔다. 길가 전신주에 삐라가 나붙고 창주를 비롯한 어린 통학생들이 노상에서 검문당해 삐라뭉치를 찾는다고 책보따리가 헤쳐지곤 했다. 달구지나 다니던 길에 먼지구름 일으키며 미군 지프차, 스리쿼터가 무섭게 질주했다. 길 가던 젊은 여선생이 미군 지프에 채여가기도 했다. 그 길을 따라 새밋드르부터 서쪽은 폭도 마을로 낙인찍혀 있었다. 사정은 더욱 파국으로 치달아 전봇대가 톱에 잘려 길바닥에 눕고, 절단된 전화선이 산발한 미친 머리칼처럼 어지럽고, 차바퀴가 빠지게 길바닥에 허궁다리가 패곤 하더니 급기야는 길가 잔솔밭, 밭담 뒤 여기저기에 떼송장이 늘비하게 널리고 말았던 것이다. 그 모진 시국의 풍우와 폭염에 전신을 드러낸 채 난타당하던 길은 삼십여년 후인 지금 매끄러운 아스팔트 밑에 묻혀 감춰져버린 것이다.

바람세가 누그러지면서 눈발은 점점 짙어졌다. 이제 창주와 새밋드르 사이에 놓인 어두운 공간은 숱한 눈송이들로 빽빽이 채워졌다. 가로등 불빛은 등 뒤로 가물가물 멀어지고, 대신 시오리 밖 새밋드르의 암흑이 정면으로 밀려와 앞가슴을 답답하게 짓눌러댄다. 그것은 숯더미로 화하여 한낮에도 암흑같이 검던 새밋드르요, 그 폐허의 한 귀퉁이에 돌성 쌓고 들어가 살던 전략촌의 어두운 밤이었다. 창주는 이제 오그라드는 가슴을 심호흡으로 부풀리며 성큼성큼 과거 속으로 걸어들어가기 시작했다. 시오리 공간에 붐비는 눈송이들이 자꾸만 창주에게 뭐라고 속삭이는 것 같다.

삼십육년 전, 온 섬이 대난리를 만나 북새통일 때 이 시오리 길을 사이에 두고 읍내 순경들과 마을 남정네들 사이에 한때 야릇한 숨바꼭질이 벌어졌었다. 마을 앞 야트막한 도새기동산에서 홀연 울려퍼지는 나팔 소리와 함께 평소에 없던 소나무 한그루가 불쑥 솟아오르면 마을 남정네들이 불 깐 돼지 튀어나듯 산 쪽으로 냅다 달음질 놓고, 읍내 쪽에서 검정 스리쿼터가 먼지구름을 끌면서 득달같이 달려들곤 했다.

한마디로 비극은 달음박질에서 시작되었다. 최초의 달음박질은 5·10선거일에 있었다. 그날 선거인을 데리러 오는 경찰 스리쿼터 한대가 동쪽 길 끝에 나타났을 때는 마을 주민들은 농민회 청년들이 뒤에서 감때사납게 몰아대는 대로 산으로 내달린 다음이었다. 중산간 부락은 물론 해변부락도 반수 이상 선거에 불참한 이 사건이 바로 비극의 발단이었다. 미군정이 이를 단순히 '좌익의 선거인 납치'로만 보지 않고 '주민의 선거 보이콧'으로 보는 데에 문제의 심각성이 있었다. 변혁을 고창하는 농민회 청년들의 눈은 불면으로 붉게 충혈되어 있었다. 경찰도 무서웠지만 머리띠를 두르고 죽창 든 그들의 지시를 거역할 수는 없었다. 비협조자는 자기비판에 회부하여 가차 없이 린치를 가했으니, 한밤중 "왓샤 왓샤" 하는 횃불시위 소리가 들리면 마을 사람들은 오늘은 또 어느 집 누구가 애꿎게 당하나 가슴을 졸이곤 했다. 나중에 경찰로부터 호된 고문과 닦달을 당할 줄 알면서도 모이라면 모여야 하고 입산자를 위한 식량과 기부금을 내라면 또한 지체 없이 내야만 했다. 농민회에 의탁하여 사사로운 원한을 푸는 자들도 있었다. 좌우 양단간에 어느 쪽에도 정처를 못 두고 양쪽 눈치를 살펴야 하는 괴로운 생활이었다. 아직 장가 안 간 스물 안팎의 장성한 두 아들을 둔 외할머니의 심경은 실로 난감한 것이었다. 읍내 차부에 취직하여 화물차를 끌던 큰외삼촌이 그 무렵 경비대 운전병으로 들어가 있었다. 막내 외삼촌이, "절로 죽지 못해 환장한 것들! 제까짓 촌무지랭이들이 사실을 알면 얼마나 안다고 냅뜨는 거여? 공부한 하이카라들이나 하는 멋쟁이 놀음일 뿐이여" 하고 투덜거릴라치면 외할머니는 질색하고 손을 홰홰 내젓고는 하였다. "아이고, 야야, 말조심허라. 바람벽에도 귀가 있져." 심지어 할머니는 이런 말까지 더러 하여 퉁을 먹곤 했다. "늬 성이 경비대에 들어갔다고 저것들이 우리 집을 사뭇 믿게 보는디, 언제 당해도 당하고 만다. 어느 쪽이 이겨 어느 시상 될런지 당최 알 수 없으니 느랑(너는) 농민회에 나가사 좋음직허다. 해변 사람들 바다에 나갈 젠 부자간이나 형제간에는 절대로 한 배에 안 탄다고 하는디 느네들도 한쪽에만 모다져(몰려) 있다가 둘 다 몰사하면 느이 집안에 씨멸족 아니가. 대가 끊어지는 거여." 그것이 할머니의 시국관이었다.

선거 불참은 이런 정황 속에서 불가피하게 발생한 불상사였다. 아무리 무식한 농사꾼이라도 그 사건의 중대성을 모르지는 않았다. 본의 아니게 나라에 죄지은 백성이 되어버린 것이다. 아니 '죄'는 그것뿐이 아니었다. 산에서 기부 형식으로 뺏어가는 쌀과 돈이 더 큰 문제였다. 그것이 입산자들의 피와 살이 되고 있으니 미상불 이것 또한 본의 아닌 '이적행위'인 셈이었다. 입산자들의 식량은 전적으로 새밋드르와 같은 중산간 부락에 의존하고 있었던 것이다.

이런 곤경에 처하여 마을 주민들은 여간 불안한 것이 아니었다.

특히 젊은 축들은 혹시 잡혀가 피똥 싸고 나오지나 않을까 앉은 자리가 늘 바늘방석이었다. 이러한 주민들의 불안감을 휘어잡고 조직적으로 이용하기 시작한 것이 농민회 청년들이었다. 도새기동산에 나팔이 울고 소나무가 세워지면 대피명령에 응하지 않는 자는 밀고하기 위해 남아 있는 자로 간주하여 철저히 이단시되었다. 일단 경찰 심문에 걸리면 아는 대로 답변하지 않으면 무사히 놓여날 수 없는 것도 사실이었다. 그러니 이 지경을 당하여 어찌하겠는가. 끈 달린 꼭두각시처럼 나팔 소리에 일제히 줄달음질할 수밖에.

큰외삼촌이 군기대 교육 받으러 육지로 떠난 직후 창주는 난생처음 팔자에 없는 차를 타보았다. 계엄령으로 길이 차단되어 때 이른 방학을 맞고 있던 어느날이었다. 어머니가 남의 밭에 품앗이 김매러 가서 창주 혼자 큰길가 조밭에서 김을 매고 있는데 돌연 스리쿼터 한대가 들이닥쳤다. 밭둔덕 풀숲의 여치 소리가 일순 뚝 끊겼다. 어른들이 벌이는 숨바꼭질에 나 같은 아이까지 덩달아 숨을 필요가 없겠지 했는데, 웬걸 덜컥 걸려들고 말았다. 김매는 척하면서 척후 노릇 하고 있다는 혐의였다. 하기는 창주 자신도 마을 아이들처럼 혹 차가 오거나 낯선 사람이 보이거든 즉시 어른들에게 알리라는 다짐을 받고 있는 터였으므로 그런 오해를 살 만도 했다. 그러나 정작 몇군데 길목과 도새기동산에 번 들며 망보는 아이들은 따로 있었다. 그들은 대개 창주보다 두세살 위인, 아직 샅에 달린 씨주머니가 채 여물지도 않은 열네댓살 나이에 한몫의 남정 노릇을 하고 있었으니 그들은 이미 아이들이 아니었다. 아이가 나이 먹는 게 두려운 시절이었다. 어머니가 소학생답지 않게 키가 껑충한 창주를 늘 불안스럽게 여겨 바깥출입에는 꼭 교모를 쓰도록 단속한 것도 그 때문이었다. 그런데 그날은 어쩌다 운이 없었던지 교모를 썼는데도 의심받고 말았다. 차가 오는 큰길가 밭에서 아이 혼자서 김매는 꼴이 아무래도 수상쩍었던 모양이다. 시키는 대로 김매던 호미를 그대로 손에 쥔 채 엉거주춤 차에 오르니 어른 셋이 뒷짐 결박된 채 구석에 쪼그리고 앉았는데 그중에 강영조 씨가 끼여있었다. 강씨의 얼굴이 벌겋게 상기되어 있길래, 너무 꽁꽁 묶어서 핏독 올라 그런가 했더니 나중에 알고 보니, 낮술 먹은 탓이었다. 아랫마을 어느 초상집에서 술 몇잔 걸치고 돌아오다가 붙잡힌 것이었다.

차는 엔진 폭음을 엄청나게 부풀리며 돌짝길 위를 무섭게 달려갔다. 간담이 서늘했다. 아무리 처음 타는 차라 해도 붙잡혀 실려가는 몸이 아니었더라면 그렇게 무섭지는 않았으리라. 졸지에 중죄인이 되어버린 느낌이었다. 잔뜩 겁먹은 창주의 눈에는, 그 스리쿼터가 생돌짝길을 아가리로 후룩후룩 들이마시는 즉시 먼지구름 똥을 만들어 꽁무니로 뿌옇게 내뿜는 무서운 괴물처럼 여겨졌다. 스리쿼터는 단숨에 시오리를 먹어치우고 휭하니 서문지서 앞에 가닿았다. 읍내가 그렇게 가까울 줄이야. 창주는 자신이 흡사 강풍에 날린 가랑잎처럼 읍내 한복판에 뚝 떨어진 느낌이었다. 지서 마당한 가녘에 붉은 꽃무더기를 인 협죽도 한그루를 뒤로하고 청년 여남은명이 새끼줄 울타리에 가두어져 뙤약볕을 맞고 있었다. 창주가 가슴을 죄며 다른 연행자와 함께 현관으로 들어서자 한 순경이 "폭도 인솔!" 하고 외쳤다. 그러나 취조는 "우리 삼촌은 국방 경비

댑니다" 하고 말할 새도 없이 의외로 싱겁게 끝났다. 주임은 창주 차례가 오자 어이없다는 듯이 한바탕 실소를 터뜨렸다. 아버지 입던 걸 줄여 만든 헌 갈중이 일복에 새똥 깔긴 듯 허옇게 바랜 모자를 눌러쓴 행색이 영락없이 풍우에 삭은 허수아비 꼴인데다 한 손에 김매던 호미까지 그대로 달랑 들려 있는 것이 여간 가관이 아니었던 모양이다. "얼라, 요 새끼폭도가 날 찍으려고 호미까지 들고 있나?" 주임은 이렇게 농까지 섞어가면서 마을 청년의 동태에 대해서 몇마디 물어보고는 그 즉시 석방이었다. "모처럼 출동에 기껏 가서 잡아온 게 겨우 젖내 나는 소학생이여? 정신 빠진 것들!" 그 사람이 임 주임은 아니었다.

강씨가 정보원의 임무를 부여받은 것도 바로 그날이 아니었을까? 그 임무라면 마을 젊은 축들의 성분을 ○×△표로 분류한 리스트 작성을 돕고 ×와 △표의 동태를 살펴 보고하는 일이었을 것이다.

창주는 그날 스리쿼터를 탄 뒤로는 전에 없던 불안감이 찾아들었다. 졸지에 온 세상이 자기를 어른이라고 지목하고 있는 느낌이었다. 어머니의 말마따나 1월생 꼭 찬 나이 열세살은 결코 안심할 나이가 아니었다. 큰집이 바로 이웃에 있었지만 뒤늦게 농민회에 나가기 시작한 원두 형 대하기가 두려워 출입을 삼갔다. 다음번에 스리쿼터를 타면 원두 형 때문에 시달릴지 모른다는 생각에서였다. 그동안 수수방관만 하던 경비대가 마침내 이 사태에 개입하자 날로 스리쿼터 출동은 빈번해지고 이에 따라 남정네의 달음박질도 다급해졌다. 창주도 이제는 어른들 틈에 끼여 산길로 오리 밖까지 내달려 새밭에 몸을 파묻고 숨었다가 돌아오곤 했다.

그랬다. 파국은 그 달음박질에서 비롯되었다. 이 숨바꼭질에서 번번이 한발짝 늦어 검거 성과가 신통치 못했던 술래 쪽의 노여움도 헤아려볼 만했다. 오죽 분통이 났으면 나 같은 아이까지 데려갔을까. 저들이 죄가 없으면 왜 도망치는가. 나팔수와 소나무까지 등장시킨 대피활동, 출동을 지연시키려고 길에 허궁다리 파놓기, 전신주 절단하기, 식량 조달, 이 모든 것이 진압하는 쪽에서 보기에는 주민들이 좌익에 부화뇌동한 증거일 뿐이었다. 정작 산과 줄을 대고 있는 축은 한줌도 못되는 농민회 청년들이건만 떴다 하면 이렇게 너도나도 덩달아 달음박질이니, 그런 한심한 시국이 또 있을까. 이러지도 저러지도 못할 궁지에 처하여 오직 달음박질만이 능사인 무식한 농투성이들의 심정을 헤아려줄 만큼 시국은 너그럽지 못했다. 아니, 사태는 더욱 악화되었다. 경비대 병사 백여명이 반란을 일으켜 연대장을 암살하고 한라산으로 입산한 사건이 발생한 후로는 시국은 한치 앞을 내다볼 수 없는 암흑의 구렁텅이로 곤두박질치기 시작했다. 반란군을 낸 향토부대는 소박맞아 육지부대와 교체되어 섬을 떠났다. 조가 누릇누릇 익을 무렵 해서 정부가 수립되었다는 소문이 들려왔지만, 당장만 모면하려고 시작된 마을 주민들의 달음박질은 여전히 관성처럼 되풀이되고, 달아나는 횟수가 거듭될수록 죄는 눈덩이 붇듯 점점 무거워져갔다. 이제 입산자인 '산폭도'와 구별하여 부르던 '도피자' 호칭은 그 본래의 뜻이 퇴색되고 도피자라면 무조건 모개로 싸잡아 폭도로 간주해버리는 무서운 집단적 편견이 팽배해갔다.

신변에 위험을 느낀 농민회 축들은 아예 입산하여 밤중에나 나타나 식량을 털어가는 밤손님으로 변신해 있었다. 그들의 입산으로 도새기동산의 대피 나팔 소리는 더이상 들리지 않았지만 그래도 달음박질은 여전히 멈춰지지 않았다. 아니, 이번에는 이중의 숨바꼭질에 시달리지 않으면 안되었다. 산으로부터 중산간 마을에만 15세 이상 남정들을 모두 입산시키라는 지령이 떨어져 한밤중 납치극이 벌어지기 시작한 것이다.

밭은기침 소리 하나 없이 돌같이 굳은 밤, 쿵쿵 돌담을 뛰어넘는 소리에 화들짝 잠이 깬 외삼촌은 뒤꼍으로 후닥닥 도망쳤다. 그러나 한발짝 늦었다. 돌담 타고 넘으려는 찰나에 죽창에 허벅지 찔려 아래로 굴러떨어지고, 그 서슬에 무너진 돌덩이들이 와르르 몸 위로 덮쳤다. 죽창 맞은데다 돌에 짓찍혀 전신이 피 칠갑이었다. 살 가망이 없어 보였다. 그래도 어머니는 동생을 살려보려는 일념에서 계엄령으로 통행이 금지된 그 밤중에 겁도 없이 읍내 걸음질을 했다. 길이 무서워 내내 밭 위를 걸었다. 밭담에 바싹 붙어 몸을 숙여 걷자니 허리가 끊어질 듯 아프고 날카롭게 서슬진 조그루에 찔려 발바닥이 험하게 까졌다. 그러나 수의사 하는 창주의 당숙은 위험한 길 갈 수 없다고 소독약과 붕대만 내주었을 뿐이었다. 이틀 후 외삼촌은 끝내 숨을 거두고 상여도 못 탄 채 지게송장으로 마을 근처 밭에 임시로 가매장되었다. 차마 맨얼굴에 흙을 끼얹었을 수 없어 보릿짚을 덮어주었다.

납치된 남정들은 대개 취사를 맡거나 해변 습격 때 무장군을 따라가 약탈한 물건을 날라오는 짐꾼 노릇을 했으니 비록 죽창을 가졌다고 하나 그것은 단지 짐꾼의 지게막대기에 불과했다. 이른바 '지게부대'였다. 그러나 이들 역시 '폭도'로 간주되어 가차 없는 응징의 대상이 되고 만 것이었다.

이렇게 낮에는 아래에서 오고 밤에는 산에서 왔으니 마을 남정네는 그야말로 안팎곱사등이 신세였다. 아래에서 보아도 도피자요, 위에서 보아도 도피자였다. 폭도 마을로 낙인찍힌 터라 특히 두려운 것은 해변 쪽이었다. 몸이 땅강아지만 하게 오므라들어 단지 속에나 숨는다면 모를까, 석자 몸을 머리카락도 안 보이게 꼭꼭 숨기기는 어려웠다. 산과 해변으로 붙잡혀가는 남정네가 늘어났다. 도피자를 자식으로 둔 늙은 아비 어미들 또한 무사하지 못했다. 자식의 행방을 대지 못해 얻어맞고 멍든 얼굴들이 생기고 라이터 불에 흰 수염이 타버린 노인들도 있었다. 젊은 자식이란 애물단지에 불과했다.

그 경황에도 조는 간신히 거둬들였으나 막상 보리를 갈려 하니까 사태는 가일층 악화되었다. 들녘에 총성이 낭자하여 도무지 보리갈이할 엄두가 나지 않았다. 검거가 토벌로, 선별 검거가 전면 토벌로 변했다. 미군 정찰기가 한라산을 감돌고 해안선 따라 노상 미군함이 검은 연기를 뿜으며 오락가락했다. 이제 토벌대의 눈에는 섬 주민이라면 모두 산폭도와 한통속으로 보였다. 이에 따라 온 섬이 살기로 충만했다. 지상 이 미터 아래로 뜨거운 쇠붙이들이 수없이 난무하여 양민들의 멀렁한 살 속을 헤집고 들었다. 한때 중산간과 똑같은 처지이던 해변 마을들은 차 타고 일주도로를 무섭게 질주하는 토벌대의 손에 속속 접수되기 시작했으니 마침내 섬은 해

변과 산, 두 세력으로 대치되었다. 두 적대 세력의 치열한 각축의
와중에 휘말린 중산간 주민들의 운명은 특히 비참한 것이었다. 폭
도 마을로 낙인찍힌 그곳 양민들의 희생은 컸다. 죽는 자는 자기가
무엇 때문에 죽는지를 몰랐다. 사소한 변덕이 생사를 판가름하고
생존은 전혀 우연의 소치였다. 새밋드르 청년 다섯명이 마을 어귀
의 늙은 팽나무 밑에서 한꺼번에 처형당한 것도 이때였다. 마침내
소개령이 떨어져 곳곳에서 중산간 부락을 태우는 불길이 치솟아올
랐다.

　새밋드르 남정네들의 마지막 둔주는 섣달그믐께에 있었다. 그
무렵 중산간 부락 백삼십여개가 토벌대의 초토화작전에 의해 소각
되었다. 새밋드르 네개 부락이 완전히 소각되어 주민들이 해변으
로 소개되던 그날, 강제 입산을 피해 숨어 있던 남정네들은 이번에
도 도리 없이 산 쪽으로 줄행랑 놓았다. 그것이 마지막 달음박질이
었다. 반년 넘게 계속된 마을 남정들의 필사적인 둔주는 결국 파국
으로 끝나고 만 것이다. 이들 남정네 외에도 늙은이, 아녀자 백여명
이 그날 산에 올랐다. 호가 난 입산자 가족은 물론, 산으로 납치되
어 졸지에 도피자에서 입산자로 처지가 바뀐 젊은 남정네들의 가
족 다수가 해변이 무서워 스스로 산행을 결정했는데, 그밖에도 창
주네처럼 그 경황 중에 쌀부대와 옷고리짝을 뒤꼍 채마밭이나 돌
담 속에 파묻고 뒤늦게 해변으로 피난길에 나섰다가 느닷없이 들
이닥친 산사람들에게 뒷덜미 잡혀 산 쪽으로 돌려 세워진 사람들
도 적지 않았다. 총과 죽창을 거머쥔 산사람 다섯은 무겁게 등짐
진 이재민들을 좁은 목에 돼지 몰듯 오리 밖까지 죽을 둥 살 둥 반

달음질시킨 후에야 걸음을 조금 늦춰주었다. 얼핏 돌아본 새밋드르는 거대한 먹구름떼가 내리덮친 듯 검은 연기가 자욱했다. 오리 밖에서도 물씬 풍기는 매캐한 연기 냄새.

개털 모자를 눈 밑까지 푹 눌러써 얼굴을 가린 강씨가 소개민들을 임시 수용한 일주도로변 덕천국민학교 운동장에 나타나 입산자 가족 색출에 결정적 역할을 한 것도 그날이었단다. 눈비가 섞여 치는 매운 날씨였다. 삼엄한 경비 속, 모두들 눈 감은 채 숨죽여 앉아 있는 가운데 누구한테 향할지 모르는 그 손가락질, 그 손가락총. 강씨가 우물쭈물하는지 "날래 못하가서?"하고 무섭게 다그치는 이북 사투리. 손가락질받은 사람들이 하나둘 울음을 터뜨리기 시작했다. "아이고, 아이고, 자식 죄가 어찌 부뮈 죄가 됩네까? 자식을 겉 낳지 속 낳습니까?" "아이고, 선상님네들……" 강씨도 제정신이 아니었던지 엉뚱한 사람을 짚기도 했다. 아기 업은 채 열 밖으로 떠밀려나온 그 젊은 아낙은 곧장 강씨에게 달려들어 소매를 잡고 늘어졌다.

"아이고, 생사름 잡지 맙서! 남편이 마을 정자나무 아래서 총 맞아 죽은 줄 온 마을이 다 아는 사실인디. 당최 이런 법은 없수다. 죽은 남편이 어떵해연 입산자우꽈? 그놈이사 죗값으로 죽었지만 난 무신 죄우꽈. 아이고, 아이고, 제발 이분들한티 잘 말해줍서."

울부짖는 소리에 강씨는 넋 나간 듯 멍한 표정이더란다. 곧 강씨의 실수가 인정되어 그 여자는 무사했다. 그날 길가 옴팡진 밭에 들어 한꺼번에 죽어 널브러진 사람이 십여명에 이른다고 했다.

임씨가 낯 검은 야차의 모습으로 새밋드르 주민들 앞에 처음 선

보인 것도 그날이었다. 우물쭈물하는 강씨를 윽박지르며 그 무서운 장면 속을 휘젓고 다니던 임씨…… 이 두사람의 동반자 관계는 아마 이때부터 시작되었을 것이다.

창주네 식구는 모두 셋이었다. 서말들이 통통한 쌀부대를 짊어지고 어기적어기적 힘겹게 발을 떼놓는 어머니, 그뒤로 흘러내린 질빵 꼬리를 붙잡고 종종걸음 치며 따라가는 다섯살배기 용주. 열세살의 창주는 이불짐을 지고 있었다. 불타는 마을에서 바람에 날린 검은 연기가 머리 풀고 흐느끼며 자꾸만 뒤쫓아왔다. 길바닥에 퍼질러앉아 한바탕 울음이라도 터뜨리고 싶은데 범 같은 산사람들은 빨리 걸으라고 무섭게 윽박질러댔다. "하이고, 남은 양식은 이것뿐인디, 이 고생 하며 산에 지고 가면 산사람들이 또 얼마나 빼앗아갈꼬." 어머니는 이렇게 나직이 중얼거리면서 한숨을 토했다. 그래서 그런지 창주도 남의 짐을 얹혀 진 듯, 등에 무슨 악귀가 달라붙은 듯 짐이 그렇게 무거울 수가 없었다.

그런데 의외로 빨리 짐이 가벼워졌다. 괭이오름 모롱이를 굽이 돌자 먼저 끌려간 남정네들이 좁은 길바닥에 덜덜 떨며 쪼그리고 앉아 감시를 받고 있었는데 그들이 짊어질 분량만큼 양식을 덜어내라는 것이 무장군의 명령이었다. 어차피 빼앗길 것, 산까지 고생스럽게 지고 가지 않게 된 것만도 다행이랄까. 순식간에 전체의 삼분지 이가량의 양식이 남정네 등으로 옮겨졌다. 창주는 어머니와 짐을 바꿔 졌다. 절반이 훨씬 넘게 축난 쌀부대는 거렁뱅이 동냥자루만큼이나 가뿐했다.

해변의 덕천국민학교 운동장에 추적거리는 진눈깨비는 산에서는 그대로 눈이 되어 떨어졌다. 괭이오름을 지나자 일망무제로 하얗게 눈 덮인 목장지대가 나와 산길은 눈에 파묻혀 더이상 보이지 않았다. 백명 가까운 이재민들은 시키는 대로 일렬종대로 늘어서서 눈밭길을 허위허위 올라갔다. 불타는 마을은 검은 구름만 무성할 뿐 불길은 햇빛에 바래어 보이지 않았다. 맨 후미에 따라오는 무장군들이 솔가지로 눈 위의 발자국을 쓸어 지우고 있었다. 내내 말 한마디 없이 걸어가던 어린 용주가 마침내 울음을 터뜨렸다. 발이 시리다고 했다. 창주가 쌀부대를 어머니의 이불짐 위에 얹고 질빵을 걸어 동생을 둘쳐업었다. 서편 하늘 옅은 구름장 뒤에 얼굴 가린 해는 어린 동생의 시린 낯빛처럼 창백하게 보였다. 구름 자락이 내려와 닿고 있는 한라산 기슭까지 광막하게 펼쳐진 눈벌판 위에 꾸불거리던 그 실낱같던 행렬. 해변에서 강풍이 들판을 쓸며 치달아올 때마다 뿌옇게 눈보라가 일어나 행렬의 자취를 가뭇없이 지워버리곤 했다. 고난은 벌써 시작이었다. 눈 깊은 산 밑에 이르자 짐 진 채 눈구덩이에 빠져 나뒹구는 사람들이 속출하더니 청년 한 명이 탈출하려고 계곡 아래로 몸을 굴렸다가 총 맞고 죽었다. 청년이 흘린 피는 흰 눈에 번져 소름 끼치도록 붉었다. 눈 속에 피는 마을의 동백꽃도 그렇게 붉지는 않았다. 행렬은 저물녘에 한라산 밑굽까지 드리운 구름 아래로 빨려들어갔다.

거기서 죽지 않고 살아나온 자들은 이렇게 옛날 말을 한다. "비바리가 늙어가민 맷돌짝 지고 산으로 달음질헌다는 속담은 있어도 멀쩡한 사람 양식 지고 겨울산 눈구덩이에 살림살이하러 갔다는 말 못 들었네. 어찌하여 우리가 그 지경이 되었던가." "다른 굴엔 실제로 맷돌까지 날라다 썼다는 걸세. 우리야 도정 안한 꺼끌꺼끌한 겉조 거죽째 먹었쥬만.""연 이태째 거퍼 숭년이더니 그해 조 농사는 어찌나 잘되었던지. 조이삭이 거짓말 보태서 방망이만 했쥬. 허허, 그 난리불에 죄 태워먹자고 그리 풍년이던가.""밭담, 산담(묘지담) 속에 숨겨둔 것마저 읍내와 해변 마을 것들이 들어서 다털어갔으니.""그건 그 사람들 원망할 게 아니라. 불탄 마을에 곡식이 남아 있으면 산사람 양석이 된다고 관에서 시킨 거쥬."

창주가 동생을 업은 채 눈 속 허궁다리에 빠져 발목을 삔 것은 어리목에 다 와서였다. 발목 부상이 오히려 전화위복이 되었다. 설화가 하얗게 핀 상수리나무숲에 이르러, 어린 아기 안 데린 젊은 여자, 중늙은이, 열서너살의 소년 등 여남은명이 징발되어 짐 진 남정네 뒤를 따라 계속 산으로 오르게 했는데 창주는 발목 부상으로 용케 징발을 모면했다. 산에서도 창주 또래의 나이를 한몫의 남정으로 보고 있었던 것이다.

머리 위로 드리워진 구름발에서 안개눈이 떡가루처럼 부슬부슬 내리고 날은 저물어가고 있었다. 멀리 불타는 고향 마을이 내려다보였다. 햇빛이 시들자 마을을 휩싸고 있던 검은 연기는 온통 벌건 불로 변해 있었다. 이어서 입산자 가족이 떨어져나가고 나머지 삼십여명의 이재민은 근처 계곡으로 들어섰다. 마을은 이제 상수리 숲에 가려 보이지 않았지만 하늘에 떠오른 불빛은 시시각각으로 커져가고 있었다. 일행은 계곡의 비탈에 뚫린 암굴에 수용되었다. 마지막까지 남았다 간 무장군은 한쪽 뺨에 백납 먹은 흰 어루러기가 있어 창주도 마을에서 본 적 있는 농민회 청년이었다. "이 굴은 전에 내가 약초 캐러 댕기다가 봐둔 건데 서른명 들어갈 만한 곳은 여기밖에 없수다. 고생은 될 텝쥬만 참고 기두립서. 길게 잡아 한 달포면 왼 섬이 우리 손에 해방될 거우다. 당최 도망갈 생각일랑 하지 마라 마씸. 여러분 중에 감시자가 몰래 끼여 이수다. 도망치다 들킨 자는 살지 못하니 명심합서. 해변으로 내려가면 살아질 것 같수꽈? 발세 마빡에 입산자 낙인이 꼭 찍혀부렀는디." 이렇게 말하고는 그는 모자란 양식, 칡뿌리나 캐어 보태라고 삽 한자루를 던져주었다.

그날밤 창주는 어른들 틈에 끼여 밤늦도록 동굴 앞에 앉아 상수리나무숲 위 하늘에 질펀하게 번져 있는 불빛을 처연한 심사로 바라보았다. 삼십리 밖의 불이 그렇게 가깝게 느껴질 수가 없었다. 숲 위 하늘에 번진 불빛은 이상하게도 해가 바뀐 그 이튿날 밤에도 사라지지 않았다. "밤불은 종잡을 수 없는 거여. 아마도 저건 다른 마을 타는 불일 거라" 하고 한 노인이 일러주었다. 과연 하늘에 뜬 불빛은 밤마다 여기저기 그 위치가 달랐다. 그제야 사람들은 불행이 자기에게만 닥친 게 아님을 깨달았다. 하늘을 벌겋게 물들이던 불빛이 아주 사라진 것은 대엿새 후였다. 그동안 해가 바뀐 줄도 몰랐다. 창주는 이제 열네살이 되었다.

두달 동안의 암굴생활은 참담한 것이었다. 굴은 목이 길쭉한 호리병같이 생겼는데 입구에다 외풍을 막느라고 청솔가지를 잔뜩 쌓아올리고 굴 바닥 역시 청솔가지를 두껍게 덮어 그 위에 이부자리를 깔았지만 얼음 위에 댓잎 자리 본 격으로 노상 냉기가 스멀스멀 기어올랐다. 땔감은 지천으로 많은데 마음 놓고 불을 피울 수 없었다. 굴 앞이 무성한 잡초덤불로 가려져 자연 은폐가 되었지만 연기와 불빛은 절대 금물이었다. 밤에는 불빛이 샐까 낮에는 연기가 샐까 걱정이었으니 그 겁먹은 불이 오죽 컸을까? 가랑잎 한줌 타는 정도 이상의 불꽃은 키울 수 없었다. 눈 맞은 삭정이는 습기가 많아 연기를 많이 내므로 껍질을 벗겨서 때지 않으면 안되었다.

이렇게 불기가 오죽잖았으니 제대로 어한이 될 리가 없었다. 동상이 무서워 수시로 귀와 손발을 비벼대고 잘 때는 서른명이 한덩어리가 되어 꼭 붙어서 잤다. 양식도 한데 모아 공동취사했다. 빼앗기고 남은 양식은 먹으면 보름도 못 넘기겠기에 죽을 섞어 끼니를 이어갔다. 그나마도 곡기를 아끼려고 하루 두끼에 죽 한사발이 고작이었다. 허기진 배는 칡뿌리를 곱씹어 단물을 조금씩 흘려넣었다. 눈이 더 쌓이기 전에 칡뿌리를 많이 캐두어야 하겠기에 매일 세사람씩 번 들며 나가 삽 한자루에 의지하여 부지런히 눈 덮인 계곡 비탈을 뒤졌다. 아기들마저 어미 젖이 말라붙어 좁쌀미음을 먹었다. 젖아기들은 모두 넷이었다. 젖에 곯은 아기들의 울음소리가 늘 신경을 곤두세웠다. 저 아기 때문에 언제 들켜도 들키고 말 거라고 사람들의 불평은 대단했다. 아기 데린 아낙네들은 아기 울음소리가 굴 밖에 새어나갈까봐 맨 안쪽에서 지냈는데 아기가 울라치면 소스라치게 놀라면서 급한 불 끄듯 얼른 이불을 뒤집어씌우는 것이었다. "아래 내려가 배춧국 먹으면 젖이 나올 텐데……"

평소에 걸핏하면 울기 잘하던 용주는 용케 터져나오는 울음을 삼킬 줄 알았다. 어린 속에도 무서움이 어떤 건지 절실히 깨닫고 있는 모양이었다. 장 없이 먹는 멀건 죽은 매양 싱거웠고 소리 없이 뺨을 타고 흐르는 눈물도 염기 없어 싱거웠다. 못 먹어 허기진 몸에 이까지 들끓어 아까운 피가 축났다. 창주는 자다가 무심중에 득득 긁어 손톱자국에 딱지가 앉고 양 오금탱이가 헐어 아물 날이 없었다. 어느 눈 어두운 할머니는 옷솔기에 입을 대고 이를 톡톡 깨물어 죽였는데 피 묻어 벌건 입술을 혀끝으로 날름 핥는 모습이란 차마 끔찍한 것이었다. 볕 좋은 날이면 굴 앞에 우거진 덤불 아래 한 가족 서너사람씩 나가앉아 이를 잡았다. 덤불 새로 비쳐드는 햇빛에 속곳을 펼치면 옷솔기에 붙어 있던 이들이 떼를 지어 스멀스멀 기어나오는데, 이때 옷을 탁탁 힘껏 털어내면 이가 흰 눈 위에 까맣게 떨어지곤 했다. "야! 흰 곤밥에 깨소곰 뿌린 것 닮구나" 하고 언젠가 용주가 탄성을 질렀다.

　얼굴에 백납 먹은 청년은 새밋드르 이재민 담당인 듯 그 후에도 이따금 굴 안에 머리를 디밀고 허기져 늘비하게 누워 있는 사람들을 들여다보다가 돌아가곤 했다. 그때마다 해변에 내린 사람들이 많이 죽었느니, 불빛도 연기도, 아기 울음소리도 새어나가지 않도록 단속하라는 소리로 잔뜩 주눅을 들여놓곤 했다. 그의 말대로 굴속에 과연 감시자가 있었을까? 그러나 감시자가 없었더라도 감히 도망갈 엄두를 낼 사람은 없었다. 온 섬 하늘이 벌겋던 재앙불에 크게 놀라버린 그들이었다. 산야에 총소리가 그치지 않는데 홀몸도 아니고 식구를 데린 채 허허벌판이 된 중산간 지대를 통과한다는 것은 도무지 상상도 못할 일이었다. 설사 무사히 해변에 닿는다 해도 본의는 아니나 일단 산에 올랐던 사람을 과연 따뜻이 대해줄지도 의문이었다. 그들에게는 섬 출신 산사람보다 육지 토벌대가 더 두려운 게 사실이었다.

정월 그믐께로 접어들자 산은 구름 벗는 날 없이 연일 눈이 내려 굴 밖의 계곡은 눈보라를 휘몰아가는 바람 소리가 스산스러웠다. 토벌대나 산사람이나 모두 눈에 빠져 맥을 못 추는 듯 총성도 뜸해졌다. 맹목적으로 펄펄 끓던 그 무서운 혈기는 겨울의 한기에 차츰 식어가는 듯했다. 하산하려면 이때가 기회련만 하루 두끼 멀건 죽으로 한달간 버텨온 창주네 굴속 사람들은 이제 심신이 모두 무기력한 상태에 빠져버렸다. 눈이 깊어 칡뿌리는 더이상 못 캐고 세사람씩 번갈아 삭정이나무 분질러 오는 일 이외는 퀭한 눈을 허공에 걸고 종일 드러누워 지냈다. 갈무리해둔 칡뿌리를 오래오래 반추하면서, 반듯이 누우면 뱃가죽이 등에 가 달라붙어 괴로웠으므로 새우처럼 몸을 안으로 구부리고 모로 누워 지냈다. 아기가 울어도 기겁하게 놀라거나 아기를 울린다고 타박 주는 사람도 없었다. 하기는 못 먹어 버썩 여윈 아기들인데 울어봐야 찬 바람 맞은 늦가을의 여치 울음보다 더 크지 않았다. 창주는 이따금 고향 마을을 머릿속에 그려보았으나 그곳은 여전히 무덤 같은 침묵 위로 바람에 날리는 잿가루가 안개처럼 뿌옇게 덮인 죽은 마을일 뿐이었다.

이렇게 한겨울 극지 추위나 다름없는 천 미터 고지에서 겨울 토끼처럼 굶으며 혈거생활을 한 중산간 이재민은 천여명에 달했다. 총알이 넘나드는 전선의 한가운데 납작 숨죽여 엎뎌 있던 양민들. 죽은 사람은 동사자, 아사자만 있었던 게 아니다. 산사람들의 아지트가 산속 깊이 박혀 있는 데 반해 양민들이 처한 동굴들은 대개 산기슭에 있었으니 토벌대 진격에 맨 먼저 노출될 것은 뻔한 이치였다. 두달 후 해동기를 맞아 본격적인 토벌작전이 벌어졌을 때, 이 동굴들이 적의 아지트로 간주되어 무참히 파괴된 곳이 허다했다.

적설(積雪)을 녹이는 봄, 엠원총의 강인한 무쇠빛 봄이 해변으로부터 낮은 포복으로 기어올라 완전히 한라산을 포위하여 총성을 낭자히 터뜨릴 때, 정찰기 날아간 하늘에서 철 그른 눈발처럼 하얗게 떠내려오던 삐라들. 창주가 상수리숲에서 삭정이를 줍다가 주운 삐라에는 대강 이런 내용이 씌어 있었다. "이제 정부가 수립된 지 어언 육개월이 지났다. 삼십육년간 일제의 쇠사슬에 묶여 신음한 것도 서러운데, 해방되고 독립된 오늘 무엇 때문에 우리가 서로 죽여야 하는가? 우리는 같은 동포요 형제이다. 이 글을 보는 즉시 지체 말고 따뜻한 조국의 품 안으로 귀순하라. 백기를 들고 하산하는 자에겐 결코 총격을 가하지 않을 것이다. 귀순의 시기를 놓쳐 후회하는 일이 없도록 하라. 만약 불응할 시는 국가가 내리는 벌은 실로 엄격할 것이다." 옆에서 함께 삭정이를 줍던 노인이 질겁하며 산사람이 알면 큰일 나니 버리라고 하는 걸 몰래 주머니 속에 집어넣었다. 이튿날 얼굴에 백납 먹은 그 청년이 오랜만에 찾아와서는 삐라는 허위선전이니 결코 믿지 말라고 하는 것이었다.

하산의 시기는 의외로 빨리 왔다. 다른 굴과는 달리 용케 한사람의 동사자도 아사자도 내지 않고 그 혹독한 겨울을 견뎌낸 창주네 동굴은 굴 밖에 송곳처럼 뾰쪽뾰쪽 얼어붙었던 똥무더기들이 녹아 냄새를 피우는 해동의 봄이 되자 오히려 속수무책이었다. 굴 천장에서 뚝뚝 떨어지는 얼음 녹은 물에 이불과 옷이 젖어들어 여간 고생이 아니더니, 마침내 굴 천장에 눌어붙어 있던 바위만 한 얼음덩어리가 떨어져 그 아래 누웠던 모자를 한꺼번에 요절내고 만 것이었다. 죽은 아이는 창주네 학교 2학년짜리였다.

사람을 죽여먹기 시작한 굴속에 더이상 머물 수가 없었다. 이튿날 새벽, 사람들은 두 시신 위에 이불을 덮어주고 골안개가 자욱이 피어오르는 시간에 맞춰 굴 밖으로 나섰다. 아기들을 울음이 새어나오지 않게 요포대기로 단단히 뒤집어씌웠다. 기운 없어 못 걷는 용주는 어머니 등에 업혔다. 동상 걸린 이들은 발뒤꿈치로 걷느라고 연방 뒤뚱거렸다. 발이 성한 사람도 걸음걸이가 시원찮았으니, 워낙 쇠약한 몸인데다 두달 만에 처음 하는 걸음걸이라 다리도 허청허청 헛놀았다. 살얼음 밟는 소리, 서리 앉은 풀섶에 미끄러지는 소리가 자꾸만 불길하게 숲의 정적을 깨뜨렸다. 금방이라도 안개를 뚫고 총알이 날아들 것만 같아 가슴이 오그라붙는 듯했다. 산에 안개가 끼면 토벌대는 감히 산으로 발을 들여놓지 못하고 밖에서 안개 걷히기를 기다린다고 했다. 이때를 잡아 하산해야지, 자칫 작전의 와중에 휘말렸다간 눈먼 총알에 목숨을 잃을 판이었다. 어서 안개가 스러지기 전에 산을 벗어나야 했다. 이렇게 불안에 쫓겨 정신없이 안개 밑을 기어가는데, 문득 숲이 흔들리며 산바람이 일어났다. 바람 소리에 발소리가 지워져 다행이다 싶었는데, 아뿔싸, 안개가 바람에 밀려 벗겨지는 게 아닌가! 흰 안개가 급류처럼 쐭쐭 소리를 내며 옆을 스쳐가고 눈앞에 새벽 하늘이 번히 트여왔다. 일행은 오도 가도 못하고 그 자리에 주저앉고 말았다. 해가 반공에 치솟자 총소리가 작렬하기 시작했다.

그로부터 이틀간 겪은 일을 창주는 제대로 기억하지 못한다. 세월이 흘러서 잊힌 게 아니다. 하산 직후 읍내 주정공장 창고에 수용되어 심문을 받을 때, 그 이틀간의 경험을 제대로 되살려내지 못해 얼마나 야단을 맞았던지. 그것은 악몽의 뒤끝처럼 흐릿한 기억이었다. 게다가 금방 들은 말도 까먹어 몇번씩 되묻는 일이 그후에도 얼마간 계속되었으니 아마도 일시적 기억상실증에 걸려 있었던 모양이다. 이틀 내리 굶고 잠 한숨 못 잔 채, 찬비를 맞아가며 총소리에 갈팡질팡 쫓겨다녔으니 도대체 제정신이었을 리가 없다. 총도 쌍방이 쏘아대는데다, 꼬리 물고 일어나는 산메아리에 도무지 총소리 방향을 가늠할 수가 없었다. 총소리가 바싹 뒤꽁무니에 따라올 것만 같아 허둥지둥 자리 옮기기를 그 몇번이나 했던가. 대중 없이 퍼붓는 산비에 옷이 흠뻑 젖어 한기가 뼛골에 사무치고 풀 위를 흘러가는 빗물에 잠긴 발은 끊어지는 듯 아팠다. 젖은 요포대기 속에서 아기들이 그악스럽게 울어대어, 사람들이 이를 피해 저만치 달아나면 아기 어미들은 우는 아기 입을 손으로 틀어막고 기를 쓰고 따라왔다. 대여섯살짜리 아이들도 대개 용주처럼 어른 등에 업혀 다녔는데 퍼렇게 질린 입술을 실룩이며 연상 춥다고 훌쩍거렸다. 그러나 용주는 여전히 어금니를 꽉 사리물고 울음소리를 내지 않았다.

종일 찬비를 맞았다. 총도 무서웠지만 비가 더 무서웠다. 빗물이 사태져 흐르는 풀숲을 뻘뻘 기어 살던 굴을 다시 찾아갔으나 산비에 내가 터져 건널 수가 없었다. 비를 모면할 도리가 없었다. 한 계집아이가 제 할머니 등에 업힌 채 얼어 죽어 메갈대밭에 버려졌다. 어머니 등에 죽은 듯이 엎드려 있는 용주를 보고 옆에 있던 아주머니가 "그 아기 울지 않는 걸 보니 죽은 것 닮수다. 부려 던져버립서" 하자 깜짝 놀란 어머니는 동생의 허벅지를 모질게 꼬집어 울린 적도 있었다. 울음소리가 살아 있다는 증거였다. 어머니는 안도감에 주르륵 눈물을 흘리면서 이렇게 말했다. "아이고, 창주야, 용주야, 아무래도 못 살 것 닮다. 우리 같이 죽어불자." 그러나 등에 업힌 용주는 완강히 도리질이었다. "아니라, 난 살 커라(살 테야)."

종일 벼락 치듯 하던 총소리는 해가 떨어져서야 멎었다. 비도 다행히 그쳤으나 일단 한속이 단단히 든 몸은 좀처럼 더워지지 않았다. 그날밤 열두 명의 이재민은 솔수펑이에 기어들어가 체온을 잃지 않으려고 한데 엉겨붙어 서로 열심히 몸을 비벼대며 뜬눈으로 밤을 새웠다. 용주는 어머니의 앞가슴을 파고들고 창주는 등에 달라붙어 덜덜 떨었다. 언 몸속으로 자꾸만 졸음이 소록소록 스며 고개를 떨굴 때마다 어머니 손이 허벅지를 아프게 꼬집었다. "졸지 마라. 졸면 죽는 거여." 그날밤에도 동사자가 발생했다. 그중 제일 많이 운다고 늘 손가락질받던 양당장집 아기가 끝내 어미 품에서 싸늘히 식고 말았다.

새벽에 일행은 다시 하산길에 올랐다. 극도의 공복과 추위와 불면으로 창주는 정신이 혼미했다. 내내 고개를 숙이고 어머니 발뒤축만 보며 터벅터벅 힘겹게 걸어갔다. 어디를 어떻게 해서 내려갔던지, 그날도 한차례 산비를 만나고 엉덩이까지 차오르는 개울물도 건너고, 시신이 허옇게 널린 참나무숲도 지나쳤다고 하지만 창주는 기억이 어리숭하기만 했다. 그보다도 오히려 앞에서 할딱할딱 젖혀지는 어머니의 닳은 고무신 신창만 지금도 눈에 선하다.

이렇게 이틀간의 막심한 고생 끝에 간신히 산을 벗어난 일행은 토벌대를 만나기 전에 서둘러 여자 머릿수건 두장을 소나무 가지 끝에 매달아 높이 쳐들었다. 그것이 말하자면 '귀순의 백기'인 셈이었다. 폭도 아닌 양민의 하산이 귀순의 백기를 들어야 할 만큼 시국은 이분법 논리에 철저했던 것이다.

아침 햇살이 흥건하던 그 넓은 들판, 양미간을 망치로 얻어맞은 것처럼 눈에서 불똥이 튀고 심한 어질증이 일어나 창주는 비틀거리면서 자꾸만 눈을 슴뻑거렸다. 그러나 두달 가까이 굴속 연기에 쏘여 상한 눈에는 여전히 풍경들이 흐릿하게 흔들려 보이고 물체마다 언저리에 달무리 두른 듯 야릇한 형상을 하고 있었다. 그때 두달 석달 산생활을 한 사람들 중에는 노년에 들어 눈이 짓물러 일쑤 눈물 흘리는 이들이 많은데 아마 창주 자신도 몇해만 있으면 그 꼴이 될지 모를 일이다. 비만 오면 개머리판, 몽둥이에 얻어맞은 해묵은 장독(杖毒)이 되살아나 삭신이 쑤신다고 드러눕기가 일쑤이고 겨울만 되면 울 일도 없는데 공연히 두 눈에 그렁그렁 눈물을 매달고 다니는 고향 노인네들…… 너무 공포에 질린 나머지 한번 맘 놓고 울어보지 못한 그들에게 겨울만 되면 아무 뜻도 없이 자동으로 눈물이 나도록 눈병을 선사했으니 시대는 이토록 가혹했던 것이다.

백기를 앞세우고 얼마쯤 내려가노라니, 마른 풀 우거진 둔덕 위로 갑자기 산까마귀가 날아오르면서 토벌대 댓명이 민첩하게 몸을 드러냈다. "손들엇!" 너무 놀란 나머지 아주머니 몇명이 손을 든 채 엉덩방아를 찧고 다른 사람들도 부들부들 떨리는 다리를 지탱

못해 무릎이 엉거주춤 오그라들었다. 몸 수색에서 귀순 권고 삐라가 창주 것 말고도 여러장 나왔다. 한 대원이 비에 젖어 곤죽이 다 된 삐라를 한데 뭉쳐 땅바닥에 패대기치며 눈알을 부라렸다. "쌍놈의 폭도년들! 이거 갖구 있으믄 무사통관 줄 아나? 이것이 통행증이야 뭐야?" 한 아이가 바지가 무릎 아래로 흘러내린 줄도 모르고 정신없이 손을 쳐들고 있었다. 그러나 그 험악한 욕설은 단지 엄포에 불과했다. 때는 이미 가차 없는 응징 일변도에서 선무공작을 겸한 양면작전으로 바뀌어 있었던 것이다. 상급자로 보이는 대원이 결론적으로 말했다. 그의 말은 연설하듯 힘에 넘쳤다. "저 피골이 상접한 얼굴들을 보라. 오죽 못 먹고 얼었으면 저렇게 비참한 꼴이겠는가. 자, 여러분, 이제 따뜻한 조국의 품 안에 안겼으니 안심하라. 섬백성도 같은 단군의 자손인데 왜 우리가 미워하겠는가."

이렇게 별 탈 없이 귀순의 첫 관문을 통과한 일행은 오라위 근방에서 죽성부락 귀순자들과 합류, 읍내로 인솔되었다. 중간에 또 한 차례 비를 맞고 지친 다리를 질질 끌며 반나절 넘게 걸린 괴로운 하산길이었다. 들에는 여기저기 고기만 발라내간 마소의 잔해가 앙상하게 버려져 있었다.

그날 오후 이재민들은 읍내 주정공장 창고에 수용되었다. 그제야 비로소 모닥불에 언 몸을 녹이고 주먹밥 한덩어리로 허기를 끌 수 있었다. 물걸레처럼 젖고 헐디헌 몸들이 허발대며 모닥불을 얼싸안고 김을 모락모락 피웠다. 불은 따뜻하기보다는 차라리 시원했다. 언 속살 녹인 물이 몸속에서 분류처럼 시원스럽게 퍼지면서 웅어리진 억하심정도 함께 사르르 녹아버리는 것만 같았다. 소금으로 간한 주먹밥은 또 어찌나 그리 맛이 있던지! 비록 도정 안한 거친 밀밥이긴 해도 명색이 밥인데 어디 싱거운 좁쌀죽이나 칡뿌리에 비할까. 고소한 소금기, 입안에 쫀득쫀득 달라붙는 그 감칠맛이라니! 창주는 그제야 이젠 살았구나, 하는 희열이 용솟음쳐올랐다. 산에서 손녀를 잃은 그 할머니는 "아이고, 내 새끼, 하루만 더 살아 이 밥 먹고 죽은들 내 무사(왜) 이리 섧을꼬…… 아이고, 아이고, 불쌍헌 내 새끼" 하면서 끅끅 흐느껴 울었다.

이렇듯 조국의 품 안은 따뜻하다고 그들은 말했다. 그러나 두서너살짜리 어린것들에겐 그 따뜻함이 오히려 과도한 것도 사실이었다. 푸르딩딩하게 시린 아기들은 불을 쬐고 더운 죽 몇술 먹더니 이내 모두들 촛농처럼 방울방울 녹으면서 축 늘어져버렸다. 아기들은 밤새 열에 떠 비몽사몽간을 헤맸는데 그중 한 아기가 이튿날 죽었다. 죽성부락 사람인 그 아기 어머니가 외출 허가를 받고 읍내에 아는 유일한 친척인 시사촌 동서를 찾아가 병원비를 꿔달라고 사정했으나 폭도 각시라고 문전박대당했다는 것이다. 그 여자를 박정하다고만 탓할 수는 없을 것이다. 입산한 남정네라면 입산 경위가 어떻든 간에 일단 산폭도로 간주되어 한 집안의 큰 우환이 되는 것이 저간의 실정이었으니, 그 척족이 혹시 구정물 튀지 않을까 방색하는 것도 당연한 일이었다.

하산한 지 이틀 지나 귀순자에 대한 개별 심사가 있었다. 열네살이 된 창주도 무장 폭도를 따라다닌 비무장 폭도로 일단 의심받아 꽤나 추궁이 날카로웠지만 결국 별일은 없었다.

하산자들은 연일 그치지 않고 들어왔다. 새밋드르의 입산자 가족들도 반송장의 참혹한 떼거지 몰골로 돌아왔다. 큰집 식구들도 그중에 끼여 있었다. 개미목 밑 어느 초기(버섯)밭 관리인 집에서 겨울을 난 이들은 막판에 들어 창주네처럼 싸움의 한가운데 휘말렸던 것인데 닷새 밤을 한숨 못 자고 이 골짝 저 수풀로 갈팡질팡 헤매다가 총 맞아 죽고 얼어 죽은 자가 십여명이라고 했다. 입산자 가족에 대한 취조는 특별히 까다롭고 집요했다. 호명 소리가 날 때마다 아주머니들이 파랗게 사색이 되고 조금이라도 동정을 사보려고 업은 아기를 꼬집어 울려놓는 이들도 있었다. 산에서는 아기가 운다고 입을 틀어막고 해변에서는 일부러 꼬집어 울려놓고……

　보름 후, 주정공장 넓은 창고 두개는 이재민들로 가득해졌다. 눕기는커녕 발 뻗고 앉을 자리도 마땅찮아 세워놓은 보릿단처럼 서너명씩 등을 맞대고 말뚝잠을 자야 했다. 창고가 넘쳐 더이상의 수용이 어렵게 되자, 먼저 들어온 사람들부터 내보내기 시작했다. 창주네는 일곱 밤 자고 나와 수의사 하는 당숙 댁에 머물렀다. 고향 길은 여전히 차단되어 있었다. 밥값을 하느라고 창주는 당숙네를 대신해서 성담 쌓는 울력에 나가고 어머니는 그 집 허드렛일을 도맡다시피 했다. 당숙네도 살림이 퍽 오그라들어 전과 같지 않았다. 목장에 방목 중이던 마소들마저 난리 만나 혹은 총에 맞아 죽고 혹은 올가미에 걸려 수없이 죽어버린 판국에 가축병 고치는 당숙의 영업이 제대로 될 리가 없었다. 당숙모가 의붓자식 먹여 살리듯 한 줌씩 집어주는 먹거리는 검정 모래가 잔뜩 섞인 듯 반쯤 탄 좁쌀이었다. 그것은 묻지 않아도 새밋드르나 연동, 오라위 같은 읍내에서 가까운 중산간 부락에서 나온 물건임에 틀림없었다. 소개 직후 중산간 부락에서 타고 남은 양식을 해변으로 실어나를 때, 당숙모도 한몫 끼어 쌀말깨나 가져온 모양이었다. 이를 두고 훗날 중산간 부락 사람들은 해변것들한테 양식을 도둑맞았다고 한다.

검게 탄 좁쌀을 처음 보던 날, 어머니는 그토록 오래 참아왔던 서러움이 일시에 복받쳐올라 하염없이 눈물을 흘렸다. "아이고, 내 팔자 닮은 이 풀쌍헌 좁쌀의 신세를 보라. 이건 우리 집 곡석이여, 우리가 농사지은 거라. 노적가리 불살라 튀밥 줏어 먹는다는 말, 그냥 우스갯소린 중 알았더니…… 그 풍년 조 다 불태워불고 이렇게 탄 좁쌀마저 놈(남)한테 빼앗겨 빌어먹어야 하니, 아이고, 창주야, 대관절 이것이 무신 놈의 시상고……" 탄 좁쌀은 그나마도 모자라 주정공장에서 썩었다고 퇴짜놓은 고구마 무거리에 겨우 종지 하나 분량을 섞어 범벅해 먹었다. 어린 용주는 그 시꺼먼 범벅에서 좁쌀만 골라 먹으려고 콕콕 닭 모이 쪼듯 하여 어머니한테 자주 핀잔을 들었다.

하산자의 행렬은 여전히 그치지 않았다. 처음에는 노인, 아녀자들뿐이더니 얼마 뒤에 입산자 가족까지 석방시켰다는 소문이 퍼지자 남정네들도 속속 뒤따라 내려왔다. 그들은 하산한 즉시 일정한 귀순 절차를 밟은 다음 선무공작대에 편입되어 토벌대를 도왔다. 귀순자들의 정보 제공으로 산폭도의 아지트는 속속 파괴되고 있었다. 이따금 포로로 잡힌 입산자들이 수십명씩 관덕정 마당에 끌려와 구경꾼이 잔뜩 모인 가운데 큰 소리로 습격 몇번, 도로차단 몇번 하는 식으로 죄상을 자백하고는 다시 차에 태워져 어디론가 다시는 돌아오지 못할 곳으로 실려가곤 했다. 모두가 한결같이 영양

실조로 낯빛이 파리하고 머리칼이 뺨을 덮게 길었다. 때로는 간부급 입산자들의 잘린 머리통이 이름표와 함께 전시되기도 했다. 이제 한라산 정상까지 쫓겨가 하늘로 솟아오를 재주가 없는 바에야 입산자의 운명은 불 보듯 빤한 것이었다.

창주네가 고향으로 돌아간 것은 하산한 지 한달 보름 만이었다. 해변 마을 여기저기에 소개해 있던 사람들도 돌아왔다. 원래 새밋드르는 네개 부락으로 나뉘어 있었으나 전략촌을 건설해서 살아야 하므로 모두가 창주네 부락인 멍굴로 합쳐들었다. 서로들 살아 돌아온 것이 반가워 손을 부여잡고 눈물을 글썽이고 돌아오지 않은 이웃들 소식에 한숨을 지었다. 육지로 전출되었던 큰외삼촌은 지리산 토벌에서 전사했다는 기별이었다. 두 아들을 한꺼번에 잃은 외할머니는 덕천부락 이모집에서 머문 채 몸져누워 있다고 했다. 남정네는 아직 한사람도 돌아오지 않고 있었다. 살았는지 죽었는지, 가족도 그 행방을 알 길이 없었다. 설사 천행으로 하산하여 보도연맹과 선무공작대에 들어갔다고 해도 그것이 때로는 산사람으로 위장하여 산속 깊이 투입되기도 한다니 어찌 위험스럽지 않겠는가.

축담과 울담만 남은 채 폭삭 주저앉은 집터는 아직도 탄내가 물씬 풍겼다. 축담엔 시꺼먼 그을음이 눌어붙고, 그 안쪽 바람벽의 흙은 불에 구워져 붉은빛인데 타다 남은 벽지 한 쪼가리가 바람에 너풀대고 있었다. 쌀독, 장독도 죄다 사금파리만 남았다. 혹시나 하고 뒤꼍 채마밭으로 달려가봤으나 쌀항아리를 묻어 숨겨두었던 곳은 파헤쳐져 빈 구덩이만 입 벌리고 있었다.

그러나 슬픔에 젖을 겨를도 없이 당장 축성 울력이 시작되었다. 이때 부락에 일인(一人) 지서가 생겨 그를 임 주임이라고 불렀는데, 임 주임과 새로 이장이 된 강영조 씨가 축성 감독자였다. 남자라곤 노인과 아이들뿐이라 여자들이 중심이 되었다. 그 흉물스럽게 서 있던 울담과 축담이 죄다 허물어져 성 쌓는 데 쓰였다. 관에서 잠시 빌려준 천막 속에서 새우잠 자며 보름간 우천을 불문하고 강행한 그 축성작업은 실로 고된 것이었다. 구호양곡으로 나온 밀가루에 들나물 넣어 쑨 풀떼죽 먹고는 도무지 기운을 쓸 수가 없었다. 돌 모서리에 손끝이 닳아 조막손이 되는가 싶었다. 무슨 비는 그리 자주 오던지, 돌짐 지고 젖은 땅을 딛노라면 푹푹 발목까지 빠져 허위적거리기가 일쑤인데 그때마다 임 주임의 무서운 호통이 떨어지곤 했다. 때로는 개머리판이 날아들기도 했다.

　축성 진행 중에 마을 어귀 한길가에 서 있는 수백년 묵은 팽나무 두그루가 벌목되었다. 그 나무 밑에서 여러사람이 처형되고 시신이 가지에 매달렸으니 불길하기 짝이 없는 나무들이다, 차라리 베어서 지서 후생비와 마을 건설에 보태 쓰는 것만 같지 못하다고 말을 꺼낸 것이 강 이장이었다. 말을 떠듬거리는 걸로 보아 임 주임의 성화에 못 이겨 마지못해 나선 꼴이 분명했다. 모두들 아무 말이 없자 임 주임이 버럭 성을 내며, 다른 부락들엔 경찰 후원회가 있어 보조를 받는데 새밋드르도 뭔가 성의를 보여야 할 게 아니냐고 노골적으로 욕심을 드러냈다. 마을 설촌(設村) 때 심었다는 그 팽나무들은 무더운 여름철에 백평 넘는 무성한 가지로 오고 가는 바람을 잡아들여 시원한 그늘을 드리워주기 때문에 대대로 마을의 큰 대청마루 노릇을 해온 귀물이었다. 잔가지만 꺾어도 베 열자 벌 금이었으니 나무를 해치는 것을 철저히 금기로 여겨오던 터였다. 그러나 사람들은 유구무언이었다.

늙은 팽나무들은 통가리톱 세개를 아주 못쓰게 망가뜨리고 나서 이틀 만에 우지끈 꽝 하고 요란한 소리와 함께 땅에 쓰러졌다. 나무둥치에 무수히 박힌 엠원·카빈 총알에 톱날이 걸려 톱 세개가 이빨 빠져 망가졌던 것이다. 새 톱 가지러 읍내에 세번이나 걸음질한 임 주임은 나무값보다 톱값이 더 들겠다면서 입이 통통 부어 있었다.

축성으로 부락 내 돌담이 다 치워지자 곧 양팔 간격으로 촘촘히 움막집이 들어섰다. 창주네는 집터에 타 죽은 감나무를 기둥 삼아 꼭 돼지막만 한 움막을 지었다. 돌은 성 쌓는 데 다 쓰여버렸으므로 억새풀 엮어 옆을 둘러치고 지붕을 덮었으니, 이 고장 설화에 자주 나오는 "생기기둥 외기둥에, 거적문 낭(나무) 돌쩌귀에, 별 보이는 막사리"가 바로 그것이었다.

재 속에서 푸르딩딩 불기 먹은 숟갈을 줍고 동강 난 무쇠솥을 기울여 끼니를 끓였다. 밀가루 배급은 축성 기간에만 그쳐 가축사료인 마른 고구마 줄기, 썩은 고구마 무거리, 보릿겨 같은 것을 들나물과 버무린 범벅을 일상으로 먹었다. 그 수많은 마소·돼지가 난리 통에 죽었으니 망정이지, 하마터면 그 먹이를 놓고 사람과 가축이 다툴 뻔하지 않았던가. 돼지사료를 먹으니 밥과 똥이 구별이 안되어 인분이 돼지똥과 구별 안되고 또 돼지막과 조금도 구별이 안되는 움막에서 이불 대신 검불을 뒤집어쓰고 잤으니, 실로 인축(人

畜)의 구별이 어려운 생활이었다. 재 속에서 자루가 타버린 낫과 호미도 찾아냈다. 보리농사를 거른 묵정밭은 잡초만 무성했다. 쟁기 없이 호미질로만 손목이 휘도록 밭을 일구어 좁씨를 뿌렸다. 쟁기는 불에 타 보습만 남고 마소는 방목 중에 도살당했으니 어느 집 할 것 없이 모두 호미농사였다. 저녁 일몰과 함께 성문이 닫히면 야간 습격에 대비해서 죽창 들고 여덟군데 초소에 나가 번 들며 성을 지켰다. 성문에는 수류탄 하나 매달려 있고 성안에는 임 주임의 카빈총 한자루가 있었다.

모진 게 목숨이라 이렇게 가축사료를 상식하면서도 가을 추수 때까지 병들어 죽은 사람이 없었다. 산사람의 습격도 없었다. 이제 그들의 수는 수십명에 불과하여 완전히 전투능력을 상실한 채 자멸의 길에 들어섰다는 소문이었다. 산을 탈출했으나 이미 때가 늦어 귀순의 시기를 놓친 이웃 마을의 어떤 입산자는 마을 근처 친척네 고구마밭 한가운데 쌓인 돌무더기 속에 살며 그 밭 고구마를 축내다가 발각되기도 했단다. 돌무더기를 수상히 여겨 지서에 고발한 밭 주인은 차마 그 속에서 제 친척이 나올 줄 몰랐다고 했다. 아무튼 공식적인 공표만 없었지 난리는 사실상 끝난 거나 다름없어 보였다. 선무공작대로 수자리 살던 남정네들도 그해 저물 무렵 해서 돌아왔다. 일년 반 사이에 마을 남정의 수는 절반 가깝게 축난 것으로 판명되었다.

이듬해 창주는 당숙의 반연으로 남선전기에 급사로 들어가 숙직실에서 기거하면서 중학교 야간에 입학했다. 상급반에는 물론 신입생 중에도 난리를 겪느라고 이삼년간 공부를 놓았던 나이 든 학생이 많았다. 창주는 이제 열다섯살이었다. 토요일 저녁마다 고향에 가 하룻밤 성 지키는 불침번 서고 일주일분 양식과 땔감을 지고 돌아오곤 했다. 어머니는 홀로 밭일을 하는 짬짬이 말총갓을 자으면서 한시도 일손을 놓지 않았다. 목장의 말은 죽어서 썩지 않은 말총을 남기고 있었다.

　하루는 고향에 갔더니 임 주임이 성문 앞에서 창주를 불러세우고 책보 검사를 했다. 일기장을 꺼내 읽던 임씨가 낯을 찌푸렸다. "야, 넌두 입산했던 놈이라 사상이 별로 안 좋구나야." 쓰기 시작한 지 며칠 안된 그 일기장에는 난리에 고생한 얘기와 애꿎게 죽은 마을 사람들을 슬퍼한 대목이 있었는데, 특히 임씨의 심화를 건드린 것은 마을 정자나무를 벌목한 데 대한 언급이었을 것이다. 창주는 가슴이 철렁했으나 마음을 다잡고 또라지게 응수했다. "아니우다. 일기를 끝까지 읽어봅서." 당시는 『웅변과 식사(式辭)』라는 책이 중학생들 간에 유행하던 때라 창주의 일기는 그 어투를 닮아 다분히 비분강개조였을 텐데, 앞부분은 새밋드르 주민이 겪은 고난에 대해 써내려가다가도 나중에는 반드시 새 나라에 대한 부푼 기대와 새 시대의 역군이 되겠다는 결의가 피력되어 있곤 했다. 임씨는 "좋아, 좋아" 하고 고개를 끄덕거리면서 일기를 돌려주긴 했으나 아무래도 입맛이 떫은 표정이었다. 불안해진 창주는 며칠 후 첫 월급을 받자 어머니와 의논해서 임씨와 강씨에게 필기용구 일습씩 사서 선사했다. 물자가 귀하던 그 시절에 투명한 유리 잉크스탠드, 철필 두자루에 잉크 큰 병으로 하나이면 꽤나 값진 선물이었다. 선물 효과는 당장 나타나 임씨, 강씨가 창주를 여러사람 앞에서 입

모아 칭찬하더라고 어머니가 전해주었다. 글 잘 쓰고 똑똑한 학생이라고.

그러나 양력 6월 말경에 뜻밖의 위기가 닥쳤다. 밤사이에 느닷없이 불온 삐라가 성담 두군데 나붙어 온 부락이 대경실색하고 있던 아침나절에 읍내에서 스리쿼터가 들이닥쳐 범인을 색출한다고 남정네들을 연행해갔다. 그것이 육지에서 큰 동란이 터져 입산 경력이 있는 남정네들을 대상으로 벌어진 예비검속인 줄 아는 사람은 없었다. 한밤중에 몰래 삐라를 붙여 부락 내의 불온분자의 소행처럼 조작극을 꾸민 자가 다름 아닌 임씨와 강씨였다. 그렇잖아도 예비검속에는 으레 위험시되는 인물들은 가려내어 제거되기 마련인데, 애꿎게도 새밋드르 청년들 여럿이 끼여 죽게 된 것은 순전히 그 조작극 때문이 아니었던가. 그 삐라 붙이는 현장을 목격한 사람이 공교롭게도 어머니였다. 그날 어머니는 여느 때처럼 등잔 석유를 아끼려고 동편 성담 근처의 친구 집에 가서 자정이 넘도록 함께 말총갓을 잣다가 돌아오는 길이었는데 우연히 그 장면을 목격하게 된 것이었다. 어머니 혼자만 본 게 아니라, 골목 끝까지 배웅하러 나왔던 어머니 친구도 보았다. 그날 읍내로 헐레벌떡 창주를 찾아온 어머니는 이런 사실을 전하면서, 절대 마을에 나타나지 말라고 신신당부하는 것이었다.

창주는 이제 위험한 나이 열다섯살이었다. 외딴 가교사 건물에 예비검속자들이 계속 들어오는 것을 보니까 마음이 더욱 불안해졌다. 다른 학생들도 불안한 눈치가 역력했다. 고향 가는 발길을 끊는 것만으로 안심할 계제가 아닐 듯했다. 그런데 뜻밖에도 선택의 기회가 주어졌다. 중학생들을 상대로 육지 전쟁터에 지원할 학도병 모집이 그것이었다. 나중 목숨이야 어떻게 되든, 우선 지긋지긋한 섬땅을 뜨고 볼 일이었다. 주야간 학생 전원을 운동장에 앉혀놓고 모병관은 격앙된 목소리로 모병의 취지를 피력했고 몇몇 상급생이 앞으로 나가 혈서를 썼다. "자, 그러면 제군들! 모두 눈을 감으라. 눈을 감고 잠시 손을 가슴에 얹고 생각한 다음, 지원자만 조용히 눈 뜨고 일어나 대열 오른쪽으로 나가라!" 그 말이 떨어지기가 무섭게 여기저기에서 우긋우긋 일어나더니 전학생이 삽시에 오른쪽으로 이동했다. 남아 앉아 있는 학생은 단 한명도 없었다. 모병관이 놀라 눈이 휘둥그레졌음은 물론이다. 자기 연설 솜씨에 감화받은 결과라고 자만할 상황이 전혀 아니었던 것이다. 만 열다섯에서 한살 모자라 하마터면 탈락될 뻔한 창주가 동급생 댓명을 응원대로 데리고 가 지원을 받아달라고 씩씩하게 요구했을 때는 모병관은 차라리 어이없다는 표정이었다.

며칠 후 창주네들은 신문사에서 나눠준 "ス중학생 이백명 펜 대신 총을 들다"라고 대서특필한 신문지 한장씩 손에 움켜쥐고 군가를 합창하며 부두를 떠났다.

무명지 깨물어서 붉은 피를 흘려서
태극기 걸어놓고 천세 만세 부르세
한 글자 쓰는 새야 두 글자 쓰는 새야
나라님께 병정 되길 기원합니다

총알이 스쳐지나가면서 턱살을 찢어놓은 흉측한 상처를 달고 삼년 만에 전쟁터에서 돌아온 창주는 자신이 임씨, 강씨와 대등한 위치에 서 있음을 깨달았다. 고향에 돌아온 날이 마침 어머니 친구 집에 혼인잔치가 있던 날이었다. 창주는 먼저 그 집 부엌에서 아궁이불을 보고 있는 어머니를 찾아내 부엌 땅바닥에 너부죽이 엎드려 절했다. 어머니의 거친 손을 붙잡고 눈물 한줄기 쏟을 겨를도 없이 마당에 멍석 깔고 국수 먹던 아주머니들이 좁은 부엌 안으로 우르르 몰려들었다. 어머니는 아예 저만치 제껴놓고 서로 다투어 창주를 만져보면서 그렇게 반가워할 수가 없었다. "아이고, 넌 어떻해서 죽지 않고 살아와져니?" "삼싱할망 복 탄 아이여." 그러나 그 웃음꽃이 활짝 핀 얼굴도 이내 치밀어오르는 오열을 참느라고 처참하게 일그러졌다. 기적처럼 살아 돌아온 열여덟살 청년의 모습에서 어쩔 수 없이 죽은 남편, 죽은 자식이 생각난 것이었다. 삼년간의 육지 난리를 포함하여 오년 계속된 그 무서운 재앙 속에서 끝내 살아남은 마을 젊은 남정네는 여섯에 하나꼴인 열명 안팎에 불과했다. 다른 죄는 없고 오직 젊다는 것만이 유죄였던 그들…… 남편 잃고 자식 잃은 슬픔을 무엇으로 달랠까. 창주의 눈에도 더운 눈물이 솟구쳐올랐다. 이때 어머니가 등을 밀었다. "이젠 너두 어른 되어시니, 정지 구석에 있지 말고 어서 안으로 들라."

방에는 임씨, 강씨 외에 마을 어른 대여섯이 자리를 같이하고 있었다. 정중히 허리를 굽혀 두루 인사를 올린 다음, 창주 입에서 불쑥 튀어나온 인사말이란 게 삼이웃이 다 들리게 언성이 높았다.

"이장님, 그간 마을 재건에 얼마나 노고가 많습디까? 그런디 마을 재건에 얼마나 보탬이 됐는지는 몰라도 수백년 묵은 마을 팽나무들을 벌목한 것은 아무래도 처사가 잘못된 것 닮수다." "그리고 임 주임님, 아까 오다가 길에서 들은 말이우다만 읍내 칠성굴에 고무신가게 크게 냈다는디, 장사는 잘되엄수꽈? 워낙 요지라 집세만 해도 웬만한 농가 두채 값은 될 거라예."

서른 넘은 노총각이던 임씨는 그동안 순사 옷 벗고 마을 처녀와 결혼도 하여 읍내와 새밋드르 사이를 왕래하며 여봐란듯이 살고 있다는 것이었다. 늙은 팽나무 두그루는 임씨의 사복에 들어간 게 틀림없었다. 민간에 행악질이 자심하여 옷 벗기고 쫓겨난 서른명가량의 이북 출신 중에 임씨도 끼여 있을 거라는 소문도 있다고 했다. 만약 그것이 사실이라면, 팬츠 하나만 달랑 차고 삼팔선을 넘어온 사람이니까 옷 벗기려면 그 팬츠 한장만 남겨놓고 아주 벗겨야 옳지, 읍내 고무신가게는 무엇이며 아직도 새밋드르를 얼쩡거리며 누구도 범접 못할 위세를 가지고 유지 행세 하는 것은 또 뭐란 말인가. 이것이 그때 창주의 생각이었다. 아마도 창주의 말투에서 사나운 전장의 화약 냄새가 물씬 풍겼나보다. 임씨, 강씨는 어안이 벙벙했던지 한마디 대꾸도 하지 못했다. 이 소문은 곧 온 마을에 퍼졌다.

이렇게 마을의 금기에 도전한 창주는 내친김에 더 깊숙한 곳까지 쳐들어가, 석달 후 이웃집 소상날에는 장본인들의 면전에서 삐라 날조 사건을 문제 삼았다. 현장 목격자인 어머니와 그 친구가 감히 귓속말로도 발설하지 못하고 삼년 동안이나 묵혀온 그 비밀을 면전에서 보기 좋게 터뜨려버린 것이다. 언성도 높이지 않고 단지 임씨와 강씨를 은근히 암시하면서, "그날밤에 삐라뭉치 든 사람이나 풀통 든 사람이나……"라고 한 한마디 말이었으나 전후 문맥에 적절히 끼워놓았기 때문에 듣는 사람은 누구나 그 말이 내포한 충격적인 의미를 충분히 깨닫고도 남았다.

이렇게 두번에 걸쳐 공공연히 그들의 죄악을 들먹거린 창주는 내심 불안하기 짝이 없었다. 혹시 보복이 있지 않을까 두려워 한번은 제대 학생 열명쯤을 마을에 데리고 와 어머니가 좁쌀 한말 들여 곤 소주를 먹여 군가를 불러대게 하면서 은근히 시위를 벌이기도 했다. 그러나 끝내 아무 일도 없었다. 창주도 그후로는 여간 처신을 조심하지 않았다. 오고 가는 길에 만나면 어색한 대로나마 인사도 깍듯이 했다. 그때 죽은 자는 모두 폭도다, 폭도가 아니면 왜 죽었 겠느냐, 하는 식의 강변과 무서운 집단적 편견이 아직도 세상을 지배하고 있는데 어찌 조심스럽지 않겠는가.

창주는 얼핏 상념에서 깨어났다. 벌써 동산마루에 다다른 것이다. 이 고개를 넘어 조금만 더 가면 새밋드르다. 어린 시절의 낯익은 무섬증이 불쑥 고개를 쳐들었다. 귀신이 나온다고 한때 해만 떨어지면 인적이 끊기던 곳이다. 우르르 소소리바람이 일어 길 양옆의 검은 솔숲을 흔든다. 그 음산한 소리에 몸이 오싹해진다. 죽은 혼령들의 울음인가. 나무들 사이로 희끗거리는 눈빛도 거기에 어지러이 널려 오랫동안 방치되었던 시체들의 흰옷인 양 가슴이 섬뜩하다. 저 키 큰 소나무들은 아직 어린 다복솔일 때의 기억을 여전히 간직하고 있을까? 그러나 지금 창주가 걷고 있는 아스팔트가 저 검은 숲의 기억보다 더 강인하다. 눈이 녹아 흐르는 아스팔트는 냉랭한 강철빛 광택이 떠올라 있다. 풀씨 하나도 받아들이지 않는 아스팔트. 어떤 생명력도 그 강인한 불모성을 꿰뚫지는 못한다. 비정의 아스팔트. 산 자는 이렇게 말한다.

"비행장에서도 사람 많이 죽어 무데기로 묻혔쥬. 아이고, 활주로 넓히길 잘했쥬기. 아스팔트로 꽉 봉해불고 비행기 소리가 벽력같은디, 귀신들이 당최 맥을 쓸 수 있나. 그렇지 않았으면 지금도 귓것들이 막 해꼬지하려고 냅뜰 거라."

그렇다. 삼십육년이 지난 지금 그때의 사람들은, 마을의 홀어미들도, 생활이 예전만 못해 간고해진 강씨도 임씨도 파뿌리마냥 호호 늙어가고, 이십여년의 교직생활 끝에 모교인 ㅈ중학교 교감이 된 창주도 그뒤를 따라 점점 늙어가는데, 유독 그 집단적 편견만은 저제나 이제나 여전히 세월의 풍화작용을 받지 않은 채 견고하다. 과연 얼마나 오래 대를 물리며 이 편견은 살아 있을 것인가? 그러므로 이 밤에 강씨가 죽음에 임박하여 창주를 부른 것은 그 뜻이 각별한 것이다. 도대체 그때의 가해자가 잘못을 뉘우쳤다는 말을 들은 적이 없다. 창주의 발설 이후 마을의 노인, 홀어미들이 앞에서는 다소곳이 웃어보이다가도 뒷전에서는 손가락질한다는 사실이 강씨에게 일생 큰 부담이 되어왔던 게 틀림없다. 그렇다. 양심의 가책으로 괴로워할 줄 아는 것이 인간일 것이다. 그런데 임씨는? 섬여자와 결혼하여 아이 낳고 이 섬땅에 뿌리내려 살아왔으니, 그도 역시 갈데없는 섬백성이 분명하다. 그러나 임씨는 이 섬땅에 그리고 저 반도땅에 드리워져 있는 그 집단적 편견이 걷히지 않는 한,

아스팔트 89

아마 끝내 자신의 행위를 합리화하지 않을까?

우르르 솔숲이 또 한번 흔들리면서 음산한 냉기를 후욱 끼친다. 창주는 쫓기듯 얼른 숲을 지나쳐 고개를 내려간다. 눈은 연상 내려 창주의 몸을 너울처럼 감싼다. 부드럽게 뺨을 핥는 감촉. 자정이 넘은 시간 어둠속에 붐비는 이 눈송이들은 필경 사자들의 혼령이리라. 두런두런 뭐라고 저희끼리 속삭이는 소리. 산야 여기저기 풍우에 곱게 닦인 흰 백골과 삭은 고무신들…… 그러나 눈송이들은 아스팔트를 뚫지도 못하고 덮어싸지도 못한다. 눈송이들은 다만 견고한 아스팔트 위에 부딪쳐 허망하게 바스라지고 녹아버릴 뿐이다. 아스팔트는 물샐틈없이 치밀하다. 삼십육년 전의 애닯은 과거를 깔아 봉해버린 아스팔트. 관문인 공항에서 시작하여 비극의 산야를 종횡으로 질주하는 아스팔트의 관광도로…… 창주는 우울한 생각을 떨쳐버리려고 거세게 머리를 흔들었다. 어서 가야지. 강씨가 숨 거두기 전에 어서 당도해야지. 창주는 더욱 걸음을 빨리한다. 이때 맞은편 길 끝에서 불빛이 번쩍하고 나타났다. 누군가 자전거를 타고 전속력으로 달려오고 있다. 처르륵, 자전거가 금방 앞에 와 멎었다. 강씨 아들이다.

"웬일인가?"

창주는 혹시 강씨가 그사이에 운명했나 싶어 다급하게 물었다.

"눈길에 얼마나 고생헙디가. 택시 못 잡으신 중도 모르고…… 하도 안 오시길래 눈길에 차사고라도 났나 하고 급히 가는 길입쥬……"

청년은 사뭇 무안한 듯 뒷머리를 벅벅 긁더니 "자, 선생님, 뒤에

타십서" 했다.

자전거는 물 젖은 아스팔트 위를 처르륵처르륵 기분 좋게 달려 갔다. 반시간 동안 과거의 애닯은 주술에 걸려들었던 창주는 그제 야 제정신이 든다.

"마을 어른들도 와 계신가?"

"예, 모두들 선생님 오기만 고대햄수다."

"임씨도?"

"그인 왔다가 눈치챘는지 돌아가버려수다."

"음…… 내 그럴 줄 알았지. 자네도 아버님이 무슨 유언을 하실 지 알고 있구면."

"예……"

혹시 이 청년이 아버지를 설득한 것은 아닌지?

창주는 청년의 넓적한 등을 손바닥으로 찰싹 쳤다.

"좋은 일이여. 참말로 좋은 일이여. 사람 사는 게 이래야 되는 거 라."

눈발이 뜸해졌다. 낮게 흐르던 바람이 이제 꽤 높은 공중을 달리 는지 구름이 밀려가는 하늘엔 뿌옇게 달무리가 섰다. 어린 시절에 는 달무리를 달이 갓 썼다고 했지.

"달아 달아, 밤중에 갓 쓰고 어디 감시니(가니)?"

"섯동네 강 서방 집 조문하레 감져."

길

오후 늦게 있는 수업을 오전으로 몰아 해치우고 나서 나는 서편 일주도로를 달리는 시외버스에 몸을 실었다. 승객을 가득 실어 몸집이 실해진 버스는 육중하게 해변 아스팔트 길을 달려갔다. 길은 아침나절에 온 비로 번들번들 빛났다.

승객 중에는 시내 오일장을 보고 돌아가는 장꾼 아낙네들이 더러 끼여 있는지 뒷좌석 쪽에서 참기름 댓병 하나에 값이 얼마고 유채 종자 한됫박이 금값에 맞먹더라는 둥 장시세를 놓고 한창 시끌짝하게 떠드는 소리가 들려왔다. 혹시나 하고 뒤를 돌아다봤으나 고향 마을 아낙네들은 아니었다.

고향이라고 해봐야 시내에서 버스로 사십분 거리밖에 안되는 곳이었다. 이렇게 엎디면 코 닿을 만큼 가까운 곳이건만 거기에 남아 있는 친척이라곤 당숙어른네 식구들뿐이어서 신년 세배차로 일년에 한번 들르는 것이 고작이었다. 그러니 이번 나들이는 고향을 다녀오자는 목적이 아니었다. 고향 마을에서 버스를 내려 한라산 쪽으로 이십분쯤 걸어들어가는 애엄리를 찾아가는 것이다.

버스가 비행장 곁을 지나칠 때 즈음해서, 차 손님들은 별로 차를 타 버릇 않아서 멀미를 느끼는지 잡담 소리도 시들해지고 창밖만 멀거니 내다보고 있었다.

한라산 중허리 아래로 나직이 드리운 우중충한 구름떼는 해변까지 일망무제로 펼쳐져 내려와 들판을 질펀하게 눌러대고 있었다. 바다도 거멓게 질린 빛을 띠고 있는 것이 저녁 전에 또 비가 올 낌새였다.

휘진이 도대체 웬일일까? 여태 지각 한번 없이 개근해오던 녀석이 아무 연락도 없이 무단결석을 하다니.

오늘 아침 나는 녀석이 2교시가 지나도 나타나지 않길래 같이 자취하는 옆 반의 동철을 교무실로 불렀다. 동철이 하는 말은 일요일인 어제 오후 늦게 시골로 양식 가지러 간다고 떠났는데 여태 안 돌아온다는 것이었다. 녀석이 지난 겨울방학부터 밤잠 네시간만 자면서 무지막지하게 입시공부를 해오더니, 기어코 탈나고 만 것이 아닐까? 아무리 혹사해도 끄떡없을 것 같던 정말 우람한 덩치였는데…… 설마 그렇게 단단한 강골이 하루아침에 짚불처럼 사그라질 리야 없겠지. 같이 자취하는 동철의 말로도 휘진은 요사이 몸이 불편한 기색이 전혀 없었다는 것이다.

그럼 혹시 집에 무슨 우환이 닥친 게 아닐까? 휘진의 아버지가 몸져누운 걸까? 아니, 그럴 리 없어. 그이가 아들의 3기분 등록금을 내주어서 고맙다는 인사를 하러 나를 찾아온 것이 지지난 토요일이었는데 그사이에 중병이 들었을 리 없지. 겨울철만 되면 연례행사처럼 하반신이 이상하게 맥 풀려 제대로 힘을 못 쓴다더니 아마 그 증세가 도졌을 뿐일 것이다. 그러니까 휘진은 기동이 어려운 아버지를 도와 오늘 하루 보리갈이할 밭에 두엄을 져 나르거나 하고 있을 것이 틀림없다.

휘진의 까무잡잡한 얼굴이 덩두렷이 떠올랐다. 커다란 덩치에 어울리지 않게 상냥하고 곱살하게 쌍꺼풀진 눈, 말수가 적은 대신에 표정이 풍부한 눈빛. 교복이 터져라고 살집 팽팽한 거구에 비해 터무니없이 작은 의자에 거북살스럽게 궁둥이를 대고 엉거주춤 앉아 있는 꼴이 어찌나 가관이던지 나는 수업하다 말고 슬그머니 웃을 때가 많았다.

휘진의 당당한 체구를 보면 나는 공부는 머리로 하는 게 아니라 몸뚱이로 하는 것이라는 묘한 착각에 빠져들곤 했다. 그도 그럴 것이 2학년 말까지만 해도 말썽깨나 피우는 역도반 아이들을 잘 통솔한다고 생활지도부 선생들한테 칭찬을 듣는 착한 녀석이긴 했지만 성적은 영어, 수학을 제외해놓고는 중상을 벗어나지 못했었다. 그러던 것이 불과 여덟달 만에 학년 석차 10위로 뛰어올라 서울의 일류 대학을 겨냥하게 되었으니 그야말로 오뉴월 장마에 물외 크듯 성큼성큼 성장해온 것이었다.

그렇다고 휘진의 머리가 남달리 비상한 것 같지는 않았다. 남다른 점이 있다면 지칠 줄 모르는 체력과 무서운 집념이었다. 하루

네시간만 자고 모자라는 잠은 언제나 수업시간 사이사이에 끼여 있는 휴식시간을 이용하는 휘진이, 큰 짐승처럼 책상 위에 엎어져 씩씩 코를 골며 잠든 휘진을 볼 때면 나는 차라리 가슴이 섬찟해지는 느낌이었다.

하여간 녀석의 이 급속한 성장을 곁에서 지켜보노라면 나는 전율 같은 야릇한 흥분이 일곤 했다.

특히 모의고사가 있는 날이면 나는 안절부절 그야말로 좌불안석이었다. 시험 끝나기가 무섭게 휘진의 국어 답안지를 맨 먼저 채점해서 보강해야 할 취약점이 무엇인지 파악해낸 다음 나머지 학생들의 답안지 채점을 일사천리로 후딱 끝내고는, 슬슬 늑장 부리며 채점하는 다른 과목 선생들 사이를 오락가락하면서 미리 녀석의 점수를 알아내고 또 다른 반의 유망주들과 견주어보느라고 나는 하루 종일 들떠 있곤 했다.

휘진의 석차 변동이 무엇보다 궁금한 나는, 다른 담임들이 귀찮아 미루는 학년 석차 매기는 작업도 혼자서 도맡다시피 하고 있었다. 시험 볼 때마다 꼬박꼬박 기록을 경신해내는 휘진의 석차를 내 손으로 기입하는 것이 어찌 즐겁지 않겠는가! 학년 석차가 확정되자마자 내가 녀석을 교무실로 불러서 "잘했어! 정말 잘했어! 이번 시험엔 무려 열두명이나 따라먹었더군. 그래, 그렇게 탱크처럼 밀고 나가는 거야" 하고 어깨를 두드려줄 때 내 기분은 훌륭한 운동선수를 키우는 코치의 자부심 못지않게 의기양양한 것이었다.

나는 또 이 유망 선수의 건강관리를 염려하여 밥 짓기가 귀찮다고 찬밥을 그대로 먹다간 당장 체력이 못 당할 뿐 아니라 나중에 골병까지 든다고 일깨워주고, 잠 덜 자려고 각성제 쓰는 것도 심장병을 유발할지 모르니 삼가라고 누누이 주의를 주곤 했다. 김치도 갖다 먹게 하고 때때로 집에 불러 저녁식사도 같이 하였다.

고3 담임을 여러해 해오고 있지만 휘진처럼 나를 몰두시킨 예는 단 한번도 없었다.

하기야 내가 아닌 다른 동료가 담임이었더라도 마찬가지였으리라. 조상 적부터 대물림하며 척박한 땅에 혀를 박고 살아온 이 농사꾼 자식이 만성적인 가난의 멍에를 벗어보려고 단단히 각오하고 나선 모습에 감동하지 않을 선생이 누가 있으랴. 나를 포함해서 동료 교사들 대부분은 못사는 농사꾼의 자식들이었다. 농사꾼의 탈을 벗어보려고 발버둥친 것이 고작 박봉의 월급쟁이로 낙착되어 이제는 완전히 꼭지 떨어진 인생들이 되어버렸지만, 그들도 나처럼 담임 입장이라면 고군분투하는 휘진에게서 왕년의 자기 모습을 발견하고 틀림없이 성원을 아끼지 않을 것이다.

중학교 삼년, 사범학교 삼년, 그리고 졸업 후 국민학교에 몸담고 있으면서 중등교원 검정고시에 합격할 때까지 또 이년, 이렇게 무려 팔년 동안이나 자취생활에 찌든 나였다.

특히 시외버스가 없던 중학 시절의 자취생활은 정말 고생이 막심했다. 그 시절에 나는 두주일에 한번꼴로 토요일 오후가 되면 끼닛거리를 가지러 시골 어머니한테 가곤 했다. 휘진은 삼십분마다 있는 이 버스를 타고 쌀 가지러 시골 나들이를 하고 있지만, 삼십년 전 이 길은 버스가 없어서 줄곧 걸어다녔다. 포장이 되지 않은 자갈과 모래투성이 길이었다. 중3 때 따라갔던 수학여행이란 것도 화물 트럭에 짐짝처럼 실려 이 해변 일주도로를 따라 섬을 한바퀴 돈 것뿐이었다. 차가 일으키는 흙먼지가 바닷바람에 날려 삼태기로 퍼붓듯 덮치는 통에 눈은커녕 코도 뜨지 못하고 실려다녔으니 구경을 제대로 했을 리 없다.

하여튼 보름에 한번꼴로 토요일 오후가 되면, 나는 같이 자취하는 벗과 짝하여 이삼십리 길을 타박타박 걸어갔던 것이다. 걸어서 세시간 반이 족히 걸리는 먼 길이었다. 그래도 갈 때는 빈 몸이라 별로 고된 줄 몰랐지만, 이튿날 보리쌀 한말에 마늘장아찌 단지 같은 것 하나 얹어 짊어지고 돌아오는 길은 그렇게 아득하게 느껴질 수가 없었다. 남의 밭에 들어가서 고구마도 캐어 먹고 무도 뽑아 먹으면서 쉬엄쉬엄 가는 길이라 아침 일찍 떠나도 중낮이 훨씬 겨워서야 겨우 시내에 당도할 수 있었다. 어둑신한 자취방에 들어가면 입안에선 단내가 물컥거리고 발가락에는 꽈리처럼 부푼 물집이 생겨 있곤 했다.

그래도 땔감 걱정 없이 지낸 것만도 다행이라고 할까? 어머니가 애시당초 중심지에서 반시간 걸리는 가난한 변두리 동네에다 자취방을 얻어줄 때 땔감은 주인네 보릿짚이나 조짚을 얻어 때기로 양해를 구해놓았으니 망정이지 그렇지 않았더라면 그 먼 데를 땔감까지 날라야 할 판이었다. 그 대신 나는 자취하는 벗과 같이 보리철이면 철고에다 보리이삭을 훑어주고 조 타작 때면 팔뚝지가 시큰하도록 도리깨를 휘둘러 주인네를 도왔다.

시험 때가 닥치면 쌀이 떨어져도 시골 다녀오지 않고 주인아주머니한테 보리쌀 한두되를 꾸어다 먹으면서 버텼다. 밥 짓는 시간조차 아까워서 아궁이 앞에 부지깽이를 들고 앉은 채 시험공부를 하곤 했다.

이렇게 열심히 시험공부를 했건만 애석하게도 시험을 못 치르고 돌아온 일이 두번 있었다. 한번은 그게 2학기 중간고사였으리라. 수업료를 2기분 치나 밀려 있던 나는 시험 첫날에 등교정지 처분을 받았던 것이다. 나만 정학 맞았다면 퍽 서럽고 창피한 일이었지만 우리 반에는 다행히(?) 나 말고도 두명이 더 있었다.

교문 밖으로 쫓겨난 나는 다른 두 아이와 헤어져 혼자 가방을 든 채 삼성혈 위 들길로 무작정 걸어올라갔다. 가을걷이를 끝낸 들판엔 낫에 베인 조그루들만 죽창 끝처럼 삐죽삐죽 솟아 있었다. 인적하나 없이 텅 빈 들길, 가을 햇빛이 내리깔린 그 길은 얼핏 살아 숨 쉬는 듯한 착각이 일어 몸이 오싹했다. 몇해 전 아버지가 끌려가던 그 들길처럼 살아 움직이는 것 같았다. 나는 멀찌감치 떨어져서 그 세 어른의 뒤를 멈칫멈칫 따라갔었다. 눈에 띌까 무서워 소를 앞세워 가리고…… 마침내 세사람은 멀리 산굽이로 돌아 사라졌다. 그러자 내 앞의 길은 별안간 휑하니 비어버렸다. 아니, 어른 셋을 삼킨 그 들길은 구렁이처럼 살아 숨 쉬는 것 같았다.

나는 이렇게 아버지를 생각하며 삼성혈 위 들길을 자꾸 올라갔다. 가을 하늘은 까닭 없이 푸르기만 했다. 아니, 구름 한점 없이 텅 빈 가을 하늘은 쪼르륵 소리 나는 텅 빈 내 배 속 같았다.

한참 올라가다가 드디어 추수 끝낸 고구마밭을 만났다. 나는 작대기로 밭이랑을 일궈 숨어 있는 고구마 이삭을 서너개 주워 먹었다.

산꿩 하나 날지 않는 죽은 듯 조용하던 늦가을의 한낮, 어석어석 날고구마를 씹는 소리만 내 귀에 가득 차 울리던 그 텅 빈 밭, 그리고 그 밭 귀퉁이로 걸어가서 전날밤 늦도록 부질없이 시험공부에 시달린 몸을 눕히고 곤하게 잠들었던 그 잔디 좋던 무덤가.

아버지는 무덤이 없었다.

나는 그후 오랫동안 그 담임선생이 원망스러웠다. 등교정지 처분은 담임 소관이 아니라는 것을 깨닫기는 한참 뒤의 일이었다. 학교 방침이 그런 걸 담임인들 어찌하겠는가.

이러한 소년 시절의 슬픈 기억 때문에 내가 지난번 휘진의 3기분 수업료를 대납해주었던가? 고래 심줄보다 더 질긴 박봉의 봉투에서 그 오분의 일에 상당하는 오만원 돈을 선선히 내주었으니, 아내가 어처구니없어함도 무리가 아니었다. 그리고 이번 달에는 휘진이 자꾸 찬밥 먹는 것이 안타까워 전기밥통을 하나 아내 몰래 사주었다.

나는 정말 불행한 제자를 아끼는 순수한 마음에서 도와주고 있을까? 거기에는 혹시 다른 불순한 이기주의가 끼여 있는 것은 아닐까? 내가 휘진에게 남다른 관심을 보이게 된 것은 결코 박춘보 씨 때문이 아닌, 순수한 동기에서 출발하였다. 처음부터 내흉스러운 속셈으로 그에게 잘 보이려고 생색낸 행동은 결코 아니었다. 그이가 휘진의 아버지라는 뜻밖의 사실을 알게 된 것도 한 학기를 보낸 지난 8월 말께 아니던가. 그이는 아들을 잘 돌봐줘서 고맙다는 인사를 하려고 처음으로 나를 찾아왔던 것이다.

그러나 박춘보 씨를 만나고 난 후 휘진에 대한 나의 관심은 결국

1기분 치 수업료 대납에다가 전기밥통 하나 사주는 결과로까지 발전하게 된 것이다.

휘진이가 과연 내가 수업료를 대납해주지 않으면 안될 정도로 사정이 절박해 있었던가. 워낙 빈농인데다 유채 시세 폭락으로 금년 여름 농사를 망쳐먹은 휘진의 아버지로서는 그야말로 속수무책이었겠지만, 지지난 수업료를 과수원 하는 사촌이 별 군소리 없이 감당해주었듯이 이번 것도 틀림없이 친척들 중에 다른 누가 마련해도 마련해주었을 것이다. 내가 도와주지 않았다고 마지막 두번 남은 수업료를 못 내서 휘진이가 졸업 못하고 탈락된다는 경우는 도저히 상상할 수 없는 일이었다.

그러니 휘진이 두어번 서무실로 불려가 수업료 독촉을 받는 눈치일 때, 좀더 두고 기다려보지 않고 손빠르게 얼른 대납한 것은 아무래도 내 나름대로의 속셈이 은연중 작용했던 모양이다. 아마 다른 사람에게 선수를 빼앗길까봐서 은근히 불안했던가보다. 그렇다. 비록 그것이 의식적인 행동은 아니었더라도 나의 잠재의식에는 충분히 그럴 만한 소지가 있는 게 사실이었다. 나는 그토록 춘보씨에게 잘 보일 필요가 있었던 것이다!

박춘보 씨가 더덕뿌리를 한보따리 들고 나를 찾아온 것은 퍽 무더운 날이었다. 연일 시멘트 건물을 뜨겁게 달구며 좀처럼 수그러들 줄 모르는 늦더위에 학생들이나 선생들이나 녹초가 되어 멀건 풀떼죽같이 게게 풀려 있었다. 그날 졸리운 5교시 수업을 간신히 끝내고 막 교무실로 들어선 나는 내 책상 곁에 키 크고 몸이 깡마른 웬 노인이 엉거주춤 서 있는 것을 보았다. 노인은 수업을 끝내고 앞서거니 뒤서거니 하면서 출입문으로 들어서는 선생들 쪽을 향해 자신없는 투로 어설픈 시선을 보내고 있었다.

좀 가까이 걸어가다 말고 나는 주춤 발걸음을 멈췄다. 가슴이 미칠 듯 뛰놀기 시작했다. 혹시 내가 잘못 본 게 아닐까? 다시 한번 눈여겨보았으나 영락없이 그 사람이었다. 무슨 일로 찾아왔을까? 설마 나를 찾아온 것은 아닐 테지. 그러나 내 책상 귀퉁이에는 노인이 가져온 듯한 보따리가 놓여 있었다. 내 얼굴을 알 리 없는 노인은 건성 이쪽을 바라보며 초조하게 두 손을 맞비비고 있었다.

본디 바탕색이 무엇인지 모르게 허여멀겋게 탈색된 여름 잠바 밑으로 뻗어 있는 바싹 마른 삭정이 같은 두 팔, 불거진 광대뼈 아래 양볼은 우묵하게 주저앉고 눈 가장자리도 푹 꺼져 있었다. 게다가 살갗은 볕에 타서 검은 흙빛이었다. 뜨거운 여름 해에 물기를 다 빼앗긴 듯이 노인은 더운 교무실 안에서도 땀 한방울 흘리지 않았다.

그이가 바로 휘진의 아버지, 박춘보 씨였다. 박춘보 씨라는 이름도 바로 그날, 그이가 더덕뿌리 보따리를 놓고 돌아간 다음에 휘진의 환경조사서를 펼쳐보고서야 알았던 것이다. 서로 말을 주고받아본 것도 물론 그날이 처음이었다.

애엄리 위 산길을 어른 셋이 걸어갔다. 박씨는 아버지와 다른 사내 한사람을 앞세우고 걸어올라갔다. 어린 나는 무서워 오금이 얼어붙는 듯했지만, 지남철에 끌린 듯 한발짝 떼어놓았다. 눈에 띌까 봐 소를 앞세워 몸을 가리고 멀찌감치 떨어져서 주춤주춤 따라갔다. 문득 아버지가 뒤를 돌아보는 듯했다. 그다음 순간, 아버지는 다른 두사람과 함께 산굽이를 돌아 사라져버렸다.

아버지를 생각하자 나는 가슴이 천근 무게로 짓눌린 듯 답답하고 숨이 가빠왔다. 담배를 피워물고 창문을 조금 열고 거기에다 머리를 틀어박았다. 버스는 해변 일주도로를 달리고 있었다. 해풍이 열린 문 틈으로 날카로운 마찰음을 일으키고 들어오면서 내 뜨거운 이마를 세차게 때렸다. 심호흡으로 바람뭉치를 폐 속 깊숙이 들이마셨다. 어느새 얼굴이 해풍을 맞아 눅눅해지고 흥분은 차츰 가라앉았다.

높하늬바람으로 험상궂게 물결이 일고 있는 바다는 배 한척 없이 황량했다.

"거, 바람 찬데 무사 문을 열어수꽈?"

바로 뒷좌석에서 아낙네의 짜증난 목소리가 들렸다. 나는 순간적으로 다시 신경이 뾰족 곤두섰으나 눌러참고 순순히 창문을 닫았다. 이번엔 저 여자가 버스 속에서 담배를 피운다고 또 내 뒤통수에다 대고 핀잔을 먹이겠지. 나는 담배도 밟아 꺼버렸다.

또 내가 놀란 것은 박춘보 씨가 고향의 이웃 마을인 애엄리에서 줄곧 살아왔다는 사실이었다.

내가 중학 시절부터 타관살이를 해서 몰랐던가? 그래도 학생 시절엔 방학 때면 으레 고향에 가 있었고 학기 중에도 보름에 한번 꼴로 고향 나들이를 했는데 어째 마을 근처에서 단 한번도 마주치지 않았을까? 아마 애엄리 위에 있던 못밭을 팔아버리지 않았더라도 벌써 여러번 만났을 것이다. 못이 옆에 있어서 못밭이라고 불렀던 그 밭은 애엄리 마을 한가운데로 나 있는 길로 다녀야 하므로, 여름방학에 이따금 어머니를 따라 밭에 드나들다보면 언제고 박씨를 만났으리라. 그러나 그 밭은 아버지가 돌아가신 후 젊은 홀어미가 혼자 다니며 부쳐먹기에는 멀고 불안하다고 팔아버렸던 것이다.

하여간 그동안 내가 춘보씨를 본 것은 단 두번뿐이었는데 두번 다 시내에서였다.

한번은 중학 다닐 때 시내 관덕정 앞길을 지나다가 우연히 서로 엇갈려 지나갔고, 또 한번은 사범학교에 입학할 무렵 동문시장에 혼자 운동화 사러 갔다가 가게 앞을 지나가는 춘보씨를 보았던 것이다.

나는 두번 다 그이를 보는 순간 몸이 오싹해졌었다. 얼른 등을 돌리고 그이가 지나치기를 조마조마한 마음으로 기다렸다. 가슴이 쿵덕쿵덕 미친 듯이 방망이질했다. 혹시 저이가 나를 알아보고 성큼성큼 다가와 내 뒷덜미를 낚아채지 않을까?

그러나 춘보씨는 나를 알아보지 못했다. 알아볼 리가 없었다. 여러해 전에 잠깐 옆을 스쳐지나간 어린아이의 얼굴을 기억할 리가 없었다.

어른이 된 다음에 나는 종종 그때 제주시에서 만났던 일을 생각하면서 춘보씨 뒤를 몰래 밟아서 사는 곳을 알아두지 못한 것이 못내 아쉬웠다. 막상 그이를 찾아보려고 해도 이름도 사는 곳도 모르고 보니 정말 속수무책이었다. 아니, '속수무책'이라고 치부해버린 것은 핑계가 아니었을까? 발 벗고 나선다면 삼십삼년 전의 토벌대라는 단서만 가지고도 이 좁은 섬바닥 어디선가 분명히 찾을 수 있었을 것이다. 그러나 솔직히 말해서 그를 찾는 일은 둘째 치고 막상 그를 만나서 과연 내 의중의 말을 꺼낼 수 있을까 하는 것이 난감한 문제였다. 그만큼 나는 어른이 된 뒤에도 어린 시절의 피해 의식이 그대로 남아 있었다. 해방 직후 그 난리 속에서 토벌대에게 죽은 것은 양민은 하나 없고 모두 폭도뿐이라는 억지가 아직도 통하고 있는 세상이니 섣불리 그 말을 꺼냈다가 엉뚱한 오해를 받지 않을까 두려웠던 것이다.

이제 내가 원했든 원치 않았든 박춘보 씨는 제 발로 걸어서 내 앞에 나타나고 말았다. 과연 내가 삼십여년 동안 묵혀온 그 금기의 말을 입 밖에 터뜨릴 수가 있을까?

지지난 토요일은 계획적으로 별렀던 날이었다. 휘진의 등록금을 대납해주자 예상했던 대로 박 노인은 고맙다는 인사말을 하러 나를 찾아왔었다.

그러나 막상 그 말을 꺼내려니 도무지 입이 떨어지지 않았던 것이다. 결코 예전처럼 두려워서가 아니었다. 나에게 박 노인은 이미 초라한 약자로 전락해 있었다. 차라리 그가 아직도 두려운 존재라면 얼마나 좋을까. 그가 두렵다면 적개심을 불태워 용기를 일으키면 될 것이다. 그래서 한번 머리가 깨지게 힘껏 부딪쳐볼 수 있으리라.

아니, 무엇보다도 그가 휘진의 아버지라는 점이 마음에 걸렸다.

휘진의 아버지를 처음 만나고 난 뒤부터 나는 담임이란 입장을 십분 이용하여 여러모로 노인의 환심을 사두려고 애를 써왔다. 언젠가 노인의 입에서 그 결정적인 대답을 듣기 위해서는 미리 그에게 고마운 은인으로 보일 필요가 있었다.

그러나 막상 나의 본색을 드러내려니 마음이 착잡하지 않을 수 없었다. 사랑하는 제자를 내 음모의 인질로 삼아야 하다니!

지지난 토요일날 박 노인은 두됫박이 실히 됨직한, 새들새들 말린 오미자 열매를 가지고 왔었다. 일부러 하루 날을 잡아 한라산 허리까지 올라가 따온 모양이었다. 진작 찾아왔어야 하는 건데 오미자 열매를 며칠 햇볕에 말려 오느라 늦었노라고 하면서, 노인은 연방 고맙다는 말을 되뇌는 것이었다.

나는 노인의 갸륵한 성의에 가슴이 뭉클했다. 내가 꼭 이 초라하기 짝이 없는 노인을 더욱더 궁지에 몰아넣어야만 되나! 그러나 삼십여년 동안이나 유택에 안주하지 못한 채 허공중에 떠돌고 있는 아버지의 영혼을 생각하면 나는 결코 이 문제를 포기할 수 없었다. 그래서 마음을 독하게 먹고 끝까지 밀고 나가기로 했다.

자꾸만 사양하는 박 노인을 간신히 꾀어서 학교 근처 음식점에 들어가 마주 앉았다. 처음엔 설렁탕 한그릇만 먹고 갈 듯이 능청떨던 나는 자리에 앉자 수육고기 한접시에 소주 한병을 슬쩍 곁들여 시켜버렸다. 그러나 노인은 깡마른 푼수대로 술을 전혀 입에 대지 못했다. 나는 적이 실망스러웠으나 우선 나 자신부터라도 말문이 열리게 술을 몇잔 연거푸 비웠다.

"이거, 어른 앉아 계신 앞에서 죄송하우다. 이왕 마개 따놓은 술이니 물릴 수도 없고 하니 혼자라도 조금 하겠습니다."

"원, 벨말씀, 혼저(어서) 드십서. 같이 대작 못해서 참말로 미안허게 돼수다. 나두 한창땐 말술을 먹었는디……" 하고 노인은 말끝을 흐렸다.

나는 어릴 때 본 그의 황소같이 건강한 몸집을 떠올리면서 조심스럽게 말꼬리를 이어주었다.

"젊었을 땐 몸이 좋았던 모양이지예? 휘진이 몸집을 보면 짐작이 갑니다마는."

"사름들이 그때 날보고 힘꼴깨나 쓴다고 더러 그럽디다만……이젠 산송장이나 매한가지입쥬. 댓해 전서버텀 이상하게시리 몸이 축나기 시작허더니만……"

나는 오갈이 든 나뭇잎처럼 검고 바싹 마른 노인의 얼굴을 바라보았다. 말이 다시 끊길 듯하더니, 내가 채 거들기 전에 노인이 스스로 말을 이어갔다.

"식성도 베랑 나쁘지는 않아 마씸. 삼시 먹긴 먹는디, 원, 숟갈질은 내가 허고 삭이는 건 놈(남)이 하는지 당최 모를 일입쥬, 허허" 하고 노인은 어색하게 너털웃음을 웃어 보였다. 노인은 술대작 못하는 대신 말부조라도 해서 '고마운 담임선생님'을 즐겁게 해주고 싶어하는 눈치가 역력했다.

이렇게 슬슬 말문을 열기 시작한 박 노인은 그날 자기 과거의 일부를 조심스럽게 드러내 보여주었다.

잎말이병에 걸린 초목처럼 그렇게 몸이 빼빼 마르는 것은 옛날그 고생 막심했던 한라산 토벌대 생활에서 온 후유증인 것 같다고했다.

온 섬이 난리 터져 북새통으로 변했던 시절, 인명은 물론이거니와 한라산에 방목 중이던 마소들도 큰 피해를 입고 있었다. 군경에게 쫓긴 좌익들이 이미 한라산으로 들어가 있어서 양민의 산행은 극히 위험할 무렵이었다. 방목 중이던 마소는 입산자들이 전화선 덫을 놓아 잡아먹고 토벌대는 토벌대대로 산폭도의 양식이 된다고 쏘아 죽여 그 씨를 말리고 있었다. 이럴 때 박춘보 씨는 겁 없이 소를 찾아 산을 헤매다가 폭도 용의자로 몰려 붙잡힌 것인데 요행히 한라산 지리를 잘 안다는 이용가치 때문에 무사할 수 있었다.

"산 지리를 얼매나 잘 아느냐 허길래, 아명(아무리) 어둑헌 밤중이라도 나무를 두 팔로 안아보면 어느 지경 어디인 줄 알아집네다, 허니까 서장이 무릎을 탁 치멍 좋아헙디다."

사실 그는 한라산에서 여러해 동안 숯 구워 팔거나 때때로 남의 청부를 받아 목재용 나무를 벌채하는 산판꾼 노릇도 했던 터라 산 지리를 누구보다도 환히 꿰뚫고 있었다. 그래서 그는 가족을 저당 잡히고 귀순 형식을 밟고 난 즉시 토벌대의 산 안내인이 되었다. 종잡을 수 없이 몰아치는 산비에 고생은 되었지만 그래도 여름 한철은 견딜 만했다. 머리를 길게 길러 입산자로 가장하고 헐어빠진 양복 소매 속에 개머리판 없는 카빈총을 넣은 채 산속을 헤매다녔다. 풀숲에 이슬 털린 데가 없나, 거미줄 찢긴 데가 없나 살펴서 폭도들의 이동 상황을 본대에 보고하곤 했다. 어떤 때는 산까마귀를 쫓아가면 입산자들이 마소를 잡아먹은 흔적이 남아 있어 작전에 도움 주기도 했다.

그러나 한라산에 눈 덮이는 늦가을부터 이른 봄에 이르기까지 넉달 동안은 고생이 이루 말할 수 없었다. 눈에 안 빠지려고 윤노리 나뭇가지로 설피를 만들어 신창에 붙이고 다녔지만 허궁다리가 많은 산이라 걸핏하면 무릎 위까지 눈 속에 파묻히기가 일쑤였다.

군화가 흔치 않던 시절이고 보니, 정식 대원이 아닌 그에게 군화 배급 차례가 올 리도 없었다. 짚신 감발하듯 지까다비 위에 헝겊을 몇겹 감고 다니는 것이 고작이었다. 이렇게 눈 속에서 삼년을 살았으니 몸이 성할 리가 없었다. 그는 동상으로 발가락 네개를 잘라야 했던 것이다. 다리 하나를 통째로 절단해버린 대원도 있었으니 그래도 그 정도는 다행스럽다고 할까. 그러나 후유증은 훨씬 나중에야 나타났다.

"기운 좋을 땐 몰랐는디, 늙어가니 병이 생기는 거라 마씸. 겨울철만 되면 아랫도리가 얼음장같이 시리구 맥살이 풀어져 기동이 어려움쥬. 이렇게 몸 마르는 것두 같은 병인 것 닮아 마씸."

이렇게 말하면서 노인은 한숨을 길게 내쉬었다.

"원호 대상 혜택도 못 받고 계시던데요."

"정식 토벌대원도 아니고, 또 귀순한 전향자라고 해서 원호 대상 자격이 없는 모양입디다."

"알아보긴 알아보십디가?"

"알아보진 않았쥬만 아매도 안될 거우다."

"혹시 그때 무슨 표창 받은 거라도 없수꽈?"

"그런 종잇장을 받은 적은 없고, 미 고문관한티 광목 한통 상으로 받은 적은 이수다마는……"

"원호 대상에 오르면 휘진이가 대학에 가도 학비 보조를 받을 수 있을 텐데…… 한번 추진해봅쥬. 당시 대원 중에 누구 증인 서줄 만한 사람이라도 있으면 일이 쉬울 텐데예?"

이 말에 노인은 시선을 떨구고 다시 길게 한숨을 내쉬었다.

"겔쎄, 서른명쯤 되는 우리 토벌대 중에 태반이 육지 사름들이었는디, 그 사름들은 난리가 끝나자 육지로 돌아가부렸을 거고…… 섬구석을 찾아보면 어디 더러 살아 있을 거우다만, 찾아 뭘합네까? 날 반가워할 사름들이 아니라 마씸."

토벌대 생활 삼년째로 접어들던 늦여름에 그는 큰 실수를 했다는 것이었다.

그날 골머리 위에서 척후활동을 하던 춘보씨는 계곡을 끼고 내려오다가 문득 사람의 말소리를 들었다. 풀숲에 찰싹 엎드리고 소리 나는 쪽을 살펴보았다. 말소리는 계곡 맞은편 밑에 가시덤불과 덩굴들이 서로 얽혀 무성하게 우거진 속에서 들려왔다. "점호 시작!" 하는 구령이 떨어지자, "하나! 둘! 셋! 넷……" 하고 21번까지 번호 붙이는 소리가 연이어 들리더니, "그러면 식사 준비!" 하는 구령을 마지막으로 잠잠해졌다. 지휘하는 자까지 모두 스물두명, 그러면 저 덤불 속에 아지트로 사용하는 동굴이 있음에 틀림없다. 이렇게 판단한 춘보씨는 잰걸음으로 산을 내려와 오리 밖의 꽝꽝나무숲에 주둔하고 있던 본대에 보고하였다.

그러나 그것이 적의 흉계인 줄 누가 짐작이나 했으랴. 먼저 노출되어 들킨 것은 그들이 아니라 춘보씨 자신이었다. 춘보씨를 먼저 발견한 그들은 토벌대 본대를 그곳에 유인하기 위해 일부러 큰소리로 점호하는 시늉을 했던 것이다. 그들이 열명도 못되는 인원을 스물두명으로 늘려 번호 붙인 것도 이쪽 병력을 되도록 많이 유도해보자는 계략이었다. 그런 줄도 모르고 토벌대 서른두명 전원은 그 지점이 위치한 계곡 입구에 들어서고 만 것이었다. 비탈 위에 숨어 기다리던 적은 서슴지 않고 일제사격을 가해왔다. 불의의 기습을 당한 대원들은 급히 바위 뒤로 곤두박질치듯 뛰어들어 몸을 가렸다. 불과 삼사분 동안의 짧은 교전이었다. 토벌대가 전열을 가다듬고 제대로 사격자세를 갖추자 적은 미련 없이 후퇴해버린 것이었다. 불리한 위치에서 선제공격당한 이쪽의 피해는 전사 다섯명에 부상 세명이었다. 다행히 그 마른 계곡에는 몸을 엄폐할 수 있는 바위가 많아서 그 정도 피해로 그쳤지, 자갈이나 모랫바닥이었더라면 몰사당할 뻔했던 것이다.

"이렇게 내 불찰로 다섯명이 죽고 세명이 병신 되었는디 그것이 무신 상 받을 일이라고 비위짱 좋게시리 옛날 대원을 찾아 증인 서달라고 헙네까. 나도 그 골짝에서 총 맞아 뒈져부러야 허는 건디 별찮은 목숨, 안즉꺼정 살아가지고……"

삼년 동안 한라산의 눈비를 같이 맞으며 고생하던 대원이 바로 곁에서 죽어 넘어지는 것을 본 춘보씨는 심한 죄책감에 몸을 떨었다. 게다가 그 일로 인해 적과 내통한 혐의를 받아 호되게 조사당하기까지 했으니 모두 전향자라는 터무니없는 낙인 때문이었다. 혐의가 풀려 다시 원대복귀는 했지만 대원들이 자기를 바라보는 눈빛도 전과 다르게 느껴졌다. 특히 육지 출신 중에는 노골적으로 의심하고 나오는 대원들이 더러 있었다.

이때부터 춘보씨는 사람이 영 딴판으로 달라져버렸다.

의심받기 시작하면 조만간에 신상에 위해가 올 것이 틀림없었다. 의심받는 전향자라는 꼬리표를 떼내어버릴 수만 있다면 그는 못할 것이 없었다. 이제 춘보씨는 흡사 신들린 사람처럼 눈에 쌍심지를 켜고 폭도를 찾아나섰다. 미 고문관으로부터 광목 한통을 상으로 받은 것도 이때라고 했다. 노루오름 근처의 냇가 동굴에서 산사람들의 아지트를 발견한 그는 단신으로 뛰어들어 폭도 세명을 생포해냈던 것이다. 소맷부리에서 개머리판 없는 카빈을 불쑥 내밀고 이빨로 포승줄을 풀어 셋을 차례차례 굴비 엮듯 옭아맨 얘기를 손짓을 섞어가며 할 때 춘보씨의 눈빛은 동물처럼 민첩하고 날카로웠다. 눈뿌리가 일순 빨갛게 타오르는 것을 본 나는 가슴이 섬찟했다. 바로 이 대목부터다! 아버지의 죽음이 끼여 있는 것은, 하고 나는 마음속으로 부르짖었다. 개머리판 없는 카빈총!

나는 다음 무슨 말이 나올까 바싹 긴장해서 노인의 입을 주시했다. 그러나 노인은 몇마디 알아들을 수 없는 소리를 입안에서 웅얼거리더니 이내 입을 다물어버렸다. 눈빛이 다시 입김 쏘인 거울처럼 흐려졌다.

어색한 침묵이 흘렀다. 나는 앞에 놓인 김치 보시기를 나무젓가락으로 부질없이 집적거리면서 몰래 조바심을 태웠다. 자, 어떻게 할까? 아버지 얘기를 꺼내려면 지금 이 대목을 놓쳐서는 안될 텐데…… 그렇지만 섣부르게 대들었다가 시치미를 뚝 떼면 어쩌나? 저 노인이 일단 고집을 세우면, 다시는 말 붙이기가 어려울 것이다. 나는 고개를 들어 노인을 바라보았다. 노인은 이제 앞가슴을 형편없이 오그린 채 고개를 떨구고 있었다. 낮게 숙인 이마에는 뭔가 괴로운 표정이 깃들어 있다. 찌푸린 양미간의 주름살 골을 따라 빌빌 흘러내리는 땀줄기. 아, 이 노인이 괴로워하고 있구나. 나는 맷돌짝에 짓눌린 듯 답답해왔다. 휘진의 까무잡잡한 얼굴이 자꾸 어른거렸다. 지금 내가 이 초라한 노인 앞에서 어쩌자는 것인가. 그건 너무 가혹한 짓이 아닐까? 나는 조용히 입을 열었다.

"그렇게 폭도 토벌에 큰 활약을 했으니 대원들도 나중엔 의심이 풀렸겠네예. 이젠 찾아가서 증인 서달라고 부탁하면 들어주지 않으카 마씸? 나라도 발 벗고 나섭쥬."

이 말에 노인은 당황한 듯 손을 내저었다.

"아니, 안될 말이우다. 선생님이 수고스럽게시리…… 하다(제발) 그런 일랑 허지 맙서. 솔직히 말헙쥬마는, 옛날 대원이 역부러 날 찾아와 증인 서주켄 자청하여도 난 절대로 안할 거우다."

노인은 숨을 헐떡거리면서 거세게 도리질 쳤다. 그러고는 괴로움으로 얼굴이 몹시 이지러지더니 노인은 탈진한 듯 벽에 등을 기대고 눈을 감았다. 노인의 낮은 목소리가 들릴 듯 말 듯 들려왔다.

"난 죄 많은 사람이우다. 이것 봅서. 이 뼈다귀만 남은 몸, 죗값으로 천벌을 받은 겁쥬. 사름들이 내 뒷전에서 죄지어서 그렇다고 속닥거립네다."

순간 나는 눈물이 핑 돌았다. 그렇다. 불타는 적개심 없이는 누구도 싸우지 못한다. 그러나 불타는 적개심은 과격한 응징을 낳고 과격한 응징에는 언제나 무고한 희생이 따르게 마련이었다. 그 당시 그런 행동을 저지른 사람이 어디 박춘보 씨 혼자뿐이던가. 폭동과 진압의 악순환 속에서 사람 목숨이 초개 같던 그 난리 속, 육지에서 들어온 토벌대들이 섬바닥 젊은것이라면 유식꾼이건 무식꾼이건 일단 폭도 용의자로 간주했으니, 자기의 결백을 강변하기 위해서 과잉행동으로 과잉충성을 보인 사람들이 적지 않았음은 슬픈 일이었다. 무고한 사람이라도 누구 하나 고발하지 않고는 폭도 용의자로 의심받을지 모른다는 두려운 강박관념에 시달렸던 시절이었다. 나는 노인의 잔뜩 오그린 가슴팍에서 그 무서운 시절이 꿰뚫고 지나간 그 공동(空洞)을 눈으로 보는 듯했다. 갓 서른의 젊은 나이에 죽은 아버지보다도 차라리 육포처럼 말라비틀린 이 육십 난 노인이 더 불행한 것이 아닐까?

그날 나는 휘진의 아버지를 시외버스 정류장 근처까지 배웅해주었다. 동상으로 발가락 네개를 잃은 그의 왼발이 눈에 띄게 절고 있었다.

그날의 시도는 이렇게 무위로 끝나고 말았지만 거기서 포기한 것은 아니었다. 아버지의 제삿날이 점점 다가오자 나는 다시 조급해지지 않을 수 없었다.

그렇다. 지금 나는 휘진 때문에 애엄리를 찾아가는 것이 아니다. 내 반 학생이 하루쯤 무단결석했다고 그날로 당장 가정방문할 정도로 내가 그렇게 정성이 뻗친 선생은 못되었다. 하루나 이틀 더 기다려보지 않고 내가 이렇게 조급하게 가정방문 나선 데는 휘진을 핑계 대고 실은 박춘보 씨를 만나려는 속셈이었다. 오늘은 기어코 일을 성취하고 말아야지. 아버지 제삿날이 이번 주 금요일로 닥쳤으니 오늘이 아니면 때가 늦다.

저지리에서 내린 차 손님은 나 혼자뿐이었다.

담배나 열갑 사갖고 갈까 하고 가게 쪽으로 몇발짝 옮기다가 나는 얼른 마음을 고쳐먹었다. 날씨는 음산하것다, 혹시 가게 안에는 아는 사람 서넛이 어울려 낮술을 하고 있을지도 모를 일, 오랜만에 왔다고 나를 붙들고 놓아주지 않으면 진짜 큰 낭패였다. 나는 얼른 애엄리로 올라가는 돌짝길로 접어들었다.

바로 이 길이었다. 이 길의 아득한 끄트머리에서 아버지는 산굽이를 돌아 사라져버렸던 것이다.

삼십여년 동안 나의 뇌리에 찰거머리같이 달라붙어 한시도 떨어지지 않던 길. 바쁜 직장생활 속에서도 어쩌다 멍하니 방심하고 있을 때나 까닭 없이 심사가 울적할 때, 혹은 술에 만취되었을 때, 이 돌짝길은 느닷없이 북받치는 듯 떠올랐다. 그때마다 나는 심장이 뭉클 이지러지는 듯한 통증에 숨을 헐떡거리곤 했다.

이 길을 걸어보기가 정말 얼마 만인가!

어린 시절 농사철이면 일손을 돕느라고 아버지나 어머니를 자주 따라다녀서 익숙한 길이었다.

이제 어른 키로 봐서 그런지 길은 전보다 훨씬 좁아 보이고 낮아 보였지만 길바닥에 삐죽삐죽 솟아 있는 돌부리들이나 길 옆 여기저기에 무더기로 피어 있는 억새꽃, 빗물에 젖어 더욱 검게 보이는 밭담 위에 어지러이 얽혀 있는 잎 털린 댕댕이덩굴 줄기, 찔레덤불은 모두 옛날 그대로였다.

아침나절에 비가 와서 그럴까. 한창 보리갈이할 철인데도 들에는 쟁기질하는 모습이 별로 눈에 띄지 않았다.

그날 나는 주위가 컴컴할 때 이른 조반을 먹고 밭 갈러 가는 아버지를 따라 이 길을 걸어올라갔었다. 어머니는 마침 일주도로에 길 닦으러 나가는 날이어서 내가 따라간 것이었다. 작전차량이 많이 다니는 일주도로는, 비가 심하게 와 길바닥 흙이 쓸려가버리거나, 산사람들이 밤사이 차 못 다니게 허궁을 파놓기 일쑤여서 마을 사람들이 수시로 동원되어 보수해놓곤 했다.

새벽길은 어둑신하고 가끔 발에 밟혀 우두둑우두둑 서릿발이 바스러지는 소리가 요란했다. 아버지는 쟁기를 짊어지고, 나는 썩은 멸치에 재를 버무린 거름 망태를 실은 소를 이끌고 갔다. 밀기울 범벅 먹기 일쑤인 그 난리 속에 어쩌다 한번씩 멸치떼가 선창가에 몰려들었건만 젓 담글 소금 한줌 없고 보니 그 아까운 것들이 모조리 썩어 거름밖에 되지 못했다.

우리 밭은 그때 말로 한참 반 길이라고 했으니 어른 걸음으로 반 시간 넘게 걸리는 곳, 그러니까 지금 찾아가는 애엄리 바로 윗녘에 있었다.

그날 나는 아버지와 같이 애엄리 한복판을 가로지르는 이 길을 따라 그 마을로 들어섰다. 초가집 추녀 끝마다 조반 짓느라고 마른 솔가지 태우는 알싸한 냄새가 풍겨왔다. 문득 불안감이 치밀었다. 그건 무슨 언짢은 예감이 특별히 생겨서가 아니었다. 어머니하고 지나다닐 때는 아무렇지도 않은데 어쩌다 아버지하고 다닐 때면 으레 생겨나는 그런 불안감이었다. 당장 어느 골목쟁이에선가 "저 지리 놈 왔다! 잡아라!" 하고 소리치며 장정 두엇이 튀어나올 것만 같아 마음이 조마조마했던 것이다. 나는 이런 조바심에 보채여 소 고삐를 잡아채며 종종걸음을 쳤으나 아버지는 아랑곳없이 등에 진 쟁기를 끄덕거리며 느릿느릿 따라오고 있었다.

역시 아버지의 생각이 옳았다. 식전 나들이를 나온 어른 두엇이 지나갔지만 아무 일도 없었다. 이 마을도 우리 마을처럼 난리를 심하게 겪느라고 그런 분풀이할 여력이 남아 있지가 않았다. 혈기방장하던 젊은이들은 요 일년 사이에 죽고 도망치고 해서 씨도 구경하기 어렵게 되었으니.

이년 전 여름, 그러니까 4·3폭동이 일어나기 바로 전해에 저지리와 애엄리 두 마을 사이에 마을 싸움이 대판 벌어졌었다.

섬바닥이 온통 호열자병으로 들끓던 여름이었는데 사람들은 그것이 곧 난리 일어날 징조라고 무척 두려워하고 있을 때였다. 아닌 게 아니라 호열자 번지듯 때맞춰 좌익사상이란 것이 무섭게 번지고 있었다. 방역령에 따라 마을 입구마다 돌담과 가시나무를 높게 쌓아올려서 외방 사람들의 출입을 막았다.

그것이 바로 마을 싸움의 단초가 되었다. 저지리 사람들 중에는 우리 집처럼 애엄리 바로 위에 밭을 가진 사람이 적지 않았을뿐더러 목장에 마소를 방목하거나 한라산에서 땔나무를 해오려면 반드시 애엄리 가운데로 난 이 길로 다녀야 하는데 한창 바쁜 농사철에 석달 가까이 길을 차단해놓았으니 분란이 안 일어날 수 없었다. 그렇지 않아도 저지리의 젊은 축들은, 이 길로 들일 다니며 애엄리 소악패들에게 해변놈이니, 보제기(어부) 아들이니 하는 놀림을 받아 울분이 쌓여 있던 터였다.

어느날 한밤중에 저지리 청년들 삼십여명이 이 길로 떼몰려갔다. 아버지도 그중에 끼여 있었다. 애엄리 마을 입구에 성처럼 높이 쌓아놓은 돌담을 허물고 와하고 마을 안으로 몰려들어갔다.

청년 두엇이 가지고 온 싸리비에 불을 댕겨 횃불 삼아 앞장서자 모두들 "왓샤! 왓샤!" 하고 소리치면서 마을 가운데 있는 고냉이

동산으로 뛰어갔다. 동산에 오른 그들은 "애엄리 놈들 나와라! 나와서 맞상대 붙어라!" 하고 아우성치기도 하고, 미역 감고 나온 아이들 물 묻은 몸을 털듯이, 껑충껑충 제자리뜀질하면서 "병 떨어져라! 호열자병 떨어져라!" 하고 고래고래 소리질렀다.

그래서 뒤미처 달려온 애엄리 청년들과 깜깜한 어둠속에서 투석전이 벌어진 것인데, 그만 애엄리 청년 하나가 돌에 맞아 절명하고 말았다. 이 일로 해서 저지리의 난동 주모자 두명이 군정청에 붙잡혀 징역 살고 있었다.

아마 이듬해에 온 섬을 발칵 뒤집어놓던 그 난리가 터지지 않았더라면 마을 싸움은 그동안 몇번 서로 주고받았으리라. 그러나 두 마을은 똑같이 그 난리 벼락을 혹독하게 얻어맞아 피폐될 대로 피폐되고 젊은이들은 그 일년 사이에 반 이상으로 팍 줄고 말았던 것이다.

그러나 그날 내가 애엄리 마을 가운데를 걸어가면서 느낀 그 불안감은 야릇하게도 다른 엉뚱한 방향에서 적중되고 말았다.

아버지와 내가 마을 밖을 벗어나서, 마소 물 먹이는 연못 근처의 우리 밭에 닿았을 때도 해는 아직 떠오르지 않고 있었다. 주위가 상당히 밝아졌는데도 길에는 아직 들일 나온 사람이 보이지 않았다. 우리 밭은 길가에 있었다.

아버지는 밭담을 한 귀퉁이 조금 허물고 밭 안으로 들어가 쟁기를 부렸다. 보습날에 은은한 새벽빛이 떠올라 있었다. 아버지가 소 등에 지운 거름망태를 마저 다 부리고 나서 담배를 붙여 물었을 때 마을 쪽에서 두 남자가 걸어올라오는 것이 보였다. 스물댓 안팎의 비슷한 나이 또래의 두 젊은이였다. 빡빡 깎은 머리에 검정 두루마기를 입은 사내를 앞세우고 갈중이 핫바지에다 헐어빠진 양복 윗도리를 걸친 키 큰 사내가 뒤따르고 있었다. 그들이 가까이 다가왔을 때 문득 키 큰 사내의 왼팔 소매 밖으로 총부리가 삐죽이 나와 있는 것이 눈에 띄었다. 가슴이 덜컹했다. 그러니까 앞의 사내는 포로로 붙잡혀가는 것이 틀림없었다.

"거기 보지 말라." 아버지가 무섭게 속삭였다.

아버지는 얼른 소고삐를 끌고 쟁기 있는 데로 가는 시늉을 했다. 자박자박 서릿발을 차며 두 사내가 우리 옆을 지나쳐 걸어가는 소리가 들렸다. 바로 그때 갑자기 검정 두루마기 입은 사내가 이쪽을 향해 울부짖듯 소리쳤다.

"저 밭에 있는 아이 아버지, 누군지는 모르쿠다마는, 나는 저 외도리 강 훈장 집 손주 됩니다. 외도리 강 훈장 집 손주 마씸. 내가 아무 날 아무 시에 죽었댄 좀 알려줍서. 꼭 부탁햄수다" 하더니 이어서 끅끅, 느껴 우는 소리가 들려왔다.

"아니, 이 자슥이 어디서 우는소리여!" 하고 키 큰 사내가 당황한 듯 윽박지르자, 울음소리가 뚝 끊겼다. 아버지는 등을 돌린 채 들은 척도 않고 부들부들 떨리는 손으로 쟁기줄을 풀고 있었다. 잠시 숨 막힐 듯한 침묵이 흘렀다. 저 사람들이 얼른 지나가지 않고 뒤에서 뭘 하고 있을까 하고 조바심을 태우는데 키 큰 사내의 둔탁한 목소리가 뒤통수를 때렸다.

"이리 봅서! 이 작자를 압네까?"

"아아니, 당최 모릅네다. 생판 첨 보는 사람입쥬" 하고 아버지는 고개를 절레절레 흔들었다.

"여하튼 바깥으로 나옵서. 이 작자에 대해서 조사할 것이 좀 있으니! 요 위에 토벌대 있는 데까지 따라와사 하쿠다."

사내는 이제 소맷부리에 숨겨 있던 개머리판 없는 카빈총을 노골적으로 꺼내서 오른손에 거머잡았다.

세사람은 들길을 따라서 산 쪽으로 올라갔다. 나는 무서워 오금이 얼어붙는 듯했지만 지남철에 끌린 듯 한발짝 한발짝 떼어놓았다. 성에가 달라붙은 돌부리에 미끄러져 넘어지기도 하면서 멈칫멈칫 걸어갔다. 눈에 띌까봐 소를 앞세워 몸을 가리고서. 이윽고 아침 해가 떠오르고 주위는 밝아졌으나 멀어진 세사람의 뒷모습은 거무끄름한 어스름이 달라붙어 있었다. 문득 아버지가 뒤를 돌아보는 듯했다. 그다음 순간 세사람은 방애오름 산굽이를 돌아 사라져버렸다. 방애오름부터는 작전지역이었다.

그때 처음 본 키 큰 사내의 얼굴은 불과 몇초 사이에 열한살짜리 내 머릿속에 뿌지직 화인으로 새겨졌다. 나는 그날 길가에 난 풀을 소에게 뜯기면서 우리 밭과 방애오름 사이를 하루 종일 울면서 오르내렸다.

그러나 아버지는 종내 돌아오지 않았다.

이년 후 난리가 완전히 평정되어 한라산 출입이 자유로워지자 어머니는 이따금 한라산에 나무하러 다녔다. 아버지가 돌아오지 않는 바로 이 길로 어머니가 나무하러 간 날이면 나는 학교가 파하는 즉시 짐바를 손에 들고 어머니의 나뭇짐 마중을 나가곤 했다. 해가 설핏해서 애엄리를 지나면 그때부터 들길에는 내려오는 나뭇짐이 부쩍 많아지는데 나는 혹시 어머니가 모르는 사이에 지나칠까봐 사람들 얼굴을 이리저리 살피면서 올라갔다. 이때 나는 번번이 나뭇짐 진 아버지가 사람들 틈에 끼여 으쌍으쌍 걸어내려오는 듯한 착각에 걸려들곤 했다. 둥덩산같이 삭정이 나뭇짐을 진 어머니를 만나, 그 나뭇짐을 삼분지 일쯤 덜어내어 가지고 간 짐바로 짊어지고 내려올 때 나는 언제나 우리 옆에 없는 아버지를 생각했다. 어머니는 마중 나가면 어김없이 돌아왔건만 아버지는 간 길을 다시는 돌아올 줄 몰랐다.

박춘보 씨는 왜 아버지를 끌고 갔던가? 마을 싸움의 원한 때문에? 아니면 아버지에게 폭도 혐의가 있었나? 아니다. 차라리 그런 이유 때문에 끌고 갔더라면 내 질문에 대답하는 박씨의 입장은 그 나름대로 떳떳할 것이고 따라서 아버지가 죽은 곳을 알아내는 것도 어렵지 않았으리라.

그러나 그때 상황은 그런 것이 아니었다. 검정 두루마기 입은 그 사내가 아무 날 아무 시에 자기가 죽었노라고 전해달라는 바로 그 말 때문에 아버지의 죽음은 결정된 것이었다. 아버지는 어쩌다 공교롭게도 사사로운 원한에 의한 어느 처형 사건의 증인이 되어버린 것이고, 박씨는 나중에 말썽 날지 모르는 증인을 없애기 위해 아버지를 끌고 간 것이다.

그러니 그것은 불가피하고 필연적인 죽음이 아니었다. 그것은 한사람 몫의 죽음이 아니라 남의 죽음에 덤으로 얹힌 무의미한 죽음이었다. 사람 목숨이 그렇게 우연히 처리되다니! 일순 노여움이 불끈 치미는 것을 간신히 눌러 진정시켰다. 아서라. 휘진의 아버지

122

를 미워해서는 안돼. 평상시 안목으로는 도저히 상상할 수 없는 일이 부지기수로 일어나는 것이 난세의 논리가 아닌가. 흔히 시국 탓이라고들 말하지만, 가해자는 개인이 아니라 개인을 발광케 만든 한 시대였다.

이제 한 미친 시대는 가고 말았다. 그러니 오늘 내가 박 노인에게 할 말은 왜 아버지를 끌고 갔으며 끌고 가서 어떻게 처리했는지를 추궁하려는 게 아니었다. 무덤 없이 죽은 아비를 제사 지내는 자식 된 도리로서 다만 한가지 질문만 하고 싶을 뿐이다. 우리 아버지가 돌아가신 곳이 어디냐고. 그래서 삼십여년 안착 못해 허공중에 떠돌아다니는 혼백을 거둬드리고 싶은 욕심뿐이었다.

그곳이 과연 어딜까? 아버지가 삼십여년의 풍상에 닦인 애잔한 흰 뼈로 남아 있는 곳은? 대동아전쟁 때 일본군이 방애오름을 뺑 돌아가며 여기저기 굴을 파놓았다는데, 거기일까? 아니면 자갈 무더기 속인가, 가시덤불 속인가? 아버지는 왼쪽 송곳니 다음의 어금니와 오른쪽 끝 어금니가 금으로 씌워 있고 앞니 두개가 유난히 넓적한 것이 특징이니 유골을 보면 찾을 자신이 있었다. 나 혼자서는 어렵더라도 어머니를 모시고 가면 능히 찾아낼 수 있으리라. 그러나 이제 찾아가 내 본색을 드러내면 노인은 얼마나 놀라워할 것인가? 아마 이런 경우 보통 사람이라면 대개 모른다고 시침 뚝 떼고 버틸 것이다. 그게 정상적이고 당연한 반응이다. 그러나 나는 노인이 틀림없이 내 질문에 대답해주리라는 확신을 가지고 있었다. 그렇다. 노인은 나에게 꼼짝달싹할 수 없게 붙잡힌 초라한 약자에 불과했다. 시침 떼지도 못하고 그 처형 사건을 고스란히 시인해야 하는 노인의 정신적 충격은 얼마나 클 것인가?

애엄리 안으로 들어서자, 곧 비가 내릴 것같이 산 쪽에서 바람이 몰려왔다. 길가 수리대밭에서 바람 소리가 쏴아, 쏴아, 하고 일어났다. 눈을 들어보니 방애오름은 이미 비구름에 싸여 보이지 않았다. 문득 야릇한 불안감이 생기면서 마음이 초조해졌다. 이 마을에 오면 으레 생기는 어린 시절의 버릇이 남아 있어서 그럴까?

나는 초조하게 발걸음을 떼어놓았다. 자, 이쯤 왔으니 휘진의 집으로 가는 골목길을 물어봐야지.

맞은편에서 오는 행인이 없어서 나는 뒤를 돌아다보았다. 마침 똑같이 흰 두루마기에 중절모를 쓴 노인 둘이 잰걸음으로 걸어오고 있었다. 두루마기의 소복에 나는 가슴이 철렁했다. 문득 마른 명태 같은 팔때기가 땟국 전 이불 밖으로 힘없이 내던져져 있는 환영이 눈앞에 어른거렸다. 아니, 내가 무슨 불길한 생각을! 설마 휘진 아버지가 그럴 리가 있나. 아직 겨우 초겨울 시작인데 그 겨울병이 그렇게 심하게 도졌을라고. 아무튼 그이는 더 살아 있어야 할 분이야! 당장 죽는다 해도 내가 도착하기 전엔 숨넘어가선 안될 사람이야!

나는 갑자기 온몸이 흥분에 휩싸여 턱이 덜덜 떨렸다.

두 노인은 나를 힐끗 쳐다보고는 두루마기 자락을 펄럭이며 옆을 스쳐지나갔다. 나는 홀린 듯 두 노인의 뒤를 따라 어느 골목길로 들어갔다. 그 골목 끝에 과연 박씨 상가(喪家)가 있었다.

귀
환
선

아침

　산동네의 아침은 더디 온다.

　이 동네는 뒤로 버스길만 터놓고 사방이 산으로 막혀 있어서 사철 해가 늦게 뜨고 일찍 진다. 게다가 오늘은 흰 구름 한덩이 떨어진 듯 골안개까지 내리덮어, 해가 이미 떠올라 있는 시간인데도 아직 어슴푸레한 박명이다. 안개 속에 부유물처럼 점점이 떠 있는 수많은 불빛. 연탄가스 냄새 나는 안개가 숨 막히게 눌러대는 산골짝의 가파른 양쪽 비탈에 해바라기 씨 박히듯 촘촘히 박힌 수천개의 하꼬방들은 시방 일 나갈 준비에 한창 바쁘다.

　아침 여섯시. 여느 때 같으면 시간밥 먹어야 하는 식구들이 선잠 깬 떫은 표정으로 밥상에 앉는 시간인데, 오늘따라 두평 반짜리 조막만 한 방 안은 아연 활기가 넘친다. 그건 순전히 순주 때문이다. 그녀는 진옥에게 다달이 밥값을 물면서 얹혀사는 고향 처녀다. 그런데 처녀가 애를 낳았다. 백일이 채 못된 아기를 기어코 그 아비 되는 작자에게 빼앗기던 날 그녀는 창에 찔린 짐승마냥 온 방을 떼굴떼굴 뒹굴면서 미친 듯이 울부짖었다. "내 아기! 아이고, 내 아기!" 그후 거진 보름 동안 부엌 쪽 바람벽에 가슴을 맞대고 돌아누운 채 쓰러진 보릿자루처럼 꿈쩍도 않던 순주였다.

이렇게 벽에 달라붙어 미동도 않던 순주가 어제는 뜻밖에도 일찍 일어나 식구들과 함께 새벽밥을 들더니 오늘은 진옥보다 한발짝 앞서 부엌에 내려가 솥에 쌀을 안친 것이다. 순주의 가슴에 사시장철 내리던 궂은 장맛비가 이제 서서히 개기 시작한 모양이다.

매캐한 연탄가스 냄새가 흘러들어오는 부엌에서 진옥이 둥근 플라스틱 두레상을 방 안으로 굴리면서 "상 받아라!" 하고 소리친다. 그것이 마치 장기 둘 때 "장 받아라!" 하는 소리처럼 들려 막내인 국민학교 5학년짜리 인수는 노래하듯 "멍군이오" 하면서 자빠지는 상을 냉큼 잡고는 접힌 상다리들을 뚝뚝 꺾어 펴놓는다. 수저가 한움큼 와르르 밥상 위로 쏟아지고 밥 여섯사발이 잇달아 들어온다. 중학교 2학년인 정애가 민첩하게 손을 놀려 상을 본다. 반찬이래야 호박잎에 밀가루 풀어 끓인 국과 겉절이 김치 한사발이 고작이다. 더운 음식에서 흰 김이 모락모락 피어올라 좁은 방 안은 온통 고소한 밥 냄새다.

진옥이 부엌에서 들어오고 이어서 그녀의 동생 원삼이 "수건, 수건!"하면서 세숫물이 줄줄 흐르는 얼굴로 들어온다. 그는 순주와 열아홉 동갑내기다. "원, 아이도 덤벙대긴, 수건이야 늘 마당 빨랫줄에 걸려 있는걸" 하면서도 진옥은 자기 머릿수건을 벗어 던져준다. 마지막으로 순주가 도시락 넷을 포개 들고 부엌 문턱을 넘어 들어오자 모두 신기한 듯이 눈을 똥그랗게 뜨고 바라본다. 순주는 부끄러운 듯 픽 웃으며 도시락을 내려놓는다. 핼쑥한 뺨에 홍조가 살짝 떠올라 있다. 요 보름간 억장 무너지는 듯한 슬픔을 삭이느라 얼굴이 픽 축나긴 해도 도톰한 입술에 서늘한 눈매가 여전히 곱상이다. 그러니까 고운 꽃이 먼저 꺾이는 거여. 위자료 조로 다만 얼마라도 받아냈으니 망정이지, 원 세상에 그런 개불쌍놈이 있나. 진옥은 이렇게 중얼거리면서 순주의 손을 끌어 옆자리에 앉힌다.

"자, 앉으라. 그간 몸 축간 거 벌충하려면 한참 욕심내서 먹어사 헐 거여."

순주는 그 말에 대번 눈물이 치솟아 주르륵 두 뺨 타고 흘러내린다. 그 눈물을 보자 모두들 잠시 침울해진다. 원삼도 눈에 눈물이 핑 감돈다. 그러나 원삼은 눈곱 떼는 시늉으로 눈꼬리에 맺힌 눈물방울을 손끝으로 따버리고 제법 위엄 있게 한마디 한다.

"울긴, 시방버텀 맘보 단단히 먹어사 해여."

다섯 식구가 둘러앉은 밥상 둘레는 서로 어깨가 맞부딪치게 자리가 비좁다. 그것은 진옥의 오른편 옆자리를 항시 비워두기 때문이다. 그 자리는 열달 전에 죽은 그녀의 남편 차지이다. 남편 몫의 밥은 주발 운두 위로 수북이 올라온 감투밥이다. 진옥이 그 주발 복판에다 숟가락을 꽂자 식구들은 일제히 동편 벽 상단에 걸린 사진을 쳐다본다. 그 사진 바로 밑에 있는 장롱 위 서랍에는 그의 유골이 든 와이셔츠 곽이 안치되어 있다. 액자 속의 사십대 중년 남자는 여느 때처럼 식구들을 내려다보며 "자, 그럼 숟가락 들지" 하고 눈짓을 보낸다.

모두들 말없이 숟갈을 놀리기 시작한다. 아직 침울한 분위기가 채 가시지 않았다. 원삼이 밀가루가 빽빽한 호박잎국을 맨입에 후루룩후루룩 서너숟갈 떠먹더니 느닷없이 탄성을 지른다.

"허, 거참 맛 기차네. 고향에서 먹던 맛 그대론걸. 서울 사람들은 호박잎 하면 그저 쌈 싸 먹는 걸루만 알지, 요롷게 국 끓여 먹을 줄은 모른단 말이야."

원삼은 말끝에 슬쩍 순주에게 눈길을 보낸다. 이마를 낮게 숙이고 숟갈질하던 순주가 원삼의 추어주는 말에 다시 뺨이 발그레해진다. 좌중은 다시 활기를 띤다. 정애가 말참견한다.

"언니, 혹시 외삼촌이 지붕에 올린 호박잎 따다 국 끓인 거 아냐?"

순주가 여전히 고개를 숙인 채 그렇다고 끄덕여 보인다.

원삼이 우쭐해진다.

"호박이 잘되긴 잘됐져. 방석만 한 잎사귀들이 너풀너풀 지붕을 죄 덮었지. 사과 궤짝에 흙 담아 키운 거지만 닭똥 거름을 실히 했으니깐. 여름철 스레트 지붕은 여간 덥지 않은데 저렇게 호박잎으로 덮어놓으면 한결 낫지."

"외삼촌, 그럼 일석삼조네? 호박 먹고 잎 먹고 덥지도 않으니." 하고 인수가 아는 체했다.

"바로 그거라. 요 쥐쌀만 한 게 알기는 여름철 귀뚜라미일세" 하고 원삼이 조카 등을 철썩 친다. 모두들 빙그레 웃는데, 정애의 새촘한 목소리가 튀어나온다.

"아니, 일석삼조까지 갈 것 없고 그냥 일석이조가 맞아. 임 보고 뽕 따고."

"야, 별안간 임은 또 뭐꼬?"

원삼이 공연히 얼굴 붉어져 멍청히 묻자 정애는 짓궂게 입을 삐죽해 보이고는 "나도 몰라" 하고 능청을 떤다. 순주는 뺨이 더욱 붉어지고 이마에 작은 땀방울이 송송 맺힌다.

진옥은 딸애의 짓궂은 장난기에 슬그머니 웃음이 나온다. 나이를 더 먹으면 어떨지 몰라도 가난에 찌든 아이답지 않게 퍽 활달한 성격이다. 더구나 오늘 잠실아파트에 간다는데 조금도 께름칙한 기색이 없다. 어제 종례 때 담임선생님이, 잠실아파트에 사는 자기 언니네 집 가정부가 모친상을 만나 한달간 시골 내려가 있을 예정인데, 그동안만 가 있을 사람이 없겠느냐 하길래 선뜻 응했다는 것이다. 오늘 방과 후에 담임선생 따라 잠실로 주인 여자를 만나러 간단다. 입주는 방학이 시작되는 일주일 후이지만, 미리 만나 피차의 사정을 알아두자는 것이 그쪽의 요청인 모양이다. 이런 얘기를 듣고 진옥은 간밤에 이불을 뒤집어쓰고 몰래 흐느꼈다. 남들이 노는 방학에 일해서 살림을 돕겠다는 딸애가 대견스러워서도 눈물 나고, 그걸 말리지 못하는 찌든 가난이 서러워서도 눈물이 났다.

"정애야, 잠실 가거들랑 얘기 들어보구 조금이라도 맘에 안 들거든 그만둘 생각 하라, 이?"

"알았어, 엄마."

건성으로 대답하는 품이 정애는 기어코 그 일을 해내고 말겠다는 결의가 역력하다.

"에이 참, 어린것 놈(남)의집살이 가는 꼴 참말 못 볼로고!"

"외삼촌, 그게 아르바이트지 왜 남의집살이야?"

정애가 또라지게 쏘아붙인다.

"아르바이트건 뭐건 간에, 누님, 대관절 영영 여기에 눌러살 생각이우꽈?"

진옥이 눈을 내리깔고 한숨을 몰아쉰다.

"집이 안 팔리는디 어떵(어떻게) 하느냐고. 집만 팔리면사 당장이라도 떠나지."

"좀 밑지더라도 팔아버립서. 천날 기다려봐야 제값 받기는 영 글러수다."

"이 집이 어떤 집인데. 이 집은 느 매형 목숨과 바꾼 집이여. 당최 안될 소리, 삼십만원이나 밑져 팔란 말가?"

"하여튼 누님, 아침시간이 늦어 여러 말 못하쿠다만, 순주도 이젠 제정신 차렸으니 내달 안으로 고향 내려갈 작정 합쥬. 타관객지에서 이 무슨 고생이우꽈? 객지에서 고생하느니 같은 값이면 고향에서 하는 게 낫지. 이따 저녁때 가족회의를 열어 귀향 대책을 세우기로 합쥬."

원삼은 작업복과 도시락이 든 비닐 가방을 챙겨들고 부엌으로 내려선다. 부엌은 고양이 낯짝만 하여 한발짝만 내디디면 곧 길바닥이다. 골목 안 낮은 슬레이트 추녀 밑으로 스멀스멀 기어내려오는 안개 속에는 연탄가스 냄새가 흠뻑 배어 있다. 뒷간 냄새, 시큼한 시궁 냄새도 물씬 풍겨온다. 골목엔 벌써부터 일 나가는 사람들이 줄을 잇는다. 그렇지 않아도 좁은 골목인데 집집마다 문 옆에다 낡은 철제 캐비닛이나 장독대를 내다놓고 있어서 두사람이 마주치면 모걸음질로 비켜가게 좁아진 것이다. 쇳녹이 벌겋게 슨 캐비닛들은 시내 주택가에서 버린 폐물인데 이곳에선 이렇게 허드레 물건을 넣어두는 창고로 요긴하게 쓰인다. 이 산동네의 거미줄같이 뻗친 골목길들은 죄다 마을 한가운데로 터진 한길로 이어진다. 한길이라곤 이 동네에 그것 하나밖에 없다. 이제부터 약 한시간 남짓 동안은 골목마다 넘쳐나는 사람들이 연상 그 한길로 쏟아져들어갈 것이다.

마침내 원삼은 한길로 밀려나와 위에서 산사태처럼 쇄도해 내려오는 군중 속에 몸을 싣는다. 공원, 미장이, 목수, 도배장이, 외판원, 행상, 노점상, 노가다, 청소부…… 한길은 가파로운 비탈길이라 자연 걸음이 빨라져 사뭇 달음질이다. 흡사 떼몰려가는 시위 군중 같다. 지심(地心) 깊이 쿵쿵 울리는 수많은 발소리. 그 소리는 온 골짜기를 울리며 둔중한 반향을 일으킨다. 그러나 이들의 행진은 내리막길이 끝나는 버스 종점 앞에서 지리멸렬해져버린다. 이제 저마다 행선지별로 산지사방으로 흩어질 차례다.

연탄집 앞에 노가다 패거리 중 한명이 먼저 나와 있다가 원삼을 보자 알은체한다.

"제미, 안개 낀 걸 봉께 오늘도 되게 덥겠구만. 질통 지구 삼사층 올라댕길라문 땀깨나 쏟겠어."

진옥

진옥은 비슷한 또래의 중년 아낙 둘과 함께 ㅅ대학교 본관 앞 잔디밭에 나란히 앉아 호미질을 하고 있다. 방학을 전후해서 이십일간 일당 사천원 받고 대학 구내의 수만평 잔디밭에 김을 매고 잔디를 깎아주기로 한 것이다. 오늘이 일 나온 지 닷새째 되는 날이다.

작열하는 태양 아래 아스팔트는 더욱 검고 잔디밭은 짙푸르다. 바람이 불어올 때마다 본관 아스팔트에서 뜨거운 열기가 풀무 바람처럼 훅훅 끼쳐온다. 초복을 엊그제 지냈으니 이제부터 본격적으로 더워질 모양이다. 사정없이 내리쬐는 불볕에 등어리가 따갑고 잔디풀마저 독한 열기를 물컥물컥 피워올려 숨이 턱턱 막힐 지경이다. 첫날은 잔디밭에 묻어 있는 맵싸한 최루가스 냄새에 연방재채기가 터져 꽤나 애먹었지. 그 전날 학생들이 데모를 했단다. 맞은편 잔디밭에 스프링클러 두대가 팽글팽글 돌며 가랑비를 흩뿌리는 정경이 더 갈증을 돋운다. 진옥은 호미 끝으로 뿌리 질긴 다북쑥 한줌 힘겹게 캐내고는 가쁜 숨을 몰아 길게 내쉰다. 그 한숨은 "호이—"하고 새된 휘파람 소리가 되어 시원한 물줄기처럼 뜨거운 허공에 솟아오른다. 무심결에 내지른 휘파람 소리에 그녀는 제풀에 깜짝 놀란다. 아닌 게 아니라 옆에서 말을 걸어온다. 이 일을 주선해준 여수댁이다.

"와따메, 지주댁. 그 휘파람 소리 한번 야릇하네. 똑 새소리 같구만."

진옥은 그냥 피식 웃고 만다. 잠수(해녀)가 물질할 때 물속에서 참았던 숨을 물 위로 떠올라 터뜨리는 숨비질 소리라고 사실대로 일러주고 싶은 기분이 아니다. 해촌에서 자란 그녀는 처녀 적에 물속 숨이 길어 치렁치렁한 넙미역을 많이 하는 상잠수였다. 농사만 짓는 중산간 부락으로 시집온 뒤에도 친정에 갈 때면 심심풀이 삼아 물에 들곤 했다. 고향에 내려가면 아무래도 친정 마을에 가 살아야 할까보다. 억척같이 물질하면 둘밖에 안되는 자식 고등학교까지야 못 보낼까. 두 자식 낳고 키우며 남편과 정붙여 살던 시댁은 이제 완전히 폐가가 되어버렸다. 이엉이 썩어 구렁난 지붕 귀퉁이엔 청승맞게도 개오동 하나 키 넘게 자라고, 마당엔 범이 새끼치게 잡초가 우거져 있더란다.

여수댁이 옆에서 다시 추근거린다.

"지주댁, 뭔 생각을 그리 혼자 한다요? 그러지 말고 김매는 노래나 한자리 해보시오, 잉? 김맬 적엔 노래 불러감서 해사 일이 된 줄 모르지."

"하이고, 우습다. 워디 여그가 곡석밭이당가? 김매는 소리 부르게" 하고 연산댁이 후후 웃는다. 그러면서도 호기심이 부쩍 당기는지 진옥을 바라보며 눈을 반짝인다.

그러나 진옥은 고개를 살래살래 흔들고 만다.

"우리 고장 노랜 서러워서 듣질 못합네다."

진옥의 말소리가 너무 쓸쓸해서 두 아낙은 그만 입을 다물어버린다.

진 멍에를 벗을 날 없이 고생만 하다가 죽은 남편이었다.

일이 틀리기 시작한 것은 꿩 사냥터가 갈아먹는 밭 바로 윗녘에 생기고부터였다. 밭에 가면 팡팡 터지는 총소리에 늘 불안스러웠다. 사냥터 근처에 밭을 가진 사람은 누구나 마찬가지였다. 혹시 빗나간 총알이 별안간 등어리에 날아들지 않을까, 혹시 보리밭 고랑에 어른거리는 것이 들짐승이 아닌가 하여 사격하지나 않을까? 해방 직후 한 섬에서 수만 인명이 애꿎게 죽어간 그 무서운 난리 속을 용케 살아나온 사람들인데 그 총소리가 어찌 두렵지 않겠는가. 당시 열살 나이로 양친이 함께 총 맞아 죽는 걸 제 눈으로 보았다는 남편으로서야 심정이 오죽했을까.

그래도 남편은 그 밭에 전에 하던 유채를 갈며 두해 더 버텨보았다. 당국에서 꿩 먹고 알 먹고 박제하고, 일석삼조라고 적극 권장한 유채농사였다. 식용유가 되는 유채꽃은 꿀벌도 부르지만 관광객 유치에 큰 몫을 한다고 했다. 봄철에 찾아오는 관광객들의 눈에는 섬 곳곳에 밭담 하나 가득 실려 훈풍에 설레는 노란 유채꽃 무리가 보리밭의 초록색과 어울려 그렇게 아름다울 수 없다는 것이었다. 그러나 양봉도 관광도 전혀 남의 일인 농사꾼으로서야 그저 유채값 안정 외에 더 바랄 게 없었다. 그러나 외국산 식용유의 수입으로 유채값은 폭락하기 시작했다. 도처에 풍년인 유채밭은 주인을 제쳐놓고 관광객들만 좋으라고 흐드러지게 꽃을 피우고 있었다. 마지막 해 종자값도 못 건지고 헛농사 지은 남편은 실성한 사람처럼 앙천대소 껄껄 웃어댔다. "흐흐흐. 우리 농사 죽 쒀서 개바라지했네. 죽 쒀서 개바라지했어."

때마침 사냥터 근처에서 기어코 총기사고가 나고 말았다. 이웃 마을 사는 한 노인이 콩밭에 일 나갔다가 부스럭거리는 들짐승으로 오인되어 일인(日人) 관광객이 쏜 총에 절명한 것이었다. 더 볼 것 없다! 가자, 육지로 가자! 비럭질이라도 넓고 낯모르는 데서 하자!

서울생활은 그야말로 악전고투였다. 남편 말마따나 서울 돈 먹기가 그렇게 어려웠다. 서울 바닥은 돈이 흔전만전하여, 네 돈이 세냐 내 돈이 세냐, 돈 놓고 돈 먹기 아수라장 같은 투전판인데, 진옥네 식구들에겐 애타게 불러도 종내 돌아보지 않는 눈먼 돈, 귀먹은 돈이었다. 키는 크지 않으나 앙바틈한 몸집이 여간 다부지지 않은 남편은 근력 하나 믿고 날품팔이로 동분서주 굴러다녔다. 진옥은 진옥대로 쉴 참 없이 몸을 놀려 채소 노점 좌판, 가정부, 파출부, 심지어는 공사장에 남편 따라가 시멘트 비비고 도끼다시를 문지르기도 했다. 저녁밥 짓는 일은 정애가 도맡다시피 했다. 이렇게 이년 반 동안 피나게 모은 돈이 이백만원. 그 돈으로 방 한칸 전세 팔십만원을 안고 지금의 집을 매입하고는 한달 만에 제 할 일 다 했다는 듯이 눈을 감고 만 남편이었다. 자갈 질통 지고 가다가 풀썩 주저앉더니 그것으로 그만이더라고 현장 사람들은 말했다. 과로가 원인이었다. 아프다 소리 한번 않고 무쇠 같던 그 몸뚱이가 그렇게 허망하게 허물어질 줄이야……

진옥은 몰래 눈물방울을 잔디 위에 떨구고 땀 닦는 척 소매로 젖은 눈을 훔친다. 여수댁과 연산댁은 저들끼리 동아리져 한창 푸념을 늘어놓는 중이다. 여수댁이 호미자루로 허리를 두드리면서 한숨을 내쉰다.

"에이그, 허리야. 이 무슨 팔자에 없는 호미질이랑가. 논밭 매던 농부가 잔디밭 매는 잡역부 신세가 되었으니. 빈대 붙을 낮짝만 한 밭뙈기라도 있다면 내 왜 이 짓을 할까. 내 손으로 내 밭 김매봤으면……"

"이 너른 잔디밭을 뭉떵뭉떵 갈아엎어설랑 밭농사 지으면 보리 수천바리는 할 거여."

"말하면 뭣한다요, 입만 아프지. 골프장 맹근다고 멀쩡한 밭도 떼 입히는 판에. 이 핵교도 전에는 골프장이었대요."

진옥이 방석만 하게 군생한 쑥을 다 뽑고 앉은걸음으로 두어발 짝 앞으로 옮기는데 발 밑에 뭔가 반짝 눈에 띈다. 백원짜리 동전 두개! 진옥은 여수댁이 못 보게 얼른 옆으로 돌아앉고는 날렵하게 돈을 집어 몸뻬 주머니에 넣는다. 이 잔디 위에서 앉아 놀다가 돈을 흘린 학생은 어떤 집 자제일까? 잘사는 집? 못사는 집? 못살아도 자식을 대학에 보냈다면 결코 못사는 게 아니지. 그 부모들 중에 설마 나 같은 산동네 가난뱅이는 한사람도 없을걸. 철없는 자식들의 얼굴이 떠오른다. 정애가 어제 종례 직후 잠실아파트 일로 교무실에 갔을 때 담임선생은 몸에서 설거지 냄새가 난다고 얼굴을 찌푸리더란다. 전에 에미가 노점에서 당근을 팔 적에 정애는 당근 껍질을 벗기느라고 노상 손이 빨갛게 물들어 있었는데, 그때는 담임선생이 당근 냄새가 난다고 했다. 산동네 아이들이 많이 다니는 그 학교에는 2학기만 되면 밀린 학비 때문에 아예 중퇴해버리거나, 한달씩 장기 결석하면서 일 다니는 아이들이 속출한다는데, 내년이면 정애도 바로 그 짝 날 것이다. 인수도 중학 들어가야 하고 혼자 버는 살림으로 어림도 없다. 자식도 곡식 키우듯이 김매주고 거름을 넉넉히 주며 뒷바라지해야 제대로 크는 법이다. 아이고, 이 대학교는 잔디도 호강이여, 호강. 쌀도 안 나는 잡초를 이리 공들여가며 키우니. 재력 있어 자식을 이 잔디 키우듯 키울 수 있다면 왜 대학생을 못 만들까?

진옥은 이마에 흐르는 비지땀을 소매로 훔치며 맞은편 잔디밭에 눈을 준다. 호사한 스프링클러 두개가 팔랑개비처럼 팽글팽글 돌면서 잔디밭에 물을 뿌리고 있다. 그 너머 서쪽 하늘에 비행기 한대가 동체를 번뜩이며 날아간다. 비행기가 넘고 있는 저 산 뒤 골짜기가 진옥네 산동네다. 고향에서 오는 비행기일까? 외국에서 오는 비행기일까? 비행기는 이내 사라지고 산 멧부리만 강렬한 햇빛 속에 눈부시게 희다. 공항에 착륙하는 비행기들은 저 산 너머 산동네의 상공을 지나게 마련인데 요즘 저 비행로를 놓고 주민들은 사뭇 불안스럽다. 그 소문이 과연 사실일까? 근거 없는 추측일까? 집값 내리려는 못된 브로커의 농간일까? 판자촌들이 도시의 미관을 해친다고, 외국 손님들 보기에 창피하다고 눈에 안 띄게 아주 멀리, 중첩된 산으로 둘러싸인 저 골짜기로 집단 이주시킨 지 십여년이 지났는데, 이제는 오고 가는 외국 손님 실은 비행기에서 환히 내려다보이게 됐다고 전전긍긍이다. 올림픽 전에 철거될 게 틀림없다. 그렇지 않고서야 왜 십여년이 지나도록 고지대 주택에 수도를 안 놓아주겠느냐. 이런 풍문 때문에 집값이 뚝 떨어졌다. 집을 팔고 고향에 내려가야 하는 진옥으로서는 정말 분통이 터질 노릇이다. 집을 산 지 한달 만에 죽은 남편 생각에 크게 상심해 있다가 아주 낙향할 결심을 굳히고 집을 내놓으니, 웬걸, 그 두달 사이에 집값이 삼십만원이나 떨어져버린 것이다. 그게 어떤 집인데. 땅은 시유지라 허공중에 뜬 여덟평짜리 하꼬방이지만, 그것이 남편의 목숨값이다. 더는 못 받아도 제값은 받아야 한다. 아, 개도 안 먹는 더러운 돈, 돈 때문이 아니면 왜 서울까지 와서 남편을 죽여먹었겠는가. 그러나 남편의 유골을 고향에 못 모신 채 집 팔리기를 기다린 것이 이제 반년이 넘었다. 어찌하나? 원삼의 말대로 순주의 문제도 해결났으니 아무래도 조만간 결정을 내려야 할까보다.

순주

산동네의 한낮은 조용하다. 아침참에 한창 붐비던 동네 가운데 한길은 인적이 드물어 불볕 아래 허옇게 배를 드러내고 누워 있다. 양쪽 산비탈에 따개비같이 다닥다닥 붙은 작은 집들 속에는 아낙네들이 허드렛일을 하거나, 조화(造花) 만들기, 목걸이 사슬 잇기 부업에 열중이고, 골목길 군데군데 일자리 없어 놀고 있는 사내들이 모여 앉아 장기를 두거나 잡담을 한다. 이 시간 드러누워 잠자는 사람도 적지 않을 터이니, 철야작업한 공원이나 시내 술집 종업원들이 그들이다.

휘청거리며 오르막길을 기어오른 순주는 계단 밑에 오자 물지게를 부리고 가쁜 숨을 몰아쉰다. 여러날 슬픔으로 맥살이 풀려 있던 몸은 이제 손끝까지 생기로 충만해진 느낌이다. 삼층 계단 맨 위에 색바랜 헌 우산으로 해를 가리고 앉아 있던 옆방 사내가 길을 비켜주려고 반신불수의 몸을 옆으로 밍기적밍기적 옮겨간다. 매일이다시피 계단에 나앉아 지나가는 사람 구경이나 하면서 소일하는 이 중풍환자에겐 그 헌 우산이 지팡이이자 지붕이기도 하다. 순주는 안간힘 쓰며 양손으로 물동이를 들어 한층씩 한층씩 옮겨놓는다. 출렁출렁, 공동수도에서 오십원 주고 산 아까운 물이 자꾸만 엎질러진다. 팔이 몹시 후들거리고 삭은 시멘트가 발밑에서 위험스럽게 바스러진다. 누워 지낸 보름 사이에 기운이 퍽 쇠해졌나보다. 그렇지만 요까짓 것쯤이야! 순주는 어금니를 잔뜩 사리물고 물동이를 쳐든다. 비지땀이 부쩍 솟는다.

계단 끝에다 물동이 둘을 다 올려놓은 순주는 가슴이 터질 듯 숨이 가빠 몹시 헐떡거린다. 환자는 옆에 지나가는 순주를 아예 잊어버린 듯 멍청하게 버스 종점께로 눈길을 보낸다. 밤이 늦어도 올 둥 말 둥 한 아내를 아침부터 기다리나? 헉, 헉, 가쁜 숨을 토하면서 그녀는 사내의 뒤통수를 노려본다. 전에 없이 야릇한 혐오감이 치밀어오른다. 식당 식모 노릇 하면서 외박이 잦은 아내와 그를 기다리는 병신 남편. 난 결코 저런 비참한 인생의 패배자가 안될 테야! 이 빈민굴의 병독이 나를 찌들게 하기 전에 어서 벗어나야지. 순주는 눈알이 튀어나오게 끙 용을 쓰며 물지게를 지고 일어나 휘청휘청 모걸음질 치며 골목 안으로 들어선다.

순주는 이제 길어온 물로 식구들이 벗어놓은 옷들을 빨기 시작한다. 명색이 마당이란 것이 하도 협소하여 다라이 물을 양옆에 놓고 퍼질러앉으니 더이상 옴쭉 못하게 꽉 차버린다. 주변 일대가 물이 귀한 고지대라 쌀뜨물, 발 씻은 물도 버리지 않고 빨랫물로 쓰지만 순주는 오늘 깨끗한 빨래를 하고 싶다. 자릿내가 역하게 풍기는 빨래더미 속에서 먼저 원삼의 것만 골라 물속에 담근다. 문득 그의 때 묻은 팬티가 눈에 띈다. 그녀는 깜짝 놀라며 불에라도 덴 듯 손을 얼른 잡아뺀다. 뺨이 홧홧 달아오른다.

"아이, 망측스러워! 제 속것은 제가 빨지 못하구선······"

순주는 공연히 쫑알거리면서 얼른 다른 빨래로 그 팬티를 덮어버린다. 그러나 원삼은 제 빨래는 누님한테도 신세 지는 일 없이 언제나 제 손으로 한다. 장롱 뒤에 쑤셔박아둔 걸 일부러 찾아내온 것은 순주 자신이다.

빨래를 조물락거리는 손은 한가롭고 머릿속은 온갖 상념이 무성하게 피어오른다. 눈이 거멓게 먼 채 절망의 바닥에 가라앉아 있던 지난 일 년 반, 그 마비된 사지에 활력을 불어넣어 다시 일어나게 해준 것이 원삼이었다. 원삼은 어릴 적에 소문난 개구쟁이로 계집애들이 퍽 싫어했다. 길에 고인 흙탕물을 발로 튀기며 치마를 더럽혀놓지를 않나, 이빨 뺀 청지네를 코앞에 불쑥 내밀지를 않나, 걸핏하면 계집애들을 울려놓기가 일쑤였다. 순주도 무슨 해코지를 당할까봐 질겁해서 피해 다니곤 했다. 서로 아웅다웅 말다툼한 적은 있어도 다정한 말 한마디 오고 간 적이 없는 사이였다. 그가 얌전한 중학생이 된 후에도 순주는 별반 관심 없어 그저 소 닭 쳐다보듯 무덤덤하게 지내던 터였다. 그러한 그가 뜻밖에도 찾아왔다. 매형이 죽었다는 기별을 받고 상경할 때 제 발로 순주의 부모를 찾아가 주소를 알고 올라온 것이었다. 그러나 그때는 이미 그녀의 서울 생활은 파탄나 있었다.

순주의 이년 남짓한 서울생활 중 일년 반은 한마디로 악랄한 손 아귀에 포로로 붙잡힌 유폐생활이었다. 이태째 망쳐먹은 배추농 사. 아무도 사가지 않은 배추는 뽑아보지도 못한 채 밭에서 썩고 농협빚 독촉은 득달같아 완전히 일손 놓고 허탈해져버린 식구들, 빚주머니에 갇힌 살림을 구해보겠다고 단신으로 상경한 순주는 그 러나 몇달 버르적거려보지도 못하고 덫에 치이고 말았다.

순주가 막 발을 들여놓은 그 공장에는 마침 생산과장이 결원이 생겨 부장이 몸소 사무실에 나와 상주하고 있었다. 사무실의 유리 칸 너머로 안경알을 번뜩이며 여공들의 작업을 감시하고 화장실 출입마저 일일이 체크하는 부장은 실로 두려운 존재였다. 다른 여 공들도 그런데 서울도 처음이고 공장일도 처음인 숫보기인 순주로 서야 오죽할까. 실내 구조가 화장실 출입하려면 꼭 그 사무실을 통 과하도록 꾸며져 있었는데 부장은 누가 몇번 출입하고 용변시간이 얼마나 긴지 차트에 기록해 넣곤 했다. 여공들이 화장실 출입을 핑 계로 태업하기 쉽다는 것이었다. 순주는 사무실을 통하여 화장실 갈 때마다 게슴츠레 반만 뜨고 핥는 듯 바라보는 부장의 눈길에 늘 가슴이 오그라붙곤 했다. 심지어 그 징그러운 실눈은 화장실 안까 지 따라와 오줌 누는 모양까지 들여다보는 듯한 착각을 일으키기 도 했다.

낯설고 물 선 천리 타관에 떨어진 외톨 몸, 한꺼풀 옷밖에 의지 가지가 없는 알몸을 건사하기는 어려웠다. 감기라도 걸려 마음이 약해지면 고향 생각에 눈물을 짓는 그녀였다. 이렇게 고립무원하 고 물정 모르는 숫보기 처녀를 가만 놔둘 서울 인정이 아니었다.

삼십대 후반으로 보이는 부장은 친절한 아저씨를 가장한 양두구육의 얼굴로 다가왔다. 가위 든 시다 노릇 삼개월 만에 미싱을 태워준 것이다. 물론 짧은 점심시간을 여투어내며 열심히 미싱질을 익히긴 했지만 남들이 육개월 이상 걸리는 미싱사를 석달 만에 따냈으니 미상불 남 보기가 민망스러웠다. 시키는 대로 미싱대에 올라앉기는 했으나 다른 미싱사 시다들의 질시의 눈총이 무서웠다. 다시 시다로 내려앉겠다는 순주에게 부장은 엄하게 꾸짖었다. "처음엔 다 그러는 게야. 사촌이 논 사면 배 아픈 게 인지상정이지." 그러고는 퇴근 후 두어번 시내로 데리고 가 생전 처음 먹어보는 청요리를 맛 뵈주고 금반지 반돈을 사주더니, 마지막으로 당연한 코스인양 순주를 범했다. 그것은 초월적인 힘, 불가항력이었다. 숙명처럼 천근 무게로 내리누르는 권세 앞에 어찌할 것이냐. 바둥거리던 다리는 이내 오금의 맥살이 허망하게 풀려버렸던 것이다.

그것으로 끝난 줄 알았는데, 닷새 후 부장이 꼭 할 말이 있다고 하면서 밖에서 만나자고 했다. 다시 몸을 달라고 하면 단호히 물리치리라 결심하고 약속 장소에 나갔더니 부장은 뜻밖의 제의를 해오는 것이었다. 아내가 대학 동기동창으로 사람은 괜찮은데 아이를 못 낳는 돌계집이라 두달 전에 부모의 성화에 못 이겨 상당 액수의 위자료를 주고 이혼해버렸다, 부모는 후처로 양갓집 딸을 물색하는데 나는 네가 얼굴만큼이나 마음씨도 곱고 해서 퍽 마음에 든다, 몇군데 혼담이 있지만 물리치고 있다, 네 의사는 어떠냐, 솔직히 말해서 지금 너를 데리고 가면 학벌이 없다고 부모가 반대할 게 뻔하다, 그러니 밖에서 일단 아이를 낳아 기정사실로 만들고 들어가는 게 상책이라고 생각한다, 나는 네가 좋다. 이렇게 전에 없이 진지하게 말하는 부장의 음성에는 무언가 절실한 울림이 느껴졌다. 믿어야 옳을까? 나이도 아비뻘 되게 너무 차이가 지는데……며칠 두고 망설이는 순주를 부장은 끈덕지게 졸라댔다. 여자의 순결을 빼앗은 자는 미운 놈일지라도 이상한 마력을 지니는 법, 순주는 사내가 싫으면서도 진수렁에 빠져들듯 슬며시 끌려들어가는 자신을 어찌할 수 없었다.

그래서 기숙사를 나와 사글셋방 하나 얻고 반신반의의 살얼음판 같은 동거생활이 시작되었다. 사내는 아이 낳기 전에 부모가 눈치채면 안된다고 삼사일에 한번꼴로 들르고, 들른 날도 열시만 되면 어김없이 자리에서 일어났다. 사내의 이러한 탯거리가 적이 의심스러웠다. 임신되면 갑자기 안면을 바꾸어 태아를 지워버리라고 하지 않을까? 그러나 사내는 그러지 않았다. 한달 후 순주의 몸에 태기가 있자 사내는 뛸 듯이 좋아하며 병원에 데려가 확인까지 하더니 그후부터는 태아에게 좋으라고 쇠고기, 과일을 연상 사들여오곤 했다.

순주의 가슴에 늘 옹어리져 남아 있던 사내에 대한 의구심은 눈녹듯이 사라져버렸다. 공장에는 여전히 나가고 있었지만 과로하면 태아에게 해롭다는 사내의 말을 좇아 잔업은 하지 않았다. 사내가 보태주는 식비 외에는 별반 더 들 게 없는 생활인지라 공장 월급의 대부분은 고향에 부칠 수 있었다.

밤이면 고향 바다 위를 비추는 달빛과 잔물결 소리가 순주의 방에 스며들고는 했다. 한낱 실오리 같던 초승달이 밤이 거듭할수록 점차 둥그레덩실한 만월로 차오르고 밀물은 천천히 만조를 향해 기어오르고 있었다. 태아는 고무락거리며 점점 커갔다.

원삼이 찾아온 것은 산월을 두달쯤 앞두고 직장도 그만둔 채 집에서 쉬고 있을 때였다. 그는 방 밖에 선 채 순주의 불룩한 만삭의 배를 보며 어처구니없다는 표정을 짓더니 누님 집 주소를 적어주고는 쓸쓸히 돌아가버렸다.

이리하여 낳은 아이는 용케도 아들이었다. 사내는 좋아서 입이 바소쿠리만 하게 벌어졌다.

그러나 이 모든 것이 주도면밀한 계획 아래 진행된 사기극일 줄이야! 한달쯤 지나서 이혼했다던 본처가 별안간 들이닥쳤다. 그 여자는 발칵 문을 열어젖히고 신발 신은 채 다짜고짜 방 안으로 뛰어들더니 눈을 무섭게 홉뜨고 악을 써대는 것이었다. "느이 두 연놈을 당장 간통죄로 고소하고 말겠다! 아이고, 추잡해라. 외박 한번 없길래 하늘같이 믿었는데, 아이고, 이렇게 계집 숨겨두고 살림 차린 줄 내 몰랐구나. 아이고, 분해. 이를 어쩔거냐. 이 화냥년아, 남의 서방 후려내고도 무사할 줄 알아? 난 눈 뜨고 이 꼴 못 봐! 더러운 두 연놈을 쇠고랑 차게 하고 말 테다. 간통죄로 걸어 감옥 살리고 말 테야!"

순주는 자지러지게 울어젖히는 아기를 포대기에 싸안고 허둥지둥 집 밖으로 뛰어나왔다. 뒤에서 여자의 악다구니와 함께 그릇 깨지는 소리가 와장창 났다.

"이 더러운 살림 아주 결딴내고 말겠다아!"

순주가 원삼네 식구들과 함께 지내게 된 것은 이때부터였다. 원삼은 물론 누님까지도 내 땅 까마귀라면 검어도 반갑다고 만신창이가 된 순주를 따뜻이 맞아주었다.

　결국 서울생활은 씨받이 계집 노릇밖에 한 게 없었다. 순주는 치밀어오르는 분노에 비누칠하던 원삼의 속셔츠를 두 손으로 꽉 움켜잡은 채 부들부들 떤다. "내 아기, 내 아기!" 가슴 복판에 꿈틀거리는 그 피맺힌 절규를 참느라고 전신에 소름이 쫙 끼친다. 부르르 진저리 친다. 사내가 혼자 일단 일 저질러놓고 나중에 제 마누라의 양해를 구하려고 했던가, 아니면 원삼의 말대로 처음부터 둘이 공모하여 짠 각본이었던가? 적반하장으로 간통죄에 걸겠다고 그 여자가 설쳐댄 것은 순주가 어떻게 나올지 몰라 미리 기를 죽이려고 선수 친 게 틀림없다고 원삼은 말했다.

　참아야지, 참아야지. 뭉클거리는 격정을 누그러뜨리려고 애쓰면서 순주는 다시 빨래를 계속한다. 이때 문득 아기가 가지고 놀던 장난감 강아지가 생각난다. 털이 복슬복슬한 흰 강아지. 아기 떠난 허전한 가슴에 늘 붙어 지내는 복슬강아지. 아기가 따스하게 깃들였던 어미의 가슴은 아기가 떠난 뒤로 깊이 못이 패어 눈물소(沼)가 되어버렸지. 그 눈물 젖은 강아지는 하도 만져서 손때가 까맣게 올랐어. 비눗물에 목욕시켜야겠다. 순주는 일어나 허겁지겁 방 안으로 기어든다. 그런데 웬걸, 방 안을 샅샅이 뒤져도 그 장난감은 보이지 않는다. 순간 가슴이 철렁 내려앉는다. 원삼이 아침에 일 나가면서 치워버린 게 틀림없다. 아이고, 이를 어째…… 그게 아기가 남기고 간 유일한 물건인데…… 순주는 낙담하여 방바닥에 풀썩 주저앉는다. 이때 원삼의 화난 얼굴이 떠오른다. 요 보름 동안 순주가 그 장난감을 품고 잔다고 여간 못마땅하게 여기지 않던 그였다. "에이, 어차피 잊을 건 화딱화딱 잊어버려사지. 뭐여, 장난감 끼구 자는 게? 청승맞게시리" 하는 그의 꾸짖는 소리가 귀에 쟁쟁 울린다. 그래, 원삼의 말이 맞다. 빨리 잊어야지. 순주는 망상을 떨쳐버리려는 듯이 머리를 홰홰 내두르면서 다시 마당으로 나와 빨래를 잡는다. 걸어온 발자국마다 피눈물이 고인 길, 다시는 뒤돌아보지 말아야지. 모든 걸 훌훌 떨쳐버리고 홀가분하게 고향으로 가는 거야. 멀리 가버려야 아기 생각이 덜 날 거라고 원삼은 말했지. 원삼의 누님도, 아기 없는 집 하나 적선해준 셈 치라고 했다. 그러면서 그 아기를 빨리 잊는 확실한 방법은 다시 아이를 낳아 기르는 것이라고 했다. 과연 원삼의 속마음은 무엇일까? 매형이 죽어 의지가 없어진 누님네 식구들을 고향에 데려갈 목적으로 상경한 그가 여태까지 반년 넘게 지체하고 있는 것은 이 집이 안 팔려서 그렇지, 설마 나 때문일까? 집이 먼저 팔리더라도 내가 제정신 차려 함께 내려가기 전에는 자기도 안 내려가겠다고 우기고 있긴 하지만 말이다. 난 이젠 숫처녀도 아닌데…… 날 데리고 살다가 훗날 후회가 되면 어쩌나, 순주는 한숨을 포옥 내쉬고는 빨래더미에서 원삼의 팬티를 다시 찾아낸다. 손등에서 비누거품이 햇빛에 영롱한 빛을 튀기며 탐스럽게 피어오른다. 슬레이트 지붕 위의 호박잎이 축 늘어지는 한낮, 산동네의 상공을 지나는 비행기 폭음 소리가 들린다. 혹시 고향에서 날아오는 비행기가 아닐까?

원삼

버스는 한낮의 열기 속을 헐떡이며 기어가고 있다. 아스팔트는 불볕에 자글자글 아지랑이 끓고, 차창으로 독한 매연을 품고 열풍이 숨 막히게 몰려든다.

이제 겨우 낮 열두시인데 원삼은 벌써 버스를 타고 귀가하는 중이다. 밤사이 업자가 부도를 내 오늘로 연립주택 공사가 중단된 것이다. 불볕더위에 질통 지고 불개미처럼 뻘뻘대며 일한 여드레치 노임을 자칫 고스란히 허공중에 날릴 판이다. 새 업주가 나타날 때까지 참고 기다리라니 도대체 그게 어느 하세월일까? 그래도 설마 한달 이상이야 끌지 않을 테지. 아무튼 순주도 이제 정신 났으니, 오늘 저녁은 누님과 사생결단하고 담판 벌여야겠어. 삼십만원 낮춰 집을 내놓으라고. 당장 내일 집이 팔리더라도 잔금까지 받으려면 빨라도 한달가량 걸릴 게 아닌가. 우물쭈물하다간 자칫 한해를 넘기고 말 것이다. 사람마다 혈안이 되어 악머구리같이 들끓는 서울 바닥, 매형을 잡아먹고 순주를 능욕한 서울생활을 한시바삐 벗어나고 싶다. 서울에 돈 벌러 온 것은 아니지만, 당분간 밥값이나 번다고 시작한 막노동 생활이 이제 반년이 넘었다. 이왕 시작한 것 송아지값이나 벌어 내려간다고 천방지축 부지런을 떨어봤으나 그 댓가는 잔전 부스러기 몇푼이었다.

지금 순주는 집에서 무엇을 하고 있을까? 내가 이렇게 돌아온 걸 보고 깜짝 놀랄 테지. 비록 노임도 못 받고 실직된 몸이지만 일찍 집에 가서 순주와 단둘이 마주 앉을 생각을 하니 가슴이 뿌듯하기 짝이 없다. 순주는 석달 동안의 길고도 암울한 터널을 뚫고 바로 어제 햇빛 속으로 기어나온 것이다. 아기를 키우며 혼자 살겠다고 막무가내로 버티던 순주였다. 그동안 사내는 보름에 한번꼴로 식구들이 집을 비우는 아침나절에 찾아와 순주의 눈치를 살피다간 돌아가곤 하는 모양이었다. 아기의 할머니 되는 사람도 이따금 들러서 한숨깨나 쉬고 간다고 했다.

하루는 원삼이 일거리 없어 집에서 쉬는데 공교롭게도 그 사내와 딱 마주쳤다. 그런데 그 작자는 죄스러운 빛은커녕 버쩍 의심스러운 눈초리로 방 안의 두사람을 노려보는 게 아닌가. 이 악한 놈아. 멀쩡한 처녀 망쳐놓은 주제에 뭘 잘했다고 눈깔질이여! 원삼은 그 뻔뻔한 낯짝을 짓이겨주고 싶은 충동을 간신히 누르고 밖으로 횡하니 나와버렸다. 그때처럼 사내에 대한 증오와 질투감이 불같이 일어난 적이 없었다. 오냐, 네놈이 짓밟은 순주를 내가 거두어 살 테다!

그날밤 여느 때처럼 인수를 데리고 맨 윗목에 조금 떨어져 자던 원삼은 인수를 넘어 살그머니 안쪽으로 몸을 굴렸다. 다섯 식구가 상자 속의 생선들처럼 머리를 서로 반대편에 두고 자는 좁은 방, 모두들 깊은 잠에 빠져 있었다. 다리를 살그머니 뻗으니 발끝에 순주의 정강이가 와닿았다. 가슴을 죄며 한쪽 발을 순주의 치마 밑으로 조금씩 조금씩 밀어넣기 시작했다. 발끝에 온 신경을 집중시켰다. 발은 순주의 토실토실한 허벅지 살 위로 미끄러져 올라갔다. 조금만 더, 조금만 더. 순간 순주가 화들짝 놀라 잠이 깼다. 다행히 소리는 지르지 않았다. 자기 발치에 누가 누워 있는지 아는 모양이었다. 순주는 일어나 앉고 원삼은 누운 채 서로 상대방 쪽 어둠을 뚫어져라 응시했다. 그러나 너무 어두워 서로의 얼굴은 거무끄레한 윤곽만 보일 뿐 표정은 알 수 없었다. 무언의 질문과 대답이 오고 갔다.

차마 원삼이 너까지…… 내가 이 꼴 되었다고 얕보는 것가?

아니여.

그럼 뭐꼬? 어릴 적에 지집아이(계집애) 놀리던 그 못된 버릇 여태 개 못 주고 또 장난질가? 발로 더럽게시리.

아니여. 발은 아까 끼끗하게 씻었져. 발톱도 바투 깎구…… 식구들은 옆에 자고, 느 몸은 만지고 싶고, 할 수 있어야지. 이렇게 잠자는 시늉 하고 발로라도 만져볼밖에. 순주야, 우린 오늘버텀 서로 남남이 아니여. 낮에 그 새끼가 우리 관계를 의심하지 않더냐. 그 새끼가 보기는 제대로 본 거라. 우린 이제 서로 사랑하는 사이라. 순주야, 나랑 함께 고향 가서 살자. 아기 데리고 살겠다는 느 고집이 꺾일 때까지 난 밤마다 발로 이 짓 할 거라. 내 꼬물락거리는 발구락 밑에서 눈물 젖어 차디찬 느 몸이 더워질 때까지 말이여.

순주는 후유 한숨을 내쉬고는 다시 드러누웠다. 치마를 여미고 고슴도치처럼 다리를 잔뜩 오므렸지만, 원삼은 집요하게 발로 가랑이 속을 파고들었다. 이렇게 잠깐 승강이하는데 문득 엉뚱한 곳에 야릇한 감촉의 방해물이 발끝에 닿았다. 섬쩍했다. 그것은 포동포동한 아기 살이었다. 맥이 탁 풀렸다. 빌어먹을, 아기를 가랑이 새에 끼워놓다니!

발끝에 와닿던 그 섬쩍한 감촉, 아기의 존재는 과연 둘의 결합을 가로막는 방해물이 틀림없었다. 원삼이 반 우격다짐을 써가며 본격적으로 순주를 설복하기에 열 올린 것은 이때부터였다.

두달 반가량 버티던 순주는 아기의 백일을 며칠 앞두고 마침내 굴복했다. 사내 쪽과 담판 짓던 날 순주는 말로라도 아기의 장래를 다짐받고 싶다고 아기의 할머니 되는 사람은 물론 어미 노릇 할 그 여자까지 불렀다. 간통죄로 고소하겠다고 길길이 날뛰던 그 여자는 언제 그랬느냐 싶게 제법 얌전을 떨었다. 원삼은 누님과 함께 입회했다. 좁고 더러운 방은 사내 식구들이 울긋불긋 떨쳐입은 화사한 옷치레 때문에 더욱 초라하게 보였다. 그들은 방 안에서 풍기는 낯선 악취에 시종 이맛살을 찌푸리고 연상 손을 코로 가져갔다. 때에 절고 누덕누덕 땜질한 장판, 머리때 손때가 잔뜩 묻어 있는 헌 벽지, 나일론 횃대줄에 걸린 누추한 옷가지, 헐어빠진 농짝, 여행 가방들, 이런 것들로부터 그 고약스러운 가난의 냄새는 스멀스멀 빈대떼처럼 기어나왔다. 그러나 그들은 방 안 악취에 넌덜머리 내면서도 여간 영악스럽게 담판에 대드는 게 아니었다. 위자료랍시고 오십만원을 내놓는 꼴이 이쪽을 얕잡아보고 처음부터 액수를 후려깎자는 수작이 분명했다. 순주는 곧 자기 품을 떠나버릴 어린것을 안고 흐느껴 우느라고 정신없어 누님이 대신해서 완강하게 버텨나갔다.

"아니, 요게 소 흥정이우꽈 뭐우꽈? 송아지금 반절밖에 안되는 걸 위자료라니! 놈의 밭 빌려 농사를 지어도 도조를 낼 만큼 내는 법인디, 협잡질로 숫처녀 배 빌려 얻은 자식값이 겨우 요거우꽈? 못 배우고 없는 사람들이라고 너무 무시하지들 맙서."

홍정이라면 한때 노점 좌판도 한 적 있는 누님인데 호락호락 넘어갈 리가 없었다. 이렇게 버티기를 반나절, 점심때가 훨씬 지나서 그 여자를 두번 은행 걸음질시킨 끝에 가까스로 받아낸 것이 이백만원이었다.

원삼이 탄 버스는 이제 지하철 복개 공사가 한창인 어느 네거리로 나왔다. 앞에서 아낙네들이 자갈을 부지런히 깔아놓으면 롤러차가 굴러다니며 눌러 다지고, 그뒤로 새까만 콜타르가 호스로 뿌려진다. 눈부신 태양 아래 그늘이란 그늘은 모두 콜타르 빛으로 새까맣다.

버스가 잠시 정류장에 멎는다. 타고 내리는 사람들로 붐비는 출입구 쪽을 무심히 바라보는데 웬 거지 하나가 안내양의 제지를 뿌리치고 총알같이 버스 안으로 뛰어든다. 거지의 행색이 여간 볼썽사납지 않다. 본디 색을 알 수 없게 옷은 때에 새까맣게 절어들었는데, 바짓부리는 무릎까지 갈기갈기 찢겨 너덜거리고 얇은 나일론 잠바는 통풍이 잘되라고 담뱃불로 태웠는지 동전만 한 구멍이 숭숭 뚫려 살점이 그대로 드러나 보인다. 뒤축을 눌러 신은 헌 구두는 흙 더뎅이가 붙어 있고 뚜껑을 떼버린 채 납작 우그러뜨려 쓴 밀짚모자 위로 머리칼이 잡초덤불처럼 헝클어졌다. 거지라면 얼굴에 늘 비굴한 표정이 들러붙어 있게 마련인데, 이 거지는 영 딴판으로 눈초리가 대담하다. 거지가 태연히 주위를 쑥 훑어보는데 손님들은 저마다 시선이 마주칠까봐 황망히 고개를 돌려버린다. 원삼은 자기 나이 또래쯤 되어 보이는 거지의 얼굴을 찬찬히 뜯어보며 고개를 까우뚱한다. 어디서 한번쯤 본 듯한 얼굴인데…… 길쑥

한 얼굴에 껑충한 키, 어디선가 저런 거지꼴이 아니고 멀쩡한 모습으로 본 듯한 인상이다.

버스 안을 훑어보고 난 거지는 갑자기 차의 요동질에 와락 떠밀린 듯 사뭇 뒤뚱대며 원삼이 앉아 있는 맨 뒷좌석으로 달려온다. 그 서슬에 화들짝 놀란 젊은 아주머니가 얼른 일어나 자리를 내준다. 그 옆의 대학생으로 보이는 청년도 흠칫 옆으로 비껴앉는다.

거지는 아주머니가 비킨 자리에 털썩 주저앉더니, 몸을 반쯤 돌려 외면하고 앉은 청년의 어깨를 툭 친다.

"형씨, 날 좀 도와주쇼."

청년이 송충이라도 닿은 듯 어깨를 움찔하며 돌아보는데 거지는 천천히 왼팔 소맷자락을 걷어올리기 시작한다. 무얼 도와달라는 걸까? 거지의 동작을 지켜보던 원삼이 깜짝 놀란다. 소매를 걷어올린 왼 팔뚝은 끔찍하게도 온통 피 칠갑이 아닌가. 철조망 같은 데 깊이 긁힌 듯 대여섯군데 상처에 큼직큼직한 피딱지들이 앉아 있고 거기서 흘러내린 피가 팔뚝을 휘감고 거멓게 말라붙어 있다. 옆의 청년도 놀라서 눈이 휘둥그레진다. 약을 쓰거나 피를 닦은 흔적이 없는 것으로 보아 자해한 상처가 분명하다. 소매를 팔꿈치 위로 바싹 걷어올린 거지는 잠바 주머니에서 붉은색 비닐끈을 꺼내서 청년에게 내민다.

"이 끈으로 여길 꽉 졸라매주쇼, 소매가 내려오지 않게."

청년이 얼떨떨한 표정으로 머무적거린다.

"이 양반 뭔 겁이 그리 많수?"

거지의 비아냥거리는 소리에 청년은 마지못해 비닐끈을 받아 어설픈 손놀림으로 걷어올린 소매를 붙잡아맨다.

"아니, 질끈 동여매줘, 더, 더, 더 세게!"

"더, 더, 더" 하고 점점 커지는 목소리에 앞좌석 승객들이 힐끗힐끗 뒤돌아본다.

"이젠 됐시다."

끈은 팔뚝 살이 깊이 패도록 꽉 졸라매졌다. 적당히 잡아매도 소매는 흘러내리지 않을 텐데 왜 저렇게 피도 안 통하게 꽉 졸라매는 걸까? 청년은 끈을 매주고 나니 좀 용기가 생기는지 거지에게 말을 붙여본다. 음성이 좀 감상적이 되어 떨려 나온다.

"저어, 한마디 해도 될까요? 나도 젊은 사람인데 형씨의 형편을 보니 무슨 얘길 나누고 싶군요."

거지가 능숙하게 되받아친다.

"팔다리 멀쩡한 젊은 놈이 노동이라도 해 처먹지 이게 무슨 꼴이냐, 이거유?"

거지의 입술이 자조의 쓴웃음으로 사뭇 비틀린다.

"당신 대학생인가본데, 눈물 젖은 밥 안 먹어본 사람은 말해도 몰라요. 난 폐병 2기란 말이여. 병으로 일을 못하니 밥을 먹을 수가 있나. 밥을 먹어야 병을 이길 게 아니여. 난 살고 싶단 말이여."

이렇게 화난 목소리로 내뱉고 난 거지는 끙 하는 신음 소리와 함께 손으로 팔뚝의 피딱지 하나를 뚝 뜯어낸다. 아물던 상처는 다시 뻘건 분화구가 되어 피가 솟기 시작한다. 청년이 깜짝 놀라 얼른 손수건을 꺼내 내민다.

"이 손수건으로 피를 닦아요, 어서."

거지가 매섭게 눈을 흘긴다.

"내가 미쳤수, 피를 닦게? 난 지금 영업 중이여. 난 이렇게 해서 한푼 두푼 구걸하는 거지란 말이여."

핏줄기는 팔을 타고 손바닥으로 흘러내린다. 그렇군, 저렇게 피가 많이 나오도록 하려고 꽉 졸라맸구나.

거지는 피가 가득 잡힌 손바닥을 먼저 청년에게 내밀고 적선을 청한다. 청년이 얼결에 손에 잡히는 대로 오백원짜리 주화를 꺼내준다. 원삼을 비롯한 나머지 뒷좌석 손님들이 백원짜리 하나씩 그 손바닥에 떨어뜨린다. 피는 생생하고 거지의 표정은 극적으로 예민해진다. 저 동물성의 민첩한 눈초리, 어디서 본 듯한데 도무지 기억이 안 난다. 이제 자리에서 일어난 거지는 핏방울이 뚝뚝 떨어지는 손바닥을 내밀고 휘청휘청 앞좌석을 향해 간다. 경찰 단속으로 없어졌다던 자해 거지가 바로 저런 거로구나. 피 젖은 손은 동정심보다는 혐오감을 더 불러일으킨다. 동정심보다 혐오감을 일으켜야 구걸질이 되는 세상은 동정심이 메말라버린 세상일 것이다.

원삼은 더이상 보기 싫어 눈을 감아버린다. 그렇지! 저자를 어디서 봤는지 이제야 알겠구나. 닭고기를 맹수같이 뜯어 먹던 그 사내. 며칠 전 인수를 데리고 뒷산 개울에 세탁도 할 겸 목욕 갔는데 저자가 혼자 물가에 앉아 통닭 한마리를 아귀아귀 뜯어 먹고 있었지. 뼈다귀까지 우둑우둑 씹으면서 이쪽을 힐끗거리던 그 눈초리, 그 동물적인 눈초리는 지금 먹이를 찾아 이리저리 민첩하게 움직이고 있는 것이다. 아마 저자는 버스가 다음 정류장에 닿자마자 아까처럼 총알같이 뛰어내릴 것이다. 뒤따라내린 승객 중에 누가 경찰에 신고할지도 모를뿐더러, 피가 채 마르기 전에 다른 버스 한두 대 더 옮겨타려면 민첩하게 움직여야 하리라. 그러나 더운 여름 날씨는 피를 빨리 증발시킨다. 피가 거멓게 죽어 말라감에 따라 저 자도 화기를 잃고 눈빛이 흐릿해지리라. 피가 마르면 비굴한 표정으로 길가 점포를 돌며 기웃거릴 테지. 저 어깨에 매달린 비닐가방에 들어 있을 깨끗한 옷 한벌, 구걸질이 끝나면 그 옷으로 갈아입고 태연히 산동네로 돌아갈 것이다. 내일은 다른 피딱지를 뜯고 모레는 또다른 피딱지를 뜯고 글피는 또…… 그러다가 경찰에 걸리기도 하겠지.

하루 벌어 하루 사는 산동네 인생들은 병에 걸리면 그야말로 속수무책이다. 병원은 고사하고 약방 약도 어려워, 병명도 모른 채 날로 병이 깊어가는 환자들이 얼마나 많은가. 저녁이면 시내 홀 나가는 여자들이 한길로 줄을 이어 내려오고, 대낮에 외상술 먹다가 아내나 자식들의 손에 잡혀 끌려가는 실직자들, 지친 몸으로 귀가하다가 버스 종점 근처 술집에서 하루 품삯의 태반을 써버리는 아비들, 밤이 무더워 산에서 잘까 하고 올라가면 몇발짝 못 가서 멀컹멀컹 발끝에 채는 것은 접붙어 한창 열내는 젊은것들, 심지어 중학교 다니는 애송이까지 그 짓 흉내 내고…… 빼도 박도 못할 산동네의 운명…… 더 눌러살다간 정애도 인수도 불량해질지 몰라. 순주같이 순결 잃은 처녀는 더욱이나 타락하기 쉽단다. 어서 모두들 데리고 떠나야지. 우물쭈물하다가 발목 잡혀.

밤

이날 밤 진옥은 마침내 결단을 내린다. 이 갑작스러운 결단은 딸 정애 때문이다. 약이 좋아 없어졌다는 폐병균이 이 산동네에는 여전히 떠돌고 있었다. 그 자해 거지에게 폐병을 준 산동네의 음습하고 유독한 공기는 이제 정애의 어린 몸에 촉수를 대기 시작한 것이다. 중산층 아파트의 한 주부가 불결한 산동네의 소녀를 아기 업저지로 데릴 때 혹시 전염병이 있지나 않나 의심해보는 것은 당연한 일이다. 방과 후 약속대로 담임선생을 따라 잠실아파트를 찾아간 정애는, 주인 여자가 아기를 돌보려면 전염병이 없어야 한다고 X레이를 찍어보자고 해서 심드렁하게 따라갔더니, 뜻밖에도 폐결핵 초기라는 진단이 나왔단다. 이젠 정말 망설일 때가 아니다. 정애의 몸에 침투한 산동네의 독소가 더 번지기 전에 한시바삐 행장을 꾸려야 한다.

진옥이 마침내 집을 헐값에라도 당장 팔아치우기로 결정을 내리자 식구들이 일시에 울음을 터뜨린다. 모질게 발길에 채고 팔꿈치에 명치 박히면서 아등바등 매달리던 밧줄을 마침내 놓아버리는 순간이다. 사진틀 속의 정애 아빠도 침울한 표정으로 식구들을 내려다본다. 그러나 슬픔은 그리 오래 계속되지 않는다. 이제 머나먼 고향은 손끝에 잡힐 듯이 가까워진 것이다. 눈물은 감미로워지고 다사로운 안도감이 가슴을 감싼다.

식구들은 눈물을 글썽이며 한참 고향 이야기로 꽃피우다가 밤이 이슥하여 잠이 든다. 눈썹에 그렁그렁 눈물을 매단 채. 옷 입은 채

발을 맞대고 드러누운 다섯 식구들, 겉옷 벗고 자본 적 없는 지친 여행자들, 벽에 포갬포갬 쌓아놓은 여행 가방들, 유골 상자. 두평 반짜리 작은 방은 어느덧 고향 가는 배의 삼등 객실이 되어 조용히 흔들리기 시작한다. 다섯 승객은 고향 꿈에 취해 있고 객실은 절벽거리는 바닷물 소리뿐이다. 배는 다도해를 벗어나 둥둥 망망대해로 밤 항해를 계속한다. 승객들이 꿈결에 몸을 뒤챈다. 저기 봐, 보인다! 멀리 이마 높이로 봉긋이 떠오른 수평선 위에 한점 산, 저게 한라산이야!

겨
우
살
이

그 무렵 나는 어느 대학 부속중학교에서 영어를 가르치고 있었는데 접장질 오년에 어느덧 타성이 몸에 배어들어 속물이 다 되어버린 형편이었다. 총각 시절 삼년을 보낸 사립학교나 전근 온 그 공립학교나 교직이 고달프기는 마찬가지였다. 아무리 부려먹어도 병탈이 없는 젊은 교사가 보통 힘겨운 졸업반을 전담하거나 아니면 과목 일부를 떠맡게 마련인데 내 입장이 바로 그랬다. 치열한 입시 경쟁의 현장인 학교는 학생 선생 할 것 없이 모든 인원을 매일매일 용광로의 불길 속에 투입, 쇳물처럼 녹여 해체시킨 다음 입시용 제품으로 재생시키는 공장에 비견할 만했다. 어느 반 교실에 붙은 표어가 '강자에겐 적이 없고 약자에겐 피할 곳이 없다'라고 단적으로 표현했듯이 학교는 철저히 정글의 법칙이 지배하는 곳이었다.

정규수업, 보충수업 외에도 각종 잡무에 얽혀 종일 눈코 뜰 새 없이 시달리다가 늦은 퇴근길에 오르면, 나는 매양 뭇매에 흠씬 난타당한 것처럼 억울했다. 그래서 자연히 싸구려 소줏집을 자주 찾는 버릇이 붙었는데, 파김치같이 늘어진 몸은 소주만 들어가면 야릇하게도 다시 생기가 돌곤 했다. 몸속에 묵직한 피로의 퇴적이 소주의 불꽃에 휘황하게 타오르는 그 도취감, 그것이 유일한 나의 낙이었다. 교실의 어린 학생들은 개개의 인격으로 파악되지 않고 일사불란한 규율이 적용되는 병영식 집단으로 간주되었다. 작업대에 올려진 규격제품같이 늘 무표정한 얼굴들, 아니 그들도 나처럼 원망스럽고 억울하다는 표정이었다. 아이들과 개별 접촉할 시간적 여유도, 마음의 여유도 없고 보니, 그저 모개로 싸잡아 '다스리는' 것만이 능사였다. 일주일이 멀다 하고 시험을 보이고 반수가량의 성적불량 학생들을 즉결처분하듯이 한바탕 북새통을 놓는 것이 유일한 학습지도 방법이자 생활지도 방법이었다. 내 입에서 험한 욕설과 위협적인 언사가 예사로 튀어나오고 손에는 쉽게 매가 들리곤 했다. 성적불량은 철저히 죄악시되었다. 나 자신 적빈한 농촌 출신으로서, 가난한 아이들일수록 일반적으로 성적이 저조한 데는 참을 수가 없었다. 중학교 평준화 정책에 따라 학군별로 학생들을 배정받은 1, 2학년에는 청계천 천변, 숭인동 산동네, 답십리 철로 주변, 좀 멀리는 중랑천 둑동네 같은 빈민촌 아이들이 많아 수업료를 제때 못 내고 수업 중에 서무실로 불려가 닦달당하기 일쑤이고 심지어 가방 들린 채 집으로 쫓겨가는 사례도 부쩍 늘어나 있었다. 해마다 한반에 두어명꼴로 중도 탈락자가 생기곤 했다. 그중 한 아이는 창경원에서 우연히 다시 보았다. 아내와 함께 봄놀이 갔던 나는 무심히 원숭이 우리 앞을 지나치다가 그 앞에 잔뜩 모인 구경꾼 틈 사이로 한 소년이 슬몃슬몃 비집고 들어가는 광경을 목격하고 만 것이었다. 그것은 분명히 소매치기 동작이었고, 그애는 내 수업을 받은 적 있는 제자였다.

그때나 지금이나 이렇게 불우한 아이들에게 성적불량이란 곧 만성적 가난의 세습을 예고하는 것이 아닌가. 그래서 나는 '하면 된다'고 무섭게 다그쳐보기도 하고 감상적인 말로 감화도 시켜보았지만, 그것이 허망한 짓인 줄은 훨씬 나중에 깨달았다. 그럴 수밖에 없는 것이 가난한 아이들일수록 멀리 국민학교 시절부터 계속 마이너스 쪽으로만 누적되어온 기초학력 미달 현상이 두드러져 공부시켜봐야 밑 빠진 독에 물 붓기인 셈이었던 것이다. 만성적 가난에 시달리는 집안의 아이들일수록 만성적 학력미달에서 헤어나지 못한다는 엄연한 사실에 나는 맥이 탁 풀려버렸다. 그것은 아무리 버둥거려봐야 다람쥐 쳇바퀴 돌듯 가난의 악순환을 되풀이할 뿐이라는 것을 뜻했다. 이 아이들에게 '기회는 균등한데 성적불량은 전적으로 네 탓이다, 네 게으른 탓이다, 하면 된다' 하는 것은, 그 가난한 부모를 보고 '기회는 균등한데 가난은 전적으로 네 탓이다, 네 게으른 탓이다, 하면 된다' 하는 소리와 진배없이 허위와 기만에 가득 찬 강변일 뿐이었다. '하면 된다'는 당시의 집권자가 표방한 으뜸가는 이데올로기였고 이 구호 아래 가공할 정치적 경제적 범죄를 자행하는 선택된 소수를 위해 다수가 희생되는 것이 고도성장이었다. 학교도 이 빈익빈 부익부의 논리에 철저했다. 지금도 마찬가지지만 도대체 이십명도 못되는 소수를 위해 대다수가 입시경쟁률이나 높여주며 들러리 서는 교육이 무슨 민주교육일까. '하면 된다'는 속없는 신화에 속아 어떻게 되겠지 하고 막연한 기대감으로 겨우겨우 자신을 지탱해가는 이들 불우한 대다수 학생들이 학교에서 배우는 것은 오직 쓰디쓴 열등감과 비굴한 인내심일 뿐이다.

아무튼 그 무렵 나는 교직에 대한 회의가 절실했으나 탈출을 시도하기에는 이미 늦어 있었다. 이미 결혼한 몸인데다가 고등학교 다니는 아우까지 얹혀 있고 고향의 부모에게 얼마간 송금도 하지 않으면 안될 처지였다.

매일매일이 하냥 똑같은 생활이었다. 오년간이 그랬다. 그것은 단 하루의 체험의 천편일률적인 연속에 불과했다. 어제가 그랬고 오늘이 그랬으니 내일이라고 다르겠는가. 내 일상엔 소주 기운을 빌려 잠시 발작적인 흥분에 취해보는 것 외엔 아무런 모험도 끼어들 여지가 없었다. 언젠가 수업 들어가는 도중, 몇발짝 앞에서 출석부를 끼고 맥없이 걸어가는 노교사의 바싹 야위고 주름진 뒷목을 훔쳐보고 가슴이 섬뜩해진 적이 있었다. 그것이 다름 아닌 이십여년 후 나 자신의 뒷모습이었다.

이렇게 빼도 박도 못할 처지에서 오직 글 쓰는 일만이 유일한 구원의 길인 듯싶었다. 나는 당시 구미의 부조리문학이나 내면소설 따위에 지독히 중독되어 그런 유의 소설이나 희곡을 창작하고 싶었는데 그것이 전혀 도착된 문학관임을 깨달은 것은 훨씬 나중 일이었다. 사십분 남짓 걸리는 출퇴근 버스 속에서 용케 자리라도 잡고 앉게 되면 작품 구상 한답시고 눈을 지그시 감아보는 것이었지만, 상념의 가닥은 늘 끊기고 졸음만 쏟아지기 일쑤였다. 판에 박힌 생활이 지겨워 나는 내가 탄 버스가 운전사의 파격적인 충동으로 노선을 벗어나 고가도로로 기어오르는 엉뚱한 공상도 해보고, 그런 식의 소설을 만들어볼까 구상도 해보았다. 내가 탄 버스가 하루에 두번씩 오고 가는 청계천 주변에는 한 젊은 노동자가 분신자살하여 열악한 노동조건에 항의한 평화시장 사건도 있었고, 판자촌을 태워 천여명의 이재민을 낸 화재 사건도 있었지만, 국적불명의 황당무계한 미의식에 사로잡혀 끄덕끄덕 졸며 지나쳤으니 그런 사건들이 눈에 들어올 리가 없었다. 글이란 자기가 몸소 겪거나 각별히 애정을 갖는 대상에 관하여 얘기할 때라야 비로소 절실한 감동을 얻어내는 법인데 나는 내 체험, 내 얘기를 하기가 싫었다. 대학을 나올 때까지 나를 철저하게 지배한 가난이 싫었고 직장으로 선택한 교직에도 넌덜머리가 났다. 싫은 것이 작품의 소재가 될 리가 없다. 가난이야말로 나를 키운 유일한 젖줄인데도 그것을 한사코 부정하고 있었으니, 그런 위선자가 글을 쓰면 그게 무슨 꼴이 되겠는가.

그러나 위선적인 글조차 쉽게 씌어지지 않았다. 대학 때 하던 짓거리니까 열심히 하고 있으면 뭐가 돼도 될 듯싶은데, 그게 뜻대로 되지 않았다. 아니, 어려운 정도가 아니라 머릿속이 아주 황폐해버렸는지 도무지 마른나무 물 짜기로 불가능하게 여겨졌다. 써야지, 써야지 하고 늘 중얼거리면서도 막상 펜대를 들기가 죽어라고 싫고, 그럴수록 자신이 미워 부글부글 심화가 끓어올랐으니, 그런 생병이 또 있을까.

이렇게 글 한줄 못 나오는 나의 정신적 불모성이 아내에게도 감염되었는지 결혼한 지 이태가 넘도록 생산을 못하고 있었다.

불모의 삭막한 나의 일상 속으로 어느날 뜻밖에 '하면 된다'의 준엄한 권화(權化)인 그이가 걸어들어왔다. 내가 근무하던 중학교는 대학에 딸린 부속학교라 한 울타리 안에 있어서 그날의 장면을 똑똑히 목격할 수가 있었다.

먼저 학생들의 시위가 있었다. 처음엔 백명도 못되는 대학생들이 굳게 잠긴 교문 앞에 모여 그들의 리더를 교문 밖의 경찰 카메라에 노출되지 않도록 에워싼 채 교련 반대, 부정부패 척결의 구호를 외치며 소극적인 시위를 벌이더니 나중에 학생수가 배로 불어나자 최루탄이 터지고 투석질로 맞서면서 시위는 아연 격렬해지기 시작했다. 울타리가 높아 투석질이 여의치 않자 농구 골대 두개를 밀고 가 울타리에 갖다 붙이고 서너명씩 올라가 밖을 향해 돌을 던져대기도 했다. 최루탄 쏘는 소리가 콩 볶듯 일어나고 운동장과 교문 앞 진입로에 파란 연기가 자욱이 깔렸다. 운동장 동편 울타리 밖에 있는 파출소 유리창들이 박살났다. 그러다가 시위 학생들 중에 사복이 끼여 있었던지 잠시 운동장을 가로질러 쫓고 쫓기는 촌극이 벌어지기도 했다. 그 청년과 함성지르며 뒤쫓는 시위 학생들 사이의 거리는 불과 서너발짝, 자칫 흥분한 학생들이 일을 저지를까봐 가슴이 조마조마했다. 운동장 울타리는 도저히 뛰어넘을 수 없는 높이였다. 그러나 울타리까지 쫓겨간 그 청년은 담 위로 손을 뻗는 순간 날렵하게 몸을 뛰어넘지 않는가. 아마 급박한 위기의식이 그를 높이뛰기 올림픽 선수로 만들었나보았다.

교무실 창가에 몰려 있던 우리들은 그 청년의 날랜 동작에 혀를 내두르며 다음 수업에 들어갔다. 최루탄 가스가 스며든 교실은 눈물 콧물 재채기로 뒤범벅되어 수업이 엉망이었다. 수업을 어렵사리 끝내고 다시 이층 교무실 창가에 모였을 때, 갑자기 무슨 일이 돌발했는지 운동장과 정문 앞 진입로에 널려 있던 학생들이 일제히 몸을 돌려 학교 안으로 내달리기 시작했다. 도망치는 거동이 분명했다. 무슨 일일까? 삽시에 텅 비어버린 운동장과 진입로에는 숨막힐 듯한 정적이 쫙 깔렸다. 울타리에 갖다 붙여놓은 농구 골대 두개가 작업하다 만 크레인처럼 그림자를 끌고 우두커니 서 있었다. 시간마저 정지해버린 듯한 이 부동의 풍경 속으로 수위 두명이 급히 나타났다. 큰길 쪽 울타리 한가운데 비상문으로 뛰어간 수위들은 잠깐 자물쇠를 따는 눈치더니 이내 문을 활짝 열어젖혔다. 나는 얼결에 창가에서 한발짝 주춤 물러섰다. 곧 그 문으로 검정 승용차 한대가 쏜살같이 뛰어들더니 뒤이어 비슷한 모양의 검정 승용차 십여대가 꼬리를 물고 달려들었다. 그런데 이상하게도 그것들은 모두 빈 차였다. 무슨 영문일까? 차들은 햇빛에 눈부신 반사광을 내쏘면서 텅 빈 운동장을 무섭게 질주하여 잠깐 사이에 본관 쪽 스탠드 앞에 일정한 간격으로 착착 멈춰 섰다.

　그 전광석화같이 눈부신 속력에 놀라 멍해진 내 눈에 이번엔 한떼의 사람들이 운동장을 질러오는 게 보였다. 승용차 주인들이 분명한데 오십명가량이 둥그렇게 떼뭉쳐 걸어들어오는 게 아무래도 예감이 이상했다. 아닌 게 아니라 곧 놀라운 사실이 알려졌다. 마침 대통령 일행이 나들이 갔다 돌아오는 길이었는데 시위 학생들이 모르고 그쪽을 향해 돌을 던졌다는 것이었다. 아이들이 떠들지 모르니 다음 수업 있는 사람은 미리 반에 들어가라고 교감선생이 지시했다. 나는 마침 빈 시간이었지만 더이상 밖을 내다보기가 두려워 두어발짝 뒷걸음쳤다. 캠퍼스 안의 온갖 사물이 숨죽인 횅한 진공 속으로 일행은 쐐기 박듯 단호하게 진입해 들어오고 있었다. 여러겹의 동심원으로 된 경호망이 권력의 핵을 에워싸고 그 좌측으로 거총자세를 취한 정복들의 일렬횡대가 진입로를 질러 서편 울타리까지 뻗어 있었다. 나는 떨리는 손으로 커튼을 닫아걸었다. 다른 동료들도 모두 창가에서 떨어져나와 불안한 기색으로 서성거리고 있었다.

그러고서 오분쯤 지났을까, 갑자기 운동장에 엔진 폭음이 터지길래 내다보니, 어느새 승용차들은 일행을 태우고 들어올 때처럼 날쌔게 빠져나가는 중이었다. 계단 쪽 귀퉁이에 몰려선 대학 교직원들이 차가 뜰 때마다 일일이 허리 굽혀 전송했다. 맨 앞에 있는 이가 내 결혼 주례를 맡았던 학장선생이었다. 학장선생과 무슨 말이 오고 갔을까? 아니, 이삼분도 못된 그 짧은 시간에 무슨 말이 오고 갔겠는가. 외마디 호통을 터뜨리고 홱 돌아섰을 것이다. 그것을 입증할 만한 사건이 다음에 곧 일어났으니, 마지막 차가 비상문 밖으로 빠져나감과 거의 동시에 정문 쪽으로 무장경찰이 쇄도해 들어왔던 것이다. 이리하여 경찰이 학원에 진입 못하게 된 금기는 그날로 깨어지고 말았다.

그러고서 한달이 못되어 휴업령과 위수령의 쌍칼을 동시에 내리쳐 '연중행사로 일어나는 고질적 데모'를 침묵시킨 다음 이어서

'국가 비상사태'의 음울한 계절을 선포하기에 이르렀다. 국회도 언론도 목소리가 목구멍 안으로 잦아들었다. 마땅히 보도해야 할 사실을 기사에서 빠뜨린다는 것은 그 과오가 거기에만 그치지 않고 독자를 오도하는 오보행위나 다름없다고, 신문들은 '무소식이 희소식'이라고 빙긋 웃던 그이의 언론관에 영합하고 있다고 내 직장 동료들은 제법 비분강개하여 입방아를 찧었다. 신문에 의하면 세상은 지극히 안정되고 무사했다. 광화문 지하도의 신문팔이 소년은 번번이 빨간 색연필로 머리기사에 테를 둘러 행인의 시선을 끌려고 애썼지만 특종은 없었다. 대신 육아법에 대한 기사가 눈에 띄게 늘고 연재소설 속의 의적 홍길동과 그 졸개들은 요 깔고 누워 방사 치르는 것만 능사로 삼고 있었는데, 말하자면 아무 생각 말고 방사나 즐기고 새끼나 열심히 치라는 것이었다. 신문사들이 서로 다투어 저속한 내용의 주간지를 시작한 것도 이 무렵이었다.

늦가을, 때아닌 방학을 만난 대학 구내는 우리 아이들이나 이따금 얼쩡거릴 뿐 휑뎅그렁 비어 있었다. 하루는 문안차 학장실에 들렀는데, 학장선생은 벌써 겨울 추위를 느끼는지 조그만 석유난로를 피워놓고 옹송그리고 앉아 있었다. 침울한 그 얼굴엔 노쇠현상이 뚜렷했다. 그이와 내가 주고받은 이야기는 고작 이런 것이었다. "선생님, 이 방이 너무 중학교 쪽과 붙어 있어서 시끄럽지 않으세요? 아이들에게 늘 주의를 주고 있습니다만……" "그래도 저 아이들이 떠들어대는 소리가 들리니까 여기가 학교로구나 하는 생각이 들지, 이 판에 저 아이들마저 없다면 아주 적막강산이 되고 말 거야."

휴교령이 해제되어 학교로 돌아온 같은 구내의 대학생들도 작년 시위사건으로 얼먹었는지 별다른 움직임이 없어 보였다. 운동장 가녘 테니스 코트에는 어느새 ROTC 교관들이 교수들과 자연스럽게 어울려 공을 치곤 했다. 어느날 강당 청소를 지도하다가 문득 건물 뒤켠 외진 데서 기합을 잔뜩 넣은 군대식 외마디 복창 소리가 들려오길래 창밖을 내다보니 ROTC 상급 학생이 손에 든 책 모서리로 하급자의 명치끝을 찌르고 코밑을 쑤시며 뭐라고 나직이 윽박지르고 있었는데 그때마다 하급자는 감전된 듯 흠칫흠칫 놀라며 "옛! 옛!" 하고 복창하는 것이었다. 아카데미 속의 밀리터리즘. 캠퍼스 안은 이제 이질적인 두 요소가 별 마찰 없이 공존하고 있는 듯이 보였다.

그러나 비상사태란, 말 그대로 언젠가는 정상상태로 환원될 잠정적 조치이겠거니 하고 우리들은 순진하게 생각하고 있었다. '체력은 국력'이라는 어느 제약회사의 광고를 문교 장학방침으로 받아들여 하루 일고여덟시간 수업에 시달리는 아이들에게 점심시간까지 빼앗아가며 중간체조를 시키고, 어느 세력자의 영리사업을 '자유교양'이라는 허울 아래 저질의 도서로 강매하는 행위가 계속되고 있었지만, 그래도 아직은 정치의 큰 바람이 학교까지는 불어닥치지 않을 때였다. 생활은 여전히 틀에 매여 연자방아의 노동처럼 지겹게 돌아가고, 생활에 목줄 매달고 질질 끌려다니는 일개 접장이 무슨 세상 물정을 알까. 막상 10월유신이 터지고 나서야 비상사태가 그 사전 준비 기간임을 깨달았던 것이다.

유신 출현 열흘 전에 탄생한 내 첫아기를 두고 직장 동료인 권이 '유신생'이라고 우스갯소리를 했거니와, 비상사태 속의 열달을 채우고 난 첫애는 말하자면 10월유신과 쌍생아인 셈이었다. 아내와 내가 사랑의 단꿈으로 생명을 빚어내고 있을 때, 그이는 차가운 손으로 암흑을 뭉쳐 죽음을 만들어내고 있었던 것이다. 그 음모를 사전에 눈치챈 사람이나 나처럼 언론이 유포한 주술에 걸려들어 육아에 관심 두고 새끼치기에 열중한 사람이나 한 일이 없기는 피장파장이었다.

 내가 유산의 악몽에 시달리는 아내를 자정이 넘도록 어루만져 건강한 생명의 잉태를 도모하다가 곤하게 잠든 어느날 밤 일이었다. 아침에 깨어보니, 간밤에 도둑이 든 흔적이 완연했다. 책상 위의 책꽂이로 막아놓고 있던 들창이 열려 있고 책꽂이는 한쪽으로 밀려나고 부엌으로 난 출입문은 밖으로 잠겨 있었는데 장판에는 흙 묻은 신발자국들이 어지러웠다. 침입자의 농구화 발자국은 우리가 깔고 누웠던 흰 요 귀퉁이에도 두군데 선명히 찍혀 있었다. 책상 서랍이 열려 있고 벽에 걸렸던 외출복은 모조리 주머니가 까뒤집힌 채 방바닥에 버려져 있었다. 도난당한 물건은 결혼시계 둘, 결혼반지 하나, 그리고 얼마 안되는 현금이었다. 재산을 잃었다는 느낌보다 순결이 짓밟힌 느낌이었다. 도둑이 들어 방 안을 온통 휘저어 더러운 난장판을 만들도록 무심히 잠만 자고 있었다니…… 그러나 잠에서 깼다 한들 과연 도둑을 쫓아낼 용기와 힘이 나에게 있었을까? 도둑은 발각되는 순간 흉기를 든 강도로 돌변한다는데. 설사 그때 잠이 깼더라도 모르는 척 잠자는 시늉 하는 것이 상책이었을 것이다. 그러니까 깨어 있기는 하나 용기 없는 사람이나 나처럼 아예 잠들어 있는 사람이나 '유신'이라는 민권 약탈의 거대한 음모에 대해서 속수무책이긴 마찬가지였을 것이다. 깨어 있고 용기 있는 이들은 이미 아갈잡이당하고 손발이 묶여 있었다.

유신 포고가 있은 지 삼일 후에 실시된 고입 체력장에 검사원으로 차출된 우리는 그때 벌써 계엄의 살벌한 분위기를 맛보았다. 대부분의 종목이 의자에 앉아서도 얼마든지 검사할 수 있을 텐데, 장학사는 기록원을 제외한 전 검사원을 종일 운동장에 말뚝 박듯 세워놓았을 뿐만 아니라 혹 기록이 잘못되어 정정 날인이라도 할라치면 큰일 난 듯이 노발대발 닦아세우곤 했다. 그러나 그것이 조금도 지나친 처사가 아님을 입증할 만한 소문이 들려와 우리를 아연 긴장시켰다. 검사 이틀째 날에 파다하게 퍼진 소문으로는 ㅅ학교 검사장에서 오래달리기 종목 기록이 잘못되었다고 주장하는 한 학생이 마침 사찰 중인 문교부장관에게 직접 호소했던바 기록 담당 교사 세명이 즉각 파면당했다는 것이었다. 과연 그것이 사실인지, 아니면 다른 징계 처분이 그렇게 과장된 것인지는 알 수 없었다. 삼일간의 검사 일정이 무사히 끝나자 장학사는 연속된 피로와 긴장으로 기진맥진한 우리 앞에서 이렇게 말했다. "내가 감독관으로 임명되어 여기로 배치될 때 상부로부터 엄중한 경고를 받았습니다. '모든 책임은 네가 져라. 만약 문제가 생기면 네 목을 내놓을 각오를 하라.' 그런데 여러분의 협조로 아무 사고 없이 일이 끝나 여러분이나 나나 이렇게 목이 온전하게 붙었으니 여간 다행스러운 일입니까?"

10월유신의 충격은 실로 컸으나 항변의 목소리는 어디에서도 들려오지 않았다. 계엄령의 도시는 죽은 듯 숨죽이고 있었다. 우리는 전대미문의 막강한 힘을 실감했다. 마치 거대한 수컷이 이 도시를 덮쳐누르고 능욕하는 것 같았다. 먼저 화간자들이 속출했다. 권력에 편승하려는 기회주의자들뿐 아니라, 기득권을 잃지 않기 위해서라도 그 독한 정액을 받아들이지 않으면 안되었다. 일단 정액을 받아들인 자들은 '처녀가 애를 배도 할 말이 있다'는 격으로 그럴 듯한 자기합리화가 생겨 주저 없이 유신 홍보에 앞장설 수 있었다. '아니다'라고 항변 못한 지식인들은 이때를 당하여 침묵은 긍정에 다름 아니라는 자명한 진리에 괴로워했다.

'권불십년(權不十年)'이라는 징크스를 깨고 만세토록 누리고 말겠다는 무서운 탐욕으로 부쇠같이 굳어진 그이의 얼굴과, 그와는 대조적으로 거적눈에 간사한 웃음을 흘리며 '81년 수출 1억불, 일인당 GNP 천불이 될 때 민주주의 하자'라고 달래는 총리의 유들유들한 얼굴이 연일 TV와 신문에 클로즈업되고, 명사들의 숱한 지지 강연, 대담, 논설, 성명, 표어가 어지럽게 난무했다. 유신은 국민투표가 있기도 전에 벌써 기정사실화되어가고 있었다. 전국 교육자 이천여명이 대구에 모여 그이의 명령에 복창하여 유신과업의 선도적 완수를 결의하고, 문교부가 아직 확정되지도 않은 유신헌법을 사회 교과서에 싣겠다고 언명한 뒤로, 학교는 급속도로 유신 홍보장으로 변하기 시작했다.

학교 본관 건물의 이마에는 '유신과업 완수'라고 대서특필한 머리띠가 질끈 동여매지고 아이들과 선생들의 왼편 가슴팍에도 홍보 게시판이 마련되어 '10월유신' 표어가 붙여졌다. 교실, 복도, 교무실에도 유신 포스터와 표어 일색이었다. 직원회의는 회의가 아니라 만인에게 공범의식을 불어넣기 위해 사용된 홍보기관으로 각종 명령 지시가 일방통행의 하향식으로 전달되었다. 그 명령 지시를 다시 아이들에게 전달해야 하는 우리들은 육십명 학생의 담임으로서, 한번 입 벙긋하면 적어도 육십번의 죄를 저지르게 되어 있었다. 속이 부글부글 끓었으나, 그럴수록 우리는 그러는 자신이 두려웠다. 공포는 항시 우리 근처에서 서성거리고 있었다. 술 마셔도 대취는 절대 금물이었다. 싸구려 목로인 '바보집'에서 어울리던 술벗들이 취중에 말실수할까봐 하나둘 빠져나가고 나중에는 권과 나만이 덩그렇게 남았다. 어두운 도시 곳곳에 부주의한 사람들을 소리 없이 삼켜버리는 무서운 함정이 도사리고 있었다. 어떤 교사 두엇이 수업 중에 제자의 고발을 받아 끌려갔다는 소문도 들려왔다. 나는 수업시간마다 입에서 무슨 말이 튀어나올지 몰라 넥타이를 잔뜩 추켜올려 얼굴이 벌게지도록 목을 속박해놓곤 했다.

열흘쯤 지나서 보이스카우트 담당 윤선생이 교문 앞 큰길 건널목에서 등교하는 학생들에게 교통안전 지도하다가 정체불명의 괴한들에게 봉변을 당한 일이 발생했다. 파란불이 켜져 아이들이 차도로 내려가 서너발짝 내딛고 있는데 돌연 그 앞으로 승용차 한대가 튀어나와 쌩 — 날파람을 일으키며 내달렸다. 그 서슬에 놀란 아이들이 일시에 비명을 지르며 뒤로 흠칫 물러가고 윤의 입에서 "개새끼들!" 하고 고함이 터져나왔다. 그런데 웬걸 횡단보도를 유린하고 내달리던 그 무법자가 이십 미터 전방에서 갑자기 날카로운 브레이크 소리를 일으키며 백팔십도로 방향을 틀더니 곧장 윤에게로 달려들었다. 문 두짝이 동시에 벌컥 열리면서 똑같이 밑머리를 바싹 치켜 깎은 흑곤색 양복 차림의 청년 둘이 튀어나왔다. "뭐, 개새끼? 어쭈, 선생놈이 못하는 쌍욕이 없어." 그들은 윤의 멱살을 틀어쥐고 전봇대에 밀어붙이고는 지체 없이 주먹을 휘둘렀다. 양볼에 쇠뭉치 같은 주먹을 서너방 연달아 얻어맞은 윤은 그만 정신이 아득하여 맥없이 전봇대 밑으로 축 늘어져버렸다. 코피가 흘러내려 와이셔츠 앞섶을 벌겋게 적셨다. 승용차는 아스팔트에 내던져진 윤의 두 다리를 깔아뭉갤 듯이 바로 옆에서 무섭게 급커브를 틀어 횡하니 달아나버렸다. 그제야 근처에 있던 아이들이 달려와 부축해주었는데 모두 겁에 질린 얼굴이더란다. 오죽 무서웠으면 제 선생이 맞는데 대들기는커녕 찍소리 한번 못했을까.

얼굴이 퉁퉁 부은 윤은 숫제 넋 나간 표정이었다. 너무 창졸간에 당한 일이라 어쩐지 꿈만 같고 어리벙벙할 뿐 도무지 억울한 생각이 안 드는 게 이상하다고 하면서, 그저 운이 없어 교통사고 당한 것쯤으로 치부하고 말겠노라고 했다. 여러 아이들 입에서 일치된 차량번호가 나왔지만, 윤은 그것이 위장번호가 틀림없다고 막무가내로 경찰에 신고하기를 거절했다. 그것은 벼락 때린 하늘에다 눈흘기는 격으로 무의미하다고 했다. 불가항력이었다. 윤의 두려움과 체념은 쉽사리 우리에게도 전염되었다. 처음에는 제법 흥분한 목소리로 적반하장도 유분수라는 둥, 제자들 앞에서 선생을 그렇게 무참히 짓이길 수 있느냐, 전 교직원이 들고일어나 진상규명을 해야 한다느니, 제 선생 맞는 걸 보고도 가만있는 것들을 제자라고 가르쳤으니 정말 헛가르쳤다느니 하면서 울끈불끈 떠들어댔지만, 그 분노는 단 몇시간도 지속 못되고 흐지부지 사그라져버렸다. 이

기상천외의 백주 테러가 있고 난 뒤부터 추상적이고 막연하게 느껴지던 유신의 공포는 그 사건으로 하여 이제 우리 가슴 복판에 생생한 실감으로 자리 잡은 것이었다.

이렇게 해서 우리는 차츰 계엄령에 길들여져갔다. 일단 체념하고 나니 주위에 머뭇거리던 공포는 저만큼 물러나 다시 추상화되었다. 술벗들이 다시 바보집에 모여들기 시작했다. 이미 홍어 속같이 꽉 곯아 있는 우리 같은 접장들로서는 뜨거운 분노의 정서를 계속 지켜간다는 것은 어려운 일이었다. 분노는 분노끼리 유유상종해야만 그것이 온전하게 지탱되는 게 아닌가. 바보집의 술벗들은 분노에 대해서 말하지 않았다. 그러나 그 불씨마저 아주 꺼진 것은 아니었다. 우리가 계엄령에 길들여졌다는 말에는 상부의 지시 명령을 태업해버리는 요령도 생겼다는 뜻도 포함되어 있었다. 정말 부득이한 지시 명령만 전달하되 그것도 무표정하게, 억양 없는 음성으로, 기계적으로, 빨리 말해버리곤 했다. 우리는 계엄령 속에서 실없는 농담으로 웃기도 하고, 교무실 밖의 노랗게 물들어가는 은행나무를 멍하니 바라보기도 했다.

마침 신춘문예 응모의 계절이 왔으므로 나는 다시 전에 하던 못난 짓거리나 해볼 궁리를 시작했다. 결혼 삼년간의 불모상태를 뚫고 내 첫애가 태어났으니, 어쩌면 가뭄 타는 내 머릿속에도 물이 돌아 그럴듯한 작품이 나올 듯도 싶었다. 드디어 국민투표일이 다가왔고 나는 그날을 작품 쓰는 날로 잡고 있었다.

그런데 투표일 하루 전날이었다. 학급 담당은 1학년인데 수업시간은 3학년이 오히려 더 많은 편이던 나는 그날 6교시에 3학년 교실에 들어가 있었는데 느닷없이 수업 종료 종이 십분이나 앞당겨 울렸다. 아마 사환아이가 시간을 잘못 알고 종을 쳤겠지 하고 중동무이된 말을 다시 이으려는데 이번엔 음질 나쁜 실내 스피커가 끼걱거리며 울려나와 내 말문을 막았다. 아이들이 좋아라고 환성을 올렸다. "사정에 의해 6교시 수업은 여기서 끝내주기 바랍니다. 지금 곧 긴급 담임회의……" 확성기 말은 떠드는 아이들 소리에 더이상 들리지 않았다. 다른 교실에서도 아이들의 환성이 왁자히 터져나왔다. 녀석들은 아예 그것으로 그날 수업은 끝이라고 멋대로 단정하여 "와, 신난다! 단축수업이다!" 하고 소리쳐댔다. 보충수업까지 매일 여덟시간 수업에 오죽 시달렸으면 저럴까? 아이들의 요동질로 책상 줄들이 금세 비뚤어지고 먼지가 뽀얗게 떠올랐다. 제기랄, 호떡집에 불이라도 났나. 갑자기 수업 중에 종 치고 방송 틀고 야단이야! 아이들은 금방까지도 다소곳이 따라 배우던 수업 내용을 깡그리 잊어먹어도 좋다는 듯이 정신없이 떠들어대고 있었다. 나는 부아가 치밀어올라 출석부로 교탁을 꽝 내리쳤다.

"좀 조용히 하지 못해?"

그러나 일단 들떠버린 아이들의 흥분은 얼른 가라앉지 않았다. 악을 쓰다시피 대여섯번 고함을 지르고 나서야 간신히 아이들의 시선을 끌어모을 수가 있었다.

"내일 숙제는 알지? 오늘 나눠준 프린트 문제 다 풀어오고, 오늘 배운 거 복습해오기? 숙제 안해온 놈은 내일 수업시간에 혼날 줄 알아. 알았지?"

그러자 뒤켠에서 한 녀석이 일어나더니 벌쭉 웃으며 능청을 떨었다.

"내일 숙제가 아니라 모레 숙제가 아네요? 내일은 국민투표라 노는 날인데요."

아이들이 또 한번 와하고 웃음보를 터뜨렸다. 녀석은, 수업 끝마다 "내일 숙제는……" 하는 내 입버릇을 가지고 한번 놀쳐본 것인데 이런 실수가 한두번이 아니므로 다른 때 같았으면 나도 함께 웃고 말았을 테지만 도무지 그럴 기분이 아니었다. 나는 잔뜩 상을 찌푸린 채 잠시 아이들을 노려보았다. 아이들마다 왼편 가슴에 주렁주렁 매달린 '10월유신' 흉장들이 무당 헝겊처럼 흉물스럽게 보였다. 이놈들아, 내일 학교 쉰다는 게 그렇게도 좋으냐? 철딱서니 없는 것들! 내일이 무슨 날인데, 울어도 시원찮은 날에 무슨 살판 났다고 야단이야, 엉? 이런 욕설이 목구멍 하나 가득 부글부글 끓어올랐으나 꾹 눌러참고 교실 밖으로 나와버렸다.

교무실에 올라가니 교감이 벌겋게 상기된 얼굴로 버티고 서서 소리치고 있었다. "긴급 담임회의가 있으니, 지금 곧 교장실로 모여주십시오. 자, 빨리 내려갑시다." 평소에 말주변이 시원찮은데다가, 한통속인 교장과 교무주임에 치여 제 몫을 변변히 찾아먹지 못하고 매사에 소극적이던 양반이 오늘따라 왜 저리 흥분해 있을까? 무슨 일인가? 혹시 교내에 무슨 불상사라도 생긴 건 아닐까? 도대체 무슨 비밀스러운 일이길래 교무실에서 의논 못하고 비좁은 교장실로 불러대는 것일까? 다른 동료들도 한결같이 의아스러운 눈길로 서로의 얼굴을 더듬을 뿐 직접 물어보는 사람은 없었다. 그만큼 교감의 얼굴은 불가사의한 긴장감으로 잔뜩 굳어 있었다.

"자, 어서들 내려갑시다, 어서요!"

우리들은 불안에 쫓겨 교무수첩을 챙기고 황망히 아래층 교장실로 내려갔다. 그러나 우리를 맞이하는 교장의 표정은 의외로 밝았다. 출입문으로 들어서는 우리를 보자 그는 비스듬히 기대고 있던 안락의자에서 튕겨나듯 일어나더니 그럴듯하게 양팔을 활짝 벌리고 특유의 너털웃음을 터뜨렸다.

"허허허, 어서들 오시오. 수업 중에 불러서 죄송하게 됐소. 워낙 긴급한 일이 돼놔서……"

방 안은 회의실에서 옮겨다 놓은 철제 의자들로 빈틈없이 메워져 있었다.

"이걸 어쩌나, 대접이 소홀해서, 허허허. 내 방에 이렇게 많은 손님 맞기는 처음인데, 허허허. 자, 시간을 다투는 바쁜 일이긴 하지만 우선 앉고 봅시다. 비좁지만 바싹 조여 앉아보시오. 여선생들은 남자들 틈에 끼이면 불편할 테니 요 앞으로 나와 응접세트를 이용하시고…… 자, 자, 어서들 착석하시오, 허허허. 미스 정! 미스 정! 시간이 없으니까 빨리 커피를 들여오도록!"

그러나 교장이 너무 헤프게 헛웃음을 흘리는 것으로 보아 어째 낌새가 수상쩍었다. 미처 자리 잡을 겨를도 없이 출석점검이 시작되었다. 빠른 속도로 호명하는 교감의 들뜬 음성이 방 안 공기를 불안하게 흔들어놓았다. 그사이에 커피잔이 속속 들어왔다.

호명이 끝나자 교장은 다갈색의 육중한 책상 위에 양손을 짚고 서서 좌중을 둘러보았다. 어느새 웃음기가 싹 가신 근엄한 표정이었다.

"자, 커피를 들면서 들으시오. 워낙 촌각을 다투는 사안이라 거두절미하고 본론을 말씀드리죠. 방금 전에 상부에서 급한 지시가 떨어졌습니다."

그는 이렇게 허두를 떼고는 잠시 뜸을 들일 요량인지 눈을 지그시 감았다. 모두들 숨죽여 교장의 입을 주시했다. 이렇게 극적으로 분위기를 유도해낸 그는 '10월유신' 홍장이 붙은 가슴팍을 심호흡으로 부풀리며 천천히 눈을 떴다. 결연한 눈빛이었다. 그는 허공의 일점을 응시한 채 능숙한 달변으로 말하기 시작했다.

"여러분도 알다시피 민족의 진운을 결정할 개헌 투표일이 바로 내일로 다가왔습니다. 내가 새삼스럽게 얘기할 필요도 없이 여러분들은 지난 한달간 누차에 걸친 교육연수를 통하여, 민족의 안정과 번영을 꾀하기 위해서는 일대 유신적 개혁이 불가피하다는 것을 누구보다도 절감하고 있을 것입니다. 그런데 모든 유권자가 다 우리 교육자들과 같지는 않아요. 투표 때마다 느끼는 것이지만 기권자 수가 얼마나 많습니까. 민주시민임을 스스로 포기하는 것이죠. 그러나 이번 투표만은 역사적으로 중차대한 일이므로 빠짐없이 참가하여 우리 국민의 민주역량을 국내는 물론 국외에도 널리 과시해야 할 것입니다. 지난달 대구 교육자대회에서 유신과업에 선도적 역할을 할 것을 다짐했거니와 우리 교육자는 학생들은 물론 그 학부모까지도 선도해야 할 위치에 있습니다. 국민학교에서는 벌써 전부터 '부모님께 편지 쓰기' '학부모회의' 같은 방법을 통해서 꾸준히 유신 홍보와 기권 방지 캠페인을 벌여왔습니다만, 우리 중등학교는 활동이 다소 미흡하지 않았나 생각됩니다……"

교장은 문득 말을 멈추고 마른침을 꿀꺽 삼켰는데, 그의 좁은 양 미간에 곤혹스러운 빛이 스쳐갔다. 그러면 우리도 '부모님께 편지 쓰기' 하자는 건가? 아니 그게 아닐 것이다. 국민학교에서는 아이들이 수업 중에 쓴 편지를 교사가 수합하여 우표를 붙이고 각 가정에 발송하는 방법을 썼다는데, 지금은 그럴 시간의 여유가 없지 않은가. 그렇다고 아이들이 제가 쓴 편지를 제가 들고 가 부모에게 읽으라고 내미는 것도 우습고…… 곧 교장의 입에서 예의 너털웃음이 다시 터져나왔다.

"허허, 죄송하게 됐소. 다름 아니라 가정방문해서 기권 방지 캠페인을 벌이라는 명령이오. 관상대 예보에 내일 갑자기 한파가 닥쳐 기온이 영하로 급강하한다는 겝니다. 그러니 당국에서 영하 추위 때문에 혹시 투표율이 저조하지나 않을까 걱정하는 것도 무리가 아니죠, 허허허."

명령. 나는 머리칼이 곤두서게 오싹 한기를 느꼈다. 교장의 배후, 벽면 상단부에 걸린 대통령의 초상이 근엄한 표정으로 회의 광경을 내려다보고 있었다. 명령은 거기서 왔다. 계엄령…… 방 안에 가득 차 흐르던 진한 커피 냄새가 갑자기 유독성 기체로 변해버린 듯 숨이 꽉 막혔다. 이럴 수가 있나…… 교사들은 이 이상 무거운 침묵을 견디지 못하여 고개를 하나둘 떨구기 시작했다.

"자, 이것으로 내 얘기는 끝이니, 다음은 교감선생이 하시오."

교감이 팔목시계를 들여다보며 엉거주춤 일어났다. 목소리만 터무니없이 컸지 사뭇 더듬는 말씨였다.

"원, 관상대 것들을 욕할 수도 없고…… 관상대에서 추워진다는 예보만 없어도 그냥 넘어가는 건데…… 하여간, 지금 시간이 3시 15분, 7교시 이후의 수업은 생략하고 곧 종례를 해주시기 바랍니다. 가정방문은, 에…… 일몰 전에는 끝마쳐야 하니까 앞으로 두 시간밖에 여유가 없습니다…… 두시간 내에 집집마다 돌기는 도저히 불가능한 일이니까, 반으로 줄여서, 에, 학교에서 비교적 가까운 집으로 삼십군데만 선정하여 방문해주십시오. 에, 학생 비상연락망, 지난 여름방학에 비상연락망을 통해 불시에 학생들을 동원한 적도 있고 하니, 이번 일에 매우 유효적절히 사용될 것 같습니다. 비상연락망에 따라 릴레이식으로…… 에, 가정방문 결과를 상부에 보고하게 되었습니다. 좀 뭣하지만, 에, 삼십명의 학부모로부터 도장을 받아오게 되었어요. 삼십명의 숫자는 꼭 지켜주셔야 합니다…… 에, 늦어도 여섯시까지…… 학교에 도착하여 그 도장 받은 용지를 제출해주셔야만 하겠습니다."

정말 해도 너무하는구나, 가정방문에다 도장까지 받아오라니! 아주 우리를 홀딱 벗겨 거리로 내모는군! 도대체 이럴 수가…… 다른 동료들도 어이없다는 표정이었다. 뒤에서 누군가 투덜거리는 소리가 들려왔다.

"도장을 받아오라니, 원! 우리를 의심해도 유분수지, 안 그래도 어련히 알아서 할 텐데……"

미쳤군, 그것도 불평이라고 하나? 어련히 알아서 하겠다고? 나는 화를 참느라고 온몸에 소름이 쫙 끼쳤다.

"뭐, 의심해서라기보다…… 일의 성격상……" 하고 교감선생이 난감한 듯 더듬거리자, 교장선생이 얼른 뒷말을 낚아챘다.

"완벽을 기하느라고 그리 지시한 모양이니 양해합시다. 우리가 이해해주지 않으면 누가 합니까?"

"뭐, 다른 질문이 없으면……" 하고 교감선생이 어서 회의를 끝내고 싶다는 듯이 초조하게 좌중을 둘러보았다.

안돼. 이대로 넘어갈 순 없어. 앞줄에 앉은 권이 긴장된 눈빛으로 나를 힐끗 돌아다봤다. 권의 양어깨는 시위 당긴 활대처럼 팽팽히 안으로 굽어져 있었다. 그래, 네가 한마디 해! 이대로 넘어갈 순 없잖아! 이걸 수락하면 우린 정말 끝장이야. 우리에게 한가닥 남은 자존심이 영영 뭉개지고 마는 거야. 전국의 모든 공직자, 교사, 학생에게 '10월유신' 흉장을 달게 한 지난 한달 동안 교장을 비롯한 나이 든 교사들의 눈총을 받으면서도 끝내 그 흉장을 달지 않고 버텨왔잖아. 귓구멍에 못이 박히라고 시종 반복적으로 '유신과업과 민족중흥'을 외쳐대는 교육연수장에서도 우리는 오지 않는 잠을 억지로 청하면서, 몰래 책을 숨겨 가 읽기도 하면서 버텨왔어. 연수 교육 받은 내용을 전달강습 형태로 학생들에게 홍보하되, 후일 상부 검열에 대비해서 그 증거가 주번 아이들 손으로 학급일지에 기록되어 있도록 하라는 지시에도, 우리는 차마 그 불결한 말을 입에 담을 수 없어서 주번 아이의 서툰 글씨를 흉내 내어 학급일지에 몇자 끄적거려 넣는 것으로 슬쩍 넘어가곤 했잖아. 그런데 이번엔 도무지 빠져나갈 구멍이 없구나.

"자, 그럼 이것으로 회의를 끝내고……"

교감선생이 진땀이 흐르는 이마를 문지르며 요령부득이 끝내려고 하자 교장선생이 또 일어났다.

"때가 때이니만치 적당히 넘어갈 생각들일랑 아예 버리시오. 삼십명의 도장을 받는 것은 천하없어도 지켜야 합니다. 위에서 일일이 체크할 게 분명해요. 얼마 안되지만 지금 곧 출장비를 지급할 테니 택시비에 사용하여 최대한 기동력을 살려주기 바랍니다. 그리고 내일 투표에는 여러분은 한사람도 빠지는 일이 없어야 해요. 교육공무원도 공무원이오. 이럴 때일수록 각별히 처신에 조심해야 해요. 투표에 기권한 자는 반드시 체크될 거요."

'체크'가 얼핏 '체포'로 들렸다.

이때 바보집 단골 중에 제일 막내인 김이 어설픈 동작으로 일어났다.

"그렇지만 말입니다, 가정방문 나갔다가 혹시 학부모 중에 야당 당원이 있어서 고발당하면 어쩌지요? 작년 대통령 선거 때도 어느 국민학교 선생이 가정방문해서 여당운동 한다고 야당 당원이 고발한 기사가 났던데요?"

김이 이렇게 뒷머리를 긁적거리며 어리숙한 말투로 능청을 떨자 몇사람이 쿡쿡 숨죽여 웃었다. 이번엔 교무주임이 대뜸 눈을 부라리며 나섰다.

"이봐, 김선생! 이 바쁜 시간에 거 무슨 실없는 농담인가? 학부모에게 꼭 찬성투표 던지라고 말하는 게 아니잖아. 기권하지 말자는 것이지."

원숭이나 잔나비나 그게 그거지 다를 게 뭐람. 유신에 대한 찬반 논의를 일절 엄금한다 하여 반대 의견은 계엄령으로 철저히 묶어놓고는 오직 찬성 소리만 주야로 고성방가해온 판에 말이 좋아 기권 방지 캠페인이지, 그것이 곧 찬성투표 권유를 뜻하는 게 아니고 무엇인가. 교무주임이 신경질적으로 뒷말을 이었다.

"뭐, 야당이 고발한다고? 김선생, 이 사람아. 국회가 해산된 마당에 야당이고 나발이고 어디 있어? 설령 야당이 있어도, 유신과업에 관한 한 여야가 따로 없는 거여. 그게 국민총화지."

그다음에 일어선 것은 권이었다. 나직하나 가시 돋친 말씨였다.

"교장선생님, 가정방문 말고 다른 방법이 없을까요? 가정방문은 다 알다시피, 교사가 학생 집 돌며 촌지를 거둬들이는 수금행위나 다름없다고 모욕적으로 금지당한 지 이년이 지나지 않았습니까. 정말 구더기가 무서우니 장 담그지 말라는 격으로 본말이 전도된 조치가 틀림없습니다. 그러나 이러한 교육 본래의 목적에 따라 가정방문이 부활된다면 몰라도, 이년간이나 지켜온 이 금기가 일시적인 교육 외적 목적을 위해 깨뜨려져도 되는 건지요?"

말이 채 끝나기도 전에 교장이 벼락같이 소리질렀다.

"아니, 일시적인 교육 외적 목적이라니! 민족중흥의 대과업인 유신을 일시적인 것이라고?"

분명히 내 귀에도 '일시적인 교육 외적 목적'이라고 들렸으니, 권은 더이상 변명할 여지가 없는 듯했다. 그러나 권은 조금도 주눅들지 않고 능숙하게 받아넘겼다.

"제가 '일시적'이라고 한 것은 오랫동안 금지되어온 가정방문이 오늘 하루 예외로 실시되길래 일시적인 가정방문이라는 뜻에서 말씀드렸을 뿐입니다."

권의 발언에 힘입어 이번엔 내가 일어났다. 내친김에 문제의 정곡을 찔러버리려고 아랫배에 힘을 주었다. 목소리가 격정에 실려 사뭇 떨려나왔다.

"왜 교장선생님이 화내세요? 정작 억울한 것은 가정방문 가야 할 우리들인데. 짧은 시간에 도장을 구걸하러 허겁지겁 뛰어다니는 꼴을 보면 우리 아이들, 우리 학부모들이 얼마나 비웃겠어요? 우리를 앞잡이라고 손가락질할 거예요. 대관절 교사에게 이보다 더 큰 모욕이 어디 있습니까? 오늘 이후로 무슨 낯으로 아이들 앞에 섭니까? 가정방문에 반대하는 게 아니에요. 대세가 거절할 수 없이 강압적인데 어떻게 감히 반대합니까? 너무 괴로워서 이렇게 한번 우는소리를 내보는 거예요. 괴로운 사람이 '아야' 소리도 못 냅니까? 왜 저 사람들은 애매한 우리 교원들까지 공범자로 만드는 겁니까? 정말 이럴 수가 없어요. 이건 교육 본래의 목적을 위한 가정방문이 아니에요."

나는 부들부들 떨리는 손으로 재빨리 교무수첩 뒤페이지를 펼쳤다.

"지금 여러분께서 들고 계신 교무수첩 98페이지에 교육법 제5조가 나와 있습니다. 읽겠습니다. 제5조 1. 교육은 교육 본래의 목적에 기하여 운영 실시되어야 하며 어떠한 정치적 파당적 기타 개인적 편견의 선전을 위한 방편으로 이용되어서는 아니된다."

교장의 표정이 참담하게 일그러졌다. 자리에 주저앉은 나는 고개를 푹 숙였다. 펼쳐진 교무수첩 위에 돌같이 군은 눈물방울이 하나 뚝 떨어졌다. 좌중은 숨을 죽이고 방 안 공기는 일촉즉발의 위기로 팽팽히 긴장되었다. 당장 벼락같이 내리꽂힐 교장의 성난 호통을 견뎌내려고 나는 숙인 뒷목에 잔뜩 힘을 주었다.

그러나 잠시 무거운 침묵이 흐르고 나서 막상 귀에 들려온 것은 성난 호통이 아니라 기진한 듯 탁 쉰 목소리였다.

"왜 그런 말 하는가? 하나 마나 한 말을…… 그 말은 아예 없었던 것으로 하고 그만 회의를 끝냅시다."

동료들은 교장실을 나온 즉시 출장비를 타러 서무실로 몰려갔다. 뒤에 처진 나는 일순 망설이다가 홱 몸을 돌려 담임반 교실을 향해 휘적휘적 걷기 시작했다. 그러나 몇발짝 못 가서 돌연 가슴이 철렁하고 불안감이 엄습해왔다. 눈앞에는 아이들이 복도까지 넘쳐 나와 마루를 구르며 철없이 뛰놀고 있었다. 나는 아이들에게 할 말이 전혀 준비되어 있지 않았음을 깨달았다. 이대로 아이들 앞에 섰다간 무슨 말이 입에서 튀어나올지 모를 일이었다. 잠시 생각할 여유를 가져보려고 바로 옆에 있는 숙직실 문을 밀고 들어갔다. 방문턱에 걸터앉아 담배를 피워물었다. 이제 나는 내가 내뱉은 말에 스스로 자승자박이 되어버린 것을 깨달았다. 불안감이 더욱 고조되어 가슴이 오그라붙는 듯했다. 어떻게 할까? 그래도 말값은 해야지. 여러사람 앞에서 제법 비장한 체 큰소릴 쳐놓고 비굴하게 가정방문을 갈 수는 없잖아. 그러나 그런 금기의 말을 터뜨린 것만도 시빗거리가 될 텐데 가정방문까지 안 갔다간 완전히 궁지에 빠질는지도 몰라. 문득 아내의 젖가슴에 매달린 아기의 붉고 동그란 얼굴이 떠올랐다. 이때 서무실을 나온 교사들이 지나가는지 복도에 슬리퍼 끄는 소리가 어지럽게 일어났다간 사라졌다.

이제 나는 동료 무리에서 완전히 외톨이로 떨어져나간 느낌이었다. 전신에 오한이 일어 부들부들 떨렸다. 격정이 물러간 몸뚱이는 황량한 폐허로 변해버린 듯했다. '공범자' '앞잡이'…… 방금 뱉어낸 이 자극적인 말들이 부메랑처럼 되돌아와 무섭게 자신을 공격했다. 교장은 그 말은 아예 없었던 것으로 하자고 했지만, 이미 발설한 말은 취소될 수 없는 것이다. 대등한 입장에서 행해지는 독설일지라도 상대방에게 타격을 못 주면 자신이 도리어 피해를 입는 법인데, 나의 경우는 애당초 승산 없는 자해행위일 뿐이었다. 나 자신 외에 도대체 누가 상처를 입겠는가. 완강한 권력구조의 하위 보스격인 교장이 그 정도 가지고 양심에 가책을 받을 리 없다. 다만 비위만 상하게 했을 뿐이지.

얼마 전에 교장이 한턱 낸다고 오십명이 넘는 교직원을 이틀에 나누어 자택에 초대한 적이 있었다. 학교 살림살이와 관계된 여러 자질구레한 이권에 간여하고 있는 교장인지라 한번쯤은 무마조로 회식을 베풀어주는 것도 나쁘지 않겠다고 생각했던 모양이다. 그는 특히 젊은 축들 중에 불참자가 생길까봐 신경을 썼는데, 아마도 매일 직원조회에서 성능 좋은 정부 홍보용 스피커 역할을 해내는 자기를 뒷전에서 손가락질하는 젊은 축들을 불러 한잔 먹이고 웃어버리자는 속셈도 있었던 듯했다. 바쁜 일로 첫날 회식에 참석 못한 사람은 다음 날 손님이 되어달라고, 교장이 몸소 직원회 석상에서 일어나 당부했다. 누가 보아도 빠져서는 안될 모임이었다. 나는 첫날 손님 중에 끼여 있었으나 참석하지 않았다. 나는 빠져서는 안될 회식에 불참함으로써 평소 교장에 대한 나의 어물쩡한 태도에 결론이 난 셈이었다. 나는 당신이 싫소. 이튿날 교장이 못내 섭섭하다는 투로 다가왔을 때, 나는 집이 멀어 참석 못했노라고 전혀 변명이 될 수 없는 변명으로 응수했다. 그만하면 내 속마음을 눈치챘을 텐데, 교장은 오히려 더 집요한 눈빛으로, 그러면 오늘 초대손님 중에 끼여 참석해달라고 요구하여 나를 난감하게 만들었다. 나는 아무 대꾸도 않고 고개를 돌려버렸다. 그래서 내가 교장을 싫어한다는 것이 피차가 인정하는 명백한 기정사실이 되어버렸던 것이다.

이렇게 관계가 불편해진 터에 섣부른 소리로 오금을 박아버렸으니 저 양반이 속으로 얼마나 분개할까? 동료 교사들마저 내 말에 동조하기보다는 오히려 거부감을 느끼고 있는지 모른다. 그런 일은 심각하게 생각할 것 없이 기계적으로 처리해버려야 속 편한데 내가 그들에게 심적 부담만 안겨준 것이 아닐까? 나는 앞으로 내 말에 책임져야 할지 모른다. 교장은 그 말은 아예 없던 것으로 하자고 했지만, 세상은 바야흐로 계엄령이 발효 중, 사석에서 혹은 취중에 이런 금기의 말을 내뱉었다가 포고령에 걸려든 사례가 어디 한둘인가. 불신과 음해가 활개치는 세상에 학교라고 무사할 리가 없다. 수업 중에 한 발언 때문에 고발당한 교사들도 있다는 소문인데…… 아무래도 시늉일망정 가정방문을 가는 체해야겠다. 만약 가정방문까지 안 가면 동료 교사들마저 등 돌릴 공산이 크다. 내가 '공범자' '앞잡이'라는 금기의 말을 사용했기 때문에 그들은 이렇게 비난할지 모른다. "그래, 너 잘났다. 우리 교무실에서 너 혼자만 결백하고 우린 모두 더러운 공범자다."

나는 교무실에 들러 비상연락망을 챙기고 교실로 향하다가 맞은편에서 급히 걸어오는 권과 마주쳤다. "어디 있었어? 널 찾아댕기는 중인데……" 하다가 내 손에 비상연락망이 들려 있는 걸 보고는 안심한 듯 고개를 끄덕였다.

"그래, 잘 생각했어. 우리가 그런 말 해놓고 가정방문까지 안 가면 분명히 탈 잡혀. 참말이지 분통 터질 일이지만 할 수 있나. 참아야지. 자, 출장비 받어. 내가 대신 타왔어."

나는 권이 내미는 출장비 봉투를 묵묵히 받아 호주머니에 쑤셔 넣었다.

"정말 더러워서 선생질 못해먹겠어. 술로라도 울분을 꺼야지. 이따 끝나고 바보집에서 만나" 하고는 권은 총총히 자기 반 교실로 사라졌다.

학급에 들어서자 온통 뒤섞여 북새질 놓던 아이들이 "와─ 종례다!" 하고 소리치며 방게떼 제 구멍 찾듯 후닥닥 자리를 찾아 앉았다. 뿌연 먼지가 돌수박같이 동글동글한 민머리들 위로 떠올라 있었다.

나는 말을 어떻게 풀어가야 할지 난감하여 아무렇게나 내뱉었다.

"그렇게 진장 좋아할 거 없어. 종례가 끝나면 곧 느네들 집을 가정방문하게 되어 있단 말이야."

내 말에 아이들이 금방 웅성거리기 시작했다.

"왜요?" 하고 문가에 앉은 한 아이가 못마땅하다는 듯 콧등을 찌푸리며 물었다. 녀석은 늘 하던 버릇대로 종례가 끝나는 즉시 일착으로 밖에 튀어나갈 양으로 가방 끈을 그러쥔 채 엉거주춤 앉아 있었는데, 그 꼴을 보자 나는 슬그머니 웃음이 새어나왔다.

"왜는 왜야? 넌 가정방문 간다니까 꽤나 싫은 모양이야. 너, 요전

날 대학 구내에 들어가서 은행나무 열매 따다가 큰 가지를 분질러 먹고 수위 아저씨한테 붙잡혀온 일이 있지? 오늘 가정방문 가서 부모님한테 죄다 일러바쳐야지. 너 오늘 큰일 났다."

아이들이 와하고 웃었다. 우리 아이들이 대학 구내에 들어가 장난질 치는 통에 대학 수위들이 적잖이 골머리를 앓고 있었다. 대학생들의 쉼터인 청량대 동산에 올라가 휘젓고 다니면서 나무에 기어오르지를 않나 심지어 떼거리로 강의실 복도까지 진출하여 기웃거리고 다니기도 했다. 그러니 대학 수위들이 수도꼭지가 없어져도 우리 아이들 소행이라고 우기는 것도 무리가 아니었다.

아이는 퉁 먹고 약간 머쓱한 표정이더니 이내 되받고 나왔다.

"우리 집엔 가정방문 와봤자예요. 모두 일 나가고 할머니밖에 안 계신데요."

그러자 기다렸다는 듯이 여기저기서 잇달아 손을 쳐들며 소리쳐댔다. "저두 그래요." "저두요." 삼분의 일가량이 손을 들고 있었다. 뜻밖에 동조자가 많이 생기자 아이는 거 보라는 듯이 어깨가 으쓱 올라가고 다른 아이들도 장난기가 가득한 눈으로 싱글벙글 내 반응을 살피는 것이었다. 분위기가 엉뚱한 방향으로 흘러가는 듯해서 조바심이 났다. 어서 가정방문의 목적을 밝히고 비상연락망을 점검해야 할 텐데…… 그러나 마음만 조급할 뿐 도무지 입이 떨어지지 않았다. 아마도 손든 아이들은 거짓이 아닐 것이다. 언젠가 우연히 쉬는 시간에 화단 앞을 지나다가 유리창 너머로 교실 안을 기웃거리는 한 여인을 보았는데, 그이가 바로 저 아이의 엄마였다. 요구르트 배달원 제복에 옆에는 작은 바퀴가 달린 밀차가 놓여 있었다. 밀린 수업료를 내러 온 김에 아이만 잠깐 만나고 가려던 참인데 뜻밖에 담임선생과 마주쳤으니 오죽 쑥스러웠을까? 그이는 나쁜 짓 하다가 들킨 아이처럼 낯을 붉혔다. 난감하기는 나도 마찬가지였다. "그렇잖아도 선생님을 만나 뵙고 가려고 했는데……" 하고 말끝을 흐렸지만 그런 옷차림으로 교무실에 들어설 용기는 애당초 그에게는 없었을 것이다. 교무실이란, 화사한 입성에 화장 냄새를 물씬 풍기는 어머니들만 주눅 들지 않고 들어설 수 있는 곳이었다. 그애보다 더 어려운 영세민 아이들이 내 반에 열댓명가량 되었다. 그들은 대개 편모 혹은 편부 슬하에 있었다. 그중에는 새벽에 신문 배달하며 고학하는 애들이 네명이나 되는데, 내가 그들에게 베풀 수 있는 아량이라곤, 가끔 생기는 지각에 눈감아주는 것과 참고서 한두권씩 얻어준 것뿐이었다. 어쨌거나 가난한 아이들일수록 부모가 모두 일 나가고 집을 비우게 마련인데 설사 누가 집에 있더라도 교육적 의도라곤 전혀 없고 가난에 찌든 살림살이만 들키고 마는 이런 어처구니없는 가정방문을 달가워할 리가 있겠는가. 모처럼 찾아온 담임선생이란 자가 방 안에는 들어오지 않고 문밖에서 도장만 냉큼 받아갖고 횡하니 날파람 일으키며 달아나버린다면 가난뱅이 어머니들은 얼마나 상심할까? 한가닥 남은 자존심인 가난마저 도둑맞은 심정일 것이다. 재개발구역에 산다는 약점 때문에 투표 때마다 울며 겨자 먹기로 여당 표밭이 돼주어야 하는 그들로서 아이 담임까지 쳐들어간다는 것은 너무 가혹한 학대행위가 아닌가.

그러나 곤혹스럽기는 다른 지역도 마찬가지일 것이다. 살기 좀 넉넉한 어머니들 중에는 도장을 구걸하러 간 나에게 덤으로 촌지 봉투까지 내미는 이들도 분명 있을 것이다. 그래도 털끝만 한 자존심은 남았다고 그때마다 한사코 촌지 봉투를 뿌리치느라 진땀을 뺄 테니 그런 가관이 또 있을까? 빌어먹을! 가정방문 가기로 한 결심이 흔들리기 시작했다.

아이들은 여전히 호기심으로 눈을 반짝이며 내 반응을 살피고 있었다. 마치 난감한 내 심중을 환히 들여다보면서 은근히 충동질하는 눈빛이었다. 나는 자포자기 기분이 되었다.

"하긴 그래, 부모님도 안 계신데 가정방문 갈 수야 없지. 그럼 부모님 두분 다 일 나가고 집에 안 계신 사람 다시 한번 손들어봐요."

반수가 훨씬 넘는 아이들이 히죽히죽 웃으며 손을 들었다. 이번엔 거짓으로 손든 애들도 꽤 있는 듯했다. 공부가 시원찮은 녀석들로, 영 자신이 없는지 내 시선을 피해 딴전 부리고 있었다. 나는 짐짓 놀란 척 눈을 크게 떠보였다.

"뭐 이렇게 많아? 이놈들 순 엉터리야. 담임선생이 모처럼 가정방문 간다는데 오지 말라니, 허허. 맨날 공부 안하고 장난만 친다고 내가 이를까봐서 그렇지?"

이때 손든 아이들 중에 끼여 있던 한 놈이 조짝 일어났다.

"에이, 거짓말 마세요. 우리 공부 땜에 가정방문 나오시는 게 아니잖아요. 내일 투표 때문이지, 뭐. 우리 집엔 어제 내 동생 담임선생님이 다녀갔는걸요."

이번에도 아까처럼 여기저기서 소리가 잇달아 터졌다. "저두 그래요." "도장도 받아갔어요." "저두요." 그러면서 아이들은 신바람

난다는 듯이 책상까지 두들기며 깔깔댔다. 창으로 비껴든 늦가을의 노란 햇살 속에 먼지구름이 다시 뿌옇게 일어났다. 깜찍한 놈들, 가정방문 목적을 벌써 알고 있었구나. 하긴 이런 일에 국민학교가 빠질 리가 있나. 어제 국민학교에서 휩쓸고 간 지역에 오늘은 중학교 교사들을 투입하여 확인사살하라는 명령이군. 아무튼 차마 입에 담기 싫은 가정방문의 목적이 아이들 입에서 자연스럽게 나온 이상, 이제 얘기를 마무리 지어야 할 차례였다. 그래, 티없이 맑은 웃음으로 이 추잡한 가정방문을 조롱해버리는 아이들의 지혜를 배우자.

"그러니까 그런 일로 두번씩이나 가정방문 받기는 싫다 이거지?"

아이들이 "예!" 하고 합창했다.

"하긴 그럴 거야. 부모님이 알아서 할 일에 아이 담임선생이 둘씩이나 들이닥쳐서 밤 내놔라 대추 내놔라 하면 오죽 불쾌하시겠니? 하여간 내가 가정방문 가긴 가는데 시간도 없고 해서 여러 집 못 다닐 거야. 그런 줄 알고…… 사실 부모님 만나봤자 입에서 나올 말이야 뻔하지. 저기 뒤편 게시판에 붙은 표어나 잘 외워갖고 갈까 해. '투표 방법 바로 알고 투표일에 바로 찍자.'"

내가 아이 목소리를 흉내 내어 천연덕스럽게 표어를 외자 아이들이 또 한번 폭소를 터뜨렸다. 상부에서는 대여섯종류의 유신 표어를 보내 교실에 게시하라는 엄명이었지만, 나는 차마 내 반 교실을 유신으로 도배할 수 없어서 나머지는 버리고 그 표어 하나만 달랑 붙여놓고 있었던 것이다.

"투표 방법이야 쉽지. 찬성이면 찬성, 반대면 반대, 반대라도 눈치 볼 것 없이 당당히 찍는 거야. 내가 못 가도 부모님께 그렇게 말씀드려요. 그럼, 우선 학교에서 가까운 집부터 슬슬 돌아보겠는데……"

나는 비상연락망 1조에 속하는 아이들로 열명을 호명하고는 짐짓 목소리를 무겁게 낮추었다.

"지금 호명한 학생들은 가지 말고 남도록 하고…… 마지막으로 말하겠는데 내일이 개헌 투표일이니까 투표 홍보도 오늘로 끝이다. 그러니 이제 집에 돌아가면 그 때 묻은 유신 홍장은 떼어버리도록! 이상."

아이들은 반장의 구령에 맞춰 인사하기가 바쁘게 소리를 지르며 교실 밖으로 빠져나갔다. 남아 있는 열명의 아이들은 재수없이 걸려들었다는 듯이 시큰둥한 표정이었는데, 가정방문 가면 아무래도 부모님이 번거로워하실 테니 각자 도장 갖고 삼십분 후 신설동 동보극장 앞으로 모이라고 하자 금세 낯색이 밝아졌다. 가정방문 가지 않고 도장을 받아내려면 그 방법밖에 없었다.

교무실에 올라가니 다른 교사들은 벌써 출발했는지 교감 혼자 남아 서성거리고 있었다. 교감은 어설픈 미소를 띠고 미적미적 다가오는 눈치더니 내가 양면괘지에다 학생 명렬표를 붙이고 줄을 그어 날인란을 만드는 걸 보고 안심한 듯 물러갔다.

"그럼 수고하고 오시오."

교감이 자리로 돌아가는 것을 기다려 나는 몰래 열 손가락에다 인주를 묻히고 날인란에다 피아노 건반 누르듯 지장을 찍었다. 도레미파솔라시도레미. 가정방문을 조작하는 손가락들이 짜릿한 쾌감으로 바르르 떨었다.

삼십분 후 신설동 로터리에 나가 거기에 모여 있는 아이들로부터 도장 열개를 받아 찍으니 보고서에는 어느새 스무집을 방문한 것으로 되었다. 서른집을 채우라는 지시였지만 엉터리 가정방문은 그걸로 끝내고 한집일망정 제대로 가정방문 해볼 작정이었다.

도장을 받는 즉시 미리 점찍어둔 한 아이만 남기고 다른 아이들은 모두 집으로 돌려보냈다. 아이의 어머니는 마침 일에서 돌아와 계시다는 것이었다. 한길을 가로질러 걸린 대형 현수막들이 눈을 부릅뜨고 대갈일성 호령하고 있었다. '한국적 민주주의 뿌리박자' '국민투표 참가하여 새 역사 창조하자'

나는 아이와 함께 길을 건너 얘기에 열중한 채 얼마쯤 걸어가다가 무심히 왼편으로 꺾어 돌았는데, 갑자기 나타난 앞의 광경에 눈이 휘둥그레졌다. 청계천 둑방의 판자촌이 거기에 있었다. 물론 매일 버스 타고 그 골목 앞을 지나다녔으니까 그 안에 판자촌이 감춰져 있으리라고 짐작은 하고 있었지만, 번번이 차 속력에 실려 후딱 지나쳤을 뿐 골목 안 풍경을 대하기는 그것이 처음이었다.

기동차 레일이 완만하게 휘어져 돌아가는 연도에 루핑과 판자때기를 얼기설기 붙여놓은 닭장 같은 집들이 서로 맞붙고 포개진 채 두줄로 늘어섰는데 닭 내장같이 불그죽죽한 급수용 플라스틱 호스들이 길바닥에 삘삘 기어다니고 레일 가 철조망에 잔뜩 붙어 있는 헌 빨래들이 을씨년스러웠다. 거기에도 유신 홍보 현수막이 걸려 있었다. 벌써부터 빈민굴 특유의 지독한 악취가 코를 찌르기 시작했다. 그것은 내가 익히 알고 있는 냄새였다. 그 판잣집들은 둑 방 따라 전농동 근처까지 이어지는데 거기 어딘가에 내가 한때 하숙하던 판잣집이 있을 터였다. 입주 가정교사란 부잣집 머슴질이나 한가지여서 비위 틀리면 뛰쳐나와 그 집에 머물면서 시간제를 나가곤 했는데 공장에 다니는 고향 아이들 예닐곱과 함께 기거했으니 하숙이 아니라 합숙인 셈이었다. 대학을 졸업한 후로 나는 그 지겹던 부잣집 고용살이는 물론 그 가축우리 같던 하숙집 경험도 기억에 떠올리기를 싫어했다. 오죽 고용살이가 지겨웠으면 박봉의 접장질에 수월찮게 부수입이 되는 과외를 외면했을까만 그러나 무엇보다도 싫은 것은 어릴 적부터 줄곧 겪어온 극단적인 빈곤이었다. 그래서 나는 그 판잣집 생활을 내 기억에서 쫓아내다시피 했는데, 어쩌다 방심해서 고향 사람들이 어울려 사는 그 집 생각이 떠오르면 그 때에 전 가난이 풍기는 악취가 먼저 연상되어 금방 욕지기가 치밀곤 했다.

나는 이제 두번 다시는 만나고 싶지 않던 악취 나는 내 과거와 만나고 있는 셈이었다. 불현듯 발길을 돌리고 싶은 충동이 일었다. 내가 무슨 페스탈로치라고 이런 데까지 와야 하나. 그러나 내 딴에는 제법 심각한 의미를 부여하고 나선 가정방문이 아닌가. 만약 여기에서 돌아서버린다면 오늘의 나의 분노와 고민은 한갓 공허한 지적 허영과 일시적 감상에 그치고 말 것이다. 아이는 한발짝 앞서 풀 죽은 듯이 고개를 숙이고 걸어가고 있었다. 그래, 이젠 나도 나이를 먹었으니, 위선의 가면을 벗고 좀 정직해야 할 때가 되지 않았는가. 가난을 경멸한다는 것은 이 아이를 경멸하는 것과 무엇이

다르며, 나를 지금까지 키워온 가난한 나의 모태에 대한 경멸이 아니고 무엇인가.

　나는 아이를 따라 어느 판잣집 앞에 멈췄다. 길바닥에 비스듬히 잇대어 있는 흙 묻은 나무계단을 몇발짝 올라간 곳에 한평 반짜리 전세 다락방이 있었다. 아이의 어머니는 뜻밖의 방문에 놀라 물 묻은 손을 몸뻬에 문지르며 안절부절못했다. 앉을 자리를 내주려고 도라지나물이 수북한 양은 다라이를 급히 옆으로 밀치는 바람에 그 안에 담긴 물이 철렁하고 넘쳐흘렀다. 아마 시장에 내다 팔려고 도라지를 물에 불려 손으로 찢고 있었던 모양이다. 그이는 내가 투표 때문에 온 줄만 알고 인사 삼아 하는 첫말이, 그렇잖아도 아까 취로사업장에서 연설을 들었노라고, 내일 아침 일찌거니 노점 나가기 전에 투표장부터 들를 테니 염려 말라고 하여 내 가슴을 아프게 했다. 그이는 몹시 두통이 심한 듯 핼쑥한 이마에 베수건을 질끈 동여매고 있었다. 아이가 양은 다라이 곁으로 다가가 어머니 대신 도라지나물을 찢었다. 누덕누덕 검정 헝겊으로 땜질한 다다미 두장, 나무상자때기 위에 얹혀 있는 이불채, 벽의 나일론 횃대줄에 걸린 헌옷가지들…… 투표철 취로사업은 노임이 후하다고 하길래 노점 일도 쉬고 따라갔다가 지병인 편두통만 덧나고 말아 일찍 돌아오고 말았단다. "우리 사는 꼴이 이래예. 명줄이 붙었으니 살지……" 경동시장 앞길에서 단속원에게 다라이를 걷어채며 채소를 판다고 했다. 큰길 동편 판자촌에 살다가 정초에 있었던 대화재 때 얼마 안되는 세간살이마저 날리고 이쪽으로 건너온 이야기…… 도시 미관을 해친다고 눈엣가시 같던 판자촌이 줄불 만나 삽시간에 잿더미가 되었으니, 아마 그 사람들 속으로 여간 좋아하지 않았을 것이다, 철거 비용 안 들어 좋고 철거민의 소란을 당하지 않아도 좋고…… 이 판자촌도 내일 투표가 끝나면 언제 철거하라는 통고가 떨어질지 모른다는 것이었다. 그때 저 아이는 어떻게 될까? 아이는 익숙한 손놀림으로 도라지를 쭉쭉 길게 찢어 채반에 얹고 있었다. 몸피에 비해 품이 너무 커 어깨 밑으로 후줄근하게 늘어진 교복…… 한창 자랄 나이라 중3 때까지 입으라고 저렇게 큰 옷을 사 입혔을 테지만, 과연 성적도 중간 밖으로 처진 저 가난한 아이가 중도에 탈락하지 않고 무사히 학교를 마칠 수 있을까? 언젠가 나와 면담하던 중, 새벽에 신문 돌리다가 배고픈 김에 어느 집 대문 안에 매달린 봉지 우유를 훔쳐 먹은 적이 있다고 고백하던 착한 아이…… 내가 저 아이에게 할 수 있는 도움말은 과연 무엇일까? "나도 이런 곳에 잠깐 몸담은 적이 있다만, 너야말로 열심히 노력해서 이곳을 빠져나와야 하지 않겠니?"라고 충고하기는 쉬운 일이다. 그러나 노력한다고 될 일인가? 기회는 균등한데 성적불량은 전적으로 이 아이의 잘못일까? 기회는 균등한데 가난은 전적으로 이 어머니의 잘못일까?

그 다락방에서 벌받는 아이처럼 무거운 마음으로 반시간 남짓 머물다가 나온 나는 자연스럽게 그동안의 애매한 내 태도에 결정을 내렸다. 그날의 체험은 주제넘게 표현해서 일종의 지적 시련이라고 할까? 아무튼 그날 나는 집중적으로 격심한 소용돌이에 휘말렸고 내 문학적 소신에 변화가 생긴 것이 사실이다. 개헌 투표일이 노는 날이라고 여관방을 잡고 앉아 신춘문예용 단편을 끄적거릴 생각이나 하고 있던 자신이 가소롭기 짝이 없었다. 더구나 내 글이란 게 기껏 구미의 부조리문학을 흉내 낸 잠꼬대 같은 내용이 아닌가. 대성통곡을 터뜨려도 시원찮을 그 기막힌 날에 말이다. 가난의 재발견. 먼저, 내가 젖줄 대고 자란 척박한 섬땅, 침탈과 대학살과 가난으로 찌든 고향의 모태로 정신적 귀향을 감행해야 하리라. 바로 이 유신에 역설적인 교훈이 있었다. '세계인의 망상을 버리고 한국적 민주주의를 하자'에 맞서, 적의 무기로 적을 치듯이 세계인의 망상을 버리고 국적 있는 문학을 해야 옳았다.

그날 저녁 나는 벌겋게 인주 묻은 종이때기를 학교에 제출하고 더러운 출장비를 처분하기 위해 권과 후배 둘과 어울려 바보집에 들렀다. 제일 나이 어린 후배 김이 느닷없이, 오늘은 기분도 그렇잖고 하니 안주로 '성계고기'를 씹자고 했다. 이 친구가 절간에서 새우젓 찾기로 난데없이 싸구려 술집에서 비싼 바다 성게를 찾나 했더니, 그의 설명인즉 성계고기란 '이성계 고기'로, 옛 풍습에 이성계의 쿠데타에 한맺힌 백성들이 원혼의 상징인 최영 장군의 사당에 해마다 몰래 모여 칼 꽂은 통돼지를 앞에 놓고 굿판을 벌이고 그 고기를 씹어 울분을 달랬는데, 그 고기를 '성계고기'라고 했다는 것이다. 침울해 있던 우리는 그 기발한 제의에 눈이 번쩍 뜨였다. 이번엔 권이 한술 더 떠서 이왕이면 돼지 말고 황소를 먹자고 했다. 저들의 마스코트 동물이 황소가 아니냐, 주인을 업수이 여기는 교활한 황소를 잡아먹어야 한다는 것이었다. 이렇게 해서 우리는 주모를 시켜서 근처 정육점에서 쇠고기를 한근 사다가 구워서 안주 했는데 고기 씹는 맛이 그렇게 좋을 수 없었다. 우리는 밤늦게까지 계속 낄낄거리며 술을 들이켜고 쇠고기를 씹었다.

쇠고집에다 낯가죽 두껍기가 쇠가죽 같은 양반들아, 그 두꺼운 낯가죽을 손가락으로 눌러보시오. 살집 뚫고 손부리에 흰 뼈다귀가 안 만져지나. 눈언저리도 만져보라구. 휑한 해골눈 공동이 푹 꺼져 있지 않나. 광대뼈도 만져보고 물렁코도 만져보고 야들야들한 귓바퀴도 만져보라. 당신의 살은 당신의 뼈다귀에 잠시 괴어 있는 물과 같은 것, 당신을 지탱해야 하는 건 바로 그 뼈다귀, 바로 죽음이란 말이오. 그러니 쇠고집에 낯가죽 두껍기가 쇠가죽 같은 양반들아, 제발 천년 살 것같이 허장성셀랑 부리지 맙시다.

그 이튿날은 과연 기상대의 예고대로 영하의 추운 날씨로 돌변해 있었다. 정치의 긴 겨울이 시작되는 날이었다. 나는 교육공무원이 투표에 불참하면 추궁당한다는 엄포에 눌려 비실비실 투표장을 찾아갔다. 얼어붙은 땅, 투표장에 나온 사람들은 두툼한 외투나 잠바를 꺼내 입고도 갑자기 들이닥친 한파에 질린 듯 목을 잔뜩 움츠리고 있었다. 투표 종사원들의 감시하는 듯한 시선을 받으며 포장을 들치고 들어간 나는 그 안에서 두번 놀랐다. 처음엔 투표용지가 찬성에는 ○표, 반대에는 ×표가 붙어 있어, 마치 '찬성은 옳고 반대는 안된다' 하고 협박하는 것 같아 놀랐는데, 그래도 굳이 ×표에 기표하려고 붓뚜껑을 잡으니까 이번엔 누가 잡아채기라도 한 듯이 갑자기 손동작에 브레이크가 걸렸다. 정말 간담이 서늘했다. 붓뚜껑에 달린 끈이 찬성란을 건너 반대란에 가닿기에는 너무나 짧았던 것이다. 결국 투표용지를 오그려 붓뚜껑을 눌렀다.

유신의 겨울은 깊어지고 곧 방학이 왔다. 유신 이념을 담기 위한 전면적인 교과서 개편 작업이 이 방학 중에 이루어졌다. 새벽종이 울렸네, 새 아침이 밝았네…… 새 교과서로 새 학기가 열리던 어느 날, 교무실 책상마다 문교부 장관의 서한이 배달되고 교감의 책상에는 리본에 장관 이름이 씌어진 진달래 화분이 놓였다. 유인물로 된 그 서한에는, 10월유신이 중차대한 민족적 과업이라 부득이 교육계의 협조를 구할 수밖에 없었던 사정을 양지하고 앞으로는 반드시 교육의 중립을 보장하겠다는 내용이었다. 우리는 말없이 그 편지를 휴지통에 쑤셔넣고 교감선생의 책상에 놓인 철 그른 진달래꽃을 쏘아보았다. 온실에서 조작된 그 꽃은 간교한 거짓으로 피어 있었을 뿐 봄과는 아무 관계가 없었다. 그 화분도 우리의 눈총을 맞아 하루도 못 넘기고 교무실 밖으로 쫓겨났다.

그러나 나는 그해, 나의 오랜 벗 권과 이별하지 않으면 안되었다. 개학 초 어느날 오후 늦게, 퇴근할 생각도 않고 의자에 퍼질러앉아 망연히 창밖의 잿빛 풍경을 바라보며 오지 않은 봄빛을 찾던 권은, 마침 옆을 지나가던 교장의, 왜 그렇게 맥없이 앉아 있느냐는 질문에 "새 시대에 적응이 안되어서 그래요" 하고 여전히 깐깐한 성깔을 보여주었는데, 얼마 후 교무실에서 귀에 이어폰 꽂고 AFKN 방송을 청취하기 시작하더니 끝내 로스앤젤레스에서 음식점 한다는 형한테로 이민 가버렸다.

바보집 술벗들은 권에게, 봄을 기다리지 않고 떠나버리는 '도피성' 이민이라고 딱지를 붙이고 전송도 나가지 않았다.

망원동 일기

더위가 한풀 꺾이는가 했더니 때 없이 늦장마가 시작되었다. 아직 물알인 채 여물지 않은 벼이삭에 습해를 주는 궂은비였다. 그날에 비 오면 흉년 든다는 처서를 앞두고, 올해 벼농사는 보나 마나 풍년 중에 대풍이 틀림없다고 고성방가를 놓던 TV는 하필 바로 처서날부터 비가 오기 시작하자 머쓱해져 입을 다물고, 평년작에도 정부미로 매입해줄 자금이 태부족인 형편에 풍년 들어봐야 풍년거지밖에 더 되겠느냐고 시큰둥해 있던 농민의 얼굴에도 비구름 그림자가 드리워 수심이 짙어졌다.

비에 둔감한 도시 사람들도 차츰 비의 포로가 되어갔다. 여러날 하염없이 내리는 비는 그들의 생활을 속속들이 적셨다. 귀 고막에 달라붙어 떨어지지 않는 빗소리, 의사소통의 말은 꿈결인 듯 멀어지고 얼굴에는 식은땀처럼 빗물이 흘러내렸다. 누진 벽지, 바스러지는 시멘트, 고데머리는 풀어지고, 끈적거리는 살갗에는 말랐던 곰팡이가 되살아나 습진의 붉은 반점을 만들고, 체내 피돌기 박동이 빨라져 불안기가 싹트고 있었다. 빗속에 갇혀 거무끄레 죽어 있는 도시의 풍경 속에서 가로수와 정원목들의 초록빛만이 뚜렷하게 부각되었다. 눌어붙은 매연 그을음, 먼지를 빗물로 활짝 씻어낸 수목들은 야성의 선명한 초록빛을 눈부시게 팽창, 작열시키고 있었다.

일주일가량 주룩주룩 내리던 장맛비가 갑자기 집중폭우로 변하여 서울을 비롯한 중부지방 일원을 엄습한 것은 금요일 늦은 밤부터였다. 하늘이 숫제 터져버린 듯 최대 강우량의 억수 같은 비가 계속 퍼부어대자 도시의 큰 하수도로 쓰이는 청계천 중랑천 탄천 정릉천 성내천 안양천 모래내 등 하천이란 하천은 크게 수량이 불어나고, 사방에 그물처럼 얽히고설키며 이 하천들로 이어진 크고 작은 하수도관들은 통이 좁아 부서지고 흙모래에 막혀 동이로 쏟아붓는 지상의 빗물을 감당 못해 넘쳐나기 시작했다. 길이란 길이 그대로 시내가 되어 물이 저지대로 몰려들고 있는 중에 한강물은 계속 부풀어올랐다.

도시의 칠흑 같은 밤은 물의 소용돌이 한가운데 휘말린 듯 물소리로 가득했다. 창대 같은 빗줄기가 지상을 난타하는 소리, 지하의 하수도관을 급히 내달리는 물소리, 그 물무리들이 모여들어 하천을 가득 채우고 우렁우렁 천군만마로 질주하는 소리. 도심의 콘크리트 밑에 갇힌 청계천도 홀연 잠깨어 무섭게 용틀임하기 시작했다. 부패한 도시의 쓰레기, 폐수, 오물을 한꺼번에 쓸어가는 일대

쇄신작업이 진행 중이었다. 그러나 이러한 물의 상징성에도 불구하고 정작 물에 쓸리는 것은 도시 변두리의 가난뱅이들뿐이었다.

한강 수위가 높아지면서 서서히 하천의 역류현상이 시작되었다. 한강물에 밀린 안양천 하류가 넘실넘실 부풀어오르면서 천변의 저지대인 목동, 신정동 일대에 내수가 밀려들기 시작했는데, 그럴 때 써먹으려고 닦고 죄고 점검해온 펌프장의 양수기 여섯대가 돌연 변압기의 폭발로 일시에 무용지물이 되어버렸다. 물은 낮은 곳으로. 시청이 신개발지로 책정, 가난한 그곳 주민들의 원성을 들으면서 집장사한다고 소문난 안양천변의 둑방 동네들이 칠흑 같은 어둠속에서 물에 잠겨들고, 역류하던 중랑천도 마침내 범람하고 말았다. 저지대 여기저기에서 잇따라 침수소동이 벌어지는 가운데, 어느 하천변의 버스 배차실이 급류에 쓸려 무너지는 바람에 그 안에 잠자던 종업원들이 깔려 죽고, 침수된 흙벽돌집이 물에 풀어져 주저앉으면서 그 안에 잠자던 모녀가 변을 당해, 밤사이에 다섯명의 인명피해가 발생했다.

날이 밝자 재난은 더욱 커졌다. 수해는 저지대와 고지대의 가난한 동네만 골라 다니는 법으로 이번의 큰비도 예외는 아니었다. 특히 고지대 주민의 인명피해는 차마 끔찍했다. 밤새 산동네를 강타한 집중폭우는 이른 아침에 곳곳에 산사태를 일으켜 봉제공장 기숙사의 공원 네명과 와우아파트 주민 두명을 흙더미로 압사시키고, 사나운 급류로 축대를 허물어 가난한 연립주택 한채를 도괴, 네명의 인명을 빼앗아갔다. 비슷한 시간에 멀리 김포에서도 산사태로 한꺼번에 아홉명이 숨졌다고 했다.

이른 아침에 안양천 일대가 완전히 침수되고 말자, 둑방 위에 대피해 있던 일부 주민들이 한때 비를 맞으며 전경과 대치하기도 했다. 납득할 만한 철거보상대책을 세우라고 외치면서 천여명의 주민들이 필사적으로 전경의 저지선을 뚫고 양화교까지 가두시위를 벌인 것이 불과 일주일 전 일인데, 엎친 데 덮친 격으로 양수기 관리 소홀로 홍수까지 뒤집어쓰고 말았으니 그 노여운 심정은 충분히 헤아려볼 만했다.

아침나절에 빗발은 다소 누그러들긴 했으나 강물은 잠수교를 가라앉히고 계속 불어나고 있었다. 유비무환을 되뇌며 십년이 넘도록 지루하게 점검에 점검을 되풀이해온 안양천 하구의 양수기들은 미처 가동도 못한 채 한꺼번에 고장나버렸다는 어처구니없는 소문에 한강변의 아파트촌 주민들은 은근히 근심하면서도 수재민이란 저소득층에나 어울리는 말이지 설마 우리네 중산층이 그런 오명을 뒤집어쓸 리야 있겠나, 하는 강한 우월감이 있었다.

이때를 당하여 72년의 홍수에 안양천변보다 더 큰 피해를 입었던 망원동 주민들의 불안은 컸다. 물론 지금의 망원동 주민들은 그때의 물난리를 겪지 않은 사람들이 대부분이었다. 수해를 당했던 당시의 주민들 중에 상당수가 그 직후 안양천변으로 철거되어갔던 것인데, 이번에 또 철거 계고장이 떨어진 위에 홍수까지 덮치는 악순환을 겪고 있는 것이었다. 홍수 당시 망원동 일대는 허허벌판에 모양새 있는 단독주택들은 그다지 많지 않고 한강둑을 따라 판잣집들이 수백채 촘촘히 늘어서 있어, 그 판자촌 철거 문제로 골머리를 앓던 시당국은 때마침 터진 홍수 덕분에 별 마찰 없이, 철거 비

용도 덜 들이고 주민들을 내보낼 수 있었던 것이다. 어쨌든 망원동은 그때 물난리 이후 수방(水防)시설이 완벽해졌다는 평판과 더불어 '상습침수지역' 오명을 벗고 신개발지로 각광받아 젊은 봉급 생활자들이 많이 사는 연립주택 단지가 생기고, 미니 이층 이상의 번듯번듯한 단독주택들도 상당수 들어섰다. 이제 당시 물난리를 기억하고 있는 주민은 57번지 일대와 유수지 근처의 영세민들 외에는 그리 많지 않은 편이었다.

중산층과 자칭 중산층과 저소득층이 어울려 한마을을 이룬 이 망원동에 과연 한강의 수마가 범접해올 것인가? 그런데 한강이 경계수위에 도달한 오후 세시경에는 성내천이 역류하기 시작하여 근처 풍납동 일대가 침수 위기에 놓여 있다는 소식이었다. 그곳 역시 계층 구성이 망원동과 비슷한 지역이었다.

바깥일 나갔던 주민들이 귀가하는 저녁시간이 되자 망원동 둑방 여기저기에 강물 수위를 살피러 나온 사람들의 왕래가 잦아졌다. 매시간 안방 TV에서 한강 수위의 변화를 보도하고 있었지만 둑을 사이에 두고 강과 바로 이웃하고 있는 둑방 동네인지라 주민들은 여간 좌불안석이 아니었다. 둑마루 강변도로를 질주하는 차량 행렬을 가로질러 사람들은 연상 종종걸음 치며 오고 갔다.

강물은 바로 둑 밑까지 엄청난 부피로 부풀어올라와 있었다. 늘 저만큼 떨어져서 하수도 물에 검게 더러워진 모래톱이나 잡풀 무더기를 핥으며 시름시름 흘러가던 병든 강이 하루 새에 무섭게 돌변하여 양쪽 연안까지 일망무제로 질펀하게 수역(水域)을 넓혀놓은 것이었다. 골재용으로 쌓아놓은 모래동산도, 쓰레기더미도, 썩어가는 물웅덩이도, 구정물 먹고 거무칙칙하게 자란 잡풀 무더기도, 하상(河床)의 일체의 것들은 지워버린 듯 가뭇없이 물속에 잠겨버렸다. 급류에 휩쓸리는 하상은, 모래동산이 허물어지고 웅덩이가 메꾸어지고 풀무더기들은 일제히 머리를 하류 쪽으로 향한 채 압살되어 있을 터였다. 둑에서 얼마 안 떨어진 곳 기중기 한대가 물에 잠겨 겨우 목만 내놓고 있었다.

사람들이 특히 많이 몰려 있는 곳은 취수장 사무실 근처였는데, 그 건물을 떠받치고 있는 콘크리트 기둥에 표시된 한강 수위 눈금에 물이 차올라 경계수위를 가리키고 있었다. 배수 수문은 이미 닫히고 유수지로 몰려드는 내수를 퍼내느라고 가동 중인 양수기의 모터 소리가 가깝게 들려왔다.

비는 줄기차게 내리고 강물은 사납게 둑 밑을 할퀴며 흘러갔다. 탁한 강 표면은 장대같이 내리꽂히는 빗발에 팥죽 끓듯 버글버글 끓다가는 이따금씩 휙휙 몰아치는 세찬 바람에 성난 말갈기처럼 거친 물결을 일으켜세우곤 했다.

강물의 유속은 강변도로를 달리는 차량 행렬만큼이나 빨랐다. 일 킬로미터 폭의 넓은 수역을 가득 채우고 쾌속으로 내달리는 강물을 보노라면, 흐르는 것은 강물이 아니라 그걸 바라보는 사람이 어디론가 정신없이 흘러가는 듯한 착각이 생겼다. 흰 거품을 일으키며 물에 휘감긴 교각들, 교각의 중동까지 물에 잠겨 양화대교와 성산대교는 물의 부력으로 떠 있는 부교처럼 허약하게 보였다.

강물은 벌써 사람의 터전을 유린한 흔적이 역력했다. 상류로부터 비탈을 깎고 논밭을 휩쓴 붉은 황토물과 호박 넝쿨, 보릿짚 무더기, 통나무, 장작개비, 널빤지, 드럼통, 스티로폼, 플라스틱 제품들이 쓰레기더미와 함께 연상 둥둥 떠내려왔다. 원시동물의 체취처럼 물씬 풍기는 비릿한 강물 냄새. 둑 비탈에 군생한 잡초도 둑위의 가로수들도 비바람 속에 춤추며 짙은 원시의 냄새를 발산했다. 한강은 태고의 숲과 들을 붉은 홍수로 뒤덮던 그 무서운 원시의 힘을 내부에 간직하고 있었다.

취수장 사무실 옆에 모인 사람들은 처연한 심사로 강물을 내려다볼 뿐 아무도 입을 열지 않았다. 그들은 대개 유수지 근처에 사는 영세민들로 십여년 전의 그 악몽 같은 물난리 기억이 새로웠다. 둑 위로 넘치는 한강 외수를 막으려고 밤새 가마니의 흙을 퍼담아 쌓아올리며 혼신을 다해 버티던 그들은 결국 내부의 적, 내수의 범람으로 맥없이 굴복하고 만 것이었다. 유수지도 제대로 마련 안된 채 양수기 한대 가지고는 엄청나게 몰려드는 내수에는 전혀 속수무책이었다. 이제 수량을 자유자재로 조절하는 소양댐도 생기고, 강변도로로 쓰일 만큼 둑방도 튼튼해지고, 넓은 유수지에 수문도 세개의 철문으로 되어 있고 양수기도 다섯대나 갖춰놓았으니 그만하면 수방시설은 완벽하다고 할 만했다. 그러나 그 완벽성이 아직 검증 안된 가설인지라 막상 큰물이 닥치고 보니 적이 걱정되는 것이었다. 과연 저 시설들이 제구실을 해낼까?

잠시 빗발이 뜸해지는가 했더니 상류 쪽에서 돌풍이 일어 뿌옇게 비를 몰고 왔다. 우산들이 휘딱휘딱 뒤집히고 둑방의 가로수들이 미친 듯이 몸을 뒤챘다. 바람에 뜯긴 나뭇잎들이 수없이 날아가 강 위에 떨어졌다. 억수 같은 빗발로 뿌옇게 시야가 흐려진 가운데

날이 어두워지기 시작했다. 사람들은 곧 강가를 떠나 둑방 밑의 제 집을 찾아 뿔뿔이 흩어졌다.

불길한 어둠이 내리누르고 있는 둑방 동네의 불빛은 창백하게 가물거렸다. 둑 안쪽 비탈을 따라 우거진 플라타너스숲은 비바람에 영합하여 쏴아쏴아 파도 소리를 내며 미친 듯이 어둠을 휘저어대고 철탑 아래로 늘어진 고압선은 바람 타며 위험스럽게 출렁거렸다. 추녀 끝 홈통마다 쉴 새 없이 흘러내리는 물소리. 밤이 깊어감에 따라 둑방 동네는 차츰차츰 한강 수위 아래로 들어가고 있었다. 빗소리가 멎을 때마다 둑 너머 대양처럼 충만한 강물이 지심(地心)을 울리며 우렁우렁 내달리는 소리가 들려왔다. 내수가 땅밑 하수도관을 통해 유수지를 향해 치달리는 물소리도 들려왔다. 땅속 사방으로 물길이 뻗어나 주택의 지반을 침식하고 지하실마다 물이 들고 있었다. 불안한 중에 그래도 미더운 것은 TV 앵커맨의 침착한 목소리와 유수지 펌프장에서 탈탈탈 들려오는 모터 소리와 튼튼한 둑방 위로 쉴 새 없이 왕래하는 차 소리였다. 한강 수위도 경계수위를 약간 넘어선 상태에서 오랫동안 머무적거리고 있어서 설마 위험수위를 넘으랴 싶었다. 치산치수라면 요순 이래 통치요결의 상징처럼 쓰여온 말인데, 어떤 위정자가 수방대책을 소홀히 해서 원성 듣기를 원할까? 강이 둑을 타고 넘는 상식 밖의 일을 저지르지 않는 한, 유수지의 수방설비는 완벽하다고 했다.

그러나 식구들이 모두 잠든 후에도 불안감 때문에 자정이 넘도록 TV 앞에 지켜앉아 있던 일부 소심한 가장들은 밤 두시경에 수량 조절 기능을 완전히 잃고 항복한 소양댐이 수문을 죄다 열고 무제

한으로 물을 방출하는 장면을 보았다. 산더미 같은 물이 큰 낙차로 곤두박질치며 일으키는 엄청난 물보라가 화면을 가득 채웠다. 물이 아래로 곤두박질쳤다가 다시 불끈 솟구쳐올라 긴 포물선을 그으며 쓰러지는 모양은 과연 간담이 서늘한 광경이었다. 그 물이 서울에 도착하기 시작하는 새벽녘부터 강물은 위험수위에 도달할 것이라고 했다. 그러나 비록 위험수위에 도달해도 제방이 높고 튼튼하므로 그다지 염려할 것은 못된다는 것이 대책본부의 견해였다.

그러나 주민들이 잠들어 있는 사이 둑 밖의 수마는 여전히 물샐틈을 노려 음험한 촉수를 부단히 놀리고 있었다. 공격의 선봉은 둑 밑에 터널식으로 된 배수관을 통해 수문 앞까지 밀려가 굳게 닫힌 철문을 엄청난 수압으로 떠밀고 할퀴면서 무섭게 소용돌이쳐댔다. 성문을 열어라! 성문을 열어라! 수문 안쪽 유수지에는 사방에서 내수가 연상 급류로 콸콸 모여들면서 수문 밖 외수의 공격에 호응하고 있었다. 거대한 수문 콘크리트 상자는 국내 최대의 토목건설업체가 시공했음에도 불구하고 부실공사였음이 판명되었다. 수문 상자가 배수관과 연결된 부분의 가느다란 틈서리로 물의 촉수가 스며들어 벽 안쪽의 둑 흙을 녹이며 서서히 내부로 쐐기 박듯 진입해 들어가고 있었다. 개미구멍으로 제방이 무너진다는 속설이 바로 그것이었다. 소양댐에서 방출한 물이 도착하는 새벽녘에 유수지 근처 몇몇 주민들이 수문 상자 양쪽 틈서리에서 오줌발만 한 물줄기가 뿜어나오는 걸 목격하고 펌프장의 당직자에게 알렸다.

날이 밝자 비는 거짓말처럼 그쳐 있었다. 낮게 드리웠던 검은 비구름이 많이 사라진 것으로 보아 일기예보대로 큰비는 더이상 없을 듯했다. 식전에 유수지 앞길에 물 사정을 살피러 나온 주민들의 표정은 악몽에서 깨어난 듯 밝았다. 수문 틈에서 뿜어대는 물줄기는 이제 수건 폭만큼 커져 있었으나 주민의 신고에 대한 구청의 답변은 유수지 당직자로부터 보고를 받아 이미 모든 상황을 알고 있으며 수문이 이중으로 되어 있으니 조금도 걱정할 게 못된다는 것이었다. TV도 아무 걱정 말고 화면만 지켜보고 있으면 유사시에 지시를 내려주겠다고 했다. 사실 강물이 위험수위에 접근해 있긴 했으나 둑에서 내려다보니 삼 미터 이상 아래에 위치해 있어 별로 위험이 실감되지 않았다. 비가 그쳤으니 물도 조만간 줄어들겠지 하는 생각이었다. TV 역시 걱정하는 기미가 전혀 보이지 않았다. 그러기는커녕 천연덕스럽게 정규 프로로 복귀하면서 짬짬이 특별 메뉴로서 보기 드문 대장관인 소양댐의 산더미 같은 물이 낙하하여 엄청난 물보라를 일으키는 장면을 보여주어 전국의 시청자를 즐겁게 해주고 있었다.

어쨌거나 이와 같은 당국의 시종 여유작작하고 침착한 태도는 주민들에게 터무니없는 안도감을 불어넣은 게 사실이었다. 마음이 느긋해진 주민들은 조반식사 후 지하실에 든 물을 대충 퍼낸 다음 제각기 일상 속으로 슬몃슬몃 젖어들기 시작했다. 시내에 점포를 가진 장사치들, 손수레 행상, 공사장의 인부들이 서둘러 일 떠난 후, 평상시 일요일답게 교회의 녹음된 차임벨 소리가 확성기를 통해 뗑그렁뗑그렁 한가롭게 울려퍼지고, 모처럼 일요일 맞은 월급쟁이 가장들은 늘 하던 버릇대로 TV 앞에 모로 누워 낮잠을 즐기기 시작했다. 가뜩이나 간밤에 물 걱정 하느라고 잠 설친 그들이었다.

위험수위 돌파와 함께 둑이 터진 것은 오전 열시 반경이었다. 길이 칠 미터의 육중한 콘크리트 수문 상자가 강물의 수압에 못 견뎌 마침내 유수지 안으로 나자빠진 것이었다. 강물은 쓰러진 수문을 유린하고 무섭게 유수지 안으로 몰려들어왔다. 이 상황을 먼저 알린 것은 근처에서 놀던 아이들이었다. 아이들이 집 안에 뛰어들며 둑 터졌다고 소리칠 때 안방의 바보상자는 여전히 딴소리만 늘어놓고 있었다. 화들짝 놀란 근처 주민들은 대문을 박차고 유수지로 내달았다. 쓰러진 수문 위로 허연 거품을 물고 폭포수같이 맹렬히 쏟아져 들어오는 강물은 이제 그 무서운 힘으로 길이가 각각 이십 미터씩이나 되는 양옆의 콘크리트 옹벽을 주춤주춤 밀어내고 있었다. 둑의 흙이 허물어져 뻘건 흙탕물이 솟구쳤다. 그 광경을 목격한 사람이라면 누구나 유수지의 둑 전체가 당장 무너져 강물이 순식간에 노도처럼 주택가를 덮칠 것만 같은 공포에 사로잡혔을 것이다. 뒤늦게 대피 안내방송을 시작한 TV도 민방위 확성기도 당장 강물이 덮칠 것처럼 다급한 목소리로 대피를 재촉했다. 사실 터져나간 수문 위 둑마루의 아스팔트가 서너군데나 균열이 갔으니 그런 판단도 나올 만했다. 더구나 그 둑은 모래땅 위에 축조된 것이기도 했다. 그러나 둑은 결국 무너지지 않았고, 성화같이 다그치는 대피 독촉에 물건을 제대로 챙기지 못한 채 집 밖으로 뛰쳐나온 수만의 수재민들만 큰 재산피해를 입고 말았다.

유수지가 만수위의 넓은 호수로 번들번들 차오르더니 이내 넘쳐나기 시작했다. 유수지 앞길에 들끓던 사람들은 잠깐 사이에 풍비박산 콩 튀듯이 뿔뿔이 흩어지고 대신 일단의 전경들이 스리쿼터로 도착했다. 이동 홍보차가 등장하고 확성기, 호루라기 소리가 시끌짝했다. 주민들은 밖에 나가 놀던 아이들을 얼른 집 안으로 불러들이고 대피를 서둘렀다. 동네 교회에서 예배 보던 이들도, 성산시장의 장사치들과 거기에 장 보러 갔던 아낙네들도, 독서실에 있던 고3짜리들도 뒤늦게 소식 듣고 황급히 집으로 내달았다.

물은 낮은 곳으로. 유수지 주변 일대의 가난한 시멘트 블록집들이 첫번째 희생물이었다. 물은 방사형으로 질펀하게 퍼져서 낮은 포복으로 배를 밀며 신속하게 몰려왔다. 바깥물이 집 안으로 들어오기 시작하자 수챗구멍으로 하수도 물이 미친 듯 끓어오르면서 이에 합세, 잠깐잠깐 새에 물이 발목까지 차올랐다. 주민들은 다급한 위험에 쫓겨 세간살이를 붙잡고 경황없이 허둥댔다. 워낙 저지대의 낮은 집들이라 일단 침수가 되면 지붕까지 물이 올라올 게 뻔한데도 좁다란 다락에 이불, 옷, 책 따위를 잔뜩 때려넣거나, 그나마 다락도 없는 집에선 장롱 서랍을 빼어 위에 얹고 부엌의 찬장을 방 안에 끌어다 장롱, 책상과 맞붙여놓고 그 위에다 물건을 올리는 식의 도무지 부질없는 짓을 하는 것이었다.

물이 무릎 위까지 차오른 유수지 앞길에 곧 남부여대의 피난민 행렬이 생겨났다. 스피커, 호루라기 소리가 여전히 요란하고, 졸지에 피난민이 된 주민들은 도무지 믿기지 않는다는 듯이 멍한 표정이었다. 집문서, 저금통장 따위 귀중한 것들이 깊숙이 들어 있을 비닐가방, 석유가 출렁거리는 곤로, 밥이 든 보온밥통, 연속극과 프로야구가 들어 있는 TV, 이불 보따리 같은 것이 식구 수에 따라 하나씩 묵직하게 들려 있었다.

한 임산부는 불룩한 만삭의 배 위에 TV를 얹고 뒤로 잦혀진 자세로 뒤뚱뒤뚱 위태롭게 물속을 걸어오고 병든 노인을 등에 업은 한 중년 사내는 목에다 가방을 걸어멘 채 비지땀을 흘렸다. 어린것들은 짐 든 어미 목에 바싹 매달리고, 걸어가는 아이들은 배꼽까지 차오른 물에 놀라 입술이 파래져 있었다. 백 미터쯤 걸어 물 밖에 나온 수재민들은 인적 없이 물만 출렁대는 동네 쪽을 멍하니 바라보다가는 터덜터덜 발을 떼어놓는 것이었다.

유수지 부근 저지대를 물바다로 만든 강물은 계속 사방으로 퍼져나가면서 야금야금 제 영토를 넓혀갔다. 물 끝에 눈이 달린 듯이 낮은 데를 찾아 수만갈래의 방사형으로 신속히 퍼져나가는 모양은 흡사 신생대의 무수한 파충류 무리들이 대군을 이루어 공격해오는 것 같았다. 물은 낮은 곳으로. 가난뱅이들이 세든 미니 이층의 지하실 방들이 침수되기 시작했다. 신생대의 지각변동 현상이 그랬을까? 파충류 무리들이 우글대며 밀려가고 곳곳에서 하수도 시궁물이 역류하여 수챗구멍 맨홀구멍으로 간헐천 분수처럼 일 미터 높이 물기둥이 솟구쳐오르고 땅속 내수의 압력으로 보도는 지진 타듯이 땅거죽이 융기하여 보도블록이 부걱부걱 들떠올랐다. 땅 위로 밀려오는 외수는 맨홀 수챗구멍에서 용솟음치는 내수와 합세하여 급속도로 침수지역을 넓혀갔다. 개들이 몹시 짖어대고 안부를 묻는 친지들의 전화벨 소리가 빗발치듯 하고 어린것들은 빨리 피난 가자고 울어댔다. 제재소 야적장에 빽빽이 세워놓은 목재들이 물에 떠 쓰러지고 성산대교 근처 양어장 뻘물에 갇혀 죽 끓듯 버글대던 미꾸라지들이 일시에 해방되었다. 어항 속의 금붕어도 강물로 돌아갔다. 집집마다 쌓아놓은 연탄이 곤죽 되고 재래식 개량식 할 것 없이 변소 오물이 물에 풀려 뭉게뭉게 넘쳐오르고 쓰레기가 둥둥 뜨고 플라스틱, 스티로폼 제품, 과일들이 떠다니는 수면 위에 벙커씨유, 경유, 석유, 모빌유가 끈끈한 기름막을 쳤다. 개들이 물을 피해 지붕으로 오르며 그악스럽게 짖어대고 있었다.

수해는 마침내 중산층까지 미쳤다. 물이 찰랑거리는 길거리들은 제집에서 쫓겨난 피난민들로 혼잡스러웠다. 자가용들이 연달아 출발하고 밖에 일 나갔던 이들이 택시로 쇄도해 들어왔다. 차를 가지고 구원 나온 친지들이 있는가 하면 그런 북새통에 식구들을 태우고 한가하게 구경 나온 자가용족들도 있었다. 확성기, 호루라기, 전경들의 대문 두들기는 소리가 낭자한 가운데 겁에 질린 나머지 물건 몇가지 못 챙기고 황급히 집을 떠나는 사람들이 있는가 하면 물이 집을 포위하고 무릎 위까지 찰랑거리도록 집 안에서 허둥대는 사람들도 있었다. 미니 이층 지하실에 세 든 이들은 세간 일부를 주인네 마루로 옮기고 주인은 주인대로 제 물건을 다락으로 옮기고 연립주택 아래층 사람들은 이층으로 통하는 계단 위에다 물건을 쌓아놓고 있었다. 한치라도 더 높여보려고 피아노, 냉장고 같은 무거운 물건을 책상이나 소파 위로 옮겨놓다가 삐끗 허리를 다치는 이들도 있었다.

대피가 늦어지는 집에는 전경들이 다니며 감때사납게 몰아내곤 했다.

어느 조그만 책방에서.

"아저씨, 우물대지 말고 빨리 나와요!"

"이 책들이 내 전재산인데 그냥 물속에 처박아놓고 나가란 말이여? 책이란 건 불과 물이 천적이여. 다른 물건은 말려서 쓰기라도 하지만, 책은 한번 물먹으면 쓰레기밖에 안돼."

"내 참! 당장 둑이 무너질 판국에 우물쭈물하다간 큰일 난단 말이오."

"빌어먹을, 큰일나면 떡이나 해먹지. 이봐 젊은이, 나하고 싱갱이할 시간이 있으면 책 나르는 일이나 좀 도와주지그래."

자가용차 가진 중산층 주민들은 역시 기동성이 좋았다. 먼저 식구들을 물 밖에 대피시킨 다음, 트렁크가 넘치도록 짐을 때려넣고 유유히 물을 가르며 빠져나오곤 했다. 그러나 배기통에 물이 드는 줄도 모르고 너무 욕심부리다가 시동이 안 걸려 온 식구가 달려들어 떠밀고 나오는 경우도 있었다. 나무판자때기를 나일론끈으로 얼기설기 엮어 만든 뗏목으로 짐을 나르는 사람들도 있었다.

침수지역을 빠져나오는 주민들 중에는 반바지 차림에 등산 배낭을 멘 사람이 꽤 많았는데 그 울긋불긋한 색깔이 수재민 행색으로는 그리 어울려 보이지 않았다. 심지어 어린애들 목에는 물놀이용 튜브가 걸려 있기도 했다. 모두가 종아리에 흙탕물에 섞인 시꺼먼 기름때가 눌어붙어 있었다. 등산 배낭 위에 천막까지 얹어 짊어진 어느 사내는 플라스틱 욕조에 세살, 다섯살짜리 어린 남매를 태우고 물 위로 밀고 왔는데 그 어린것들은 물놀이 나온 줄 알고 철없이 좋아하고 있었다. 그 사내는 외출 중인 아내를 기다리는지 물 밖으로 나온 뒤에도 한참 주위를 두리번거리는 것이었다. 물난리도 난리인지라 구색을 갖추느라고 이런 식의 이산가족을 적잖이 발생시켰다. 극적인 상봉도 있었다. 묵직한 트렁크를 머리에 인 채 어린이의 손을 잡고 물 밖에 나온 젊은 아낙은 마침 앞에서 달려오는 남편과 마주치자 왈칵 눈물을 쏟았다. 남자는 어디 결혼식장에라도 다녀오는 길인지 말쑥한 정장이었다.

"아니, 방이 어떻게 됐어? 물에 잠겼어? 엉?"

"물이 부엌으로 들어오는 걸 보고 나왔는데 아직 방 안까진 안 들었을 거예요."

"중요한 건 챙겼지? 잠깐 여기서 기다려. 내가 들어가서 한짐 꺼내갖고 올 테니."

남자는 말을 끝내기가 무섭게 베이지색 신사복 상하의를 훌훌 벗어 아내에게 던져주고는 팬티 바람에 첨벙첨벙 물을 튀기며 내달았다.

물은 사방으로 광범히 퍼져나감에 따라 자연히 진행 속도가 느려졌다. 얼결에 피난짐 몇가지 못 챙긴 채 대피했던 수재민들 중에는 물이 불어나는 속도가 느려지자 한번 더 세간을 날라오려고 물가로 몰려든 사람들도 있었으나 골목마다 지켜선 전경들의 제지로 몇마디 승강이 붙다간 맥없이 돌아서곤 했다. 전경들은, 당장 둑이 무너질지 모르는데다 물속에 누전된 전류가 흘러 감전사당할 판에 가긴 어딜 가느냐고 엄포를 놓는 것이었다.

서너시간에 걸쳐 망원 1, 2동 대부분의 지역을 침수시킨 강물은 서서히 성산동, 연남동 쪽으로 밀려왔다. 생활의 치부까지 까발겨 훑어낸 그 물은 심한 악취를 풍겼다. 하수도의 시궁물, 폐수, 변소의 오물, 썩은 쓰레기가 뒤섞인 물이었다.

근처 고지대에 위치한 세 학교 건물이 수용소로 쓰였는데 오후 한두시경 해서 모두 포화상태를 이루었다. 침수지역의 상황을 알기 위해 수재민들은 교실마다 교탁에 TV 한대씩 올려놓고 지켜보았는데, TV는 물난리쯤은 아랑곳없다는 듯이 프로야구 실황만 계속 방영하고 있었다. 처음에 사람들은, TV가 초상난 데 춤춘다고 울끈불끈 화를 내기도 했지만, 차츰 영상전파가 유포하는 주술에 도취되어 다소곳해져버리는 것이었다. 비 온 뒤라 필드의 초록빛은 한층 돋보이고 물 젖은 잔디 위로 미끄러지는 슬라이딩 동작은 사뭇 경쾌했다. 롯데자이언츠와 OB베어스의 치열한 접전은 세시간 남짓 계속되었다.

이날의 수재민들은 피난처를 놓고 일반 서민과 중산층이 확연히 구별되었다. 중산층 부류는 귀중품을 지니고 있는데다 수용소 생활을 하기엔 차마 자존심이 허락하지 않아 자가용으로 친지 집을 찾아가거나 친지들이 먼저 알고 달려와 데려가곤 했는데, 그것마저 맘이 내키지 않은 축들은 아예 호텔에 투숙하기도 했다. 합정동 근처 호텔 서너개가 갑자기 몰려온 부유한 수재민들을 맞아 즐거운 비명을 올렸다. (이 무렵 가까운 여의도와 멀리 풍납동 침수지역에 이웃한 고소득층의 압구정 아파트촌에서는 혹시 홍수로 외부와 단절될까 두려워 한때 일부 극성맞은 주민들이 치열한 사재기 경쟁을 벌여 쌀, 라면, 청량음료 같은 식품이 금세 동이 났거니와 그곳 쌀가게, 식품점들은 한달 치 영업을 불과 서너시간 만에 해치웠단다.)

이렇게 하여 다사다난했던 긴 하루는 마침내 저물어 밤이 되었다. 그런데 단전되어 칠흑같이 어두운 침수지역에 홀로 남아 촛불 하나 밝히고 제집을 지키던 사람이 수십명이나 되는 것으로 밝혀졌는데 그들 역시 도둑에게 잃을 것이 많은 중산층이었다. 대개 이층집에 살고 있는 주민들로 여차직하면 뗏목으로 쓸 요량으로 아래층 현관문짝까지 드라이버로 떼어놓고 이웃끼리 서로 연락하면서 도둑의 침입을 경계했는데 밤이 이슥해지자 몇몇 심약한 사람이 겁에 질린 나머지 파출소에 구원을 요청하는 바람에 다른 사람들도 발각되고 만 것이었다. 고무보트가 촛불 켜진 집마다 다니며 사람들을 강제로 실어날랐다.

"이봐, 빨랑 나오라구! 돈궤 안은 수전노같이 웅크리고 있지 말고. 제기, 바둑도 안 둬봤나? 소탐대실이라고, 그깐 세간살이 붙잡고 앉았다가 중한 목숨 수중고혼 된다구."

"수전노라니! 거, 말씨 한번 공손하네. 내 목숨 내가 알아서 처리할 테니깐, 간섭 말구 댁 목숨이나 보존하서. 그렇게 쓸데없이 싸돌아댕기지 말고."

"어라, 시민의 인명 재산 보호하러 나선 사람보고 뭐, 싸돌아댕겨? 보아하니 대학에서 먹물깨나 먹은 모양인데, 나도 석달 후 옷 벗으면 학생이여."

"암튼 내 걱정일랑 관두고 딴 데나 가보서. 지금 침수지역에 해적들이 큰 집만 골라 훔치는 모양인데 어떻게 집 비우나?"

"아따, 그 작자, 되게 고집 세네. 시민의 인명 재산은 우리가 보호한다고 하지 않소? 여러 말 말구 어서 나오라구!"

"한줌도 못되는 숫자 가지고 이 넓은 지역을 방범한다? 난 못 나가요."

"그럼 좋다구. 침수지역은 시방 계엄령이 선포된 거나 마찬가지야. 오늘밤 침수지역에서 발견된 자는 일단 절도 용의자로 간주하라는 상부의 명령인데 당신이라고 해적질 안한다는 보장 있어? 당장 안 나오면 절도 용의자로 취급할 거야!"

"……"

최고 수위 11.3미터를 기록한 저녁 여덟시를 고비로 한강은 더이상 붇지도 줄지도 않고 안정세를 취하고 있었으나 망원동 주변 지역은 계속 침수 범위가 확대되어갔다. 칠흑같이 어두운 침수지역에는 물에 떠오른 장롱 피아노 찬장 책꽂이 책상 같은 것들이 방 천장을 퉁퉁 들이받다가는 기우뚱 모로 쓰러지고 빈 항아리, 굵은 각목 같은 것들이 물 위에 떠다니면서 유리창을 박살내고 있었다. 물 위에 목만 내놓고 돌아다니는 도둑들도 방 유리창을 깨고 있었다.

성산 1동, 연남동 일부를 침수시킨 강물은 수재민들이 수용된 국민학교와 중학교가 위치한 조그만 산 아래까지 바싹 밀려와 골목마다 낙지발 같은 촉수를 내밀고 스멀거리고 있었다. 수마가 덮쳐누른 침수지역은 단전으로 먹물 푼 듯 깜깜하고 심한 악취가 바람에 밀려와, 흡사 열병이 휩쓸어 죽어버린 마을 같았다. 지붕에 오른 개들이 컹컹 짖어대는 소리가 을씨년스럽게 들려왔다.

침수지역이 한눈에 내려다보이는 산 중턱의 국민학교 수재민들은 사층 건물 삼십여개 교실을 가득 채우고 넘쳐 복도까지 늘비했는데, 심지어 운동장 구석에다 텐트를 치고 야영에 들어간 가족들도 있었다. 교무실이 본부로 쓰이고 본부 요원은 그 학교 교사들이 맡고 있었다. 헤어진 가족을 찾는 사람들의 행렬이 교무실 앞에 그치지 않고 실내 스피커에서는 "망원동 십자약국 옆 구멍가게 하는 김아무개 씨 찾습니다" 하는 식의 이산가족 찾는 안내방송이 연상 울려퍼졌다.

복도 끝에 책상 두개를 붙여놓고 그 위에 작은 체구를 오므리고 오두마니 앉아 있는 어느 시골 할머니. 무릎 위에 조그만 손가방이 소중스레 얹혀 있었다.

"남원서 밤기차 타고 딸네 집을 찾아왔는데예. 와봉께 이런 노릇이 있습니껴? 딸은 입원한 시아버지 간호한다꼬 병원 가고 사위는 사위대로 일 나가고 주인 식구밖에 없어예. 그래 방에 들어가 딸이 오길 기다리다가 그만 깜박 잠이 들어뿌렀는데예, 급작히 둑 터졌다꼬 마이크로 막 소릴 안 지릅니껴? 그래 그만 겁결에 내 손가방만 달랑 들고 나왔는데…… 하이꼬, 테레비락도 머리에 이고 나왔으면 사위 만나도 면목 설 텐데…… 하이고, 이 노릇 우짜면 좋노."

그러나 딸도 사위도 그 할머니의 상경을 까맣게 모르고 있는 터이므로 그들의 상봉은 침수지역의 물이 다 빠질 때까지는 이뤄지지 못할 게 분명했다.

교실마다 콩나물시루 속 같아 모로 눕기에도 비좁아서 옆 식구와 등을 비비적거려야 할 지경이었지만 사람들은 별반 불평을 입에 담지 않았다. 초저녁에 급식이라고 겨우 일인당 컵라면 한개씩 배급 나왔을 때도, 더 중요한 물건을 챙기느라고 곤로 못 가져온 가족이 의외로 많아 남의 불에 끓인 물을 얻거나 아니면 생라면 그대로 씹으면서도 역시 쓰다 굿다 불평 소리가 없었다. 구멍가게 하는 아낙네들이 그 경황 중에도 빵 라면 소주 따위를 한보따리 싸갖고 와 여기저기 층계참에서 좌판을 벌였는데 잠깐 사이에 물건이 동났다.

졸지에 수재민으로 전락된지라 사람들이 신경이 날카로워져 있음직도 한데 의외로 조용히 가라앉은 분위기였다. 별로 침울하거나 처량한 기색 없이 그저 멍하니 교탁 위에 올라앉아 재롱떠는 TV나 바라볼 뿐이었다. 교실마다 전자제품 대리점 차린 듯이 TV, 카세트라디오, 보온밥통들이 늘비했는데, TV는 특히 가난뱅이 피난짐 중에 가장 소중한 물건이었다. 쌀금이 비싸야 밥맛 난다고 그것이 시청료까지 물어야 하는 값비싼 물건이기에 더욱 그 화면이 사랑스럽고, 사랑스럽다보니 그 안방의 재롱둥이가 악동이 되어 정치·상업적으로 이것저것 가당찮은 요구와 유혹을 해와도 오냐오냐하고 들어주게끔 길들여져버렸다. 연속극을 보고 있던 사람들의 입에서 간간이 웃음과 탄성이 새어나오곤 했다. 교실 뒤켠에는 몇몇 젊은이들이 벽에 붙은 학급문고 책꽂이에서 동화책을 꺼내 뒤적거리기도 하고…… 교실은 흡사 순조롭게 밤항해하는 여객선의 만원 삼등 객실처럼 무사하고 평온해 보였다. 불행을 당한 수재민들로서는 도무지 어울리지 않는 것이었다. 아마 행불행이란 것이 남과 비교했을 때만 실감나는 상대적인 정서인가 보았다. 남들은 멀쩡한데 유독 혼자만 당하는 불행이라면 견디기 어렵겠지만, 이번 물난리는 워낙 수만명이 모개로 당한 재난이었다. 인력으로는 어찌하지 못할 불가항력인 천재지변인 바에야 속태워본들 무엇하랴. 거금이 걸린 도박에서 결국 손 놓고 나가떨어진 노름꾼은 절망

224

감이나 슬픔보다는 큰 허탈감 속에 일종의 달관이 생긴다고 하는데, 조금이라도 더 벌어보려고 아등바등 애를 쓰다가 졸지에 큰 손해를 당하고 만 수재민들의 심정도 이와 비슷한 것은 아니었는지.

자정이 넘어 TV 방송이 끝나자 수용소는 깊은 정적에 잠기고 수재민들의 가슴 위로 침수지역의 검은 강물이 차갑게 흘러들고 있었다.

그러나 이렇게 밤새 조용히 가라앉아 있던 수용소의 분위기는 아침이 되자 판이하게 달라지기 시작했다. 간밤에는 도난당할세라 피난짐을 베개로 삼거나 끌어안은 채 사뭇 이웃 식구를 방색하던 사람들이 찬 교실 바닥에서 함께 고생하며 하룻밤을 보내고 나자 은연중 동병상련의 동류의식이 생겼는지 서로 말을 트고 활발하게 얘기가 오고 갔다. 시멘트 바닥에 스멀거리는 냉기 때문에 도저히 잠을 이룰 수 없어 뜬눈으로 지새운 사람들이 태반이고 더러는 생라면 먹고 배탈 난 사람들도 있어 자연히 볼멘 불평 소리가 입 밖에 터져나왔다. 게다가 전날부터 단수가 되는 바람에 각층에 있는 수세식 변소마다 변기 밖까지 똥이 넘쳐나 도무지 발을 들여놓을 수 없는 지경에 이르렀는데, 이러다간 물벼락 맞은 위에 똥벼락까지 덮어쓰게 되었다고 불평이 대단했다.

밤사이에 한강 수위는 뚝 떨어졌다는데 둑을 넘어온 물은 벌써 여러시간째 조금도 줄어들지 않고 있었다. 밤새 트럭 오백대분의 펄흙을 퍼넣어 수문 터진 구멍을 메워놓긴 했으나 침수지역의 단전으로 전원을 못 얻어 양수기를 못 돌린다는 것이었다. 하늘은 구름 한점 없이 화창한데, 굳어버린 듯 요지부동으로 번들거리는 홍수물을 바라보면서 사람들은 차츰 신경이 날카로워져갔다. 한강 둑이 가까운 곳일수록 침수가 심해 작은 집들은 지붕만 남고 큰 집도 반나마 물에 잠겨 난쟁이 건물이 된 채 물 위에 납작납작 엎드려 있었다. 흡사 거대한 물표면이 모든 건물의 상단부를 수평으로 절단해낸 형국이었다. 물이 넘실거리는 한길에는 가로수의 큰 줄기가 물에 잠겨 잎이 무성한 관목덤불처럼 둥둥 떠 있고 길을 가로질러 현수막 하나 물에 닿을 듯이 축 늘어졌는데 거기에 쓰인, '가을맞이 도시새마을 대청소'가 이채로웠다. 비탈진 학교 진입로 입구, 한길가에는 물사정을 살피러 나온 사람들로 붐비고 있었다.

"아이고, 약사 선생님, 오랜만이네요! 그동안 우리 집 발걸음이 뜸하시더니 여기서 만나뵙네요."

"허허, 그렇잖아도 어제가 노는 날이라 한번 밤에 들를까 했는데 그만 물난리를 만났잖아. 주(酒) 여사네도 이번 물에 피해가 적잖을걸, 아무리 세 든 가게라 해도……"

"아유, 난 망했어요. 이 물이 속히 빠져야 하는데…… 실내장식, 벽, 탁자 할 것 없이 모두 합판이라 물 오래 먹으면 죄다 들떠오른단 말예요."

"침수된 지 만 하루가 됐으니, 더 기다릴 것 없이 합판 제품은 물론이고 다 작살난 거지. 더이상 침수 시간이 길어지면 건물 지반이 내려앉아 벽에 가로금이 쫙쫙 가고 자칫 도괴 위험까지 생길 판이야."

"아이고, 이를 어째! 이럴 바엔 차라리 둑 터진 대로 방치해두는 게 나을 뻔했지 뭐예요. 지금 한강 수위가 계속 떨어지고 있는데 가만둬도 빠져나갈 물을 공연히 터진 구멍을 막아버렸으니 이 물이 어디로 빠져나가냐 말이에요. 썩을 놈들 같으니!"

"그러게 말이야, 하는 짓거리가 중구난방이라니깐! 그런데 두 아가씨는 어떻게 됐어? 설마 물에는 안 떠내려갔을 테고……"

"걔네들은 교실에 남아 물건을 지키고 있죠. 걔네들 말예요, 반바지 바람에 흙탕물 속에 있다가 종아리, 허벅지에 잔뜩 기름때가 올라 가렵다고 긁적거리는데, 어디 물이 있나요, 비누가 있나요?"

"허허, 빨리 씻어줘야지. 그 아이들은 미끈한 다리가 장사 밑천인데 피부병 생기면 곤란하지. 아마 이번 물난리에 피부병 많이 생길걸."

"아유, 좋으시겠어. 또 약 팔 궁리 하시네. 어디 피부약뿐이겠수? 이질 설사약에 소독약까지……"

"그렇고, 수용소는 하룻밤 지내기가 어땠소? 가만있자, 눈자위가 불그레한 걸 보니 대낮부터 한잔 걸쳤군그래."

"아유, 말도 마세요. 아무리 춥고 배고픈 것이 수재민이라고 하지만요, 찬 세멘 바닥에서 몸 웅크리고 새우잠 자고 났더니만 몸이 뻣뻣하게 굳어져 있더라구요. 그래 몸 좀 풀려고 드라이진 한모금 마신 것뿐이지. 싱숭생숭한 데는 역시 한잔 술이 제격이거든요."

"역시 주모라 다르구먼. 술병을 꿰차고 가고…… 그런 줄 알았으면 내 차에 재워줄 걸 그랬지? 허허. 저게 내 차야. 식구들을 역촌동 아이들 외갓집에 데려다주고 돌아와서 혼자 저 차 안에서 밤새웠지. 주 여사랑 같이 있었으면 좋았을 텐데…… 허허."

"어이쿠, 엉큼하셔라. 그런데 선생님 약국은 조기 빤히 보이네요.”

“빤히 보이니까 여기서 지키고 앉아 있는 거지. 약품을 다락에 올려놓긴 했지만 당최 걱정이 돼서 말이야. 수해지역엔 도둑이 끓는다잖아. 간밤엔 헤드라이트 불빛을 가게 창문에다 비춰놓고 지켰지.”

“아유, 지독하신 양반, 그러니까 돈을 벌지.”

이렇게 곳곳에 불평이 낭자한 중에 더욱 수재민의 심화를 건드린 것은 TV 아침 방송이었다. 물은 얼어붙은 듯 요지부동인데, TV는 무슨 곡절에선지 망원동 일대가 밤사이 물이 빠져 주민들이 귀가, 복구작업을 한창 벌인다고 터무니없는 오보를 한 것이었다.

점심때가 지날 무렵 동편 운동장 가에 와 있는 식수차 주변에는 물 받으러 온 사람들로 한창 붐볐는데, 암퇘지 젖줄에 매달린 돼지새끼떼같이 탱크물 수도꼭지를 빨려고 엉겨붙은 사람들의 입에서 험한 욕설이 튀어나왔다.

“정말 수재민 괄시해도 너무한다, 너무해! 여기가 포로수용소여 뭐여? 물 한사발 받으려고 이렇게 이삼십분씩 나라비 서서 기다려야 하니! 정말 한심스럽구먼!”

“식수차 한대만 더 굴려도 이런 불편은 없을 게 아닌가.”

“물이 있어야 변소 똥도 내리지, 원!”

“목 축일 물도 이렇게 병아리 오줌만큼 인색한데 저것들이 변소 칠 물을 주겠수?”

“목마른 건 참지만 똥 나오는 건 못 참아요. 변소에 똥이 넘쳐 도저히 대변을 볼 수 없는 형편이잖소.”

"그래요, 우리가 당장 필요한 것은 물차가 아니라 똥차죠."

"넨장맞을! 똥 누기가 무섭다고 굶을 수도 없고 말이야, 정말 지랄 같네!"

"그러니까 저것들이 컵라면 한개씩밖에 안 주는 것도 우리가 똥 많이 쌀까봐 그런 것 아닌가? 양식 걱정 말고 취사도구만 대피하라고 해놓구선 도대체 컵라면 한개가 뭐여?"

"빌어묵을, 저 사람들 정말 내년 선거 안 치를락 카나? 표밭에 물 들어 표가 다 젖었는데, 정말 이럴 긴가, 이러기를!"

그때 정문으로 소독차가 기세 좋게 들어왔다. 차 꽁무니에서 푸른 소독 연기가 뭉게구름같이 뭉클뭉클 피어올랐다. 차가 매캐한 소독 연기를 뒤집어씌우면서 옆을 지나치자 식수차에 엉겨붙었던 사람들이 질색하고 물사발을 쏟으며 뒤로 물러났다. 차를 향해 몇 사람이 고함쳤다.

"저게 먹는 물에 독약 뿌리네!"

"소독차는 필요 없어! 똥차를 보내라구!"

차가 잠깐 사이에 건물 주위와 운동장을 소독 연기로 덮어씌우고는 횡하니 정문 밖으로 빠져나가자 사람들은 졸지에 더러운 전염병 보균자가 되어버린 듯 더욱 마음이 산란해졌다.

식수차 곁을 떠난 사람들은 축구 골대 앞으로 모여들어 다시 열심히 떠들어대기 시작했다. 운동장에 삼십여명이 한데 모여 웅성거리는 광경은 쉽사리 다른 사람들의 눈에 띄었다. 더 많은 사람이 모여들었다. 마침내 "이번 물난리는 천재지변이 아닌, 사람에 의한 인재(人災)다" 하는 주장이 나왔다. '인재'라는 단어의 발견에 사람들은 대번에 귀가 번쩍 뜨였다. 이 단어는 곧 강한 호소력으로 서슴없이 사람들에게 파고들었다.

"망원동 수재는 천재가 아니고 인재라구!"

"아니, 거 무슨 소리여? 망원동에 어떤 인물이 났기에 갑자기 천재다 수재다 인재다 하는 거요?"

"이 양반, 정말 웃기네. 무슨 사람이 그리 감이 머우? 이번 망원동 물난리는 천재지변이 아닌 수문 시공업체의 부실공사와 당국의 감독 소홀로 인한 인재라 이 말이오."

"아하, 그렇지! 아무렴, 그거야 천재가 아닌 인재지. 도대체가 수문이 틈 벌어져 물 새기 시작한 게 언제여? 수문이 위험하다, 위험하다, 새벽부터 구청에 전화질했는데도, 그것들이 아무 걱정 말라고 하면서 무려 네시간 동안이나 방치했잖소."

"테레비에서 한시간 전쯤에 대피 준비하라고 사전 예고만 해주었더라도 이렇게 큰 피해는 당하지 않았을 거요. 준비령도 없이 덜컥 대피령을 발동하여 짐도 제대로 못 챙긴 채로 볶아쳐 쫓아냈으니, 원."

"아니, 물에 잠긴 세간살이보다도 상습 수해지역으로 낙인찍혀 땅값이 뚝 떨어질 생각을 해야지!"

"안방 새는 줄은 모르고 너무 겉치레만 좋아하더라만. 에이, 수도 복판에 홍수도 못 막아내는 주제꼴에 무슨 팔팔이여, 팔팔이긴!"

"한강변에 홍수 터지는 것도 '한강변의 기적'인가?"

"우리가 마냥 우리끼리만 따따부따 입만 놀릴 게 아니라 당당히 나서서 피해보상을 요구해야 해요! 아기도 울어야 젖 주지 가만있으면 되는가."

"그 말이 옳소. 구청이 가까우니 함께 가서 구청장을 만나 담판합시다."

"모르는 소리! 가봐야 그 작자 없어요, 쳇! 아까참에 구청 뒤 중학교 수재민 십여명이 구청에 몰려갔는데, 구청장이라는 자가 어젯밤부터 종적을 감추고 안 나타난다는 거예요."

"개새끼, 도망쳤군! 그런 겁쟁이 봤나. 잘 논다, 잘 놀아."

"겁쟁이가 아니더라도 그렇지. 어차피 목 잘릴 것은 빤한 일인데 뭐 빨겠다고 총알받이 노릇 하겠소? 그런 놈을 충복이라고 임용했으니 한심하구먼."

"그놈뿐만 아니라 충복인 체하는 것들 거반이 아마 그런 심보일걸."

"그럼 어쩌죠?"

"직바로 시장과 부딪쳐야지, 뭐."

"그래요, 시장을 부릅시다."

"그 양반 불러서 호락호락 올까요?"

"에이, 답답한 사람일세. 오고 안 오고 간에 멍석은 펴놓고봐야 할 것 아니오? 우리가 수용소에 있을 때 무슨 일을 해도 해야지, 일단 집에 돌아가면 말짱 허사요."

이제 사람들은 이백여명으로 불어나 운동장 동편 여기저기에 삼삼오오 둥그렇게 동아리 짓고 한창 열띤 설왕설래를 벌이는 중이었다. 여론 조성자는 대개 사십대 안팎의 중년들이었다. 그러나 중구난방으로 대고 떠들어대기만 할 뿐 정작 앞장서서 일할 사람은 좀처럼 나오지 않았다. 말재간 있는 자가 몇사람 앞에서 제법 격정적인 어조로 성토를 벌이다가는 그 주위로 사람이 많이 모여들면 슬그머니 말꼬리를 사리며 뒷전으로 물러서버리는 식이었다. 선동자로 찍힐까봐 두려운 것이었다. 은밀히 파괴공작도 있는 것 같았는데, 한가구에 칠십만원 피해보상금이 나올 것이라는 터무니없는 소문이 그것이었다. 머리가 허옇게 된 노파가 운동장 이곳저곳 사람들 틈을 비집고 다니면서 거쉰 목소리로 연상 충동질해대고 있었다.

"사내새끼들이 입은 뒀다 뭘 하자는 게야? 이럴 때 써먹지 못하고, 응? 문서에 도장도 안 찍은 칠십만원 소리 믿지 말라고. 물 빠져봐, 집에 들어가 살다가 벽이랑 담이랑 허물어져 소리 없이 죽는 거여."

그러나 시간이 흘러가도 운동장 교단 위로 용약 뛰어올라 소리치는 자는 여전히 나타나지 않았다. 그렇게 한시간쯤 지나자 유수지에 고성능 양수기 여섯대가 본격적인 가동에 들어가 빠르면 저녁답에 물이 빠져 귀가할 수 있다는 소식이 들려왔는데 이때부터 운동장의 열기는 현저히 쇠퇴하기 시작했다. 동편 운동장 여기저기 떼뭉쳐 있던 여론의 동아리들은 한꿰미에 꿰이지 못한 채 덧없이 허물어지고 있었다. 물이 과연 줄고 있는지 어쩐지 확인하러 사람들이 한참 정문 안팎을 들락날락하더니 운동장에 남아 웅성거리는 패는 반으로 줄어 겨우 백여명에 불과했다.

"에이, 빌어먹을 것. 원, 사람들이 왜 저리 속없을까? 오늘 저녁

귀가할 수 있다니까 좀 생기가 도는 모양인데, 아이구, 집구석이라고 들어가보라지. 온 집 안이 진흙탕 된 꼴을 보면 쌍눈에 피눈물 날 줄 모르고."

"파투야, 파투! 저녁까지 몇시간 안 남았으니 다 끝난 게지, 뭐. 에이, 입이 썩는구나, 만개나 되는 입이 다 썩어! 만개 입으로 한번 이구동성으로 힘껏 외쳐보지도 못하고 말이야."

"젠장, 이 망원동 동넨 그 흔한 대학생들도 없나. 이럴 때 데모 안 하고 언제 해?"

사람들은 자신의 무력감에 아예 자조적이 되어버렸는지 엉뚱한 해프닝이 벌어지기도 했다. 낮술 걸친 이십대 두 청년이 상체를 벌겋게 벗어붙이고 한바탕 싸움박질을 벌였는데, 구경꾼이 많아서 그랬던지 두 청년은 자신이 무슨 활극의 주인공이라도 된 듯이 민첩하게 몸을 날리며 거의 삼십분 동안이나 서로 피투성이가 되도록 온 운동장 바닥을 누비며 싸움을 벌였는데 젊은 축들은 말릴 생각도 않고 졸졸 따라다니며 구경만 하고, 중년 축들은 "병신 같은 것들! 젊은 혈기 엉뚱한 데 쓰네" 하고 혀를 찼다.

이렇게 운동장 분위기는 타락하여 도저히 재생의 기미가 없어보일 때, 오후 세시경 뜻밖에 놀라운 소식이 날아들었다. 중학교 수재민 이천여명이 구청 앞 대로변에 몰려가 시위를 벌여 전경과 대치하고 있다는 것이었다. 침체된 운동장의 분위기는 아연 활기를 띠고 다시 여론의 동아리들이 형성되었다. 이번엔 중년 축들은 뒷전으로 처지고 젊은이들이 목청을 높였다. 사람들이 다시 운동장으로 슬금슬금 모여들기 시작했다. 여론의 작은 동아리들이 열띤 성토를 벌이면서 몇번 이합집산을 거듭하여 서너개의 커다란 동아리로 합쳐지더니 가까스로 젊은이 십여명을 앞잡이로 배출시켰다. 그 청년들은 곧 뒤에 많은 무리를 달고 걸음을 떼놓기 시작했으나, 마치 등 떠밀려 걷는 사람처럼 그리 자신 있는 표정이 아니었다. 그들은 교무실을 향해 계단을 올라갔다. 학교 방송시설을 이용하여 교실 안팎에 멍하니 죽치고 있는 수재민들을 운동장으로 끌어모을 심산이었다. 그러나 교사들이 자기네 목줄이 달려 있는 앰프를 호락호락 빌려줄 리가 없었다. 교사들은 방송 앰프가 든 캐비닛을 잠가놓고 그 앞에 진을 쳤는데 사세부득이하면 얻어맞아도 할 수 없다는 듯이 결연한 태도였다. 쌍방간에 한참 당기고 밀고 승강이가 벌어졌다. 양쪽 다 이삼십대의 젊은이들이었으나 교사 쪽에서 연상 "학부형님!" 호칭을 쓰면서 읍소작전으로 나왔다.

"제발 학부형님들, 고정하세요. 앰프를 내줬다간 우린 아예 줄초상나고 맙니다. 제발 좀 물러나주세요."

"입때껏 우리가 자원봉사로 나서서 이 고생을 하고 있는데 고맙다는 말은 못할망정 우릴 꼭 곤경에 빠뜨려서야 되겠습니까?"

"우리 교사들도 대부분이 수재민이에요. 억울하고 분한 심정 학부형 여러분에 못지않아요. 그렇지만 어떡합니까?"

처음부터 독한 마음 없이 엉거주춤 나선 청년들인지라 선생들의 이러한 '학부형' 공세에 속수무책일 수밖에 없었다. 이렇게 모처럼 시도된 행동마저 맥없이 와해되고 말자, 많은 사람이 더 볼 것 없다고 구청 앞 시위 현장으로 목소리를 보태러 떠나버렸다.

TV 중계차가 느닷없이 나타난 것은 그로부터 몇십분 지난 뒤였다. 크고 작은 두대의 중계차가 영문자 박힌 호사한 몸체를 번득이며 운동장 안으로 들어오자 허탈해 있던 사람들의 표정에 다시금 생기가 살아났다. 내부에 온갖 장비가 갖춰진 대형 중계차까지 동원된 것으로 보아 몇십분짜리 집중취재를 할 모양이었다. 사람들이 천천히 그쪽으로 다가갔다. 차가 멎으면서 사파리 상의를 입은 취재팀 세명이 경쾌한 동작으로 승강구 밖으로 뛰어내렸다. 그들은 주위에 모여드는 사람들을 현장에 으레 있게 마련인 구경꾼쯤으로 여겼던지 익숙하게 양미간에 주름살을 모으며 주위를 쓰윽 훑어보았다. 그중 새치가 희끗희끗 돋보이는 중년 사내가 책임자인 듯이 보였다.

"본부가 어디에 있죠?"

그러자 앞에 있던 새마을 모자 쓴 한 청년이 대뜸 퉁명스레 쏘아붙였다.

"본부는 왜 찾소? 용건이 뭐요?"

전혀 예상 밖의 대답에 오금 박힌 취재팀은 금방 눈이 휘둥그레졌다.

"저, 보시다시피 취재 건으로……"

그 말이 끝나기도 전에 이번엔 서너사람의 입에서 잇따라 야유가 터졌다.

"취재 좋아하네."

"우릴 왜 찍어? 우리가 동물원 원숭인가?"

"수재민 찍으러 왔으면 더 갈 것 없이 여기서 우릴 찍으시오. 우리가 바로 수재민이라는 동물이오."

그제야 심상치 않은 분위기를 깨달은 취재팀은 얼른 자세를 공손히 바꿨다.

"가슴 아프게 왜 그런 말씀 하십니까? 우리가 온 목적은 여러분이 처한 곤경을 세상에 널리 알려서 동포애를 발양시키고 좀더 많은 구호의 손길을 보내도록 하자는 것 아닙니까?"

"구호의 손길이라구? 어럽쇼, 우릴 떼거지 취급 하시네. 우리도 불우이웃 돕기 성금을 또박또박 낸 사람들이지만 그게 어디 성금이오, 세금이지? 우린 국민에게 누를 끼치는, 그런 값싼 동정이 아니라 정당한 피해보상을 받고 싶소."

사람들의 말투가 거칠어지자 이를 말리는 목소리도 얼핏 끼어들었다.

"거, 성금을 그렇게 언짢게만 생각할 건 없잖소. 시방 성금도 세금이나 다름없다고 했는데 차라리 그렇게 생각하고 떳떳이 도움받는 거예요."

"그렇죠. 우리가 불평해봤댔자 아직껏 수재에 피해보상이 나온 전례가 없잖소? 설사 피해보상이 나온다 해도 그것 역시 국민의 세금이긴 마찬가지 아닙니까?"

"이봐요, 누가 당신보고 통장 아니라고 할까봐 그런 되도 않는 논설 까슈? 시답지 않게시리!"

중계차 주변엔 어느새 이백여명의 수재민들이 잔뜩 붐벼들었다. 취재팀의 책임자가 시계를 들여다보며 초조하게 손을 비볐다.

"좀, 협조해주세요. 다 여러분을 위한 일인데…… 저녁시간에 나갈 프로라 한시가 급해요."

그러나 사람들은 도무지 물러날 기세가 아니었다.

"아니, 그만큼 말했으면 알아듣고 썩 물러나갈 일이지, 뭐야. 당신들 정말 우리 성질나게 만들 거요?"

"그 양반들, 정말 뭘 모르네. 빠른 기동성에 치밀한 정보망을 자랑하는 테레비가 그렇게 물정 어두워? 삼십분 전부터 요 건너 구청 뒤 수재민들이 데모를 벌이고 있다는 소리 못 들었소? 시방 우리도 한바탕 일 벌일까 벼르고 있는 중인데 여길 어디라고 기어들어왔나? 망신당하기 전에 빨랑 꺼지시오."

이때 뒤쪽에서 다급하게 소리쳤다.

"아니, 굴러들어온 떡인데 왜 놔줘요? 인질로 잡읍시다!"

'인질'이란 말에 사람들이 흠칫 놀라며 소리 난 쪽으로 고개를 돌렸다. 하늘빛 트레이닝 상의를 입은 그 청년은 시선이 일제히 자기에게 쏠리자 당황한 듯 얼굴을 붉히며 외면했다. 일순 언짢은 침묵이 흐르는 듯하더니 금방 여기저기서 봇물 터지듯 목청 높인 소리들이 중구난방으로 터져나왔다.

"그래요, 중계차를 인질로 잡읍시다!"

"프로듀서 양반, 우리가 취재에 협조해드릴 테니, 여기서 우릴 찍고 우리 주장을 방영해주시오. 이번 피해는 천재지변이 아닌 수문 시공업체와 당국의 불찰로 빚어진 인재가 명백하므로 마땅히 피해보상을 해주어야 한다, 이것이 우리의 주장이오. 이것을 보도해주시오!"

"왜 하필 우릴 잡고 그러세요? 우리야 무슨 죄가 있습니까?"

"죄가 없다고? 무슨 소리요! 노냥 왜곡보도, 허위보도를 일삼으면서 죄가 없다니! 이번도 방송만 잘 듣고 있으면 된다고 했잖소?
대피준비령도 없이 갑자기 대피령을 발동해놓구선 죄가 없다니!
그 바람에 우린 짐도 몇가지 못 챙긴 채 쫓겨났단 말이오.”

"우리야 뭐, 대책본부에서 불러주는 대로 보도했을 뿐이죠.”

“그럼 아까 오전 방송엔 왜 허위보도를 했소? 물이 조금도 빠지
지 않았는데 물이 빠져 주민들이 귀가했다는 허위보도는 왜 했소.”

“책임 없다니! 올림픽 메달리스트를 환영한답시고 여의도 광장
에서 비싼 축포를 함부로 팡팡 쏘아대 멀쩡한 하늘에 구멍 뚫어놓
고 이 비를 오게 한 것도 당신네 테레비여!”

“이번 기회에 지금 우리의 주장을 담아 한번 진실보도 해보쇼.”

“우리 프로듀서야 무슨 힘이 있습니까. 위에서 시키는 대로 할
뿐인데……”

“이봐요, 위는 무섭고 아래는 무섭지 않다는 거요? 무섭지 않더
라도 불쌍하지도 않어?”

“그것을 방송 못하면 못 나간다, 못 나가!”

“시장이 와서 책임 있는 말을 하기 전엔 못 나간다!”

“정문을 닫아버립시다!”

한떼의 젊은이들이 우르르 몰려가 철제로 된 정문을 밀어 닫고
빗장을 질렀다.

정문이 폐쇄되자 수재민들은 더이상 승강이를 벌이지 않고 중
계차로부터 멀찍이 물러났다. 취재팀도 수재민을 더이상 자극하는
일이 없도록 조심하여 차들을 남쪽 울타리에 바싹 갖다붙여 주차
시킨 채 밖으로 나오지 않았다. 전경 투입은 물론 금물, 다만 사복

서너명이 수재민 중에 몰래 끼어 앉아 담배나 축내고 있었다.

이렇게 중계차 두대가 억류된 상태에서 시간은 별 탈 없이 단조롭게 흘러갔다. 오후 늦게 식수차가 다시 왔는데, 그 차도 정문 폐쇄로 들어오지 못하고 밖에 우두커니 서 있었다.

그러는 동안에 침수지역은 썰물에 갯바닥처럼 서서히 물이 빠져나가고 있었다. 저녁 무렵이 되자, 먼저 물이 빠져나간 집들부터 귀가하는 사람들이 줄을 잇기 시작했다. 그들은 죄지은 사람처럼 연상 정문 쪽의 시위대를 힐끔힐끔 돌아보며 후문으로 빠져나가곤 했다. 수마에 능욕당해 인사불성으로 나자빠진 그들의 보금자리, 한시바삐 그곳으로 달려가 그 만신창이의 상처를 부둥켜안고 한바탕 울음을 터뜨리고 싶은 마음뿐이었다. 연탄 곤죽과 흙탕물에 뒤범벅된 집구석, 방고래가 주저앉아 장롱은 짜부라지고, 자빠진 냉장고 속엔 썩은 음식물의 역한 냄새, 더러운 구더기로 변해버린 쌀통의 흰 쌀, 따뜻한 신혼 이불도, 결혼사진 돌사진이 들어 있는 정다운 사진첩도 흙탕물에 무참히 결딴나고, 아기는 더러운 걸레뭉치가 되어버린 제 장난감을 보고 자지러지게 울어제끼고, 물 잃은 미꾸라지 댓마리 마당의 진창에 머리 박은 채 숨을 할딱거리고…… 귀가한 수재민들은 사경에 이른 그 미꾸라지들이 꼭 자기네 신세만 같아 한강으로 헤엄쳐 가라고 수챗구멍에 넣어줄 것이다.

밤이 이슥해지도록 귀가 행렬은 그치지 않았다. 시간이 모든 것을 해결해주었다. 시간이 흐름에 따라 물이 빠져나간 지역은 점점 넓어지고 귀가하는 수재민도 계속 불어났다.

TV 중계차들이 풀려난 것은 수용소 인원 태반이 빠져나간 밤 열

시경이었다. 구청 앞 대로변에 활활 타오르던 시위대의 화톳불도
그때쯤에 꺼졌다.

나
까
무
라

씨
의

영
어

쉰댓 나이에 중학교 교장이 된 임상규 씨는 교장 초년생이 으레
그렇듯이 갑자기 지체 높아진 자신의 위용에 현혹되어 흥분과 긴
장으로 충만한 나날을 보내고 있었다. 교장이란 워낙 수많은 경쟁
자 가운데서 발군의 실력으로 솟아나지 않으면 얻을 수 없는 희소
가치인지라, 그 자리에 취임한다는 것은 일생일대의 쾌거요 경사
였다. 물론 사돈이 논 사면 배 아프다고 야간대학 출신이니 아부
니 운운하면서 뒷전에서 험구하는 자들도 있긴 했지만 그런 시시
한 구설에 외눈 하나 꿈쩍할 그가 아니었다. 그러기는커녕 그것을
오히려 자신의 지체를 돋보이기 위한 후광으로 공개하기를 주저하
지 않았으니, 취임식날 강당의 단상에다 몇몇 친지가 보낸 화환, 화
분 가운데 모 의원의 이름자가 적힌 화분을 끼워넣은 것도 바로 그

런 속셈에서였다. 연줄이라는 것이 벌린 입에 홍시감 떨어지길 바라듯 해서 생기나? 그걸 눈 밝혀 찾아낼 줄 아는 것이 바로 실력이요, 감탄고토가 아닌, 그야말로 쓴 것도 눈 딱 감고 꿀꺽 삼킬 줄 아는 끈덕진 인내와 변화하는 상황에 따라 능소능대, 가볍게 몸 실릴 줄 아는 운신술이 있어야만 연줄을 붙잡을 수 있는 것이었다. 서른아홉 나이에 일선 교사직을 떠나 관청의 눈칫밥 먹기를 오년, 다시 학교로 돌아와 교장과 평교사 집단 사이에 끼여 늘 앉은 자리가 바늘방석이던 교감 노릇 하기를 또 오년, 마지막으로 다시 관청에 들어가 삼년을 지냈으니 그의 장년기는 철두철미 상명하복으로 일관한 고달픈 삶이었다. 그러므로 그의 교장 취임은 그야말로 고진감래요, 쥐구멍에 볕 들기요, 죽은 나무 꽃 피기인 셈이었다. 오랜 세월 죽어지내지 않으면 피울 수 없는 야릇한 꽃, 그는 부임 첫날 교장실의 안락의자에 전임 교장이 깔고 앉았던 낡은 방석을 내쫓고 모란꽃 세송이 화려하게 수놓인 새 방석을 깔았다.

그가 정년 퇴임한 전임 교장의 뒤를 이어 그 학교에 취임한 것은 학기 도중인 6월 중순께였다. 그때는 이미 학교 연간계획이 수립되어 나름대로 굴러가고 있는 터라 새 교장이 가슴 부푼 소신을 펴나가기엔 적잖은 애로가 가로놓여 있는 듯했다. 그러나 상규씨는 이에 개의치 않고 부임 초부터 교내 분위기를 일신시켜보려고 대단한 의욕을 과시했다.

관료의식이 몸에 밴 그의 눈에는 학교 전체가 전임 교장의 노추한 체취가 구석구석 스며들어 있어 '무사안일'과 '무질서'의 표본장같이 보였다. 그의 부임 초 첫 직원회에서, "병들어 누워 있는 이

학교를 끝내 일으켜세우고 말겠다"고 기염을 토하고, 첫 주임회에서는 "나는 집에서도 현관에 신발이 가지런히 놓여 있지 않으면 밖으로 내던져버리는 성미요" 하는 둥 몇마디 단도직입적인 언사를 구사하여 좌중을 놀라게 하더니, 취임식에 이어 두번째로 전교생과 운동장에서 만나는 월요 의식조회 때에는 고상한 말은 아예 생략해버린 채 다짜고짜로 "너희들 입은 그 옷 꼬라지들이 뭐냐! 불량하게시리! 당장 잠바 자꾸를 목까지 올리고 소매 단추를 채워! 자꾸는 잠그고 단추는 채우라고 있는 거야" 하고 으름장을 놓아 어린 계집아이들을 아연실색하게 만들었다.

다른 여학교와 마찬가지로 그 학교 아이들도 대개 값싸고 간편한 캐주얼이나 점퍼 차림이었는데, 그런 복장은 지퍼를 내리고 소매를 한겹 접어야 제멋이 난다는 것을 상규씨도 모르는 바 아니었다. 그리고 원래 그는 교복자율화에 대해 아무런 이의가 없는 사람이었다. 일정 때부터 반세기 가깝게 제복과 더불어 살아온 그인지라, 처음에는 배우는 학생이 제복 대신 '아무렇게나 입는 옷'이란 뜻의 캐주얼을 입는 것이 도시 못마땅했으나, 그것이 당대 이념인 개방주의의 한 표현임을 깨달은 후로는 한번도 그런 편견을 지녀본 적이 없었다. 그러므로 그가 영문 모르는 아이들 앞에서 그렇게 더럭 성질낸 데는 학기 도중 부임한 새 교장 보기를 의붓아비 대하듯 잔뜩 의심하여 흘끔거리는 학생들에게 한번 심술부리고 싶은 충동이 다분히 내포되어 있는 것으로 봐야 할 것이다. 관료체제의 상층부에 이를수록 후임자가 전임자를 고의적으로 폄하함으로써 자신을 드러내 보이는 작태는 흔히 있는 일로서, 사실 상규씨는 어질기로 정평난 전임 교장이 아직도 교사들과 학생들의 머릿속에 그리운 얼굴로 자리 잡고 있을 생각을 하면 여간 불쾌한 것이 아니었다. 어질다는 것이 무슨 잘나빠진 미덕인가. 교사들 사이에 어질다고 평판 난 교장치고 무능력자 내지는 무사안일주의자가 아닌 경우를 별로 본 적이 없는 그였다.

전임 교장은 교사, 아이들 할 것 없이 모두 풀어놓아먹였던 모양이다. 쉬는 시간만 되면 떠드는 아이들로 사층 교사 건물이 온통 떠나갈 듯이 시끌벅적 북새통을 이루고, 조회 때 단 사십분을 못 참아 대열이 비뚤비뚤해져버리고, 거울 같아야 할 복도에 휴지가 떨어져 있질 않나, 수업 중에도 교사들이 무슨 허튼소리를 하는지 아이들이 책상까지 두들기며 박장대소 웃음보 터뜨리는 소리가 하루에도 수십번씩 들리질 않나, 도대체 이런 따위가 무슨 얼어죽을 놈의 어진 교육이란 말인가. 한번은 교실 복도로 순시 나갔다가 뒤에서 잰걸음으로 추월하는 아이한테 슬리퍼 뒤꿈치를 밟혀 휘청거린 적이 있었는데, 하도 어이가 없어서 입에서 그 흔한 욕도 나오지 않았다. 제자가 스승의 그림자를 밟아서는 안된다는 옛말은 고사하고 도대체 다른 누구도 아닌 교장의 뒤꿈치를 밟다니! 그러나 그날 의식조회 때 있었던 그 기상천외의 발언은 단지 이러한 불만에서 충동적으로 튀어나온 것만은 아니었다. 원래 급한 성미이긴 해도 십여년 여러 상사들을 바꿔 모시면서 죽어지내온 그인지라 제 성미를 능히 다스리고도 남았다. 그러니까 그것은 충동적인 발언이라기보다는 의도적인 것이었다. 취임 벽두에 기상천외의 발언을 함으로써 교사, 학생 모두에게 충격을 안겨주자는 게 그 발언의 주된 목적이었다. 다스리는 일에는 무엇보다도 첫인상이 중요하다고 믿는 상규씨는 시무에 들어가기 전에 충격요법에 의한 강인한 이미지 구축이 급선무라고 보았던 것이다. 나는 이렇게 물불을 가리지 않는 직선적인 성격이니 알아서들 기라구!

아마도 그 학교 교사들이 대부분 남자였더라도 감히 그런 만용을 부리지는 못했을 것이다. 여교사들이 반수를 차지하고 있는 여학교의 남교사들이란 대개 물러터져 다루기 쉬운 것이 통례였다. 학교에 나와 있어도 집의 가장과 자식들에게 종속되어 마음은 늘 콩밭에 가 있는 여교사들이야 그런 약점 때문에 눈 한번 흘겨도 깜빡 죽게 마련이었다. 아무튼 상규씨의 이렇게 몇번의 극적인 연출을 통한 카리스마적 이미지 조작은 그의 큼직한 체구와 뻣세게 생긴 두상, 괄괄한 음성과 잘 맞아떨어져 무리 없이 성공해 보이는 듯했다. 그는 나이 같지 않게 앙가슴이 딱 벌어진 다부진 체격에다 술 실력 또한 대단했다. 주임들이 베푼 환영 술자리에서 그는 술 실력을 유감없이 발휘하여 좌중을 또 한번 놀라게 했는데, 주임들이 이튿날 교무실에 소문내기를 술로 교장을 당할 자는 아무도 없을 것이라고 하면서 마냥 주는 대로 넙죽넙죽 받아먹더라고 혀를 내둘렀다. 그런 평판 역시 상규씨가 의도한 바였다. 술 대여섯잔을 연거푸 받아먹고는 즉시 화장실 가는 체하여 목까지 차오른 그 생술을 손가락 넣어 적당히 뽑아버리는 비법이 있음을 아무도 눈치채지 못했던 것이다.

이렇게 하여 상규씨는 교사들 간에 '체격 좋고 술이 센 불같은 성격의 교장'이라는 카리스마가 확립되어갔다. 교사들은 결재판을 들고 교장실 문 앞에 다가설 때마다 그 안에서 제 성깔에 못 이겨 전신에 부르르 털바늘을 곤두세운 왕고슴도치처럼 웅크리고 앉아 있을 생각을 하면 가슴이 떨려 심호흡한 다음에야 노크를 하곤 했다. 계—주임—교감—교장. 위계질서를 단속하는 데 결재과정만큼 좋은 장치가 또 있을까? 상규씨의 공직생활은 한마디로 무수한 결재서류의 집적이라고 해도 과언이 아니었다. 결재판 들고 다니면서 갖은 수모를 겪었던 지난 세월을 생각하면 참으로 금석지감이 아닐 수 없었다. 이제 최종 결재자가 된 상규씨는 서류를 양미간을 잔뜩 찌푸린 채 들여다보며 붉은 싸인펜으로 휙휙 능숙하게 휘갈겨 기안문의 자구를 수정해 보이는 것이었다. "기안문이 이래가지고 되나! 책 사다가 정식으로 기안 요령을 익히시오!" 그는 자기 방에 불려오거나 결재서류를 들고 온 교사들에게 이삼십분씩 말을 시킬 경우에도 앉으라는 말을 결코 하지 않았다. 심지어 자기와 낫살이 비슷한 교감도 한참 앞에 세워놓고 얘기하다가 문득 생각난 듯이 "거기 앉으세요" 하고 능청 떨고는 했다. 직원회에서는 말수를 적게 하는 것을 철칙으로 삼았다. 대신 교감을 세워 대부분의 지시가 그 입에서 나가도록 함으로써 자신의 침묵이 웅변 이상의 효과를 거두기를 노렸다. 교장의 눈 밖에 난 자는 비담임으로 따돌려지고 주임 승진도 가망이 없는 법, 짭짤한 촌지봉투는 두고라도 담임반이 없이 겉도는 자가 어찌 선생이며, 교감은커녕 주임도 못 된 채 늙어가는 평교사란 또 얼마나 불쌍한 인생인가. 다행히도 교무실 한구석에는 평교사로 늙으면 어떤 몰골이 되는가를 실증해주는 산 증거가 있었다. 정년을 이년 앞둔 지리 담당 노교사가 바로 그 양반인데, 백발이 성성한 나이에 출석부 끼고 사층 꼭대기까지 숨을 헉헉대며 올라다니는 꼴이라든지, 짬만 나면 의자에 기댄 채 자울자울 조는 궁상을 보고 있으면 젊은 교사들이 뭔가 깨치는 바가 있을 테지.

모든 지시가 일사불란하게 착착 관철되어갔다. 교무실 책상의 책꽂이에는 책 한권 비뚜로 꽂혀 있는 법이 없이 두부모 잘라놓은 듯 규격 있게 정돈되고 아이들은 복도에서 발뒤꿈치를 들고 좌측통행을 지켰다. 각 부서의 기존 서류대장은 새로운 체제로 바뀌고 전에 없던 대장이 신설되었다. 꼭 있어야 할 대장은 진작에 있었던 것이고 새로 신설된 것은 없어도 좋은 것, 있으면 조금 편리한 것, 있어서는 불편한 것들이 전부였다. 복도의 게시물도 새것으로 바뀌었다. 이분 이상 걸리는 교사의 입실시간도 일분으로 단축해놓았다. 상규씨는 간밤의 숙취로 자기 방 소파에 기대어 혼곤히 낮잠에 취해 있다가도 수업 시작 종만 나면 흠칫 놀라 깨어 수업 들어가는 교사들의 동작이 얼마나 신속한지 시간을 재곤 했다. 교장실 복도로 떼몰려 지나가는 슬리퍼 소리는 대개 일분 안에 끝났다.

학급 회보들도 자진 폐간되었다. 회보를 내는 반이 모두 네반이었는데, 회보라고 해봐야 중학생 솜씨이니 오죽하랴만 팔절지 안팎에다 아이들이 직접 제 글을 제 글씨로 깨알같이 써넣은 다음 전자복사하여 반 아이들끼리 나눠 보는 일은 그들에게 퍽 정겹고 소중한 경험이었다. 그런데 상규씨는 만화, 별명, 은어 사용 등 저열한 내용이 많다는 가당찮은 이유를 들어 복사하기 전에 반드시 결재를 받으라고 지시한 것이었다. 담임교사의 조언을 받으며 아이들이 자율로 하는 작업을 결재 아닌 검열을 하겠다니, 아이들이나 선생들이나 무슨 초친맛에 회보를 더 만들겠는가. 자진 폐간은 오히려 상규씨가 바라는 바였다. 그것은 다름 아닌 유인물에 대한 그의 두려움 때문이었다. 학원사태와 관련하여 고등학교에는 이미 학생들이 임의로 제작하는 유인물을 단속하라는 지시가 떨어져 있었다. 설마 중학생이 어쩌랴마는 그래도 학교 안에 아이들이 제작한 유인물이 나온다는 것은 별로 탐탁한 일이 아니었다. 벌써부터 유인물 만들어 버릇하면 장차 상급학교에 진학해서 그런 방면에 선수가 되지 말라는 법이 있느냐는 것이 그의 소신이었다.

상규씨의 통치 판도는 비단 교내에만 국한되지 않고 교문 밖까지 연장되었으니, 아이들을 상대로 하는 잡행상 단속이 그것이었다. 군고구마 아이스크림 손거울 지갑 액세서리 같은 것들을 파는 그 행상들 가운데는 학부모도 적잖이 끼여 있어 단속하기가 여간 민망스럽지 않은 처지인데도 상규씨는 우물쭈물하는 교사들을 마구 다그쳐 멀리 큰길까지 내몰아붙이곤 했다.

이러한 일련의 조치는 원리원칙에 입각하여 아이들을 위한다는 명분 아래 행해졌기 때문에 교사들이 비록 뒷전에서 불평을 할지언정 정면으로 대들 만한 허점은 남겨두지 않고 있었다. 몇몇 젊은 축들을 제외하고는 대체로 될 수 있으면 빨리 새 체제에 적응하는 편이 상책이라고 퍽 순종적인 태도를 보였다.

교장이 된 지 어느덧 한달이 지났지만 상규씨는 오색구름에 싸여 공중에 붕 뜬 기분으로 여전히 흥분을 주체하지 못하여 여기저기 전화질로 자신의 출세를 알리고 이틀이 멀다 하고 술자리를 벌이곤 했다. 그렇게 술 마신 이튿날이면 조회가 끝나는 즉시 포니차를 몰고 나와 이발관을 찾기 일쑤였는데 길게 드러누워 면도사 아가씨의 써비스를 받으며 한숨 자는 것도 남모를 각별한 즐거움이었다. 눈을 감고 반수상태에 빠져 면도 써비스를 받노라면 면도사 아가씨는 얼굴은 없고 손가락만 가진 포근한 기계처럼 느껴진다. 눈을 감고 아가씨가 다가오기를 기다린다. 면도날이 가죽혁대에 쓱쓱 스치는 소리가 부드럽게 들리고 곧 아가씨가 다가온다. 눈을 감고 있어도 다가오는 그녀의 기척을 느낄 수 있었다. 그녀의 동작에 밀린 공기층이 흔들리면서 러닝셔츠 바람의 벗은 팔을 미미하게 간지럽힌다. 눈썹의 윤곽을 다듬던 아가씨는 귀밑과 구레나룻 자국을 면도하기 시작한다. 간밤에 먹은 술이 비료가 되었는지 수염은 까칠까칠 솟아 있다. 뽀드득뽀드득 털 깎이는 자디잔 소리가 그녀의 손부리 밑에서 감미롭게 들려온다. 그녀의 손목에서 초침 돌아가는 시계 소리가 들려왔지만 그것은 묵살하고 그녀의 육감적인 손부리에다 온 신경을 집중시킨다. 손톱이 바투 깎인 엄지와 검지의 손부리는 아주 통통하다. 비눗물이 묻어 매끄럽기도 하다. 엄지와 검지에 꼬집힌 볼살이 붉은 꽈리처럼 동그랗게 빠져나오고 그 위로 면도날이 가볍게 스쳐간다. 두 손가락은 계속해서 볼살을 여기저기 꼬집는다. 간지러운 쾌감이 일어나고 살갗 밑에서 모세혈관이 붉게 충혈된다. 드디어 기다리던 것이 왔다! 여자의 부드러운 살집이 왼쪽 어깨에 와닿더니 지그시 눌러댄다. 어깨 신경이 온통 거기로 쏠린다. 젖가슴일까 배일까? 숙인 여자 얼굴과의 거리는 불과 한뼘, 숨소리까지 다 들린다. 이때 아가씨의 전자 손목시계가 삑 하고 경고의 신호를 보낸다. 상규씨는 정신이 번쩍 난다. 열시 정각 신호로군! 지금 이 순간 학교에서도 어김없이 수업종이 울릴 것이다. 긴장된 교무실 광경이 눈에 선하다. 종소리에 맞춰 일제히 자리에서 일어난 교사들이 출석부꽂이 앞으로 급히 몰려간다. 초침 소리가 계속 들려온다. 쩩, 쩩, 쩩…… 이십초. 교사들은 비상걸린 병사들이 총가에서 총을 낚아채 달리듯이 저마다 민첩한 동작으로 출석부를 빼 옆에 끼고 꾸역꾸역 출입문을 빠져나간다. 쩩, 쩩, 쩩…… 삼십오초. 이제 그들이 슬리퍼 끄는 소리가 시끌짝하게 교장실 앞 복도를 울리며 지나간다. 잇달아 일어나는 슬리퍼 소리는 아가씨의 손목시계의 초침이 둥근 문자판 위를 한바퀴 채 돌기도 전에 뚝 끊기고 더이상 들리지 않는다.

이렇게 한달 반쯤 지나고 나니까 차츰 교사들의 불평 소리가 구체적인 양상을 띠고 상규씨의 귀에도 들려오기 시작했다. 주임교사들 외에도 평교사 중에 믿을 만한 채널을 서넛 확보하여 교무실과 젊은 축들이 잘 가는 시장 근처 소줏집에 잇대어놓고 있는 터라 교사들의 동정은 대체로 장중에 넣고 파악할 수 있었다. 그 채널을 통하여 들리는 바로는 입실시간 단축으로 교감이 그만 애꿎은 별명을 얻고 말았단다. 사환아이가 잠깐 방심하여 정각에 종을 안 치면 득달같이 교감의 입에서 "종 쳐라!" 하는 소리가 떨어지곤 했는데 그 '종 쳐라'가 방정맞은 젊은것들의 입에서 '종철아'로 바뀌어 김 교감은 그만 이름 갈아 '김종철'이 되어버린 것이었다. 뭐, "김종철, 종 쳐라!" 하고 저희들끼리 히죽거린다고 했지? 고얀 것들. 그러나 어느 분야, 어느 계층에서든 제 못난 성미 탓에 찬밥 먹기로 작정한 극소수 불평불만자는 있는 법, 구더기가 무서워 장 안 담글 수 있나. 당장은 국민에게 욕먹더라도 소신껏 밀고 나가는 강한 권력만이 역사를 창조할 수 있다고 피력한 어느 여당 의원의 발언에 상규씨는 전적으로 동감하고 있었다.

그런데 말뚝 박듯이 때려박은 이 요지부동의 체제에 최초로 행동으로 반발한 것은 매점 일 보는 미스 황이었다. 골목 구멍가게보다 못한 학교 매점에 밤사이 좀도둑이 들어 현금 오만 몇천원을 훔쳐갔는데 이 사건을 놓고 상규씨는 그야말로 호떡집에 불난 듯이 길길이 날뛰었다. 돈의 액수가 문제가 아니라 보안망에 구멍 뚫렸다고 숙직교사에게 시말서 써내라고 으름장 놓았다. 그러나 숙직자는 이튿날 수업은 하게 되어 있어 숙직(宿直)의 말 그대로 잠자면서 근무하는 게 원칙인지라, 꾸중이라면 또 모를까 근무평점에 누가 되는 시말서를 쓰라고 한 것은 애당초 부당한 처사였다. 숙직교사가 끝까지 버티자 상규씨는 할 수 없이 매점의 미스 황에게 시말서를 쓰게 했다. 정식 직원도 아닌, 올해 여상을 졸업하고 취직할 마땅한 데가 없어 임시로 와 있는 그 처녀에게 아무런 법적 구속력도 없는 시말서를 쓰게 함은 문서행정 만능의 그의 굳은 사고방식을 단적으로 보여준 예였다. 그러나 미스 황은 휴지 나부랭이나 다름없는 그것마저 쓰기를 단호히 거부하고 그날로 당장 보기 좋게 매점 일을 집어치우고 떠나버렸던 것이다.

시간이 흘러감에 따라 학생들도 교사들 못지않게 경직된 학교 분위기에 차츰 넌덜머리 내기 시작했다. 한번은 '쥐소동'이 있었다. 3학년 2반은 교장실 바로 위에 위치한 학급이라 아이들이 떠들지 못하도록 담임이 각별히 신경 쓰고 있었는데 바로 그 반에서 어느날 무슨 사고라도 난 듯이 갑자기 아이들의 비명 소리가 낭자하게 터지고 금방 교장실 천장이 내려앉을 듯이 우당탕탕 발 구르는 소리가 요란하게 났다. 상규씨가 크게 놀라 단걸음에 이층으로 뛰어올라간 것은 물론이었다. 그런데 헐레벌떡 교실 앞을 달려가보니 아이들은 물론 선생까지 언제 그랬냐는 듯이 시침 뚝 떼고 공부를 하고 있지 않은가.

사연인즉, 수업이 시작되자마자 한 아이가 느닷없이 "쥐다, 쥐!" 하고 날카롭게 소리지르며 책상 위로 황급히 뛰어오르자 그뒤를 따라 반 전체 아이들이 일제히 "에이구머니나!" 하고 비명 지르며 책상 위로 우당탕탕 뛰어오르는 소동이 벌어졌다는 것이었다. 이 '쥐소동'은 젊은 총각 선생을 골려주기 위한 조작극으로만 상규씨는 이해했지만 거기에는 아래층 교장실 때문에 늘 죽어지내야 하는 갑갑증을 한번 그런 식으로 터뜨려 교장을 놀래주려는 의도가 다분히 숨겨져 있었다. 이미 아이들과 선생들 사이에는 다 같이 피해자라는 동류의식이 암암리에 흐르고 있었던 것이다. "요즘 선생님들 보면 너무 불쌍해요." "너희들은 어떻고?"

이렇게 주위로부터 암암리에 도전을 받기 시작한 상규씨는 하품에다 딸꾹질까지 겹친 격으로 부지중 제 약점을 드러내기 시작했다.

언젠가는 월요 의식조회 때 아이들이 열중쉬어 자세에서 몸을 자꾸만 움직이고 뜨거운 햇볕에 어질증이 난 아이들이 두어명 열중에서 업혀나가는 걸 보고 상규씨가 몇마디 싫은 소리를 불쑥 던졌다가 낭패를 당한 적이 있었다. "학생이라면 좀 참을 줄 알아야지. 우리 때는 애국조회에 이러지 않았어요. 한겨울 영하 추위 속에서 벌겋게 상체를 벗고 건포마찰 했는데……"라고 개탄한 것인데 민감한 여학생들이라 다른 뜻은 제쳐놓고 상체를 벌겋게 벗었다는 말에 질색하여 전교생이 일시에 "어마!" 하고 소리를 질러버린 것이었다. 실수는 거기에 그친 것이 아니라 무심중에 내뱉은 그 몇 마디 말로 인해 상규씨는 젊은 교사들 간에 일제 소학교의 조회를 '애국조회'라 칭하고 건포마찰로 상징되는 일제 식민지 교육을 찬미하는 교장으로 판단이 나버렸다. 그 판단을 확인해주는 증거가 그뒤에 잇따라 나타났다.

시달리기로 말하면 평교사보다, 교장과 늘 접촉해야 하는 주임들이 더 심했는데 그들이 교장을 무마해보려고 또 한차례 술 한판 걸게 냈던가보다. 일행은 취흥이 도도한 나머지 이차로 카라오께 술집까지 진출했는데 거기에서 그만 그의 입에서 왜가요가 새어나오고 만 것이다. 이튿날로 당장 교장의 십팔번은 '아까시아노 하나'라는 소문이 왜자하니 나돌았다. 그리고 얼마 뒤에는 아예 '나까무라데쓰네'라는 왜식 별명이 붙어버렸다. 그것은 그가 상대방을 호되게 나무랄 때 부지중에 입버릇처럼 "당신 정말 형편이 영 나까무라데쓰네" 한 데서 나온 별명이었다. 교장이 내린 일련의 지시에 소극적인 반응을 보였다가 '나까무라데쓰네'라고 된통 욕을 먹은 젊은 교사 몇명이 그 욕이 무슨 뜻이냐고 일부러 나이 많은 교사들 이 사람 저 사람 붙잡고 묻는 시늉을 하면서 별명으로 만들어버린 것이었다. 그것이 '형편없는 사람'이란 뜻으로 밝혀지긴 했지만 왜 그 많은 왜성 가운데 하필 나까무라(中村)가 형편없는 성인지는 알 수가 없었다.

상규씨 자신도 어느날 우연히 '나까무라데쓰네'를 듣기는 했지만 그것이 차마 자기 별명인 줄은 몰랐다. 변소간에 쪼그리고 앉아 용변을 보고 있을 때였다. 그때 수업종 소리가 나고 본능적으로 시계에 눈이 갔다. 잠시 시계 초침의 운행을 눈으로 좇고 있는데 변소 앞 복도에 수업 들어가는 교사들의 발소리가 왁자하니 일어나더니 그중에 서너명이 변소 안으로 몰려들어오는 눈치였다. 그들은 변기에 오줌을 요란하게 내깔기며 저마다 한마디씩 툭툭 내뱉는 것이었다.

"허허, 이 사람들 보게, 제때 수업 안 들어가고 변소부터 들러? 나까무라데쓰네가 보면 좋겠네."

"난 말이야, 아예 오줌을 질끈 참았다가 수업 들어갈 때 누기로 했어. 요렇게 변소에서 일분 까먹는 게 아주 깨소금 맛이거든."

"난 멀쩡하다가도 수업종만 나면 찔끔찔끔 오줌이 지리니 이게 무슨 병이지? 허허허!"

"조건반사지 뭐야. 제기럴, 우리가 뭐 자동인형인가. 종만 치면 온 교무실이 놀라 발딱발딱 일어나야 하니, 원. 정말 해도 너무 사람 볶아치는군."

"종, 발딱, 종, 발딱. 그것참, '산토끼' 노래에 맞춰 부르면 좋겠네."

그들은 이런 식으로 한바탕 떠들고는 이내 밖으로 나가버렸다. 이 말을 엿들은 상규씨는 욱하고 부아가 치밀었으나 바지를 까내리고 앉아 있는 처지라 어찌할 수 없었다. 도대체 저것들이 어떤 놈들일까? 그놈들 낯짝을 알아두지도 못한 채 속수무책으로 당하고 만 상규씨는 워낙 장소가 장소인 만치 똥물이 몸에 튄 것처럼 여간 불쾌한 것이 아니었다. 그러나 '나까무라'가 저희들끼리의 무슨 해괴한 은어인 줄로만 생각했으니 망정이지, 그게 자기 별명인 줄 알았더라면 그 급한 성미에 아마도 바지춤 쥐고 벌컥 밖으로 뛰쳐나갔을 것이다.

그것이 자신의 입에서 나온 말인데도 그가 짐작조차 못했다는 것은 조금도 이상한 일이 아니었다. 사람의 버릇이란 남이 일깨워주지 않으면 평생 모르고 지낼 수도 있는 것이니, 만시지탄이긴 해도 상규씨가 이세 교육의 막중한 영향력을 행사할 위치에 오른 만큼 주위에서 날카롭게 그 허물을 지적하여 일깨워주는 것이 꼭 필요한 일이었다. 그래서 시장 근처 소줏집에서 입방아를 찧어대는 젊은 교사들이 언젠가 정면으로 대들 날이 반드시 오게 마련이었다. 물론 그러한 허물은 비단 상규씨에게만 있는 것이 아니었다. 수년 전에 한일의원연맹 소속 어느 선량이 일본 의원들과 어울린 술자리에서 한번 원 없이 왜말을 지껄이고 흘러간 엥까를 불렀노라고 자랑했다가 신문 가십거리가 된 적도 있지만 일제 때 청소년기를 보낸 사회 지도층 인사들치고 일제 교육의 해독이 남아 있지 않은 사람이 과연 얼마나 될까? 각계각층의 상좌에 버티고 앉아 그들이 유포하는 권위주의와 친일 성향은 사회 발전에 큰 장애 요인이 되고 있음은 널리 알려진 사실이었다.

그러면 화날 때 상규씨의 입에서 무심코 튀어나오는 '나까무라', 그 무의식의 배경은 무엇일까? 단기로도 서기로도 따져본 적 없이 그저 소화(昭和) 몇년이라고만 알고 있는 이른바 '국민총동원령'이 떨어진 그해에 소학교에 들어간 상규씨는 칠년 후 중학 2년에 해방을 맞을 때까지 성장기의 어린 혼과 몸이 전시체제 교육의 용광로 속에서 분쇄되고 용해되고 주조되는 혹독한 시련의 과정을 거친 사람이었다. 그 체제교육이 어찌나 파괴적이었던지 자신을 피해자로 여겨본 적이 단 한번도 없는 상규씨였다. 피해자이기는커녕 이렇게 높은 영달까지 하지 않았는가. 따라서 교장 초년생이 된 그가 장차 어떤 교장이 바람직할까, 그 모델을 머릿속에 그려볼 때 토요시 교장 얼굴이 자연스럽게 떠올랐다.

그 사람은 상규씨가 다니던 소학교 분교의 교장 겸 5, 6학년 때 담임으로 한겨울 영하의 추위 속에서도 아이들에게 건포마찰을 강행하던 장본인이었다. 그는 단상에 떡 버티고 추위에 입술이 시퍼레진 아이들에게 웃통을 벗으라고 명령하고는 자기도 국민복 상의를 벗었다. 웃통을 벗으면 신문지로 오려 만든 종이 조끼 한장이 알몸에 걸쳐져 있었는데, 그가 한 손으로 종이 조끼를 거칠게 북 찢어발기면서 검도로 단련된 우람한 상체를 드러내는 순간은 군신(軍神) 노기 대장의 화신처럼 실로 두렵고도 짜릿한 전율을 일으키는 장면이었다. 얼어붙은 허공을 쩌렁쩌렁 울리는 구령 소리, "이찌, 니(하나, 둘), 이찌, 니." 동조동근(同祖同根), 내선일체, 창씨개명, 조선어 박멸, 황국신민, 신사참배, 보국충성. 그 모든 명령이 그 사무라이 교장 입에서 나왔다. 신사 입구에 심은 벚나무에 올라가 버찌를 따 먹다가 들킨 동급생이 신성모독했다고 그 이튿날 조회 때 전교생이 지켜보는 가운데 앞으로 끌려나와 토요시 교장이 사정없이 휘두르는 목검에 까무러친 일도 있었다. 그 아이는 목검이 연약한 몸에 떨어질 때마다 "아이고, 아이고" 하고 비명을 질렀는데 일본말로 '아이따, 아이따' 하지 않는다고 매를 더 맞았던 것이다. 그 아이는 공부도 못하고 조행성적도 형편없었다.

그렇게 무서운 교장도 공부 잘하는 아이들은 눈여겨보고 다독거릴 줄 알았다. 봄과 가을에 석차순으로 열명까지 두명씩 자기 관사로 불러 하룻밤 재우며 일본 예절을 가르쳐주기도 했는데 상규씨도 한번 그 자리에 낀 적이 있었다. 사모님이 세숫대야에 떠다준 따뜻한 물로 때가 까맣게 앉은 까마귀발을 깨끗이 씻고 쌀 공출로 기장밥, 콩깻묵 먹던 입에 흰 쌀밥 먹는 맛이라니! 거기에 초대되었던 아이들은 어른이 되어도 그 흐뭇한 기억을 잊지 못했다. 그러나 그것이 일제가 반도에 저들의 수족인 매판 계층을 형성시키려는 방편인 줄은 상규씨는 어른이 되어도 여전히 깨닫지 못했다. 강경과 유화는 동전 앞뒤의 관계로 식민지 경영의 표리를 이루는 정책이었다.

더구나 토요시 교장은 상규씨에게 한가지 중요한 기술을 가르쳐준 고마운 은사이기도 했다. 검도 유단자인 그는 글라이더 제작 솜씨도 좋아 검도반 외에도 공작시간에 글라이더 만들기를 자주 시켰다. 상규씨가 만든 것이 그중 모양이 낫고 멀리 날았다. 공부는 10등 안팎을 오르내렸지만 자기가 만든 글라이더가 히노마루 붉은 빛도 선명하게 운동장을 가로질러 누구 것보다도 더 멀리 활공할 때면 가슴 뿌듯한 우월감이 느껴지곤 했다. 그는 자기가 만든 글라이더를, 진주만 공격 때 공훈을 세운 전투기 이름을 따 '제로샌'이라고 명명했었다.

이렇게 배운 기술은 훗날 교직에 나가서도 요긴하게 쓰였으니 글라이더 공작반을 운영하여 양 날개의 히노마루가 있던 자리에 태극 마크 혹은 미군을 상징하는 별표를 그려넣은 글라이더를 제작했다. 안보교육과 과학교육이 중요한 교육적 슬로건으로 고창되고 있을 때 이러한 글라이더반 활동은 곧 주목을 끌어 전국대회에 두번 입상하고 그 공로로 상규씨는 근무평점에 귀중한 2점을 가산할 수 있었다. 그렇다고 상규씨만 토요시 교장을 은사로 생각한 것은 아니었다.

굴욕외교라고 대학생들이 아우성치던 한일회담이 타결되고 양국 간에 국교가 재개된 지 삼년 후에 토요시 교장이 한국을 방문하여 옛 제자를 찾았을 때, 이십여명의 분교 선후배가 옛 스승을 맞아 뜻깊은 동창회를 벌였던 것이다. 여기서 유독 상규씨네 동창회만 트집 잡고 따질 것은 없을 것이다. 그런 동창회가 한때 서울 장안에 유행이다시피 했거니와 도도한 취흥에 겨워 연방 호탕한 웃음을 터뜨리는 내지인 은사를 둘러싸고 반도인 제자들이 유창한 왜말로 옛 추억을 더듬는 그 술자리의 정경을 상상해보기란 그리 어렵지 않다. 해방 후 급격히 일어난 영어 붐에 편승하여 콘사이스깨나 뒤적거리긴 했지만 매양 영어에는 자신이 없는 그들이라 한일회담 결과로 일어가 영어에 버금가는 외국어로 격상될 판이니 얼마나 기뻤을까. 매 맞아가며 공들여 배운 일어를 이십여년간이

나 써보지 못한 채 억울하게 주눅 들어온 그들은 이제 내지인을 맞아 목에 묵은 때를 벗겨보려고 서로 앞다퉈 왜말을 지껄이고 취기가 더욱 오르면 '나까무라데쓰네' 씨의 십팔번인 '아까시아노 하나'와 같은 엥까도 부르고 심지어 개중에는 제 기억을 뽐내려고 '황국신민선서'를 읊조려보였을 것이다. 그러나 아무리 그 자리가 취흥이 낭자하여 태평양전쟁 때의 별의별 구호가 다 튀어나왔다고 해도 '미영귀축(米英鬼畜) 격멸'이야 하마 입 밖에 나왔을까?

그러고서 수년 후 평지돌출의 기적처럼 '10월유신'이 우뚝 솟아났을 때 상규씨는 그것이 제정 때 '국민총동원령'의 모태에서 탄생한 체제임을 온몸으로 실감하고 흥분으로 몸을 떨었다. 그 반가움이란 물 본 기러기에나 비할까. 노랫말을 빌린다면 그야말로 '내 놀던 옛 동산'이요, '옛날의 금잔디 동산'이었다. '한국적 민주주의 우리 몸에 맞는 옷'이라는 구호대로 유신이야말로 그의 몸에 딱 맞는 '국민복'이었다. 그는 교사로서 토요시 교장처럼 체제교육에 멸사봉공했다. 명령과 지시, 그리고 복종. 자율도 어색하고 재량도 부담스럽다. 그저 명령만 내려주시오. 골수를 후벼내는 강력한 명령만이 복종자를 짜릿한 희열에 떨게 한다. 상규씨는 유신 중에 교감으로 승진되었다.

유신이 몰락하기 직전에 상규씨는 용케 연줄 잡아 연구관으로 승진, 다시 관청으로 들어갔다. 유신은 끝났지만, 그 틀은 그대로 남아 상규씨는 상황에 별다른 변화를 느끼지 못했다. 그가 몸담고 있는 관청이나 그 감독을 받고 있는 일선 학교나 여전히 상명하달의 수직 계통에 따라 일사불란하게 움직이고 있었다. '교복자율화'

가 있었지만 그것도 일체의 왈가왈부 '비생산적' 논의를 배제하고 위에서 수직으로 뚝 떨어진 지시였지 자율의 허용은 아니었다. 다만 외형상의 변화가 있었으니 개방주의가 그것이었다. 개방주의 정신에 따라 학교에 영어회화 교육이 의무화되면서부터 사회 전반에 영어 붐이 크게 일었다.

영어 붐 조성에 TV들이 앞장서고 카세트 출판사들이 재벌 소리 들을 정도로 영어산업은 크게 번창했다. 초보자를 위한 성인영어, 주부영어도 성시를 만나고 영어 조기교육의 필요성이 강조되어 국민학생, 심지어 유치원생까지 영어 바람에 휘말렸다. 그야말로 전대미문의 영어 붐이었다. 영어는 이제 전 한국인이 갖추어야 할 필수 교양이요 상식이었다.

영어 붐에 발맞춰 각종 개방 조치가 폭죽처럼 화려하게 펑펑 터져올랐다. 86·88의 대서특필, 그에 따른 엄청난 스포츠 붐. 각종 국제대회, 사사 여행자, 공무 여행자, 해외 유학생, 해외 연수자의 급격한 양적 팽창. 로열티 붙은 외국 상품의 범람, 수입자유화 등등 허공에 씽씽 돈 바람이 영어 바람과 함께 섞어쳐 불어대는 소리가 상규씨 아둔한 귀에도 들려올 지경이었다. 특히 교육자의 한 사람으로서 아동 청소년의 급격히 달라진 의복 풍속이 눈에 거슬렸다. 학교와 길거리는 각양각색의 블루진, 캐주얼 물결이 흥청대고 가슴팍에도 궁둥짝에도 가방에도 신발에도 낙인처럼 영문자가 박히고, 그들이 때와 장소를 불문하고 게걸스럽게 씹어대고 빨아대는 과자류, 청량음료치고 영어 발음식 상표가 안 붙은 게 없었다. 위에서 하자는 일이라면 무엇이나 꿈보다는 해몽 격으로 좋게 생각하자는 주의인 상규씨도 과연 이 개방 바람을 공자로 풀어야 할지 맹자로 풀어야 할지 난감했다. 그렇다고 개방주의의 즉흥성, 맹목성을 꿰뚫어본 것은 아니고 다분히 영어 콤플렉스에서 나온 심정적 반응일 뿐이었다. 영어에 못지않게 일어도 중요한데, 하는 것이 그의 소견이라면 소견이었다. 그러나 죽은 송장까지도 영어 하겠다고 꿈지럭거릴 지경으로 천하대세를 이루어 불어닥치는 영어 바람을 도저히 모면할 도리는 없었다. 영어를 못하면 죄인처럼 주눅들어야 할 시대가 온 것이었다. 더군다나 소년 시절에 왜말로 '미영귀축 격멸'이라고 수없이 외쳐댄 경력이 있는 상규씨인데 왜 영어에 대한 죄책감이 없겠는가. 그리고 종합상사에서는 승진하는 데 영어가 필수라는데 혹시 교장 나가려면 영어 실력을 문제 삼을는지도 모를 일이었다.

상규씨는 곧 정신을 수습하고 새로운 변화에 능동적으로 몸을 실었다. 옛날에 일년 남짓 배웠던 구닥다리 영어를 밑천 삼아 TV 영어강좌를 떠듬떠듬 듣기 시작하다가 백문이 불여일견이라는 해외연수 명목으로 한달간 국비로 미국을 관광하고 온 후로는 영어에 대한 감각이 사뭇 달라졌다. 일단 시각을 조정하고 나니까 모든 개방 풍속들이 퍽 우호적으로 보였다. 영어공부를 따로 할 것 없이 사방에 지천으로 널린 것이 영어였다. 상품치고 영문 상표 안 붙은 게 없고 점포치고 영어 발음식 상호를 안 단 게 드물지만 우선 눈요기하기는 사람이 제일이라 그것도 젊은 여자의 의복, 신발, 가방, 액세서리 등의 영문자들이 그중 생동감 있는 영어 학습자료였다.

유명 상품 중에 상당수가 세를 내고 빌려오는 외국 상표들이지만, 이른바 그 로열티란 것도 어지간히 비딱한 눈에나 문제성 있게 보이지 상규씨 같은 정상적인 눈에는 별게 아니었다. 로열티가 붙은 무슨 도넛과 무슨 햄버거가 국내에 처음 선보였을 때 우연찮게도 어느 TV에서 햄버거 센터와 도넛 하우스를 무대로 한 코미디 연속극을 꽤 오랫동안 방영하여 그 영업을 크게 선전해준 적이 있었는데 그러한 문맥을 전혀 읽을 줄 모르는 상규씨는 그 코미디를 볼 때마다 미군모를 쓴 주방장이 미 본토 발음이라고 연상 '햄버얽', '도우넛' 하는 소리를 재미있게 따라 발음해보곤 했었다. 햄버거가 '햄버얽', 도나쓰가 '도우넛'이라고 발음되는 것은 그에게 하나의 경이였다.

하여간 상규씨는 영어 배우는 방법이 특이해서 항시 소형 사전을 넣고 다니면서 사람의 몸(그것도 젊은 여성!)에 붙은 영어 단어를 하나둘 주워 모으는 걸 취미로 삼았다. 한번은 어떤 발랄한 처녀의 찰싹 달라붙은 티셔츠의 등짝에 씌어진 'One Wild'n Crazy Girl'의 글 뜻을 사전을 꺼내 새겨보고는 혼자 쿡쿡 웃음을 흘린 일도 있었다. 그러다가 신촌 로터리에서 두 여대생의 축제용 티셔츠에 씌어진 '민족과 현실'이란 걸 보고 얼마나 기분이 잡쳤던지! 한마디로 백주에 망령 본 듯이 가슴이 섬뜩했다. 아직 대학의 삼민주의가 정치문제화되기 전이었지만 상규씨는 직감적으로 거기에 내포된 신랄한 공격성·과격성을 간파할 수 있었다. 그것은 대세에 거역이요, 대명에 불복이었다.

어쨌든 이런 식으로 젊은 여자에게 한눈팔기를 서너달 하고 나니까 제법 영어 상식이 는 듯했다. 그런데 영어 배우는 것보다 더 중요하고 시급한 것이 생겼다. '차 없는 사람＝못난 사람'이란 등식이 일반상식처럼 통용되는 마이카 붐이 그것이었다. 마이카야말로 교장의 자격요건이었다. 교장이 되려면 기동성과 품위와 무게를 갖춰두는 게 급선무였다. 홀몸 무게 칠십오 킬로그램만 가지고는 불충분하고 거기에 육백 킬로그램의 차 무게를 합쳐야 비로소 사람의 체중이라고 일컬을 만했다. 차 있어야 사람 취급 하는 세상에 차 없이 무슨 승진 운동을 하나. 그래서 그는 작년 여름에 좀 무리해서 포니차를 구입해서 오너드라이버가 되었다.

차를 산 후로 상규씨는 자신의 존재를 한시라도 차와 분리해서 생각할 수 없게끔 되었다. 차와 연결되어야만 자신의 존재가 완결되었으니 핸들을 잡으면 언제나 썰린더 속의 단속적인 폭발음이 온몸에 충일하고 축전지 전류가 체내에 흘러들어오곤 했다. 소년 시절에는 그가 만든 제로생 글라이더가 세상의 그 무엇보다도 소중하더니 이제는 포니가 그의 떼어놓을 수 없는 분신이었다. 그는 자기 포니를 "마누라보다 더 아낀다"고 농담 아닌 진담을 곧잘 하곤 했다. 포니를 얼마나 속속들이 사랑하고 싶었던지 부속 이름도 일일이 영어 철자로 쓸 수 있도록 익혀놓기까지 했다. 그 오죽잖은 영어 실력에 오십개가까운 부속 이름을 영어로 왼다는 것이 그리 쉬운 일이 아니었다. 이렇게 해서 영문자로 된 포니 부속 이름들이, 글라이더 제로생 부속 이름들 도오따이, 호오꼬오다이, 스이쪼꾸, 스이헤이 등등 일어 단어들과 나란히 그의 머릿속에 자리 잡게 된 것이다.

이제 상규씨의 전력을 대충 훑어보았거니와 이러한 사고와 행동의 틀을 가진 교장이고 보니 젊은 교사들과의 정면충돌은 불가피한 것이었다. 서른살 안팎의 고만고만한 또래의 젊은 교사들 예닐곱은 거의 매일이다시피 시장 근처 소줏집에서 어울렸는데, 새 교장을 안주 삼아 씹다보니 자연히 교육이념의 문제라든지 지시 명령의 전도체로 전락해버린 평교사들이 다시 교육의 주체로 부상되어야 한다, 영문 상표가 밖에 붙은 옷 종류는 되도록 입지 않게 학생들을 설득해보자는 등 참으로 많은 교육적 논의가 중구난방으로 열띠게 벌어졌다. 그런 식의 술자리 대화는 사람 좋은 저번 교장이 있을 때는 별반 없었던 일이거니와, 강압의 본질인 파괴성이 오히려 이러한 참된 씨앗을 배태시킨다는 역설은 아마도 만고의 진리인가보았다.

그런데 뜻밖에도 맨 먼저 포문을 연 것은 63세의 그 노교사였다. 학생부 교사들을 시켜서 교문 밖 잡행상을 단속해온 상규씨가 인원을 더 늘린다고 그 노교사를 포함한 비담임 다섯명을 끼워넣은 것이었다. 평교사로 늙어 정년을 이년 앞둔 노인을 그런 고역을 시킨다는 것은 더할 수 없는 모욕이었다. 교무실 구석자리에 있는 듯 없는 듯 그림같이 조용히 앉아 있던 그 노교사가 어느날 적막을 깨뜨리며 분연히 일어났다.

"옛날 왕조시대에도 수령이 지방에 도임하면 먼저 그곳 촌로들을 돌아보고 무마하기를 도리로 삼았소. 그런데 교장 당신은 그러기는커녕 평교사로 늙은 나에게 참을 수 없는 모욕을 주었소. 그것은 단지 나에게만 그치는 게 아니라 전 평교사에 대한 중대한 모욕이기에 이렇게 일어난 것이오. 노인 대접을 해달라는 요구가 아니오. 늙은이를 부려먹으려면 좀 일 같은 일을 가지고 부려먹으라 이 말이오. 잠행상 단속이라니! 도대체 우리가 경찰이오 뭐요? 그들도 먹고살자고 하는 일인데, 그중에 우리 학부모도 적잖은데, 어떻게 박정히 내몰란 말이오? 혹 불량식품이 염려된다면 유인물 같은 것을 돌리면서 좋은 말로 계몽시키는 게 우리 선생이 할 일이지."

이렇게 격렬한 어조로 시작된 교장에 대한 공박은 무려 이십분 간이나 계속되었는데 그간의 교장의 방침을 조목조목 따져 꾸짖는 그야말로 준열한 일장 훈시였다. 노교사는 교장의 정의를 다음과 같이 내리는 것으로 발언을 끝냈다.

"교장이라는 것이 별거요? 외부에 대해 학교를 대표하고 예산이나 많이 따오도록 노력하는 게 교장이 할 일이지 교사 업무에 일일이 간섭하여 심지어 수업하는 교실에 쥐새끼 풀방구리 드나들듯 드나들며 무례를 범하는 것이 교장이 할 짓이오? 앞으로는 주의하시오!"

너무 뜻밖에 당한 봉욕이라 상규씨는 한마디 대꾸도 못했다. 그는 나중에 노교사의 발언을 중간에 잘라버리고 맞받아치지 못한 걸 두고두고 후회했지만 사실 그때는 어리벙벙해서 도무지 제정신이 아니었다. 노인의 목소리가 어찌나 카랑카랑하고 매서웠던지 옛 상사가 나타나 꾸짖는 게 아닌가 착각할 정도였으니까.

이렇게 꼼짝없이 당해 심술보가 부풀 대로 부푼 상규씨는 여러 날 분을 삭이느라고 머리가 다 벗어질 지경이었다. 이왕 망신당한 바에 사정 두지 않고 마구 해대고 싶었지만 이제는 호락호락 당하고만 있을 교사들이 아닌 것 같았다. 사실 교무실은 그 사건을 계기로 전과 판이하게 달라져 있었다. 주눅들었던 분위기가 아연 활기를 띠고 고질적인 상명하달의 일방통로를 하의상달로 올라가자는 주장이 공공연히 나돌아다녔다.

과연 상규씨에게 망신살이 뻗쳤는지 그 사건이 있은 지 일주일이 채 못되어 폐품수집 건으로 이번엔 젊은 축들로부터 또 한차례 훈계를 듣고 말았다. 그 학교의 폐품수집은 폐휴지 모으기였는데, 상규씨는 형식에 치우친 새마을운동을 보다 내실 있게 한다는 취지 아래 폐휴지 대신 알루미늄 깡통을 수집하라고 지시했는데 '깡통' 소리 낭자한 그 '깡통논쟁'을 소개하면 이러했다.

"휴지는 부피만 커 아이들이 들고 오기도 불편할뿐더러 팔아봐야 몇푼 받지도 못하지 않습니까. 알루미늄 깡통은 발뒤꿈치로 콱 밟아 납작하게 찌그러뜨리면 일주일에 다섯 깡통 가져오는 거니까 부피가 얼마 안돼요. 필히 알루미늄 깡통이라야 합니다. 오렌지 주스 같은 양철 깡통은 소용없어요. 콜라 환타 맥주 깡통 같은 것이라야지."

교장의 이 지시는 당장 반대의견에 부딪쳤다. 먼저 자리에서 일어난 것은 생물교사였다.

"그건 아무래도 곤란한 것 같은데요. 중산층 아파트촌에 있는 학교라면 그런 깡통이 많이 나오니까 그게 가능할 테지만 우리 학교는 워낙 변두리가 아닙니까."

"그러니까 그 점 감안해서 많이도 아니고 일주일에 일인당 다섯 깡통으로 하자는 것 아니오! 다 교사가 어떻게 말하느냐에 달려 있

어요. 집에 없으면 밖에서 수집해야지. 그것이 오히려 폐품수집의
의의를 살리는 올바른 태도요. 알겠소? 부존자원이 부족한 나라이
므로 폐품이라도 버리지 않고 재생 활용해야 한다는 근검절약 정
신 말이오!"

상규씨가 이렇게 상투적인 어투로 답변하자 젊은 교사 세사람이
번갈아 일어나며 파상공세를 벌였다.

"제가 말씀드리겠습니다. 교장선생님, 폐품의 재생 활용 건이라
면 별로 걱정할 게 없을 것 같습니다. 알루미늄 깡통이 그중 값나가
는 쓰레기라 우리 학생들이 줍지 않아도 착실히 수집되고 있지 않
습니까. 그걸 벌이로 하는 사람들이 따로 있는데 자칫 그들의 생업
에 지장을 주는 결과가 되지 않을까 염려스럽습니다. 더구나 여학
생들인데 설사 길거리에 빈 깡통이 뒹굴고 있다 하더라도 선뜻 주
우려 할까요? 보나 마나 가게에서 빈 깡통을 사오거나, 핑계 김에
돈 타다 콜라 사 먹을 게 뻔합니다. 이러다간 근검절약이 아니라
오히려 못된 소비풍조를 조장하는 우를 범하게 되지 않을까요?"

"그건 조선생이 맞습니다. 깡통 수집한다 하면 당장 학부모로부
터 항의전화가 들려올 게 틀림없어요. 그러한 사례는 강남의 어느
중학교에서 실제로 있었습니다. 그 학교에 제 친구가 근무하는데
요, 그 학교는 중산층 아파트촌에 있어 빈 깡통 모으기가 훨씬 수
월한데도 학부모로부터 항의전화를 받고 중단했다는 겁니다. 아이
들이 깡통 핑계 대고 콜라 사 먹겠다고 자꾸 돈 달라는 거예요. 심
지어 선생들이 코카콜라 회사로부터 얼마나 돈 받아먹었길래 그런
식으로 판촉활동을 벌이느냐는 비난까지 있었답니다. 환타도 코카

콜라 회사 제품이라는 겁니다.”

“정말 그래요. 다른 것 놔두고 하필 코카콜라입니까? 코카콜라를 놓고 세칭 GI 문화의 첨병이니, 경제적 공세의 첨병이니 뭐니 하는데 말입니다. 구강에 말초적 자극만 주는 무용의 식품, 우리의 풍속을 해치는 더러운 음료인 코카콜라의 빈 깡통을 놓고 우리가 이렇게 운운한다는 것은 참으로 서글픈 일이 아닐 수 없어요.”

이렇게 무참히 공격당한 상규씨는 분기를 이기지 못하여 “너희들은 집안에 어른도 없는 개불쌍놈이냐! 그런 말버릇이 어디 있어! 아무것도 아닌 쓰레기 깡통을 가지고 침소봉대해서 교장을 능멸하다니!” 하고 소리지르긴 했지만 역시 망신은 망신이었고 그 계획은 결국 취소할 수밖에 없었다.

이렇게 두차례 연거푸 얻어맞은 상규씨는 슬며시 교무실이 두려워졌다. 기왕에 벌인 일들은 추호도 양보할 생각이 없었지만 앞으로 내놓을 새 계획들이 문제였다. 예산이 한정되어 있는 마당에 새로운 계획이라고 해봐야 기껏 아랫돌 빼다 윗돌 괴는 식의 허망한 것들뿐이었다. 하기는 가만있어도 중간치 평가를 들을 것을 공연히 긁어 부스럼 만드는 사람이 어디 상규씨뿐일까. 뭔가 일 벌여 놓지 않고는 못 배기는 성미인 상규씨는 얼마 후에 학생 명찰 건을 내놓았다가 파리한 약골 체질의 젊은 영어교사에게 봉욕을 당하고 말았다.

상규씨는 학생들이 학교에서만 패용하는 아크릴 명찰을 달리 바꿔볼 계획이었는데 그 착상이 매우 기발한 것으로 자부하긴 했으나 혹시 어떨지 몰라 교무실에 발표하기 전에 미리 영어과 선생들을 불러 자문을 구하는 형식을 취했다. 상규씨는 득의만면한 웃음을 지으며 "여러분은 영어 전공이니까 다 알 테지만, 연전에 내가 미국 시찰 갔을 때 보니까 그곳 학교에서는 1, 2, 3학년을 프레시맨, 주니어, 씨니어라고 합디다. 그렇죠?" 하고 말을 꺼내더니 명찰의 학년 표시를 그렇게 영문으로 바꿀 계획인데 어떠냐고 물어왔다. 학교 개성을 살릴 수 있어 좋고, 영어 배우는 분위기에도 합당해서 좋고, 다정다감한 여학생들인 만큼 프레시맨, 주니어, 씨니어 하고 발음해보는 잔재미도 있지 않겠느냐는 것이었다. 영어교사들은 역시 좁쌀이라 별거 다 생각하는구나 하고 시답지 않게 여기면서도 그렇게 불러서 의논해주는 것이 전에 없는 태도 변화라 대견스러웠던지 대개가 군소리 않고 고개를 끄덕여주었다. 영어선생들에게 인정받은 상규씨는 여간 기쁜 게 아니었다. 이제는 명찰 건이 아무도 탈 잡을 수 없는 기발한 착상임이 입증된 것은 물론 중2 수준도 못되는 자기의 영어 실력을 훨씬 사실 이상으로 선전한 소득도 얻은 것 같았다.

그런데 영어교사들이 나간 지 일분도 채 못되어 그중 한 교사가 불쑥 다시 나타나는 게 아닌가! 그가 '쥐소동' 때 그 반 수업 들어갔던 장본인이었다. 저놈이 그때 꾸지람 좀 들었다고 분풀이하려고 저러나? 그러나 젊은이는 의외로 말씨가 공손했다.

"저, 실은 여러사람 앞이라 말씀드리기 실례될 것 같아서 이렇게 혼자 들어왔습니다. 다름 아니라……"

그는 입을 열긴 했으나 뭔가 켕기는지 뒷말을 흐렸다.

"오선생, 뭔데요? 얘기해보시오."

"그 명찰 건은 다시 한번 고려해주셨으면 합니다. 아무래도⋯⋯"

"반대한다, 이건가? 하기사 무슨 일에나 반대 의견은 있게 마련이지. 그 정도 갖고 실례될 것 있나. 다들 좋다고 해서 결정난 일이지만 심심파적 삼아 오선생의 반대 이유를 들어봅시다. 하하하."

상규씨가 이렇게 빈정거리면서 큰 소리로 너털웃음을 터뜨리자 젊은이는 약간 질린 듯 어깨를 움찔했다. 심약한 기질인 모양이었다.

"그대로가 좋지, 영문으로 고치는 건 아무래도 어색합니다. 그것은⋯⋯"

상규씨가 신경질적으로 말을 낚아챘다.

"어색할 리가 있나. 다른 선생이라면 몰라도 영어선생이 영어가 어색해 보인다니, 거 알고도 모를 소릴세! 영어를 갓 배우기 시작한 우리 아이들 눈에는 오히려 신기하게 보일 텐데, 안 그래요? 장차 우리 학교에 입학하는 아이들은 맨 먼저 배우는 영어 단어가 '프레시맨' '주니어' '씨니어'가 될 거요. 애쓸 필요가 없이 그냥 덤으로 배우는 거지. 영어는 쉽게 배워야 되지 않겠소? 교과서만 가지고는 애들이 금방 싫증을 느낀다구. 우리 생활 주변에 영어단어가 오죽 많은가! 영문자 안 붙은 게 없잖아. 그것들이야말로 영어학습에 좋은 동기유발이 될 뿐만 아니라 정말 살아 있는 영어 학습 교재들이지. 우리 아이들 교실도 그렇지 않소? 옷 가방 신발 필통 공책 책받침 등등 영문이 안 쓰인 게 없는데 그게 다 영어 배우는 데 활용할 수 있는 시청각 자료가 아닌가. 내가 학년명을 영문으로 바꾸자는 것도 이런 영어 학습 분위기에 일조를 하기 위한 것이야. 영어를 처음 배우는 중학생들에겐 생활 주변의 살아 있는 영어로 동기유발시키는 게 절대 중요하다고 봐요. 실제로 그런 방법을 쓰는 영어교사들이 많다는 걸 들었소. 물론 오선생도 그러겠지만."

그야말로 공자 앞에 문자 쓰는 격이었다. 젊은이는 아연실색하여 눈이 휘둥그레지더니 이내 표정이 일그러졌다.

"교장선생님! 정말 잘못 생각하고 계신 것 같은데요. 교실에 득실거리는 그 쓰레기 영어들, '나이키'니 '프로스펙스'니 '아식스'니 '아디다스'니 하는 유명 상표들이 병균처럼 퍼뜨리는 저질 영어들은 마땅히 교실에서 추방해야 옳지, 도리어 그걸 배우라뇨? 영어 공부는 교과서만으로 충분합니다. 그런 저질 영어는 우리 아이들이 배울 영어가 아니에요!"

젊은이의 말투가 '프로스펙스'가 '프로섹스'로, '아식스'가 '아섹스'로 들릴 지경으로 거칠어지자 상규씨는 화를 불끈 내면서 대들었다.

"뭐여? 교과서만으로 영어가 충분하다니! 그럼 회화는 안 가르쳐도 돼? 무슨 소릴 하나? 정말 영어교육 망칠 소리 하네, 이 사람! 그럼 자넨 교과서만 가르치고 교과서 외에 회화교육을 전혀 안한다는 고백이군그래!"

"왜 안하겠습니까? '영어듣기' 평가가 고입시험에 필수로 되어 있는데…… 그러나 좋아서 가르치는 건 아니에요. 우리가 필요한 것은 글영어이지 말영어가 아닙니다. 왜냐하면……"

"회화가 필요 없다니! 씨도 안 먹는 소리 작작 해! 아니, 서당 개도 삼년이면 풍월 하는데 영어 십년에 말하는 것이 미국 거지만도 못해서 되겠어? 그게 영어교육이여? 엉?"

이때 젊은 교사가 눈을 부릅뜨면서 도전적으로 상체를 앞으로 내밀었다.

"미국 거지는 미국인이지만 우린 미국인이 아니에요! 한국인이 미국말 못하는 것은 너무나 당연해요. 제 말 끝까지 들어보세요. 그동안 글영어만 해도 우리에게 과중한 부담이었어요. 이제 말영어까지 짊어졌으니 그야말로 안팎곱사등이 이중고 신세가 아닙니까. 사회에 나와서 영어회화가 필요한 사람이 도대체 얼마나 됩니까. 천에 한사람, 백에 한사람, 극히 미미한 숫자에 불과한데 어째서 만인을 대상으로 무차별로다 회화교육을 시키는 겁니까. 정말 그런 교육력 낭비가 없어요. 그런데 그것이 낭비에만 그치는 게 아니죠. 언어가 인간을 지배한다는 것은 아무도 부인할 수 없는 진리예요. 영어에 의한 오염은 자라는 이세를 정신적 무국적자로 만들어버릴 공산이 커요. 그래도 글영어는 나은 편이죠. 후진국에서 영어가 필요하다면 그것은 말영어가 아니라 글영어예요. 글을 통해서는 바람직한 선진문물이 들어올 수 있지만 말을 통해서는 민족혼을 좀먹는 저들의 저급 문화, 저질의 풍속이 들어와요. 아니, 벌써 들어와 있지 않아요? 우리 주변 도처에 그 얼마나 쓰레기 영어, 저급한 양풍이 범람하고 있습니까. 88에 세계 각처에서 한국을 찾은 외국인들이 이러한 국적불명의 삶의 모습을 보고, 또 유창한 영어회화를 듣고 과연 무엇을 느낄까요? 그런 현상을 과연 선진이라고 불러줄까요? 영어는 수단은 될지언정 목적 그 자체는 아니잖아요. 목적과 수단이 뒤바뀐 세상, 대학입시에서 국어보다 영어를 더 높게 배점 매기고 있는 게 우리나라예요. 결론적으로 말씀드려서 제가 명찰 건에 반대하는 것은 다름 아닌 여기가 미국이 아니라는 단 한가지 이유 때문입니다."

이렇게 단숨에 총알같이 쏘아붙이고 난 젊은 교사는 잠시 눈을 내리깔고 가쁜 숨을 몰아쉬었다. 상규씨는 할 말이 없었다. 뭐라고 반박할 어휘가 그에겐 하나도 남아 있지 않았다. 외마디 소리라도 버럭 지르고 싶었지만 이상하게 맥이 빠져 입이 떨어지지가 않았다. 앞에 앉은 젊은이는 그의 천적이었던 것이다. 상규씨가 살아온 전생애를 부정하는 천적.

"교장선생님, 죄송합니다. 너무 당돌하게 말씀드려서…… 그러나 명찰 건은 반드시 철회해주십시오. 그러지 않고 직원회에 발표하시면 금방 제가 한 말과 조금도 다름없는 말로 선생님을 공박할 교사들이 여럿 생길 겁니다."

충고인지 위협인지 젊은이는 이렇게 병 주고 약 주는 식의 말을 남기고는 방 밖으로 나가버렸다.

영어교사의 발언을 곰곰이 씹으며 한참 생각에 잠겼던 상규씨는 갑자기 소파에서 벌떡 일어났다. 이제 모든 것이 명백해졌다. 그자의 과격한 언사는 일년 전 두 여대생의 축제용 티셔츠에 씌어 있던 '민족과 현실' 바로 그것이고 '깡통사건' 때 벌떡벌떡 일어났던 그자들도 모두 그 한통속이 분명했다. 과격과 급진, 그것은 결코 그냥 넘어갈 성질의 것이 아니었다. 교장 앞에서 그런 과격한 내용의 발언을 할 정도라면 같은 말을 학생들에게는 수십번도 더 했을 것이다. 얼마나 불온한 작태인가! 바로 그것, 저 젊은것들을 침묵시키는 길은 안보적 차원에서 문제 삼는 것뿐이었다.

그후 열흘쯤 뜸을 들이던 상규씨는 어느날 점심시간에 느닷없이 교무실에 비상을 걸어 회의를 소집하고는 흥분된 어조로 비장의 각본을 연출했다.

"잘 들으시오! 지금 막 한 학부모로부터 전화가 걸려왔소. 어느 선생이 학생들 앞에서 우리와 혈맹 관계에 있는 우방을 헐뜯는 소리를 했다는 것이오. 그 내용을 들은즉, 과연 우리 선생이 그런 황당한 소릴 했을까 귀가 의심스러울 지경이었어요. 그 학부모는 그런 위험한 선생한테 어떻게 자식을 맡기겠느냐고 노발대발하면서 교장은 교사가 수업 중에 무슨 짓 하는 줄도 모르고 놀고만 있느냐고 합디다. 그것 보시오! 내가 정말 쥐 풀방구리 드나들듯 교실 출입을 않게 생겼나. 이것은 실로 중대한 문제, 안보 차원의 문제란 말이오! 설사 본인은 대단한 말을 하지 않았다고 생각할지 모르지만, 어린 학생들에겐 충격적으로 들릴 수 있는 거요. 하여간 그 학부모가 딴 데 전화 걸지 않고 학교로 했으니 망정이지, 정말 큰일 날 뻔하지 않았나! 나는 문제의 그 선생이 누군지, 그리고 무슨 말을 했는지를 알고 있소. 그 선생은 자숙하는 뜻에서 내가 부르기 전에 오늘 퇴근시간 안으로 필히 내 방을 찾아주시오. 이번만은 더 문제 삼지 않고 본인의 얘기를 듣는 것으로 끝낼 작정이오. 별거 아닌 것이 침소봉대되었을 수도 있으니 얘기해서 시원하게 풀어버립시다. 만약 오늘 중으로 찾아오지 않으면 부득불 문제 삼을 수밖에 없으니 명심하시오."

"별거 아닌 말이 침소봉대될 수도 있다"는 미끼에 뜻밖에 대어 여러마리가 걸렸으니, 그날 오후 중에 교장실을 찾아온 교사는 그 영어교사를 포함해서 모두 세명이었다. 상규씨는 따로따로 찾아온 그 교사들에게 한참 이야기를 시켜 듣고 난 후 다음과 같이 똑같은 말을 되풀이했다.

"문제가 된 사람은 자네가 아닌데…… 자네도 그런 말 했다면 앞으로는 각별히 언동에 조심해야겠어."

어떤
철
야

일행 다섯이 승용차 두대에 분승하여, 홍우가 전화로 일러준 대로 ㅎ제과 공장의 후문 앞까지 오니까, 과연 골목 어귀에 상가(喪家) 안내 종이때기가 나붙어 있었다. 그 희끄름한 종이때기 곁에 어떤 아낙네가 누굴 기다리는 듯 애기 업은 채 서 있길래, 외국 상사의 국내 에이전트 노릇 하는 친구가 차창 밖으로 고개 내밀고 소리쳐 물었다.

"이 길 차 들어갈 수 있습니까?"

그런데 잘 보니까 아낙네는 웬걸 울고 있지 않은가. 대답하느라고 고개를 모로 흔드는 그 얼굴엔 온통 눈물투성이였다. 부친 잃은 홍우네 식구는 아닐 텐데…… 일행은 별수 없이 차에서 내려서 골목 안으로 걸어들어갔다. 골목에는 루핑과 나무 쪼가리로 된 판잣집들이 공장 울타리 벽에 잇대어 쭉 뻗어 있었다. 처마가 이마에 닿게 나직한 루핑 지붕들은 빗물에 젖어, 공장의 보안등 불빛을 받고 번들거리고 있었으나 길바닥은 어두웠다. 게다가 비 온 뒤라 포장 안된 골목길은 몹시 질척거렸다. 은행 대리 하는 친구는 물구덩이에 들어가 철벅거리는 밤눈 어두운 청과상의 한쪽 팔을 잡아당겼다.

"야, 거긴 물구덩이야. 내게 바싹 붙어."

불 밝은 데 있다 들어온데다가, 뭔지 모를 고약한 냄새가 코를 찌르는 바람에 일행 다섯은 문득 알지 못할 소심증이 뾰족 일어났다. 그 야릇한 냄새가 속이 느글거리게 메스꺼웠지만, 아무도 코를 쥐고 투덜거리지 않는다. 모두 주눅 든 사람처럼 말없이 걸어갔다. 그토록 냄새가 위압적이라고 할까. 그것은 처마 밑마다 시래기처럼 주렁주렁 걸린 희끄무레한 빨래에서나, 길바닥 군데군데 팬 썩은 물구덩이에서만 풍겨오는 것이 아니라, 누런 불빛이 새어나오는 문틈으로 비어져나오는 생활의 냄새 — 설거지물, 배설물, 장마에 축축해진 때와 땀 냄새였다.

그들은 서둘러서 골목을 빠져나갔다. 골목이 끝난 데서부터, 양기와나 슬레이트 얹은 시멘트블록 집들이 올망졸망 들어섰는데, 그중의 하나가 홍우네 집이었다. 다섯명의 고향 친구들은 그 집 허울이 너무 초라한 데 적이 놀라지 않을 수 없었다. 겨우 세칸짜리 시멘트블록 집이었다. 아무리 여러해 동안 아버지의 병구완과 대학 다니는 동생의 뒷바라지에 찌들었다지만, 고등학교 훈장생활이 이 지경인 줄은 차마 몰랐다. 그러니 지난번 모임에서 곗돈 얘기가 나왔을 때, 홍우가 자기는 어렵겠다고 난색을 보인 것은 결국 엄살이 아닌 셈이었다.

홍우를 포함한 고향 친구 여섯명은 사느라고 바빠 두어해 동안 통 못 만나다가 작년 망년회 때부터 다시 만나기 시작한 것인데, 매달 넷째 토요일이 만나는 날이었다. 그런데 달이 갈수록 심드렁해져 너도나도 바쁜 핑계를 대면서 불참하는 일이 빈번해져서 숫제 의무적으로 꼭꼭 나오게 구속력을 주기 위해 매달 오만원씩 넣는 계를 만들자고, 저번 모임에서 결정했던 것이다. 그때 홍우는, 생각해보겠지만 액수가 제 봉급의 사분의 일에 해당되는 거액이라 아마 자기는 하기 어려울 것이라고 넌지시 탈퇴의 뜻을 비쳤었다. 집 꼴을 보니, 홍우가 곗돈 내야 하는 다음 모임부터는 못 나오게 되리라는 것은 기정사실이나 다름없었다.

홍우는 이미 그들의 계꾼이 아니었다. 친목계를 만들고 처음 맞는 궂은일이라 모두가 밤샐 작정으로 벼르고 나왔는데, 막상 홍우가 계꾼에서 떨어져나갈 처지이고 보니 슬며시 맥살이 풀리고 생각이 달라졌다. 좁작한 방 둘에 명석 한닢만 한 마루뿐이었으니, 기름진 배가 탱탱 나온 장정 다섯이 비집고 들어가 앉을 자리가 마땅치 않았다.

그런데 요행히 핑계가 생겼다. 마루 끝에 옹색하게 궁둥이를 붙이고 도라지나물에 소주 한잔을 받아먹는데, 홍우네 학교 훈장팀이 몰려든 것이었다. 여남은 되는 훈장들은 상청(喪廳)에 배례를 마친 뒤, 엉거주춤 선 채 빈자리를 찾는 눈치인지라, 계꾼 다섯명은 옳다구나 하고 그들에게 자리를 내주고 일어났다. 우리가 밤샘 안하면 저 사람들이 해주겠지.

다섯명은 홍우의 배웅을 받으며 주밋주밋 밖으로 기어나왔다. 대문에 걸린 조등(弔燈)의 침침한 불빛 옆에서 홍우가 쓸쓸히 웃었다.

"미안하구나. 여기까지 찾아오느라고 신발만 공연히 더럽히구…… 길이 포장 안된데다가 어제 비에 물이 여기까지 기어올랐으니……"

홍우가 손가락질하는 블록담 밑부분에 검은 줄이 쳐져 있었는데, 그것은 물이 거기까지 들었다 나가면서 물에 떴던 검은 폐유가 눌러붙은 거라고 했다.

홍우 집은 천변 둑에서 꽤 떨어져 있는데다가 지대가 좀 도톰하게 솟아 있어 다행히 물난리를 겪지 않았다. 둑 바로 밑 저지대는 스무채 가까운 판잣집들이 침수당했단다. 냇물이 범람한 것이 아니라 냇물의 높은 수위로 내수가 빠져나가지 못하고 거기로 몰려들었던 모양이다. 물이 들었다가 나간 것이 불과 두시간쯤인데, 판잣집이 아니면 커봤댔자 워낙 기초가 약하고 배합수가 형편없는 시멘트블록 집들이라 물에 푸실푸실 풀어져 곤죽이 되고 말더란다. 게다가 괴었던 물이 빠져나가면서 그 물 위에 떠 있던 ㅎ제과의 걸쭉한 공장 폐수가 침수되었던 옷, 이불, 가구, 식기 같은 것 위를 덮어 아주 못 쓰게 만들었다.

"저놈의 공장이 맨날 시꺼먼 굴뚝 연기로 아황산가스와 검댕을 쏟아붓더니만, 이젠 아주 폐수까지 동원해서 온 동네를 뒤집어씌우는 거야."

초상 치르느라고 홍우의 얼굴은 퍽 수척해 보였다. 목소리가 기운 없이 처지더니 혼자 중얼거림으로 변했다.

"물은 왜 하필이면 저지대로만 흘러들까? 못사는 사람들은 그저 빗물에 쓸리는 진딧물 같은 인생이지. 저기 수재민들은 여기서 얼마 안 떨어진 구로공단 공원이 대부분일 텐데. 요즘 불황으로 벌써 실직당했거나, 아니면 곧 실직당할 위기에 놓인 처지인데다, 난데없이 물난리가 덮쳤으니……" 하고 말끝을 흐리는 홍우의 눈에는 눈물이 반짝거리고 있었다. 에이전트 노릇 하는 친구는 일순 가슴이 뭉클해졌다. 공단 근처의 어떤 개척교회의 실무자로 있던 조카놈의 말에, 홍우가 일요일이면 그 교회에 나가 공원들을 공부시킨다지만, 그 눈물은 공원이 대부분이라는 저 둑 밑 수재민들을 동정해서 나온 것은 아닌 듯했다. 아마도 문상객마다 호상이라고 웃어넘기는 부친의 죽음에 대한 남모를 슬픔이 그렇게 다른 얘기 속에서 은연중 솟아올랐나보다.

모두들 홍우의 웅얼거리는 말소리에 홀린 듯 둑 밑을 바라보았다. 전기마저 끊어져 컴컴한 그곳에서 비릿한 흙탕물 냄새가 짙게 풍겨왔다. 계꾼들은 무심중에 홍우의 부친이 지병인 중풍으로 돌아간 것이 아니고, 어제 물난리로 익사한 듯한 야릇한 착각에 사로잡혔다. 여기서 그닥 멀지 않은 독산동에 스크루 제작소를 가진 친구는 문득 오늘 아무 연락 없이 결근한 한 아이가 생각났다. 혹시 그 아이가 저 둑방 밑에 살다가 물난리를 만난 것은 아닐까?

에이전트 친구는 속으로 홍우에게 제 조카의 거취를 알아볼까 말까 망설인다. 문상 왔더냐고 슬쩍 돌려서 물어볼까? 그 녀석이 지난 부활절날 공원들을 모아놓고 무슨 풍자극인지 가면극인지를 연출했다가 수배를 당했는데 자수할 때까지의 그 한달 동안 외삼촌이라고 신경 쓴 일을 생각하면 지금도 입맛이 떫다. 불령분자를 조카로 둔 죄로 혹시 사업에 해코지 안 당할까 하고 얼마나 전전긍긍했던지. 박 뭐라고 했더라, 그 형사가 매일 우리 집에 살다시피 했지. 조카놈은 결국 자수해서 이십며칠 구류라는 의외의 관대한 처분을 받고 나왔는데 유치장을 나오는 길로 찾아온 녀석에게, 앞으로 그런 일에 손을 떼지 않으면 아예 조카 하나 없는 것으로 치고 상종 안할 테니 그런 줄 알라고 호통을 쳤었다. 그러고서 지금까지 넉달 동안 한번도 찾아오지 않는 조카였다. 내가 좀 심하게 말했나?

일행 다섯은 슬슬 홍우 곁을 떠나기 시작했다. 에이전트 친구는 조카의 거취를 알아볼까 말까 하다가 결국 포기하고 만다. 공연한 자존심인 줄 알면서도 입이 열리지 않았다.

계꾼들은 거북살스레 주뼛거리면서 그럭저럭 홍우와 작별하고 판잣집 골목길로 되짚어나왔다. 다시 비가 추적추적 내리기 시작했다. 울던 아낙네는 그 자리에 없었다.

골목 어귀에 진창흙으로 뒤발한 자가용 두대가 세워져 있었다. 그들이 타고 온 차였다.

"자동찰 보내버렸다면 큰일 날 뻔했네" 하고 청과상 친구가 앞자리 문을 열면서 말했다.

승용차 두대는 자동차 바퀴가 푹푹 팬 진창길을 잠시 뒤뚱대다가 아스팔트의 큰길로 나왔다. 청과상이 제 운전사를 보고 말했다.

"김 형! 차를 물구덩이로 모시오. 세차하면서 가게. 원, 별 드런

동네 다 보겠네."

운전사는 아스팔트 위 여기저기 빗물 괸 웅덩이로 신나게 차를 몰았다. 물발이 하얗게 치솟아올랐다. 뒤차도 따라 흉내 냈다. 야릇한 소심증으로 반시간 넘어 가슴이 울울했던 계꾼들은 그제야 숨통이 트이는 느낌이었다.

두번째로 앞차가 물구덩이로 들어가 크게 물발을 일으키자 길 가던 젊은 여자 셋이 물벼락을 맞고 악을 쓰며 욕해댔다. 그중 한 여자는 대담하게 주먹 쥐고 팔뚝 먹이는 시늉까지 했다.

"아이구, 재수없어. 오늘 아침 사무실 아래층 다방에 들렀다가 거기서 그만 카운터 미스 심의 속팬티를 보고 말았는데, 그래서 저렇게 하루 종일 재수없다구."

세리(稅吏) 친구는, 말은 그랬지만 재수없기는커녕 썩 재미있어 죽겠다는 듯이 갤갤거렸다. 모두 웃었다. 홍우네 집에서 나올 때 느꼈던 착잡하고 답답한 기분을 싹 일거에 벗어버리면서 모두 쾌활하게 웃었다.

"저 가스나들 뭐 하는 것들일까? 남자도 감히 그런 흉낼 못 내는데……" 하면서 청과상 친구가 혀를 찼다.

"뻐언하지 뭐, 술집 것들이야."

"아니야, 요새 공단 전체가 불황으로 감원 선풍이 분 모양인데, 쟤들도 거기서 목 잘린 패들일걸."

"그 바람에 식모 구하기도 쉬워졌어. 우리 집에도 식모를 두어달 통 못 구하다가 요새 공장데기 하나 굴러들어왔지."

"다방 레지도 아주 헐값에 구할 수 있다는구먼."

"다방뿐인 줄 아나? 술집으로도 많이 흘러드는 모양이더라. 그렇잖아도 불황으로 여자 있는 술집이 영업이 안되어 화대를 낮추는 판인데, 이렇게 지원자가 많아졌으니 숫제 똥값이지, 똥값."

"야, 에이전트! 너 요새 접대비 덜 들어서 좋겠구나야."

에이전트 친구는 씽긋 웃었다. 직업상 외국 본사에서 온 손님들을 접대하느라고 여자를 붙여주어야 하는 그는 화대가 싸진다는 것처럼 유쾌한 낭보는 없다.

홍우 녀석이 이 자리에 끼였다면 틀림없이 입바른 소리 한번 하겠지. 금방 헤어진 홍우의 초췌한 얼굴이 떠올랐다. 눈물이 흥건하던 눈빛. 그러나 이번엔 대뜸 반감이 맹렬히 치밀어올랐다.

제가 무슨 지사(志士)라고. 언젠가 곤죽이 되게 취한 녀석이 입에 바늘쌈지 물고 나한테 덤벼들었지. 우리나라처럼 화대 싼 데도 없다, 외국인 상대 호스티스의 몸값이 낮으면 낮을수록 그 나라의 민족적 자존심도 알아볼 알조다, 정조 팔아 밥 벌어 먹는 것도 서러운 아이들인데 느이들 같은 뚜쟁이들이 가운데 들어서서 마구 덤핑으로 방매하고 있으니 그게 할 짓이냐, 이런 식으로다 씨부렸지. 녀석이 취중만 아니었더라도 그 험한 주둥이가 당장 묵사발이 되었을 것이다. 울화통을 참느라고 얼마나 애먹었나. 나이 사십줄 바라보는 자식이 철딱서니 없이 일요일날 어린 공원들이나 모아놓고 하는 식으로 날 설교하려고 들어? 내 딴엔 머리 회전이 빠른 수출산업의 엘리트로 자부하고 있는데, 나를 민족정기를 팔아 돈 버는 뚜쟁이라고까지 극언을 하다니! 근대화하지 말자는 거야 뭐야! 쳇, 구더기 무서워서 장 못 담그겠네. 똥구멍 찢어지게 가난한 주제에 주둥이만 살아가지고, 하여간 재수없는 놈이다. 하기는 그때 그년도 날 펨프라고 했지. 그건 정말 불쾌하기 짝이 없는 기억이야. 지지난주는 외국 본사에서 수입상품 물색차 온 작자와 같이 지내느라고 하루도 집에 못 들어갔다. 외국 본사에서 한달에 한번꼴로 빈번하게 사람을 바꿔가며 출장 보내는 걸 보면 업무 때문이라기보다는 일종의 위로 출장이 아닌가 싶다. 그 작자들은 모두 하나같이 기생관광에 대한 호기심을 노골적으로 드러내고 공짜로 대접받는 것을 으레 당연한 것으로 여긴다. 아무튼 왕복 비행기표 하나만 달랑 들고 들어오는 그들을 일주일 동안 잘 뒤치다꺼리해서 보내는 것은 아마 에이전트의 가장 중요한 업무이리라. 외국 본사에서 주는 월봉 천불에다 거래처로부터 들어오는 촌지가 결코 적지 않은 이 직업을 놓치지 않으려면 별수 있나. 접대비도 하청업체에서 나온다. 외국 본사에서 수입상품 물색차 왔다고 몇군데 단골 거래처에 연락만 하면, 그들은 으레 아무 군소리 없이 접대비 조로 상당한 액수를 내놓는다. 그들에게 주문 주어 만들어놓게 한 상품이 제대로 됐는지 검사할 때도 그들은 잘 봐달라고 내 주머니에 두둑한 봉투를 찔러넣어주게 마련인데, 외국 본사에서 바이어가 직접 왔다는데야 저들이 가만히 앉아 있을 수 있나. 언제나 그들이 기부한 돈의 절반은 내 몫으로 꼬불치고 나머지 절반 가지고 접대비용에 썼는데 이번엔 그나마도 돈이 남았지. 술값이 많이 안 들었던 거지. 나이가 갓 마흔 넘은 그 친구가 고백하는 말이 알코올중독을 치료하느라고 몇달째 애먹고 있노라고 했다. 그 작자는 워커힐 쇼 구경 갔을 때 참다못해 양주 딱 한잔을 따라 마셨는데, 수전증으로 술이 쏟아질까봐 술잔 밑에 냅킨을 받치고 와들와들 떨면서 간신히 마시는 꼴이란 참으로 가관이었지. 그런데 여자는 무척 밝혔다. 매일 밤 넣어줘도 신물 흘리는 법 없이 넙죽넙죽 잘도 받아먹었지. 하도 좋아하길래, 마지막 날엔 아주 끝내줄 생각으로 한꺼번에 둘을 넣어주었는데 그게 그만 뒤틀리고 말았다. 빌어먹을, 그러겠노라고 한 년들이 막상 방에 들어가자 도무지 용기가 안 났던 모양이다. 둘이 동시에 밖으로 튀어나와, 차마 그런 짓은 못하겠노라고 매달린 것인데, 어떻게 화가 나던지 그중 한 년의 귀뺨을 후려갈기고 말았다. "이건 약속이 다르잖아! 이년들이 누굴 망신 주려고 이래!" 그러자 맞은 년이 악을 바락바락 쓰며 덤벼들었지. "왜 때려? 네나 내나 똑같이 쟤네들 밑구멍 핥아먹고 사는 주제에 왜 때려? 펨프 노릇 하려면 똑바로 하라구!" 빌어먹을, 그날은 참 더럽게 재수없는 날이었지.

"자, 어떻게 할까? 한번 쪼아야지 않겠어?" 하고 청과상이 뒷좌석을 돌아보았다.

"좋았어. 모처럼 만났는데 그냥 헤어질 수야 없지. 마침 상갓집에 밤샌다고 마누라들한테 허락받은 몸들일 테니."

"좋지. 동양화 감상하는 덴 아무래도 그 집이 제격이더라" 하고 세리가 말했다.

"저번달 갔던 그 합정동 술집 말이지? 좋아, 거기로 가자!"

"그런데 쎄리, 너 물주 무는 솜씨가 보통 아닌가보더라. 그 방석집 단골인 걸 보니 말이야."

"야, 야, 생사람 잡지 마. 나 같은 말단 세금쟁이에게 돈 잃어줄 그런 골 빈 사장이 어디 있겠어? 유언비어 마라야, 생사람 모가지 날아가게” 하고 엄살떨면서도 세리는 목젖까지 떨리게 너털웃음을 웃어제꼈다.

“문어대가리가 그 집 계단만 보면 기겁할 거야” 하면서 에이전트가 뒤차를 힐끗 돌아보았다. 문어대가리란 별명의 은행 대부계 문 대리 녀석이 탄 뒤차는 바싹 따라오고 있었다.

“문어대가리가 계단 꼭대기에서 아래층으로 굴러떨어질 땐 정말 죽는 줄 알았지. 머리칼이라도 있었으면 좀 덜 다쳤지. 민짜 대머리였으니. 피거품이 뭉클뭉클 겁나게 치솟데” 하면서 청과상은 지금도 가슴이 떨린다는 듯이 고개를 절레절레 흔들었다.

세리가 쓰윽 뽐냈다.

“그래도 그때 덜 취하고 침착한 건 나 혼자뿐이었지. 내가 그 황소같이 무거운 놈을 업고 갔으니까. 에이전트 너는 취해갖고 우왕좌왕 설쳐대기만 했지, 뭐. 너 수술실 바닥에서 무릎 꿇고 기도하는 시늉이더니 누구한테 하는 기도였냐? 평소에 교 믿는 거 못 봤는데.”

“야, 사람 다 죽게 된 마당에 이것저것 따지게 됐냐. 예수건 알라건 믿져야 본전치기로 다 해보는 거지.”

“하여튼 넌 무릎 꿇고 그 모양이지, 야맹증 너는 너대로 바느질하는 데 달라붙어 어떻게 됐어요? 어떻게 됐어요? 하면서 설쳐대지, 결국 의사가 너희 둘 땜에 일 못하겠으니 제발 내쫓아달라고 나보고 애걸하더라야.”

“그런데 저 뒤차 말이야, 철쟁이 저 녀석이 언제 차를 레코드로

개비했지? 저번 나올 땐 포니를 끌고 나오더니만."

철쟁이라면 뒤차 임자인 스크루 만드는 친구를 두고 하는 말이다.

"며칠 안됐나봐."

아직껏 포니 신세를 못 면한 청과상은 이렇게 시큰둥하게 대답하면서, 힐끗 옆자리의 제 운전사 눈치를 본다. '포니'라면 미국말로 '조랑말'인 모양인데, 삼년 굴린 이 차는 여기저기 흠집투성이인 것이 영락없이 비루먹은 망아지 꼴이다. 이 친구가 혹시 이런 시시한 자가용의 운전사라고 스스로 창피하게 여기지나 않을까? 아니, 그런 생각을 품을 사람이면 벌써 떠나도 열번은 떠났을 사람이다. 사람 좋고 운전기술 좋고 정말 나무랄 데 없는 사람이다. 그런데 월급을 특별히 더 주는 것도 아닌데 일년 가까이나 붙어 있는 것이 참 신기하다. 혹시 이 사람이 어디서 큰 사고를 내고 나한테와 붙어서 몰래 숨어 있는 것이 아닐까? 아서라, 불길하게 재수없는 생각 말자. 좋은 것은 좋은 것!

"그런데 저 철쟁이 녀석, 그 갑근세 건은 잘 처리됐나 어쨌나?"

"약 써서 안되는 일 어디 있어. 내가 중간에 다리를 놓아주었지" 하고 세리가 대꾸했다.

"주동해서 위에다 찌른 놈이 꽤 독종이었나봐. 산업선교회 물을 먹었든지. 하여간 철쟁이 녀석 시껍했지. 피라미에게 뭐 물린 격이랄까?"

"녀석이 해도 너무했어. 공원들의 갑근세를 탈세하다니 말이 되나. 걔가 스크루 제작소를 차린 게 언젠데, 팔년도 넘잖아. 팔년 동안 내리 갑근세를 탈세했다니, 보통 낯 두꺼운 놈이 아니야. 공원들에겐 갑근세를 대납해준다고 속여 생색내고 말이야."

이때 에이전트가 청과상을 흘겨보며 한마디 핀잔을 주었다.

"야, 너 피차 같은 처지에 그런 얘기 하는 게 아니야. 작년 가을 고추파동 때 매점매석해서 돈 번 건 누구야?"

청과상은 대번에 할 말을 잃고 시무룩하게 입을 다물었다.

그러나 속으론 아니꼬운 감정이 부글부글 끓어올랐다. 작년 가을 저 녀석한테 고추 반 트럭만 숨기게 지하실 잠깐 빌려달라고 말을 놓았다가 일언지하에 거절당했지. 매점매석은 도와주기 싫다고 했것다? 좋아하네. 늬 돈은 얼마나 깨끗하냐? 만만한 영세 하청업자의 고래 심줄 같은 논을 뜯어다 양놈 오입이나 시켜주는 주제에, 나보고 뭐가 어때? 똥 묻은 개가 겨 묻은 개 흉보네. 매점매석의 기준이란 또 무어냐? 돈 좀 있다는 사람치고 땅은 물론이고, 아파트 증권 자동차 에어컨 냉장고 귀금속 골동서화 따위 사재기 안하는 사람 봤어? 돈 놓고 돈 먹는 세상, 늬 돈이 세냐 내 돈이 세냐, 센 놈이 돈 먹는 이런 아사리판에 양심은 무슨 굶어죽을 양심이야.

청과상은 화를 참느라고 담배를 거푸 피워물었다. 생각하면 불과 열흘 남짓 사이에 천만원 순이익이 굴러떨어진 작년 가을의 흥분은 정말 잊을 수 없다. 장바닥의 바람잡이 몇몇과 어울려 며칠 동안 여기저기 시골로 다니면서 고추 작황을 살핀 후에, 이번엔 틀림없이 고추 품귀현상이 닥치리라고 단정하고 그 고추를 사들인 것인데 그게 적중한 것이었다. 돈 번 것도 돈 번 것이지만, 고추 전문도 아닌 청과상으로서 그만한 선견지명을 지닌 것이 스스로도 대견스러웠다. 결국 고추 한근에 만원으로 치솟았으니, 고추 낱개에 백원이라는 얘기였다. 손가락만 한 고추 한개가 라면 두봉지 값이었다. 그러니 시골 농가들 중에 늦게까지 고추를 팔고 있지 않다가 뜻밖에 횡재를 본 집에서, 마당에 널어 말리던 고추를 지붕 위에 올려놓고 사람을 붙여 노상 감시한 것도 무리가 아니었다. 시골 엿장수까지 동네 안팎을 돌아다니며 조무래기들을 꾀어 고추 한개씩 훔쳐오게 했으니 말이다.

아홉 트럭분의 마른 고추는 무게는 얼마 안되지만 부피가 엄청났다. 청과상이라 가게에다 고추를 쌓아놓았다간 당장 의심을 받을 터이므로 다른 데다 숨겨놓지 않으면 안되었다. 집의 지하실과 방 하나를 비워 꽉꽉 눌러 쌓은 것이 겨우 세 트럭분이었다. 그래서 몇군데 아는 집에다 신세를 진 것인데, 저 에이전트 녀석한테도 부탁했다가 무안만 당했다.

신문은 마늘 고추 매점매석으로 연일 떠들었으나, 매점매석 조사는 주로 고추 도매상들에게만 집중되고 청과상까지는 미치지 않았다. 고추란 아무리 숨겨도 '나 여기 있노라' 하고 사방에 매운 냄새를 풍기는 물건이라 항시 불안하기는 했다. 그러나 짐작대로 고발하는 사람은 없었다. 시민이란 으레 그렇지 않은가. 시민 대부분이 그게 밀고이건 고발이건 간에 위에다 찔러바치는 자체를 치사한 것으로 여기는 점잖은 사람들이 틀림없었다.

그래서 무사히 아홉 트럭의 고추를 열흘간 스토크했다가 처분했는데, 지하실 빌려준 댓가로 집집마다 고추 열근, 즉 십만원이라면 파격적인 것이었다. 저 병신 같은 게, 저도 잘난 척 말고 지하실이나 빌려주었더라면 좀 좋아? 돈 십만원 그냥 앉아서 벌 텐데. 저 병신이 아까 내가 뭐라고 하니까, '피차 같은 처지에 그런 말 하는 게 아니라'고 했것다? 쳇, 내 할 말을 사돈이 하네. 다 같은 처지라면 내가 부탁할 때 들어줘야 할 것 아냐?

이렇게 마음속으론 화가 버글버글 끓어도 청과상은 입을 벙긋하지 못한다. 고등학교만 나온 제 학벌이 아무래도 꿀리기 때문이다. 돈 버는 거야 저만 못하지 않지만, 외국말을 수월수월 해내는 외국회사의 대리인이란 게 퍽 화려해 보여 부럽기만 하다.

술집에 당도한 계꾼 다섯명은 왁자지껄 떠들며 이층으로 올라갔다.

"문대가리, 조심해. 또 아래로 굴러 대가리 까질라."

친구들은 문 대리의 별명은 원래 '문어대가리'인데 보통 '문대가리'로 줄여서 불러준다. 왜냐하면 머리 까진 그에게 '문어대가리'로 부르는 것은 너무 가혹한 것이기 때문이다.

"저 자슥은 생긴 게 꼭 가분수라 무게중심이 위에 있거덩. 그래서 늘 뒤뚱뒤뚱하는데 영 불안해서 못 봐주겠어."

모두 와하고 웃었다.

"병신들……" 하고 대범한 척하면서도 문 대리는 조심해서 계단을 올라갔다.

"왔구나, 왔구나! 배뱅이가 왔구나!"

마루 끝에 쪼그리고 앉아 있던 윤 마담이 이렇게 타령조로 반색하며 내달았다. 야맹증은 옆에 와서 아양 떠느라고 치맛귀를 잡고 똥깃거리는 여자의 오리 궁둥이를 손바닥으로 철썩 쳤다.

"아이고, 깜짝이야."

"매담 궁뎅이는 소리가 잘 나서 항상 듣기 좋거든."

"아이, 망측해라."

술상 차리는 시간도 못 참아 그들은 앉자마자 허겁지겁 노름에 덤벼들었다. 금방 방은 담배연기로 가득해지고 재떨이에 꽁초가 그들먹해졌다.

술이 들어오기 전부터 시작된 노름은 안주 가득 실은 교자상이 들어오고 잠시 중단되었다가 다시 계속되었다.

자동차도 보내버리고 모두 허리띠 끌러놓고 퍼질러앉아 화투장을 쪼았다.

"어이, 에이전트, 선 좀 잡아봐, 나 광 좀 팔게."

"문대가리, 시방 너 누굴 약 올리니? 빌어먹을, 여태 한번 못 먹었으니."

"야, 야, 서둘지 마라. 고스톱이란 원래 원대한 희망을 갖구 하는 거야" 하고 철쟁이가 한마디 거들었다.

에이전트는 시무룩한 얼굴로 화투장을 맥 빠지게 튕기다가 벌건 공산 광을 하나 먹고 나서 서광이 보이는지 철썩철썩 소리 나게 화투장을 내리친다. 용케 깨친 것까지 연상 맞아떨어진다. 에이전트의 입에서 끙끙 용쓰는 희열의 소리가 새어나왔다.

"끙끙 색쓰지 마. 그것 보라구, 내 말이 맞잖아. 고스톱이란 원대한 희망을 갖구 하는 거라니깐."

"어이, 축농증. 심부름 같지만 재떨이 이쪽으로 좀 건네주랴?"

에이전트가 연상 끗발 붙는 데 심통이 난 문 대리는 그가 듣기 싫어하는 '축농증'이란 별명을 가지고 찍자 붙었다.

"저게 사람 끗발 죽이네. 핑계 같지만 못 주겠다, 못 주겠어."

축농증 앓는 에이전트는 화장지 한통을 차고 앉아 연상 코를 풀어댄다.

"좀 만지고 와야 재수가 붙을라나" 하면서 야맹증은 소피를 보려고 나가다가 유리창에 달라붙어 쩔쩔맨다.

"야, 야, 야맹증, 정신 차려! 어디루 나가려구 그래? 그건 유리창이야, 유리창. 어이, 미스 한! 저 밤눈 어두운 고양이 변소까지 데려다줘. 싫거든 네가 대신 싸고 오든지."

문 대리는 이렇게 끗발 서라고 되는 소리 안되는 소리 자주 입을 놀리는 모양이지만 별 실속은 없는 모양이었다. 돈은 계속 에이전트 앞으로 흘러가 수북이 쌓였다.

저 자식이 내일모레면 당장 내 은행으로 어음 갖고 찾아와서 현찰로 바꿔달라고 아쉬운 소리 할 주제에 내 돈 먹어가? 좋아, 두고 보자구. 문 대리는 정말 에이전트가 아니꼬웠다. 저 녀석이 은행 대리 노릇 하며 수출입 관계 업무에서 얻어들은 풍월 가지고 외국 바이어의 국내 에이전트 노릇을 시작한 지 일년 만에 곧 운전수를 데리고 자가용 굴리겠다고 허풍 떨게 형편이 피었으니, 그게 은근히 배가 아프다. 일년 전만 해도 저나 내나 똑같은 대리였는데……

야맹증은 변소에서 오줌을 다 누고 나서 안주머니에서 지갑을 꺼내 돈을 헤아려보았다. 십이만원. 이것 갖고는 밤새 노는 데 좀 짤릴 텐데. 십오만원 있었던 것이, 점심에 근로감독관 만나 촌지 삼만원 집어주었었다. 갑근세 탈세 건으로 창피한 꼴을 당한 그는 세무서에다 찔러바친 그 녀석을 당장 해고한 것인데, 요놈이 이번엔 부당해고라고 노동청에다 진정했던 것이다. 그 순 독종놈은 복직을 원해서가 아니라, 못 먹는 감 찔러나본다는 배짱이었다. 담당 근로감독관이 오라 가라, 복직시켜라 어쩌라 떵떵거리더니, 아까 점심에 봉투를 내미니까 대번 다소곳해지던 것이다. 결국 그 담당과 의논해서 근무태만과 근무 중 무단이탈을 상습으로 한다는 해직 사유를 달아 조서를 꾸며 마무리했다.

야맹증은 변소에서 돌아와 다시 자리에 끼어들면서 옆자리에서 개평 뜯는 미스 한의 널찍한 궁둥이를 손바닥으로 철썩 쳤다.

"야, 늬 궁뎅이도 언니 못지않게 소리 잘 나는구나."

세리는 벌써 밑천이 바닥났는지 털린 두 손을 사타구니에 틀어넣고 한참 구경하더니 윤 마담한테로 가 따리를 붙인다. 능숙하게 윙크해 보이면서.

"돈도 다 털렸것다, 난 매담하고 연애나 할란다" 하면서 그는 마담을 내실로 밀어넣었다.

"저게 급해도 되게 급한 모양이구나. 야, 쎄리! 해도 소리 안 나게 하라구" 하고 문 대리가 낄낄거렸다.

"아이고, 자식들 놀고 있네. 문대가리, 너는 말이 헤프니까 물에 빠져도 죽으면 주둥이만 동동 뜰 거구, 저 세금쟁이 색골은 죽으면 다리만 동동 뜰 거야."

"다리는 왜?"

"가운뎃다리 말이야."

그러나 세리는 그 방에서 곧 나왔다. 연애를 하려고 따리 붙인게 아니라 노름 자금 꾸어보려고 그랬던 것이다.

노름은 이런 식으로 밤새도록 재미나게 계속되었다. 상갓집에 가서 밤샘한다고 미리 말해두었으니, 마누라들이 걱정할 리도 없었다.

플라타너스 시민

실어증

밤에 완주는 돌아온다.

비 온 날 잔등까지 튀어올라 악취 내는 흙물, 입에선 썩은 술 냄새, 두 손은 따뜻한 호주머니 속에 꽁꽁 결박당하고…… 손끝으로 만지작거리는 남은 동전닢 몇개, 그 거스름 잔돈처럼 조그맣게 줄어들어 완주는 돌아온다.

그를 놓아줘라. 묶인 손을 풀어줘라.

왼손으로 대문 손잡이를 붙잡고 오른손 집게손가락 끝을 자물쇠 비밀장치인 놋쇠붙이에 갖다대자, 철제 대문은 바람 타기 시작한 생철지붕의 울림같이 파르르 떨었다. 검순이가 완주의 기척을 알아차리는 것은 언제나 이때다. 문 안에서 목구멍을 양치질할 때처럼 부글부글 끓어오르는 소리가 어김없이 들려왔다. 세찬 기류를 타고 목젖이 너풀거리는 개의 거품투성이 목 안이 눈에 선하다. 지금 열려고 하는 문 안쪽, 그리고 금시 날카로운 부르짖음으로 변할 이 탁음 뒤에는 검은 몸집이 날렵하게 움직이고 있으리라. 자물쇠 끝에 붙은 그 놋조각은 이제 훈기가 밴 집게손가락의 살집 안으로 먹어들었다. 쇠붙이 표면이 매끌매끌해지며 손끝을 벗어날 듯 초조롭다. 그러나 집게손가락은 감각이 무디어져 더이상 힘을 보태기가 어려워진 고비에서 그걸 한계 밖으로 밀어젖힌다. 문이 열렸다. 개는 대문 안으로 들어선 그를 향해서 맹렬히 짖기 시작한다. 이 카랑카랑한 부르짖음에는, 비록 짧은 어간이긴 하지만, 대문을 밀어 닫고 발을 떼려고 마악 마음을 쓰고 있는 완주의 행동 감각을 저리게 하는 완력이 있다. 그는 멈칫거리면서 검순이를 살폈다. 개는 이미 두어발자국 앞까지 달려나와 현관 불빛에 몸집을 드러내 놓았다. 개 등에 덮인 누런 불빛이 그늘진 양쪽 옆구리 아래로 번들거리며 미끄러져내린다. 개는 발밑에서 숨이 넘어갈 듯 경황없이 짖어댄다. 음절 하나하나가 딱딱 부러지면서 완주에게 튀어올랐다. 그 음절 사이로 비어져나오는 헐떡거리는 숨소리. 격정은 이제, 개의 입장에서도 어떻게 주체해볼 도리 없이 훨씬 능가해버린 감이 있었다.

그늘이 많아 어두운 마당 위 여기저기에 얼룩진 수돗물, 장독, 현관문 손잡이, 수도꼭지, 철대문, 플라스틱 빨랫줄 같은 데서 차가운

광택이 떠올랐다. 이 응시하는 물체의 눈망울들과 더불어 암캐는 눈부시게 작은 몸집을 확대시키는 것이다. 더 초과할 수 없는 높이의 음역을 온몸으로 지탱하면서. 끝이 치켜올려진 입은 활짝 열려 있다. 더운 입김과 타액으로 범벅된 먹물빛 입고리를 따라 박힌 치열이 희게 빛났다. 이빨의 날카로움은 완주를 맞대고 덤벼드는 부르짖음 안에도 살촉같이 돋아났다. 짧은 다리를 굽힌, 그래서 배가 거의 땅에 닿을 듯한 엉거주춤한 자세로 검순이는 부들부들 떨고 있다. 한층 수축된 모공에서 털뿌리가 곤두서고 바늘 끝같이 낱낱이 일으켜세워진 털끝은 불빛을 튕겨내었다. 분노로 꺼슬꺼슬해진 개털이 전기가 옮은 듯 광기를 띠었다. 아니, 개털은 차라리 뿌옇게 날아올랐다. 주위에 퍼뜨려져 지독한 노랑내를 피우면서. 접혀 누운 양 귀도 빳빳하게 일어날 기세였다. 검순이는 지금, 운동 직전의 아슬아슬하고 거의 참을 도리가 없는 격정의 절정에서 부심하고 있는 것이다.

개 짖는 소리가 조금도 누그러진 기색이 아닌데도 이런 딱딱하고 치열한 분위기는 완주 나름으로 슬며시 풀렸다. 야, 야, 이러지 마. 검순아, 길 좀 비켜다오. 마음을 좀 느긋이 가지면서 개를 부드럽게 바라본다. 완주는, 자기와 관련지어서 누리고 있는 이 암캐의 적의를, 거의 매일 저녁마다 겪게 되는 행사의 일상성으로 용납해버린다. 도대체 내가 너한테 한번이라도 물린 적이 있어? 그는 당장 결심이 선 태도로 발을 떼어놓았다. 잠깐 망설이고 난 뒤라 걸음걸이가 보람차고 다소 거칠어진다. 개 짖는 소리에서 위험을 제거해버린 지금, 완주는 오히려 은근히 화가 치밀어올랐다. 저걸 그냥! 저녁마다 검순이만 보면 불끈거리는 이 상투적인 분노를 완주는 오늘 어떻게 처리할 것인가? 그는 이제 서슴지 않고 장독대 옆, 개가 막고 있는 틈 안으로 들어섰다. 개는 뒷걸음질 치면서 더 심하게 짖었다. 마음속이 더욱 사나워진다. 검순이가 물러난 만큼의 거리를 한걸음에 뒤덮고 쫓아간다. 잘 닦인 매끄러운 구두코 위에 반사광이 스쳐갔다. 그는 구두코의 경질도를 생각한다. 구두 속으로 온 힘이 모여들고 다리가 후들후들 떨렸다. 입에 물고 있던 담배 필터를 짓씹었다. 다시 한번 걸음을 멈추고 개를 노려보았다. 힘껏 걷어차버리는 순간이 금방 일어날 듯이 마음이 조급해진다. 구두는, 축구공이 주는 반동과 전혀 차이가 나는, 퍼억 하고 막힌 소리로 구두코 둘레를 싸는, 수수께끼같이 부드러운 촉감에 벌써 맛들이고 있다. 자, 걷어차버려, 어서. 가슴이 몹시 두근거린다. 자, 어서, 어서. 이제 마악 힘쓰려는 오른발이 부들부들 떨린다. 저놈이 먼저 내 발목을 물고 늘어지면 어떡헌다? 이때 위험을 눈치챘던지 검순이는 장독대 그늘 쪽으로 얼른 몸을 비켜버린다. 완주는 억눌렸던 숨을 내몰아쉰다. 안쓰러운 순간이 지나가버린 것이다.

현관 안을 들어서면서 그는 맞은편 도어를 힐끗 바라보았다. 불은 꺼져 있지만 아직 주인아줌마는 자지 않고 있으리라. 그 어두운 방으로부터 훈훈한 실내 온도와, 이불 호청이 뺨에 스치는 소리와, 찌푸린 양미간과, 다소 긴장된 숨소리가 오로지 완주에게로만 쏠리고 있으리라. 완주는, 이제, 괜스레 들떠버린 마음을 지그시 누그러뜨린다. 검순이는 현관 문턱까지 쫓아와서 또 지랄 맞게 짖고 있다. 그는 바깥 기척에 민감해진 주인아줌마의 청각을 달래주는 동작으로 조심스럽게 문을 닫는다. 아줌마, 접니다. 완주는 이렇게 입속으로 중얼거리며 문 닫히는 소리가 의외로 거칠어지지 않게 마음을 도사리고, 손아귀 안에 가득히 잡혀 있는 둥근 놋쇠 손잡이를 느긋이 잡아당긴다. 주인아줌마가 기대한 바대로 문설주와 돌쩌귀에서 길고도 겸손한 마찰음이 일어났다. 아줌마의 귀에 익은 그 소리. 아무도 내다보지 않았다. 누구냐고 묻지도 않았다. 그런데도 홀로 조심스러운 소음을 떨구는 그 굼뜬 움직임으로 미루어 완주라는 것이 온 집안에 차차 알려졌다. 방 안의 아줌마는 지금 현관에서 생기는 짧기도 하고 길기도 한 소리를 차례로 연결하여, 계단 쪽으로 움직이는 완주의 동작을 파악해낸다. 삐걱 소리, 나무계단이 눌리면서 체중을 나르는 소리가 시작되어 규칙적으로 이어져가고, 현관 불빛이 미치지 못하는 계단 중간 이후부터는 다소 그리듬이 흐트러졌다. 마침내 완주는 아래층에서 주인아줌마가 일일이 재고, 분간하고, 결정하며 마련해놓은 감시하는 도정(道程)을 내버린다. 촉수 낮은 전구가 켜져 있는 계단 꼭대기 좁은 공간. 그는 숨을 몰아쉬었다. 언제나 그렇지만 들이마신 숨결에는 연탄가스가 섞여든 기미가 있었다. 불빛은 광물질의 부식성 입자를 내뿜는 것처럼 느낌이 차디차다. 선반 위로 가져가다 말고 그는 구두를 살펴본다. 한쪽 구두 등에 흙발에 밟힌 큰 자국이 나 있다. 어디서 밟혔나? 버스 안에서? 길거리에서? 혹은 아까 그 소줏집에선가? 여태 어떤 사람에게 미행당한 느낌이 들었다. 아니, 그 사내가 뒤를 밟아 이 집까지 들어온 기분이다. 낮에 직장에서 본 서적 외판원의 말쑥한 얼굴이 떠올랐다. 별로 탐탁하지 못한 전집류 팸플릿을 들고 주뺏주뺏 다가왔다가 거절하니까 부끄러운 듯 물러가던 젊은이. 나중에는 아예 책 팔 생각도 않고 저만치 빈자리에 한참 앉았다 갔지. 무슨 중뿔난 말을 한 것 같지도 않은데 국어 담당 정선생이 내말을 얼른 가로막고 그 외판원 쪽을 슬쩍 눈짓해 보였지. 그럼 그 청년은 월부책 장수가 아니었단 말인가? 그는 구둣솔을 꺼내 흙을 털어냈다. 눈에는 띄지 않았으나 흙가루가 콧속 점막에 달라붙는 메마른 냄새가 났다. 그는 방문을 열려고 앞으로 다가섰다. 문 위에 세워진 자신의 그림자 쪽으로 고개를 숙이고서, 무게를 가늠해보듯 자물쇠를 가볍게 쥔다. 붉은 녹가루가 묻어서 손바닥은 좀 건조해지긴 했으나, 반사광이 둥글게 싸고 있는 (그래서 더 여물어 보이는) 그 착실한 무게가 살 속에 파묻히는 느낌은 서늘했다. 배후에 잠그고 있는 공간 때문일까, 자물쇠는, 잠긴 자물쇠가 가지는 폐쇄성 말고도 어떤 표정까지 있어 보인다. 사람에게 비겨서 이것은 어떤 표정일까? 다시 한번 그 외판원의 얼굴이 떠오른다. 그 알 수 없이 단정한 용모, 도대체 그는 누구인가? 어째서 완주는 자물쇠를 여는 일을 여태 지연시키면서 이렇게 우물쭈물하는가? 더욱이 이번에는 마음이 조급해지며 문 여는 행동과는 전혀 판이한 충동에 사로잡혀버린다. 담배를 피우고 싶다. 또는 문에 노크를 하고 싶다. 혹시 방을 비운 사이, 가구상 하는 이 집 주인이 방에다 낡은 가구들을 잔뜩 들여놓지나 않았을까? 항상 자물쇠를 채워두고 있는 바로 옆방은 천장 높이까지 가구들이 쌓여 있었는데. 그렇다, 이제 그가 들어갈 방 안은 알 길 없는 두리뭉실한 것이 되어서 그 매듭진 주둥이를 그의 손에 내맡기고 있는 셈이다. 방을 비운 채 거의 이

틀 동안 밖에서 지내면서 도대체 단 한번만이라도 이 방을 염두에 두어보았던가? 그가 어제 숙직 당번하고 비운 사이, 유리창을 통해서 낮과 밤이 번갈아 들어왔으리라. 낮에는 커튼에 여과되어 들어온 빛, 열기, 냄새, 소리가 물건들 위에 내려앉아 있었을 것이다. 물건들은 전혀 움직이지 않았다. (움직이지 않은 거울 속에 역시 움직이지 않은 흰 벽과 걸린 옷들이 담겨 있었다.) 그러나 불순하게도 대낮 안에는 애초부터 밤의 기미가 있었다. 점점 색깔이 엷어지면서 낮은 방을 떠나갔다. 공기의 미동에도 떠오르는 먼지같이 가볍게 덧없이 떠나가고, 암체(暗體)의 물건들은 그 어둡고 우울한 바탕만이 남았다. 검은 탈바가지들만이 남아 뒹굴었다. 밤새도록 방 벽은 검은 구름같이 안으로 허물어지고, 덩어리로 뭉치고, 응어리를 낳고, 떠오르고 가라앉고, 퍼져나가기도 하고, 진한 그을음 오라기가 되어 피어오르기도 하고, 줄줄 흘러내리기도 하고 있었다. 힐끗 바라보기만 해도 정돈되고 무사할 눈빛이 방 안에는 없었다. 이틀 동안이나. 체온도, 타오르는 담배연기도 없었다. 정석(定石)이 빠져나갔던 방, 이틀 동안에 방은 어둠이 무성하게 자라버린 거다. 남자들은 그래서 일찍 결혼을 서두르는가보지? 달덩이같이 환한 마누라의 얼굴을 방 안 하나 가득 켜두고 싶어서 말이야.

완주는 결국 문을 열고 방으로 들어갔다. 잔등을 비추던 복도의 불빛이 방으로 따라들어왔다가 사라졌다. 환기 안된 방 안 공기는 묵어빠진 냄새가 지독히 났다. 홀아비 냄새. 그는 그 뭉뚱그려진 냄새의 타래에서 일일이 올을 뽑아내듯 냄새를 구별해낸다. 식은 담배 냄새, 땀 냄새, 곰팡이 냄새, 종이 뜨는 냄새, 먼지 냄새. 방 중간에서 형광등을 켰다. 순간 그는 밑에서 급히 솟아난 것처럼, 번쩍 빛나면서 흰 벽이 자기를 둘러싸는 것을 보았다. 멍하니 바라보고 있는 동안 흰 벽은 더이상 번쩍거리지 않고 다만 처음 빛의 반향만이 잠깐 있었을 뿐, 차츰 침착한 색조로 굳어져갔다. 벽면 위로 부조(浮彫)처럼 두드러진 옷들도 움직이지 않았다. 책상을 바라보았다. 팔걸이의자를, FM 라디오를 바라보았다. 탁상시계, 거울, 양은 주전자, 포켓판 희곡집, 영영사전, 전기스탠드도 바라보았다. 어둠이 벗겨져 씻은 듯 새로워 보이는 (그래서 더욱 낯설고 냉담해 보이는) 그 물건들로부터 친근감이 솟아오를 때까지 바라보았다. 그런데 이 물건들이 완벽한 구성으로 배치되어 보이는 것은 무슨 까닭일까? 공기를 쫓아내고 차지한 안정된 자세들, 공기 밑은 바닥 물건들의 모난 윤곽으로 먹혀들어가 들쑥날쑥 험한 톱날같이 되었으리라. 게다가 이들 정물과 정물 사이에는 끊을 수 없는 유대감이랄까, 긴장감 같은 수상쩍은 분위기가 있었다. 말하자면 물건 사이에는 서로 맞먹고 비기는 힘, 팽팽한 견인력이 작용하였는데 이 힘의 벡터들이 빈 공간에 수없이 얽히고설켜 있었다. 그뿐인가, 이놈들은 바로 옆방에 천장까지 쌓아올린 그 덩치 큰 낡은 가구들과 벽을 가운데 두고 서로 통정하고 야합하고 있는 듯이 보였다. 물건들이 완주의 손을 벗어나 도망치고 있는 것이다. 제기랄, 겨우 이틀만인데 왜 이렇게 서먹서먹하지?

재떨이 하나만 봐도 정말 맹랑하다. 끝이 까맣게 탄 성냥개비와 찌그러진 필터담배 꽁초가 그들먹하다. 말하자면 재떨이 속은 조그만 폐허였다. 불기도 연기도 없다. 뜨겁고 빨갛고 무겁던 담뱃불

똥들은 차갑게 식어 있고 담배꽁초의 끝은 모질게 눌려 욕구가 묵살된 주둥이같이 일그러져 있었다. 묵살된 절규. 불평을 하지 말라. 침묵하라. 정 말하고 싶거든 목구멍에다 필터를 끼워넣어라. 어떻게 보면 담배꽁초들은 살진 누에처럼 성냥개비 덤불 사이로 굼실굼실 움직였다. 머리를 처박고 기어들어가는 놈, 성냥개비 한대를 위태롭게 타는 놈, 그걸 등에 진 놈, 나둥그러진 놈, 푸석거리는 담뱃재 속에 물구나무 서는 놈. 거기서 바스락거리는 소리가 들려왔다. 뭘까, 귀로는 들리지 않고 다만 느낌뿐인 소리. 누에들과 지푸라기가 뒤얽힌 이 굼뜬 운동감이 주는 환청일까? 혹은 둥근 환약 같은 형태를 조심히 싸고 있는 응집력의 다공질 표면이 바스러지는 소리일까? 담뱃재들이 조금씩 바스러지고, 성냥개비들이 차츰 아래로 주저앉는 모양이 눈에 보이는 듯하다.

이런 현상은 다른 물체들도 마찬가지였다. 물체들이 유독성 기체를 뿜어내는지 응시하고 있는 눈알이 시리다. 완주는 가늘게 눈꼬리를 좁힌다. 그러자 정물들은 둔한 울음소리를 내며 이 순간 극히 짧은 진폭으로 일제히 떨기 시작했다. 눈알을 싸고 있는 액체의 층이 눈꺼풀에 밀려서 좀 두꺼워진 탓일까? 저렇게 흔들려 보이는 건. 또 시야를 쓸고 있는 속눈썹 때문일까? 그런지도 몰라. 게다가 또, 정물의 부동한 표정을 대하고 있으면 어떤 운동감을 상상하게 마련이거든. 굳어버린 표정 직전에 있었던 운동의 여세랄까, 혹은 그 표정의 바탕에 물살 잡히듯 시작될 다음 운동의 단서라고 할까, 뭐 그런 거겠지. 그런데 저 울음 타는 소리는? 공기층을 흔들며 나직이 물건들 위에 퍼져 있는 저 둔한 소리, 뭐랄까, 물체의 진동 때문에 부수적으로 생긴 게 아니라, 물건 내부의 경련으로 스스로 솟구쳐오르는 소리처럼 느껴진다. 혹시 물건 내부에 소리가 가두어져 있는 게 아닐까? 속살 깊이 침투해 들어와 머물러 있는 외계의 음향 같은 것, 혹은 밀폐된 내부에서 들끓고 있는 분노의 소리 같은 것? 이 의혹을 풀어주려는 듯 한시간쯤 전에 같이 술을 마시다가 헤어진 친구의 얼굴이 성급하게 떠올랐다. 걔 이름이, 그렇지, 윤철이! 참, 아깐 이름이 생각 안 나서 혼났네. 그 녀석은 수은등 불빛이 차가운 가랑비처럼 뿌리는 전선주 밑, 기억의 초점 안으로 어정어정 걸어들어왔지. 야, 너 오랜만이구나, 그새 늙어버렸네. 그런데 이름이 영 생각나야 말이지. 술집에서도 이름이 생각 안 나 참 애먹었어. 곱창 굽는 연탄불 빛이 번져 더욱 붉어 보이던 얼굴, 그래, 술기운으로 차차 표정이 풀리고 있었지. 불거진 광대뼈, 각질화된 피부, 외쌍꺼풀, 이런 따위 후천적인 특징들이 차츰 중학 시절의 본바탕으로 게게 풀려갔지만 이름이 종내 생각 안 났어. 나중에 술집을 나와 근처에 위치한, 녀석이 공장장으로 일하고 있는 그 공장 내부를 구경하였지. 알전등이 단 한개 매달려 있던 그 조그만 공장 내부가 침침하게 떠올랐다. 그림자들 때문에 윤곽이 퉁퉁하게 마무려진 기계들. 콜타르 칠한 굵은 각목을 깔고서 기계들은 손발을 사리고 시꺼멓게 웅크리고 있었다. 비로 쓸린 자국이 나 있고 물이 뿌려진 맨땅바닥은 녹슨 쇳가루가 자욱하게 깔려 있었다. 이 무거운 침묵을 뚫고 플라이휠의 표면에서 뿜어오른 서릿발 같은 흰빛이 좁은 공장 안을 종횡으로 내달리고 여기저기서 쇳조각의 잘린 단면이 번쩍거렸다. 벗겨진 피댓줄이 무당 헝겊처럼 주렁주렁 걸려 있었다. 모빌의 느린 증발도 멎어 있었다. 친구는 커다란 그림자를 기계 위에 던지며 저만큼 앞서 걸어갔다. 기계의 속살을 태우던 낮의 불꽃은 어디 갔을까? 야, 넌 기계를 명명(命名)하고 마력을 말했지만, 보라구, 기계들은 차가운 강철 덩어리야. 그 광괴(鑛塊) 주위에 불비로 쏟아지던 생생한 쇳조각들은 흙모래에 뒤섞여 붉은 산화철이 되어버렸다. 기계는 밤마다 식어가며 탄성과 연성을 조금씩 잃고 여린 무쇠로 돌아가는 거야. 고철이 되어가. 이 기계의 역행을 너는 단순히 '기계의 소모'라고 일컫지만, 나는 이 환원 작용의 느린 진행에서 한아름 안을 수 없는 막대한 부피가 느껴져. 고막을 찢어발기던 기계의 울부짖음은 어디 있지? 깎는 소리, 꺾는 소리, 가는 소리, 찌르는 소리, 두들기는 소리, 뚫는 소리, 너의 얇은 고막에, 탄력 있는 뺨에, 손등에 파고들고 부딪치고 튕기며 광란하던 소리, 그 소리들은 진정 사라지고 없는 것이냐? 나와 헤어져 집에 돌아간 너의 고막과 뺨과 손등 같은 데 상감(象嵌)되어 있을 따름이냐? 아니다. 그 소리는 기계 속에 가두어져 있다. 검순이란 암캐의 더운 내장을 휩싸고 있는 그 분노 같은 것 말이다. 소리는 물체가 지닌 천성이야. 그 천성은 분노야. 그래, 물체의 크기 질감 색채 무게 따위가 모두 밀폐된 내부의 들끓는 분노의 소리를 외표시켜주는 껍질이라구. 윤철아, 난 아무래도 소리를 질러야 하겠나보다. 목구멍이 찢어져라고 부르짖을 테야. 임금님 귀는 당나귀 귀라고 소리쳐야겠어. 이 분노를 참으면 난 바보가 되어버린단 말이다. 비굴해져버려. 기회주의자가 되어버려. 밀고자가 되고 말아.

완주는 또한 엇비슷한 높이로 벽을 가리고 쌓여 있는 책더미를 바라보았다. 책들은 거의 절반이 번역물이나 영문 원서, 영문 주간지 따위들이다. 그런데 저것들이 무슨 불온문서처럼 가슴을 섬뜩하게 하는 까닭은 무얼까? 저것들이 어느날 갑자기 잘못 들은 뜬소문 같은 것, 풍토에 안 맞는 남의 고전으로 독단적인 판정이 내려졌던 것이다. 남의 잣대로 시시비비를 따지지 말라! 그렇지만 저 책들이 완주를 어쩔 수 없는 외골수로 키워버렸다. 그것도 사반세기 동안이나 왜곡된 한국인. 말이 사치스러운 이 주둥이를 어찌할까? 그러나 주둥이를 다물어라. 입 다물어라. 이제 세상은 사반세기의 막대한 세월을 역사의 문맥에서 괄호로 봉해버렸다. 쇠고랑같이 튼튼한 괄호 속에. 아, 시행착오의 세월. 책들은 팔걸이의자의 등받이로 에워지고 그림자로 덮여 있었다. 확인할 필요도 없이 먼지가 많은 곳이었다. 네모진 책 모서리들이 먼지에 파묻혀 헤실헤실하게 부드러워져 있을 것이다. 이제 완주는 먼지 쌓인 책들마저 의심하기 시작했다. '책은 이사 갈 때 짐만 돼.' '고물장수 오거든 헌책을 죄다 화장지로 바꿔버려, 육아전서만 빼놓고.' '세상을 거꾸로 사는 기분이 들어서 통 책을 못 읽겠어.' '우선 공리성이 없다고.' '반독서(反讀書) 반지성(反知性) 반문명(反文明)!' '책을 읽을라치면 백태 긴 눈으로 흘겨본단 말이야, 왕년에 독서 안해본 사람 있나 하는 투로.' '한국적 상황에 교과서적인 해석은 말라는 투로.' '고전적인 토는 달지 말라는 투로.' 이사 가는 날이 되어서 저 책에 손이 가고 우연히 책장을 넘겨보게 된다고 해서 무슨 소용이 있으랴. 관 뚜껑 열 때처럼 묵은 냄새가 치밀어오를 것이다. 변질된 잉크와 종이 냄새. 책장에 묻은 손때가 부패하는 냄새. 이러한 물리적인 냄새에다 한때 책을 불멸의 생명체로 보던 그의 상상력이 첨가되어 책은 송장 냄새가 물씬 날 것이다. 활자의 낱알들이 압맥처럼 짓눌려 있을 테지. 아니 숨통이 막혀 죽은 마른 빈대같이 다닥다닥 붙어 있겠지. 숨통이 막혀 죽는 것이다. 흩씨 겉껍질처럼 부드러운 먼지의 꺼풀로 봉해져서 책들이 돌아가는 곳은 어디냐? 이제는 내 소유의식이 미치지 못하는 먼 곳으로, 멀리. 책상, 의자, 팔걸이의자, 이불, 커튼, 트랜지스터, 휴대용 전축, 옷, 양은 주전자, 재떨이, 희곡집, 완주의 손이 스쳐갔던 물건들. 옮겨지는 소리, 들추는 소리, 흔들리는 소리, 떨어지는 소리, 넘어지는 소리, 긁히는 소리, 풀썩, 부스럭, 텅, 딱, 똑똑, 삑, 덜컹, 똑또그르르. 이 손의 탄주(彈奏)가 기한부로 끝나 있는 이 물건들은 도대체 어디로 떠나가는가? 먼지 속으로. 모래 알갱이의 이빨 속으로. 그 동화작용 속으로. 나의 소유의식이 닿지 않는 먼 곳으로.

완주는 창문을 열었다. 손에 들고 있던 잠옷을 창밖으로 내밀고 먼지를 훌훌 떨었다. 축 늘어선 주름다발이던 옷이 금방 어두운 공간에 펼쳐져 펄럭거린다. 펄럭거리는 소리의 끄트머리에 이따금 딱딱하게 매듭진 소리가 튀어나왔다. 밖은 안개가 끼어 있었다. 여기저기 안개 속에 퍼진 둥근 불빛 무리들이 둥둥 떠 있고, 언덕 위 능선을 타고 있는 집들은 안개로 에워싸여 입으로 뿜은 물김 같았다. 이따금 헤드라이트 불빛이 나뭇잎에 닿을 때마다 여러갈래로 좍 찢겨져버린다. 벗은 팔에 안개비가 축축하게 내려와 앉았다.

방에 들어온 지 겨우 십분밖에 안되는 시간이었다. 잠옷으로 갈아입고서 그는 곧 잠자리에 들 채비를 했다. 모세관이 많은 직물인

잠옷 섶에서 식은 담배 냄새가 몹시 났다. 이불은 넓은 면적으로 요 위에 질펀하게 엎으러져 있었다. 아래 깔려 있는 요는 우연한 흰 귀퉁이마저 보이지 않는다. 능욕. 모란꽃 무늬 있는 등을 번쩍거리면서 이불은, 넓게 퍼뜨린 사지로 먹이를 싸고 옭아맨 수컷같이 보였다. 불을 끈 뒤 이불을 들추고 몸을 뉘었다. 두 다리를 요 끝까지 길게 뻗어내리니까, 관절 부딪는 소리가 곳곳에서 일어나고 잠시 이 진동이 살 속을 헤집고 엇갈려 질주했다. 느슨해진 살은, 아래로 늘어진 포도송이같이 뼈줄기 주위로 흘러내려 요 위에 괴었다. 본래 돌출된 뼈마디들은 물론이지만, 살집 깊숙이 파묻혔던 뼈의 산맥이 불거져올라 이불 안쪽과 요 위를 부드럽게 파고들어 몸의 윤곽을 만들어놓았다. 이불이 주는 균일하고 질펀한 압력으로 흐트러져내린 살들은 점점 헤실헤실 풀려갔다. 허리뼈에서 괴로운 숨소리가 들려오고 살갗 위로 간지러운 막을 씌우듯 잔잔한 열기가 떠오르고 있었다. 아직 취기가 채 가시지 않은 모양이었다.

그러나 완주는 이윽고 이불이 주는 무게에 무관심하게 된다. 그는 하루의 마지막 담배를 피워물었다. 눈에 보이지 않지만 담배연기가 방 안 공기의 공복 속으로 스며들어 균일한 농도로 퍼져서 방 구석구석에 야성의 끝으로 거칠게 솟아난 물건들 위를 어루만지고 있는 것같이 느껴졌다.

아래에서 개 짖는 소리가 들렸다. 틀림없는 검순이였다. 그리고 검순이라고 당장 판별되는 점으로 미루어 그는 벌써 이 소리를 듣고 있었음에 틀림없었다. 짖는다기보다는 신음 소리 같은 외마디 소리, 거기에는 이제 이렇다 할 자극성이 없었다. 다문 입술을 들추고 비어져나오는 소리처럼 맥이 없다. 이 외마디소리는, 일분쯤 간격을 두고서야 불현듯 무슨 기억에 사로잡힌 듯 '문득 생각난 듯이' 이어져갔다. 지금 완주는 먼저 소리와 나중 소리의 어간에 불안하게 끼여 있는 어정쩡한 정적에 마음을 도사린다. 그 시간은, 개가 입 끝에서 외마디 동전 같은 단음절을 땅바닥에 떨구고 똑또그르르 굴러가는 그 동전의 방향을 좇아서 두리번거리는 장면으로 연상되었다. 격정이 동반되지 않은 저 소리는 무엇일까? 적개심도 자극성도 빠져나가버린 탈바가지 같은 소리. 몇분 전에 긴장된 성대나 복막근육이 만들어놓았던 그 울부짖음의 통로가 여태남아 있기 때문이리라. 그래서 심히 울고 난 아이가 참으려고 하지만 기어코 치밀어오르는 뭉클한 딸꾹질에 굴복하는 경우와 같은 것일 테지. 이 짖는 소리는 완주 자신에게 언제나 다음과 같은 질문을 던진다. 검순이는 왜 나만 보면 짖을까? 개가 보여주는 그 적의는 무엇인가? 이러한 자문도 그러나 여러번 되풀이된 것이므로 답을 구하려는 성의가 없다. 이 생각은 다만 오른손 끝에 있는 담배가 다 탈 때까지만 허용될 것이다. 그러고 나면 잠을 자야 하니까. 주인아줌마는, 퇴근길에 고기를 좀 사다가 개를 달래보면 어떻겠냐고 걱정스러운 투로 말했었다. 글쎄, 어떨지 몰라. 이 개가 집에 들어온 지 벌써 두달이 넘지 않나. 지금 와서 쇠고기 뇌물을 쓴다고 사정이 달라질까? 두달 동안 뿌리 깊은 고정관념으로 단단하게 다져진 이 대치 감정. 치밀하고, 자체로서 완성되어 표면에 거부현상만을 입고 있는 이 관계에다 멀컹멀컹한 고깃덩이를 첨가한다해서 사정이 좀 달라질까?`글쎄, 뇌물이란 항상 조기에, 적시에 써야 효과가 있고 추접스러운 생각이 덜한 법이라는데. 매일 밤 열시 반쯤 해서 불꽃이 이 집 마당 한구석에서 일어났다. 혼신을 다하여 투혼을 부르고, 노여움이 길들임의 외피를 갈가리 찢었다. 야성의 일깨움이었다. 바람에 부대끼는 바위틈에서 한마리 위축된 생명을 피비린내로 둘러싸는 순간처럼 말이다. 언제나 완주는 오관이 봉쇄되어 눈먼 피해의식 속으로 빠져들어갔다. 그러나 언제나 그뿐이었다. 도대체 한번도 물린 적이 없었던 것이다. 수세에 몰려 쭈뼛거리면서도 완주는, 네가 설마 물지는 않겠지 하는 강한 확신이 있었다. 검순이는, 이 강한 인간적인 우월감을 거역해볼 재간은 없을 것이다. 날아오를 수 없는 이 구속을 느끼면 느낄수록 개는 더 맹렬히 짖어대는 것 같았다. 잘 짖는 개치고 사람 무는 개가 어디 있습니까? 입이 싼 똥개들이라구요. 짖는 게 쟤들 천성이니까 그냥 내깔겨둡시다. 주둥이를 틀어막지는 말아요. 개가 짖지 못하면 아주 미치고 말아요, 미치고 말아. 그게 더 위험하다구요. 제발 말 좀 하게 해줘요. 말다운 말. 검순이년이 내가 벙어리라고 얕잡고 맞먹을라고 들어요.

그는 잠을 청한다. 그런데 어째 불안하다. 베개에 눌린 숨골 부근에서 맥박이 불끈거리고 뛰놀았다. 맥박의 무딘 충격으로 얼굴이 조금씩 흔들려 이불에 스치고, 베개에 눌리는 소리가 귓속에 가득 찬다. 메밀 껍질 눌리는 마른 소리도 귀에 거슬렸다. 광인이 나타날 징조가 분명하다. 호흡을 가다듬고 숫자를 세기 시작했다. 하나 둘 셋 넷 다섯…… 혀는 두리뭉실한 뭉치가 되어 입안의 애매한 위치에서 머물렀다. 귀밑에서 사각거리는 소리는 멀어져갔다. 들숨과 날숨 사이에 느리고 몸이 긴 숫자들이 기어들어 길이로 정렬한다. 이렇게 매일 밤 습관적으로 그는 수면으로 가는 길에다 숫자의 포석을 깔았다. 호전적이고 해로운 음향과 생각 위에다 하나, 둘 침착하게 포석한다. 숫자 세는 일이 싫증나고, 그 단순성이 주는 멀미증 같은 피로감이 찾아올 때, 그는 잠이 들곤 했었다. 그런데 스물까지 세었을까? 그는 방금 센 숫자를 잊어버렸다. 먼 데서 개가 짖었다. 아래에서 검순이가 다시 컹컹 짖기 시작한다. 졸음기 없는, 교활한 소리를 주위에 방치해둔 채 잠들 수는 없다는 듯이 그의 청각은 다시 뾰족해졌다. 그러면서도 차츰차츰 그는 수면에 이끌려갔다. 잠깐 눈꺼풀 안쪽에 이 고르지 못한 검정 반점이 모여들었는데, 문득 그중 몇개가 이동하면서 윤철의 얼굴을 만든다. 당구 큐 끝이 날쌔게 번쩍거렸다가·사라진다. 금 간 틈으로 조금씩 조금씩 무언가 너풀거리며 새어들고, 기다란 쐐기가 박혀들어 골수로 향하고 있었다. 몸뚱이에서 김이 모락모락 피어오르고 의식은 부서져 어두운 밤의 흰 눈송이같이 희뜩거렸다. 그는 눈먼 마비상태에 휩싸여 똘똘 뭉쳐진다. 입은 반쯤 벌려 있다. 드디어 두개골 안 끓는 공간은 그 바깥에 미만한 어둠으로 매몰되었다. 불타는 그 공간은 차가운 어둠의 손짓으로 지워졌다. 완주는 잠을 잔다. 완주는 수면의 사래 긴 밭을 갈아 뒤엎기 시작한다. 잠을 잔다. 고르고 느린 호흡작용, 보습날에 뭉떵뭉떵 썰리는 검은 털 무성한 수면 밭, 부풀리고 오므리는 들숨과 날숨, 그 이랑과 이랑 사이 느린 파상의 리듬, 드디어 아침, 호흡이 빨라지고 수면 끝이 파르르 떨 때, 떨리는 속눈썹을 들추고 눈뜨는 그러한 잠을 완주는 자고 싶어한다. 우리의 피곤한 완주에게 누구나 자는 보통 잠을 자게 하라. 그의 무구한 잠 속에까지 독약을 풀지 말라. 그의 아름다운 꿈을 독살하지 말라. 그러나 완주의 수면 입구에는 때때로 여기를 지나는 졸음기 가득 찬 몸을 얽어매는 이상한 덫이 마련되곤 한다. 오늘밤이 그렇다. 지금 수면 속으로 낙하하는 속도가 갑자기 그 틀 속에 잡혀들었다. 그 틀은 멀컹멀컹한 붉은 잇몸으로 눈먼 완주를 꽉 물었다. 붉은 옷을 입은 광인이 춤추기 시작한다. 방 안 전체는, 끝이 아래로 향한 수나사의 진입운동과 닮은 원추형 소용돌이에 휘말리기 시작했다. 책상이 모호한 부력으로 둥실 떠올랐다. 곤두박질하는 서랍 두개, 거기서 쏟아진 면도기 펜대 엽서 로션병 단추 칫솔 따위 잡동사니들이 나선형 행렬을 이루어 깔때기같이 생긴 소용돌이 상부로 쏠려간다. 책장이, 펼쳐진 책들이 날짐승같이 푸득푸득 날아오르고, 옷가지들은 못에서 벗어나 춤을 춘다. 먼지들도 풀풀 떠올라 방 안을 가득 채운다. 이 먼지들은 눈에 띌뿐더러, 그 알갱이들이 더 굵어 보여서 산소용접할 때 생기는 불꽃비처럼 번쩍거리며 재빠르게 흘러간다. 그 흐름 역시 방 안 선회운동의 일부였다. 방 중간의 허공, 맹렬히 후벼파이는 그 초점으로 쏠리면서 먼지들은 흐린 날의 햇무리같이 둥글게 퍼져 있다. 이때 옆에 있는 팔걸이의자가 쓰러지기 시작한다. 그뒤로 어두운 커튼이 펼쳐진 채 덮쳐오기 시작한다. 그는 손을 들어 필사적으로 막는다. 그래도 팔걸이의자와 커튼은 완주 위로 쓰러지고 있다. 몸을 움직일 수가 없다. 손으로 무엇을 움켜쥐려고 하나 정작 손아귀에 잡히는 것은 번번이 무력감뿐. 아, 숨통을 틀어쥔 커다란 손. 서적 외판원의 단정한 용모가 무섭게 일그러져 떠오른다. 숨을 헐떡거리며 눈을 뜨려고 기를 쓴다. 그러나 눈꺼풀은 얇은 창호지처럼 젖은 눈알에 달라붙어버렸는지 달싹도 하지 않는다. 오, 숨통을 열어다오, 숨통을 열어다오. 팔걸이의자와 커튼은 아직도 쓰러지고 있다. 그는 외마디 소리를 지르면서 잠이 깨었다. 그는 때꾼해진 눈으로 팔걸이의자를 노려보았다. 이 순간 엿가락같이 휘어져 비스듬히 기울어지던 팔걸이의자가 천천히 본래의 딱딱한 안정된 구조로 돌아가는 것이 보였다. 거친 호흡이 좀처럼 누그러지지 않는다. 요 위에 평평하게 퍼져 있는 무력감도 얼른 물러가지 않는다. 그는 휘청거리면서 겨우 일어났다. 아까 꿈속에서 내지른 고함 소리가 아직도 귀에 생생하다. 그 고함이 혹시 입 밖에 터져나와 아래층 사람을 깨우지나 않았을까? 그는 후두의 물리적인 흔적을 알아보려고 목청을 몇번 울려본다. 그다음, 기분을 전환하기 위해서 등배운동을 시작했다. 그는 야릇한 분노를 느끼면서 몸을 함부로 부린다. 여기저기 관절이 부딪는 소리가 둘레를 싸고 있는 근육을 떨게 했다. 몸이 맹렬히 움직였다. 상체는 앞으로 철렁 내던져졌다가는 급히 뒤로 제껴졌다. 허리께 잠옷 자락이 펄럭거리고, 일 미터쯤 앞 허공을 할퀴고 있는 손톱이 반짝거린다. 얼굴은 불빛이 퍼진 방 중간에서 아래 그늘로 자맥질해 들어갔다가 곧 노엽게, 싯누렇게 떠오르곤 했다. 몸 구석에 쌓인 술 찌꺼기가 다시 화끈거리며 떠올랐다. 뭉클거리는 분노.

서랍을 뒤져서 수면제 알약 두알을 찾아내어 침을 모아 맨입으로 삼켰다. 식도는 끝을 잡아 흔들어놓은 것처럼 꾸불텅거리며 딱딱한 알약을 밀어내렸다.

마침내 완주는 잠이 들었다. 두시 반. 비사증이 있는 그의 거친 숨결은 방 안 어둠에다 날카롭게 두개의 송곳 끝처럼 구멍을 파헤치고 있었다. 나중에 좁은 창틈으로 바람이 들어와 완주를 가로질러 맞은편 벽에 부서지곤 했다. 바람은 조금씩 온기를 잃어갔고 더 운동이 빨라졌다. 토해내는 숨결이 입가에서 불안하게 흩어지고 있었다. 그는 아침에 깨어날 것이다. 아침에, 소주의 불꽃이 할퀴고 간 위장은 바들바들 떨고, 붉게 타오르던 세포조직들은 어깻죽지에서, 눈두덩에서, 허리에서, 무릎에서 차갑게 오므라들고 찌그러져 늙은 폐허가 될 것이다. 의식은 얇은 칸막이 저쪽에서 머뭇거리고, 꺼칠해진 얼굴 피부, 눈꺼풀은 거무죽죽한 둥근 호(弧)를 달고 쾡하게 가라앉아 있을 것이다. 거기다가 몸은 밤새 자리 잡은 독감으로 결박되어 있으리라.

발병(發病)

　아침 6시 20분. 종잡을 수 없이 어수선한 꿈에 시달리던 완주는 주인아줌마가 부르는 소리에 화들짝 놀라 잠에서 깬다. 눈을 뜨고 목소리가 들리는 문 쪽을 바라본다. 아줌마는 조금 열린 문틈으로 고개를 빼짓이 디밀고 있는데 블라우스의 흰빛이 매우 서늘하게 도두보인다. 그 서늘한 흰빛은 이미 한시간 전인 신새벽에 깨어나 밥을 하느라고 바깥의 정갈한 냉기를 머금고 있기 때문이리라. 잠기가 덜 가신 완주는 아직 얼떨떨한 상태다. 탄력성 없는 실어증의

혀와 두 입술은 아직 떫고 궁금스러운 미궁에 빠져 있다. 그는 이 갑갑증을 떨치고 무슨 말인가 해보려고 눈알을 두릿두릿 굴린다. 아마, "지금 몇시죠?" 하는 따위 몇마디 평범한 질문을 할 참이리라.

그러나 아줌마는 어느새 어슴푸레한 베니어판 문짝 속으로 잦아들어가버렸다. 문이 닫힌 것이다.

일어나야지. 그런데 머리를 베개에서 떼고 마악 몸을 일으키려고 하자 갑자기 두통이 울컥 치밀어올랐다. 두통은 뒷골 안에서 싱싱한 먹개구리 한마리가 펄떡펄떡 날뛰는 것처럼 완주를 깜짝깜짝 놀라게 만든다. 별수 없이 머리를 도로 베개에다 슬며시 뉘었다. 뒷골에서 벌떡거리며 부풀어오른 맥박은 이제 사방으로 통증을 실어가 둔한 반향으로 두개골 안을 가득 채웠다. 눈 안쪽은 흡사 골무 낀 손끝으로 건드리는 것처럼 뜨끔뜨끔 아프다. 아무래도 연탄가스를 맡았나보다. 그는 한 손을 요 밑에 집어넣어 장판의 온기를 따져보기도 전에 양미간을 잔뜩 좁히고 주인아줌마를 미워해본다. 방 어느 구석인가 가스가 새고 있음이 틀림없어. 그런데 정작 손바닥이 어루만지는 장판은 웬걸 불길 한점 없다. 그럼 연탄가스를 맡은 것도 아닌데 내가 왜 이럴까? 발은 맨발인데도 더운 열기로 휩싸여 흡사 퉁퉁한 털양말 신고 있는 느낌이고 입 밖으로 토해져나오는 숨결은 사뭇 뜨겁다. 독감이 틀림없다.

탁상시계는 6시 30분. 이제 아침 출근시간 칠십분 동안의 길쑴한 시간이 원통의 통로처럼 뚜르르 완주 앞으로 굴러와 닿았다. 이 빈틈없이 완벽한 칠십분이라는 시간이 이제 막 아가리를 떡 벌리고 심호흡으로 완주를 빨아들일 참이다. 조반을 먹기 전에 주인네 식구들보다 먼저 변소부터 다녀와야지. 그런데 또 똥이 안 나오면 어떡허나. 빌어먹을 변비 이틀째.

시간은 숨 가쁘게 재깍재깍 흘러가는데 완주는 여전히 잠자리에서 나오지 않는다. 그냥 드러누운 채 벽같이 완강한 그 칠십분을 허물어뜨리기 시작한다. 매일 아침 나는 어떤 식으로 출근 준비를 했던가. 발치 쪽의 팔걸이의자를 본다. 거기엔 지금 막 잠자리를 빠져나온 완주 자신이 앉아 있다. 잠시 거기서 잠기가 물러가기를 기다릴 셈이리라. 얼굴을 찌푸리고 잔뜩 하품을 할 것이다. 의자 등받이에 걸쳐놓은 옷가지처럼 완주는 의자가 요구하는 ㄴ자 틀 안에 푹 퍼져 들어간다. 의자는 쉽사리 완주를 놓아주지 않을 것이다. 몸에는 당장 잠을 튕겨내는 탄성이 없기 때문이다. 수면은 아직도 무수한 잔뿌리가 달린 뿌리처럼 몸을 옭아매고 눈의 두 동공을 꿰뚫어 두개골 안으로 파먹어들어가 있다. 독한 부식성 산을 퍼뜨리는 이 수면의 뿌리들은 좀처럼 몸을 떠나지 않으리라. 골수에 박힌 이 묵어빠지고 쉰 냄새 나는 마지막 그림자를 내쫓는 시간이 이렇게 더디 오는 것이다. 방의 벽을 따라 놓인 책꽂이, 책상 따위들도 아직 그 고유의 중량보다 훨씬 더 무거워 보인다. 걸핏하면 불면증에 시달리기 잘하는 그는 아침마다 수면 부족으로 이렇게 기진맥진이다.

이어서 아침 첫 담배를 피울 것이다. 그 순간 어떤 사내의 얼굴이 흑백 영상으로 궁싯 떠올랐다가는 사라질 것이다. 누굴까? 그 얼굴을 어떤 사건이나 장소의 문맥 속에 넣고 따져보려고 무진 애를 써본다. 도대체 누굴까? 이 비상한 노력은 한줄기 생생한 균열 같이 굼뜬 안개로 덮인 머릿속을 뻗어들어간다. 어디서 본 듯한 얼굴인데 좀처럼 생각이 안 난다. 잠기가 싹 가시고 온몸이 이상하게도 저돌적인 무거운 충동에 사로잡힌다. 이 기분 나쁜 얼굴은 도대체 누굴까? 그렇지, 그 월부책 장수구나! 어제 그 청년은 웬일인지 책 팔 생각은 않고 결근한 지리선생의 빈자리에 한참 죽치고 앉았다가 갔지. 통대선거를 앞두고 이웃에 있는 대학에서 술렁거리는 기미가 있어서, 그 월부책 장수가 도무지 예사로 보이지 않았다.

완주는 이불 속에 그대로 누운 채 다시 탁상시계를 올려다본다. 6시 45분. 어서 아래층에 내려가서 밥을 먹어야지. 완주는 여전히 누운 채로, 서둘러 방을 나서는 자신의 뒷모습을 바라본다. 방 밖으로 나와 문을 잡아당기자 그 문에 밀려나온 방 안 공기 일부가 갑자기 보자기처럼 숨 막히게 얼굴을 덮어씌우는 바람에 그는 제풀에 흠칫 놀랄 것이다. 어쩐지 방 안 공기가 그를 억지로 밖으로 내몰아붙이는 느낌이다. 가만있자, 내가 혹시 뭘 잊고 나가는 게 아닐까? 호주머니를 대강 뒤져본다. 출근부에 날인할 도장이 주머니 밑 실밥을 따라 누워 있고, 구둣주걱과 성냥갑도 만져진다. 푸슬거리는 먼지같이 보풀이 많이 일어난 축축한 천원짜리 두장, 쭈그러진 은하수 담뱃갑. 그런데 요 모서리가 날카로운 종이때기는 무얼까? 어쩐지 께름칙한 생각이 들어 얼른 꺼내본다. 명함 한장. 그것을 들여다보다가 완주는 흠칫 놀랄 것이다. 아니, 내가 여태 이 더러운 것이 주머니에 든 줄도 모르고 다녔나, 빌어먹을! 그것은 열흘 전쯤 저녁 퇴근길에 집 근처 쌀가게 앞에서 우연히 만난 동네 반장이 건네준 것이다. 평소에 안면만 있을 뿐, 만나면 그저 목례나 하고 지나칠 뿐이던 그가 그날은 갑자기 반색하면서 따라붙는 것이었다.

어째 수상쩍다 했더니, 아닌 게 아니라 본색을 드러냈다. 동네에서 한 인물이 통대의원 후보로 나서는데, 같은 동네 사람이고 하니 추천해주자는 것이었다. 추천인이 이백명 이상 있어야 후보등록이 가능하다고 했다. 아무리 같은 동네 사람이라고 하지만 생면부지의 사람을 어떻게 추천하느냐고, 완주가 좀 떨떠름해하는 표정이자, 반장은 인물이야 더할 나위 없이 잘났지요, 하면서 그 후보의 명함을 내밀어 보이던 것이다. 완주는 자칫했다간 주권이 침해당할지도 모르는 그 자리를 얼른 모면하고 싶었다. 그러나 발이 떼어지지가 않았다. 그에게 미운털 박힐까봐 두려웠다. 그의 비위를 건드려 뭐 하나 이로울 게 있으랴. 반장의 유들유들한 표정은 추천인 명단에 손도장 하나 찍는 게 무슨 돈 드는 일이라고 그렇게 망설이느냐고 비웃는 것 같았다. 그러나 완주는 끝내 그 청을 거절했다.

완주는 그 명함을 손아귀에 넣어 우그러뜨리고 플라스틱 쓰레기통에 던져넣고는 방문에 자물쇠를 채울 것이다.

그는 급히 나무계단을 내려간다. 그런데 십분 전만 해도 잠에 취했던 둔한 몸이라서 가파른 계단의 톱니바퀴 운동에 척 맞물리기가 그리 쉽지 않다. 비탈의 급한 각도에 유혹되어 앞으로 넘어지거나 뒤로 덜컥 제껴질 것만 같다. 신경이 바싹 곤두선다. 밥 몇숟갈 뜨는 둥 마는 둥 하고 서둘러 문밖을 나선다.

이른 시간이라 밖은 아직도 어둑신하리라. 밤사이 또 비가 왔는지 빗물에 얼룩진 시멘트블록담 위에 붉게 녹슨 철조망이 험상궂게 웅크리고 있다. 쌀가게 담벼락에 세워져 비를 맞은 손수레를 바라본다. 빗물이 주렁주렁 매달린 전선줄을 바라본다. 광성여관의 현관 안도 힐끗 들여다본다. 그러나 여관 밖으로 급히 빠져나오다가 완주에게 들키고 마는 그런 젊은 여자는 오늘은 만날 수 없다.

이때 철대문이 덜컹 닫히는 소리가 들렸다. 아마 이 집 여고 다니는 큰딸이 학교 가는 모양이다. 어서 나도 일어나야지. 정말 이럴 때가 아닌데. 그러나 완주는 잠자리에 그냥 누운 채 옴짝도 하지 않는다.

이제 완주가 탄 버스가 한강대교를 통과할 시간이다. 지금쯤 강의 수면은 아침 빛을 되쏘아서 스스로 희게 표백되어 있으리라. 강의 남쪽 연안, 그늘진 데는 밤이 아직 덜 물러난 것처럼 안개가 뿌옇게 밀려 있고…… 강의 상류 쪽으로 느릿느릿 멀어져가는 자갈 채취선 말고는 수면은 물결 그림자 하나 잡히지 않은 뽀얀 우윳빛. 배는 기름막같이 팽팽한 흰 수면 위에다 양옆으로 길쭉한 물살을 일으킨다. 물살은 양끝이 잡아당겨진 기다란 고무줄처럼 탄력 있게 푸들푸들 떨고 있다. 시외버스 앞을 지나고 남영동을 지날 무렵, 완주의 무릎에는 어느덧 무거운 책가방 두엇이 놓인다. 점심 도시락이 들어서 가방들은 따뜻하다. 이 시간의 승객은 거의 남녀 고교생들. 자연히 밤새 잠들었던 직업의식이 깨어나며 등뼈가 꼿꼿해진다. 수학여행 버스를 탄 담임교사처럼.

그러나 완주는 아직도 자리에 누운 채 시간을 죽이고 있다. 어서 일어나야 할 텐데. 한쪽 커튼 자락이 아침 햇빛에 붉게 물들기 시작했다. 그때 노크 소리가 두어번 나더니 문이 또 아까처럼 빠끔히 열린다.

"오늘 학교 안 가우?"

"좀 늦게 갈까 해요."

대답을 하느라고 입을 움직이자 열기로 바싹 마른 입술이 조금 찢겨 피가 맺혔다.

"조반은 어떻게 하려우? 지금 차려놓을까?"

빠끔한 문틈으로 단순히 질문처럼 뾰족하게 돋아난 아줌마의 얼굴이 성가시기만 하다. 완주는 벽 쪽으로 돌아누우며 말했다.

"밥은 조금 이따가 한잠 자고 나서 들겠어요."

아줌마는 들고 있던 신문을 들이밀고 문을 닫았다. 신문지는 방바닥을 휙 훑으며 바로 옆까지 미끄러져 왔다.

완주는 바로 옆에 떨어진 신문을 집을 생각도 않고 한참 노려보았다. 그것은 살아서 스멀거리는 생명체처럼 묘한 가려움증을 일으킨다. 지질(紙質)이 구겨진 데 없이 깨끗하고 네모반듯한 모서리에는 여태 절단기의 서늘한 감촉이 남아 있어 보인다. 게다가 성성한 활자 냄새. 정말 살아 있는 듯한 착각이 든다. 그러나 저놈은 죽은 지가 이미 오래다. 저번달, 신문 배달하는 아이가 수금하러 왔길래 석간으로 바꿔 볼 테니깐 그만 넣으라고 말했었다. 실은 단도직입적으로 "난 신문이라고 생긴 건 아예 보지 않기로 했단다" 하고 터놓고 말하고 싶었지만 꾹 참고 아침시간 바쁜 핑계를 댔던 것이다. 그런데 아이는, 어지간하면 전통 있는 자기네 신문을 계속 구독하는 게 어떠냐고 했다. 어지간하면? 전통이라구? 요 꼬마야. 뭉클 혐오감이 치밀어올랐다. 어른스럽기 짝이 없는 그 충고 같은 말에 구애되어 하마터면, "인마, 난 어지간하지가 않단 말이야!" 하고 빽고함지를 뺄했다. 이 부들부들 떨리고 우스꽝스러운 말을 참고 눌러버리자, 그는 결국 아무 말도 할 수 없었다. 전통이라고? 빌어먹을, 왕년에 송편 해 먹던 시절 얘긴 해서 뭘해.

내가 탄 버스는 지금쯤 어디까지나 갔을까? 퇴계로 3가 4가? 버스는 햇빛이 들기 시작한 거리를 계속 질주할 것이다. 그러나 거리는 아직도 그늘이 음울해 보인다. 해가 점점 높이 솟아오른다. 차선 표시 황선이 또렷이 떠오르고 푸른 푸성귀를 가득 실은 손수레가 햇빛 밝은 모퉁이를 돌아나온다. 신문지뭉치를 한아름 안은 소년이 어슴푸레한 그늘에서 튀어나와 차도를 건넌다. 빗물 젖은 간판들은 어둠에서 뽑아낸 비수같이 사뭇 반짝거린다. 군데군데 거리를 가로질러 있는 현수막도 비에 젖어 후줄근하다. '투표는 자유롭게 선거는 공평하게' '빠짐없이 투표하여 민주역량 과시하자' 버스는 이제 거리의 끝, 배기가스에 에워싸여 건물의 윤곽이 희끄무레와해된 곳으로 기세 좋게 달려간다. 운전사의 오른쪽 귀섶이 햇빛을 받고 발갛게 반투명이다.

아니지, 아니야. 여태 길거리에서 꾸물럭거릴 때가 아니지. 시간은 벌써 8시 10분. 직원조회 시간이다. 오늘은 수요일, 새마을 담당인 완주가 일어나서 가로정화 활동을 알리는 날이다. "직원조회를 시작하겠습니다" 하고 교무주임이 큰 소리로 말하자 교직원 일동은 철제 의자를 요란하게 삐거덕거리면서 자리에서 일어난다. 교무주임은 앞서거니 뒤서거니 들쑥날쑥 각개 동작으로 일어나는 교직원들에게 군대식 구령을 붙여 일제 동작으로 움직이게 만든다. "차렷! 경례!" 오늘따라 구령 붙이는 목청이 호기롭다. 하기야 교장의 제의로 군대식 구령을 직원회에 도입한 것이 벌써 일주일이다 되었으니, 그만하면 목청도 트일 때가 된 셈이다. 처음 이삼일 동안은 이 군대식 구령이 어찌나 귀에 거슬렸던지 군국주의니 일제의 잔재니 어쩌구 하면서 완주네들은 뒷전에서 쑤군쑤군 불평을 털어놨지만, 그 불평도 사흘이 멀다 하고 제풀에 시들해지고 말더니 이젠 이 군대식 구령이 완전히 기정사실화되어버렸다. 결국 누구 하나 떳떳이 반발하는 사람 없이 그렇게 낙착되어버린 것이다. 하기야 매주 월요일 교련조회 때마다 단상의 교장 앞을 통과하는 사열행진을 참관하면서 이미 군대식에 이골이 날 대로 나 있는 그들인지라 그까짓 군대식 구령쯤 교무실에 도입했다고 그리 대수로운 일은 못될지 모른다. 교직원들이 교무주임의 구령에 맞춰 모두 다소곳이 고개를 숙일 때 교장은 건성으로 고개를 끄덕하며 재빨리 교무실 빈자리를 눈으로 훑는다. 빈자리는? 그 빈자리가 결근자인가, 지각자인가? 교장의 시선이 무섭게 빈 책상 위를 스쳐간다. 빈자리는 오직 완주의 책상뿐이다. 완주는 집에 누워 있으면서도 가슴이 섬뜩하다. 어서 출근해야 할 텐데…… 교무주임이 말한다. 전달사항은? 학적계가 말한다. 생활기록부는 먹물로 기입해주십시오. 양호교사가 말한다. 기생충 검사 실시. 핀셋이나 나무젓가락으로 대변을 서너톨 뜯어서 채변 봉투에 넣도록 지도해주십시오. 완주가 이제 일어날까 저제 일어날까 망설이는 사이에 벌써 네 명의 교사들이 들쭉날쭉 잇따라 일어나 전달사항을 알린다. 그들의 능숙한 달변에 완주는 적이 기가 죽는다. 그는 요즘 들어 웬일인지 이따금 답답한 실어증의 수렁에 빠져들곤 한다. 이 알 수 없는 증상은 무엇 때문일까? 무슨 말을 하려면 혓바닥이 한입 가득 부풀어오른 듯 답답하고, 애써 쥐어짜듯 하는 말은 입 밖으로 시원스레 터져나오지 못하고 오히려 입안으로 도로 기어들어가, 구강과 귀 사이에 난 통로, 유스타키오관을 통해 거슬러올라가 귀 고막을 안쪽에서 우렁우렁 울리는 것이다. 저 주번교사의 발언이 끝나면 때를 놓치지 말고 내가 일어나야지. 벌써 가슴이 두근거리고 본래 허약한 위장은 긴장 때문에 산이 과다하게 분비되어 속이 아려온다. 주번교사의 말을 건성으로 들으면서 완주는 조바심을 태운다. 아마도 그는 붉어진 얼굴로 느닷없이 자리에서 튀어 일어날 것이다. 겁먹은 노루 새끼처럼 말이다. 무대 공포증. 이 낱말이 투망처럼 완주에게 엄습해온다. 가로정화, 2학년 4반, 방과 후, 양동이, 조회대 집합…… 머릿속에서는 이런 따위 불구의 언어들이 마구 뒤죽박죽 들끓고 있다. 그는 흡사 떠밀린 사람처럼 엉거주춤 나가선다. 양 어금니 옆으로 침이 새어나오고 귀밑이 시큼하다. "새마을계에서 말씀드리겠습니다." 이 허두가 무리 없이 입 밖에 나오자 문득 안심이 된다. 잠깐 호흡을 멈추자, 낱말들이 이미 마련된 통로를 따라 숨죽이고 나란히 늘어선다. 가슴은 심호흡으로 불룩해 있고 입술은 맨 먼저 빠져나올 낱말을 위한 조음(調音) 형태로 열려 있다. 드디어 발언을 시작한다. 그건 후두에 달라붙은 가래를 밀어붙이고, 두리뭉실한 혀를 날렵하게 굽이치게 만들고, 문풍지 같은 두 입술을 날리면서 내달리는 한줄기 질풍이 된다. 오늘따라 말이 순조롭다. 썩 기분이 좋다. 쓰다 궂다 일어나서 이의를 말하는 사람은 아무도 없다. 그냥 시큰둥하니 듣기만 한다. 학생들이 양아치요 뭐요? 양동이를 들고 나가 코 푼 휴지, 꽁초를 줍게. 게다가 애들

중에는 좀 길쭉한 꽁초는 주워서 양동이에 넣지 않고 제 주머니 속에 슬쩍 넣는 골초들도 있다구요. 지나가는 사람들 보는 데서 말입니다. 챙피하게시리.

그러나 완주네들은 속으로는 이렇게 생각할지언정 결코 그걸 입밖에 내는 법이 없다. 범국민운동인데 저들이 무슨 할 말이 있겠는가. 거기다가 설상가상인 것은 교장의 극성이다. 상부에서 하나를 하라면 한술 더 떠서 둘을 해야 직성이 풀리는 교장이었다. 작년의 새마을 사업은 혼분식. 혼분식 검사날엔 학생들과 선생들 사이에 숨바꼭질이 벌어졌다. 학생들은 도시락 윗부분만 보리밥으로 한 꺼풀 슬쩍 코팅해가지고 속임수를 쓰고, 선생들은 두엄 헤집는 닭 발 같은 포크를 들고 다니며 학생들의 도시락을 마구 헤집어 보았다. 또 재작년은 어땠는가? 주당 사 킬로그램의 폐휴지 수집. 자연히 휴지뭉치 속에 큰 돌멩이를 넣어 무게를 속이는 아이들이 생기는가 하면 교무실에서 선생들이 모으는 휴지마저 번번이 분실당하곤 했다. 선생님, 우리 집엔 휴지가 동났다구요. 학교 다니는 애가 셋인데 휴지 수집 때문에 신문 두종류를 구독해도 모자라, 서로 차지하려고 싸움박질하고, 휴지 핑계 대고 더러운 주간지나 사들이고…… 정말 큰일 났어요. 그래서 요샌 숫제 돈을 줘서 고물상에서 휴지를 사가게 한다구요. 이럴 바엔 아예 돈으로 거둬버리는 게 낫지 않아요?

그러나 완주네들은 이런 학부형에게 별로 할 말이 없다. 다소 '무리(無理)'는 있어도 '물의(物議)'는 없도록 하라는 것이 교장의 지시요, 또 상부의 지시이기도 했다. 그러니 그저 사람 좋게 웃어

보이고 그 학부형을 잘 달래서 돌려보낼 수밖에. 완주네들은 단 한 번도 반박해본 적이 없다. 올해도, 작년도, 재작년도…… 아무도 입을 벙긋하지 않는다. 상부의 지시와 교장의 지시는 척하면 일사천리로 처리된다. 언제나 뻔질나게 내려오는 말만 있고 거슬러올라가는 말은 없다. 언로(言路)의 일방통행이다. 몇해 전만 해도 직원회 석상에서 불쑥불쑥 일어나 발언하던 완주네는 이제 한결같이 입을 다물어버린다. 모두 실어증을 앓는다. 상부 지시라면 일말의 회의도 품어봄 없이 일사천리로 전달하는 교장, 그는 반대 의사는 말할 것도 없고 회의를 품는 것조차 큰 죄악으로 터득하고 있는 사람이다. 상부에서 내려온 딱딱한 공문은 이 말 많은 교장의 입에 오르면 예외 없이 미사여구와 허장성세, 위협이 충만한 웅변 원고로 둔갑해버린다. 말하자면 성능 좋은 스피커라고 할까. 하여간 요즘 관리행정이란 게 서로 모순된 지시 공문을 주저 없이 번갈아가며 내려보내기가 일쑤인데, 이 교장은 비명을 지르기는커녕 더욱 신바람을 낸다. A공문도 강조하고 그것과 전혀 모순되는 B명령도 역설하는 이 교장의 열변을 들어보면 마치 서로 뜻 맞지 않은 서너 명의 화자들이 동시에 저마다 들쭉날쭉 제 주장을 내세우고 있는 것처럼 갈팡질팡이다. 빌어먹을, 어느 장단에 춤추나?

8시 20분. 지금쯤 수업계 윤선생이 등지고 앉은 일과표 칠판에는 내 결근으로 생긴 동그라미 다섯개가 벌써 그려져 있을까? 아니다. 아직은 다만 오른편 상단부에 '5월 17일, 수요일, 맑음'이라고만 적혀 있으리라. 헝겊지우개로 백묵 얼굴을 말끔히 훔쳐낸 그 눈금 칠판은 종횡의 황색선들이 아주 선명하다. 칠판의 직사각형 테두리

안에 하루 일과시간이 몰려와 빽빽하게 충전된다. 황색 직선들이 종횡으로 만나서 작은 정사각형의 농축된 시간을 같은 규격으로 딱딱 절단해낸다. 5월 17일, 수요일, 맑음. 칠판은 구석구석까지 치밀하고 완전무결해 보인다. 그러나 완주가 지각이 아니라 결근이라는 게 서서히 밝혀지리라.

8시 25분. 수업계 윤선생은 드디어 결심이 선 듯 백묵을 집고 단호하게 동그라미 다섯개를 그려넣을 것이다. 그러자 그토록 완전무결해 보이던 일과표 칠판은 대번에 벌레 먹은 잎사귀가 되어 구멍이 쑹쑹 뚫려버린다. 구멍 다섯, 교장의 무서운 눈길이 거기에 박혀 있다.

이때 또 한번 대문이 덜컹 닫히는 소리에 가슴이 섬찟해진다. 아마 이번엔 이 집 바깥주인 송씨가 출근하는 모양이다. 나도 어서 일어나야 할 텐데. 너무 늦기 전에 출근해야지. 그러나 머리를 들자마자 다시 두통이 심하게 일어난다. 도무지 참을 수 없다.

완주는 오른팔을 뻗어 장판의 신문지를 집어 들었다. 신문에는 '빠짐없이 투표하여 민주역량 과시하자'라는 선거 표어가 실려 있다. 눈으로 쭉 신문을 훑다가 문득 어떤 기사에 눈이 멎었다. 어디 한번 소리 내어 읽어볼까. 완주는 가끔씩 찾아오는 실어증의 증세를 물리치려고 이렇게 날마다 음독(音讀) 연습을 해보는 것이다. 우선 예비동작으로 혓바닥을 한껏 길게 내빼서 턱에 닿도록 두어번 연습해본다. '장광설'이란, 넓고 긴 혀일수록 말이 유창해진다는 뜻으로 완주는 오해하고 있는 모양이다. 목소리를 가다듬고 낭독을 시작한다. 나직하고 침착하게. 감기로 해서 비음이 많이 섞인 음성이 방 안 공기를 흔들기 시작한다. 그는 이 음독이 명료하고 정확하게 이루어지기를 소망한다. 그런데 독감 때문인지, 음성을 반향하는 흉곽과 후두가 이상스럽게 진동하고 호흡이 가빠졌다. 콧속에 점액뭉치가 생겨나 상승하는 기류를 차단한다. 혓바닥도 마른 종잇장처럼 입천장에 쩍쩍 달라붙는다. 맥박이 불끈불끈 뛰놀고 혀끝은 자꾸 엉뚱한 데로 헛짚어 애매한 소리를 낸다. 읽는 속도를 좀 빨리해본다. 긴 문장을 처음부터 단숨에 읽어치운다. 그러나 실수는 역시 마찬가지. 조사와 꼭 물려 있어야 할 단어들이 제멋대로 분해되어 툭툭 튀어나올뿐더러, 터무니없이 조사 따위 연결어가 강하게 발음되었다. 완주는 완전히 낭패감에 빠졌다. 가슴이 두근거리고 호흡이 몹시 가빠졌다. 이 물리적 현상은, 그런데 묘하게도 분노로 변질되었다. 그는 음독을 중단하고 얼굴을 무섭게 찌푸린다. 호흡을 억누르고 안간힘을 쓰는 동안 몸 안은 부풀린 듯한 팽배감으로 가득 찼다.

15일 춘천에 들른 장관은 '所信(소신)과 기백이 강한 우리나라 기자들이 제2대 統代(통대) 선거운동과 관련 紙上告發(지상고발)이 없는 것을 보면 사상 유례없이 자유 분위기 속에서 공명선거가 이뤄지는 모양'이라고 해석하고 '세계에서 言論王國(언론왕국)을 꼽는다면 워싱턴 포스트지가 닉슨을 사퇴케 한 미국이나 다나까 수상을 물러나게 한 일본을 들 수 있는데 우리나라 기자들의 기백은 兩國記者(양국기자) 못지않다'라고 기자들을 치켜올렸다.

완주는 펄떡펄떡 사정없이 뛰는 심장을 지압으로 눌러 간신히 노여움을 가라앉혔다. 신문을 팽개치고 탁상시계를 올려다보았다. 어느새 시간은 9시 20분, 1교시 수업이 끝난 시간이다. 그런데도 완주는 여태 마음의 갈피를 잡지 못한다. 어떻게 할까? 3교시부터 내 수업이 있으니까, 지금 출근해도 그 시간에는 넉넉히 대갈 수가 있는데…… 그러나 완주는 독감의 뜨거운 열기에 전신이 꽁꽁 결박당해 옴짝달싹 못한다. 눈알이 쏘는 듯 아프고 뒤통수의 둔탁한 통증이 무시로 불끈거린다. 전신에 퍼진 독감 기운이 뜨겁게 끓어올라 오한이 등줄기를 바늘 끝처럼 콕콕 쑤셔댄다. 9시 25분. 마침 휴식시간이라 지금 교무실 안은 떠들썩하리라. 활기찬 교무실 광경이 기우뚱 떠오른다. 이 이른 시간 책상에 엎드려 자고 있는 것은 완주 혼자뿐이다. 맞은편 자리에 앉은 이경자 선생의 얼굴도 떠오른다. 국어 담당인 그녀는 모의고사 답안지를 채점하면서 바로 앞에 엎드려 있는 완주를 몰래 살핀다. 깍지 낀 두 손바닥 위에 이마가 얌전히 얹혀 있는데, 이마의 주름살과 나란히 포개진 부드러운 손가락들은 짓눌려 자줏빛으로 통통해졌다. 양어깨가 느리고 고르게 들먹거리는 걸로 보아 완주는 잠들어 있는 것이 분명하다. 맥없이 엎으라진 등판, 그 무관심한 등면적을 덮은 지푸라기색 홈스펀의 목께에 게으르고 단정치 못한 주름살이 굼실굼실 모여들어 있다. 저 남자는 걸핏하면 낮잠이야. 그녀는 짜증스럽다. 교무실 안은 목하 근무 중. 눈빛이 서로 마주쳤다간 엇갈리고, 웃고, 눈살을 찌푸리고, 말참견하고, 주장하고, 머리를 긁적거린다. 팔다리들은 쉴 새 없이 움직이면서 새로운 공간을 점유하고 묵은 공간을 개방한다. 뽕짝, 뽕짝, 새벽종이 울렸네, 새 아침이 밝았네. 일단 떠오른 먼지들이 하루 종일 가라앉을 줄 모르는 이 분주스러움, 그런데 유독 완주의 책상만 날마다 허물어져 있는 것이다. 저 만성적인 피로, 죽어 넘어진 덩치 큰 짐승과 같이 무지막지한 피로와 불면, 저 사람이 빠져 있는 크나큰 체념, 바닥 절망은 대관절 무엇일까? 저런 사람을 사랑한다는 건 아무래도 자기학대를 의미할 거야. 한때나마 저 남자에게 호기심을 느끼고 소줏집까지 두어번 따라다녔던 자신이 불현듯 두렵게 느껴진다. 이때 완주가 잠이 깨어 손가락자국이 붉게 찍힌 이마를 쳐들고 그녀를 바라보면 어떻게 될까? 순간 눈이 마주치고 약간 당황한 그녀의 눈에는 몰래 관찰된 완주의 그림자가 너울거릴 것이다. 그러나 그녀는 금방 새침한 표정으로 돌아가, 하지 않아도 좋을 인사치레 말을 건네리라. "간밤에도 또 잠을 설쳤나부죠?"라고. 에라, 그녀가 무안하지 않게 깨지 말고 그냥 자자. 그냥 자자. 이제 땀이 온몸에 비 오듯 흐른다. 땀 젖은 속내의는 시큼한 설거지물 냄새를 풍기면서 점점 썩어간다. 열에 떠서 의식이 점점 혼미해지더니 완주는 마침내 깊은 잠에 떨어졌다.

플라타너스 시민

오전 내내 앓던 독감 기운이 떨어지자 완주는 약속시간인 여섯시가 좀 지나서 다방 '길'에 나갔다.

고향 친구 네명이 이미 나와 있었다. 야, 이건 죽은 사람 만나보긴데 그래. 우리 모임에 영 안 나올 줄 알았지. 일년 안 봤더니 그새 퍽 늙어버렸네. 친구들은 완주를 엉거주춤 세워놓고 짐짓 놀란 척 눈을 치뜨고 의자를 삐걱거리며 번갈아 손을 내밀었다.

완주는 무슨 제조업체 기획실장 하고 있는 상휘 옆에 가 앉았다. 상휘는 뭘 좀 빚진 사람처럼 완주를 살핀다. 어쩐지 서먹서먹하다. 너무 오래 안 만나서 이럴까? 작년 성조가 이민 갈 무렵에 만나고 처음이니까 어느새 일년이 다 됐구나. 성조랑 셋이 노상 어울려 다니던 대학 시절하고야 사정이 달라졌지만 일년이 넘도록 안 만나기는 이번이 처음이다.

"늬네 학교 전화 걸기가 무척 힘들더라. 모처럼 통화되면 수업에 들어가고 없고 말이야."

"전화가 한대뿐이라서 그래" 하면서 완주는 피실피실 웃어 보인다. 그렇지만 일년이나 되도록 서로가 못 만난 것이 어디 그 전화 탓이냐. 직장이 다르고 몰두해야 할 일거리가 다른 데서 생기는 어쩔 수 없는 거리감 때문만은 아니다. 문제는 완주의 자격지심 때문이었다. 내색은 안하고 있지만 여기 모인 친구들 모두가 그 불상사를 알고 있으리라, 내가 성조에게 손찌검한 사실을. 이민 떠나던 날 성조는 공항에 전송 나온 이 친구들에게 말했을 것이다. 아무 이유 없이 주먹을 휘두르더라고. 머리가 좀 돈 것 같더라고. 성조 그 녀석이 얼마나 삐쳤으면 나한테는 출국일자도 알리지 않고 떠났을까? 하여간 그런 것이 자격지심이 되어 거의 일년 가깝게 이 모임에 나오지 않았던 것이다.

모두들 얘기에 열중하여 웃고 떠들어댄다. 별로 심각해야 할 필요가 없는 모임인지라 걸핏하면 웃음이 터져나왔다. 유리 재떨이 두개가 금방 담배꽁초로 가득 차버린다. 모두들 테이블 위로 몸을 웅크렸다가 뒤로 벌렁 기대면서 무심중에 보리차 물을 찔끔찔끔 빨았다.

"오늘 영우네 집 무슨 날이라고?"

"집들이래. 갈현동 상가 요지에 이층 건물로 이사를 했다는구면."

"그 자식 돈독이 단단히 오른 모양이더라."

"집장사에 재밀 붙여가지고 약방에 붙어 있질 않아. 전화를 걸면 매번 식모가 약방을 지키더라니깐."

"순 돌팔이! 식모가 약 조제하나?"

"하여튼 오늘은 그놈 돈 좀 따먹어야지. 박카스라도 몇병 공짜로 얻어마시고."

"오늘도 밤샐 작정이니?"

말은 가연성 물질처럼 활활 타올랐다. 완주도 한마디 거들고 싶다. 잘 타는 장작개비 하나 그 모닥불에 던지고 싶다. 그러나 입이 무거운 그는 언제나 듣는 편이다.

울산 현장서 본사로 올라온 지 석달밖에 안되는 창수가 얘기를 하고 있다. 그런데 저 경상도 말씨는 웬 거냐? 울산 단지에서 일년 동안 노가다로 굴러먹더니 경상도 사투리가 버릇되어버렸나보다. 현지 인부를 다루다보니까 그럴 만도 하겠지. 무어? 그 회산 사원이 경상도 일색이라고? 세상에 그런 배타적인 회사도 있나? 그럼, 도처에 영남세라니깐 그러네. 그래서 넌 아예 경상도 말을 너의 일상어로 차용해버렸단 말이지?

　이때 한차례의 오한이 살갗을 훅 훑고 지나갔다. 아침나절에 호되게 앓던 몸살감기가 다시 도지는 모양이었다.

　맞은편 벽의 텔레비전에서는 무슨 구질 맞은 좌담이 방영되고 있다. 좌담회는 거의 막바지에 이르렀나보다. 저 국회의원이 마지막 순서인가? 사회자의 번쩍거리는 안경 빛이 몹시 초조하다. 그는 일인당 시간을 안배하는 데 거의 신경과민이 되어 있는 것이리라. 시선이 자꾸 보이지 않는 프로듀서 쪽으로 간다. 앞에서 말할 기회를 덜 주었었나? 발표자는 노트해온 것까지 곁눈질해가며 장황하게 말을 이끌어갈 기세다. 목소리가 점점 격앙된다. "한심스럽습니다. 아무리 극소수라고는 하지만 미꾸라지 한마리가 능히 한강물을 흐려놓는다는 말도 있지 않습니까. 재미 동포 중에 국내 사정을 외면하고 불온한 언동을 일삼는 작자들이 있다니 정말 분노를 금할 수가 없습니다. 미국물 좀 먹었다고 머리가 아주 미국식으로 돌아갖고……" 군 지휘관 출신답게 그의 말에는 후려치는 채찍 소리가 오싹오싹 느껴진다. 사회자는 당황한 기색이 역력하다. 국회의원의 호령 때문이 아니라 임박한 시간 때문인 것이다. 별수 없다. 외람되지만 저분의 말을 간섭할 수밖에. 예, 예, 그렇죠. 예, 예…… 이런 따위의 성급하고 짤막한 응수가 발표자의 장황한 설교 속에 뛰어들어 어조를 조절하고 말을 빨리하라고 암암리에 시사한다. 제발, 제발 빨리 끝내줘요. 빨리요. 내 시간을 뺏지 말라구요. 내가 여러분의 의견을 종합할 시간도 좀 내주셔야죠, 안 그래요? 자, 어서!

　결국 국회의원은 지극히 불만스러운 듯 쓴 입맛 쩝쩝 다시며 요령부득의 말을 끝낸다. 사회자는 촉박된 시간이 겨우 몇십초 동안이라는 걸 깨닫고 말이 빨라진다. "요컨대 우리의 해외 홍보활동 내지는 외교활동이 현지 동포와 휴대해야 성공적이고 (저런! '제휴'를 '휴대'로 잘못 말하는구나!) 그러기 위해선 우선 재미 동포들에게 한국적 여건이 무엇인지를 교육시킬 필요가 절실히 요구되는 이때입니다." 결국 '제휴'가 '휴대'가 되고 말았다. '제휴'와 '유대'라는 말이 동시에 떠올라 서로 섞갈려버린 것이다. 사회자 자신도 모르고 청취자들도 대부분 눈치채지 못한다. 말은 덧없는 것, 청취자들은 숫제 이 말을 놓쳤거나 무심중에 '제휴'라는 말로 고쳐 들었으리라. 당신이 이 땅에서 좀 지체 높은 양반이라면 대화 중 적당한 계제에 아무 뜻도 없는 몇음절의 발음을 가지고 시험해보라. 그저 우연한 소리, 논리도 없고, 얼렁뚱땅 유야무야, 넉살 좋은 웃음에 섞여나와 더욱 불명료해진 말 — '뻘러러' '낄뚜룩'도 좋고 '니미시피커'도 좋다. 하여간 아무짝에도 못 쓸 그 소리를 앙증스럽고 고집스럽게 뒤끝을 올려 의문부호를 연상시켜주기만 하면 된다. 그러면 청자는 비굴하게 웃으면서 고개를 열심히 주억거릴 것이다.

그런데 저 국회의원이 말한 불순한 재미 동포의 언동이란 무엇일까?

완주는 지난봄에 미국으로 건너간 친구 성조를 생각한다. 미국서 고철장사를 한다는 사촌형한테 가버린 성조. 평소에 내가 녀석에게 무슨 악감정이라도 있었던가. 천만에. 누구보다도 가깝게 지내던 친구였는데…… 그런데 내가 왜 손찌검을 했나? 완주는 담배를 물고 성냥을 급히 그어댔다. 그는 지금 막 반박하지 않으면 참기 어려운 질문에 눈뜬 사람처럼 표정이 예민해진다. 알 수 없는 사나운 낱말들이 눈부시게 머릿속을 질주했다. 내가 왜 손찌검을 했던가? 성조가 뭐라고 했길래? 그날 술집에서 녀석은 이렇게 말했을 뿐이었다.

"얼마 전에 신원조회가 끝났어. 지금은 직장에 사표를 내고 여권 신청 중이야. 제기럴, 울컥한 김에 이민 수속을 밟았다만 영 신이 안 나. 남들은 영어 회화다, 자동차 운전이다, 꽤 열심인 모양이더라만…… 내가 미국 갈 생각을 왜 했는지 몰라. 무슨 떼돈 벌겠다는 것도 아니고…… 고철장사라면 직업에 귀천이 없다는 미국에서도 막바닥 일이라구, 제기럴. 그런데 완주야, 도피성 이민이란 게 뭐니? 누가 나보고 그러더라. 내가 무슨 큰 재산을 갖고 도피하는 것도 아닌데 말이야. 뒤꽁무니에다 도피성 이민이라고 꼬리표를 매달아놓다니……"

이런 투로 얘기하던 성조. 맥이 빠져 취기를 가누지 못하던 목소리. 그 지친 음성에 무슨 귀에 거슬리는 자극성이 있었단 말인가. 그러면 도대체 녀석이 나에게 상처를 주고 만 그 위태로운 언사는 무엇이었나? 하여튼 가만히 말을 듣던 나는 어느 계제인가 돌연 벌떡 일어났지. 벌떡 자리 차고 일어나서 소주잔이 나둥그러져 구르는 탁자 위를 가로질러 주먹 쥔 손을 힘껏 휘둘렀어. 아마 그 순간 너무 흥분한 나머지 그 말을 까먹었는지도 모른다. 분노로 뒤덮인 그 말은 도대체 무얼까? 아니, 그 말은 애초부터 없었던 게 아닐까? 술에 너무 취한 나머지 무슨 말을 엉뚱하게 잘못 듣고 오해했을 테지. 하여간 너무 취했어. 의식을 가누지 못할 정도로 마셨으니까. 그래, 모든 게 술 탓이었다, 술 탓. 그런데 녀석은 왜 여태 편지한장 없나? 빌어먹을 자식, 취중에 손찌검한 걸 가지고 아주 삐쳐버렸나? 완주는 갑자기 노여움이 활활 타올랐다. 차라리 네 편지는받고 싶지 않아! 분명 네 편지에는 우리를 비웃는 조의 내용이 들어 있을 테니깐 말이야. 밖에서 보니까 조국이 어쩌고, 박동선이 어쩌고 하고 우릴 비웃는 투의 편지는 싫다. 강 건너 불은 구경 좋고남의 말은 하기 좋다. 이젠 너도 미국 사람이 되어버렸으니깐 남이지 뭐야. 그래, 바로 그거야. 참고 기다리지 않고 도피한 놈은 도피성 이민이 아니고 뭐냐. 그래, 바로 그것이 네가 나한테 얻어맞은이유다. 비겁한 자식! 그냥 돈 벌러 미국 간다고 왜 말 못해? 그게아니면 미국이 무턱대고 좋아서 간다고 왜 말을 못해? 네놈이 허영심 있는 다른 이민 부류하고 뭐가 다르냔 말이야. 건방진 새끼. 참고 기다리지 못한 주제에 무슨 할 말이 있다고. 넌 매를 더 맞아야싼 놈이다. 완주는 두 주먹을 움켜쥐고 부르르 떤다.

그날밤 통금이 가까워진 시간, 술집을 나와서 그들은 대판 싸움붙었다. 술기는 모세혈관까지 퍼져 미친 듯 뛰놀고, 어둠 밖으로 툭툭 불거져나오던 주먹질. 어두운 땅을 할퀴는 구두 소리. 충격받고급격히 제껴지는 얼굴. 먼 불빛. 누런 얼굴. 당장 퉁퉁 부어오른 입술. 입술을 뒤덮은 반사광이 서린 피. 허, 그게 이별이었다. 그 일로삐쳤는지 성조는 출발일자도 알리지 않고 훌쩍 떠나버렸던 것이다. 공항에 나갔던 저 녀석들에게 아마 그 얘기를 했을 테지. 머리정수리가 내려다뵈게 고개 숙이고 얘길 듣던 내가 느닷없이 고함지르면서 주먹을 휘두르더라는 얘기를 말이다. 내가 머리가 좀 이상해진 것 같더라는 단서가 붙은 얘기를 말이다. 하여간 그게 이별이었다. 빌어먹을, 그게 이별이라니.

완주는 이상한 팽만감으로 부풀어오른 울분에 찬 가슴을 여러번의 심호흡으로 간신히 가라앉힌다. 감기 기운이 심해져서 온몸이 기진맥진하다. 의자 등받이에 뜨거운 머리를 얹고 눈을 감았다. 뜨거운 열기가 온몸에 퍼져 일렁거리고 때때로 심한 오한이 척추를 타고 치달렸다. 차츰 의식이 몽롱해지면서 옆에서 친구들이 하는 말소리가 잉잉거리는 벌 소리처럼 불확실하게 멀어져갔다. 눈을 뜨니까 친구들의 얼굴도 열파에 휩쓸려 흐느적흐느적 시달린다. 모두 앓고 있다. 모두 병색이 짙다.

친구들은 화투 얘기로 완전히 동아리져버렸다. 그땐 네가 돈을 풀어놓기 시작해서 판이 커졌지, 뭐…… 고스톱에서 끝내는 건데…… 도리짓고땡…… 삼만원?…… 난 언제나 봉이야…… 꾼 것 다 갚고…… 직원들하고 숙직실에서…… 뭐? 십만원씩이나…… 그때 난 똥 두장이 남아 있었고……

완주야, 우리가 만나서 뭐 할 게 있냐? 옛날처럼 술을 퍼먹고 술김에 세상 욕이나 할 거냐? 아서라, 마라, 다친다. 우리처럼 노름이나 배워라. 너의 울분 고민 불안 피로 권태를 손때 묻은 저 화투 방석판에다 모두 펼쳐놔라. 혼신을 다하여 독하디독한 긴장감을 만들어내는 거야. 눈알에 핏발을 세우고 한밤을 뜬눈으로 밝히는 거야. 한쪽 손으로 느슨한 내장을 잔뜩 그러쥐고 똥을 참는 거야. 욕을 참는 거야. 참다보면 세월이 소금인지라 교과서식의 네 안목은 차츰 국내 여건에 맞게 좁혀지고 이 사회적 현상을 당연하게 여길 때가 반드시 오는 거다. 결벽증은 안 좋아. 적당히 썩을 필요가 있어. 그러니 완주야, 이팔망통일망정 악착같이 움켜쥐고 참는 거야, 씨펄.

증권회사 차장인 준표가 뭐라고 했는지 또 웃음이 일어났다. 그러나 이제 그 웃음은 얼굴을 착색시키고 있는 푸른색 조명 안에 갇혀 얼굴 밖으로 퍼져나가지 못하고 입언저리 주름살 속에서 헝클어질 뿐이다. 혓바닥은 오그라붙고 말은 발성기관 안으로 다시 잦아들고…… 모두 앓고 있다. 실어증, 모두 실어증에 걸려 있다. 모두 말소리는 들리지 않고 붕어처럼 입만 벙긋거릴 뿐이다. 시시비비를 따지지 말라. 시시는 고성방가하더라도 비비는 제발 중얼거리지도 말라. 푸른색 조명은 얼굴들 위에서 식은땀처럼 질질 흘러내렸다.

삼십분쯤 지나서 마지막으로 신문기자 친구가 왔으므로 모두 자리에서 일어났다. 어떻게 할까? 몸도 아프지만 그들과 어울리고 싶은 생각이 없었다.

완주는 먼저 카운터로 나아가 찻값을 지불한 다음 감기 핑계를 대고 못 가겠다고 말했다. 상회가 팔을 잡으며, 모처럼 만이니 같이 어울리자고 했다. 화투 치기 싫으면 쟤들은 화투 치게 내버려두고 둘이서 술이나 마시자는 것이었다. 완주가 갈까 말까 망설이는데 그때 마침 빈 택시가 왔다. 옆으로 비켜서면서 완주는 먼저들 타라고 친구들을 떠밀었다. 친구 다섯명이 모두 차에 올랐다. 더 탈 자리가 없었으므로 친구들은 더이상 완주에게 가자고 조르지 않았다. "이담에 전화할게." 상휘가 창밖으로 고개를 내밀고 소리쳤다. 다섯명을 모두 태워 뚱뚱해진 택시는 곧 출발했다.

거리는 바람이 몹시 불어 먼지가 뽀앴다. 바람이 차도의 매연을 인도 쪽으로 휙휙 몰아쳤다. 완주는 집으로 가는 버스를 탔다. 버스는 폐차 직전의 낡은 버스인데다 승객이 모두 여섯명밖에 안되어 '화물'이 적어서 그런지 몹시도 털털거렸다. 자리에 앉자 금세 온몸이 털털거리는 진동의 물결에 휩싸인다. 아예 몸의 근육을 느슨하게 풀어서 진동하는 무수한 점들의 공격에 몸을 내맡겨버린다. 탈탈탈. 시트에 등을 기대고 눈을 감았다. 금방 헤어진 친구들의 얼굴이 또 추근거리면서 떠올랐다가는 사라진다. 떼거지들한테 붙잡혔다가 놓여난 것처럼 마음이 홀가분하다. 역시 혼자 있는 것이 익숙하고 편안하다. 일년 만에 모처럼 상휘가 전화를 걸어준 것이 고마워서 나온 것인데, 녀석들은 그새 너무 달라져 있었다. 술은 입에도 안 대고 노름만 하다니! 다시는 만나지 말아야지. 요즘 들어 완주는 사람보다는 차라리 사물로부터 더 큰 친화력을 느낀다. 주위 사물들을 이윽히 바라보며 한눈파는 버릇은 요즘 그의 즐거움이 되었다. 이제 완주는 버릇대로 주위를 유심히 살피기 시작한다. 차는 속력을 내자 더욱 심하게 흔들거렸다. 백미러가 몹시 흔들거린다. 흔들리는 그 백미러 속에 비친 운전사의 얼굴은 환장한 사람처럼 푸들푸들 떨어대고 막 일단 기어를 넣는 그의 오른손도 감전된 듯 떨며 움직였다. 흰 장갑 낀 그 손이 꼭 무슨 기계 부속 같다. 버스가 더 속력을 내며 앞으로 내달리자, 바닥에서 먼지가 피어오르고 생철벽과 유리창 흔들리는 소리가 좁은 차내를 가득 메웠다. 닫힌 공간에서 소리들이 이리저리 천방지축으로 부딪치면서 광란하기 시작했다. 일단 태어난 소리들은 쉽사리 소멸되지 않고 뒤미처 밀려온 소리떼와 합세하여 이렇게 모든 방향으로 내달려 부서지고 반사되었다. 게다가 소리들은 으르렁거리는 엔진 폭음의 사주를 받아 거의 참지 못할 정도로 부풀어올라 완주를 괴롭힌다. 헐거워진 나사못들이 삐죽삐죽 머리를 내밀고 천창(天窓)의 덜컹거리는 소리가 곧장 머리 꼭대기로 떨어진다. 소리는 파리떼처럼, 멀컹한 물질인 완주를 마구 파먹는다. 헐어빠진 화물처럼 그는 쉴 새 없이 털털거렸다. 어금니가 딱딱 맞부딪고 관자놀이가 뛰놀았다. 소리들은 몸뚱이에 부딪쳐 튕겨나가기도 하고, 사방에서 몸을 뚫고 들어와 내장 속을 치달리기도 했다. 또 어떤 소리들은 소매와 바짓가랑이를 들추고 들어와 살갗 위를 기어오르면서 간지럼을 먹인다. 이 막중한 소음에다 라디오 음악까지 끼어들어 울부짖었다. 마구 부서지는 음절을 벌컥벌컥 토해내는 가수의 감전된 목소리는 어째 마음을 조마조마하게 만든다. 그 목소리가 문 닫힌 차내 여기저기 좌충우돌 맹목적으로 부딪쳤다. 그건 어느날 교실로 날아든 참새 한 마리가 유리창과 벽에 머리를 부딪치면서 맹목적으로 돌파구를 찾아 애쓰던 장면과 흡사했다. 좌석 등받이가 전기 안마기처럼 재빨리 튀어오르면서 세차게 등줄기를 두드리고, 푸들푸들 떨고 있는 바닥이 자꾸 발바닥을 간지럽혔다. 엉거주춤한 자세로 이 진동을 견뎌내고 있는 사이, 그는 이상한 충동에 사로잡힌다. 몸속에 뚫고 들어온 소리들이 벙그렇게 커지며 폭발하는 듯했다. 씰린더 속처럼 몸 내부는 이내 주황빛과 폭음으로 가득 차버린 느낌이다. 거기서 정체 모를 분노가 뾰족뾰족 자라나는 것이었다. 주먹을 불끈 쥐고 부르르 떨었다. 개새끼들! 그는 무섭게 얼굴을 일그러뜨렸다. 가슴이 터질 듯 답답하다. 난 왜 노여워하나? 내가 누굴 보고 개새끼라고 욕하나? 노름에 빠진 친구들에게? 이민 간 성조에게? 아니면? 발작처럼 문득문득 찾아오는 상투적인 분노는 도대체 무엇인가?

완주는 심호흡으로 불끈거리는 분노를 간신히 누르고 바깥 거리 풍경을 내다봤다.

비가 올 낌새인지 차가 달려가는 동편 하늘은 나직한 구름떼로 덮여 있다. 어둑어둑한 동편 하늘과 대비되어서 햇빛은 사물을 들떠 보이게 하는 싯누런 색이다. 햇빛은 물체가 입고 있는 모든 색깔들을 탈색시키면서 파열하는 둥근 광파로 휩싼다. 횡단보도를 건너는 행인들은 머리칼에 둥근 화염이 달라붙고 몸 반쪽이 햇빛에 먹혀들어 귀퉁이가 탄 지폐처럼 보였다. 또 그들은 발을 내디딜 때마다 구두끈이 번쩍거리는데 그건 흡사 뜨거운 불똥을 걷어차는 형국이다.

선거 현수막이 바람에 꾸불텅거리는 거리. 질주하는 차량들의 연속적인 유속에 휩쓸리는 아스팔트. 달리는 차 밑에 구름떼처럼 몰려 있는 시커먼 그림자들. 흙받이에 처덕처덕 붙어 있는 흙덩어리들. 고무타이어들은 우툴두툴한 고무 돌기로 아스팔트를 물고 할퀴고 쥐어뜯으며 무언가를 끈질기게 지우고 있다. 말하자면 커다란 지우개다. 차선의 페인트를 지우고 아스팔트를 헐어뜨리고 차선 표지 둥근 놋쇠를 닳아뜨린다. 저 공중에는 타이어에서 닳아 떨어진 고무 가루, 피치 가루, 놋쇠 가루, 모래들이 가득 차 있으리라.

그 엄청난 물리적 소모가 완주를 잠시 사로잡는다. 돌아가라, 돌아가라. 원소들이여, 관제 총화의 개개인들이여, 그대들의 총화집단, 즉 제품 덩어리를 해체하고 원소로 환원하라. 뿔뿔이 헤어져라.

　버스는 계속 동쪽을 향해 기세 좋게 달려갔다. 버스가 달려감에 따라 길거리의 잡다한 간판들이 곤두박질치며 몰려와 바로 옆에서 글자들이 와글와글 허물어졌다. 가로수들도 동그랗게 가지들을 모아들이면서 빙그르르 회전하며 달려온다. 선거 현수막도 달려온다. '빠짐없이 투표하여 민주역량 과시하자.' 나무들이 회전함에 따라 얼레에 실 감기듯 전선줄과 전화선이 휙휙 나무에 감기는 것 같다. 사실로, 저렇게 간판들이 와장창 부서지고, 전선줄 전화선이 가로수에 감겨 못 쓰게 되었으면 좋겠다. 그런데 저런, 저게 무슨 짓이람. 가로수를 톱질하다니. 시청에서 나왔는지 인부들이 사다리를 타고 올라가 나무 큰 가지를 톱질하고 있다. 저런, 끔찍하게. 동체만 남겨놓고 죄다 싹둑싹둑 잘라버릴 셈인가보다. 저래도 나무가 살까? 저게 억제성장법이라는 건가? 맞아. 성장을 억제시켜 동체를 뚱뚱하게 하고 힘살이 울퉁불퉁한 나뭇가지를 만들려는 거겠지. 식물을 비릿한 동물성의 기괴한 아름다움으로 바꾸는 것이지. 그렇지만 너무 잔인하다. 눈도 코도 입도 귀도 모두 잘라버리다니. 발산도 외연도 없다. 남은 건 오직 짐승털같이 가는 가지 몇 개와 컴컴한 동체의 내부뿐. 내부에 꽁꽁 묶인 힘. 괴로운 몸부림. 생명력은 억눌린 분노로 변질되고 분노로 사납게 일그러진 앉은뱅이 몸뚱이. 고문의 고통으로 비틀린 근육, 사방으로 울퉁불퉁 튀어나온 불끈 매듭진 옹이, 혹. 플라타너스 시민이여, 팔이 없고 동체뿐인 너는 더이상 뻗어나가지 못하고 앉은 자리에서 똥을 싸 뭉개고 마구 뒤틀려 형편없이 왜곡되어버린다.

버스는 이제 고가도로 밑을 들어섰다. 그제야 비로소 옆자리의 여자가 느껴졌다. 여자의 붉은 옷색은 벌써부터 완주의 얼굴과 손등을 발갛게 물들이고 있었다. 옆을 돌아보고 싶은 마음에 몹시 좀이 쑤신다. 짐짓 한눈파는 척하면서 시선을 예사롭게 우회시킨다. 결국 여자의 다리를 힐끗 보고 만다. 눈을 아래로 깔면서 슬쩍 곁눈질로 훔쳐본 것이다. 초록색 비닐의 좌석 커버 위를 기역자로 짓누르며 휘감고 있는 그 흰 살빛이 완주를 깜짝 놀라게 한다. 다시 시선을 창밖으로 돌린다. 그러나 신경은 온통 옆구리 쪽으로 쏠렸다. 완주와 그녀의 흔들거리는 두 옆구리는 비비적거리면서 벌써 깊이 사귀어버린 듯했다. 여자의 복식호흡으로 부풀리는 양감(量感)이 부드럽게 느껴진다. 껌 씹는 입에서 들척지근한 당밀 냄새가 물씬 풍긴다. 난 달콤한 여자예요. 화장 냄새도 암청내처럼 강한 휘발성으로 피어올랐다. 완주의 하복부에서 둔한 짜증이 부풀어올랐다. 금욕한 지 보름 가까이 되는 터라 그곳은 가득 충전된 듯 탱탱하다. 이대로 집에 돌아가는 것이 뭔가 허탕 친 것처럼 공연히 억울한 생각이 들었다. 실은, 상휘네들과 오랜만에 어울려 술을 퍼마신 다음, 마침 내일이 일요일이것다 어디 가서 몸을 풀 생각으로 나왔던 것이다. 그런데 그토록 폭주를 불사했던 녀석들이 일년 사이에 노름에나 빠져 있는 약골로 변해 있지 않은가. 혹시 이 여자가 돈 주고 살 수 있는 값싼 여자일지도 모른다.

이때 여자는 완주의 이런 불온한 낌새를 눈치채기라도 한 듯 스냅 소리를 딱딱 요란하게 내면서 핸드백을 여닫았다. 버스 토큰을 꺼내는 모양이다. 여자는 곧 자리를 떴다. 완주의 무릎에 머리칼 한 오라기를 떨어뜨린 채. 그건 잔털이 뽀송뽀송한 회색 플란넬 바지 위에 가볍게 얹혀 있다. 끝부분이 곱슬거리는 걸로 보아 고데한 머리인가보다. 모근에 묻은 끈적거리는 흰 점이 플란넬 바지를 찌르고 있다. 어떻게 할까? 에라, 어디 한번 쫓아가보자! 완주는 서둘러 여자를 따라 차에서 내렸다.

여자는 하늘색 스커트에 분홍 티셔츠를 받쳐입고 있다. 생전 처음 하는 일이라 가슴이 울렁거린다. 웬 남자가 뒤쫓는 줄 모르는 그녀는 똑똑 침착하고 야무지게 발걸음을 뗀다. 번갈아 옮기는 두 다리의 리듬이 사뭇 경쾌하다. 포석을 때리는 힐의 뒷굽 소리며, 뒷목에서 춤추는 머리 다발이며, 발랄한 허리 놀림이며, 둔부에 완곡하게 드러났다가 설핏 사라지는 팬티 금, 이 모든 것이 일정한 리듬의 지배를 받고 있다. 그녀가 지나가는 행인에게나 양장점의 쇼윈도우에 시선을 던질 때도 이 두박자의 리듬은 언제나 따라다녔다. 즉 그녀의 시선은 한군데 오래 머물지 않고 자기의 호흡이나 맥박이나 힐 뒷굽 소리와 일치되는 스따까또 박자로 이리저리 움직여 다녔다. 행인과 부딪지 않도록 항상 주의해야 하기 때문이다. 그녀는 앞으로 다가오는 행인의 왼편으로 돌 것인지 오른편으로 돌 것인지 능숙한 댄서처럼 판단이 빠르다. 다가오는 상대방 남자도 잠깐 이 여자를 본다. 그것은 짤막한 해후. 약간 속으로 망설인 뒤, 좀더 적극적인 편이 폴카춤을 리드한다. 즉 남자가 약간 오른편으로 몸을 기울이면 그녀는 폴카의 투스텝을 사용하여 남자의 왼쪽을 스칠 듯 돌아간다. 어떤 때는 상대방이 너무 급히 나타났으므로 앞 발꿈치를 들고 게걸음 스텝을 밟아 피해버린다. 그녀는 이렇게 반복되는 해후와 작별을 식은 죽 먹듯 해치운다. 저 여자는 정말 직업이 댄서인지도 모른다. 저 여자가 카바레로 쑥 들어가버리면 어쩌나? 나는 춤도 못 추는데.

이때 여자가 갑자기 흠칫 놀라는 시늉을 하더니 옆으로 비켜갔다. 그러자 완주는 바로 눈앞의 키가 헌칠하고 깡마른 젊은 사내와 마주쳤다. 지게꾼이었다. 지게목발로 허공을 찌르면서 뭐라고 험악하게 욕질하고 있었다. 길 가던 사람들이 금방 그를 에워싸고 구경했다. 지게꾼은 허공을 노려보면서 빠락빠락 뭐라고 미친 듯이 소리를 질렀다. 바로 옆에서 외쳐대고 있지만, 무슨 말인지 통 알아들을 수 없다. 그건 단지 발성에 불과했다. 저 입 모양을 보라. 혀를 깨물듯이 발설되는 말을 고의적으로 짓씹고 들끓는 거품으로 모호하게 덮어 숨기고 있다. 왜 숨길까? 무엇이 무서워서? 사내는 으악! 으악! 하고 토악질 비슷한 고함을 내지르면서 지게목발을 휘두르며 미친 듯 껑충껑충 날뛰었다. 모자는 떨어져 긴 머리칼이 공중에 치솟고 분노로 일그러진 표정은 무서웠다. 구경하는 사람들이 주춤 뒤로 물러섰다. 그러나 지게꾼의 격정은 금방 사그라졌다. 금방 풀이 죽더니 얼굴 표정이 꾀죄죄해져버린다. 완주는 어안이 벙벙했다. 분노를 저렇게 신속하고 절도 있게 처리해버리다니. 저것도 분노인가? 차라리 수음행위가 아닌가? 흡사 행인 많은 길모퉁이에서 재빨리 단추 끌러 소변을 해치우듯이 말이다. 사내는 옆에 나뒹그러진 빈 지게를 지더니 부끄러운 듯 큰 키를 꾸부리고 비척

비척 걸어가버렸다.

그제야 완주는 그 지게꾼의 분노도, 자기처럼 불현듯 발작처럼 찾아오는 상투적인 분노일지도 모른다는 생각이 들었다.

완주는 뛰어서 저만치 앞서 간 여자를 뒤쫓아갔다. 앞으로 다가 서서 말을 걸까? 그러나 생전 처음 하는 일이라 용기가 일어나지 않는다. 거리를 휩쓸고 있는 바람에 스커트가 너풀거렸다. 스커트 자락이 휘감기는 종아리가 푸들푸들 눈부시게 빛을 튕겨댄다. 자세히 보니 종아리는 딱딱한 멍울이 툭툭 불거지고 질긴 심줄이 길게 뻗쳤다 사라진다. 그러나 푸른 정맥이 선명히 드러나 뵈는 무릎 안쪽은 언제나 상냥한 주름이 잡혀 있다. 다시 바람이 휘몰아쳐 스커트가 감겨 올라갈 듯 위태위태하다. 완주는 흰 팬티가 드러나는 그 기막힌 순간, 아득한 빈혈기에 사로잡힐 그 순간을 맘 졸이며 기다린다. 그때 먼지바람을 피해 여자가 고개를 돌렸는데 완주는 그 얼굴을 보고 깜짝 놀랐다. 다른 여자가 아닌가. 이런 빌어먹을, 어디서 놓쳤나? 완주는 금방 맥이 빠졌다. 감기 기운으로 여전히 골치가 욱신거린다.

보도는 행인을 가득 실은 컨베이어 벨트처럼 완만하게 흘러갔다. 그 피댓줄은 육교를 기어오르기도 하고, 컴컴한 입을 딱 벌린 지하도 안으로 빨려들어가기도 했다. 배합수 나쁜 시멘트 포석을 깨뜨리며, 지하도 계단에 달라붙은 놋쇠를 벌레 먹은 잎사귀처럼 녹여버리면서 인파의 그 우둔한 속력은 흘러갔다. 어떻게 보면 이 사람들은 이 장면 밖에서 들어와 다시 밖으로 나가버리는 개인들로 파악되지 않고, 마치 이 보도 위에 상주하고 있는 엑스트라같이 여겨진다.

푸른 신호등이 켜지자 완주는 횡단보도를 건너갔다. 횡단보도는 금세 오고 가는 사람들이 서로 엇갈려 끓는 물처럼 버글버글해진다. 버스들은 횡단보도 표시선에 앞발을 내디디고 초조한 듯 으르렁거린다. 야수들 입에서 토해지는 가래 끓는 소리 같다. 문득 버스들 사이로 교통순경이 보였는데 그는 흡사 양식이 모자라 배고픈 야수를 부리는 곡마단의 조련사보다 더 초라하고 위태해 보인다. 사람들이 쫓겨가듯 건너가자 뒤미처 큰 폭음을 일으키면서 야수떼의 전열(前列)은 이 조그만 나루터를 광포한 흐름으로 덮어버렸다.

이때 옆으로 빗나간 야수 한마리가 기어코 사고를 저지르고 말았다. 모퉁이를 돌던 자전거가 버스와 부딪친 것이다. 자전거 탔던 소년은 차도 복판 쪽으로 붕 떠서 나가떨어지고 대광주리가 엎질러져 붉은 홍시감이 와르르 쏟아졌다. 시꺼먼 아스팔트에 홍시감들이 핏빛으로 낭자하게 물크러졌다. 죽었나? 죽었나? 행인들이 모여들었다. 모로 쓰러져 쳐들린 채 느릿느릿 돌아가는 자전거 앞바퀴. 소년은 번듯이 드러누운 채 꼼짝도 하지 않았다. 죽었나? 죽었나? 구경꾼들은 목쉰 소리로 웅성거렸다. 그 웅성거림 속에선 웬 탐욕스러운 갈망이 불끈불끈 치솟아올랐다. 모처럼 구경하는 건데 이왕이면 사고가 큼직하게 벌어졌으면 좋겠다. 피를 보고 싶다. 피를 보고 말리라. 수많은 눈이 탐욕으로 빨개졌다. 어떡하나? 좀더 큼직한 사고가 되어서 저 구경꾼들을 만족시켜줘야 하나? 운전사는 핸들 아래로 까무러쳐버리고…… 어떡하나? 구경꾼은 많은데…… 사고는 잠깐 망설인다. 그러나 싱겁게도 넘어졌던 소년은 그때 혼자서 부스스 일어나고 만다. 완주는 안도의 한숨을 혹 내쉬었다.

그가 한국은행 앞으로 걸어나왔을 때는 바람이 거의 광란에 가까웠다. 거대한 분수는 바람에 휩쓸려 허연 천같이 공중에 펼쳐져 있었다. 물발과 물거품이 바람 때문에 끝자락을 펄럭거리며 옆으로 늘어져 수반 주위의 아스팔트를 흥건하게 적셨다. 바람이 잠시 뜸해진 사이에 분수는 본래 모습으로 돌아가 대리석 기념비처럼 우뚝 세워졌다. 대류현상으로 치솟아오른 분수의 정점은 흰 거품을 끓어올리면서 허공을 핥았다. 그건 세찬 성기(性器)였다. 완주는 적이 의기소침해진다. 세상에 저렇게 크고 강인한 수컷이 여태 거세되지 않고 남아 있다니. 아니다. 저건 물건 큰 사람들이 세워놓은 기념비다. 자기네 막강한 정력의 심벌로서. 거세되어 오므라붙은 우리들에게 남근숭배의 미신을 퍼뜨리기 위해서. 이렇게 잠시 꼿꼿하게 치솟아올랐던 분수는 다시 바람에 휩쓸려 수목처럼 옆으로 휘고, 분출구의 치부 같은 커다란 놋쇠 테두리를 드러내 보였다. 수반 위를 넘치는 물이 미친 듯이 출렁거렸다.

비가 올 기미가 보이자 거리에는 행인들이 듬성해졌다. 해 질 시간도 아닌데 거리는 시시각각으로 어두워졌다. 도시 위에 엄습한 구름떼. 분노의 꿈틀거림. 흰 분수도 머쓱하게 흐려졌다. 마른 먼지가 가득한 바람 속에 품어 있는 굵고 딱딱한 빗방울. 등 뒤에서 낮게 뜬 구름떼가 달려와 흰 광목필처럼 한 끝자락을 아래로 비스듬히 나부끼면서 머리 위에 드리워졌다. 바람에 뜯긴 은행나무 잎들이 새떼처럼 긴 거리의 끝, 길쭉한 삼각형의 꼭짓점으로 급히 날아갔다. 종이 나부랭이, 플라타너스 잎들도 공중에 치솟아올라 그쪽으로 날아갔다. 고압선이 잉잉거리며 거기로 달려갔다. 가로수도 일제히 그쪽으로 휘고, 행인들의 머리칼도 옷자락도 모두 그쪽으로 쏠렸다. 창백한 낯빛으로 허위적거리는 행인들은 등줄기에 갑자기 돋아나 너풀거리는 말갈기를 주체 못해 쩔쩔맨다.

그런데 바람은 이렇게 수평으로만 부는 게 아니라, 때때로 머리 위에서 덮쳐오기도 하는 모양이다. 건물 위를 내달리는 바람의 중심부가 건물 사이의 협곡으로 축 처져 들어와 아스팔트를 덮고, 군데군데 균열이 간 늙고 우글쭈글한 틈서리로 파고들고, 어떤 가난뱅이가 차선 표시 놋쇠를 몰래 일구어 파먹은 구멍에 맹렬한 소용돌이가 꽂혀 컴컴한 상처를 후벼내고, 네모진 맨홀 구멍을 빤빤하게 눌렀다. 아스팔트가 주저앉아 생긴 웅덩이에도 바람이 파고들었다.

바람은 육교 난간에서, 선거 현수막에서, 빌딩의 날카로운 모서리에서, 죽재상회의 세워놓은 참대 끝에서 목쉰 음성으로 울부짖고, 녹슨 철근이 삐죽삐죽 솟은 옥상을 덮고, 수챗구멍, 홈통, 굴뚝 속을 가득 메운다. 사방이 철썩, 펄럭펄럭, 덜거덕, 쨍그렁, 삐거덕하는 소리로 가득하다. 여기서 멀지 않은 시청 옥상에서 기르는 비둘기들인가? 정부 홍보용 전단처럼 공중에 뿌려졌다. 바지 자락이 몹시 펄럭거려 보행이 불편스럽다. 자동차 소리도 바람에 휩쓸려 공중으로 치솟아오른다. 잠깐 거리는 어중간한 진공상태가 되어 귀가 먹먹해지다가 다음 순간 공중에 솟아올랐던 자동차 폭음들이 일시에 아래로 내리덮쳐 거리를 무섭게 사로잡곤 하였다. 그때 별

안간 신문지 한장이 차도로 휙 날아들었다. 용케 자동차 바퀴를 피해 이리저리 뒹굴다가는 너부죽이 엎뎌서 꼼짝도 하지 않는다. 신문이 양 귀퉁이만 심호흡하는 아가미처럼 들썩거린다. 그러나 다음 순간 군용트럭 한대가 무지막지하게 달려들어 그걸 깔아뭉개버렸다.

드디어 비가 퍼붓기 시작했다. 완주는 문 앞에 엉거주춤 서 있다가 거세게 들이치는 비바람에 숫제 약방 안으로 피해 들어갔다. 빗줄기는 사정없이 유리창을 두드리고 거리의 건물들은 비바람에 에워싸여 뿌연 물김처럼 서서 흔들거렸다. 텅 빈 보도 위에도 빗줄기가 세차게 부서져 물보라가 뽀얗게 일어났다. 몸뻬 입은 아낙네가 보도 위를 얇게 덮고 흐르는 빗물을 차면서 우물쭈물 뛰어간다. 두 팔로 안은 목판에서 생선 배들이 하얗게 빛났다.

비바람 소리. 생선 행상이 지나가버리자 거리 풍경은 금세 뿌옇게 죽어버렸다. 사십 미터쯤 떨어진 신축공사장에 광란하는 비바람. 큰 물구덩이 속에 쌓아놓은 붉은 벽돌들이 더욱 새빨개지며 이상한 작열감으로 튀어오를 기세다. 둔한 미광에 둘러싸여 머쓱하게 가라앉은 약방 내부, 더욱 창백해진 두 약사의 흰 가운. 물소리가 힘차게 약방 모퉁이를 휘감고, 약방은 마치 거품처럼 어두워졌다. 헤드라이트를 켠 차들이 차도 위에 흰 물발을 일으키면서 내달린다. "축대를 조심하십시오." 라디오에서 빗소리에 섞여 어슴푸레해진 아나운서 목소리가 들려왔다. 어디서 번개를 치나보다. 라디오에서는 이따금 우르르 무너지는 소리가 났다. 약사들의 낯빛은 점점 흐려졌다. 그 어두운 낯빛에 떠오른 불안기. 저 비바람, 저 불가사의한 분노. 두 약사는 멍하니 밖을 내다본 채 아직껏 아무도 입을 열지 않는다. 그러나 이 침묵은 그리 오래 계속되지 못하리라. 침묵이 갑갑해질 때가 곧 올 테지. 아니, 그건 갑갑증이 아니라 아리송한 두려움이리라. 그래서 아무래도 더 겁 많은 쪽의 약사가 먼저 입을 뗄 것이다. 무척 자신이 없는 투로 "어두워, 불을 켜야겠어."

폭풍우는 어제도 있었다. 어제 6교시 수업 중에 갑자기 돌풍이 몰아치면서 날이 어두워졌었다. 비가 억수로 쏟아지고 번개가 자주 번쩍거렸다. 유리창을 때리는 빗소리가 강의하는 완주의 말을 지워버렸다. 흑판에 씌어진 흰 백묵 글씨도 흑판의 검은 바탕 안으로 아슴푸레 스며들어가고…… 'poll', 학생들은 낯빛이 어두워졌다. 책상 열 사이 통로도 어두워졌다. 다만 펼쳐진 책과 공책들만이 새하얗게 질린 채 파닥거렸다. 학생들은 이미 불안스럽게 들떠버렸다. 흰자위가 강조된 눈빛들이 자주 유리창 쪽으로 갔다. 완주는 학생들에게 가끔 침착을 요구했다. 조용히, 조용히, 자, 'poll', 우린 막 'poll', '선거'라는 단어를 배울 참이었어. 젠장, 여태 착실하게 따라오다가 왜 이 모양이 됐지? 금방까지도 너희들의 호흡과 맥박은 오로지 내 수업 진행만 좇고 있었잖아. 그런데 너희들은 막 'poll'을 배우려는 참에 갑자기 호흡이 거칠어지고 목구멍에서 가래 끓는 짐승 소리를 내면서 들떠버리는구나.

그러나 별도리가 없었다. 지진을 탄 땅거죽처럼 책상 열이 마구 비틀어지고 천둥 칠 때마다 변성기를 채 못 벗어난 고1 학생들 입에서는 우우 하는 이상한 탄성이 일어났다. 선생님, 선생님, 그 단어는 배워서 뭐해요? 그건 문맥에서 따로 떼어내어 메마른 백묵으

로 씌어진 죽은 말 아녀요? 땅에서 뽑힌 풀포기처럼 문맥에서 떼어
내 말라비틀어진 단어인데…… 인마, 가만있어봐. 단어의 뜻을 먼
저 알고 나서 그 활용법을 배우는 거야. 이것을 먼저 간단한 예문
에 포함시켜 파악해보고 그러고 나서 마지막으로 그 문화를 음미
해보는 거야. 선생님, 선생님, 뭐, 문화를 음미해본다구요? 아이구
두야. 진짜 웃기시네. 주눅 든 단어만 달랑 남아 있지, 이 땅엔 그걸
포함하는 문장도 패러그래프도 없다구요. 그 문화는 더더구나 뜬
소문, 해외에서 들려오는 풍문이라구요. 대관절 하다못해 우리가
반장 선거라도 제대로 해본 적이 있나요? 언제나 선거 반 임명 반,
부려먹기 좋은 선임하사 고르는 격이지, 뭐. 그러니깐 이 낱말은 죽
고 만 거예요. 인마, 그렇지만, 그렇지만…… 아, 이 사어(死語)를
다시 활어(活語)로 부활시킬 방도는 없을까? 'poll'.

　불현듯 노여움이 북받쳐올랐다. 그는 이를 악물었다. 알 수 없
는 충동이 그를 닦아세웠다. 그는 거칠게 약방 문을 밀치고 밖으로
나왔다. 금방 옷이 젖었다. 뛰기 시작했다. 젖은 바짓가랑이가 찰
싹 달라붙어 뛰기가 어렵다. 이번엔 겨드랑이 밑에서 실밥 뜯어지
는 소리가 우두둑 난다. 무심중에 버스정류장을 횡하니 지나쳤다.
버스를 탈까 말까 하는 망설임이 일순 일었지만, 일단 뛰기 시작한
걸음은 멈춰지지 않았다. 버스정류장을 지나치자 완주는 막무가내
로 자포자기 상태에 빠져버린다. 질주의 수렁에 빠져들고 만 것이
었다. 비바람을 정면에서 받고 있는 몸뚱이에서 뿌듯한 저항감이
일어났다. 바람이 눈부신 마찰음을 일으키며 옆을 스쳐가고 빗줄
기가 세차게 얼굴을 때렸다. 그는 머리를 숙이고서 바람의 벽 속으

로 무작정 파고들었다. 턱 끝이 가슴팍을 치고 두 무릎은 당장 딱딱한 흰 뼈가 튀어나올 것같이 번갈아 팍팍 솟아올랐다. 내장이 뜨겁게 소용돌이쳤다. 속살 깊이 파묻혀 퇴화해가는 미세한 근육들마저도 일일이 눈을 뜨고 반짝거린다. 발뒤꿈치에 달라붙은 그림자도 바람에 나부끼며 미친 듯이 따라왔다. 하복부에서 둔한 짜증이 솟구쳐오른다. 오줌이 마렵다. 글쎄, 오줌이 마려운 건지 성욕이 마려운 건지 갈수록 하복부는 탱탱해진다. 아까 버스에서 본 여자의 흰 허벅지가 눈에 아른거린다. 거대하게 솟구치는 한국은행 앞 분수도 눈에 어른거린다. 하늘 높이 치솟는 세찬 성기! 방광을 넘친 오줌이 온몸에 퍼져갔다. 도살장의 물 먹인 소처럼 막대한 오줌량이 살 속 구석구석 침투해 들어간다. 이틀째 변비로 똥이 막혀 묵직해진 대장도 꿈틀거린다. 주먹 쥔 손으로 허공을 후려치고 보도 위를 넘쳐흐르는 물을 걷어차며 완주는 힘껏 내달렸다. 성조야, 성조야. 가로수들이 솨아솨아 파도 소리를 내며 완주 앞으로 달려온다. 부러진 잔가지들이 바람에 날려 뺨을 때렸다. 성조야, 나한테도 좀 편지해라, 야, 편지 좀 하라구. 신축공사장 건물을 둘러친 밀가루 포대 같은 천조각들이 미친 듯 펄럭거리고 있었다. 사방에서 생철 간판들이 울퉁불퉁거리는 소리, 쨍그렁거리는 아크릴 간판, 펄럭거리는 헝겊 차일, 시멘트벽에 부딪쳐 풀썩 물크러지는 바람 소리, 바람이 무슨 틈바구니를 빠져나가는 휘파람 소리. 뛰어라, 상휘야, 상휘야! 너를 어디 가서 만나랴. 노름판을 찾아가 너를 만나기는 싫어. 이젠 그만 손 털고 일어나거라. 옛날처럼 나하고 독한 술을 마시게. 뛰어라, 바람의 한복판으로, 비의 근원을 향해 거슬러 뛰어라. 고깃배의 갯내 나는 깃발을 찢고 질펀한 평야를 핥고 지평선을 짓누르고 달려온 저 바람 속으로, 태풍의 눈 속으로, 뛰어라, 뛰어. 변비증의 딱딱한 똥끝이 항문을 따끔따끔 찌르고 오줌 가득 차 털썩거리는 방광이 몹시 아프다. 빌어먹을 것, 똥구멍이나 찢어져라. 피똥이나 터져나와라. 바람은 육교 난간에 목매달고 울부짖고, 지하도 입구에서, 신축공사장의 황량한 뜰에서, 골목길 길목에서, 추녀 끝에서 울부짖고 있었다. 거리의 즐비한 현수막들은 무당 헝겊같이 신들려 날뛰고 플라타너스 잎사귀가 컴컴한 손바닥같이 얼굴을 때리고 사방에서 온통 싱싱한 수목 냄새가, 검불 냄새가, 개털 냄새가 났다. 금세 숨이 넘어갈 듯 가쁘고, 가슴속이 뜨거운 두부를 삼킨 것처럼 화끈거렸다. 입안이 바싹 말라붙었다. 불덩이 같은 얼굴 위로 밍근한 빗물이 마구 흘러내렸다. 귓전을 스치며 헐떡거리는 바람이 뜨겁게 느껴진다. 머리통이 활활 타는 가시덤불처럼 뜨겁다.

불자동차 한대가 싸이렌을 울리며 달려갔다. 비 온 날에 불자동차라니? 어디 배전판에서 벼락이라도 떨어졌나? 아니다, 지하도에 든 물을 퍼내러 달려갈 것이다. 완주는 문득 어찔한 현기증을 느꼈다. 이제 급경사로 기울어진 구름의 벼랑을 타고 벼락이 떼굴떼굴 굴러떨어지고 번갯불이 번쩍 내리꽂힌다. 도시의 지붕이란 지붕엔 이끼 묻은 바위가 굴러떨어지고, 굵고 매끄럽고 급한 물줄기가 추녀를 휘감고, TV 안테나 가지에 구름덩이가 걸리고 미친 듯 춤추는 고압선을 따라 번갯불 띠를 두른 야산의 능선이 드리워지고, 번개여, 불이여, 물이여, 백발같이 휘날리는 물보라여, 들끓는 급류

여, 전선주 끝에 변압기를 위험하게 움켜쥔 바람이여, 내동댕이쳐
라. 씨앗이 가득 찬 바람이여, 잡초여, 담장이여, 진딧물이여, 곰팡
이여, 아스팔트를 깨어라, 태워라, 녹여라, 멍석 말듯 뱅뱅뱅 말아
가버려라. 아스팔트의 피치 밑 자갈들을 공중에 마구 뿌려버려라.
팔매쳐라. 낮에 본 지게꾼의 절규가 이제 완주의 목구멍을 타고 외
마디로 터져나오고 있었다. "으악! 으악!" 이제 삼각기가 펄럭거리
는 주유소 앞을 지나친다. 더이상 참을 수 없게 숨이 가쁘고 가슴
이 금방 터질 것 같다. 속이 메슥메슥하다. 드디어 내장 바닥을 훑
으며 심한 구역질이 올라왔다. 가로수 밑으로 뛰어들어 밑동을 부
둥켜안았다. 눈을 까뒤집고 헛구역을 서너번 했다. 눈물이 뜨겁게
솟으면서 잠깐 깜깜한 현기증에 사로잡힌다. 오래 참았던 오줌을
누고 나무에 등을 기댄 채 주저앉아 가쁜 숨을 몰아쉰다. 둥그렇게
부풀렸다가 오므라드는 격심한 호흡 속에 한참 몸을 내맡긴다. 들
끓던 내장이 초 친 듯 혼곤하게 흐무러지고 있었다. 완주는 차츰차
츰 오므라들어갔다. 바람 빠진 풍선처럼 꾀죄죄하게.

  위기는 지나가버렸다. 거리에는 무엇 하나 변한 게 없었다. 벼락
도, 번갯불도, 굴러떨어지는 바윗덩어리도 없다. 요지부동의 거리.
위기는 지나가버린 것이다. 눈 깜짝할 사이에 폭풍우는 완주를 가
로수 밑 물구덩이에 내던지고 가뭇없이 사라져버린 것이다. 거짓
말같이 폭풍우가 멎은 거리에는 안개비가 자욱했다. 가로등 주위
에는 여름밤의 하루살이떼처럼 안개비가 한가하게 떠돌고, 폭풍
우가 지나간 흔적이라곤 철책 부근에 내버려진 날개 부러진 날짐
승 같은 비닐우산들과 아스팔트 위 군데군데 빗물에 찢겨 광맥처

럼 번쩍거리는 균열의 생생한 생채기들뿐이다. 정말 무엇 하나 변한 게 없었다. 그건 말하자면 낮에 본 지게꾼이 한 수음행위와 같은 것이었다. 어쨌든 가슴이 픽 후련했다. 어디서 다쳤는지 오른 손등의 마디뼈가 까져서 피가 빗물에 씻기고 있었다. 짜릿한 아픔이 오히려 상쾌하다. 머릿속까지 박하를 푼 듯 시원하다. 오랜 체증이 뚫린 느낌이었다. 체했을 땐 손끝을 바늘로 따서 나쁜 피를 뽑는다고 하던가.

완주는 비에 젖어 묵직해진 윗저고리를 벗어들고 가로수 밑을 기어나왔다. 오싹 추웠다. 목구멍이 부들부들 떨리더니 기침이 몹시 일어났다. 비 맞고 감기가 더 심해지려나보다.

그는 광화문 재수생골목의 어느 음식점에 들러 따뜻한 설렁탕 국물에 소주 반병을 마셨다. 그러고서 화장실에 들어갔는데 거기서 이틀 동안 막혔던 변비를 참 시원하게 뚫어낼 수 있었다. 흰 변기에 떨어진 대변은 노루똥같이 똥글똥글하고 새카맣게 탄 것이었다.

아
리
랑

훈련소를 떠나 사단에 배치될 신병들이 대오를 짓고 앉아 기차를 기다리고 있었다.

기차 도착 시각이 예정보다 지연되자 대오가 차츰 흐트러졌다. 줄이 비뚤비뚤해지고 선두가 레일을 깔고 앉았어도 헌병들은 달려오지 않았다.

드디어 신병들은 쪼그린 무릎 위에 머리를 얹고 졸기 시작했다. 공중에서 문득 바람이 일어나 석양의 누런 햇빛을 휘저으며 술렁거린다. 일몰시간이 가까운 것이다. 신병들의 구부린 등에 미지근하게 와닿고 있던 햇살이 미끄러지듯 위로 비껴져서, 군악대원들이 만지는 금관악기를 번쩍거리게 하더니 이윽고 역사(驛舍) 주변을 떠나버린다. 냉기가 일렁거리며 괴어들기 시작했다. 그래도 신병들은 물 밑바닥에 가라앉은 차가운 돌멩이처럼 요지부동이다. 하기야 개찰구 쪽에 백바가지 헌병 뒤에 숨어서 울고 있는 한 여학생이 있어서 단단한 이 풍경에다 힐끗힐끗 애조를 던지는 것 같기도 하지만, 그것도 바닥에 낙착되어버린 체념, 저 단단한 허무를 깨뜨리지는 못한다. 단선 철로 주변을 뒤덮고 말없이 웅크린 신병들은 흡사 무성한 잡초처럼 검질긴 뿌리를 내려 침묵을 부식시키고 흰빛 레일을 옭아 붉은 쇳녹을 입히고 있는 듯이 보였다. 그러나 조만간에 이 요지부동의 풍경을 깨뜨리며 기어코 사단행 기차는 달려올 것이다.

문득 선두 쪽에서 기침 소리가 잇달아 일어났다. 그것은 군호의 '뒤로 전달' 하는 식으로 뒤의 신병들에게도 가려운 옴처럼 들쑤시고 들었다. 밭은기침 소리가 사방에서 일어난다. 폭염 속의 훈련 석달, 아, 벌써 가을이구나. 날씨가 썰렁해졌다는 의사표시이고 그 동의이리라. 이 집체(集體)는 노상 선두의 동작에 따라 후미가 움직인다. 지네 발의 연쇄운동을 연상하면 된다. 바로 앞, 일정한 거리에 항상 시야를 가로막는 다른 신병 등에 눈을 준 채 질질 끌려다닌다. 이 집체운동에서 이탈하면 안된다. 그건 무서운 고독감이 동반되는 개인 기합을 뜻하니까. 그저 안전한 곳은 소대 집단 속, 선두가 뛰면 따라 뛰고 선두가 기침하면 따라 기침하면 안심이다.

석달 동안 단 한번도 거울에 비춰본 적 없는 내 얼굴, 나는 내 동료의 얼굴을 보고 내 얼굴을 짐작한다.

얼굴은 볕에 찌들어 버석버석 초벌 구워낸 오지그릇 같고 왼쪽 입언저리에 번식한 부스럼에 진물이 숨숨 맺혀 있다. 누가 기억하고 있는 얼굴일까? 같은 과 어떤 여학생을 들뜨게 해준 바 있던 그 얼굴은 찾아볼 길 없다. 여름 폭염이 내리부어 태워버린 폐허일 뿐. 두개골 속은 한여름 햇덩어리가 주리 틀고 틀어박혀 이글거리거나 구보할 때 군화 소리들로 가득 차고, 소대장의 욕설로 그들먹해지는 그릇이었다. 그 머리통은 또 오 파운드 곡괭이 자루의 타격을 받으면 빈 생철통 울림처럼 지겨운 소리를 반향하며 울어대는 것이었다. 그건 말 그대로 안면몰수였다. 빼앗겼던 낯짝을 지금에야 잠시 돌려받고 있는 셈이었다. 앞으로 이틀 동안, 사단의 말단 소대에 낙찰될 때까지는 아무도 이 낯짝을 빼앗아가지 않으리라. 이틀 동안 이 몸뚱어리를 얼싸안고 얼얼한 타박상을 핥아주고 어루만져 주어야지. 하기야 빼앗긴 게 어디 그것뿐이던가. 어느날 모스 분류 시간에 딱 마주친 내 이름 석자. 소정 양식 성명란에다 무심코 '하재명(河在明)'이라고 기입하다가 나는 슬그머니 놀라고 만다. 그 의심스러운 세 글자가 분명 내 이름이 아닌가. 놀랄 수밖에. 나는 노상 '똥개'나 '개새끼'로 불리던 참이었으니까. 아무라도 소대장이란 인물이 되어 또 아무 신병이라도 붙잡고 "이 똥개야" 하고 불러보라. '똥개'처럼 신병에게 걸맞은 호칭이 이것 말고 두번 다시 있을까? 그래서 자연히 나는 속세의 이름을 까먹어버린다. 그 여자친구로부터 '재명아' 하고 속세의 이름을 일깨워주면서 편지가 오고 나는 회답 편지에서 글로 표현 안되는 무언가를 자꾸 애원한다.

많은 신병들이 졸고 있다. 똥개들이 가랑이 사이에 얼굴을 파묻고 졸고 있다. 마산 아이도 내 등에 머리를 기대고 코를 곤다. 문득 아무 데서나 몸을 구부리기만 하면 잠에 빠지는 그들이 두려워진다. 배 속에 굶주린 똥개가 졸고 있기 때문이다. 단지 먹고 싶어하고, 잠자고 싶어할 뿐 다른 욕심이 없는 우리는 그야말로 만만하다. 밥을 줄이고 수면을 제한하면 어떻게 될까? 또 음식을 제한하는 대신에 공포를 먹여주면? 이것은 일종의 테러리즘의 가설이면서 방법이기도 하다. 공포를 밥 먹이듯 한다고 해서 주인을 배반한 똥개들이 어디 그렇게 흔한가. 백지로 만들어라. 건방진 것들, 다정다감하고 유약한 것들을 땡볕의 불길에 깔아뭉개고 일망타진하여 폐허로 만들어라. 뜨거운 화상과 시퍼런 멍을 안겨주어라. 조져라. 물기는 증발시키고 수분에 민감한 긴 머리칼은 잘라버려라. 머리칼은 애인이나 부모의 목소리에 민감한 안테나 노릇을 한다고 하지 않는가. 그래서 입영 즉시 긴 머리를 밀어내 돌수박으로 만들어버리는 것이다.

이발관 퀀셋은 내일 있을 신병 입소식 때문에 야간작업을 하고 있다. 한 손을 호주머니에 찌른 이발병은 왼손에 바리깡을 들고 앞에 놓인 머리통을 잠시 쏘아본다. 기름을 발라 곱게 눕힌 두발이다. 이발병은 거침없이 그 푸짐한 머리칼 깊숙이 바리깡을 푹 담근다. 손에서 천천히 민간인 탈이 벗겨진다. 알밤같이 허옇게 벗겨진 머리들은 면도하는 이발병 앞에 차려 자세로 늘어선다. 한차례 토끼뜀을 시키고 또 노래도 시킨다. 민대가리는 참 우습고 만만하다. 이발병은 비누거품 브러시로 내 얼굴에다 아무렇게나 낙서를 한다.

내 등에 기댄 마산 아이의 머리통이 점점 묵직해졌다. 답답하지만 좀 참아준다. 군번이 바로 내 다음번이라 항상 뒤를 따라다닌다. 이 아이는 또 내 몫의 담배를 피워 없앤다. 이년이나 모자라는 미성년자이기 때문에 담배 배급에서 제외되고 있다. 그는 내 몫으로 지급되는 담배를 피운다. 모두가 자기보다 나이 많은 전우들인데 반말 붙이고도 호락호락 당하지 않으려면 담배를 의젓하게 꼬나물 줄 알아야 할 것이다. 그래서 나는 이 소년병 때문에 끝내 담배를 못 배우고 말았다. 마산 아이야, 사단에 배치될 때 나로부터 떨어져 나가게 되면 어떻게 할 참이냐? 담배를 못 피우면 너는 아주 기가 죽고 말 텐데. 그러니까 내 뒤에 바싹 붙어.

내 뒤를 바싹 따라붙어! 뒤떨어지면 안돼. 우리는 매트리스를 뒤집어쓰고 구보한다. 연병장을 댓바퀴 도는 동안에 우리는 구호를 까먹고 만다. '북진통일'일까, '정신통일'일까? 두 입술은 파열음을 내려고 서로 만나는 일이 없고 혓바닥은 치찰음을 내는 수고를 하지 않는다. 입은 그저 뺑하니 벌려 있다. 가쁘게 몰아쉬는 공기뭉치로 후두를 두드려 헉헉, 소리를 쥐어짜낸다. '정, 신, 통, 일' 대신에 '헉, 헉, 헉, 헉' 하는 것이다. 마산 아이야, 바싹 따라붙어! 버둥거리는 군화들이 보인다. 전함처럼 터무니없이 큰 군화들이 모래 위로 찍찍 끌려간다. 저렇게 큰 군화를 만들다니 군납업자가 혹시 과대망상증에 걸린 게 아닐까?

매트리스에 짓눌려 몸뚱어리가 엿가락처럼 척척 휘고 끈적끈적 녹아내린다. 훈련소에서 지급된 모든 보급품이 액(厄)이 되어 짓누르고 있다. 무더운 여름 초저녁에 동내의 두벌, 작업복 두벌, 카키복 한벌, 필드재킷 한벌을 차례로 끼워 입고 최후로 무거운 매트리스를 뒤집어썼다. 이마에 흐른 땀이 눈썹을 넘고 사태 져 몰려든다. 훈련소에는 소금이 충분하니까 뭐, 눈 속에 들어가 땀 맛이 싱거워질 염려는 없다. 눈은 눈물을 보내어 땀의 염분을 중화시키려고 갖은 애를 쓰는 모양이지만 어림없는 수작이다. 몸은 열을 내어 땀을 끓이고 동내의를 물큰물큰 삶고 있다. 매트리스에 눌려 붉은 핏대가 뻗친 목줄기가 부들부들 떨리고 당장 앞으로 고꾸라질 것 같다. 차라리 땅바닥에 쓰러지고 싶다. 그러나 이런 생각은 나 자신의 생각이 아닌 것처럼 생소하다. 나는 그냥 한없이 끌려간다. 앞을 막고 움직이는 벽에 자석이 달려 있다. 마산 아이야, 바싹 따라붙어! 낙오하면 안돼. 문득 매트리스의 움직임이 갈팡질팡 흐트러진다. 메마른 땅 위로 끌리는 군화 소리가 헷갈리기 시작한 구호를 뒤덮고 만다. 누가 쓰러졌나보다. 이제 소대원 전원은 누구나 당장 쓰러질 듯한 현기증에 사로잡힌다. 부들부들 떨리는 목줄기. 옷의 실밥 터지는 소리가 아득하게 들린다. 소대장님, 소대장님.

마산 아이는 기어코 낙오자 중에 끼고 만다. 낙오는 금물, 낙오자는 소대원 앞에서 본때를 보여주어야 한다. 그는 소대장 앞으로 허겁지겁 뛰어간다. 소대장의 그림자가 꼿꼿이 선 그의 신장 위로 기어오른다. 소대장은 태연자약하게 손찌검을 시작한다. 타격받는 머리통은 용수철 끝에 매달린 인형의 머리처럼 좌우로 몹시 흔들린다.

우리는 또 한밤중에 병사 뒤뜰에 집합한다. 빤스 벗고 완전무장이다. 중대장실이 가까우므로 개개의 행동은 조용하고 민첩해야 한다. 맨발에 모래 스치는 소리, 엠원총 고리들이 흔들리는 소리가 가랑잎 구르는 소리처럼 일어나다가는 그친다. 어둠속에서 벗은 엉덩이들이 희끄무레하게 보인다. 철모와 탄대를 착용하고 엠원을 메고 있지만 벌거벗고 있다. 소대장이 방화수통 위로 덜컹 뛰어오른다. 먼 불빛이 탈모한 그의 얼굴을 핼쑥하게 만든다. 무슨 영문일까? 소대장의 굳어진 표정을 살피며 나는 생각한다. 아마도 소대장의 전령 신병 집에서 오는 규칙적인 송금이 늦어졌기 때문이리라. 왜고 하니 언제나 열외이던 전령이 고개를 푹 숙이고 열 중에서 있기 때문이다. 소대장은 착 가라앉은 음성으로 구령을 내린다. "앞에총!" 여름밤인데도 우리의 알몸은 다음 구령을 기다리는 동안 온통 소름투성이가 되어 긴장한다. "엎드려쏴!" 구령은 벌거숭이들을 생으로 쓰러뜨려놓고 모래 위를 기어가게 한다. 벗은 가슴과 허벅지에 서늘하게 느껴지던 굵은 모래알들이 차츰 백열된 점이 되어 온몸을 쏘기 시작한다. 무릎과 팔꿈치에 뜨거운 상처를 입는다. 성기가 주체스럽게 따라오며 모래 위에 비굴한 궤적을 그리기 시작한다. 그 연한 살이 모래에 긁혀 참지 못할 진저리를 일으킨다. 포경인 너는 좀 나은 편이지만, 꺼풀이 발딱 까진 나는 더 애를 먹는다. 이를 갈면서 그 돌기물을 저주한다. 하기야 주체스럽기로 말하면 입영 전에도 마찬가지였지. 주책없이 뜨거워져서 사람 환장하게 만들고 끝내는 손장난에 빠져 자기혐오감으로 시달리게 만들던 것이다. 그러나 그건 아무래도 사치스러운 기억이다. 이 쭈그러진 돌기물이 총명하게 머리를 설레면서 일어섰던 옛 기억을 일깨워주려고 컴컴한 담요 속에서 조물락거려보면서 우리는 얼마나 애를 먹었나. 모래에 긁혀 알알해진 그 돌기물을 눈물겹게 애무해보지만 그놈은 언제나 껍질 속에서 미동도 하지 않는다.

죽은 암퇘지 생식기들까지 우리 것을 비웃었다.

광복절 이튿날 중대 당직병이 장닭처럼 설치면서 취사반 작업원을 차출한다고 소리질렀다. 선착순, 선착순! 마산 아이와 나는 요행히 다른 지원자들을 물리치고 맨 먼저 달려간다. 취사반 작업은 언제나 인기가 좋다. 혹시 그날 일진이 좋아 식은 밥 한덩어리 짬뽕통에 들어가기 전에 훔쳐 먹게 될지 누가 아나? 여태 취사반 밥을 훔쳐 먹었노라고 나서는 놈은 없지만 그래도 취사반은 기가 막힌 곳이다. 고소한 쌀 냄새를 품은 증기 입자들이 물씬거리고, 증기 기둥이 어마어마하게 치솟는 큰 가마솥이며, 밥 푸다 말고 잠깐 숨 돌리는 취사반 병장이 짚고 선 삽날에 헤프게 묻어 있는 밥톨하며…… 우리는 밥 냄새에 취해서 작업손이 굼떠진다. 그때 취사반 병장이 무척 다정스럽게 우리를 부른다. "고생스럽지? 고생스러울 거야!" 그 다정스럽게 구는 품에 대뜸 의심이 가지만 혹시나하고 우리는 마음을 졸인다. 그런데 그가 우리 앞에서 시뻘건 살코기뭉치를 싸주는 게 아닌가. 광복절날 십여마리 돼지가 도살되었다지만 정작 그날 받아먹은 국은 그 짐승이 떡 감고 나가버린 물처럼 좀 비릿한 맛뿐이어서 섭섭하던 터라, 마산 아이는 감격해서 눈물을 글썽거린다. 우리는 동시에 경례를 붙이고 취사반 밖으로 튀어나온다. 뒤에서 후드득 웃는 소리가 들렸지만 우리는 별로 신경쓰지 않고 휴지 소각장으로 달려갔다. 휴지 태우는 작업원처럼 일부러 늑장 부리며 휴지를 모아 불을 댕긴다. 잔 나뭇가지를 얹는다. "자, 됐어. 이 불에다 넣어" 하고 나는 속삭인다. "근데 무슨 고기가 이래?" 마산 아이는 멍청하게 중얼거린다. 그 살코기는 여남은개의 도려낸 암퇘지 생식기들이기 때문이다.

당장 싸움터가 없는 우리에게 우리의 적은 먼지였다. 우리는 날마다 먼지와 싸웠다. 그러나 먼지는 밤새 유리창, 마룻바닥, 총기에 내려앉아 우리의 지겨운 적의를 일으켰다. 순검 때 소대장이 뽀얀 먼지를 손끝에 묻히고 불쑥 내밀어 보일 때처럼 두려운 적은 없었다. "이 병사에는 적이 침입하고 있다!" 이렇게 단정하면서 소대장은 기계적인 동작으로 앞에 선 우리의 입안에다 그 먼지를 털어넣는 것이다. 아니, 마산 아이와 나는 가상의 적을 상대로 실전을 방불케 하는 모험을 감행한 적도 있었다. 야외 교장에서 돌아온 저녁에 없어진 모포 한장. 마산 아이가 하얗게 질린 얼굴로 모포를 도난당했노라고 내 귀에다 속삭였다. 내무실 물건이 도난당했을 경우, 이 사실을 결코 다른 사람에게 발설해서는 안되었다. 변상은 차후 문제이고 내무실에 적이 침입했다는 것 자체가 용서받을 수 없는 근무태만이었다. 따라서 물건을 도난당한 자는 다른 소대 내무실을 상대로 은밀히 적개심을 조작하여 야간침투 작전을 감행해야 했다. 소위 '긴마이' 작전이 그것.

새벽 세시경, 불침번 교대시간에 다음 순번인 마산 아이를 깨운다. 쉿, 녀석은 말없이 내 뒤를 따라나선다. 우리는 불침번 근무지를 이탈한다. 벽에 바싹 따라붙는다. 벽이 끝난 데서 배수구 도랑으로 뛰어든다. 방화수통까지 몸을 굴린다. 다시 그늘로 뛰어든다. 5소대의 꽃밭이다. 엎드린 배에 깔려 잠 덜 깬 여름꽃 냄새가 기분 나쁘게 스멀스멀 일어난다. 불침번 녀석이 출입문에 기대어, 멍하니 고향 생각에 잠겨 있다. 자, 어서 해치워! 마산 아이는 얼른 벽으로 달려가 붙는다. 걱정 마, 다 자고 있어. 새끼들, 피곤해서 송장

같이 잠에 떨어졌을 거야. 달랠 길 없는 야성이 밤새도록 무성하게 피어 있는 내무실, 낮의 동작들은 몸 안으로 여며 모으고 괴롭게 자고 있다. 가시같이 날카로운 숨결이 내무실 밤공기를 찌르면서 꿈하고는 아무 상관도 없는 개꿈을 꾸고 있다. 그러나 마산 아이는 두려워하지 않는다. 잔인한 손에 쥐어진 칼날같이 몸을 부르르 진저리 치더니 곧 민첩하게 창문을 넘어 들어간다. 모포를 향해 뻗치는 손길. 빨리, 빨리!

그때 느닷없이 밴드 쪽에서 나팔 소리가 툭 불거져나왔다. 신병들은 흠칫 놀라며 고개를 쳐든다. 군악대원 한명이 마악 입에 물었던 트럼펫 마우스피스를 떼고, "새끼들, 쳐다보긴" 하는 투로 투덜거린다. 졸고 있던 신병들도 완전히 잠에서 깨어나 고개를 쳐들었다. 불 밝힌 플랫폼은 이제 무대 세트같이 주위 어둠 위에 붕긋이 떠오른다. 기차 도착 시간이 임박한 것이다. 출찰구를 통해서 훈련소 소대장들이 들어서자 신병들은 술렁거리기 시작했다. 저 사람들, 뭣하러 왔지? 어떤 내용의 송별사를 해치울 셈인가? 저 사람들은 이 송별을 인간사에 통상 있는 송별처럼 아쉽고 슬픈 느낌이 들게 만들 수 있을까? 미적미적 걸어오던 소대장 일행은 차마 더 다가서지는 못하고 십보쯤 밖에 멈춰 선다. 그런데 저 녀석은 또 뭐야? 소대장 뒤에 숨어서 헬끔헬끔 이쪽을 훔쳐보고 있는 전령을 보자, 야유 섞인 웅성거림이 밤공기를 울렸다. 얼씨구. 구경 나왔다구. 저 녀석이 내일 고향 막사로 떠나기 전에 악착같이 보아두어야 할 게 있다는 거 아냐? 우리들이 밑도 끝도 없는 어둠속으로 사라지는 걸 기어코 구경하고 말겠다는 거지. 그래서 자기가 대우받고 있다는 걸 뼈저리게 느껴볼 심사인 게 틀림없어.

전령 신병은 소대장의 뒷그늘에서 초조하게 손가락을 딱딱 꺾기 시작한다. 누군가 "저 새끼가 또 발광하네" 하고 소리질렀다. 그 말에 충격받은 듯 신병들은 더욱 술렁거렸다. 그렇다. 집에서 송금이 늦어지면 저 자식은 손가락을 딱딱 꺾으면서 쩔쩔매는 버릇이 있었다. 그럴 때 우리는 개인 피복을 감시해야 하고 저 지랄을 두려워해야 한다. 그런데 저것 좀 봐. 저 새끼가 언제 옷을 고쳐 입었나? 다리 근육이 푸들거리는 좁은 바지통을 바라보면서 우리는 혀를 내두른다. 우리 군복은 헐렁한 핫바지 그대로인데…… 아무래도 저 녀석은 우리하고는 영 다른 별종이다. 녀석이 부럽다.

녀석은 언제나 우리의 게걸스러운 시선을 끌고 다녔다. 식사 때마다 국에 부드러운 버터를 집어넣거나, 의무실 침대에 진종일 드러눕거나, 소대장과 거침없이 농을 주고받거나, 또는 쉴 새 없이 웃고 떠들며 눈부신 치열을 드러내 일광욕을 시키거나 하면서 노상 우리의 게걸스러운 시선을 질질 끌고 다녔던 것이다. 아마 훈련소 안에서 입안이 깨끗한 신병은 전령들뿐이리라. 배급된 칫솔들은 보름도 못되어 목이 툭 부러져버려서 총기수입하는 데 사용해버린다. 그 목 부러진 칫솔이 없었더라면 총고리와 개머리판 쇠붙이에 달라붙은 먼지 때를 어떻게 지웠을까? 그래서 우리는 간밤에 개인 장구를 갖추다가 그 초라한 칫솔도 몸에 지니고 가기로 했다. 목 부러지고 솔벤트 기름에 전 칫솔, 몇번 결심해도 도무지 버릴 수가 없었다. 그런데 정작 이빨을 닦는 칫솔은 없다. 세면장에서 전령 신병이 푸짐한 흰 거품을 한입 가득 물고 칫솔질하는 걸 볼 때마다,

혹시 이빨에 낀 녹이 순검 때 지적 대상이 되지 않을까 하고 불안스러워지곤 했다. 어쩌면 저렇게 열심히 닦는 걸까? 언제 구강검사라도 하는 게 아닐까?

호각 소리가 여기저기에서 날카롭게 일어났다. 비로소 완장 낀 인솔장교가 전원 일어서라는 구령을 질렀다. 소대장이 쾌활하게 왼팔을 뻗었다 구부리며 시계를 들여다본다. 신병들은 사방에서 아드득아드득 무릎관절 부딪는 소리를 울리며 일어섰다. 대오를 맞추고 인원점검이 시작된다.

잠시 후 기적 소리로 역 전체를 큼직하게 쥐었다 놓으며 기차가 달려들었다. 심벌즈 소리가 쩡 울리더니 군악대가 연주를 시작한다. 아리랑 아리랑 아라리요. 플랫폼 안은 일시에 이리 쏠리고 저리 쏠리면서 급히 움직였다. 그런데 놀랍게도 아리랑 곡조는 이 무대를 신파조의 서글픈 무대로 급조하는 데 성공하고 있었다. 수많은 눈망울이 더워졌다. 냉정하고 명료하던 풍경들은 눈물 속에서 수많은 빛살이 되어 허물어져갔다.

그때야 용기를 얻은 듯 훈련소 소대장들이 신병들 속으로 뛰어들었다. 악수를 청하며 아리랑담배를 한개씩 권한다. 아리랑 아리랑 아라리요. 소대장은 그답지 않게 떨리는 목소리로 말한다. "잘 가게." "가서 근무 잘하게." 그는 이 두 말을 번갈아 사용하면서 열중을 누비고 다닌다. 이게 어찌된 일이냐? 신병들은 소대장이 자기 앞에 다가올 때를 기다렸다가 울음을 터뜨리고 있지 않은가. 소대장도 눈물을 닦는다. 아리랑 아리랑 아라리요. 소대장은 두번째 아리랑 갑을 까고 있다. 그가 마산 아이 앞에 와서 담배를 뽑아주고 있을 때 나는 이미 목이 메어 있었다. 군악대는 세번째 아리랑을 되풀이하는 중이었고 마산 아이가 탁 터놓은 울음소리를 들으면서 나는 속으로 속지 않는다, 속지 않는다 하고 부르짖고 있었다. 그러나 내 눈에서도 눈물이 흘러내렸다. "소대장님!" 하고 나는 잔뜩 목멘 소리로 부른다. 그러나 내가 무슨 말을 하려는 건지 자신도 알 수 없다. "소대장님!" 다시 한번 다음 말을 이어보려고 안간힘 썼지만 역시 말이 안 나왔다. 소대장은 눈물을 참느라고 눈이 빨개졌다. 소대장까지 덩달아 울다니. 그는 초월자가 아니었던가. 훈련받는 입장이 고되었다면 그만큼 훈련시키는 입장도 힘들었다는 것일까. 그는 우리의 입영의 문턱에 버티고 선 강자였다. 싸그리 백지로 만들어라. 폐허로 만들어라. 시건방진 것들, 염천에 뜨거운 화상을 입히고 시퍼런 멍을 안겨주어라. 새로운 용도를 위한 그의 해체작업은 실로 어마어마한 것이었다. 그는 우리를 자기 수준의 독종으로 끌어올린 것이다. 그토록 밉던 소대장 앞에서 눈물이 나온 것은 내가 이제는 소대장과 닮은 꼴이 되어버렸다는 뜻이었다. 나는 울면서 그 순간 소대장을 미워하고 용서한 것이다. 모순의 수락이 아니고 무엇이랴. 공범자의 눈물이 아니고 무엇이랴. 나는 이 군대 체험이 제대하고 민간에 복귀한 뒤에도 영원히 잠재의식으로 살아남아 내 생활에 영향을 끼치리라는 것도, 그래서 사회 전반에 미만한 상명하복의 권위주의가 어디서 연유하는지도 깨달았다. 그것은 실로 암담한 각성이었다.

이제 밴드는 씩씩한 군가를 연주하기 시작한다. 군대는 여유작작하게 슬퍼질 수 없다. 잠깐 절도 있게 서글퍼지고 그만두어야 한다. 울음소리는 전류처럼 신병들 사이를 후비고 지나가버렸다.

신병들이 차에 올랐다. 문득 움직이기 시작한 기차와 나란히 뛰고 있는 사람이 있다. 아까 그 제복 입은 여고생이다. 차창가에 자리 잡은 신병들이 그녀에게 야유를 던진다. 그녀는 환한 플랫폼을 가로질러 여차하면 기차의 속력 속으로 휩쓸려버릴 듯 위태롭게 뛴다. 헌병이 호루라기를 불었다. 그녀는 필사적으로 뛴다. 야유를 던지던 신병들이 입을 다문다. 저만치 뒤에서 소대장 일행도 그녀를 보고 있다. 잠시 동안 역 안에서 움직이는 것은 소녀와 더욱 속력을 내기 시작한 기차뿐이다. 그 움직임은 외줄기로 높아가는 날카로운 비명 같다. 초조한 순간이었다. 그때 갑자기 그 동작은 딱 부러지고 그녀는 주저앉고 말았다. 플랫폼의 불빛은 순식간에 동떨어져버린 소녀와 소대장들과 군악대원들, 전령 신병들을 감싸서 선회하며 뒤로 물러서버렸다.

이제 찻간은 누가 시킨 것도 아닌데 군가 합창이 한창이다. 군가 소리는 완벽한 양감으로 찻간을 가득 메우고 유리창을 뒤흔들어놓는다. 앞자리에 앉은 마산 아이가 입을 아가미 모양으로 벌름거리고 있다. 악을 빼락빼락 쓰면서 군가를 부르는 모양인데 그의 독자적인 목소리는 전혀 들리지 않는다. 나도 한몫 끼어야지. 역시 내 목소리도 들리지 않는다. 답답하다. 합창에서 다시 빠져나와 유리창을 열고 소리를 내보낸다. 잔뜩 뭉쳐진 군가 합창은 이제 창밖으로 밀려나가 어둠을 뚫고 보이지 않는 산줄기에 부딪쳐 쩌렁쩌렁 반향하기 시작했다. 마산 아이가 자꾸 합창에 끼어들라고 손짓한다. 독자적으로 놀면 안돼. 언제나 안전한 곳은 집단 속, 거기에 몸을 숨기고 있으면 특별히 눈에 띄지 않아. 괜히 혼자 당돌하게 튀어나갔다가는 저만 다치는 거야. 낫, 둘, 셋. 나는 군가 합창 속에 끼어들 기회를 노린다. 좀처럼 끼어들기가 어렵다. 불안하다. 낫, 둘, 셋. 간신히 끼어든다. 역시 나 자신의 목소리는 들리지 않고 내 독자적인 생각도 정지해버렸다. 나는 안심한다.

심야의 메모

어떤 챔피언

그날따라 퇴근이 늦어진 완주는 미처 집에 닿기도 전에 시합 중계시간이 다 되었으므로 중간에 버스를 내려 길가 다방으로 들어갔다. 다방 텔레비전은 한참 화장품 광고로 마구 뒤틀리더니 대망의 시합인 미들급 타이틀매치를 방영하기 시작했다.

촉수 높은 백열등이 내리비치는 링 위는 아직 넝마들만 올라와 분주하게 움직일 뿐이다. 두 선수의 뜨거운 알몸도 아직은 제막 직전의 비석처럼 가운과 수건 같은 넝마 속에 숨겨 있다. 선수를 싸고 돌며 괜히 부산 떠는 쎄컨드들, 레퍼리와 링아나운서. 링은 온통 넝마투성이였다. 완주는 박수 치고 휘파람 불고 껌을 질겅질겅 씹는 관객들과 더불어 참을성 있게 기다렸다.

시합의 귀추는 과연 어떻게 될까. 만만한 떨거지들만 골라 코빼기 까주며 근 십년 동안 완전히 독단적으로 링을 석권해온 챔피언은 이제야말로 도전자다운 도전자를 만난 셈이었다. 하기는 아무리 도전자들이 피라미 족속들이었다고 하지만, 그는 실로 막강한 챔피언이 틀림없었다. 그는 5회전을 별로 넘겨본 일이 없는 무지막지한 강타자였다. 그의 주무기는 살인적인 양 훅으로서, 특히 상대방의 횡격막을 잘 쳤다. 횡격막을 얻어맞은 도전자들은 대개 예외 없이 창에 찔린 토끼처럼 픽픽 고꾸라지는 것이었다.

완주는 그러나 의아스러웠다. 아무리 강펀치라고 하지만 챔피언 생활 십년이라면 너무하지 않은가. 권투란 신진대사가 빨라야 활기를 띠는 법인데, 이건 석삼년이 넘도록 딱 한사람만 말뚝 박아놓았으니 권투 팬들의 실망과 불평은 이만저만 아니었다. 이렇게 세도 십년에 식상할 대로 식상해서 새로운 챔피언 기다리기를 구년지수에 해 기다리듯 하는 권투 팬들을 생각한다면 스스로 용퇴를 하든지 혹은 측근에서 은근히 은퇴를 종용하든지 해야 마땅하지 않은가. 아니, 시중에 파다하게 나돈 말로는 그 측근들이 은퇴를 종용하기는커녕 오히려 그의 타이틀 방어를 두둔해서 교묘한 사기술을 쓴다는데 과연 그게 정말일까.

이런 파국에 뛰어들어 불과 데뷔 일년 만에 전승가도를 단숨에 달려 상위 랭킹에 껑충 뛰어오른 이번 도전자는 어느 모로 보나 기대를 한몸에 받을 만한 기린아임에 틀림없었다. 펀치력뿐 아니라 테크닉 면에서도 챔피언을 훨씬 앞지른다는 중론이고 보니 승률은

6 대 4가 틀림없으리라.

드디어 링아나운서의 손을 벗어난 마이크가 조그만 점이 되어 궁륭형 천장으로 둥둥 떠올라 사라졌다. 쎄컨드 아웃. 이제 넝마조각들은 완전히 링 밖으로 내려가버렸다. 선수들도 활짝 넝마를 벗어 내던졌다. 1회전 공이 울리자 양 코너에서 두 알몸이 튀어나와 링 중앙에서 맞부딪쳤다. 흰 로프들이 푸들푸들 눈부시게 빛나면서 사각의 링 주위를 휘감아 똬리를 틀고 관객의 긴장된 숨결이 밀물처럼 링 주위로 바싹 죄어들었다. 충만한 최초의 체력과 불붙는 투혼은 룰과 십이등분된 타임으로 억제되고 조절되기 시작했다. 도전자는 처음부터 더킹 모션을 쓰면서 파고드는 챔피언의 외곽을 빠른 템포로 돌았다.

챔피언이 탄탄한 몸의 평형상태를 갑자기 깨뜨리면서 오른발로 불쑥 전진 스텝을 밟고 다가서면 도전자는 흡사 능숙한 댄서처럼 백스텝을 밟아 상대방 스텝의 예리성과 속도를 둔화시켜놓는 것이었다. 두 선수의 동작은 서로 모순되고 팽팽하게 대치되는 균형을 이루었다. 상대방의 잽이 나타난 곳에 허황된 공간을 내주고, 그 잽으로 해서 생긴 상대방의 빈틈을 노려 이쪽의 스트레이트가 나이프처럼 번쩍거렸다. 신중한 질문과 대답이었다. 1회전은 이른바 탐색전.

2회전부터 도전자의 왼손 잽이 무척 빨라졌다. 그는 상대방의 외곽을 민첩하게 돌면서 다변스러운 말재간꾼처럼 왼손 잽을 무수히 내뻗어 안면에 날카로운 탐침(探針)을 꽂았다. 두사람은 테크닉 면에서 완전히 차이가 났다. 초조해진 챔피언은 상대가 후퇴하면서 내놓은 공간을 성급하게 점유하며 다가서는 것이었지만 상대는 언제나 리치 밖에서 빈정거리듯 빈틈없이 흔들거렸다.

도전자가 예상대로 잘 싸우는 걸 보고 완주는 마음이 흡족했다. 벌써 오픈게임 시절부터 이 선수를 점찍고 남몰래 가슴속에서 키워온 완주였다. 완주의 가슴속에서 그의 지독한 울분을 먹고 악바리가 되었는지는 몰라도 이 선수는 게임을 거듭할수록 급속도로 성장하였다. 그렇다. 이 선수는 자기 자신의 싸움뿐 아니라 창백한 지식인 완주의 싸움까지도 대신 떠맡아 싸우지 않으면 안된다.

말하자면 그는 허구한 날 입에 재갈이 물린 소시민 완주의 분신이었다. 링에서 그렇게 다변스러운 펀치를 구사하는 이 친구가 실제 링 밖에서는 자기처럼 말씨가 어눌하고 소심증까지 있다는 사실을 알았을 때 완주는 얼마나 놀랐던가. 링에서 보여주던 그 능숙하고 건방진 모습과는 전혀 대조적이었다. 시합을 끝내고 아나운서 옆에 고개를 푹 숙이고 있던 그는 승자답지 않게 초라했다.

그러나 바로 그 성격의 모순성이 완주를 압도했던 것이다. 무슨 말이 필요하랴. 마우스피스를 문 입은 굳게 닫혀 있다. 링 밖에서, 어퍼컷을 올려! 대시해! 보디가 비었잖아! 하고 지랄들이지만 말은 어디까지나 링 바깥 세상의 것, 링은 링 나름의 메커니즘이 있는 법이다. 무슨 말이 필요하랴. 불 지핀 몸뚱이에서 폭발하는 본능과 순발력으로 싸우는 거야. 말 많은 주둥이를 까버려라. 저 허구의 타이틀을 가진 자를 쓰러뜨려라. 십년 세도를 까부수어라.

득점에 자신이 없는 챔피언은 라이트 단발에 혼신을 다하는 듯했다. 그는 여러번 스윙을 헛쳤는데 그때마다 체중의 일부가 허황

된 공간으로 빠져나가면서 몸이 휘청거렸다. 그건 누가 봐도 분명 허점이었다. 저거다! 어퍼컷을 올려! 뭣하고 있는 거야? 오른손은 휴가 갔나? 녀석의 미스블로우를 공격의 단서로 포착하라구! 안달이 난 완주는 마음속으로 이렇게 부르짖었다.

관객석에서도 고함이 터져 빈 콜라병처럼 링 주위로 쇄도해 들었다. 저건, 오른손이 부상한 것이 틀림없어. 여태 라이트를 쓰지 않다니. 그때 챔피언이 다시 한번 크게 헛치고 엉거주춤 상대방을 껴안았다. 두 선수는 다시 상대방의 전류 탄 땀투성이의 몸을 튕겨내며 떨어져나갔다. 그때였다. 떨어져나가는 체하던 챔피언이 갑자기 달려들었다. 강한 라이트를 정통으로 맞은 도전자는 비틀거리며 뒷걸음질 쳤다. 챔피언은 때를 놓치지 않고 코너에 몰아넣고 연타를 퍼부었다.

"저런, 저런!" 사방에서 안타까운 탄성이 일어났다. 챔피언은 중립 코너를 완전히 허물어뜨리려는 듯이 길길이 날뛰었다. 쇠사슬 같이 비비 꼬인 챔피언의 양어깨 근육의 지평에 가려 도전자는 아예 보이지도 않았다. 빨리 피해! 싸이드스텝으로 빠져나오라구!

그러나 게임은 거기서 어이없게 끝나버렸다. 완주는 어안이 벙벙했다. 살인적이라고 평판 난 그 오른 주먹을 단 한번도 사용 않다니. 무슨 흑막이 있음에 틀림없다. 챔피언 측근에서 사기극을 연출한다는 게 소문만은 아니었구나. 완주는 처음부터 승산 없는 싸움에 기대를 걸었던 자신이 민망스러웠다.

그렇다. 이 시대에 이 챔피언을 이길 사람이 도대체 누가 있겠는가.

가해자

어느 겨울밤 느지막해서 모 대학 사학과 전임강사 장규병은 몇몇 고향 친구들과 어울려 기분 좋게 술을 마시고 헤어져서 귀가하던 중 집 동네까지 다 와서 느닷없이 봉변을 당하고 말았다. 정체 모를 매를 맞은 거였다.

장규병은 나중에 그날 일을 곰곰이 떠올려 생각해보았지만 도무지 그 자초지종을 종잡을 수가 없었다. 그날 술이 어지간히 높긴 했어도 합승택시 요금으로 오백원권을 내서 백원을 거슬러 받은 기억까지 아주 또렷하게 남아 있는 걸 보면, 그렇게 인사불성이 되게 취해 있던 것도 아니었다. 그런데도 어떻게 공격을 당했는지 도무지 기억에 없었다. 아마 골목으로 꺾어드는 순간을 잔뜩 노렸다가 단 한방에 그를 쓰러뜨렸던 모양이었다.

그 차가운 시멘트 바닥 위에 얼마나 오래 정신 잃고 누워 있었나? 이십분? 삼십분? 고무지우개로 싹 지워버린 듯한 그 텅 빈 의식의 공백. 장규병은 그때 일을 생각할 때마다 꿈쩍꿈쩍 놀라는 것이었다.

정신이 들어 눈을 뜨니까 먼저 머리맡 쪽에서 하수구를 흘러가는 찬 물소리가 들려왔다. 벌린 입에선 흰 입김이 너풀거리고. 한기가 몹시 느껴졌다. 그러나 그는 잠시 누운 자세를 흩뜨리지 않고 고개만 쳐들어 제 몸을 살펴보았다. 팔다리가 제멋대로 내던져진 채 밤하늘을 향해 발랑 드러누워 있었다. 어느 구석 하나 발길질에 반항했던 흔적이라곤 없었다. 최초의 일격에 그만 까무러쳐버린

게 틀림없다.

몸을 일으키자 온몸이 욱신거리고 왼쪽 눈썹에서 피가 흘러내렸다. 까무러친 몸뚱어리를 무른 메주 밟듯 사정없이 짓밟은 구둣발을 생각하자 오싹 몸서리가 났다. 혹시 노상강도가 아닐까 하는 생각에 얼른 손목을 더듬었다. 그러나 생각과는 달리 결혼선물인 라도 시계는 파란 야광침을 흔들며 째깍째깍 가고 있었다. 돈 몇천원과 주민등록증이 든 지갑도 그대로 있었다.

노상강도가 아니면 도대체 뭘까? 인간관계가 원만한 그로서는 남에게 그런 식으로 보복당한다는 것은 상상할 수도 없는 일이었다. 도대체 누가 무슨 원한이 있어서 까무러친 몸을 송장 패듯 작신 조져놓은 것일까?

텅 빈 보도에는 가로수 그림자들이 여기저기 앙상하게 무너져 내려앉아 있었다. 열두시가 훨씬 지난 시간, 그는 다친 왼쪽 다리를 질질 끌며 비척비척 걸어갔다. 발뒤축에 기다란 그림자를 끌면서. 그림자는 우쭐우쭐 따라오며 절뚝거리는 그의 걸음걸이를 더욱 병신성스럽게 과장시켜주었다.

컴컴한 골목도 보고 그늘진 처마 밑도 들여다보았다. 아무도 없었다. 가해자도 목격자도 없었다. 수은등 불빛의 차디찬 꺼풀을 입고 있는 보도 위도 두리번거려보았다. 그러나 아무것도 없었다. 떨어져서 증거물같이 반짝거리는 단추 따위도 한개 없었다. 누가 때렸나, 누가 때렸나?

뇌진탕이 있었던지 머릿속은 뒤죽박죽 마구 휘저어놓은 듯 몹시 지끈거리고 구둣발로 맞아 푹 주저앉은 눈썹뼈에서 샘솟듯 피가 솟아올랐다. 피는 계속해서 흘러 손수건을 흥건히 적셨지만 차도에도 인도에도 아무도 아무것도 없었다.

날카롭게 각을 세우고 사정없이 내리찍던 시커먼 구두 뒤축, 생눈썹을 묻혀가지고 그 구두는 어디로 도망쳤나?

그러나 아무도 때린 작자는 없었다. 인적 없이 텅 빈 밤거리가 이렇게 증언했다.

뺑소니차에 치인 격이라고 할까? 가해자는 벌써 수만리 뺑소니 쳐버렸다. 어두운 밤길에 불쑥 돌출해서 그의 이마를 찔렀던 그 날카로운 첨단은 이제 사고 이전의 저 막연한 환경 속으로 몸을 여며버린 것이었다. 가해자를 어떻게 찾는단 말인가. 어디 가 하소연할 데도 없었다.

그때야 비로소 장규병은 불현듯 이 사건이 내포하고 있는 역설적인 논리를 간파했다. 그렇다. 가해자는 없었다.

언제나 그랬다. 봄이 먼 이 깊은 겨울밤에 가해자는 없는데 피해자들만 피를 흘리고 있었다.

장규병은 이 사건이 시사하는 뜻을 이렇게 해석하고 더이상 추궁하지 않았다.

그후부터 그는 사람이 달라졌다.

입이 험해서 욕을 않고는 단 몇마디 말도 이어가지 못하던 그가 그의 특기인 반어법 강의를 아주 포기해버리고 말았다.

이래서 그는 자신이 내세웠던 대의명분, 그 당당하던 주장과 떳떳한 분노에서 쫓겨나 걸핏하면 꿈쩍꿈쩍 놀라는 아주 심약한 사람으로 전락하였다.

일식풀이

[마당극]

등장인물

삼신(삼신할망), 두역신(마마신), 큰무당, 새끼무당

촌민 1, 촌민 2, 촌민 3

첫째 마당

(삼신이 엎어놓은 통 위에 올라서서 이마에 손을 얹고 멀리 사방을 바라보고 있다. 통은 삼신이 좌정한 당산봉을 상징한다. 이 통은 나중에 바로 세워서 가마솥 등으로 사용되기도 한다.)

큰무당　(풍물재비들 틈에 끼어 앉아 혼잣소리로) 저 할망이 제아무리 앉아 천리 보고 서서 만리 보는 신통력이 있다 해도 오늘로 운수 끝장이여, 끝장. (혀를 날름하며) 내가 저쪽과 내통한 줄 꿈에도 몰랐지러?

삼신　(사방을 살펴보다가 갑자기 당황하여) 변란 났다, 변란이여! 화적떼여, 화적떼! 아닌 백주에 난데없는 화적떼가 나타났다! 촌민들아, 촌민들아! 천연두 돌림마마 두역신 무리의 습격이여! 저기 저 들판 위로 태산 같은 먹구름떼 뭉게뭉게 궁글어온다! 촌민들아 — 저 바람, 저 먹구름을 막아내라! 백주에 어둠을 몰고 오는 저 부정한 바람귀신 막아내라! 큰무당아, 쇠를 쳐라, 징을 쳐라, 광광 깽깽 악귀야 악신, 잡귀야 잡신 물리치는 쇳소리를 울려라! 마을에 경종 울려 물정 모른 저 촌민들을 화들짝 일깨워라! 변란이 왔다, 방비하라! 큰무당은 징채 잡고 새끼무당 북채 잡고 깨져라 터져라 엄청 뚜들기고 축문쟁이는 축문 짓고 경문쟁이는 경문 읽고, 어서 나를 청해 부르라! "할마님, 할마님" 이구동성 한입으로 간곡한 애원성으로 나를 청해 부르라!

촌민들아, 어서 바삐 서두르라! 길목마다 돌담 쌓고 가시덤불 둘러치고, 가가호호 문전마다 금줄 걸고 소금 치고, 덧문을 닫아걸어 어린것들 숨긴 다음, 정화수 얼른 떠서 나를 청해 부르라 —

아이고, 이 노릇을 어쩔거나. 아무리 목청 터져라 외쳐도 듣는 사람 없으니. 일각이 급한데, 대관절 큰무당이란 놈은 어딜 갔나? 큰무당아, 큰무당아! (황망히 두리번거리다가 재비들 틈에 낀 큰무당을 찾아내고) 이놈이 여기서 뭣하는 거여. 내가 외는 소리 들리지 않느냐? 두역신 무리들이 코앞에 당도한 판에 마을의 큰무당이란 자가 한만히 재비들 틈에 끼여 놀고 있다니! 냉큼 깽쇠를 잡고 쳐라! 아니, 이놈의 귓구녕에 마늘쪽 박았나,

들은 체 만 체여? (큰무당 갑자기 북장단을 두번 둥둥 친다.) 오매, 그것이 뭔 장단이여! 치라는 축귀굿 장단은 안 치고 웬 허튼 장단이여? (다시 둥둥) 아뿔싸, 속았구나! (맥없이 주저앉는다.) 아이고, 저 흉악한 놈, 저놈이 나를 청해 부르지 않고 두역신을 청해 들이는구나! 아이고, 저놈이 기어이 일내고 말았네.

큰무당 당신 같은 귀신 백년 섬겨봐야 이 무당이 호강하기는 생전 글렀소. 원, 거지가 많아야 국물도 많지. 촌민들이 바치는 진상물이라는 것이 파리 눈곱만 한데, 내가 먹을 국물이 어디 있나. 당신이 백성을 위합네 어쩝네 하여 소 돼지 같은 육물은 일절 상에 못 올리게 하고, 그저 쌀 한보시기도 좋다, 나물채 한 접시, 심지어 맹물 한사발만 떠올려도 좋다 하니, 허, 당신같이 맑디맑은 귀신 섬기다간 이 무당이 생전 호의호식해보긴 영 글렀소.

삼신 (달래는 소리로) 그런 소리 하는 게 아니다. 백성의 재물을 탐내다니! 네가 내 덕분에 호강하길 바랐더냐? 무당이라는 것이 귀신과 촌민 사이를 왕래하며 촌민의 애원성을 신한테 전하고 신이 내린 신탁의 말을 촌민에게 전하는 심부름꾼이여, 심부름꾼. 그것이 얼마나 보람된 일이냐.

큰무당 마을 심부름꾼 내사 싫소. 당신같이 입매 짧아 진상물이 적은 귀신 내사 싫소. 두역신같이 입 큰 귀신 섬겨 권세 있는 마을 어른으로 떵떵 호령질하며 살라요. (다시 둥둥 북을 친다.)

삼신 아이고, 저놈 믿고 마을일 맡긴 촌민들이 불쌍쿠나. 저놈의 배신으로 마을과 연락이 두절되었으니 무슨 수로 이 위급한 사정을 알릴까.

큰무당 꼴좋다. 무당 없는 귀신은 끈 떨어진 꼭두각시여.

삼신 나 혼자선 아무 일도 못하네. 이 몸이 귀신이라 촌민 백성이 이구동성 입을 모아 간곡한 애원성으로 나를 찾아야 비로소 감응하고 강신하여, 역발산 기개세로 저 강적 두역신을 누를 수 있건만, 저 미련한 백성들 아무 물정 모르니 어쩌면 좋을거나. 촌민들아, 촌민들아, 두역신 무리가 쳐들어온다 ─ 아이고, 소용없고 부질없네. 아무도 내 말을 못 들으니, 아이고, 나 혼자선 힘 못 써.

(큰무당의 북소리가 점점 빨라짐에 따라 삼신은 점점 기운이 떨어져 허우적거린다.)

큰무당 두역신 납시오. (쿵)

(두역신이 등장하면 큰무당이 잽싸게 뒤에 따라붙는다.) 우루루루, 바람 등 타고 두역신 납신다. 숯같이 검은 낯에 붕어눈 부릅뜨고 천하무적 두역신 납신다.

(삼신, 마당 가녘으로 쫓겨간다.)

두역신 좌편 병대, 야들아!

큰무당 옛!

두역신 너희들은 키질하고. 우편 병대, 야들아!

큰무당 옛!

두역신 너희들은 풀무 불라! 휠렁휠렁 키질하고 푸우푸우 풀무 불어 모진 광풍 일으키라. 장공 구만리에 먹구름 피워올려 햇빛 날빛 가리우고 평지풍파 일으켜서 인간세상 흉험 주라. 한번 키질에 풍우대작하고 한번 풀무질에 온갖 푸섶새 메마른다. 바람아 광풍아 호호탕탕 불어치라. 저 중천에 번들거리는 태양을 완전히 궁지에 빠뜨리라.

큰무당 키질하자 키질하자, 풀무 불자 풀무 불자.

두역신 맹수 같은 돌개바람을 놓아라.

큰무당 무쇠 풍구 불바람을 놓아라. 얼쑤, 키질하자. 얼쑤, 풀무 불자.

두역신 날쌘 솔개미 봄병아리 움켜채듯 명주바다 실바람을 돌개바람으로 낚아채고 순풍의 돛단배를 홀러덩 뒤집어라.

큰무당 얼쑤, 키질이야, 풀무 불자.

두역신 바람 솔솔 낙락장송 우지끈 뚝딱 분지르고 잎이 푸른 청산도 꽃이 좋은 꽃산도 풀무질 불바람으로 싸그리 그슬려버려라.

큰무당 얼쑤, 키질이야, 풀무 불자.

두역신 조기조기 보리밭에 살랑바람이 쫓겨 들었다. 풀무바람으로 덮쳐라!

큰무당 얼쑤, 키질이야, 풀무 불자. 갈바람은 샛바람으로 잡아먹고 마파람은 하늬바람으로 잡아먹고. 얼쑤, 키질이야, 풀무 불자.

두역신 아따, 그놈들 잘한다. 미친년 키질하듯 신바람 났구나. 더 힘껏 더 빨리!

큰무당 얼쑤, 키질이야, 풀무 불자. 아이고, 뚝지야. 아이고, 팔때기야. 상전님아 상전님아, 이제 그만 키질하면 안되겠소? 햇빛은 먹구름에 쫓겨 완전히 궁지에 몰리고 삼신할망은 매에 쫓긴 암꿩마냥 조기 저 풀숲에 대강이 박고 꽁지만 삐죽 내밀고 있소. 어서 호박에 말뚝 박듯 저년 뒷구멍을 와락 겁간하시오.

두역신　어디 보자. 옳다구나, 저년의 해가 이젠 퍼렇게 멍들었네. 아까는 너무 눈이 부셔서 활을 겨냥 못하겠더니, 이때로구나! 필사의 일격을 가할 때가 이때로구나. 큰무당아, 어서 활을 들여라. 시방 내 아랫도리 수컷놈이 화들짝 불끈 일어섰다. 어서 천근들이 무쇠 활에 천근들이 무쇠 살을 들여라. 저년의 해 밑 구멍을 쏘아 겁간하고 말겠다. 네 이년 요망한 여편네야, 내가 본디 그늘을 근본으로 삼고 음습한 바람 가운데 좌정하는 귀신으로서, 네년이 사시장철 방자히 양광을 흩뿌리는 통에 내 터전이라곤 쥐구멍밖에 남지 않았다. 어라, 망할 년, 나는 불나비 등잔에 빠졌고 나는 새 그물에 들었으니, 오늘이 바로 네년 죽는 날이다. 내가 이날 이때를 기다려 송곳니가 방석니가 되도록 절치부심 아득아득 이를 갈며 벼르고 별러왔다. 여성이라 하는 것이 대장부 행차길에 얼씬만 해도 재수에 옴 붙는 요물인데, 네년 소행을 볼작시면 간에 천불 나고 눈에 불똥 튄다. 마을 수호신입네 뭣입네 칭탁하여 번번이 거룩한 내 행차를 감히 가로막고 내쫓았것다? 어라, 괘씸하고 토씸한 년, 귀신이라 하는 것이 인간에 흉험 주어 그 위세로 만민 백성을 제압하고 그들로 논밭 삼아 호의호식하는 법이거늘, 네년의 망령된 해코지로 말미암아 막중한 내 행차가 똥칠됨은 물론이려니와 당최 허기져서 살 수 있겄느냐. 괘씸한 년, 이제 네년을 죽여 천참만륙 살점 찢어 육장 담가 두고두고 씹어 먹으리라. 천근들이 무쇠 활과 천근들이 무쇠 살을 들여라——

큰무당   여기 있소. 아이구, 무거워라.

두역신   (활을 받아들고) 이놈아, 내 등 받쳐라. (큰무당을 깔고 뒤로
　　　　발딱 잦혀진 채 시위를 당기며) 으아! 아랫도리 수컷이 분기탱천
　　　　무지개같이 뻗쳐오른다. 시위를 탱탱히 당기고, 쏜다, 쏜다! 쐈
　　　　다! 삼신할망아, 거꾸러지라!

큰무당   아이고, 날 살리시오! 천근 활 천근 살에 뱃 터져 나 죽소.
　　　　(두역신이 시위를 튕긴 순간, 뇌진벽력 소리, 쫓기던 삼신 픽 쓰러
　　　　지고 사방이 일시에 어두워진다.)

큰무당   명중! 정통으로 맞았다! 와따메, 검은 피가 오라지게 쏟아
　　　　져내리네.

두역신   보라! 해는 거멓게 죽어가고 하늘에서 어둠이 내린다! 천
　　　　지개벽이다! 대명천지 대낮이 칠흑 같은 오밤중으로 뒤바뀐
　　　　다─

큰무당   때 만났다, 때 만났다, 내 세상 만났다! (춤을 추며) 얼씨구
　　　　니나노 난실로 내가 돌아간다.

두역신   잠깐! 저년이 신령 몸이라 죽어도 아주 죽는 것은 아니렷
　　　　다. 저년이 인간에 매인 귀신이라, 내중에 촌민 백성들이 울며
　　　　불며 찾아쌓는 애원성이 장마철 악머구리떼 끓듯 커지면 다시
　　　　부활하는 신통력이 있단 말여.

큰무당   에쿠, 무서라, 애원성.

두역신   촌민의 애원성을 없애려면……

큰무당   선정을 베풀어야……

두역신   (머리를 쥐어박으며) 요런 난장 맞을 놈 봤나.

큰무당 에쿠데쿠, 골통이야. 아이구, 잘못했소.

두역신 애원성을 없애려면 촌민의 입단속은 물론, 아무 분수 아무 물정도 모르게, 보도 듣도 못하게, 눈도 귀도 딱딱 봉해야 하느니! 즉 삼신할망한테로 열려 있는 백성의 이목구비를 여하히 철저하게 봉쇄하느냐에 이 사업의 성패가 달려 있다. 그러니 원흉 삼신할망을 홑벌로 죽여서는 도저히 안심이 안되니, 만일을 염려하여 돌다리도 두드려 가라고……

큰무당 그럼 확인사살하란 말씸이오?

두역신 어, 그놈, 이제사 삼일 강아지 눈뜨듯 하는구나. 그려, 저년의 신통력 역시 눈 귀 입, 그 다섯 구녁에서 나오니, 이참에 아주 박멸시켜버리자. 자, 가자! 쿵!

　　천리 보는 눈망울을 우움픅 후벼내어 탱자가시에 걸어놓고, 명경같이 밝은 귀는 쓰윽싹 도려내어 곶감으로 말려 먹고, 주문 외는 혓바닥은 내앨름 베어내어 헌 구두창에 붙이고, 사대 육신 육천마디 점점이 저며내어 산지사방 흩뿌리자.

　　(둘이 한데 어울려 삼신 주위를 돌며 잔인한 춤 동작)

두역신 자, 이번엔 촌민 백성들을 다스릴 차례다.

큰무당 상전님아, 저것 보소. 가던 날이 장날이라고 촌중에 때마침 장이 섰소. 남녀노소 온갖 흰옷 입은 무지랭이들이 못자리판 올챙이 꾀듯 꼬물꼬물 잔뜩 모여들었소. 헤헹, 내가 두역신한테 붙은 줄 몰랐지러.

두역신 호호홋, 잘되었다. 저 촌민들이 바로 우리가 추수할 논밭이여. 이제 저 촌민들을 누런 보리 베듯이, 모개로 단번에 쓱싹

베어 눕혀야 하겠다. 그런데 큰무당아, 저 미련한 흰옷 무지랭이들이 제일로 애지중지하는 것이 무엇인 줄 아느냐?

큰무당 고슴도치도 제 자식이라면 죽자사자 감싸는데 인간이야 오죽하겠소.

두역신 요 쥐쌀만 한 게 눈치는 빠르구나. 바로 그거다. 아새끼들에게 돌림마마를 흠뻑 주어 인질로 잡아두는 거여.

큰무당 병은 주되 약은 주지 말고……

두역신 여차직하면 생사경각 목숨 잃기 십상이요, 병이 용케 나아도 낯짝이 콩타작한 마당마냥 빠끔빠끔 구멍이 뚫리는 것이렷다.

큰무당 명석 덕석마냥 박박 얽어버리는 것이렷다.

두역신 흐흐흣, 미련하기가 오리무중 밤중 같은 것들, 당장 꼭두에 날벼락이 떨어진 줄도 모르고 시시덕거리고 자빠졌네. 여이, 일만 군사들아!

큰무당 예잇!

두역신 모두들 살촉에 돌림마마 병독을 듬뿍듬뿍 묻히고 활시위에 메워라. 자, 일제히 시위를 당기고, 쏴!

큰무당 피융피융, 어따, 보기 좋네. 퍼버퍽! 일만개 독화살 빗살같이 날아간다. 아이들 무른 호박살에 일만개 독화살이 쑹쑹쑹 박힌다! 와따, 좋네!

두역신 앙금앙금 기는 아기 아장아장 걷는 아기 금자동이 은자동이 옥같이 곱던 얼굴 쑹쑹쑹쑹 화살 박혀 바늘쌈지 되었구나, 이히힉!

큰무당   얼굴 맞아 돌림마마, 등에 맞아 등창, 목에 맞아 연주창, 배
       에 맞아 배창, 버짐, 습진, 온갖 흉험 다 주자.

두역신   흐흐흣! 돌담도 소용없고 덧문도 부질없다. 돌담은 살에
       맞아 빠끔빠끔 곰보돌, 덧문도 살에 맞아 쏭쏭쏭 좀이 쏠고, 창
       호지 바늘구멍으로 황소바람 들어간다. 으하하하, 자, 가자. 일
       만 군사들아, 마을을 덮쳐라.

큰무당   헤헤헤, 저것들 보시오. 저 벌거지 같은 것들 산지사방 콩
       튀듯 물 만난 개미떼마냥 꽁지 빠지라고 제집으로 튀고 있소.

       (둘이 어울려 한바탕 도약무)

두역신   헹, 요것이 삼신할망이 좌정하던 당산봉이냐. 이젠 내 차지
       다. (두역신 통 위로 뛰어오르다가 미끄러져 엎어진다.) 아이고, 코야.

큰무당   쇠똥에 미끄러져 개똥에 코 박았소. 이힉, 우습다. 호사다
       마라고 너무 덤벙대지 마시오.

두역신   가만있자, 초장부터 코 깨지는 걸 보니 어째 상서롭지 못하
       다. 저년이 아직도 덜 죽었나? 어라, 이게 어찌된 셈판이여! 그
       만큼 난리굿 쳤으면 날이 저물 만도 한데, 여태 사방이 희끄무
       레 밝지 않으냐!

큰무당   아이고, 큰일 났소. 날이 어둡다가 말았소. 저것 쪼깐 보시
       오. 저년의 해가 아직도 덜 죽었소. 터만 남은 소경 눈마냥 바
       탕은 거멓게 죽었으되 실낱같은 흰 테두리가 둥그렇게 남아
       은은한 광채를 발하고 있소.

두역신   아이쿠, 개기일식이 아니라 금환일식으로 끝났구나. 저런
       징한 년 봤나. 천참만륙해도 살아 있다니! 어허, 낭패여, 낭패!

빌어먹을, 이거나 먹어라. (하늘에다 대고 팔뚝으로 감자를 먹인다.)

큰무당 상전님아 상전님아, 어서 바삐 챙기시오. 천근 무쇠 활로
달막달막 붙어 있는 실낱같은 저 목숨마저 쏘아 맞혀 후환을
없애시오.

두역신 이런 무식한 새끼! 환도로 모기 목을 베라는 말이냐! 내 아
무리 활 솜씨 좋다 하나 구만리 밖 장공에 걸린 실오라기를 쏘
아 맞힐 재간은 없다.

큰무당 아이고, 무셔라. 낮도 아닌 것이 밤도 아닌 것이, 초저녁 어
스름인가, 신새벽 여명인가. 이러다가 날이 화딱 밝아지면 우
린 날샌 올빼미 꼴이 되지 않겠소.

두역신 (큰무당의 머리를 주먹으로 쥐어박으며) 요런 된급살 맞을 녀
석! 이것이 초저녁 어스름이지, 어디 신새벽 여명이냐. 밤도 되
기 전에 새벽이 와? 초장부터 초 치는 소리 마라. 마라 마라, 제
발 '새벽' 소리 하지 마라. 내 간 떨어진다, 에이구.

큰무당 소금, 소금.

두역신 야가 실성했나, 뜬금없이 소금은 왜 찾어?

큰무당 간 떨어지면 소금 찍어 먹게요.

두역신 히야, 요놈 봐라. 진짜 제 상전 간 내먹을 놈이구나.

큰무당 에이구, 내 말 어찌 듣소. 밥반찬에 간장 떨어지면 소금이
라도 찍어 먹자고 했소. 꿩 대신 닭이라고 이 지경을 당하여 차
선책을 강구함이 옳지 않소.

두역신 헹, 그래?

큰무당 일천장 먹을 갈아 초저녁 어스름을 깜뿍 먹칠해버리자, 이

말씀이오.

두역신 　허, 그 꾀 장히 좋다. 과연 내 충복이로고. (통을 바로 세우고) 이 연못을 벼룻물 삼아 천근 먹장 갈아 풀자. 민가의 먹과 숯은 모조리 징발하고…… 옳지, 활 당긴 김에 콧물 닦더라고……

큰무당 　(시늉해 보이면서) 활 당긴 김에 콧물 닦더라고……

두역신 　이참에 단단히 단속해둘 것이 하나 있다. 이 몸이 귀신 몸으로 촌민들이 내지르는 애원성 버금으로 몸살 나게 싫은 것이 먹물로 쓰인 문자인데 무릇 귀신이란 경문에 막히고 축문에 약한 법, 특히 사발통문이라 하는 물건이 되게 무섭것다.

큰무당 　알겠소. (관객을 향해) 사발이라 이름 붙은 것은 밥사발 국사발 묵사발 할 것 없이 모조리 징발하랍신다.

두역신 　(큰무당의 머리를 쥐어박으며) 요런 멍청이 봤나. 돌멍청인 담이나 쌓고 나무멍청인 불이나 땐다. 요런 멍청이는 어따 쓰나. 좌우당간 훗날 촌민 중에 은밀히 사발통문을 써서 돌리는 자가 생길지 모르니, 각별히 유의해서 (큰무당 복창) 먹이란 먹은 심지어 목수쟁이 먹통까지 남김없이 몰수하렸다.

큰무당 　(관객을 향해) 문어, 낙지, 오징어, 꼴뚜기 내장에 달린 먹물 주머니까지 떼오랍신다 ──

두역신 　천근 먹장 갈아 풀자, 천섬 숯도 갈아 풀자.

　　(국자로 통 속을 젓는 시늉 하며 둘이 어울려 한바탕 춤을 춘다.)

두역신 　그만하면 됐다. 천근 먹장, 천섬 숯을 다 갈아 풀어 밤중같이 꺼멍 먹물을 만들었으니, 어디 슬슬 칠해볼까. 쳐라, 쿵!

큰무당   (통에서 먹물을 퍼 뿌리는 시늉 하면서) 에헤라, 먹칠하자.

두역신   청천백일에 먹칠하자. 천지현황에 먹칠하자. 천지간에 유
       인간 백의민족 흰옷에도.

큰무당   에헤라, 먹칠이야.

두역신   만화방창 여름 꽃밭 녹음청청 나무숲도.

큰무당   에헤라, 먹칠이야.

두역신   백로는 까마귀로 흰둥개는 검둥개로.

큰무당   에헤라, 먹칠이야.

두역신   (선언조로) 일락서산 해 다 졌다. 지금은 밤, 달도 없는 그믐
       밤이다. 저문 날에 늦은 길손 어서 바삐 집으로 돌아가라.

         삼문을 폐문하라. (덩덩덩, 북소리 세번)

         시장을 철시하라. (덩덩덩)

         야간통행 금지하라. (덩덩덩)

큰무당   에헤라, 먹칠이야.

두역신   호롱불도 먹칠하고 반딧불도 지워라. 댓돌 위에 흰 고무신,
       지게문에 흰 창호지, 펼쳐논 흰 책장, 못다 쓴 흰 편지, 듬뻑듬
       뻑 먹칠하라.

큰무당   에헤라, 먹칠이야.

두역신   저 촌민들 입에서 말을 빼앗아라! 애원성 안 나오게 아갈
       잡이하라! 총기 좋은 귀도 절벽강산으로 만들어버리라! 들쭉
       날쭉한 이목구비 밤톨 깎듯 대패로 빤빤히 밀어버려라!

큰무당   에헤라, 먹칠이야. 호물호물 입구녁, 멀뚱멀뚱 눈구녁, 발
       씬발씬 콧구녁, 우글쭈글 귓구녁, 에헤라, 먹칠이야.

두역신 어따, 그놈 미친년 널 뛰듯 잘도 한다. 그만하면 삼라만상
이 죄다 염색된 것 같은데, 아직도 먹물이 남았냐? 어서 당산
봉에 좌정해야겠다.

큰무당 요것이 마지막이오. 에헤라, 먹칠이야. (국자를 팽개치며) 아
이고, 팔이야. 아이고, 뚝지야.

두역신 보자 보자. 저년의 해가 망종 죽었는지 어디 보자.

큰무당 에구에구, 아직도 덜 죽었소. 가락지 같은 테두리가 그대로
남았소. 금가락지가 은가락지가 됐을 뿐이오.

두역신 어이구, 징한 년! 저년의 질긴 명줄, 어이구, 몸서리난다.
도리 없다. 금가락지가 빛을 잃어 은가락지 된 것만도 다행이
다. 촌민들이 뭐라구 하면 저건 해가 아니라 달이라고 둘러대
는 거여. (결연히) 큰무당아, 명심하라. 하나에서 열까지 속일
것. 속임수가 통치의 요결이라는 것을. 내가 삼신할망을 죽인
줄 알면 애원성이 낭자히 터질 터이니 각별히 유의하라. 교묘
히 속일 것!

큰무당 알겠소. 뒤풀이는 이 무당이 알아서 할 텡께 염려 놓고 어
서 당산봉에 좌정이나 허슈.

두역신 자, 엎디어라. (엎드린 큰무당의 등을 밟고 엎어놓은 통 위에 올
라) 어허, 삼라만상이 일망무제로 암흑에 잠겼구나.

큰무당 어서 새 법을 선포하시오.

두역신 어흠, 어흠, 촌민들아, 듣거라.

큰무당 (양손으로 나발 만들고 관객을 향해) 듣주어라 촌민들아, 돌
림마마 두역신 말씀 듣주어라.

두역신　1. 낮을 불살라 먹고 숯 같은 밤이 왔다.

　　　　1. 금일부터 마을 임자는 이 두역신이다.

　　　　1. 삼신은 명이 짧아 죽었으니 그의 세월은 다 가고 시방 세상은 내 세월이노라.

　　　　1. 양력을 폐하고 음력을 사용한다.

　　　　1. 천이 천 소리, 백이 백 소리 해도 지금은 분명히 밤이다.

　　　　1. 낮의 햇빛을 단 한조각이라도 훔쳐내어 이 야밤중에 숨겨둔 자는 빠짐없이 신고할 것.

　　　　1. 덧없이 짧았던 낮이 그리워 한탄해서도 안된다.

　　　　1. 근심 걱정 다 놓고 잠이나 자라.

　　（덩덩덩, 북소리）

큰무당　이젠 도임상 받고 마을 공사를 보실 차례요.

두역신　조오치. 큰무당아, 느그 마을에 모두 몇 성바지가 사느냐?

큰무당　김가 이가 박가 강가 등등 모두 열 성바지 백세대가 삽네다.

두역신　（관객을 둘러보며) 와따메, 많다! 저것들이 모두 내 밥이로구나. 어서 호적문서를 올려라.

큰무당　（책 한권을 바치며) 옜소.

두역신　촌민들아, 너희들은 듣거라.

큰무당　듣주어라 듣주어라.

두역신　내가 이제 너희 호적문서를 차지했으니, 낳는 날 생산 차지요, 죽는 날 물고(物故) 차지노라. 너희들 길흉화복 내 장중에 들었으니, 삼일돌이로 진상물을 바치되, 내가 잘 먹으면 잘 먹은 값, 못 먹으면 못 먹은 값 할 테니 실수 없이 거행하라. 정성

이 진실로 지극하면 있는 병도 없애주고 수명도 잇게 해줄 것
이며 오곡풍성, 육축번성 시켜주고 발 큰 도적, 간 큰 도적도
막아줄 터이나, 만약 추호라도 진상을 등한히 하면 온갖 흉험
을 내려 너희들을 몰락시키고 말리라. 자, 한바탕 북새를 떨었
더니 배 속이 출출하다. 어서 도임상 올려라, 한번 흐벅지게 먹
어보자.

큰무당 얼씨구, 먹자판 났네. 나도 배꼽이 탁 튀어나오게 먹어보
자. (관객을 향해) 도임상 올리랍신다.

촌민 1 (관객석에서 일어나며) 대관절 이것이 어찌된 변괴요? 방금
도 우리 해님, 삼신할마님이 반공중천에 좌정하여 밝은 빛을
뿌리고 계셨는데 벌써 밤이라니!

큰무당 변괴는 무슨 변괴! 이건 자연의 순리여. 그 사람 콧구멍이
가물치 콧구멍만 한 것이 되게 소견 좁게 생겼네. 아니, 도대체
지는 해를 어쩌란 말이여. 지는 해를 인력으로 붙잡아 매둘 수
는 없잖여. 서산에 지는 해가 지고 싶어 지나? 때가 차면 지게
마련. 삼신할마님이 죽고 싶어 죽었겠나, 명이 그뿐이라 죽었제.

촌민 2 (관객석에서 일어나며) 귀신이 늙어 죽는단 말 금시초문이오.

큰무당 허 참, 내 귀로 분명히 들었다니깐 그러네. 할마님이 운명
하실 제 나를 불러 유언하길 "내가 백살 정명(定命)으로 늙어
죽어지니, 슬퍼 말고 잠깐만 기다리면 나보다 월등 신통력 좋
은 두역신 하르방이 강신하여 내 자리를 이어받으리라"하셨
단 말여. 그런데 이 하르방이 인간에 내려와 저 당산봉에 좌정
한 지 벌써 여러날이 지났으되 누구 하나 밥 한그릇 올리는 사

람이 없었으니 오죽 화가 나시겠나. 그래서 아이들 얼굴에 흉험을 주신 거제. 여러 말 말고 어서 도임상 차려서 저 하르방의 노여움을 풀어드려라.

촌민 3 (관객석에서 일어나며) 그 하르방 무슨 음식을 좋아하시오?

큰무당 죽은 할망귀신은 여성이라 입매가 짧았지만 이 하르방은 대장부로서 술도 장군, 밥도 장군, 떡도 장군으로 먹고, 소도 야지도 전마리 다 잡수신다. 그러니 밥을 하되 섬쌀 풀어 저 당산봉만치 수북하게 밥을 짓고, 섬떡 찌고 섬술 빚고 생돝 잡아 큰칼 꽂고 도임상 차려라.

촌민 3 아이고, 아귀귀신 만났네. 아귀귀신이여! (마당 안으로 뛰어들며) 아니다, 아니다! 지금은 밤이 아니다! 촌민들아, 촌민들아! 저 낯 검은 아귀귀신 날강도를 몰아내자!

두역신 (통에서 뛰어내리며) 저놈, 저 불령분자를 잡아라!

촌민 3 (큰무당에게 달려들며) 이 더러운 반역자!

　　　(칼을 휘두르는 큰무당과 맨주먹으로 싸우다가 마침내 칼 맞고 쓰러진다.)

촌민 3 (죽어가면서) 촌민들아! 할마님 죽은 넋을 살리오라 ──

　　　(촌민 1과 촌민 2가 관객석을 뛰어나와 재빨리 재비들 뒤로 숨는다.)

큰무당 흥, 제까짓 게 껄떡거려봤자지.

두역신 자알했다. 흐흐흐. 모냥으로 차고 댕기라고 부엌칼 한자루 채워주었더니 벌써 능숙한 칼잽이 뽄새가 완연쿠나. (시체를 가리키며) 저놈같이 우리 사업에 쌍지팽이 짚고 나서는 불령분자가 앞으로 여럿 나타날 터인즉, 그때마다 가차 없이 도륙내야

할 것이다. 허나 물고 내는 것만이 능사가 아니란 점도 명심해
야 한다. 공성보다 수성이 더 어려우니.

큰무당　나도『명심보감』읽었소. 성을 치는 것보다 성을 지키는 것
이 더 어려우니.

두역신　보다 근본적인 대책을!

큰무당　그것이 무엇이오?

두역신　쳐라, 쿵!
발 없는 말이 천리 가니 유언비어 발본색원, 칼보다 강한 것
이 먹물이니 축문경문 불사르고, 말쟁이는 언청이로 글쟁이는
곰배팔이로 잡아쩨고 외로 비틀어버려라. (큰무당을 상대로 입
을 쩨고 팔을 비트는 시늉)

큰무당　아이고, 나 죽네. 제발 고정하시오.

두역신　그러나 강경책엔 반드시 회유책이 뒤따라야 실효를 거둘
수 있는 법. 쳐라, 쿵!

큰무당　잠깐만, 그러니까 고것이 무단정책에다 문화정책을 겸해
야 한다 이것이오?

두역신　(큰무당의 머리를 쥐어박으며) 된급살 맞을 녀석 같으니! 한
창 신 오를 만하니 지랄이여. 그래, 무단정책에다 양념으로 문
화정책을 섞어보는데, 촌민들을 요롷게 달래보는 것이렷다.
들거라, 촌민들아.

큰무당　들주어라 들주어라.

두역신　이 당산봉 자리 놓고 정통성 운운하지 마라. 너희들은 음
양의 이치를 깨달으라. 태초에 어둠이 있은 후에 빛이 생겨났

으니, 그늘 음이 먼저요, 햇빛 양이 나중이라. 삼신이 태양이요, 이 몸이 태음인즉, 정통성은 오히려 내 편에 있는 것이렷다. 어허, 촌민들아, 낮이면 어떻고 밤이면 또 어떠냐. 천지간에 절대적인 빛은 절대적으로 없는 법, 음양은 본시 한배의 두 새끼요, 동전의 양면으로 표리를 이루나니, 빛이 있으면 그늘도 있게 마련. 쳐라, 쿵!

　　한낮이 가면 한밤이 오고, 한밤중 달 뜬다지만 계수나무 얼룩지고

큰무당　등잔불이 밝다 하나 등잔 밑이 어둡고

두역신　실 가는 데 바늘 가듯이

큰무당　(두역신 뒤를 바싹 쫓으며) 빛 가는 데 그늘 가고

두역신　청개구리 가는 데

큰무당　실뱀 따라가듯

두역신　빛 가는 데 그늘 가고

큰무당　(달아나는 시늉 하며) 빛이 달아나면

두역신　그림자가 냉큼 따라가 실뱀처럼 스르륵, 요렇게 담싹 잡아먹는 것이렷다.

큰무당　에이쿠, 깜짝이야. 배암 같은 상전님아, 나 청개구리가 아니오. 상전님의 충직한 그림자랑께.

두역신　(짐짓 눈을 크게 떠보이며) 뭐여? 네가 내 그림자라고? 호호홋, 내가 본시 빛의 그림자로서 시방 빛을 잡아먹었거니와 네 놈이 또한 내 그림자로서 장차 나를 잡아먹겠다는 거냐? 앙?

큰무당　아이고, 천부당만부당한 말씀. 인간이 어찌 귀신을 범접할

수 있겠소.

두역신 그 자식 놀라긴. 그냥 심심해서 회 쳐본 소리여. 그러나 네 꽁무니에도 줄줄이 그림자 여럿 달아주어야 쓰겠다.

큰무당 에쿠, 날 잡아먹으라구요?

두역신 나 역시 인간에 매인 귀신이라 수하에 너 하나만 믿고 거느리고 있다간 너 죽으면 나 역시 몰락하고 마는지라 너가 죽더라도 대를 이어 봉공할 새끼무당들이 연년세세 줄줄이 나와야겠다.

큰무당 (깜짝 놀라며) 아유, 내가 죽긴 왜 죽어요? (울먹거리며) 상전님은 내가 죽기를 바라시오, 예?

두역신 그럼 네놈이 귀신 아닌 생인으로 천세만세 살 줄 알았더냐? 미친놈 같으니! 늙어 죽어도 죽고 병들어 죽어도 죽고 이 밤중 어느 모퉁이에 숨은 자객의 칼날 맞고 죽어도 죽는 거여.

큰무당 (울음을 터뜨리며) 아이고아이고, 상전님아, 제발 덕분 날 살리시오.

두역신 그러니까 죽어도 제명에 죽으려면 충직한 새끼무당들을 줄줄이 거느려 네 신변 안보를 철저히 하라니깐.

큰무당 믿는 도끼에 발등 찍힌다고 내가 데린 새끼무당들 중에서 내 자리를 노려 모반을 꾀하면 어쩌지요?

두역신 거야 할 수 없지. 나를 잘 모실 놈이면 누가 큰무당이 되건 난 상관 안한다. 어서 네 맘에 드는 놈으로 새끼무당을 뽑아라. (두역신 통 위로 올라 좌정한다.)

큰무당 할 수 없다. 널리 과거를 보여 인재를 구하자. 문제는 1+1=?

(이때 촌민 1, 촌민 2가 마당으로 숨어들어 시체를 몰래 업고 나
간다.)

큰무당   (재비들 앞으로 와서) 어느 놈을 고를까? 너, 1+1＝? 얼마냐?

재비   이놈이 권력을 잡더니 눈깔에 뵈는 것 없나. 썩 꺼져! 내가
극중인물인 줄 아냐? 장구 치는 재비여, 재비!

큰무당   에이쿠, 실수했네. (관객 쪽으로 다가가서) 세번 묻겠다. 너,
1+1＝? 얼마냐?

관객 1   1이오. 1이오. 1이오.

(세번 물음에 계속 1이라고 대답)

큰무당   아따. 그 녀석 계속 1이라고 우기는 걸 보니 고집 한번 되
게 세네. 머리빡은 아둔하나 지조는 있겠다. 급제! (다른 관객
앞으로 다가가서) 너는? 세번 묻겠다. 1+1＝? 얼마냐?

관객 2   2요. 2요. 2요.

(세번 물음에 계속 2라고 대답)

큰무당   에익, 발칙한 놈 같으니! 번번이 2여? 바른 소리도 한번 들
어야 좋지, 계속 우겨싸? 바른 소리로 계속 우기는 걸 보니 필
시 불령분자가 될 소지가 있다. 낙방! (다른 관객 앞으로 와서)
너는? 세번 묻겠다. 1+1＝? 얼마냐?

관객 3   1이오. 2요. 3이오.

(세번 물음에 각각 1, 2, 3으로 대답)

큰무당   옳지, 머리빡은 비록 아둔하나 답이 1, 2, 3으로 하나씩 늘
어나는 걸 보니 상당히 발전적인 데가 있다. 급제!

관객 3   (아주 느린 목소리로 떠듬거리며) 나리, 미련한 소인을 군계

일학으로 발탁하옵신 은혜 백골난망이오며 앞으로 불철주야 분골쇄신 나리께 견마지충을 다하오리다.

큰무당 (뽐내며) 어흠, 어흠, 그놈 과연 짐의 충복이로고.

관객 3 (여전히 느리게) 소인이 일차 사세를 관망하온즉슨, 방금 나리께옵서 귀중한 물건을 실물하옵신 것으로 사료되옵기로 삼가 엎드려 진언하옵는데 그것은 다름 아니오라……

큰무당 에이구, 답답이야! 싸게싸게 말 못해? 도대체 내가 무엇을 잃어버렸단 말이냐?

관객 3 (빠르게) 나리가 사냥한 짐승을 어떤 두 놈이 업어갔소.

큰무당 뭐여? (주위를 둘러보며) 이크, 시체를 훔쳐갔구나! 시체를 빼앗겨선 안된다. 잡아라! 그놈들을 잡아라! 너, 너, 너, 너희들은 이쪽으로 가고, 너, 너, 너, 너희들은 저쪽 샛길로 가라!

　　(큰무당이 황급히 퇴장하면 촌민 1, 촌민 2가 시체를 업고 주위를 조심스럽게 살피면서 등장)

촌민 1 여기가 후미져서 적당하겠구면.

　　(둘은 시체를 내려놓고 주위를 살피며 황급히 삽질하는 시늉)

촌민 2 됐다. 저놈들이 시체를 못 찾게 평평히 평토장하는 거여.

　　(둘이 함께 시체를 들어 옮겨놓는다.)

촌민 2 저런, 이 친구가 두 눈을 부릅뜨고 있네. 뜬 눈에 차마 흙을 덮을 수 없구면.

촌민 1 눈을 쓸어 감겨줘. 아니, 잠깐만. 우리도 눈을 부릅뜨고 저 친구와 눈을 맞추자! 죽어서 오히려 활활 타오르는 저 분노의 눈을 보게. 저 눈이 우리에게 강력히 명령하고 있어!

촌민 2 아니다, 아니다. 지금은 밤이 아니다! 저 낮 검은 아귀귀신을 몰아내라! 할마님의 죽은 넋을 살리오라!

촌민 1 그려그려, 자네 눈에 이글이글 타는 불꽃, 우리 눈에 옮겨 담네.

촌민 2 (머릿수건 풀어 시체의 가슴을 닦으며) 자네가 흘린 피, 이 헝겊에 거두어 영원히 우리의 깃발로 삼겠네.

촌민 1 자네가 시작한 싸움, 끝내 이기고 말 테여.

촌민 2 (피 묻은 머릿수건을 흔들며) 자네 피로 얼룩진 이 깃발, 먼동이 틀 때까지 어둠속에서 쉬지 않고 나부낄 거여.

촌민 1 저놈들이 자네를 죽였으되, 이제 자네의 죽음은 저놈들 것이 아니라 우리의 것이 되었네.

촌민 2 (눈을 감기는 시늉) 자, 벗이여, 이젠 안심하고 눈을 감게나.
　　　　(둘은 시체 위에 흙을 덮는 시늉을 하고 나서 잠깐 전투적인 도약무를 춘다.)

촌민 1 쉿, 인기척 소리! 놈들이 온다.
　　　　(둘은 춤을 중단하고 급히 퇴장)

둘째 마당

　　　　(두역신이 먼저 등장하여 통 위에 좌정하고 이어 큰무당이 나온다.)

두역신 이리 오너라, 이리 오너라.

큰무당   끄윽, 내가 위로 두역신을 뫼시고 마을 촌민들을 다스린 지도 어언 석달 열흘, 백일이 지났구나. 그동안 먹기도 참 요절나게 많이 먹었네. 너무 먹어 잇몸이 다 벗겨졌어. 흐흐, 그런데 먹으면 먹을수록 식욕이 더욱 왕성해지니 이를 어쩐디야, 끄윽.

두역신   이리 오너라, 이리 오너라.

큰무당   가만있자, 누가 날 부르나. 이크, 상전님이로구나. 갑니다요. (황급히 뛰어가 두역신의 장죽에다 담배를 담아 올린다.)

두역신   (장죽으로 큰무당의 머리를 치며) 이 자식이 귓구녁에 당나귀 좆 박았냐. 날래 부싯돌 쳐라.

큰무당   에쿠데쿠, 골통이야. (부싯돌을 친다.)

두역신   어디를 그리 싸돌아댕기길래 주인이 부르는 소리를 못 듣느냐.

큰무당   암행사찰 갔다 왔소.

두역신   도망간 그 두 녀석 아직도 못 잡았냐? 그 녀석들이 이집 저집 다니면서 갖은 유언비어 흉설을 퍼뜨린다고 하는데.

큰무당   그래봤자 저 촌민 무지랭이들이 용쓸 재간 있나요. 제 자식들이 우리한테 인질로 붙잡혀 있는 판에. 중뿔나게 악쓰고 튀어나왔다간 제 새끼 죽는 줄 왜 모르겠소. 하여간에 그 두 녀석이 각설이로 변복하여 숨어댕긴다는 확실한 증거를 잡았소. 새끼무당들을 풀어 마을 안팎을 참빗 새 훑듯이 샅샅이 뒤지고 있으니 그놈들 잡히기는 시간문제요.

두역신   그래, 촌민들은 어찌어찌 살더냐?

큰무당   처음엔 대경실색 안절부절못하더니 차차 어둠에 익숙해지

고 안정되어, 백일이 지난 지금은 그저 망연자실 속수무책으로
하품깨나 뽑고 앉았습지요.

두역신 호호홋, 그것 잘되었다. 그래, 저것들이 저녁은 무얼 먹더냐?

큰무당 범벅을 먹습디다.

두역신 무슨 범벅?

큰무당 하품범벅.

두역신 하품범벅?

큰무당 하품 한줌 졸음 두줌 맷돌에 박박 갈아 소금으로 간 맞춰
달궁달궁 야금야금 하품범벅 해먹습디다.

두역신 (장죽으로 큰무당의 머리를 치며) 에라, 요녀러 자석! 어느 앞
이라고 농지거리여.

큰무당 에쿠데쿠, 골통이야. 세상은 바야흐로 밤중밤중 야밤중인
데 촌민들이 졸려서 하품하는 것은 당연하지 않소.

두역신 이눔아, 아직 초저녁인데 벌써 졸음이 오냐? 네가 민심의
행방에 그다지 눈이 어둡다니, 정말 큰일 낼 놈 아녀? 저건 하
품 소리가 아니라 한숨 소리라구.

큰무당 에이구, 상전님아, 낸들 왜 모르겠소. 저것들이 제발 일찌
감치 자리에 들어 잠이나 자주었으면 좋으련만, 여길 오나 저
길 가나 풀썩풀썩 한숨 소리가 낭자하니 불안해서 살 수 있어
야죠.

두역신 좋은 수가 있다. 문화정책!

큰무당 예?

두역신 화투놀이! 저것들이 이 밤중에 마냥 할 일이 없이 심심하

면 끼리끼리 모여 앉아 무슨 꿍꿍이수작을 벌일지 모르니 정신을 딴 데 쓰게 호도책을 쓰는 거여.

큰무당　야아! 그것참, 듣던 중 묘책이오. 꿩 먹고 알 먹기, 화투놀이 권장해서 혼을 쏙 뽑아버린 다음 새끼무당들을 시켜 노름판 판돈을 싹 긁어온다, 이 말씀 아니오?

두역신　그려. 어서 거행해라.

큰무당　듣거라 촌민들아, 듣거라 촌민들아. 재비야 쳐라, 쿵!

　　　이때가 어느 때냐 밤중밤중 야밤중 오늘밤도 하 심심하니 심심해서 하품하고 하품 한줌 졸음 한줌 맷돌에 박박 갈아 소금으로 간을 맞춰 하품범벅……

두역신　아니, 이것이 또 하품범벅 타령이여?

큰무당　에이쿠, 빗나갔소. 저너러 재비란 놈이 장단을 잘못 쳤소.

재비　어럽쇼, 저 자식이 제 잘못을 누구한테 뒤집어씌우는 거여?

큰무당　좌우지간 이번엔 똑바로 치렷다. 쳐라, 쿵!

　　　이때가 어느 때냐, 밤중밤중 야밤중, 오늘밤도 하 심심하니 화투나 한개 떼어보세. 심심하면 병드나니, 심심해서 소금 찾고, 소금 먹고 물을 찾고, 물 먹고 설사하니, 심심한 게 큰 병이라.

두역신　얼쑤, 좋다.

큰무당　심심풀이 화투놀이 권장한다. 마을 길목마다 투전방을 설치하라. 밤중밤중 야밤중 오늘밤도 하 심심하니 화투나 한개 떼어보세. 묵내기 조청내기 청단 홍단 걸어놓고 화투나 한개 떼어보세.

두역신　심심풀이 화투놀이를 권장한다. 마을 길목마다 투전방 설치하라.

(두역신 앞서고 큰무당이 뒤따라 춤추며 퇴장)

큰무당 (퇴장하다 말고 돌아서며) 이때다. 때 만났어. 나도 한밑천 단단히 뽑아야지.

(촌민 1, 촌민 2 주위를 살피며 등장)

촌민 1 얼씨구씨구 들어간다. 작년에 왔던 각설이 죽지도 않고 또 왔네.

촌민 2 동록 난 고린전 한푼이나 삼년 묵은 꽁당보리밥에 삼년 묵은 된장 좀 줏서.

촌민 1 아유, 깜깜 생지옥이야! 독약 같은 이 암흑, 삼라만상이 모조리 어둠에 쩔어붙었구나. 눈구녁도 밤이 가득, 귓구녁도 밤이 가득, 입도 코도 밤이 가득.

촌민 2 구정물 들이켠 듯 오장육부마저 시컴컴. 마을 밖 십리까지 검은 구름 독한 안개 부글부글 끓어올라 바깥세상과 연락이 일절 두절되었으니, 어허, 악독한 놈들! 철석같이 굳은 땅을 생째로 도려내어 칠흑 같은 바다로 배 띄워놓았구나.

촌민 1 절해고도, 표류하는 섬이요, 물 가운데 감옥이라.

촌민 2 밑도 끝도 없는 이 암흑, 어허, 지척을 분간 못하겠네.

촌민 1 그러나 낙담은 금물, 아무리 튼튼한 철옹성도 개미구멍 하나로 무너진다고 안했나.

촌민 2 아무렴, 이 완벽한 어둠도 어느 구석 뚫고 나갈 허점이 분명 있는 거지. 진드기도 너무 피를 빨아 먹으면 뚱뚱해져 행동이 굼떠지게 마련.

촌민 1 마을 안팎 곳곳에 새끼무당 순라꾼들을 잔뜩 풀어 감시 그 물을 바싹 당겨 치고 있지만, 우린 바늘귀만 한 틈이라도 기어 코 뚫고 나갈 거여.

촌민 2 어둠을 뚫고 들어가 큰무당 가슴에다 칼을 꽂아봐야지.

촌민 1 아서! 큰무당만 죽여서 될 일이 아니여. 그놈을 대신해서 큰무당 될 자들이 층층시하로 주욱 늘어섰지 않은가. 저 검은 무리들을 뿌리째 아주 깡그리 몰아내야지. 그러자면 촌민 백성 이 모두 일어나야 해. 한날한시에 일제히 벽력같이 소리치며 일어나, 그 함성이 어둠 뚫고 치솟아 구천에 닿아야 할마님의 죽은 넋이 되살아나는 거여.

촌민 2 그건 그런데, 촌민들이 영 호응할 기색이 없잖아. 우리가 문밖에서 각설이 행색으로 암중모색한 지도 벌써 석달 열흘 백일이여. 옷은 헐어 너덜너덜, 살점은 드러나 울긋불긋, 처마 밑은 낙숫물 뚝뚝, 다리 밑은 썰렁, 솔밭엔 찬 이슬, 젖은 옷 마 를 날 없이 풍찬노숙하며 이집 저집 잠행해 다녔건만 도대체 무슨 소득이 있었던가. 말도 꺼내기 전에 우리만 보면 깜짝 놀 라 사립문 닫기 일쑤이니, 원.

촌민 1 그거야 우리하고 말 나눴다간 의심받을까 두려운 거지. 우리 때문에 치도곤 맞은 사람이 어디 한둘인가. 그래도 우릴 찔 러바치지 않은 것만 봐도 희망은 있는 거여.

촌민 2 자식이 인질로 붙잡혔다고 낙심천만해서 한숨만 내쉬고 있으니, 원. 기껏 한다는 소리가, 일시적인 일식현상일 테니 때가 되면 날이 밝지 않겠느냐 이것이여. 도대체 물정 몰라도 유분수지. 그렇게 죽치고 앉아 한숨만 내쉬고 있으면 죽은 할마님이 살아오나.

촌민 1   조금만 기다려보자구. 시방 입 큰 아귀귀신 만나 집집마다 쌓아놓은 풍년 양식이 가량없이 팍팍 줄어들고 아이들 병은 영 나을 기미가 없는데, 촌민들이 그냥 죽은 듯이 입 봉하고 있겠나. 곧 민심이 죽 끓듯이 끓어오를 테니 두고 봐. 그때를 당하여 우리가 할 일은 촌민의 원한이 원한으로 끝나지 않게 그 원한을 힘으로 바꾸고 그 모든 힘을 한날한시 한데로 모아 폭풍같이 터뜨리는 것, 바로 그것이여.

촌민 2   (관객 쪽으로 귀를 기울이며) 아니, 저게 뭔 소린가? 어름어름 찰싹찰싹, 바닷물 소리도 아니고……

촌민 1   (역시 귀를 기울이다가) 화투 치는 소리여, 화투!

촌민 2   아니, 저 사람들 미쳤나. (관객을 향해) 여보쇼들, 그 화투 어디서 났소? 밤이 기니 심심풀이나 하라고 큰무당이 주었다고?

촌민 1   꼴좋다! 큰무당 농간에 놀아나는구나. 도대체 무슨 살판이 났다고 화투질이오, 엉? 아새끼들은 마마병에 걸려 죽네 사네 하는 판에. 뭐요? 살맛 안 나니까 화투질한다구? 화투장에라도 정신 팔고 있어야 더딘 밤이 빨리 간다구? 다들 미쳤군, 미쳤어.

촌민 2   이건 백성의 관심을 딴 데 돌리려는 호도책만은 아니여. 필시 백성의 재물을 탈취하려는 큰무당의 음흉한 꾀가 숨어 있어.

촌민 1   깽판 놔야지 안되겠다. 가자!

촌민 2   가자!

(두역신, 큰무당 등장)

두역신   이리 오너라.

큰무당   갑니다, 가요. (장죽에 담배를 담아 올린다.)

두역신   노름판 돈 사정이 어떻더냐?

큰무당   매우 좋지요. 지전, 엽전, 눈먼 돈, 골 빈 돈, 말 모른 돈, 귀먹은 돈이 투전판에 와자하니 쏟아졌소.

두역신   어허, 자본순환 좋고 경제사정 좋구나. 그래, 재미 좀 봤냐?

큰무당   내가 투전판의 큰손인데 여부 있겠소. 재미가 한창 깨 쏟아지듯 하는 중이오.

두역신   어떻게?

큰무당   빚 얻어 밑돈 놓고 쌈짓돈 웃돈 얹어 내앱다 장땡만 까뒤집으니 눈먼 돈, 골 빈 돈, 말 모른 돈, 귀먹은 돈이 흔전만전 막 들어오데요. 돈 붙기가 오뉴월 장마에 물외 크듯 하고 있소.

관객 3   우리도 쬐끔 재미 보았소.

큰무당   (혼잣소리로) 아니, 뭐라구? 요녀러 새끼무당놈들, 투전판에 바람잡이 노릇 시켰더니 내 먹을 걸 가로채? (관객 3을 향해 위협조로 춤을 추며 접근) 요 쥐새끼 같은 놈들!

　　　　너희 같은 지엽말단 하급짜리 졸자들이 갖은 모략 협잡질로 민폐를 자행하여, 권력을 욕되이 하고 금과옥조 모독하니, 으허, 네놈들 살지 못하리라.

두역신   두어라, 큰무당아. 네놈 입만 입이냐, 저놈들 입도 입이지.

큰무당   안됩니다. 저놈들을 단단히……

관객 3   아이고, 나리, 우리가 썩은 콩 하나 얻드래도 성한 쪽은 나리께 드리고 썩은 쪽은 우리가 먹으랍니다.

큰무당   그러면 그렇지.

두역신   그건 그렇고, 큰무당아, 저 촌민들이 요사이 뭘 먹고 살더냐? 죽이더냐, 밥이더냐?

큰무당   밥도 죽도 아니고 범벅을 먹습디.

두역신   또 하품범벅이냐, 이노옴!

큰무당   이번엔 참말이오. 저것들이 요사이 밥 구경은 일절 못하고 범벅도 하루 두끼밖에 못 먹고 있소.

두역신   범벅은 무슨 범벅이더냐?

큰무당   시래기범벅이오. 쇳녹범벅 먹는 집도 여럿 생겼소.

두역신   이노옴, 쇳녹범벅이라니!

큰무당   솥에 불 안 땐 지 하도 여러날 되어서 솥 안창이 벌겋게 녹슬었단 말씀이오.

두역신   그 소식 자못 불길하다. 내가 본래 식성이 좋기로 양껏 먹기는 했다만…… (귀 기울이며) 쉿! 이게 무슨 소리냐?

큰무당   (건성 듣고) "네 돈이 세냐 내 돈이 세냐, 돈 놓고 돈 먹기여!" 투전꾼들이 용쓰는 소리 아니겠소? 아니면 저들끼리 헐뜯고 욕질하는 악다귀가 아니겠소?

두역신   (장죽으로 큰무당의 머리를 때리며) 뭐, 저것이 투전꾼이 저들끼리 다투는 악다귀라고? 네놈 귀는 자라귀냐, 바늘귀냐, 미역귀냐. 나는 듣는데 너는 왜 못 들어? 저건 우리를 욕하는 소리여!

큰무당   실은 판돈이 모자란다고 우리보고 생야단이오.

두역신　왜 모자란가?

큰무당　아이참!

두역신　참, 그렇지. 어떡헌다? 딴 돈은 돌려주기 싫고.

　　　이거 큰 탈 났네. 동네방네 투전방에 뚤레뚤레 모여 앉아 눈알에 힘주어 노름하는 줄 알았건만, 화투장 건성 들고 마빡을 마주 대고, 이러쿵저러쿵.

큰무당　(얼른 받아) 이러쿵저러쿵, 입으로만 찧고 까부는 놈, 자식 낟알 전혀 없네. 땅콩같이 빨간 아기 옥동자를 볼라치면, 일찌감치 자리 들어 쩔떠쿵쩔떠쿵 이불귀 달싹달싹, 찰떡 방아 찧으라구!

두역신　(장죽으로 큰무당의 머리를 때리며) 요 음탕하기가 제미 붙을 녀석 같으니!

큰무당　에쿠데쿠, 골통이야. 워낙 태생이 비천해놔서……

두역신　좌우지간 화근은 각설이패 두 놈이여! 은밀히 민심에 부채질하고 다니는 그놈들을 당장 잡아내라, 어서!

큰무당　알았소.

　　　(둘이 어울려 황급히 퇴장)

　　　(촌민 1, 촌민 2 주위를 살피며 등장)

촌민 1　어허, 촌중에 때아닌 화투바람이 났구나. 심심풀이 화투가 돈 놓고 돈 먹기로 변했구나.

　　　팔뚝맞기가 묵내기로, 묵내기가 술내기로, 술 먹고 삶은 닭 안주 내기, 술김에 에라 빌어먹을 맞돈 놓고 맞돈 먹기, 네 돈이 세냐 내 돈이 세냐, 어라, 실성 났네 지랄 났네. 이때를 놓칠

세라, 환장 난 무당놈들, 투전방 드나들며 장땡만 까뒤집어, 꺼머죽죽 까마귀발로 목돈 떼돈 긁어가니, 어허, 노름빚에 집 저당 밭 저당 계집 저당하니, 파락호 속출이라.

촌민 2   어허, 아귀귀신 만나, 큰무당 호통 소리에 세간뿌리 다 거덜난다. 앞 고방 헐어 섬떡 찌고 뒤 고방 헐어 섬술 빚고, 소도 전마리 돼지도 전마리, 오다 낚은 오징어도 가다 낚은 가자미도 온갖 정성 다하여 실수 없이 바치면서 "제발 어린것들 병 거둬주십서, 철없는 어린것 무슨 죄가 있습니까" 하고 애걸복걸 빌고 또 빌었건만,

촌민 1   (이어받아) 어허, 저 악독한 무당놈 하는 소리, "성의가 부족하다, 떡 만들며 콧물 흘렸다, 땀도 흘렸다, 손 안 씻고 만들었다, 술맛이 싱검싱검하다, 놋잔은 놋내 나니 은잔으로 올려라" 하는 등 갖은 핑계 생트집 잡기가 일쑤요, 창검 든 새끼무당들 마을 안팎 개 싸다니듯 다니면서 신발값 내라, 술값 내라, 부득부득 뜯어가더니,

촌민 2   (이어받아) 급기야는 아사리 노름판까지 벌여놓고 장바닥의 목돈 떼돈 갈퀴질로 긁어가니 노름빚에 집 저당 밭 저당 계집 저당, 만경같이 넓은 토지는 반달만큼 줄어들고 돈이라고 생긴 건 잔전 부스러기도 볼 수 없네. 어허, 돈아, 네 행방이 어드메냐, 네 간 곳 어드메냐. 어허, 마을 바닥 돈씨 말랐네 ─ 우여우여 물러가라, 낯 검고 손 검은 까마귀떼, 우여우여 물러가라. 이대로야 살 수 있나. 헐벗은 백성들아, 어서 가자, 어서 가자, 할마님 찾으러 어서 가자.

촌민 1 어진 할마님, 어지나 어진 할마님, 오곡풍성 가축번성 시켜 주던 우리 할마님, 앞 노적도 불려주고 뒤 노적도 불려주고, 먹고 쓰고 남도록 풍년 양식 내주시고, "내 상에는 번거롭게 많이 차릴 것 없다. 나물채도 좋고 미역채도 좋다. 물 한사발이면 어떠냐." 짐승 고기 일절 안 잡숫는 맑디맑은 할마님, 아이고, 야단났소 할마님아, 우리가 시방 아귀귀신 만나 다 죽게 되었소. 할마님이 내준 풍년 양식 아귀귀신 아가리로 다 들어가오. 아이고, 할마님아, 이 불쌍한 백성 제발 살려주시오.

촌민 2 어진 할마님, 어지나 어진 할마님, 인간번성 시켜주는 우리 할마님, 한 손에는 번성꽃, 한 손에는 환생꽃, 번성꽃으로 잉태 주고 환생꽃으로 병을 쫓네. 번성꽃 점지받아 아기가 잉태하면 아비 몸에 흰 피 석달, 어미 몸에 검은 피 석달, 살이 붙고 뼈가 붙어 둥그렇게 열달 차면 할마님 몸소 아기 어미 조산하되 늦은 뼈 오므리고 오므린 뼈 늦추고 열두 구에문 넌짓 열어 해산시켜주시네. 아기가 탄생하면 단밥 먹여 단잠 재워주고 비가 오나 눈이 오나 일천간장 다 썩이며 병든 아기 찾아가서 환생꽃 피우면 거멓게 죽던 아기 궂은 밤 날 새듯이 구름산에 안개 걷듯 파릇파릇 살아오네. 아이고, 할마님아, 당신의 어린 자손들 시방 몹쓸 병에 걸려 곱던 얼굴 뒤웅박 되고 온몸에 열이 올라 아야아야 울고 있습네다.

촌민 1 (이어받아) 할마님이 낸 자손 할마님이 살리옵서. 어화 촌민들아, 할마님 찾아가자. 이대로는 못 사네 할마님 찾아가자.

  (둘이 어울려 한바탕 도약무 추고 퇴장. 이어서 두역신이 등장)

두역신 　이리 오너라, 이리 오너라.

큰무당 　(바지를 추슬러올리며 등장) 갑니다, 가요. (장죽에 담배를 담아 올린다.)

두역신 　네놈 상판이 왜 그리 지지벌겋냐?

큰무당 　(억지로 재채기하며) 에쒸, 고뿔인지 쥐뿔인지 얻어걸려 그렇소. 에쒸!

두역신 　(재채기 맞고 손바닥으로 얼굴을 쓸며) 얻다 침 튀겨! 아이구, 냄새야. 깔축없이 썩은 시궁창 냄새여. (장죽으로 큰무당의 머리를 때리며) 어느 앞이라고 감히 거짓부렁이냐. 네놈이 분명 술독에 빠졌다 왔것다!

큰무당 　에쿠데쿠, 골통이야. (바지를 다시 추슬러올리며) 잠깐 첩년 집 다녀왔을 뿐이오.

두역신 　네가 첩을 셋씩이나 꿰차고 있다니 사실이냐?

큰무당 　첩이 셋이라야 딱 알맞죠. 하난 덮고 하난 깔고 하난 안고 자야죠.

두역신 　(다시 장죽으로 머리를 치며) 요 음탕한 자식, 잡으라는 각설이는 안 잡고 주색에만 빠져?

큰무당 　에쿠데쿠, 골통이야. 에이구, 고놈들이 여간내기가 아닙니다요. 밤쥐같이 약아빠져 이리 호록 저리 호록 숨는데 말씀이죠, 하여간에 그놈들은 언제 먹어도 내가 먹을 떡잉께 잠깐만 기다리쇼.

두역신 　지리구지리구 못난 놈! 잠깐 잠깐 한 것이 벌써 언제냐.

'잠깐' 두어번 더 했다간 명 짧은 놈 턱 떨어지겠다야. (귀 기울이며) 어라, 저게 뭔 소리여?

(낮게 울리는 북소리)

큰무당　에구머니나! 민심이 여간 흉흉하지 않구나. 첩년 집 가서 잠깐 옹색을 풀고 왔건만 그새 불평 소리가 저렇게 커졌나.

두역신　각설이패가 들쑤셔놔서 저런 거여. 빌어먹을! 하여간에 저 소리가 삼신할망 찾는 애원성으로 돌변하면 난리여, 난리.

큰무당　삼신할망 찾는 소리가 마을의 제일 큰 금기로 되어 있는데 저 겁쟁이들이 감히 입 밖에 내겠소? 제 자식들이 인질로 붙잡혀 있는 터에.

두역신　그래도 모른다. 저것들이 언제 금기를 깨뜨릴지! 무슨 방책을 강구해야겠다. 울끈불끈 불평불만, 우글부글 앓는 소리, 가뭇없이 없애려면 무슨 묘수 없겠느냐?

큰무당　(고개 갸우뚱하면서) 무슨 묘수 없을까? 뾰족수 납작수, 좋은 수 나쁜 수, 권모술수 없을까. 아이고, 어째 벌써부터 골치 속이 우중충.

두역신　요 대가리 쇠대가리, 골이라곤 콩알만큼, 소갈머리 눈물만큼, 안속을 후벼낸 뒤웅박 대가리냐, 마른걸레 쥐어짜듯 힘껏 쥐어짜봐!

큰무당　(제 손으로 제 머리를 비틀며) 아이구, 골치야, 하도 아파 눈물이 짤끔!

두역신　(다급하게) 그 눈물 냉큼 받아라. 무엇이냐, 묘수가? 화투질 말고 다른 것 말이다.

큰무당　화투질 말고 다른 놀이, 쩔떠쿵쩔떠쿵, 이불귀 달싹달싹, 찰떡방아 어떠하요?

두역신　요런, 음탕하기가 제미 붙을 자식!

큰무당　그러면 이 방법은 어떠하요? 통행금지 긴긴 밤, 한 허리 잘 쑥 토막내어 원상복귀시켜주면 어떠하요?

두역신　(장죽으로 머리 치며) 원상복귀? 너 미쳤냐? 누굴 죽일라고 누구 좋으라고 밤을 줄여? 밤이 줄면 우리 명도 줄어드는 거여! 어떤 미친 도깨비가 새벽닭 소리 재촉할까. 뭉게뭉게 어둠 먹고 칠흑 같은 밤똥 싸는 이 두역신 신분 체질을 너 벌써 잊었더냐.

큰무당　에이구, 그렇구만요.

두역신　안되겠다. 저것들을 꽉 잡아봐야지. 이럴 때 써먹을 비방이 있다. 각설이패를 돌림병 보균자로 선전하고 방역법을 선포하라!

큰무당　그렇잖아도 아이들마다 병들어 있는 터에 또 돌림병이 돈다 하면 민심이 크게 뒤숭숭해지지 않겠소? "안정, 안정" 하면서 불안을 조성하겠다니 상전님 말씀에 어폐가 있는 것 같소.

두역신　모르는 소리! 불안을 조성하면서 안정을 주장하는 것이 통치의 요체여.

큰무당　알겠소.

두역신　방역법을 선포한다! 북방에서 괴질병 병대가 쳐들어온다! 재비야, 쳐라, 쿵! 일도양단 전가보도 보기 좋게 내리쳐라! 큰 덩어리 부화뇌동, 단칼에 둘로 내라! 토막내라 사분오열, 낱낱

이 개개인 점점이 잘게 썰라! 오가작통으로 묶어라! 서로서로
를 감시하라!

큰무당 괴질병 병대가 쳐들어온다! 방역법을 선포한다! 개개인을
격리하라! 돌림병이야 돌림병, 사람 접촉 피하라! 돌림병이야
돌림병, 풍비박산 콩 튀듯이 뿔뿔이 흩어지라! 집집마다 가시
울타리 둘러치고, 옻나무 피하듯이 일가친척 멀리하고 똥 묻은
개 흘겨보듯 이웃을 멀리하라!

두역신 괴질병 퍼뜨리는 각설이패 잡아라!

큰무당 각설이패를 잡아라!

　　　(둘이 어울려 잠깐 춤을 추고 퇴장)

　　　(촌민 1, 촌민 2 등장)

촌민 1 어허, 큰무당 새끼무당, 급살 맞을 잡것들이, 괴질병 발병
했다, 바깥출입하지 마라, 허위사실 조작하고 이간질 자행하
니, 민심은 바야흐로 뒤숭숭.

촌민 2 어허, 백성님네, 우리 신세 가련쿠나. 돌림병은 없어도 방
역법 활개 치고, 정든 벗 있어도 문밖출입 못하겠네. 집집마다
외딴집, 산이 막혀 못 가겠네. 사람마다 외딴섬, 물이 막혀 못
가겠네. 감옥소가 어디냐고 사람들아 묻지 마라. 그대 자신이
감옥소요, 감옥소가 그대 자신이오.

촌민 1 어찌할까 어찌할까. 갈기갈기 찢어진 넝마 같은 촌민 백성,
우리가 바늘 되어 오색당사 실을 꿰어 곱디곱게 기워보세. 우
리 몸이 나룻배 되어 이섬 저섬 다녀보자.

촌민 2 (동냥자루에서 종이비행기를 꺼내 관객석으로 날리며 ── 종이비

행기에 쓰인 구호는 생략) 물이 막힌 외딴섬에 우리 노래 물 넘어가라. 산이 막힌 외딴집에 우리 노래 산 넘어가라.

촌민 1 벽이 막힌 감옥소에 우리 노래 스며들라. 노래야 산 넘어가라. 노래야 물 넘어가라.

촌민 2 탄식하라 탄식하라, 한맺힌 탄식 소리, 생소금으로 절인 듯이 쓰라린 앙가슴, 열두 간장 썩은 물이 눈으로 솟아난다. 말이 문 가슴이냐, 소가 찌른 가슴이냐. 아이고 애통해라, 아이고 절통해라. 절망하라 절망하라, 밑바닥 절망까지. 까물까물 깍지 불아 자작자작 잦아들라. 큰 절망이 오히려 큰 힘을 낳느니, 어허, 열두 간장 태우며 불길이 치솟네. 어허, 잘도 탄다. 월렁월렁 타는 가슴, 탄식바람에 잘도 탄다. 장탄식 큰 바람아, 태풍 되어 몰아치라. 장탄식 큰 바람아, 태풍 되어 몰아치라.

　　(두역신, 큰무당 등장)

두역신 이리 오너라. (큰무당 얼른 장죽에다 담배를 담아 올린다.) 이놈아, 여태 각설이패를 못 잡았다니 도대체 어찌된 셈판이여, 엉?

큰무당 고것들 꽁무니 바싹 쫓았으니 덜미치기는 금방이오. 요 근처에서 쇠똥에 찍힌 각설이 발자국을 채집했소.

두역신 (귀를 기울이다가 장죽으로 큰무당의 머리를 치며) 저 소리 들어 봐라! 탄식 소리가 점점 커져가고 있지 않느냐. 이런 주리 틀 놈!

큰무당 에쿠데쿠, 골통이야.

두역신 대관절 저것들이 뭐라고 씨부렁거리는 소리냐?

큰무당 (귀 기울이다가) "한밤, 오랜 밤, 긴 밤, 더딘 밤, 이 밤이 언
제 샐꼬."

두역신 주제에 꼴값들 하고 자빠졌네.

큰무당 "여보게 여보게, 너무 상심하지 말게. 이 밤중 장닭 하나 활
개 치고 우는 소리, 들은 사람 많다 하오"하고 자빠졌네요.

두역신 뭣이? 초저녁에 닭이 울어? 참말로 미치고 환장하겠네.

큰무당 상전님아 상전님아, 너무 상심하지 맙서. 백지무근 뜬소문,
허무맹랑 낭설 소문, 병풍에 그린 닭이 활개 치고 울었거나 털
뽑힌 삶은 통닭 억울해서 울었겠죠. 닭아 닭아 울지 마라, 흰
싸래기 받아줄게.

두역신 이놈아, 타령하고 있을 때가 아니여. 어서 각설이패를 잡아
들여라.

（둘이 급히 퇴장하면, 촌민 1, 촌민 2가 등장)

촌민 1 등장 가세 송사 가세, 할마님께 등장 가세. 어허, 이대로는
못 살어 할마님을 찾아가자. 대백지에 소장 쓰고 대성통곡 소
리치며, 이대로는 못 살어 할마님께 등장 가자.

촌민 2 더디 오네, 더디 오네. 산이 막혀 못 오시나, 물이 막혀 못
오시나. 아이고 할마님아, 이 밤중에 당신 자손, 길가에 나앉아
비새같이 울고 있소. 어서 옵서, 어서 옵서. 마른 구름도 넘어
옵서, 젖은 구름도 넘어옵서. 안개길도 헤쳐옵서. 바람산도 넘
어옵서. 그믐밤 가시밭길 훠얼훨 헤쳐옵서. 활대같이 굽은 길
에 살대같이 달려옵서.

촌민 1 어서 옵서, 어서 옵서. 이 밤중에 당신 자손, 길가에 나앉아

비새같이 울고 있소.

촌민 2　쉿! 놈들이 바싹 뒤쫓아왔다! 숨자!

　　　(촌민 1, 촌민 2가 황급히 서로 다른 방향으로 달려 관객 속에 숨는
　　　다. 이어서 두역신과 큰무당이 등장)

두역신　(귀를 기울이다가) 저게 뭔 소리여? 곡소리 아녀? (아까보다
　　　크게 연타하는 북소리) 이놈아, 대관절 어찌된 일이여? 저게 누
　　　가 죽은 곡성이냐?

큰무당　에이구, 큰일 났네. 탄식 소리가 어느새 벼락같이 통곡 소
　　　리로 변했네. 울어 울어 밤새 울어 한강수 만들려나, 우리보고
　　　빠져 죽으라고!

두역신　대관절 누구 죽은 곡성이냐니깐!

큰무당　에이구, 저것들이 비녀 빼어 머리 풀고 상투 풀어 산발하고
　　　죽은 에미 젖 달라고 방성대곡 아우성이오. 에이구, 나 죽네.

두역신　죽은 에미 젖 달라고? 죽은 에미라니! 죽은 삼신할망 말이
　　　여? 에이쿠, 올 것이 오고 말았구나! 저것이 바로 애원성이란
　　　거여!

큰무당　에이구, 애원성!

　　　(이때 관객석에서 엎치락뒤치락 격투가 벌어지고 곧 관객 3에 의
　　　해 촌민 1이 붙잡힌 몸이 되어 마당 안으로 내처진다.)

관객 3　각설이 한 놈 잡았소.

　　　(촌민 1, 뒷짐 결박된 시늉으로 비틀거린다.)

큰무당　이게 웬 떡이여! 아유, 살았네. 자알했다. 상금은 이따 줄
　　　테니까 나머지 놈도 마저 잡아라.

(관객 3, 꾸벅 절하고 자리에 앉는다.)

큰무당 (칼을 빼들고 다가가서) 이 새끼를 어떻게 다듬어 먹을까? 회 쳐 먹을까, 구워 먹을까, 삶아 먹을까? (촌민 1의 머리칼을 한 손으로 움켜쥐고) 네놈이 민간에 괴질을 퍼뜨려 혹세무민했으니 천번을 죽이랴, 만번을 죽이랴. (갑자기 머리칼 쥐었던 손을 빼어 손등을 벅벅 긁는다.) 아이구, 가려워! 가려워 죽겠네. 이놈한테 옴 올랐나?

두역신 그놈이 바로 돌림병 보균자여.

큰무당 (촌민 1의 머리칼 속을 들여다보며) 아이구, 머리가 왼통 이투성이여. 짚방석 북덕머리에 팥알같이 굵은 이들이 잔뜩 꾀었소.

두역신 그 이들이 바로 돌림병 병원체여. 어서 해치워라!

촌민 1 (가슴팍을 내밀며) 어서 죽여라! 네가 나를 죽인다고 아주 죽는 줄 아느냐? 몸은 비록 죽어도 내 원혼 살아남아 기어코 너희들을 파멸시키고 말리라!

큰무당 어라, 요 새끼가 사람 겁주네.

두역신 가만있자, 저놈 꾀가 약다. 죽어도 이차돈처럼 순교자로 죽겠다구? 어림없는 수작 마라. 큰무당아, 저놈을 어찌 죽여야 저놈 원혼이 살아 안 남겠느냐?

큰무당 원혼이고 뭐고, 저놈이 죽어도 살아남는 게 있다면 저놈 몸에 들끓는 이밖에 더 있겠소?

두역신 옳지, 바로 그거여. 저놈이 죽으면 그 물것들이 식은 몸을 떠나 스멀스멀 다른 체온을 찾아가 괴질병을 퍼뜨릴 것이다. 저놈을 당장 가마솥에 넣어 푹 삶아 죽이렷다.

큰무당 야들아! 불령분자 각설이놈 찜 쪄 먹게 열말들이 가마솥을 얹고 마른 장작 열바리 들여라!

촌민 1 살아옵서 살아옵서, 어진 할마님 살아옵서. 자던 아기 일어 나듯 우끗우끗 살아옵서. 불탄 잔디 속잎 나듯 파릇파릇 살아 옵서. 마른 구름도 넘어옵서. 젖은 구름도 넘어옵서.

큰무당 (촌민 1을 모질게 떠밀며) 이 새끼가 어디서 주문을 외워? (촌민 1을 통 있는 데로 밀고 가, 통을 세우고 그 속에 집어넣는다. 통 밑에다 불 때는 시늉을 하며) 어따, 불 잘 탄다. 찜 쪄 먹세, 찜 쪄 먹세, 불령분자 찜 쪄 먹세.

     (이때 북소리가 커지며 재비들이 외치는 소리, "죽이지 말라!" "죽 이지 말라!")

두역신 이크, 저 소리! 죽여서는 아무래도 탈 나겠다. 물이 끓었냐?

큰무당 아직 덜 끓었소. 아유, 그 새끼, 땟국이 오라지게 나오네.

두역신 좋은 수가 있다. 저놈을 순교자가 아니라 배신자로 만들 자! 이왕 뎁혀논 물이니, 아주 죽이진 말고 살짝 데쳐서 후줄근 해지거든 꺼내라.

큰무당 그럼 목욕을 시키란 말씀이오?

두역신 아니, 와싹 뜨겁게 해서 시금치 데치듯 하란 말이야. 목욕 이 아니라 세뇌여, 세뇌!

큰무당 와싹 뜨겁게, 알겠소.

     (둘이 어울려 통 주위를 돌며 춤을 춘다.)

두역신 살갗이 홀러덩 벗겨지게, 와싹 뜨겁게.

큰무당 이는 죽어도 사람은 죽지 않게, 와싹 뜨겁게.

두역신   아슬아슬 생사경각, 와싹 뜨겁게.

큰무당   저놈 머리빡에 돌연변이가 일어나게, 와싹 뜨겁게.

두역신   저놈 머리통에 든 황구렁이가 혼쭐이 나서 도망가게, 와싹
　　　　뜨겁게.

큰무당   그만하면 세뇌된 것 같소.

두역신   건져내라.

　　　　(통 밖으로 나온 촌민 1, 인사불성으로 몹시 비틀거린다.)

큰무당   (주문 외듯) 칼같이 먹은 마음 물같이 풀어버리라.

촌민 1   (눈을 공허하게 뜨고) 저, 저, 이 천지에…… 절대적인……
　　　　암흑은 절대적으로 없다.

큰무당   이 새끼 봐라! 야, 야, 그게 아니여. 어두우면 어떻고, 또 날
　　　　이 밝으면 뭣하나? 낮과 밤을 차별 마라. 자, 이렇게, (준엄하게)
　　　　이 천지에 절대적인 빛은 절대적으로 없다!

촌민 1   저, 저, 저, 에, 에, 이 천지에…… 절대적인…… 암흑은 절
　　　　대적으로 없다.

　　　　(촌민 1, 큰 북소리와 함께 푹 쓰러진다.)

큰무당   이런, 빌어먹을! 죽어버렸네.

재비들   (북, 징, 장구를 크게 치며) 죽었다, 죽었다, 우리 장두 죽었
　　　　다! (풍물이 요란하게 울리는 가운데 촌민 2, 구군복 차림으로 한 손
　　　　에 식칼, 한 손에 요령을 들고 관객석에서 벌떡 일어난다.)

촌민 2   때가 왔다! 촌민들아, 모두들 자리 차고 일어나라! 두 주먹
　　　　불끈 쥐고, 가자! 달려가자, 저 밤의 장막을 찢으러! 가자! 함성
　　　　을 올려라! 와아 ─ (관객들이 뒤따라 함성을 지른다.) 악귀야 악

신 물러가라! 이 칼은 사람 잡는 칼이 아니고 귀신 잡는 칼이
다. 악귀야 악신 물러가라! 너른 마당에 번개 치듯, 좁은 마당
에 벼락 치듯 달려들어 몰아치자!

큰무당　(당황하여 사방을 두리번거리며) 야, 이놈들아! 뭣들 하느냐,
빨리 활을 당겨라! 빨리, 빨리!

　　　(풍물 소리, 함성이 요란한 가운데 촌민 2가 마당으로 뛰어들어 넋
살림 노래를 부르면, 관객이 따라 부르고 그런 가운데 죽은 자들 ──
삼신, 촌민 1, 촌민 3 ── 이 되살아나 장단에 맞춰 주춤주춤 일어나고,
반대로 두역신과 큰무당은 차츰차츰 오므라든다.)

촌민 2　살아옵서 살아옵서, 죽은 넋 살아옵서. 자던 아기 일어나듯
우꿋우꿋 살아옵서. 불탄 잔디 속잎 나듯 파릇파릇 살아옵서.
마른 구름도 넘어옵서, 젖은 구름도 넘어옵서. 바람산도 넘어
옵서, 안개길도 헤쳐옵서. 그믐밤 가시밭길 휘얼휠 헤쳐옵서.
활대같이 굽은 길로 살대같이 달려옵서. 엇쉬, 악귀야 악신 물
러가라. 너른 마당에 번개 치듯 좁은 마당에 벼락 치듯 바싹 달
려들어 와장창 몰아치자. 와 ── 할마님이 살아오신다. 어둠을
불살라 먹고 붉은 해가 솟아오른다. 저 검은 무리들의 마지막
숨통을 죄라.

　　　(촌민 1, 촌민 2, 촌민 3이 격렬한 전투적 동작으로 큰무당에게 접
근, 두역신 가랑이 속으로 기어드는 큰무당을 잡아채 결박하고 마당
가운데 내동댕이친다.)

재비들, 관객들　만세! 만세!

　　　(풍물 소리, 함성이 요란한 가운데 삼신이 통 위로 오른다. 삼신이

좌정하면 풍물 소리가 뚝 끊긴다.)

두역신 (주저앉았던 자리에서 털털 먼지 털고 일어나며) 에익, 빌어먹을! 망했네. (삼신을 향해) 이년아, 어디 두고 보자! 오늘은 내가 어쩌다 졌지만, 기어코 설욕하고 말 테다. (침을 퉤 뱉으며 퇴장하려고 한다.)

삼신 이놈, 게 섰거라!

두역신 이년아, 연극이 다 끝난 마당에 부르긴 왜 불러?

삼신 이놈아, 내 자손들 얼굴에 마마병 옮겨 그슬린 숯등걸 만들어놓고 가긴 어딜 가! 저 몹쓸 병을 썩 거둬가라!

두역신 흥, 누가 좋으라고? 못하겠다, 왜? (다시 퇴장하려고 하다가) 아이구 배야, 아이구 배야. 이게 웬 변괴여? 배가 갑자기 북통만 해졌으니! 아이구 배야, 배가 불러 못 걷겠네.

삼신 내가 시방 네놈 배 속에다 아이를 잉태시켜 놓았다. 허어, 꼴좋다. 수컷이 애 뱄네.

두역신 (몹시 당황하여) 이런 개망신이 있나. 내가 애를 배다니! 아이쿠, 배가 점점 불러오네.

삼신 이제 곧 남산만큼 불러올 것이다.

두역신 (부푼 배를 지탱 못해 뒤로 발랑 자빠지며) 아이구 배야, 아이구 배야. 삼신님, 과연 잘못했소. 아이들 얼굴에 좌정한 마마병 병졸들을 죄다 부를 테니, 제발 이 배 좀 꺼주시오. 야들아, 병졸들아, 모기야, 각다귀야, 어서 이리 날아오너라.

(두역신, 그제야 배가 꺼져 비슬비슬 일어난다.)

삼신 건방진 놈, 그만하면 하늘 높고 땅 낮은 줄 알겠느냐?

두역신 알겠소.

삼신 어서 네 무리들을 거느리고 썩 물러가라! 꽁무니에 불 달고 두 귀에 방울 달고 왈강달강 어서 바삐 물러가라!

(두역신 쫓기듯 퇴장. 큰무당은 스스로 바닥에 고꾸라진다.)

촌민들, 재비들, 관객들 만세! 우리 삼신할마님 만세!

삼신 불쌍한 내 자손, 내 백성들아. 참으로 장하고 장하구나! 죽음을 무릅쓰고 일어난 그 용기, 그 용기가 아니었더라면 내가 어찌 살아오겠느냐. 오호, 기쁘다, 내 자손들아. 너희들을 다시 내 품 안에 안으니 너무 기뻐 눈물이 비 오듯 하는구나! 그동안 시도 때도 없이 달력에도 없는 기나긴 밤을 만나 오죽이나 고달팠겠느냐. 못 먹고 헐벗어 바늘같이 야윈 몸에 황소 같은 짐을 지고 죽을 둥 살 둥 그 얼마나 고생하였느냐. 이제 대명천지 밝은 세상을 회복하였으니, 눈물을 거두거라. 이제 너희들도 크게 깨달은 바가 있을 것이다. 이 할망의 거처가 이 당산봉이 아니라는 것을. 내 거처는 따로 있지 않고 바로 너희들 마음속, 꿈속에 있다는 것을. 너희들이 나를 생각하면 나는 존재하지만, 너희들이 나를 잊으면 나는 더이상 존재하지 않느니라. 항시 나를 염두에 두어야 한다. 두역신 검은 무리는 결코 마을 밖에서 침해해 들어오는 외방귀신이 아니다. 그 무리들 역시 너희 내부에 존재하느니라. 세상이 대명천지가 분명하다고 쥐구멍까지 햇빛 들지는 않는 법, 저 검은 무리가 쥐구멍, 방고래, 장독 밑굽 같은 음습한 곳에 숨어 있다가 너희들이 경계를 한만히 할 제 다시 나타나는 것이다. 명심하거라. 나는 너희들을 수호하고, 너희들 또한 나를 수호해야 함을!

촌민들, 재비들, 관객들 예, 명심하겠습니다.

촌민 2 (관객을 향해) 어허, 오늘같이 기쁜 날, 아니 놀지는 못할 것
이니, 모두들 한번 거들거리고 놀아봅시다. 처라, 쿵!

　　어지나 어진 우리 할마님, 구름 속에 싸여 왔나, 가랑비에 묻
어 왔나. 칠년 가뭄에 비 만났네, 구년 장마에 해 솟았네. 설한
풍 녹이고 동남풍이 터졌네. 얼싸 좋네, 온갖 초목 춤춘다. 얼쑤!

　　(재비들, 관객 일부도 어울려 함께 군무)

제주도적인 역사적 삶의 조감도
── 현기영의 작품 세계

임규찬

1

소설가 '현기영' 하면 아마 '제주도, 4·3의 작가'라는 말이 가장 먼저 떠오를 것이다. 현기영은 실제로 제주도 출신으로서 1975년 『동아일보』 신춘문예로 등단한 이후 지금까지 제주도, 특히 1948년에 일어난 4·3사건의 문학적 형상화에 집중해왔다. 그 노정은 작가가 펼쳐 놓은 세 권의 작품집 『순이 삼촌』(1979), 『아스팔트』(1986), 『마지막 테우리』(1994)에서 돌올하게 드러난다. 『순이 삼촌』 속의 「순이 삼촌」 「도령마루의 까마귀」 「해룡 이야기」, 『아스팔트』 속의 「잃어버린 시절」 「길」 「아스팔트」, 『마지막 테우리』 속의 「마지막 테우리」 「거룩한 생애」 「목마른 신들」 「쇠와 살」 등의 면면을 보라. 더군다나 세 작품집이 1970년, 1980년, 1990년대라는 시대적

흐름과 함께함으로써 자연스럽게 현기영의 문학세계는 '제주도, 4·3'을 중심으로, 어떻게 시대별로 변화해왔을까가 궁금하다. 물론 현기영은 이상의 중단편 말고도 네권의 장편소설을 출간했다. 그러나 장편소설 역시 대개 중단편 중심의 해석에 부가된다. 이를테면 방성칠란(1898)과 이재수란(1901)을 다룬『변방에 우짖는 새』(1983)와 1932년의 잠녀항일투쟁을 소재로 한『바람 타는 섬』(1989)은 본격적인 4·3문학과 제주도를 위한 전사(前史) 격의 작품이라는 식이다. 그만큼 현기영의 소설은 4·3문학의 시발지로서 역사화되었으며, 작가는 이후에도 계속 이 문제에 집중함으로써 4·3문학 전체를 대변하는 대명사로서 명성을 누려 왔다.

그런데 현기영의 사십년간 작품 활동 가운데 4·3사건에 대한 소설화는 3분의 1 정도이다. 나머지는 4·3 이외의 이야기인데도 현기영의 소설을 언급하자면 으레 4·3사건을 맨 처음 떠올릴 만큼 현기영과 4·3 이야기는 한덩어리이다. 이것은 곧 4·3문학 전반을 놓고 볼 때 현기영이 가장 독보적이었으며, 또한 작가 자신에게도 4·3문학이 고갱이이자 기반임을 말해주는 것이다. 여기에는 1978년에 발표한 중편소설「순이 삼촌」이 자침(磁針)이다. 그냥 현기영이 아니라 '「순이 삼촌」의 현기영'이라 할 정도로「순이 삼촌」은 획기적이다. 발표 당시부터 큰 화제와 충격을 불러일으켰지만 시대가 흘러가도 이 점은 달라지지 않았다.「순이 삼촌」이후에 작가 자신을 포함해서 많은 작가들이 4·3을 형상화했고, 주목할 만한 작품 또한 내놓았지만 딱히「순이 삼촌」과 견줄 작품이 쉬 내세워지지 않는다. 적어도『마지막 테우리』속의「마지막 테우리」「쇠와 살」등의 몇몇 작품, 그리고 장편 『지상에 숟가락 하나』(1999)가 나오기 전까지는 그러했다. 첫 작품집에서 「순이 삼촌」은 확실히 한라산처럼 우뚝하다. 또한 여타 작품을 두루 거두면서도 새로운 서사의 모태가 되는 설문대할망같이 듬직한 작품이다.

일반적으로 현기영 문학의 출발이나 4·3문학을 이야기할 때 등단작 「아버지」 대신 「순이 삼촌」을 앞세운다. 그런데 사실 「아버지」도 4·3사건의 와중에서 심리적 갈등을 겪는 소년이 주인공이다. 현기영의 문학 세계에서 마주하는 첫번째 관문은 「아버지」에서 「순이 삼촌」에 이르는 짧지만 복잡한 문학의 길을 어떻게 이해하느냐에 있다. 과작의 작가로 잘 알려진 현기영의 문학 인생에서, 짧은 시기인데도 가장 많은 작품을 발표한 때가 이 시기이다. 또한 4·3 이외의 이야기가 주류를 이룬 것도 이때이다. 비교적 일찍부터 문학에 깊은 관심을 가져왔던 작가의 학창 시절 등을 감안하면 서른다섯의 늦깎이 등단을 참작할 필요가 있다. 아마도 이 시기에 습작기에 써놓은 작품들을 일시에 많이 발표했을 것으로 짐작된다. 발표된 작품을 시간순으로 놓고 보면 현기영은 초기에 다양한 사회적 삶과 예술적 실험에 관심을 보이다가 곧바로 4·3사건과 제주도를 파고들면서 일반적인 작가의 길과는 반대로 고집스런 외곬의 벽(癖)을 향해 나아갔다.

「아버지」에서 「순이 삼촌」 이전까지 작품의 전반적 특징은 인간의 황폐한 내면의식을 파헤친 심리소설 경향이었다. 물론 당대의 사회 현실을 비판하고, 소시민의식을 반성하는 작품들과 물신에 사로잡힌 군상들을 형상화한 풍자소설 유형도 보인다. 또한 교직생활에서 얻은 체험적 소재들을 작품화하기도 하였다. 가령 「아버지」는 4·3사건을 겪은 어린 소년의 개인적 심리에 초점을 맞추고 있어 사건이 주관적으로 파편화되어 있다. 두편의 소품으로 이루어진 「초혼굿」은 모두 자살 이야기이다. 군인과 교사가 스스로 목숨을 끊기까지 이들이 벌이는 심리적 사투가 핵심인데 정작 자살로 내모는 불안감의 정체는 모호하다. 그것은 알 수 없는 공포에 가깝다. 그외에 낙태에 대한 공포와 자책감에 시달리는 「꽃샘바람」, 불면증과 실어증을 앓는 「플라타너스 시민」, 피해의식과 소외감에 시달리는 「겨울 앞에서」, 그리고 군대의 폭력성과 권력의 폭력성 등 정체를 알 수 없는 무차별적 폭력 앞에 피해의식으로 괴로워하는 「아리랑」과 「심야의 메모」 등 모두 공포에 떠는 인물의 내면세계와 심리현상에 골몰한다.

현기영의 초기 소설에서는 이처럼 등장인물들이 모두 정신적외상이나 피해의식에 붙들려 있다. 그런데 신기하게도 이들 작품에서 파편화된 형태로 산재할 때에는 불투명하던 세계가 「순이 삼촌」과 긴밀히 연관됨으로써 이들 작품의 배후가 눈에 잡힌다. 예술적 성취에서는 전반적으로 미진한 감이 있지만, 결국 초기 작품을 지배하는 문제의식은 제주도에서 벌어진 엄청난 사건으로 제주도민이 겪어야 했던 정신적 상처에 대한 조명이라는 것을 알 수 있다.

이렇게 보면 파편화되고 분열된 심리의 표출은 4·3사건에 대한 직접적 형상화를 요청하고 있는 셈이다. 작가가 「순이 삼촌」의 길로 나서지 않을 수 없는 내적 필연성이 여기에 있다. 그런 점에서 작가 자신도 주저하며 주변만을 맴돌다 드디어 중심 소용돌이로 파고든 용기의 산물이 「순이 삼촌」이다. 처음엔 사적 기억을 사회화하는 과정이 두드러졌지만, 이내 집단적 기억을 전형화하는 과정을 통해 작가 자신도 더불어 성장하는 민중적 삶의 역사를 실천한 것이다.

2

1948년 제주도에서 벌어진 4·3사건은 공식 역사에서 오랫동안 '공산폭동'으로 왜곡되었다. 엄청난 희생자를 양산하고 긴 세월을 이어오던 섬 공동체를 일거에 파괴시킨 4·3사건의 진실은 반공 이데올로기로 철저하게 은폐되어왔을 뿐만 아니라 도리어 사건 이후 제주도는 '붉은 섬'으로 낙인찍혀 레드콤플렉스에 시달려야 했다. 제주도 사람들에게 4·3사건은 "수많은 사람들의 떼죽음과 행방불명, 되새기고 싶지 않은 온갖 고통과 오욕의 체험, 사건 종결 후에도 따라다닌 정치적 핍박과 소외, 그로부터 입게 된 크나큰 심리적 상처"(김영범「기억 투쟁으로서의 4·3문화운동 서설」)였다.

따라서 「순이 삼촌」이 발표될 당시만 해도 4·3사건은 논의 자체가 금기시되었다. 4·3사건과 관련해서는 피해자들의 어떠한 신세한탄도 공개적으로 허용되지 않았다. 그나마 사람들은 제사나 굿마당에서 4·3사건을 이야기하고 울음을 터뜨릴 수 있었다. 이렇게 구전되던 4·3의 이야기를 기록으로 전환시킨 최초의 소설이 바로 「순이 삼촌」이다. 문학에서만이 아니라 공식화된 문헌으로서도 최초였다.

「순이 삼촌」의 변함없는 기본 가치는 역사적 진실 복원의 첫 시발점이라는 데 있다. 현실이 문학을 비롯한 모든 예술행위를 압도하는 경우가 있다. 우리의 현대사도 그러했다. 우리의 현대문학이 수행해온 가장 큰 기능의 하나가 실제 역사가 하지 못하는 일을 대신하는, 대체역사의 역할이었다. 이 점에서 「순이 삼촌」은 꽤 모범적인 사례라 할 수 있다. 2003년 제주 MBC에서 제작한 다큐멘터리 제목이 '순이 삼촌, 그리고 4·3 진상보고서'였던 것에서 알 수 있듯이 「순이 삼촌」은 4·3 그 자체였다고 해도 과언이 아니다. 작가적 실천에서 「순이 삼촌」이 갖는 중요성도 여기에 있다. 하지만 엄청난 금기를 깨뜨린 용기의 댓가로 작가 자신은 군기관에 끌려가 모진 고문을 당했고, 작품이 수록된 『순이 삼촌』은 판금조치되었다.

「순이 삼촌」을 정점으로 「도령마루의 까마귀」「해룡이야기」 등 초기 3부작은 4·3문학의 계보를 열었다는 점에서 중요한 의미를 지닐 뿐만 아니라 1970년대 분단소설의 영역을 확장시키고 그것의 현실적 의미를 공유하는 역사적 계기를 만들었다. 한결같이 4·3사건의 피해를 증언하는 데 주력하지만, 작가가 4·3사건의 비극성을 드러내는 방법은 두가지였다. 「도령마루의 까마귀」처럼 그때의 현장으로 거슬러올라가 피해자의 목소리로 사건 현장을 재구성하는 경우와, 「순이 삼촌」이나 「해룡이야기」처럼 4·3사건을 이미 종료된 과거의 역사가 아니라 피해자에게 지속적으로 고통을 가하는 현재적 사건으로 증언하는 경우이다. 이때 기억은 과거 자체라기보다 현재와의 관계 속에서 재구성되는 오늘의 전사(前史)이다. 그러므로 그것은 과거를 '되살리는 일'에서 그치는 것이 아니라 오늘을 과거로 '되돌리는 일'이기도 하다. 세 작품이 모두 여성을 피해자로 내세운 점도 의미심장하다. 거대한 폭력 앞에서 무방비로 속수무책 당할 수밖에 없는 여성과 제주도민을 동일시함으로써 여성 인물에게 가한 성폭력은 그 자체로 당대 폭력적 현실의 사실적 반영이자 제주도민들이 당한 온갖 수난에 대한 시대적 은유로 다가온다.

「순이 삼촌」이 이룩한 예술적 형상화의 뛰어난 면모도 일찍부터 주목받았다. 「순이 삼촌」은 제주도라는 섬 공동체를 강력히 환기하는 인물과 제목 '순이 삼촌'의 상징성부터 시작해서, '귀향'과 '제사'라는 모티프 장치를 적절히 동원하여 4·3 당시와 1970년대 당대의 시점을 연결시킨 탁월한 구성, 표준어와 사투리 등 다양한 언어와 맞물린 화법의 활용, 그리고 같은 사건을 여러 인물의 심리를 통해 바라보는 다중초점화의 구사 등 예술적으로도 다양한 문학적 수완을 잘 살려나간 수작이라는 것이 대체적인 평가였다.

그러나 무엇보다도 이 작품의 위대성은 소설의 근원적인 힘, 즉 인물형상의 성공에 있다. 우리 소설에서, 특히 중단편에서 '순이 삼촌'만큼 선명한 인물이 쉽게 떠오르는지, 한번 생각해 보라. '순이 삼촌'은 소용돌이 속에 있는 사람과 같다. 그런데 뜻밖에도 작품 속에서 4·3사건의 기억 앞에 가장 무기력하고 침묵에 가까운 형상을 보인 사람 역시 순이 삼촌이다. 묘한 역설이자 반전의 미학이 거기 숨어 있다. 「순이 삼촌」은 무엇보다 산문적인 확산 방식을 다양하게 활용하면서도 핵심에서 구현되는 시적 구심과 응집이 중요롭다. 마치 모네의 점묘화처럼 멀찌감치 물러서서 감상할 때에야 대상의 윤곽이 뚜렷이 다가오듯이 다양한 화자들이 펼치는 순이 삼촌에 관한 산문화도 마찬가지다. 순이 삼촌과 관련된 정보는 최소화되었지만 매우 상징적이고 강력하다.

소설의 배경인 제주 '북촌 너븐숭이'는 4·3 유적지 가운데 모슬포 대정의 '백조일손지묘'와 함께 가장 널리 알려져 있다. 작가의 고향인 노형리가 더 많은 희생자를 낳았음에도 작가가 굳이 북촌을 선택한 것은 한날한시에 양민 사백여명이 군인들에게 처참하게 살해된 집단 학살의 상징성 때문이다. 소개(疏開) 당시 도피한 남편 때문에 입산자 가족으로 분류되어 모진 고문 끝에 집단 학살의 현장으로 끌려갔던 순이 삼촌. 그녀는 군인들의 무차별 총격에 까무러쳐 시체더미에 깔려 있다가 기적적으로 살아나왔지만, 사태 때 남편과 남매를 잃은 커다란 상흔을 안고서 한평생 피해의식과 결벽증, 환청, 신경쇠약 등에 시달리며 살아왔다. 그런 그녀가 돌연 삼십년이 지난 시점에서 자신이 살아나왔던 그 '옴팡밭'의 시체더미 속으로 다시 자진해서 걸어들어가 목숨을 끊고 만다.

그리고 거기, 순이 삼촌이 만들어내는 시적 포에지, '슬픔'에 대한 최고도의 형상화가 오롯하다. 몽떼뉴는 "그녀는 슬픔에 젖어 화석(化石)이 되었노라"라는 오비디우스의 시구를 예로 들어 하나의 참변이 인간이 견뎌낼 수 있는 선을 넘는 충격을 주어 그저 멍하여 말문이 막히고 귀가 멀도록 넋이 나간 상태를 묘사한 것이라 하였다. 슬픔은 대개 눈물이나 하소연으로 마음의 구구절절을 드러내지만, 슬픔의 극한치는 온갖 한계를 초월함으로써 화석처럼 말을 한다는 사실이다. 순이 삼촌의 화석과도 같은 삶과 자살이 환기하는 바가 그러하다.

3

1986년에 간행된 두번째 작품집 『아스팔트』를 생각하자면 우리는 먼저 '불의 연대' 1980년대를 떠올리지 않을 수 없다. 그래서 문학의 시대적 성격으로 자연스럽게 '항쟁'이라는 말을 내세운다. 특히 과거의 역사적 소재를 다룬 작품일수록 당대 현실의 투사(投射)로서 항쟁의 역사를 즐겨 그려왔던 것이 1980년대 문학의 한 특징이었다. 제주도의 4·3사건도 그래서 '4·3항쟁'으로 불리기 시작했다. 그런데 현기영이 집요하게 추적했던 것은 항쟁의 비장함이나 숭고함이 아니라 무고한 죽음 그 자체였다. 이 점은 1980년대가 와도, 그 이후에도 기본적으로 변하지 않았다.

물론 수난의 현장을 생생하게 재현하여 사건의 폭력성과 참상을 고발했던 이전 시기 작품에 견줄 때 4·3사건을 향한 분노나 증언의 열정은 전보다 약화되었다. 그런 고발의 자리를 대신 채우고 있는 것은 뜻밖에도 화해와 용서이다. 이전 시기가 사태의 전체적인 양상과 그 결과로서 죽은 자를 위한 진혼의 서사였다면 1980년대 작품들은 사태의 보다 구체적이고 개인적인 양상과 그 결과로서 살아남은 자를 위한 위로의 서사라 할 것이다.

태어나자마자 죽을 고비를 겪으며 살아난 사대독자 소년 종수의 심난한 인생 초행길을 다룬 「잃어버린 시절」에서는 일제 말부터 4·3사건 때까지, 역사적으로 '제주'라는 공간이 처했던 특수한 국면을 보여준다. 수난자로서 개인의 삶을 조명하기보다 섬 공동체의 수난사가 개인의 삶에 어떤 영향을 미쳤는지에 관심을 기울인다. 그리하여 4·3사건은 한 소년의 성장에서 일종의 입사의식으로 그려진다. 그런 점에서 이 작품이 작가의 대표 장편『지상에 숟가락 하나』의 모태라 할 수 있다.

「아스팔트」에는 산사람들에게 끌려가 두달간 동굴생활을 해야 했던 주민들의 입산생활이 생생하다. 이전 4·3소설에서는 토벌대가 가해자였는데, 여기서는 산사람들이 가해자로 묘사되어 색다르다. 물론 작품 후반부에서는 토벌대의 만행까지 그리고 있어 산사람들과 토벌대 사이에 끼여서 이중으로 피해를 겪어야 했던 무고한 주민들을 향한 연민이 작품의 토대이다. 무엇보다 낙관적인 결말에 이 작품의 특징이 있다. 이전까지 현기영의 4·3소설이 사건의 비극성에 맞춰 작품의 분위기가 전체적으로 어두울 수밖에 없었던 것과 달리「아스팔트」는 가해자와 피해자 간의 화해를 엿보이며 마무리된다.「길」에서도 '뜨거운 분노' 대신 4·3사건의 상흔을 숙명처럼 안고 살아가는 이들의 정서가 애잔하다.

그런데「순이 삼촌」등의 작품에서 등장인물이 피해자 집단을 대표하는 전형성을 띠는 데 반해『아스팔트』에 수록된 4·3소설에서는 집단적이기보다는 개인적이고, 보편적이기보다는 특별한 차원의 양상에 관심을 기울인다. 피해의 현장도 은밀하고, 가해자를 향한 감정도 개인적 원한에 가까워서 해결책을 찾아가는 과정 역시 개인적이다. '빨갱이'보다는 낫겠지만 '피해자'라는 꼬리표에도 수동성의 그림자가 짙다. 살아남은 자들이 4·3사건을 기억하고는 마침내 '화해'를 소망하는 까닭은 '피해자'로서의 정체성을 넘어서 역사와 사회 앞에 능동적인 존재로 함께 서고자 하는 연대적

의지의 반영으로 보인다.

「잃어버린 시절」에서 서술의 초점을 재앙 자체에 두지 않고, 그 속에서 살아남는 소년의 성장에 둔 이유를 생각해보자. 소년으로 상징되는 봄의 순환적 생명력 덕분에 제주도는 아픈 역사를 안고 오늘로 이어질 수 있다. 이렇게 본다면 이 시기의 작품들에서 현기영이 지향하는 바는 결국 섬 공동체이다. 상처를 안고 살아가는 개인들이지만, 내막을 알고 보면 상처를 준 자나 받은 자나 결국 역사의 동일한 피해자라는 사실, 따라서 그들이 4·3사건의 상처를 극복하고 살아남는 길은 공동체 본연의 생명력을 회복하는 일임을 작가는 말하고자 했던 것이다.

4

세번째 작품집『마지막 테우리』에는 총 일곱편의 단편과 한편의 희곡이 실려 있다. 이 중에서 4·3사건과 관련된 작품은 「마지막 테우리」「거룩한 생애」「목마른 신들」「쇠와 살」「고향」 등 다섯편으로, 이전 작품집들에서보다 훨씬 비중이 커졌다. 무엇보다 4·3사건의 발발과 관련하여 민중항쟁의 측면까지 끌어안아 더욱 적극적이고 포괄적인 시선을 보여줌으로써 좀더 구조적인 맥락에서 4·3사건을 파악하려는 경향도 눈에 띈다.

우선『마지막 테우리』에는 제주도라는 특수한 공간이 빚어낸 특별한 인생사가 다양하게 펼쳐진다. 제주도의 삶을 상징하는 테우리, 심방, 해녀, 실향민의 기구한 삶과 함께 4·3사건에 관한 르뽀르

따주를 자연스럽게 마주한다. 한마디로『마지막 테우리』는 작가가 말하고자 하는 제주도적인 역사적 삶의 조감도이다. 역사에 대한 이해나 인물 형상에서 한결 넓어지고 깊어진『마지막 테우리』는 우리가 자랑할 만한, 가장 완성도와 집중도가 높은 작품집 가운데 하나일 것이다.

간결하고 서정적이며 생동감 있는 문체로 4·3사건의 피해자로서 살아온 삶을 곡진하게 그린「마지막 테우리」는 작가의 깊어진 세계관을 바탕으로 한 한라산의 풍광 묘사가 빛을 발한다. 시적 울림이 있는 문장 안에서 마치 땅속 깊이 꾹꾹 쟁여놓은 회한이 아스라이 번지는 듯한 문체의 힘은 마치 뛰어난 예술이 자연이듯이 물상이 살아 움직이는 것 같다. 그뿐만 아니라 노인의 관점으로 제시되는 인생의 성찰도 눈부시다. 현기영의 다른 4·3소설의 주인공처럼 노인도 폭도와 토벌대 사이에서 애매한 이중의 피해자가 되고 만 경우이다. 다른 작품의 주인공과 구별되는 점은 노인이 피해자이면서 동시에 가해자이기도 하다는 것이다. 일가족의 생명을 본의 아니게 토벌대의 손에 내주면서 마주하게 된 비극적인 모습은 노인에게 평생의 한으로 응어리져 있다. 살아남은 자로서 자신에게 남겨진 인생을 고해의 시간으로 승화시킨 생명의 대지적 발현이 여기에 있다. 괴테의 말대로 밖에서만 움직인다면 신이 무엇이겠는가? 세계를 내부로부터 움직여야 진짜 신이다. 자연을 자신의 내부에 깃들게 하고 자연 속에서 생동하는 존재가 일체를 이루면서, 노인과 소떼와 4·3은 비로소 하나가 된다. 구상화된 진리가 아니라 무언의 빛과 같은 지혜가 바람 소리처럼 소설 전편을 휘감는다.

「거룩한 생애」의 '간난이'는 잠수질로 생계를 꾸려가는, 제주도 어디에서나 보게 되는 여인네의 표상이다. 평범한 여인이 역사의 격랑에 휩쓸려 기구한 운명을 살 수밖에 없던 삶을 형상화하면서, 작가는 간난이의 생애에 '거룩한'이라는 말을 헌사했다. 정작 간난이의 삶을 수난으로 점철시킨 것은 개인이나 가족 간의 갈등이 아니다. 가난한 해녀 출신의 간난이가 명망가 집안에서 겪는 신분상의 갈등이나 고부간의 대립은 그녀의 적극적이고 성실한 성정과 특유의 생명력으로 모두 극복된다. 문제는 간난이의 생명력으로 일궈놓은 단란한 가족공동체가 4·3사건의 참화를 겪으며 맥없이 깨지고 사라졌다는 사실이다. 간난이의 삶으로 상징되는 섬 공동체, 그리고 그것을 관류하는 토박이 정신과 성정이 마음을 적신다. 작가는 미화하는 방법이 아니라 심화하는 방법으로 평범한 인물들에게서 특별한 영혼을 추출해냈다. 일대기의 장편적 성격을 짧은 단편적 서사로 증류하고, 평범함 속에 깃든 비범함을 서사화하는 작가의 능력이 장엄하다.

가장 비소설적인 요소들로 짜인 조각보와 같은 소설이지만, 어떤 소설보다 미학적 위력이 대단한, 역시 작은 것들로 큰 것을 만드는 「쉬와 살」도 특별하다. 이 작품은 마치 현기영의 취재수첩과도 같다. 4·3사건의 참상을 고발한 스물세개의 장면들은 우화나 부조리극의 일면처럼 그려지기도 하고, 소름 끼치게 사실적인 장면으로 재현되기도 하고, 촌철살인 같은 단평으로 내달리기도 한다. 니체는 '조감도(鳥瞰圖)'라는 말 그대로의 묘미를 살려 "개울물이 여러 방향에서 모여들어 맹렬한 기세로 깊은 계곡을 향해 돌진

한다. 그것을 확실하게 파악할 수 있는 위치는 새가 날아오르는 그 높이뿐이다"라고 하면서, 이것이야말로 "예술의 임의적인 성격이 아니라 확실하고도 유일한 가능성"이라고 했다. 「쇠와 살」은 제주도 하늘을 나는 매의 눈에 포착된 스냅사진처럼, 복잡하게 펼쳐지는 현상을 조감하는 본질적인 어떤 높이, 그런 시선이 매혹적이다. 현기영에게 아름다움이란 확실히 진실이다.

『마지막 테우리』에 수록된 4·3 관련 작품에서 주인공은 대개 죽음의 문제를 직접적으로 체감하는 노인들이다. 그래서 역사가 만든 죽음을 자연이 주는 죽음으로 극복하려는 혜안이 도처에 숨 쉰다. 우리는 이제 『마지막 테우리』에서 '노경(老境)'이라는 말을 손에 쥔다. '늙는다〔老〕'는 말은 인생의 쇠락과 퇴조를 지시하는 동시에, 인생의 성숙과 완성을 말해주는 양손잡이 낱말이다. 최상의 경지로서 노경은 따뜻하고 부드럽고 고즈넉하고 깊은 세계, 무욕무심(無慾無心)의 대혜(大慧)가 펼치는 인자와 관용의 세계이다.

현기영이 걸어온 길을 가만히 들여다보면 '억압과 저항'이라는 특정한 시대적 소용돌이를 걷어내고 마주하는, 궁극적인 더 근원의 마음자리를 향해 왔다. 그가 마지막으로 찾아든 것은 제주도민 스스로 키워온 자연, 역사, 생활공동체였다. 그것은 마치 불교의 돈오점수(頓悟漸修)를 연상케 하는 삶의 철학이다. 무명(無明)과 인간 정신의 탐욕과 심상과 사고들로 야기된 인위적 껍데기를 뚫고 원래의 청정성을 회복했으면 하는 강렬한 그리움, '오(悟)'는 햇빛과 같이 갑자기 만법이 밝아지고, '수(修)'는 거울을 닦는 것과 같이 점차 밝아지는 것처럼…… 혜(慧)라는 말도 마찬가지다. '마음을 깨끗이 쓸어냄'을 나타내는 문자로 단순히 깨달았다는 것이 아니요, 부정을 통한 씻음이며 그 결과로서 나타난 깨달음이라는 것, 마음에서 절로 솟아난 것이 아니라 여기에 있는 마음의 더러움 씻이로 주어진다는 것. 이러한 마음의 변증법을 누구보다도 분명하게 보여준 작가가 현기영이다.

5

「목마른 신들」은 작품의 독자적 가치도 가치지만 현기영의 작가적 삶 전체와 관련하여 아주 의미심장하다. 4·3사건으로 어머니와 고향을 잃고, 죽을 고비를 숱하게 넘겼지만 수많은 학살의 현장에 동원된 탓으로 숱한 원혼들과 인연을 맺을 수밖에 없었고, 결국 스무살 이른 나이에 심방(무당)의 길로 들어서 사십년 무업(巫業)을 4·3사건의 원혼을 위로하는 데 헌신했던 한 인물의 삶이 신실하다. 늙은 심방은 4·3사건을 개인적인 피해의식의 차원에서 기억할 것이 아니라 제주도 전체 공동체의 문제로 함께 해결해 나갈 때만이 지역적 수난이 오히려 지역적인 축복으로 자리 잡을 수 있다고 말한다. 실제로 이 작품이 발표된 이후 1993년부터 본격적으로 4·3사건의 피해에 대한 진상조사가 진행되고 '백조일손 묘비'까지 건립된 것을 보면, 「목마른 신들」이 제주도민과 함께한 호응력이 지대했음을 알 수 있다.

작가는 「순이 삼촌」 이후 작가의 사명이나 역할을 이야기할 때 빠짐없이 '심방'을 내세웠다. 실제로 「순이 삼촌」은 작가에게 신들

림 같다. 작가의 회고에 따르면, 1970년대 말 필화사건으로 거의 일
년 반 동안 펜대를 꺾은 채 술로 허송하고 있었는데, 어느날 한 여
인이 나타나서 어서 일어나라고 무섭게 야단쳤던 꿈이 너무도 생
생했다고 한다. 그 여인이 바로 '순이 삼촌', 그제야 작가의 분신으
로서 그녀가 항상 내면에 살아 있음을 깨달았다는 것이다.

심방의 역할과 관련하여 우리는 일반적으로 원혼을 위로하는 일
자체에 의미를 두지만, 이렇게 작가의 존재와도 유비해볼 필요가
있다. 뛰어난 작품을 만날 때 우리는 그것을 예술가 개인의 천재적
표현으로 보고자 하는 것이 일반적이다. 그러나 수많은 작품 가운
데 뛰어난 작품은 극히 소수라는 불균등성을 생각할 때 작품을 뛰
어나게 만드는 것을 그저 천재 예술가가 지닌 감정, 의지, 정서, 사
상 등의 자동적인 발현이라고만 볼 수는 없을 것이다. 오히려 예술
가라는 매개체를 통해 예술이 스스로 세계에 나타난다고 봐야 할
터이다. 시인이나 작가란 단순한 창조자가 아니라 세계에 나타나
려는 어떤 말이 드러날 수 있도록 하는 매개자와 가깝다. 그리하여
이들에게 가장 중요한 것은 무엇보다 매개자로서 특정한 존재 상
태에 들어가는 일이다. 신과 소통하려는 심방이 특별한 존재 상태
에 들어가듯 작가 역시 그러한 상태에서 진정한 작품이 나온다는
것이 정확한 진실일 듯하다.

예술에 의하는 것만큼 확실하게 세계에서 도피하는 방법은 없고,
또 예술에 의하는 것만큼 세계와 확실하게 묶이는 길도 없다. 그 점
에서 현기영은 확실히 후자의 길이다. 스스로가 더 단단하게 역사
와 현실과 묶이길 원했다. 따라서 현기영을 '제주도, 4·3의 작가'라

고 하는 것은 단순히 그가 제주도 태생의 작가라서, 4·3사건을 어려서 경험했던 작가라서가 아니다. 오히려 그것은 원죄에 가까운 죄의식, 갈등, 도피와 탈주, 분열, 강박, 심리적 실어증 등을 신열처럼 앓고 나서야 새롭게 주어진 심방의 숙명과 같기 때문일 것이다.

현기영이 산출해놓은 작품을 발표순으로 따라 읽어보면 초기와 후기 작품의 분위기가 사뭇 다르다. 대체적으로 여성을 중심대상으로 삼은 경우가 많은데 초기작들이 여성의 수난에 초점을 맞추어 다소 분위기가 어둡다면, 후기로 올수록 여성보다는 모성이 더 근본적이며 생명과 재생이라는 이미지와 함께 분위기가 한결 밝아진다. 과거를 반추하는 데 기억의 어두운 면에만 집중했던 초기에 비해, 그것을 놓치지 않으면서도 기억의 밝은 면이 키우는 재생의 능력까지 끌어안을 정도로 작가의 마음이 깊고 넓어졌다는 뜻이리라.

그러므로 현기영의 소설에 깃든 '상실'의 감수성은 독특하다. 단순한 과거의 문제가 아니라 '과거부터 현재까지', 즉 총체적인 전체성의 문제이다. 과거 속에 은닉된 파괴와 죽음의 문화는 오늘날에도 여전히 지속됨으로써 역사의 조화와 공동체의 연대를 파괴하고 있다는 더욱 근본적이고 적극적인 인식이 깔려 있다. 민족 전체를 뒤흔든 재앙은 공동의 기억에 큰 상처를 입혀 역사를 분열시키고 정체성에도 강력한 그늘을 드리우는 만큼 이에 대해서는 남달리 예민한 문화적 감각이 필요하다. 집단 기억은 공간의식에 의해 매개된 '생생한 기억'으로 그 집단 구성원들에게 구체적 정체성을 제공하는 능동적 과거이기 때문이다.

그래서 자연의 오랜 공동체가 무엇보다 중요하다는 것이 작가의 생각이다. "인위적인 종교는 음모, 반역, 강도, 기습, 마을 습격, 약탈, 학살 같은 잔학행위를 권장한다. 각기 성자(聖者)의 깃발을 들고 최악을 저지르기 위해 진군한다." 볼떼르의 말이다. 그래서 어느 시대나 도처에서 모인 모든 죄악도 전쟁이 한번에 빚어내는 해악과 비할 바가 아니라고 비판한다. 더 나쁜 짓은 전쟁을 '불가피한 재난'이라며 망각의 정치를 강요하는 것이다. 현기영이 걸어온 길과 작품의 실천이 그러했다. 모든 정치와 이념의 독재와 독선, 폭력과 억압 등 인위적인 것을 싫어하는 작가의 체질 역시 이런 자연의 종교, 풀뿌리 민중의식에 깃든 영혼의 표정일 터이다. 작품 제목 속의 '아스팔트'와 '길', 그리고 '쇠'와 '살'의 대비에서도 이러한 면모는 확연하다. 「아내와 개오동」 「겨우살이」 「망원동 일기」 「야만의 시간」 「고향」 「위기의 사내」 등 당대 현실을 다룬 작품들에서도 마찬가지로 선연하게 드러난다. "나쁜 놈들, 남북통일은 안하구서리 불쌍한 백성 짓밟는 게 너희들 법이네? 엉?" 하는 「고향」의 결말처럼.

니체는 사람의 정신을 그 가치 목표에 따라 용기, 정의, 절제, 지혜의 발달 단계로 설정한 바 있다. 작품들과 닮은 현기영의 길도 그러했다. 현기영은 쉽게 성공한 재사형 작가의 길을 타지 않았다. 그는 자신이 선택한 외길 숙명을 독행(獨行)한, 강직한 일꾼의 길을 걸어왔다. 그것은 평범함을 비범함으로 바꾼 사려 깊은 문학적 삶이었다.

林奎燦 | 문학평론가

벌써 등단 40년이라니! 세월의 흐름에 무심한 나에게 창비가 그 숫자를 알려줬을 때 나는 "아니, 벌써!" 하면서 눈이 휘둥그레졌는데, 그 말에 이어 그 40주년을 기념해서 세권의 중단편전집을 동시에 만들어주겠다고 했을 때, 나는 얼마나 놀라고 기뻤던지! 그동안 나의 문학은 창비가 베풀어준 과분한 우정에 격려받은 바 크다. 참 고마운 일이다. 기쁘긴 한데, 가뭄에 콩 나듯 생산이 드물었던 지난 세월이 새삼스럽게 아쉽고 후회스러워진다. 하지만 천성이 게으른 걸 어찌하랴.

중단편전집을 계기로 다시 돌아본 이 세권의 책은 앨범 속 과거의 자기 초상을 보는 것처럼, 남의 글을 읽는 것처럼, 다소 낯설게 느껴진다. 문학작품에는 그것이 소설이라고 해도 어떤 식으로든 작가 자신이 투영되어 있게 마련인데, 나의 이 작품들에 나타난 과거의 나는 그 젊음 때문에 지금의 나와는 어쩐지 별개의 인간처럼 느껴진다. 지금의 내가 젊은 나의 잔해처럼 여겨지는 것이다. 젊은 날의 그 생생한 열정, 분노, 두려움, 우울증이 부럽다. 군사독재의 공포정치 속에서 두려움에 떨면서, 자기검열에 찌들면서, 어떻게든 '아니다'라고 말해보려고 부심하는 모습들……

지금의 나는 늙었지만, 그 젊음의 잔해가 아니라 그 젊음이 낳은 자식이고 싶다.

2015년 이른 봄날에

현기영

참다운 행동, 참다운 목소리가 절실히 요구되는 이 전환기에 한 점 보탬이 못되는 이 보잘것없는 책을 내놓으면서 나는 은근히 독자의 질책이 두려워진다. 민족의 당대적 삶 속에서 바야흐로 힘차게 태동 중인 미래지향적 창조의 새 기운을 혼신으로 껴안을 수 있어야 참다운 문학일 텐데, 나는 아직도 미망에서 벗어나지 못하고 있다. 그리고 나의 고질적인 게으름, 너무 과작이라 이 책의 분량을 채우는 데 급급하여 취사선택의 여지 없이 남아 있는 소설은 죄다 싣는 무례를 범하고 말았다. 아무려나 나로서는 기교주의 아류의 십년 전 작품까지 말석에나마 실을 수 있어서 오랜 체증이 확 뚫린 느낌이다.

이제는 이 작품집에서 크게 벗어나 심기일전 새로운 세계를 찾아나서야겠다.

1986년 5월
현기영

잃어버린 시절 『문예중앙』 1983년 가을호

아스팔트 신작소설집 『지 알고 내 알고 하늘이 알건만』, 1984년

길 『실천문학』 2집, 1981년

귀환선 『시인』 2집, 1984년

겨우살이 신작소설집 『슬픈 해후』 1985년

망원동 일기 『창작과비평』 1985년 57호

나까무라 씨의 영어 미발표

어떤 철야 『한국문학』 1980년 2월호

일식풀이 『오늘의 책』

플라타너스 시민 「실어증」, 『문학사상』 1975년 11월호; 「발병」, 『작
　　단』 2집, 1979년; 「플라타너스 시민」, 『문예중앙』 1978년 겨울호

아리랑 『소설문예』 1975년 9월호

심야의 메모 「어떤 챔피언」, 『동아일보』 1977년; 「가해자」, 『한국문
　　학』 1980년

1941년   1월 16일 제주시 노형리에서 부친 연주 현씨 규호와 모친 제주 양씨 순완의 3남 1녀 중 장남으로 출생.

1947년(6세)   노형국민학교 입학. '3·1사건'으로 제주 읍내를 제외한 모든 학교가 문을 닫게 되면서 이듬해에 북국민학교에 다시 입학함.

1948년(7세)   '4·3사건'이 일어남. 이때 토벌대의 초토화작전으로 고향 마을이 송두리째 불타 잿더미로 변하는 참혹한 광경을 목격함.

1954년(13세)   오현중학교 입학. 이때부터 문학에 대한 꿈과 동경이 형성됨. 제주도 학생문예대회에서 소설 「어머니와 어머니」가 1등으로 당선됨.

1955년(14세)   전국학도호국단 중앙위원회 주최 현상모집에서 소설 「행군 소리」로 2등을 차지함.

1957년(16세)   오현고등학교 입학. 고교생 문학 서클 '석좌(石座)' 동인으로 활동. 동인 중 소설가 현길언이 있었음.

1960년(19세) 오현고등학교 졸업. 가정형편으로 대학 진학을 포기하고 실의의 나날을 보내다가 밤바다에 뛰어들어 자살을 기도하기도 함.

1961년(20세) 서울대학교 사범대학 불어교육과 입학.

1962년(21세) 해병대에 자원입대.

1964년(23세) 제대 후 영어교육과로 전과하여 2학년으로 복학. 『대학신문』 문예현상모집에 단편 「산정을 향하여」로 가작 입선.

1967년(26세) 서울대학교 사범대학 영어교육과 졸업. 서울 광신중학교 영어교사로 발령.

1969년(28세) 대학의 같은 과 동창인 시인 양정자와 결혼.

1970년(29세) 서울대사대부속중학교로 전근.

1975년(34세) 서울대사대부속고등학교로 전근. 『동아일보』 신춘문예에 단편 「아버지」가 당선되어 등단. 「꽃샘바람」(『신동아』 3월호), 「아우에게」(『소설문예』 9월호, 「아리랑」으로 개제·개고해 『아스팔트』에 수록), 「실어증」(『문학사상』 11월호), 「초혼굿」(『동아일보』 12월) 발표.

1976년(35세) 「동냥꾼」(『한국문학』 5월호), 「소드방놀이」(『현대문학』 11월호) 발표.

1977년(36세) 「어떤 챔피언」(『동아일보』) 발표. 위장병으로 창작활동을 거의 못함.

1978년(37세) 「겨울 앞에서」(『현대문학』 1월호), 「플라타너스 시민」(『문예중앙』 겨울호) 발표. '4·3사건'을 소재로 발표한 중편 「순이 삼촌」(『창작과비평』 가을호)으로 문단에 파장을 일으키며 문제작가로서 주목을 받음.

1979년(38세) 「도령마루의 까마귀」(『문학과지성』 가을호), 「해룡 이야기」(『문예중앙』 가을호), 「아내와 개오동」(『작단』 1집), 「발병」(『작단』 2집) 발표. 첫 소설집 『순이 삼촌』(창작과비평사) 출간. 「순이 삼촌」이 문제가 되어 군 수사기관에 끌려가 삼일 동안 고문을 받고 감옥에 구치되는 등 1개월간 고초를 겪음.

1980년(39세) 「어떤 철야」(『한국문학』 2월호), 「가해자」(『한국문학』) 『순이 삼촌』이 다시 문제가 되어 종로서에 끌려가 일주일간 취조 받은 끝에 책이 판매금지 당함.

1981년(40세) 「길」(『실천문학』 2집) 발표.

1983년(42세) 「어떤 생애」(『문예중앙』 가을호, 「잃어버린 시절」로 개제해 『아스팔트』에 수록) 발표. 장편 『변방에 우짖는 새』(창작과비평사) 출간.

1984년(43세) 「아스팔트」(신작소설집 『지 알고 내 알고 하늘이 알건만』), 「귀환선」(『시인』 2집) 발표.

1985년(44세) 「난민일기」(『창작과비평』 57호, 「망원동 일기」로 개제해 『아스팔트』에 수록), 「겨우살이」(신작소설집 『슬픈 해후』), 희곡 「일식풀이」(『오늘의 책』) 발표. 희곡 「일식풀이」가 극단 '한올레'에 의해 공연됨. 서울 고척고등학교로 전근.

1986년(45세) 희곡 「변방에 우짖는 새」(『외국문학』 가을호) 발표. 소설집 『아스팔트』(창작과비평사) 출간. 제5회 신동엽창작기금(신동엽문학상) 수혜.

1987년(46세) 고척고등학교를 마지막으로 이십여년간의 교직생활을 마감함. 희곡「변방에 우짖는 새」(극단 연우무대 각색, 김석만 연출)가 문예회관 소극장에서 공연됨.

1988년(47세) 「위기의 사내」(『문예중앙』봄호) 발표.『한겨레신문』창간 기념으로『바람 타는 섬』연재.

1989년(48세) 3월 27일 남북작가회담을 개최하기 위해 남쪽 대표단으로 참석했으나 통일로에서 체포·구속되었다가 29일 불구속입건으로 석방됨. 장편『바람 타는 섬』(창작과비평사) 출간. 산문집『젊은 대지를 위하여』(청사) 출간. 제주4·3연구소 창립(초대 소장).

1990년(49세) 제5회 만해문학상 수상. 제민일보 선정 제1회 '올해의 제주인' 수상.

1991년(50세) 「거룩한 생애」(신작소설집『우정 반세기』) 발표. 소설집『위기의 사내』(청맥) 출간.

1992년(51세) 「목마른 신들」(『실천문학』봄호),「야만의 시간」(『노둣돌』창간호),「쇠와 살」(『창작과비평』가을호) 발표.

1994년(53세) 「고향」(『창작과비평』봄호),「마지막 테우리」(『문예중앙』봄호) 발표.『실천문학』겨울호부터 1996년 겨울호까지『지상에 숟가락 하나』연재. 소설집『마지막 테우리』(창작과비평사) 출간. 일본 시민운동단체 '중심21'의 초청으로 '치마저고리 사건' 심포지엄 참가. 제2회 오영수문학상 수상.

1995년(54세) 일본 쿄오또에서 열린 종전 50주년 기념 심포지엄 초청 강연. 「목마른 신들」이 놀이패 '한라산'에 의해 마당극으로 공연됨.

1996년(55세) 『아스팔트』 개정판(창작과비평사) 출간.

1998년(57세) 민족문학작가회의 부이사장.

1999년(58세) 장편 『지상에 숟가락 하나』(실천문학사) 출간. 제32회 한국일보문학상 수상. 『변방에 우짖는 새』가 각색되어 「이재수의 난」(감독 박광수)으로 영화화.

2001년(60세) 민족문학작가회의 이사장 취임. '박정희기념관 반대' 1인 시위 참여. 「순이 삼촌」이 일본 신깐샤(新幹社)에서 번역 출간됨. 일본 토오꾜오에서 열린 '제주 4·3사건 53주년 기념 집회' 초청 강연.

2002년(61세) 산문집 『바다와 술잔』(화남출판사) 출간. 『지상에 숟가락 하나』가 일본 헤이본샤(平凡社)에서 번역 출간됨.

2003년(62세) 한국문화예술진흥원 원장 취임. 『지상에 숟가락 하나』가 MBC '느낌표' 추천도서로 선정됨.

2004년(63세) 산문집 『젊은 대지를 위하여』(화남출판사) 재출간. 일본 국제교류기금 초청으로 일본 문화계 탐방.

2005년(64세) '남북민족작가대회' 대표단으로 북한 방문. 『지상에 숟가락 하나』가 스페인 베르붐 출판사(Editorial Verbum)에서 번역 출간됨.

2006년(65세) 『순이 삼촌』 『마지막 테우리』 개정판(창비) 출간.

2008년(67세) 『지상에 숟가락 하나』가 국방부의 '불온서적'으로 지정됨. 오끼나와에서 열린 '제주 4·3사건을 생각하는 오끼나와 집회' 초청 강연.

2009년(68세) 『똥깅이』(실천문학사) 출간. 장편 『누란』(창비) 출간. 「순이 삼촌」「도령마루의 까마귀」 등 9편의 중단편이 '도령마루의 까마귀'라는 제목으로 타이완 윈천윈화(允晨文化)에서 번역 출간됨.

2012년(71세) 『순이 삼촌』 일본 신깐샤 재판 발간. 콜롬비아 보고타 국제도서전에 참가해 문학 강연.

2013년(72세) 『변방에 우짖는 새』 개정판(창비) 출간. 한국작가회의 산하 젊은작가포럼의 제12회 '아름다운 작가상' 수상. 「지상에 숟가락 하나」가 미국 달키 아카이브 출판사(Dalkey Archive Press)에서 번역 출간. 미국 캘리포니아주 쌘타로사 시의 소노마카운티 뮤지엄(Sonoma County Museum)이 주최한 제주 4·3사건 주제 예술작품 전시·상연 모임 초청 강연.

2014년(73세) 동화 『테우리 할아버지』(현북스) 출간. 일본 토오꾜오에서 열린 '제주 4·3사건 66주년 기념 집회' 초청 강연.

2015년(74세) 현기영 중단편전집(전3권, 창비) 출간.

현기영 중단편전집 2
아스팔트

초판 발행 • 1986년 8월 25일
개정1판 발행 • 1996년 1월 20일
개정2판 1쇄 발행 • 2015년 3월 25일

지은이/현기영
펴낸이/강일우
책임편집/김선영
펴낸곳/(주)창비
등록/1986년 8월 5일 제85호
주소/413-120 경기도 파주시 회동길 184
전화/031-955-3333
팩시밀리/영업 031-955-3399 · 편집 031-955-3400
홈페이지/www.changbi.com
전자우편/lit@changbi.com